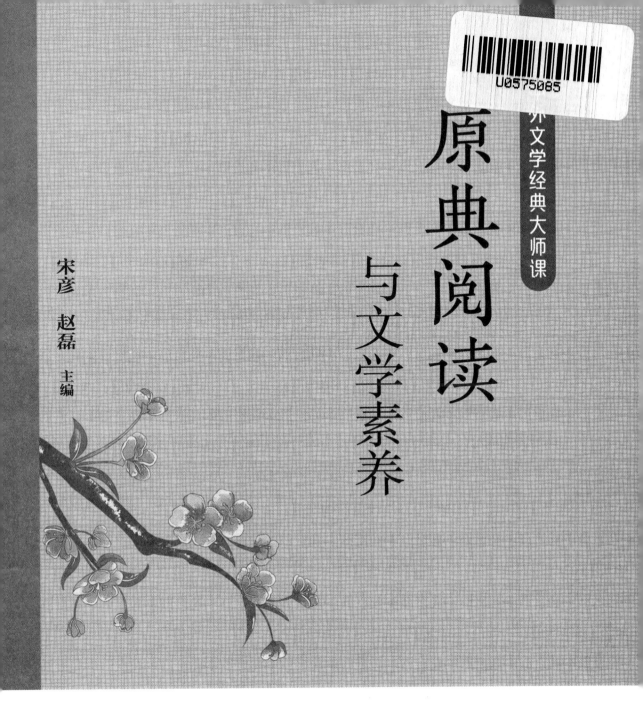

中外文学经典大师课

原典阅读
与文学素养

宋彦 赵磊 主编

重读经典　　感悟人生

12大人生主题　　96篇古今传世经典

108位中外文学名家　　300段精彩评说

山东人民出版社·济南

国家一级出版社 全国百佳图书出版单位

图书在版编目（CIP）数据

原典阅读与文学素养/宋彦，赵磊主编 . -- 济南：
山东人民出版社，2022.12
ISBN 978－7－209－14115－4

Ⅰ.①原… Ⅱ.①宋… ②赵… Ⅲ.①世界文学—
文学欣赏 Ⅳ.①I106

中国版本图书馆 CIP 数据核字（2022）第 228166 号

原典阅读与文学素养

YUANDIAN YUEDU YU WENXUE SUYANG

宋 彦 赵 磊 主编

主管单位 山东出版传媒股份有限公司
出版发行 山东人民出版社
出 版 人 胡长青
社 址 济南市市中区舜耕路 517 号
邮 编 250003
电 话 总编室（0531）82098914
市场部（0531）82098027
网 址 http：//www.sd－book.com.cn
印 装 山东新华印务有限公司
经 销 新华书店

规 格 16 开（184mm×260mm）
印 张 24.25
字 数 450 千字
版 次 2022 年 12 月第 1 版
印 次 2022 年 12 月第 1 次
ISBN 978－7－209－14115－4
定 价 48.00 元
如有印装质量问题，请与出版社总编室联系调换。

编委会

主　编　宋彦　赵磊

编　委　（按姓氏笔画为序）

于海峰　刘桂华　宋彦　杨旭

张小英　侯方元　赵磊

前　言

习近平总书记在中国文联第十一次全国代表大会、中国作协第十次全国代表大会开幕式上指出，"文艺承担着成风化人的职责"，"以文化人，更能凝结心灵；以艺通心，更易沟通世界"。以文载道、以文传声、以文化人是新时代文艺的重要功能。对内，文学起着铸魂培根、振奋精神、凝聚人心、净化心灵的作用；对外，文学通过深厚的文化底蕴，展现可信、可爱、可敬的中国形象，讲述中国故事、确立中国气派、展现中国风范，为推动构建人类命运共同体，为多元文明的交流互鉴贡献着力量。

当代青年人格的塑造、心灵的净化、精神的提升、道德的完善离不开文学的浸润和滋养。

文学培养青年人的家国情怀。优秀的中国文学记录了中华民族自立自强的足迹，传播着刚劲有力、清新勃发的积极向上的精神，呼应着、担当着时代赋予的使命和担当。

文学能够培养青年的健全人格：咬定青山不放松的坚强意志，积极进取的人生态度，海纳百川、包容万象的胸襟，面对困难挫折奋起的勇气和毅力。

文学能够培养青年人的成才意识。人才的培养首先是成才意识的培养，没有清晰、明确的成才意识，就不能成为社会所需要的人才。经典文本教会青年如何做人、做事、学习、交往，帮助青年树立正确的世界观、人生观、价值观。

文学有助于培养大学生的国际视野。在全球竞争日趋激烈、世界合作日趋紧密的今天，国家的发展尤其需要更多的具有国际视野的高素质人才。当代青年是国际人才的主体，是祖国的未来和民族的希望。借古今中外的经典名篇，通过对其中优秀文化的继承、现代意识的张扬、古今中外的对比，帮助当代青年培养广阔的全球视野和现代精神。

　　本书以大学生等青年群体为受众，切合青年的年龄特点，将文学与人生启迪相结合，富有特色。作品选篇新颖，可读性强，着意于青年人感兴趣的经典原文进行解读，深入浅出，贴近生活。从文学入手，能够体会到人类共同的情感、经历、感受，从而引发共鸣，感同身受，进而提升人文素养。让青年人在快乐、兴趣中阅读，在阅读中得到精神境界的提升。

编　者

2022 年 12 月于兴济河畔

目录 CONTENTS

第一篇 爱国篇
AIGUO PIAN

列宁说："爱国主义是由于千百年来各自的祖国彼此隔离而形成的一种极其深厚的感情。"人们对祖国的热爱之情一经形成，就根深蒂固，世代相传，能够使人们产生强大的民族自尊心、自豪感与自信心，大大增强民族的凝聚力和向心力。爱国主义是中华民族精神的核心，与民族的希望、祖国的繁荣、人民的幸福紧密相连。在爱国主义情感的激荡下，自古以来产生了许多感人至深、铭记史册的英勇事迹。古代有苏武北海牧羊、岳飞精忠报国、戚继光血战倭寇、文天祥披肝沥胆、林则徐虎门销烟。近现代有鲁迅疾声呐喊，叫喊酣眠在"铁屋子"里的国人；钱学森弃美归国，为新中国的航天事业做出卓越贡献；黄继光、邱少云舍身忘我，奋勇捐躯……习近平总书记在纪念五四运动 100 周年大会上的讲话中指出，"爱国主义自古以来就流淌在中华民族血脉之中，去不掉，打不破，灭不了"。爱国主义情感在文学作品中得到充分的歌咏和表现。从中国最早的诗歌总集《诗经》，到屈原的《离骚》、杜甫的《春望》、陆游的《示儿》，乃至到现当代文学作品，爱国主义是永恒的主题，涌现出众多动人的爱国主义诗篇。陆游说："位卑未敢忘忧国。"顾炎武说："国家兴亡，匹夫有责。"作为新时代的有为青年，就应当发扬敢于担当、勇于奉献的精神，把国家建设得更加富强，继续为实现中华民族伟大复兴的中国梦而努力奋斗！

岂曰无衣？与子同袍

——《诗经·秦风·无衣》

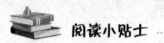

阅读小贴士

　　《无衣》选自我国最早的诗歌总集《诗经》，是一首秦地的军中战歌，当时的秦国位于现在的甘肃东部及陕西一带。那里土厚木深，民性厚重质直。朱熹在《诗集传》中曾说："秦人之俗，大抵尚气概，先勇力，忘生轻死，故其见于诗如此。"《无衣》是一首战争题材诗歌，表现了团结互助、同仇敌忾、激昂慷慨的基调。

　　这首诗很可能是秦国帮助周王抵抗外族侵略时的军歌。据《左传》记载，秦襄公七年（周幽王十一年，公元前771年），周王室内讧，导致戎族入侵，攻进镐京，周王朝大部土地沦陷。秦国因靠近王畿，与周王室休戚相关，遂奋起反抗。此诗貌似在这一背景下产生。由于作品的创作年代久远，文字叙述简略，具体史实存在争议，但现代学者大抵认为这是一场正义之战。

原典轻松读

无　衣

岂曰无衣[1]？与子同袍[2]。王于兴师[3]，修我戈矛[4]，与子同仇[5]！
岂曰无衣？与子同泽[6]。王于兴师，修我矛戟，与子偕作[7]！
岂曰无衣？与子同裳[8]。王于兴师，修我甲兵[9]，与子偕行[10]！

（程俊英译注：《诗经译注》，上海古籍出版社2014年版）

注释：

[1] 无衣：没有衣服。

[2] 子：你。同袍：穿着同样的战袍。袍：长衣，形状像斗篷、披风一类，行军时白天当衣服穿，夜里当被盖。同袍，表示友爱互助的意思。旧时军人相称"同袍"，称相互间的友谊为"袍泽之谊"，即本于此。

[3] 王：是指周天子还是秦王，历来说法不一。《毛诗正义》认为"王"指秦康公。朱熹《诗集传》认为"王于兴师"是秦君奉天子之命而兴师，却并未详说哪个秦君，哪个周王。何楷的《诗经世本古义》认为"周宣王以兵七千，命秦庄公伐西戎，周从征之士赋此"。王先谦的《诗三家义集疏》说："秦自襄公以来，受平王之命以伐戎，所兴之师，皆为王往也，故曰王于兴师。"结合诗歌内容，我们认同于秦君奉天子之命而兴师这一说法。于：语气助词，无实义。兴师：起兵。

[4] 修：修理、整治。戈、矛：都是古代长柄的武器。

[5] 同仇：共同对付敌人。

[6] 泽：通"襗"，指贴身的内衣。

[7] 偕作：共同干，一起行动起来。

[8] 裳：下衣，战裙。

[9] 甲：铠甲。兵：兵器的总称。甲兵：铠甲与兵器。

[10] 偕行：一起上战场。

译文：

怎说我们没衣衫？一条战袍伙着穿。国王出师要西征，快把长矛磨几遍，和你一块上前线！

怎说我们没衣衫？一件汗衣伙着穿。国王起兵要打仗，快修好手中的矛和戟，和你一起去杀敌！

怎说我们没衣衫？一件战裙伙着穿。国王起兵要打仗，快修好盔甲刀枪，和你一起上战场！

文学小课堂

1. "美""刺"二说

关于本诗的主旨，历来有"美""刺"两种说法。一是讥刺说。《毛诗序》评此诗："《无衣》，刺用兵也。秦人刺其君好攻战，亟用兵，而不与民同欲焉。"讥刺说认为本诗讽刺君王穷兵黩武，不顾下层将士的疾苦，连年征战；用人的时候花言巧语，不用人的时候就一脚踢开，士兵们作此诗来讥讽当政者。因此，本诗是人民反对战争的诗。二是赞颂说，认为本诗赞美将士们一致对外、团结友爱、同仇敌忾、英勇抗敌的高尚品质，只有赞美，没有讽刺。读过这首诗后，可以感受到"讥刺说"略显偏颇。整首诗从头到尾都洋溢着一种高亢的激情，重在歌颂战士们意气风发、豪情万丈、英勇无畏、同仇敌忾的乐观主义精神。

2. 重章叠唱的形式

本诗在反复咏唱中层层递进，富于层次地展现了出征将士同心同德、共同杀敌的高昂的战斗情绪。如"与子同袍""与子同泽""与子同裳"三句，"袍"是外衣，"泽"是内衣，"裳"是下衣，从外到内，从上到下，一层深似一层地表现出将士之间同心同德、团结战斗的亲密关系。又如"修我戈矛""修我矛戟""修我甲兵"三句，戈、矛、戟是单个的兵器，"甲兵"则是武器装备的总称，由个体到整体，表现出全军将士摩拳擦掌、情绪饱满的战斗热情。再如"与子同仇""与子偕作""与子偕行"三句，"同仇"指思想统一，"偕作"指共同行动，"偕行"指一同奔赴战场，一层紧似一层地烘托出战斗的气氛。我们可以想象得到：一支军队高唱着这支军歌奔赴战场，将有怎样的压倒敌人的气势和力量。

3. 问答式的句法

本诗开篇一句"岂曰无衣"洋溢着傲视一切困难的无畏精神，无数的战士在此询问之下，同声响应"与子同袍""与子同泽""与子同裳"，表现出战士们团结友爱、崇高无私的英雄品质。

4. 语言富有强烈的动作性

此诗在表现战士们奋勇杀敌的英雄主义精神时，运用了可以感染人的、富有强烈动作性的语言："修我戈矛""修我矛戟""修我甲兵"。战士们在面对强敌时并没有临阵退缩，而是做好了一切迎敌的准备，把全部的武器装备修理整饬一番。在这个过程中，可以感受到隐含在战士们内心的强烈怒火，想象到战士们舞戈挥戟的热烈场面。只要君王一声令下，他们就会如猛虎下山一般杀向敌人。

课后小论坛

1. 《无衣》表现了什么精神？

2. 《毛诗序》中说："《无衣》，刺用兵也。秦人刺其君好攻战，亟用兵，而不与民同欲焉。"你是否同意这种说法？谈谈你的看法。

3. 联系你学过的《诗经》中的篇章，谈谈本诗在形式上有何特点，对情感表达有何作用。

4. 南宋朱熹评论《无衣》说："秦人之俗，大抵尚气概，先勇力，忘生轻死，故其见于诗如此。"（《诗集传》）从地域文化和民俗的角度来探讨此诗，你认为有没有道理？

路曼曼其修远兮，吾将上下而求索

——屈原《离骚》

阅读小贴士

屈原（约前340—约前278），名平，字原，是楚武王熊通之子屈瑕的后代，中国文学史上第一个留下姓名的伟大爱国诗人。他的出现，标志着中国诗歌由集体歌唱进入个人独唱的新时代。屈原早年受楚怀王信任，任左徒、三闾大夫。博文强识，明于治乱，娴于辞令，得到楚怀王倚重。屈原有高远的政治理想，希冀国家富强，实现唐虞三代的兴盛和大治局面。他主张章明法度，举贤任能，联齐抗秦，提倡"美政"。这些政治措施，使楚国显贵上官大夫、靳尚和怀王的儿子子兰等感到了威胁。他们在楚怀王面前诋毁、中伤屈原，使怀王疏远了他。不久，屈原被放逐汉北。顷襄王即位，任命弟弟子兰为令尹。子兰又在顷襄王面前谗害屈原，屈原又被流放到了江南。公元前278年，秦将白起带兵南下，攻破了楚国国都，屈原不忍看到国家灭亡，自沉汨罗江殉国。屈原的作品，有《离骚》《九歌》《九章》《天问》《招魂》等。西汉时，刘向把屈原的作品同宋玉以及西汉贾谊、东方朔等人的作品放在一起，集为《楚辞》，东汉王逸为之作注，称为《楚辞章句》，流传至今。

《离骚》在艺术上取得的高度成就，使它成为光耀千古的绝唱。诗作所表达的九死不悔的爱国感情、砥砺不懈的高洁品行、逆境中坚持真理、反抗黑暗统治的精神，被贾谊、司马迁、李白、杜甫、刘克庄、鲁迅等一代代优秀人物所传承发扬。刘勰在《文心雕龙》中评价它"衣被词人，非一代也"，说明它不论在思想内容上还是艺术形式上，均对后世产生了深远影响。

原典轻松读

离骚（节选）

一

昔三后[1]之纯粹兮，固众芳之所在；杂申椒与菌桂兮，岂维纫夫蕙茝[2]？彼尧舜之耿介兮，既遵道而得路；何桀纣之猖披[3]兮，夫唯捷径以窘步。惟夫党人之偷乐兮，路幽昧以险隘。岂余身之惮殃兮，恐皇舆之败绩！忽奔走以先后兮，及前王之踵武；荃不察余之中情兮，反信谗而齌怒！余固知謇謇之为患兮，忍而不能舍也！指九天以为正兮，夫唯灵修之故也！初既与余成言兮，后悔遁而有他；余既不难夫离别兮，伤灵修之数化。

二

女嬃[4]之婵媛兮，申申其詈予。曰鲧[5]婞直以亡身兮，终然夭乎羽之野。汝何博謇而好修兮，纷独有此姱节[6]？薋菉葹以盈室兮，判独离而不服！众不可户说兮，孰云察余之中情？世并举而好朋兮，夫何茕独而不予听？依前圣以节中兮，喟凭心而历兹！济沅湘以南征兮，就重华[7]而陈辞：启九辩与九歌[8]兮，夏康娱以自纵；不顾难以图后兮，五子[9]用失乎家巷。羿淫游以佚畋兮[10]，又好射夫封狐。固乱流其鲜终兮，浞[11]又贪夫厥家。浇身被服强圉兮[12]，纵欲而不忍；日康娱以自忘兮，厥首用夫颠陨[13]。夏桀之常违兮，乃遂焉而逢殃。后辛之菹醢兮[14]，殷宗用而不长。汤禹俨而祗敬兮，周论道而莫差；举贤而授能兮，循绳墨而不颇。皇天无私阿兮，览民德焉错辅；夫维圣哲以茂行兮，苟得用此下土[15]。瞻前而顾后兮，相观民之计极；夫孰非义而可用兮，孰非善而可服？阽[16]余身而危死兮，览余初其犹未悔；不量凿而正枘兮[17]，固前修以菹醢。曾歔欷余郁邑兮，哀朕时之不当。揽茹蕙以掩涕兮，沾余襟之浪浪！

三

驷玉虬以乘鹥[18]兮，溘埃风余上征。朝发轫于苍梧兮，夕余至乎县圃[19]。欲少留此灵琐[20]兮，日忽忽其将暮。吾令羲和弭节兮，望崦嵫[21]而勿迫；路曼曼其修远兮，吾将上下而求索。饮余马于咸池兮[22]，总余辔乎扶桑[23]；折若木以拂日兮，聊逍遥以相羊。前望舒使先驱兮，后飞廉使奔属[24]；鸾皇为余先戒兮，雷师告余以未具。吾令凤鸟飞腾兮，继之以日夜；飘风屯其相离兮，帅云霓而来御。纷总总其离合兮，斑陆离其上下。吾令帝阍开关兮，倚阊阖而望予。时暧暧其将罢兮，结幽兰而延伫！世溷浊而不分兮，好蔽美而嫉妒！朝吾将济于白水兮，登阆风[25]而绁马。忽反顾以流涕兮，哀高丘[26]之无女！溘吾游此春宫兮，折琼枝以继佩；及荣华之未落兮，相下女[27]之可诒。吾令丰隆乘云兮，求宓妃[28]之所在；解佩纕以结言兮，吾令蹇修[29]以为理。纷总总其离合兮，忽纬繣其难迁[30]。夕归次于穷石兮[31]，朝濯发乎洧盘[32]。保厥美以骄傲兮，日康娱以淫游；虽信美而无礼兮，来违弃而改求！览相观于四极兮，周流乎天余乃下。望瑶台之偃蹇兮，见有娀之佚女[33]。吾令鸩为媒兮，鸩告余以不好。雄鸩之鸣逝兮，余犹恶其佻巧。心犹豫而狐疑兮，欲自适而不可。凤皇既受诒兮，恐高辛[34]之先我。欲远集而无所止兮，聊浮游以逍遥。及少康[35]之未家兮，留有虞之二姚[36]。理弱而媒拙兮，恐导言之不固。世溷浊而嫉贤兮，好蔽美而称恶。闺中既已邃远兮，哲王又不寤。怀朕情而不发兮，余焉能忍而与此终古！

四

欲从灵氛[37]之吉占兮，心犹豫而狐疑。巫咸将夕降兮，怀椒糈而要之。百神翳其备降兮，九疑缤其并迎；皇剡剡其扬灵兮，告余以吉故。曰勉升降以上下兮，求矩矱[38]之所同。汤禹俨而求合兮，挚咎繇[39]而能调。苟中情其好修兮，又何必用夫行媒？说操筑于傅岩兮[40]，武丁用而不疑。吕望[41]之鼓刀兮，遭周文而得举。宁戚[42]之讴歌兮，齐桓闻以该辅。及年岁之未晏兮，时亦犹其未央。

五

灵氛既告余以吉占兮，历吉日乎吾将行。折琼枝以为羞兮，精琼爢以为粻[43]。为余驾飞龙兮，杂瑶象以为车。何离心之可同兮？吾将远逝以自疏！邅[44]吾道夫昆仑兮，路修远以周流。扬云霓之晻蔼兮，鸣玉鸾之啾啾。朝发轫于天津兮，夕余至乎西极。凤皇翼其承旗兮，高翱翔之翼翼。忽吾行此流沙兮，遵赤水而容与。麾蛟龙使梁津兮，诏西皇[45]使涉予。路修远以多艰兮，腾众车使径待。路不周[46]以左转兮，指西海以为期！屯余车其千乘兮，齐玉轪[47]而并驰；驾八龙之婉婉兮，载云旗之委蛇。抑志而弭节兮，神高驰之邈邈。奏九歌而舞韶兮，聊假日以媮乐！陟升皇之赫戏兮，忽临睨夫旧乡！仆夫悲余马怀兮，蜷局顾而不行。

六

乱曰：已矣哉！国无人莫我知兮，又何怀乎故都？既莫足与为美政兮，吾将从彭咸[48]之所居。

（董楚平译注：《楚辞译注》，上海古籍出版社 2014 年版）

注释：

[1] 三后：三位君王。后：君王。

[2] 蕙茝（chǎi）：香草名。蕙：佩兰。茝：白芷。

[3] 猖披：衣不束带，散乱不整的样子。这里是猖狂邪路的意思。

[4] 女嬃：历来有屈原之姐、之妹、之妾、之侍女，女巫、佞臣等多种解释，也有人认为是作者虚拟的一个人物。婵媛：由于内心关切而牵挂不安的样子。

[5] 鲧：相传是夏禹的父亲，唐尧的臣子。因为治水不成，被帝舜杀死在羽山。一说，鲧是一位贤人，因直谏而死。

[6] 婞（kuā）节：美好的节操。

[7] 重华：古帝虞舜的名字。传说是一位贤君。

[8] 启：传说是禹的儿子，夏朝的第二任国君。《九辩》《九歌》，传说原是天帝的乐章，启曾三次到天上做客，将之偷到了人间。

[9] 五子：启的五个儿子。一说，五子指太康的五个儿子。

[10] 羿：传说是夏代东夷族有穷氏的首领，即后羿，善射，曾取代夏相（夏启的曾孙）自立。淫、佚都是过度的意思。畋（tián）：打猎。

[11] 浞（zhuó）：寒浞，相传是羿的国相。传说后羿耽于游猎，不理政事。国相寒浞擅权，与妃子纯狐私通，害死后羿。

[12] 浇（ào）：过浇，寒浞之子。被服：穿戴，引申为倚仗之意。强围：坚甲意。

[13] 颠陨（yǔn）：坠落。太康弟仲康之孙少康，攻灭浇，夏遂复兴。

[14] 辛：纣王的庙号。菹醢（zǔ hǎi）：菹是切细的腌菜，醢是肉酱，此指古代的一种酷刑，把人剁成肉酱。

[15] 下土：与"皇天"相对，指享有天下。

[16] 阽（diàn）：临近危境。

[17] 凿（zào）：榫眼，卯眼。枘（ruì）：榫头。此名意为不考虑君王的贤愚，只一味直谏。

[18] 鷖（yī）：凤凰类鸟。

[19] 县圃：神话中的山名，在昆仑山顶。县：古"悬"字。

[20] 灵琐：神界的门。灵：神灵。琐：门上雕镂的花纹，这里指雕有花纹的门。

[21] 崦嵫（yān zī）：神话中西方的神山，太阳归宿的地方。

[22] 咸池：神话中太阳沐浴的地方。

[23] 扶桑：神话中的树名。一说"若木"即"扶桑"。

[24] 望舒：神话中月的御者。飞廉：神话中的风神。

[25] 阆风：神山名，在昆仑山上。

[26] 高丘：指天帝居住的昆仑山之最上层。

[27] 下女：指下文的宓妃、简狄诸人神。下：相对天上的帝宫而言。宓妃等虽老师神话中的人物，但不住在天上，故称"下女"。

[28] 宓妃：神话中的洛水女神，相传她是伏羲的女儿。

[29] 蹇修：人名，不见他书。

[30] 纬繣（huà）：乖戾，不相投合。

[31] 次：住宿。穷石：地名，传说是夏代东夷族有穷氏后羿所居之地。

[32] 洧（wěi）盘：神话里的水名，源于崦嵫山。

[33] 有娀：古代国名。相传有娀氏生二女，居住在九层高的瑶台之上。其一名叫简狄，后嫁给帝喾，吞玄鸟之卵而生契。契是殷商的始祖。这里的"佚女"即指简狄。

[34] 高辛：帝喾。

[35] 少康：夏后相的儿子，相传是夏朝的中兴之主。

[36] 有虞：古国名。姚姓是舜的后代。二姚：有虞国君虞思的两个女儿。

[37] 灵氛：名叫氛的巫。他劝诗人远游以求合，寻找明主。

[38] 矩：画直角或正方形、矩形用的曲尺。矱：量长短的尺度。

[39] 挚：指伊尹。咎繇：皋陶，相传是夏禹时主管刑法的大臣。

[40] 说：指傅说，殷高宗武丁时的贤相。相传武丁在傅岩这个地方找到了说，故叫傅说。

[41] 吕望：姜姓，吕氏，名望，一说字子牙，俗称姜太公。

[42] 宁戚：春秋时卫人。相传他本是一个小商贩，常夜宿于齐国的东门之外。有一天齐桓公夜晚出城迎接宾客，宁戚一边喂牛一边扣击牛角而歌。

[43] 粮（zhāng）：食粮。

[44] 邅（zhān）：改变方向。

[45] 西皇：传说中古帝少暤（hào），死后为西方之神。

[46] 不周：指不周山。

[47] 轪（dài）：车轮。楚方言。

[48] 彭咸：相传是殷时的贤大夫，忠谏其君而不被接受，后投水自杀。

译文：

一

从前的三王德行至善至美啊，众多的贤臣在他们身边聚集。交杂并集了申椒和菌桂似的有个性的人才啊，哪里只是把蕙草和白芷连缀为饰？那尧、舜二帝是多么光明正大啊，已经遵循正道走上了治国的坦途。夏桀与商纣是何等猖狂邪乱啊，他们只因走上邪路而走上绝路。那些结党营私的小人苟且偷安啊，使国家的前途昏暗艰险。难道我自己害怕灾难祸患吗，怕只怕君王之车会倾覆！在车旁我前前后后奔走照料啊，想让它追随着前王的轨辙行走。君王不体察我心中的真情啊，反而听信谗言而勃然大怒。我本来知道直言会招来祸殃啊，但我本性坚忍而不能停止。我指着上苍发誓让它为我作证啊，我忠言直谏全是为了君王的缘故。当初已和我订好盟约啊，后来又翻悔变心改变了主意。

二

女媭关心我的安危而惴惴不安，反反复复将我责备。她说："鲧秉性刚直不顾自身啊，终于早夭死在羽山的荒野。你为何忠言直谏而又喜欢修身洁行啊，一个人有这么多美好的节操。屋子里堆满了菉草、葹草这样普普通通的花草啊，你却卓然远离不肯佩带与众有别。对众人的误解不能挨家逐户去解说，谁会将我们的本心详察关切？世人互相吹捧都在成群结党啊，你为何茕然独立不听我的劝说？"看来只有依赖前代圣贤来判断是非啊，可叹的是我心中愤懑直到如今。渡过湘江和沅水我向南进发啊，到虞舜面前诉说我的本心："夏启从天上偷得《九辩》《九歌》啊，他就在寻欢作乐中放纵自身。既不想想自身的危难也不为后代打算，五观因此发动了叛乱。后羿沉溺于游乐和打猎啊，又喜欢射死大野兽。淫乱之辈本不会有好的结局，他的家臣寒浞又对他的妻子起了贪心。寒浞的儿子浇自恃强壮有力啊，纵饮胡为不能节制。天天游乐忘记了自身的危险啊，他那头颅因此掉落尘埃。夏桀违背常理胡作非为啊，终于遭到了亡国的祸殃。商纣把忠臣剁成肉酱啊，殷王朝因此不能久长。商汤、夏禹严肃而又恭敬啊，周代的贤王尊重贤臣而又敬畏天命啊，周文王讲究治国之道而不出差错。他们举荐贤人任用能者啊，遵守法度因而没有偏差。上天对人公正无私毫不偏袒啊，看到有德行的人就予以扶助。正是因为这些圣明之人德盛行美啊，才得以享有天下、治理四方。看一看前朝、想一想今世，观察历朝人事变迁，考究他们的兴衰存亡，哪有不义之君可以享有天下啊？哪有暴虐的人主可以久坐王位？我临近危险几近死亡啊，回顾我的初衷却仍然不后悔。不度量插孔就削正榫头啊，前代的贤人正因此而惨遭死难。我抑郁苦闷而频频哀叹抽泣啊，哀伤自己没有遇上明君在位的时代。拿来柔软的蕙草擦拭眼泪啊，热泪滚滚还是沾湿了衣衫。"

三

驾驭着四条白龙乘坐彩凤之车啊，忽然卷起一阵灰蒙蒙的风带着我向长天飞行。清晨从九疑山启程啊，黄昏便到了昆仑山上的县圃。本想在仙官门前稍稍停留啊，太阳匆匆下落时已近日暮。我让日神驭者羲和停鞭慢行啊，希望太阳不要落入崦嵫山。前路迷漫多么遥远啊，我还要上天下寻求知音。早上我饮马在那咸池边啊，又把马系在太阳升起的扶桑树上。到黄昏折下若木的枝丫来挡住西驰的太阳啊，且让太阳之车逍遥徘徊徜徉。前边让月神驭者开路啊，后边让风神飞廉追随驰翔。鸾鸟和凤凰为我警戒开道啊，雷公却告诉我还没有备好行装。我命令彩凤之车腾空飞行啊，夜以继日不停奔忙。旋风聚集互相依附啊，率领着云霞来迎接护航。缤纷的云霞聚散流动啊，色彩斑斓上下飞扬。我叫天帝的守门人为我开门啊，他却冷眼相看斜靠在门旁。日光暗淡天光将尽啊，我编结着传递誓言的幽兰久久伫立。世道混浊善恶是非不分啊，专好压制埋没人才又喜欢嫉妒。清晨我将要渡过白水啊，登上了阆风山顶拴住我的玉虬。我忽然回首瞭望帝宫不禁涕泪交流啊，哀叹那上天的帝宫里也没有我理想的神女。我忽然来游这青帝的宫苑啊，折下了玉树的枝条来点缀我的佩饰。趁着玉树之花尚未凋落啊，寻一个下女把礼品来投。我叫丰隆驾起彩云啊，寻找那宓妃的住地。解下玉佩想和她订盟结誓啊，叫蹇修为媒去通告情由。她的态度如同云霓忽离忽合变幻莫测啊，她忽然又广告反常坚决不肯迁就。她傍晚归去止宿在穷石山啊，清晨在洧盘边梳头妆扮。自恃美貌目中无人啊，成天玩乐而过度游荡。她诚然美丽却全无高尚的品德啊，我将抛开她另作追求。观察了四极八方啊，周游了天上又回到人间寻找。远望那玉台高高耸立啊，看见了有娀氏的美女简狄分外妖娆。我令鸩鸟为我做媒啊，鸩鸟却用简狄不美的谎言欺骗我。雄鸩叫唤着飞去说合啊，我又嫌它过于轻佻不可靠。心中犹豫满腹狐疑啊，想要亲自前往又觉不妥。帝喾已派了凤凰为媒给简狄送去了聘礼啊，恐怕他要在我之前把简狄娶讨。我想去往远方却无容身之地啊，且让我漂流四方逍遥游荡。趁着少康还没有成家啊，先去聘定有虞氏的两个姑娘。媒人无能而又口齿笨拙啊，恐怕说合不牢又难以成事。世道混浊而嫉妒贤能啊，总喜欢压制埋没人才而抬举恶人。美人住在深楼绣阁难以追求啊，君王又不能醒悟而心明眼亮。满怀衷情无可抒发啊，我怎能终身忍受这样的苦况！

四

我想听从灵氛占得的吉祥占卜而远游求合啊，心中眷恋国家而犹豫不定。听说巫咸将在晚间降临啊，我带着花椒精米去迎候他。众神遮天蔽日一起降临下界啊，九疑山诸神纷纷齐相迎。空中霞光灿烂辉煌耀目显现出神的灵异啊，巫咸把前代明君贤臣遇合的佳话告诉我。他说你应当努力寻求哪怕上天入地啊，去寻求那志同道合的知音。商汤、夏禹认真寻求同道啊，汤遇伊尹、禹遇皋陶君臣和谐一致。只要内心都能够洁身自好啊，又何必非要借助往来说合的媒人呢？傅说曾为奴隶在傅岩做苦工啊，殷高宗信任重用他而毫不怀疑。姜太公不过是磨刀宰牛的屠夫啊，遇见了周文王而一步登高。宁戚曾敲着牛角歌吟明志啊，齐桓公听见后就让他辅佐当朝。趁着这年岁还尚未衰老的时候啊，珍惜这宝贵的时光。

五

灵氛把远游必有合的吉占告诉我啊，选择吉日我将动身远行。折下玉树的嫩枝做菜肴啊，捣细玉屑用它作为干粮。快为我以飞龙为马套上车啊，杂用美玉、象牙作为装饰。彼此政见不同怎能合作啊，我将远走高飞自动疏远世俗。改变我的路径向着昆仑山驰去啊，路途遥远继续周游。云霓之旗随风飞扬遮天蔽日啊，鸾铃叮叮当当响个不停。清晨从天河渡口启程啊，黄昏已来到了西方的尽头。凤凰左右护卫并擎着云旗啊，忽然我走到这西方的流沙之地，沿着赤水从容徐行。我指挥蛟龙在渡口充当桥梁啊，又命令西皇将我渡过河去。路途遥远又多艰难啊，传令众车叫他们一路上小心警戒防备。路过不周山然后向左转啊，指定西海作为我们的集合之处。我集结千乘车辆啊，对齐了车轮长驱并进。我驾着八条飞龙蜿蜒而行啊，车上的云旗通风招展翻卷。放倒旗帜并停止鞭策啊，我的心神飞得高而远。演奏《九歌》跳起《九韶》啊，姑且借此时光暂求欢娱！我已飞升到光明灿烂的天宇啊，忽然往下看到了我的故乡。仆从悲伤马儿也怀念啊，它曲身回顾再也不肯行进。

六

尾声：算了吧！楚国贤人不知我心啊，又何必怀恋故国呢？既然不能和他们一起实行美政，我将要追随先贤彭咸于地下。

文学小课堂 ❋◦◦○◦◦❋◦◦○◦◦❋◦◦○◦◦❋◦◦○◦◦❋◦◦○◦◦❋

1. 《离骚》题名释义

"离骚"二字的含义，古今有不同的解释。其一：释"离骚"为离忧或遭忧。司马迁《史记·屈原贾生列传》中写道："'离骚'者，犹离忧也"。"离"字未做解释，仅释"骚"为忧。班固《离骚赞序》解释："离，犹遭也。骚，忧也"。"离骚"即罹忧，即遭遇忧愁的意思。其二，释"离骚"为别愁。王逸在《楚辞章句·离骚经序》中说："离，别也。骚，愁也。""离骚"就是"别愁"之意。其他还有一些解释，如"牢骚"说（扬雄）、"遭忧"说（钱澄之）、"曲名"说（游国恩）、"方言"说（项世安）、"苗语"说等。综观古今的各种解释，我们可以这样理解：屈原遭遇了巨大忧患，有满腔的愤懑之情需要抒发，而《离骚》又是楚人以发牢骚为内容的曲名，于是屈原沿用楚曲旧题而创作出千古不朽的诗篇。

2.《离骚》的写作时间

《离骚》作于何时？古今学者看法不一，主要观点有三：其一，作于楚怀王时。持这种观点的有司马迁、班固等。其二，作于顷襄王时期。持此观点的有游国恩、郭沫若、陈子展等。其三，作于怀王末期至顷襄王初期。持此看法的有姜亮夫、刘永济等。

根据《离骚》文本和屈原生平事迹以及古今学者意见，综合分析研究，《离骚》当为怀王时屈原被放逐后所作。

3.《离骚》内容详解

《离骚》的分段，历来不一，大致有 95 家之多。此处我们采用五大段加尾声的分法。

第一大段从"帝高阳之苗裔兮"到"固前圣之所厚"，是现实中诗人的政治追求阶段。写诗人以"内美"和"修能"佐王导君，以追求实现理想政治，但均遭到了失败。

开头写诗人具有先天之内美，又有后天之修能，具备了佐王导君的才德。诗人从自己的世系、品质、修养、抱负写起，具有先天之"内美"。这其中包括：一是诗人有爱祖国之美德，自述是"高阳之苗裔"，是楚人的子孙；二是有不平凡的生辰——寅年、寅月、寅日降生；三是有同天一样公正、同地一样灵善的嘉名（名正则，字灵均，古人认为一个人的美名可以代表其美好的本性）。不仅有"内美"，诗人还具有后天的"修能"。修能，美好的容态，这里指德能。为具备后天的德能，诗人早年就害怕时光易逝而汲汲自修。接下来回溯了自己辅佐楚王所进行的改革弊政的斗争及遭受谗言诽谤被疏远的遭遇。失败的原因：一是党人的贪婪、嫉妒与中伤；二是楚王的昏庸、听信谗言；三是自己的"好修"，去追求美好的品德，故而正邪不能相容。诗人表明了自己决不同流合污的政治态度与"九死未悔"的坚定信念。

第二大段从"悔相道之不察兮"到"沾余巾之浪浪"，表现诗人政治追求失败后或进或退的思想斗争。诗人在政治斗争中受到挫折以后，思想产生动摇，并随之产生各种矛盾心理：是归隐以独善其身，还是远游以作他求？诗人通过与两个人物的对话表达了自己的想法。一是女嬃的关心和责备。"女嬃之婵媛兮，申申其詈予。"女嬃，传说中屈原的姐姐，还有一种说法是屈原的侍妾，我们可以理解为这是屈原虚构的人物。女嬃举出古贤者鲧的例子作为诗人的鉴戒。鲧，远古传说中大禹的父亲。鲧因秉性刚直而被杀死在羽山的荒野。女嬃劝说诗人不要"博謇而好修"，应苟合世俗而明哲保身。二是诗人南行来到了九疑山仙地向古圣君重华倾诉自己的衷情。重华，古帝虞舜。诗人先列举夏商两代的启、羿、浞、浇、桀、纣等人，由于"康娱""淫游""常违"，一个个都亡国亡身没有好下场。而禹、汤、周文王三位开国贤君，则由于"举贤才而授能""循绳墨而不颇"，都得到了皇天的庇佑而享有天下。

诗人通过正反事例的对比，证明自己理想的政治和修洁自励的生活态度，是经过古代圣君实践并证实过的，是完全正确的。

第三大段从"跪敷衽以陈辞兮"到"余焉能忍与此终古"，是诗人幻境中的求索阶段。

在举世混浊我独清的现实社会里，诗人没有出路，为了实现自己的崇高理想，诗人只好驾玉虬乘凤鷖，远离世俗向天宫飞去。先写诗人上征天宫以求帝女而不得，后写下索佚女仍无所得。诗人来到天帝的宫门前却遭到冷遇。被拒后，诗人走上了"相下女"的征途。下女，指下文所说的神话中的洛水之神宓妃、"有娀之佚女"简狄、"有虞之二姚"即有虞国国君虞思的两个女儿。下，相对天上的帝宫而言，宓妃等虽都是神话中人物，但不住在天上，故称"下女"。然而诗人"求之不得"，统统失败了。

幻境中诗人上天下地，四面八方，不遗余力"求索"神女而不得的曲折过程，正好反映了现实生活中诗人反复争取怀王的信任但都失败了的过程。

第四大段从"索藑茅以筳篿兮"到"周流观乎上下"，写诗人求索失败后或去或留的思想斗争。

诗人在失败后的绝望心情下，只好请灵氛来占卜，以决定自己的行止。占卜之辞告诉诗人：天下无比广阔，追求"美女"将必有所得。灵氛劝诗人："勉远逝而无狐疑兮，孰求美而释女（汝）？"——你要下定决心，不要迟疑不决。哪个寻求好配偶会放弃你呢？——劝诗人不要留恋故国，到远方去才会有所遇合。

问卜于灵氛之后，诗人对是否远游仍旧拿不定主意。于是又准备了祭品迎接巫咸的降临。巫咸劝诗人远游以求合，并以古代皋陶遇到大禹、伊尹遇到商汤为例，说明明君和贤臣是可以遇合的。巫咸又以男女之间没有媒人亦可结合做比喻，列举傅说、宁戚、吕望的史实，说明圣君可以自己选择良臣，良臣也可以择主而事。巫咸勉励诗人应趁着身未老、时未过及早出走求合，以免为小人所误。

第五大段从"灵氛既告余以吉占兮"到"蜷局顾而不行"，写幻境中去国远游以求合，但终于因眷念故国而不忍离去。

诗人选择良时吉日，备好干粮，套上神马，装饰了彩车，做好去国远游的准备。然而当诗人上升到光明灿烂的天宇之后，回望楚国的大地，看见生于斯养于斯的父母之邦，诗人内心深蕴的爱国主义感情便如火山一般迸发出来。这炽热的爱国之情把他从去国离乡的道路上拉了回来，他虽然明知离开楚国可以使自己的前途一片光明，但他宁愿再回到黑暗的楚国，因为他是"高阳之苗裔"，是楚国人！

从"乱曰：已矣哉"到最后，是尾声，也是全篇的总结。作者慨叹道：算了吧！朝堂里没有贤人所以没有谁能了解我啊！我又为什么要怀念故国！既然不值得和他们一起实行"美政"，我将要追随先贤彭咸于地下！彭咸，是殷时的贤大夫，忠谏其君不被接受，后投水自杀。"从彭咸之所居"，即诗人想要追随彭咸于地下的意思。诗人产生了以死殉国的念头。

4. 《离骚》主旨：对祖国的深厚情感、对理想的不懈追求、对自身节操的完善

诗中通过诗人一生不懈的斗争和身殉理想的坚贞行为，塑造了具有崇高品格的抒情主人公形象，反映了诗人实施"美政"、振兴楚国的政治理想和爱国感情，表现了诗人修身洁行的高尚节操和疾恶如仇的斗争精神，并对楚国的腐败政治和黑暗势力作了无情的揭露和斥责。

5. 积极的浪漫主义手法

屈原是我国积极浪漫主义诗歌传统的奠基人。《离骚》塑造了一个有崇高的理想、高洁的人格、丰富强烈的感情的理想主人公形象。在手法上多采用幻想的形式、离奇的情节、形象的比喻、大胆的夸张以及神话色彩等，描绘出一个声势煊赫、雄奇壮丽的艺术境界。

6. 开创"骚体"的新形式

屈原创造了一种句法参差、韵散结合的新形式，后人称之为"骚体"。因之，屈原的《离骚》与《诗经》中的"国风"齐名，人称"风骚"。比起《诗经》的语言，它的长度增长，扩大了结构，增加了容量，有助于增强作品的艺术表现力。语言以六言、七言为主，杂以其他句式，自由活泼，错落有致，给人抑扬顿挫之感。"兮"字的运用，更引人注目，大多置于句尾，隔句一用，使诗句更有强烈的节奏感和回环的音乐美。

7. "香草美人"的象征手法

《离骚》开篇是屈原讲述自己拥有高贵的出身和天赋的良好素质，同时又注重后天的修养；"扈江离与辟芷兮，纫秋兰以为佩"，他把江离和辟芷披在身上，把秋兰结成佩挂在身边。这些意象给人带来优美的审美感受，同时表达了诗人高洁的品行和修养。在《离骚》中，"美人"还用来喻指君王。将君王比作神话中的神女，以"求女"比喻自己渴望求得贤明君主的心情。

课后小论坛

1. 有人说"《离骚》是屈原心灵历程的吟唱"；有人说《离骚》是屈原"根据楚国的政治现实和自己的不平遭遇'发愤以抒情'"而作；有人说《离骚》是他"在思考如何尽快把怀王从秦国救回来的办法，使楚国免遭灭亡之灾"而作；……阅读完本诗，谈谈你的看法。

2. 屈原开创了许多新的艺术手法，谈谈后世的哪些文人、作品、段落受到屈原的启发和影响。

3. 读《离骚》你感受到了怎样的湘楚文化？尝试说说你的看法。

家贫从未嫌母丑，血浓于水爱深沉

——舒婷《祖国啊，我亲爱的祖国》

阅读小贴士

　　舒婷原名龚佩瑜，祖籍福建泉州，1952 年出生于福建石码镇（今漳州龙海）。舒婷是朦胧诗派的代表作家之一，与北岛、顾城齐名。1969 年 17 岁时，她到闽西一个山村插队，插队期间开始写诗，反映一代青年的痛苦、迷惘、觉醒和追求。她的诗歌在知识青年中广为传抄。1972 年返城当工人。1979 年开始公开发表诗作。1980 年到福建省文联工作，从事专业写作。著有诗集《双桅船》《会唱歌的鸢尾花》《舒婷顾城抒情诗选》，散文集《心烟》等。

　　《祖国啊，我亲爱的祖国》发表于《诗刊》1979 年第 7 期，是舒婷的处女作，也是她的代表作之一。本诗获得了 1979—1980 年全国青年优秀诗歌奖。据说诗歌的写作时间是 1976 年，从写作到发表的 1976—1979 年是一个特殊的历史节点，国家在政治、经济、文化上百废待兴、百业待举。1975 年 1 月，周恩来总理作《政府工作报告》，提出农业、工业、国防和科学技术的现代化。这在当时以及之后相当长的一段时间，成了中国人民的共同理想。1978 年 12 月 18 日—22 日，党的十一届三中全会召开。它是我党历史上具有深远意义的伟大转折。中国进入了改革开放的新的历史时期。

　　刚刚从动荡中走出的中国人，无不充满着憧憬、理想、信念，希望投身到国家的建设和发展中，他们渴望通过自己的劳动、奉献改变中国的面貌，使中国走上现代化的道路。

　　这首诗表达了一代人，乃至全国人民建设祖国、奉献国家的深挚情感。

原典轻松读

祖国啊，我亲爱的祖国

我是你河边上破旧的老水车，

数百年来纺着疲惫的歌；

我是你额上熏黑的矿灯，

照你在历史的隧洞里蜗行摸索；

我是干瘪的稻穗；是失修的路基；

是淤滩上的驳船

把纤绳深深

勒进你的肩膊；

——祖国啊！

我是贫困，

我是悲哀。

我是你祖祖辈辈

　　痛苦的希望啊，

是"飞天"袖间

千百年未落到地面的花朵；

——祖国啊！

我是你簇新的理想，

刚从神话的蛛网里挣脱；

我是你雪被下古莲的胚芽；

我是你挂着眼泪的笑涡；

我是新刷出的雪白的起跑线；

是绯红的黎明

　　正在喷薄；

——祖国啊！

我是你的十亿分之一，

是你九百六十万平方的总和；

你以伤痕累累的乳房

喂养了

迷惘的我、深思的我、沸腾的我；

那就从我的血肉之躯上

去取得

你的富饶、你的荣光、你的自由；

——祖国啊，

我亲爱的祖国！

1979 年 4 月

（舒婷：《舒婷的诗》，人民文学出版社 2005 年版）

文学小课堂 ✳ ○ ✳ ○ ✳ ○ ✳ ○ ✳ ○ ✳ ○ ✳ ○ ✳ ○ ✳ ○

1. "我"与祖国母亲血肉相连、荣辱与共

全诗共分四节，每一节都相对独立、包含着特定的思想情感。情感逻辑层层递进，先抑后扬。我们来看第一节。

诗中第一句"我是你河边上破旧的老水车，数百年来纺着疲惫的歌"，"破旧的老水车""疲惫的歌"，表达出祖国的落后、贫穷和灾难深重；第二句"我是你额上熏黑的矿灯，照你在历史的隧洞里蜗行摸索"，"熏黑的矿灯"与"蜗行摸索"显示出祖国前进步伐的艰辛、曲折、沉重与缓慢；第三句中的两个意象——"干瘪的稻穗""失修的路基"，显示出祖国的封闭、贫瘠与破败；第四句"是淤滩上的驳船/把纤绳深深/勒进你的肩膊"，这句显示出祖国在痛苦中奋力抗争、顽强不屈的形象；最末一句是充满感情的感叹——"祖国啊！"由前面对祖国形象的描绘，转而直接抒发对祖国贫穷落后的深深理解和对她顽强不屈精神的深深赞叹。

第一节诗人以忧伤的心情，回溯了祖国数百年来贫困落后的面貌。

与第一节开头的长句不同，第二节的节奏开始加快。开头用短句承上启下，"我是贫困，/我是悲哀"，是对历史的概括和心境的书写。第四句中的"飞天"指佛教壁画或石刻中飞舞在空中的神。神于空中飞翔，故称"飞天"。"天"这个字，在佛教中不仅指天国、天堂，还寓意一种最高的、最优越的境界、最理想的生存环境。"飞天袖间""未落到地面的花朵"代指人们对美好生活的向往和愿望仍未实现。诗人发出了痛心的呼喊："祖国啊！"

第二节写希望虽美好，但仍未实现，因而祖祖辈辈依然与贫穷、悲哀相伴。一种深深的遗憾之情泻于笔端。

第三节最突出的是用了两组意象群：一是象征内乱结束的"神话的蛛网"，表达内乱结束后欣喜心情的"挂着眼泪的笑涡"；另一组是象征着祖国新生的意象群，"胚芽""起跑线""黎明"等，表达了新生活开始的期望。末句仍是"祖国啊"的重复咏叹，而此时情绪上却增加了亮色，调子开始昂扬，充满了新生活开始的希望。

第三节抒发了诗人在噩梦苏醒后的欣喜与希望，是诗中情感抒发最浓烈的段落。

第四节头两行用"十亿分之一"与"九百六十万平方"构成小与大的对比，寓意"我"是祖国的一分子，但"我"又胸怀着整个祖国。"伤痕累累的乳房"指代多灾多难的祖国。"迷惘的我"指代在过去的年代里我们产生的精神的迷惘，我们失去了生存的理智。"深思的我"指代我们在历史的变革之中，尤其是在十年动乱中，思考中国的命运。"沸腾的我"指代改革开放到来之后，我们的热血沸腾，欢欣雀跃，准备为建设祖国奉献青春与激情。接下来，诗歌从第二句的"你以乳房喂养我"到第三句"从我的血肉之躯上去取得"形成一个对照，突出"我"同祖国的血乳关系；上句的"迷惘、深思、沸腾"，与下句的"富饶、荣光、自由"，也是性质相反的对衬，以见出痛苦和欢欣的无限。最后一句"祖国啊，我亲爱的祖国"与标题相扣，又深化了主题。而抒情主人公"我"的情感也随之由冷到热，由抑到扬，经过一步步的酝酿，最后达到了情感的高潮。

本节突出了"我"与祖国母亲血肉相连、荣辱与共的密切关系，表达了一代人为祖国献身的热忱之情。

2. 一代人的爱国情怀

《祖国啊，我亲爱的祖国》是一首向祖国倾诉情怀的歌，深情地唱出了诗人对苦难祖国的忧虑和关注，对新生中国的欢心和热爱，书写了一代青年从深思到沸腾的心理历程，表达了对祖国的未来充满信心和希望的情感。

3. 主客合一，物我相融

这首诗中客观的历史、现实与主体的自我不再有那么明显的界限，祖国落后的历史、贫困、希望乃至新的振兴都成了诗人自我的组成部分。在这里，已分不清客观的生活和主观的自我。"老水车"和"'飞天'袖间的花朵",不但是祖国躯体上的一部分,而且是诗人心灵的一个组成部分。诗人的这种主客合一,主体占优势的艺术想象,表达出祖国的一切就是"我"的一切,都和我血肉相连。它不是一种外部事物被我的心灵感知,而是我的心灵、我的肉体对我自己的神经系统的感知。由此而言,舒婷的这首诗歌突破了20世纪五六十年代诗歌想象的模式,不但在艺术上有所突破,而且在表现情感的深度上也有所突破。

4. 立意新颖,感情真挚

与一般的歌颂祖国的诗不同,它没有慷慨激昂的豪言壮语,没有夸耀文明古国的历史文化,没有塑造高大完美的祖国形象。在赞颂祖国时,女诗人选择了一个新颖的角度。她从祖国贫穷落后的苦难历史写起,从人民痛苦的希望写起,从而表现历史转折时期祖国的生机,一代人奉献祖国的心声。

5. 意象繁复密集,富于画面感

所谓意象,"是融入了主观情意的客观物象,或者是借助客观物象表现出来的主观情意"。简单说,就是把主观情感投射到客观物象上去,含蓄曲折地表达出诗意。正因为如此,诗歌意境显得朦胧,需要读者的联想与想象去捕捉。如第一节中以破旧的老水车,象征落后的农业;以熏黑的矿灯,象征凋敝的工业;以干瘪的稻穗,象征着人民的饥饿;以失修的路基、淤滩上的驳船,象征社会的闭塞。这幅画面能够如此生动和立体,是因为作者选取物象时注意了丰富性和层次性。

6. 节奏感强,有音乐美

全诗无一字议论,皆以意象描绘,以情贯穿。抒情又非一览无余的倾诉,而是注意其波动的节奏,由悲哀低沉到欣喜高昂,又由亢奋到深沉。其中夹杂着悲壮、忧患、炽烈、失望与希望、叹息与追求等多种复杂而凝重的感情,体现出诗人独有的委婉幽深、柔美隽永的抒情个性。

7. 比拟、借代等修辞手法的运用

本诗运用了大量修辞手法:比拟、对比、重复、排比、借代等。郭沫若在《炉中煤》里把祖国美化为年轻的女郎,舒婷则把祖国比拟为伤痕累累的母亲,以赤子之情向母亲倾诉内心的痛苦,表达为祖国的未来而献身的激情和决心。再如,每节诗的末尾都有一句深沉的咏叹"——祖国啊",字词重复,表达的情感却层层递进,由痛苦、悲哀、迷惘到沉思、沸腾。这些手法的运用,使得语言的表现力大大增强。

1. 试谈谈本诗使用了哪些意象，表现了怎样的情感。

2. 联系诗歌意象及抒情主人公"我"的情感变化，简要分析祖国的风雨历程。

3. "朦胧诗"在 20 世纪 80 年代产生很大的影响，也引发了学界的争论。联系你读过的"朦胧诗"，谈谈你是如何看待"朦胧诗"的。

4. 尝试使用意象，写一首抒情小诗。

生死相依，患难与共

——都德《柏林之围》

阅读小贴士

阿尔封斯·都德（1840—1897），法国现实主义小说家，是和法国著名的作家福楼拜、左拉、莫泊桑齐名的小说家。

他生于法国南部普鲁旺斯省尼姆城的一个工厂主家庭，15 岁时家庭破产，为谋生计，开始在小学担任自修课辅导员。1857 年到巴黎，出版小说集《多情女郎》，开始了文学创作之路。1866 年发表描写南方自然风光和生活习俗的《磨坊书简》，两年后出版反映学校生活的长篇小说《小东西》，这两部作品都深受读者的欢迎。1870 年普法战争爆发，30 岁的都德应征入伍，保家卫国，亲身经历了受屈辱的割地求和的情景。他以自己亲身体会的战争生活为题材，写下了不少充满爱国主义精神的短篇小说，编成了短篇小说集《星期一故事集》。其中《最后一课》和《柏林之围》由于具有深刻的爱国主义内容和精湛的艺术技巧而享有极高的声誉，成为世界短篇小说中的杰作。后来又出版了两个短篇小说集《故事选》（1879）、《冬天的故事》（1896）。创作短篇小说近百篇。

都德一生共写有 13 部长篇小说、4 部剧本、4 部短篇小说集和一部诗集。长篇小说主要有：达达兰三部曲（《达拉斯贡城的达达兰》《阿尔卑斯山上的达达兰》《达拉斯贡港》）、《小弟弟罗蒙与长兄黎斯雷》（又译《小弗罗芒和大里斯勒》）、《富豪》、《努马·卢梅斯当》和《不朽者》等。

柏林之围

我们一边与韦医生沿着爱丽舍田园大道往回走，一边向被炮弹打得千疮百孔的墙壁、被机枪扫射得坑洼不平的人行道探究巴黎被围的历史。当我们快到明星广场的时候，医生停了下来，指着那些环绕着凯旋门的富丽堂皇的高楼大厦中的一幢，对我说：

"您看见那个阳台上关着的四扇窗子吗？八月初，也就是去年那个可怕的充满了风暴和灾难的八月，我被找去诊治一个突然中风的病人。他是儒弗上校，一个拿破仑帝国时代的军人，在荣誉和爱国观念上是个老顽固。战争一开始，他就搬到爱丽舍来，住在一套有阳台的房间里。您猜是为什么？原来是为了参观我们的军队凯旋的仪式……这个可怜的老人！维桑堡[1]惨败的消息传到他家时，他正离开饭桌。他在这张宣告失利的战报下方，一读到拿破仑的名字，就像遭到雷击似的倒在地下。

"我到那里的时候，这位老军人正直挺挺躺在房间的地毯上，满脸通红，表情迟钝，就像刚刚当头挨了一闷棍。他如果站起来，一定很高大，现在躺着，还显得很魁梧。他五官端正、漂亮，牙齿长得很美，有一头蜷曲的白发，八十高龄看上去只有六十岁……他的孙女跪在他身边，泪流满面。她长得很像他，瞧他们在一起，可以说就像同一个模子铸出来的两枚希腊古币，只不过一枚很古老，带着泥土，边缘已经磨损，另一枚光彩夺目，洁净明亮，完全保持着新铸出来的那种色泽与光洁。"

这女孩的痛苦使我很受感动。她是两代军人之后，父亲在麦克马洪[2]元帅的参谋部服役，躺在她面前的这位魁梧的老人的形象，在她脑海里总引起另一个同样可怕的对于他父亲的联想。我尽最大的努力安慰她，但我心里并不存多大希望。我们碰到的是一种地地道道的严重的半身不遂，尤其是在八十岁得了这种病，是根本无法治好的。事实也正如此，整整三天，病人昏迷不醒，一动也不动……在这几天之内，又传来了雷舍芬[3]战役失败的消息。您一定还记得消息是怎么误传的。直到那天傍晚，我们都以为是打了一个大胜仗，歼灭了两万普鲁士军队，还俘虏了普鲁士王太子……我不知道是由于什么奇迹、什么电流，那举国欢腾的声浪竟波及我们这位可怜的又聋又哑的病人，一直钻进了他那瘫痪症的幻觉里。总之，这天晚上，当我走近他的床边时，我看见的不是原来那个病人了。他两眼有神，舌头也不那么僵直了。他竟有了精神对我微笑，还结结巴巴说了两遍：

"'打……胜……了！'

"'是的，上校，打了个大胜仗！'

"我把麦克马洪元帅辉煌胜利的详细情况讲给他听的时候，发觉他的眉目舒展了开来，脸上的表情也明亮起来。

"我一走出房间，那个年轻的女孩正站在门边等着我，她面色苍白，呜咽地哭着。

"'他已经脱离生命危险了！'我握住她的双手安慰她。

"那个可怜的姑娘几乎没有勇气回答我。原来，雷舍芬战役的真实情况刚刚公布了，麦克马洪元帅逃跑，全军覆没……我和她惊恐失措地互相看着。她因担心自己的父亲而发愁，我呢，为老祖父的病情而不安。毫无疑问，他再也受不了这个新的打击……那么，怎么办呢？……只能使他高高兴兴，让他保持着这个使他复活的幻想……不过，那就必须向他撒谎……

"'好吧，由我来对他撒谎！'这勇敢的姑娘自告奋勇对我说，她揩干眼泪，装出喜气洋洋的样子，走进祖父的房间。

"她所负担的这个任务可真艰难。头几天还好应付。这个老好人头脑还不十分健全，就像一个小孩似的任人哄骗。但是，随着健康日渐恢复，他的思路也日渐清晰。这就必须向他讲清楚双方军队如何活动，必须为他编造每天的战报。这个漂亮的小姑娘看起来真叫人可怜，她日夜伏在那张德国地图上，把一些小旗插来插去，努力编造出一场场辉煌的战役；一会儿是巴赞[4]元帅向柏林进军，一会儿是弗鲁瓦萨尔[5]将军攻抵巴伐利亚[6]，一会儿是麦克马洪元帅挥戈挺进波罗的海海滨地区。为了编造得活灵活现，她总是要征求我的意见，而我也尽可能地帮助她；但是，在这一场虚构的进攻战里，给我们帮助最大的，还是老祖父本人。要知道，他在拿破仑帝国时期已经在德国征战过那么多次啊！对方的任何军事行动，他预先都知道：'现在，他们要向这里前进……你瞧，他们就要这样行动了……'结果，他的预见都毫无例外地实现了，这当然免不了使他有些得意。

"不幸的是，尽管我们攻克了不少城市，打了不少胜仗，但总是跟不上他的胃口，这老头简直是贪得无厌……每天我一到他家，准会听到一个新的军事胜利：

"'大夫，我们又打下美央斯[7]了！'那年轻的姑娘迎着我这样说，脸上带着苦笑。这时，我隔着门听见房间里一个愉快的声音对我高声喊道：

"'好得很，好得很……八天之内我们就要打进柏林了！'

"其实，普鲁士军队离巴黎只有八天的路程……起初我们商量着把他转移到外省去；但是，只要一出门，法兰西的真实情况就会使他明白一切。我认为他身体太衰弱，精神上受到沉重打击所引起的中风还很严重，不能让他了解真实的情况。于是，我们决定还是让他留在巴黎。

"巴黎被围的第一天，我去到他家。我记得，那天我很激动，心里惶恐不安。当时，巴黎所有的城门都已关闭，敌人兵临城下，国界已经缩小到郊区，人人都感到恐慌。我进去的时候，这个老好人正坐在自己的床上，兴高采烈地对我说：

"嘿！围城总算开始了！'

"我惊愕地望着他：

"'怎么，上校，您知道了？……'

"他的孙女赶快转身对我说：

"'是啊！大夫……这是好消息，围攻柏林已经开始了！'

"她一边说这话，一边做针线活，动作是那么从容、镇静……老人又怎么会产生怀疑呢？屠杀的大炮声他是听不见的。被搅得天翻地覆、灾难深重的不幸的巴黎城，他是看不见的。他从床上所能看到的，只有凯旋门的一角，而且，在他房间里，周围摆设着一大堆破旧的拿破仑帝国时期的遗物，有效地维持着他的种种幻想。拿破仑手下元帅们的画像，描绘战争的木刻，罗马王[8]婴孩时期的画片；还有镶着镂花铜饰的高大的长条案，上面陈列着帝国的遗物，什么徽章啦，小铜像啦，玻璃圆罩下的圣赫勒拿岛[9]上的岩石啦，还有一些小画像，画的都是同一位头发拳曲、眉目有神的贵妇人，她穿着跳舞的衣裙、黄色的长袍，袖管肥大而袖口紧束——所有这一切，长条案，罗马王，元帅们，黄袍夫人，那位身材修长、腰带高束、具有一八〇六年人们所喜爱的端庄风度的黄袍夫人……构成了一种充满胜利和征服的气氛，比起我们向他——善良的上校啊——撒的谎更加有力，使他那么天真地相信法国军队正在围攻柏林。

"从这一天起，我们的军事行动就大大简化了。攻克柏林，这只是一个时间问题。过了一些时候，只要这老人等得不耐烦了，我们就读一封他儿子的来信给他听，当然，信是假造的，因为巴黎已经被围得水泄不通，而且，早在色当[10]大败以后，麦克马洪元帅的参谋部就已经被俘并被押送到德国某一个要塞去了。您可以想象，这个可怜的女孩多么痛苦，她得不到父亲的半点音讯，只知道他已经被俘，被剥夺了一切，也许还在生病，而她却不得不假装他的口气写出一封封兴高采烈的来信；当然信都是短短的，一个在被征服的国家不断胜利前进的军人只能写这样短的信。有时候，她实在坚持不下去了，于是好几个星期都没有来信。这位老人可就着急了，睡不着了。于是很快又从德国来了一封信，她来到他床前，忍住眼泪，装出高高兴兴的样子念给他听。老人一本正经地听着，一会儿心领神会地微笑，一会儿点头赞许，一会儿又提出批评，还对信上讲得不清楚的地方给我们加以解释。但他特别高贵的地方，是表现在他给儿子的回信中。他说：'你永远不要忘记自己是法国人……对那些可怜的人要宽大为怀。不要使他们感到我们的占领是令人难以忍受的……信中全是没完没了的叮嘱，关于要保护私有财产啦，要尊重妇女啦等等一大堆令人钦佩的车轱辘话，总而言之，是一部专为征服者备用的地地道道的军人荣誉手册。有时，他也在信中夹杂一些对政治的一般看法以及媾和的条件。在这个问题上，我应该说，他的条件并不苛刻：'只要战争赔款，别的什么都不要……把他们的省份割过来有什么用呢？难道我们能把德意志变成法兰西吗？……'

"他口授这些话的时候，语气是很坚决的，可以感到他的话里充满了天真的感情，他这种高尚的爱国心听起来不能不使人深受感动。

"这期间，包围圈愈来愈紧，唉，不过并不是柏林之围！……那时正是严寒季节，大炮不断轰击，瘟疫流行，饥馑逼人。但是，幸亏我们精心照料，无微不至，老人的静养总算一刻也没有受到侵扰。直到最困难的时候，我都有办法给他弄到白面包和新鲜肉。当然这些食物只有他才吃得上。您很难想象还有什么比这位老祖父就餐的情景更使人感动的了，自私自利地享受着而又被蒙在鼓里：他坐在床上，红光满面，笑嘻嘻的，胸前围着餐巾；因为饮食不足而脸色苍白的小孙女坐在他身边，扶着他的手，帮助他喝汤，帮助他吃那些别人都吃不上的好食物。饭后，老人精神十足，房间里暖和和的，外面刮着寒冷的北风，雪花在窗前飞舞，这位老军人回忆起他在北方参加过的战役，于是，又向我们第一百次讲起那次倒霉的从俄罗斯的撤退[11]，那时，他们只有冰冻的饼干和马肉可吃。

"'你能体会到吗？小家伙，我们那时只能吃上马肉！'

"我相信他的孙女是深有体会的。这两个月来，她除了马肉外没有吃过别的东西……但是，一天天过去了，随着老人日渐恢复健康，我们对他的照顾愈来愈困难了。过去，他感觉迟钝、四肢麻痹，便于我们把他蒙在鼓里，现在情况开始转变了。已经有那么两三次，玛约门[12]前可怕的排炮声惊得他跳了起来，他像猎犬一样竖起耳朵；我们就不得不编造说，巴赞元帅在柏林城下又取得了决定性的胜利，刚才是荣军院鸣炮表示庆祝。又有一天，我们把他的床推到窗口，我想那天正是发生了布森瓦[13]血战的星期四，他一下就清清楚楚看见了在林荫道上集合的国民自卫队。

"'这是什么军队？'他问道。接着我们听见他嘴里轻声抱怨：

"'服装太不整齐，服装太不整齐！'

"他没有再说别的话；但是，我们立刻明白了，以后可得特别小心。不幸的是，我们还小心得不够。

"一天晚上，我到他家的时候，那女孩神色仓皇地迎着我：

"'明天他们就进城了！'她对我说。

"老祖父的房门当时是否开着？反正，我现在回想起来，经我们这么一说，那天晚上老人的神色的确有些特别。也许，他当时听见了我们的谈话。只不过我们谈的是普鲁士军队；而这个好心人想的是法国军队，以为是他等待已久的凯旋仪式——麦克马洪元帅在鲜花簇拥、鼓乐高奏之下，沿着林荫大道走过来，他的儿子走在元帅的旁边；他自己则站在阳台上，整整齐齐穿着军服，就像当年在鲁镇[14]那样，向遍布弹痕的国旗和被硝烟熏黑了的鹰旗致敬……

"可怜的儒弗老头！他一定是以为我们为了不让他过分激动而要阻止他观看我们军队的凯旋游行，所以他跟谁也不谈这件事；但第二天早晨，正当普鲁士军队小心翼翼地沿着从玛约门到杜伊勒利宫的那条马路前进的时候，楼上那扇窗子慢慢打开了，上校出现在阳台上，头顶军盔，腰挎马刀，穿着米约[15]手下老骑兵的光荣而古老的军装。我现在还弄不明白，是一种什么意志、一种什么突如其来的生命力使他能够站了起来，并穿戴得这样齐全。反正千真万确他是站在那里，就在栏杆的后面，他很诧异马路是那么空旷、那么寂静，每一家的百叶窗都关得紧紧的，巴黎一片凄凉，就像港口的传染病隔离所，到处都挂着旗子，但是旗子是那么古怪，全是白的，上面还带有红十字，而且，没有一个人出来欢迎我们的队伍。

"乍时，他以为自己是弄错了……

"但不！在那边，就在凯旋门的后面，有一片听不清楚的嘈杂声，在初升的太阳下，一支黑压压的队伍开过来了……慢慢地，军盔上的尖顶在闪闪发光，耶拿[16]的小铜鼓也敲起来了，在凯旋门下，响起了舒伯特的胜利进行曲，还有列队笨重的步伐声和军刀的撞击声伴随着乐曲的节奏！……

"于是，在广场上一片凄凉的寂静中，听见一声喊叫，一声惨厉的喊叫：'快拿武器……快拿武器……普鲁士人来了。'这时，前哨部队的头四个骑兵可以看见在高处阳台上，有一个身材高大的老人挥着手臂，踉踉跄跄，最后全身笔直地倒了下去。这一次，儒弗上校可真的死了。"

（[法]都德：《最后一课》，柳鸣九译，长江文艺出版社 2012 年版）

注释：

[1] 维桑堡：法国东北部一个城市。1870 年 8 月 4 日，法军杜埃将军的一个师被普鲁士军队歼灭在此地。

[2] 麦克马洪（1808—1893）：法国元帅，普法战争时，在雷舍芬战役中遭到惨败，后又在色当战役负伤。1873 年至 1879 年任法国总统。

[3] 雷舍芬：莱茵河下游一带。1870 年 8 月 6 日，普法两军在此会战，法军大败。

[4] 巴赞（1811—1888）：法军元帅，在普法战争中昏庸无能，投降卖国，后受到军事审判。

[5] 弗鲁瓦萨尔（1807—1875）：法国将军，普法战争中，在富尔巴赫一役败于普军。

[6] 巴伐利亚：当时德意志联邦的一个邦。

[7] 玛央斯：巴伐利亚的一个城市。

[8] 罗马王：拿破仑的儿子，生下来后被封为意大利国王。

[9] 圣赫勒拿岛：位于大西洋，拿破仑百日政变后被囚于此，直到逝世。

[10] 色当：在巴黎东北，1870 年 9 月 1 日普法双方在此决战，法军惨败，拿破仑三世投降成为俘虏。

[11] 这里指 1812 年拿破仑征俄失败。

[12] 玛约门：巴黎西边的一个门，现在已不存在。

[13] 布森瓦：巴黎郊区的一个古堡，1871 年 1 月 9 日法军在这里进行了激烈的抵抗。

[14] 鲁镇：德国城市，1813 年拿破仑曾在这里击败俄普联军。

[15] 米约（1768—1833）：拿破仑的部下，著名骑兵将领。

[16] 耶拿：德国城市。"耶拿的铜鼓"意指普鲁士的军鼓。

文学小课堂

1. 以普法战争为背景，《最后一课》的姊妹篇

《柏林之围》是都德的短篇名作，是《最后一课》的姊妹篇，收入以普法战争为题材的短篇小说集《星期一故事集》。普法战争是 1870 年 7 月 19 日至 1871 年 5 月 10 日，法国同普鲁士王国之间的一场战争。普鲁士意图统一德国，法国阻碍德国统一，并企图称霸欧洲，所以双方矛盾重重。1870 年 7 月 19 日法国向普鲁士开战，率先挑起战争。但法军出兵缓慢，接连失利，而普军出兵迅速，攻入法国境内。在色当战役中法国大败，拿破仑三世投降。小说《最后一课》以普法战争为背景。法国战败后割让了阿尔萨斯和洛林两省，普鲁士人禁止该地学生学习法语，改学德语。在命令颁布以后，小镇的法语教师韩麦尔为学生和镇上的居民上了最后一堂法语课。《最后一课》以真实的历史事件为背景，表现了阿尔萨斯人民反侵略的精神和深厚的爱国主义情感，反映了语言、文化在国家、民族统一大业中不可替代的地位。《柏林之围》是都德以普法战争为背景创作的另一部杰作。

2. 爱国不分国界

这篇小说，以精巧的艺术构思、生动的人物形象、凝练流畅的语言，深刻地反映了爱国主义的主题。小说通过描写老军人儒弗上校突然中风昏迷，继而苏醒康复，最后猝然死去的悲壮故事，表现了普法战争中法国人民所遭受的深重灾难及其强烈的爱国主义感情。

3. 小说构思新颖独特

题目是"柏林之围"，读者会以为这是一篇表现战斗场面的英雄主义篇章。小说的情节，始终摆在尖锐的两军对垒的背景上。但通观整篇作品，看不见金戈铁马、战火纷飞的场面，也没有驰骋沙场的战斗英雄，更没有惊险刺激的情节，而是通过医生讲病人的故事，把悲痛的现实与前线战事勾连起来。从主要人物儒弗搬迁盼望部队凯旋、战争失利突然昏死、听信谎言死而复活，到希望破灭悲愤死去这一系列的情节变化，将主人公一家三代的命运和祖国的命运紧紧相连。老人的喜怒哀乐，最后以身殉职，都源于对祖国命运的关切，这正是作者的匠心独运之处。

4. 情节安排上明线与暗线的巧妙结合

历史史实原本是巴黎被围，文章题目却被命名为"柏林之围"。小说的明线是法军连战告捷，攻抵巴伐利亚，挥戈波罗的海、围困柏林、凯旋还师。与此同时，以威桑堡惨败为开端的暗线也平行地牵着剧情向前发展。雷舍芬法军大败，色当决战法军覆没，普军直逼巴黎，巴黎被围，巴黎被占领。最后明线与暗线交织汇集，暗线取代明线，把悲剧引向高潮。

5. 塑造了性格鲜明的人物形象

作者为我们塑造了一位鲜明丰满的爱国者形象。作者把主人公的命运和普法战争的战况联系在一起，通过肖像描写、语言描写、动作描写来展示他的性格，成功地为我们塑造了一个善良、正直、固执、珍视荣誉、忠于祖国的法兰西民族的老战士形象，而这一形象实则是法兰西人民爱国主义精神的化身。

课后小论坛

1. 试分析儒弗这一人物形象。

2. 小说在叙事上有何特点？哪里使用了补叙、插叙？这样写的好处是什么？

3. 试比较《最后一课》与本文的相同点、不同点。

4. 文中的明线和暗线是如何结合的？

第二篇 生命篇

SHENGMING PIAN

随着现代社会生活节奏加快，人们的压力变大，焦虑、抑郁、轻生……各种各样的社会问题层出不穷。不少青年，面对生活、学业中出现的挫折、失败、失意、不顺，被"不能承受的生命之重"所击败、压倒。更有不少人，失去了人生目标和理想，感觉到无助、彷徨、茫然、颓废、失措，每天醉生梦死、得过且过、碌碌无为、虚度年华。生命，这个自然界赋予的唯此一次的高贵存在，渐渐模糊了面孔。人们汲汲于"何以为生"，却忘记了"为何而生"。文学，如同太阳和月亮照耀着人的生命世界。高尔基说"文学即人学"，关注人，关注生命，这是文艺永恒的话题。诗人不会回避生命中的矛盾和痛苦，但它会克服和超越痛苦，在与心灵中的魔鬼的搏斗中彰显出生命的智慧与坚强，从而展示出人的意志和生命的力量。马克思在《1884年经济学哲学手稿》中认为，"人以一种全面的方式，就是说，作为一个完整的人，占有自己的全面的本质。人对世界的任何一种人的关系——视觉、听觉、嗅觉、味觉、触觉、思维、直观、情感、愿望、活动、爱，——总之，他的个体的一切器官，正像在形式上直接是社会的器官的那些器官一样，……是通过自己的对象性关系，即通过自己同对象的关系而对对象的占有，对人的现实的占有"（《1884年经济学哲学手稿》）。大学生正处于生命的黄金时代，如何在有限的生命历程中不断探索生命的意义，创造生命的价值，推进社会的发展和人类的进步，是应该认真思考的人生课题。

盛衰各有时，立身苦不早

——《古诗十九首·回车驾言迈》

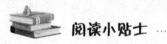 阅读小贴士

　　本诗选自《古诗十九首》。"古诗"本是后代人对于古代诗歌的称谓。汉人称《诗经》为古诗，六朝人也称汉魏诗为古诗。汉诗中有一批诗歌流传到南朝梁、陈的时候，已经不知作者是谁，而且题目也已失传。对于这些诗，编集者便一概题为《古诗》。南朝梁萧统编集《文选》时，第一次将十九首无名作者的抒情短诗辑录在一起，题为《古诗十九首》，后世便沿用了这一名称。

　　《古诗十九首》大约产生于东汉末年，是诗歌由两汉发展到魏晋南北朝过程中一个极为重要的转折点，标志着五言诗在演进过程中已经达到了成熟的阶段。它的题材内容、表现手法、艺术风格为后人师法，影响到后世诗歌的创作与批评。因此，它被称为"五言之冠冕"（《文心雕龙·明诗》）、"千古五言之祖"（《艺苑卮言》）。

　　关于《古诗十九首》的作者，一般认为非一人所作，大约是东汉后期一些下层知识分子文人的作品，多写夫妇、朋友的离愁别绪和士子生活的惆怅彷徨，也有些作品表现出追求富贵和及时行乐的思想，有浓厚的感伤情绪，从一个侧面反映了当时社会的动荡与黑暗。

　　《古诗十九首》习惯上以首句为标题，依次为：《行行重行行》《青青河畔草》《青青陵上柏》《今日良宴会》《西北有高楼》《涉江采芙蓉》《明月皎夜光》《冉冉孤生竹》《庭中有奇树》《迢迢牵牛星》《回车驾言迈》《东城高且长》《驱车上东门》《去者日以疏》《生年不满百》《凛凛岁云暮》《孟冬寒气至》《客从远方来》《明月何皎皎》。

原典轻松读

回车驾言迈

回车驾言迈,悠悠涉长道。[1]四顾何茫茫,东风摇百草。[2]所遇无故物,焉得不速老![3]盛衰各有时,立身苦不早。[4]人生非金石,岂能长寿考?[5]奄忽随物化,荣名以为宝。[6]

(马茂元:《古诗十九首初探》,陕西人民出版社 1981 年版)

注释:

[1] 回车:转变行驶的方向。回:转。言:语气助词,无实义。迈:远行。涉:行进。长道:长长的路途。

[2] 茫茫:广无边际的样子。东风:暖和的风,春风。摇:吹拂。百草:各种各类新生的草。

[3] 故物:以前的东西。焉得:怎能。

[4] 时:时机,时运,命运。立身:指建功立业,树立一生之事业。苦:当恨或遗憾讲。

[5] 长寿考:长寿的意思。寿考:年龄高之意。考:老。

[6] 奄忽:倏忽,迅速。随物化:随物而化,与万物同生共死,此处指死亡。荣名:荣誉美名,好的名声。

译文:

转回车子驾驶着迈向远方,悠悠然跋涉在那长长的道路上。回头四顾那是怎样的茫茫一片啊,强劲的春风摇动着野草,你怎么数也数不清它的数量。我所遇到的都是一些没有交情的事物啊,遭遇这些如果人不感到迅速变老那才不像。兴盛和衰老各有各的时运啊,既然如此立身处世何苦不早一点儿去思量?人的一生并非像那金属和石头一样的坚固啊,哪能够长生不老而又永远安康?奄奄一息却又忽然之间随着客观事物的变化而变化啊,人人都把荣耀的名声作为至宝来珍视。

文学小课堂

1. 苦闷知识分子的失意吟唱

东汉末年，外戚宦官轮流专权，互相倾轧，政治上腐化和堕落达到极点，一般士人的理想、希望，在黑暗的现实面前被无情地粉碎。留在心头的，只剩下沉重的压抑和无尽的悲哀。

"回车驾言迈，悠悠涉长道"："回车"二字易使我们联想起之前所讲的《楚辞·离骚》中的诗句："回朕车以复路兮，及行迷之未远。"（调转我的车头返回旧路啊，趁着走入迷途还不远的时候）这一句道出了客游失意之感。"悠悠"二字写出了路途遥遥、归宿不定的迷茫。本句通过写诗人转回车子驾驶着奔向远方，跋涉在那长长的道路上，做一次长途的旅行，透露出诗人惆怅、失意的感受。

"四顾何茫茫，东风摇百草"：诗人环顾四周一片茫茫，只有在强劲的春风中摇动着的各种野草。诗中用"摇"字连缀起"东风""百草"二词，立即把满眼春光写得满目萧条、一派凄凉。诗人是带着人生种种失意之感去浏览自然界景物的，于是万物皆着"我"之色彩。诗人透过春草看到的不是生命的活力，而是感受到了去岁百草凋零的悲哀。

"所遇无故物，焉得不速老"：诗人沿途看到客观事物的新陈代谢，感受到自然力量的无情，于是感慨一路上看到的都不是过去的事物，一切都在迅速地变化着，人怎能不迅速衰老呢？这两句是全诗的转折，有力地带动了以下八句的抒情。它由今春的"烟草"繁盛联想到去年秋天的枯草衰亡，由百草的盛衰联想到人之速老。由物及人，由叙事、写景过渡到抒情、抒怀。

"盛衰各有时，立身苦不早"：兴盛和衰老各有其时运啊，诗人所遗憾的，是未能早立功业。人生当荣未荣，盛年徒逝。

"人生非金石，岂能长寿考"：诗人转念想到人生而脆弱，并非像金属和石头那样坚固啊，哪能够长生不老、永远安康呢？即使及早立身，也不能如金石一般永固，立身云云，不也是虚妄的吗？

"奄忽随物化，荣名以为宝"：人生短暂，肉体很快地死亡，荣名却可以传到后世，因而是可贵的。诗人终于从反复的思考中，得出了这样一条参悟。

此诗主题词是篇末的"荣名"两个字，对它的解释有消极的，有积极的。马茂元先生在《古诗十九首初探》中认为，就当时一般的失意知识分子的思想来看，荣名指的是士人汲汲以求的荣誉和声名。另一种观点则认为，此处不应仅仅从消极的方面看，本篇表现出对留名不朽的追求。留名的前提自然是对社会有所贡献。这种人生价值观出自人对生命短暂的不甘，出自对永恒的向往和追求。希望将有限的生命投入无限的人类进步事业之中，不能完全以贪图虚名而轻易否定之。建安文人追求事功不朽和文章不朽，就是由此发端的。本诗反映了诗人复杂的内心世界，其中既有"四顾茫茫"，机遇难于把握的无奈情绪，又有及时努力，立身扬名的进取精神。

2. 人生短暂，应及时努力，谋取荣名

本诗由诗人驾车出行，看到世间万物荣枯有时、转瞬即逝，思及人生短暂，从而想到应当及时努力，早立功业，谋得荣名。

3. 景物起兴，由物及人

比，是比喻。兴，是起兴。比兴就是托事于物，由物而引发情感的抒发，使得感情的表达委婉含蓄。诗的前四句以景物起兴：回车远行，长路漫漫，回望但见旷野茫茫，东风摇动百草。眼前之景触发了行役者的万千思绪。诗人想到人和草木一样，"盛衰各有时"。于是诗歌于此采用"点""唤"之笔。"点"，是由自然景物的描写中回笔，由物及人，将其与人生经验、生命哲理联系起来。"唤"指唤出新境界、新感悟：在短促的人生途中，应不失时机地立身显荣。又转而想到即使及早立身，也不能如金石一般永固，那么只有"荣名"可当宝贵。

4. 融情于景，情景交融

前四句景物描写，后八句议论、感慨、抒怀。二者密切结合，达到天衣无缝、水乳交融的境界。

5. 语言朴素自然，感情真挚

全诗平易自然而蕴含丰富，用极朴素又极概括的语言，写出生命短促的最深切的感受，其哲理意义耐人寻味，具有震撼心灵的力量。这就难怪有人认为"所遇无故物，焉得不速老"这两句是古诗中最精彩的句子了！

课后小论坛

1. 诗歌中表现了怎样的思想主题？

2. 请分别联系诗歌写作背景或当代社会，谈谈如何理解诗歌中的最后一句"荣名以为宝"。

3. 本诗采用了感物兴怀的表现手法，谈谈本诗是如何由客观景物的更新进而联想到人生的。

4. 古人表达"人生短暂"的诗篇还有哪些？谈谈其中的渊源与传承关系。

原欲焠火生命，爱恨浴血情仇

——莫言《红高粱》

  阅读小贴士

　　莫言，山东高密人，当代著名小说家。原名管谟业。"莫言"是他1988年开始使用的笔名。用这个笔名，一是警醒自己不多言多语之意；同时也是他名字"谟业"中"谟"字的拆分书写。莫言1955年2月出生于一个人口众多的农民家庭，小学五年级时辍学回家务农。18岁时，到县棉花加工厂做工。1976年21岁应征入伍。1986年毕业于解放军艺术学院文学系。1991年于北京师范大学鲁迅文学院创作研究生班毕业，获得文艺学硕士学位。1997年从正师级退役，转业到地方报社工作。

　　莫言于1981年开始发表作品，1986年发表中篇小说《红高粱》，引起了文坛的广泛注意。根据《红高粱》改编的同名电影走向了世界，一举夺得第38届柏林国际电影节金熊奖。他还著有长篇小说《丰乳肥臀》《檀香刑》《生死疲劳》等十部，中篇小说《透明的红萝卜》《师父越来越幽默》等二十余部，短篇小说《白狗秋千架》《拇指铐》等八十余篇。他还创作了《红高粱》《霸王别姬》《我们的荆轲》等话剧、电影文学剧本等。其多部作品被翻译成外文。

　　1997年，长篇小说《丰乳肥臀》获得"大家文学奖"。2011年，小说《蛙》获"茅盾文学奖"。2012年10月11日，瑞典文学院宣布中国作家莫言获得该年度诺贝尔文学奖。

原典轻松读

红高粱（节选）[1]

一九三九年古历八月初九，我父亲这个土匪种十四岁多一点。他跟着后来名满天下的传奇英雄余占鳌司令的队伍去胶平公路伏击日本人的汽车队。奶奶披着夹袄，送他们到村头。余司令说："立住吧。"奶奶就立住了。奶奶对我父亲说："豆官，听你干爹的话。"父亲没吱声，他看着奶奶高大的身躯，嗅着奶奶的夹袄里散出的热烘烘的香味，突然感到凉气逼人，他打了一个战，肚子咕噜噜响一阵。余司令拍了一下父亲的头，说："走，干儿。"

天地混沌，景物影影绰绰，队伍的杂沓脚步声已响出很远。父亲眼前挂着蓝白色的雾幔，挡住他的视线，只闻队伍脚步声，不见队伍形和影。父亲紧紧扯住余司令的衣角，双脚快速挪动。奶奶像岸愈离愈远，雾像海水愈近愈汹涌，父亲抓住余司令，就像抓住一条船舷。

父亲就这样奔向了耸立在故乡通红的高粱地里属于他的那块无字的青石墓碑。他的坟头上已经枯草瑟瑟，曾经有个光屁股的男孩牵着一只雪白的山羊来到这里，山羊不紧不忙地啃着坟头上的草，男孩子站在墓碑上，怒气冲冲地撒上一泡尿，然后放声高唱：高粱红了——日本来了——同胞准备好——开枪开炮——

有人说这个放羊的男孩就是我，我不知道是不是我。我曾经对高密东北乡极端热爱，曾经对高密东北乡极端仇恨，长大后努力学习马克思主义，我终于悟到：高密东北乡无疑是地球上最美丽最丑陋、最超脱最世俗、最圣洁最龌龊、最英雄好汉最王八蛋、最能喝酒最能爱的地方。生存在这块土地上的我的父老乡亲们，喜食高粱，每年都大量种植。八月深秋，无边无际的高粱红成洸洋的血海。高粱高密辉煌，高粱凄婉可人，高粱爱情激荡。秋风苍凉，阳光很旺，冗蓝的天上游荡着一朵朵丰满的白云，高粱上滑动着一朵朵丰满白云的紫红色影子。一队队暗红色的人在高粱棵子里穿梭拉网，几十年如一日卜他们杀人越货，精忠报国，他们演出过一幕幕英勇悲壮的舞剧，使我们这些活着的不肖子孙相形见绌，在进步的同时，我真切感到种的退化。

出村之后，队伍在一条狭窄的土路上行进，人的脚步声中夹杂着路边碎草的窸窣声响。雾奇浓，活泼多变。我父亲的脸上，无数密集的小水点凝成大颗粒的水珠，他的一撮头发，粘在头皮上。从路两边高粱地里飘来的幽淡的薄荷气息和成熟高粱苦涩微甘的气味，我父亲早已闻惯，不新不奇。在这次雾中行军里，我父亲闻到了那种新奇的、黄红相间的腥甜气息。那味道从薄荷和高粱的味道中隐隐约约逃透过来，唤起父亲心灵深处一种非常遥远的回忆。

七天之后，八月十五日，中秋节。一轮明月冉冉升起，遍地高粱肃然默立，高粱穗子浸在月光里，像蘸过水银，汩汩生辉。我父亲在剪破的月影下，闻到了比现在强烈无数倍的腥甜气息。那时候，余司令牵着他的手在高粱地里行走，三百多个乡亲叠股枕臂、陈尸狼藉，流出的鲜血灌溉了一大片高粱，把高粱下的暗土浸泡成稀泥，使他们拔脚迟缓。腥甜的气味令人窒息，一群前来吃人肉的狗，坐在高粱地里，目光炯炯地盯着父亲和余司令。余司令掏出自来得手枪，甩手一响，两只狗眼灭了；又一甩手，灭了两只狗眼。群狗一哄而散，坐得远远的，呜呜地咆哮着，贪婪地望着死尸，腥甜味愈加强烈，余司令大喊一声："日本狗！狗娘养的日本！"他对着那群狗打完了所有的子弹，狗跑得无影无踪。余司令对我父亲说："走吧，儿子！"一老一少，便迎着月光，向高粱深处走去。那股弥漫田野的腥甜味浸透了我父亲的灵魂，在以后更加激烈更加残忍的岁月里，这股腥甜味一直伴随着他。

高粱的茎叶在雾中滋滋乱叫，雾中缓慢地流淌着在这块低洼和原上穿行的墨河水明亮的喧哗，一阵强一阵弱，一阵远一阵近。赶上队伍了，父亲的身前身后响着踢踢踏踏的脚步声和粗重的呼吸。不知谁的枪托撞到另一个谁的枪托上了。不知谁的脚踩破了一个死人的骷髅什么的。父亲前边那人吭吭地咳嗽起来，这个人的咳嗽声非常熟悉，父亲听着他咳嗽就想起他那两扇一激动就充血的大耳朵。透明单薄布满细血管的大耳朵是王文义头上引人注目的器官。他个子很小，一颗人头缩在耸起的双肩中。父亲努力看去，目光刺破浓雾，看到了王文义那颗一边咳一边颤动的大头。父亲想起王文义在演练场上挨打时，那颗大头颠成那般可怜模样。那时他刚参加余司令的队伍，任副官在演练场上对他也对其他队员喊：向右转——，王文义欢欢喜喜地踩着脚，不知转到哪里去了。任副官在他腚上打了一鞭子，他嘴咧开叫一声：孩子他娘！脸上表情不知是哭还是笑。围在短墙外看光景的孩子们都哈哈大笑。

余司令飞去一脚，踢到王文义的屁股上。

"咳什么？"

"司令……"王文义忍着咳嗽说，"嗓子眼儿发痒……"

"痒也别咳！暴露了目标我要你的脑袋！"

"是，司令。"王文义答应着，又有一阵咳嗽冲口而出。

父亲觉出余司令前跨了一大步，只手捺住了王文义的后颈皮。王文义口里咝咝地响着，随即不咳了。

父亲觉得余司令的手从王文义的后颈皮上松开了，父亲还觉得王文义的脖子上留下两个熟葡萄一样的紫手印，王文义幽蓝色的惊惧不安的眼睛里，飞进出几点感激与委屈。

很快，队伍钻进了高粱地，我父亲本能地感觉到队伍是向着东南方向开进的。适才走过的这段土路是由村庄直接通向墨水河边的唯一道路。这条狭窄的土路在白天颜色青白，路原是由乌油油的黑土筑成，但久经践踏，黑色都沉淀到底层，路上叠印过多少牛羊的花瓣蹄印和骡马毛驴的半圆蹄印，马骡驴粪象干萎的苹果，牛粪像虫蛀过的薄饼，羊粪稀拉拉像震落的黑豆。父亲常走这条路，后来他在日本炭窑中苦熬岁月时，眼前常常闪过这条路。父亲不知道我的奶奶在这条路上主演过多少风流悲喜剧，我知道。父亲也不知道在高粱阴影遮掩着的黑土上，曾经躺过奶奶洁白如玉的光滑肉体，我也知道。

拐进高粱地后，雾更显凝滞，质量加大，流动感少，在人的身体与人负载的物体碰撞高粱秸秆后，随着高粱嚓嚓啦啦的幽怨鸣声，一大滴一大滴的沉重水珠扑簌簌落下。水珠冰凉清爽，味道鲜美，我父亲仰脸时，一滴大水珠准确地打进他的嘴里。父亲看到舒缓的雾团里，晃动着高粱沉甸甸的头颅。高粱沾满了露水的柔韧叶片，锯着父亲的衣衫和面颊。高粱晃动激起的小风在父亲头顶上短促出击，墨水河的流水声愈来愈响。

父亲在墨水河里玩过水，他的水性好像是天生的，奶奶说他见了水比见了亲娘还急。父亲五岁时，就像小鸭子一样潜水，粉红的屁眼儿朝着天，双脚高举。父亲知道，墨水河底的淤泥乌黑发亮，柔软得像油脂一样。河边潮湿的滩涂上，丛生着灰绿色的芦苇和鹅绿色车前草，还有贴地爬生的野葛蔓，支支直立的接骨草。滩涂的淤泥上，印满螃蟹纤细的爪迹。秋风起，天气凉，一群群大雁往南飞，一会儿排成个"十"字，一会儿排成个"人"字，等等。高粱红了，成群结队的、马蹄大小的螃蟹都在夜间爬上河滩，到草丛中觅食。螃蟹喜食新鲜牛尿和腐烂的动物尸体。父亲听着河声，想着从前的秋天夜晚，跟着我家的老伙计刘罗汉大爷去河边捉螃蟹的情景。夜色灰葡萄，金风串河道，宝蓝色的天空深邃无边，绿色的星辰格外明亮。北斗勺子星——北斗主死，南斗簸箕星——南斗司生，八角玻璃井——缺了一块砖，焦灼的牛郎要上吊，忧愁的织女要跳河……都在头上悬着。刘罗汉大爷在我家工作了几十年，负责着我家烧酒作坊的全面工作，父亲跟着罗汉大爷脚前脚后地跑，就像跟着自己的爷爷一样。

父亲被迷雾扰乱的心头亮起了一盏四块玻璃插成的罩子灯，洋油烟子从罩子灯上盖的铁皮、钻眼的铁皮上钻出来。灯光微弱，只能照亮五六米方圆的黑暗。河里的水流到灯影里，黄得像熟透的杏子一样可爱，但可爱一霎霎，就流过去了，黑暗中的河水倒映着一天星斗，父亲和罗汉大爷披着蓑衣，坐在罩子灯旁，听着河水的低沉呜咽——非常低沉的呜咽。河道两边无穷的高粱地不时响起寻偶狐狸的兴奋鸣叫。螃蟹趋光，正向灯影聚拢。父亲和罗汉大爷静坐着，恭听着天下的窃窃私语，河底下淤泥的腥味，一股股泛上来。成群结队的螃蟹团团围上来，形成一个躁动不安的圆圈。父亲心里惶惶，跃跃欲起，被罗汉大爷按住了肩头。"别急！"大爷说，"心急喝不得热粘粥。"父亲强压住激动，不动。螃蟹爬到灯光里就停下来，首尾相衔，把地皮都盖住了。一片青白色的蟹壳闪亮，一对对圆杆状的眼睛从凹陷的眼窝里打出来。隐在倾斜的脸面下的嘴里，吐出一串一串的五彩泡沫。螃蟹吐着彩沫向人类挑战，父亲身上披着大蓑衣长毛耷起。罗汉大爷说："抓！"父亲应声弹起。与罗汉大爷抢过去，每人抓住一面早就铺在地上的密眼罗网的两角，把一块螃蟹抬起来，露出了螃蟹下的河滩涂地。父亲和罗汉大爷把网角系起扔在一边，又用同样的迅速和熟练抬起网片。每一网都是那么沉重，不知网住了几百几千只螃蟹。

　　父亲跟着队伍进了高粱地后，由于心随螃蟹横行斜走，脚与脚不择空隙，撞得高粱棵子东倒西歪；他的手始终紧扯着余司令的衣角，一半是自己行走，一半是余司令牵拉着前进，他竟觉得有些瞌睡上来，脖子僵硬，眼珠子生涩呆板。父亲想，只要跟着罗汉大爷去墨水河，就没有空手回来的道理。父亲吃螃蟹吃腻了，奶奶也吃腻了。食之无味，弃之可惜，罗汉大爷就用快刀把螃蟹斩成碎块，放到豆腐磨里研碎、加盐、装缸，制成蟹酱，成年累月地吃，吃不完就臭，臭了就喂罂粟。我听说奶奶会吸大烟但不上瘾，所以始终面如桃花，神清气爽。用螃蟹喂过的罂粟花朵肥硕壮大，粉、红、白三色交杂，香气扑鼻。故乡的黑土本来就是出奇的肥沃，所以物产丰饶，人种优良。民心高拔健迈，本是我故乡心态。墨水河盛产的白鳝鱼肥得像肉棍一样，从头至尾一根刺。它们呆头呆脑，见钩就吞。父亲想着的罗汉大爷去年就死了，死在胶平公路上。他的尸体被割得零零碎碎，扔得东一块西一块。躯干上的皮被剥了，肉跳，肉蹦，像只蜕皮后的大青蛙。父亲一想起罗汉大爷的尸体，脊梁沟就发凉。父亲又想起大约七八年前的一个晚上，我奶奶喝醉了酒，在我家烧酒作坊的院子里，有一个高粱叶子垛，奶奶倚在草垛上，搂住罗汉大爷的肩，呢呢喃喃地说："大叔……你别走，不看僧面看佛面，不看鱼面看水面，不看我的面子也看豆官的面子上，留下吧，你要我……我也给你……你就像我的爹一样……"父亲记得罗汉大爷把奶奶推到一边，晃晃荡荡走进骡棚，给骡子拌料去了。我家养着两头大黑骡子，开着烧高粱酒的作坊，是村子里的首富。罗汉大爷没走，一直在我家担任业务领导，直到我家那两头大黑骡子被日本人拉到胶平公路修筑工地上去使役为止。

这时，从被父亲他们甩在身后的村子里，传来悠长的毛驴叫声。父亲精神一振，眼睛睁开，然而看到的，依然是半凝固半透明的雾气。高粱挺拔的秆子，排成密集的柳栏，模模糊糊地隐藏在气体的背后，穿过一排又一排，排排无尽头。走进高粱地多久了，父亲已经忘记，他的神思长久地滞留在远处那条喧响着的丰饶河流里，长久地滞留在往事的回忆里，竟不知这样匆匆忙忙拥拥挤挤地在如梦如海的高粱地里蹿进是为了什么。父亲迷失了方位。他在前年有一次迷途高粱地的经验，但最后还是走出来了，是河声给他指引了方向。现在，父亲又谛听着河的启示，很快明白，队伍是向正东偏南开进，对着河的方向开进。方向辨清，父亲也就明白，这是去打伏击，打日本人，要杀人，像杀狗一样。他知道队伍一直往东南走，很快就要走到那条南北贯通，把偌大个低洼平原分成两半，把胶县、平度县两座县城连在一起的胶平公路。这条公路，是日本人和他们的走狗用皮鞭和刺刀催逼着老百姓修成的。

高粱的骚动因为人们的疲惫困乏而频繁激烈起来，积露连续落下，淋湿了每个人的头皮和脖颈。王文义咳嗽不断，虽连遭余司令辱骂也不改正。父亲感到公路就要到了，他的眼前昏昏黄黄地晃动着路的影子。不知不觉，连成一体的雾海中竟有些空洞出现，一穗一穗被露水打得精湿的高粱在雾洞里忧悒地注视着我的父亲，父亲也虔诚地望着它们。父亲恍然大悟，明白了它们都是活生生的灵物。它们根扎黑土，受日精月华，得雨露滋润，上知天文下知地理。父亲从高粱的颜色上，猜到了太阳已经把被高粱遮挡着的地平线烧成一片可怜的艳红。

忽然发生变故，父亲先是听到耳边一声尖利呼啸，接着听到前边发出什么东西被迸裂的声响。

余司令大声吼叫："谁开枪？小舅子，谁开的枪？"

父亲听到子弹钻破浓雾，穿过高粱叶子高粱秆，一颗高粱头颅落地。一时间众人都屏气息声。那粒子弹一路尖叫着，不知落到哪里去了。芳香的硝烟迷散进雾。王文义惨叫一声："司令——我没有头啦——司令——我没有头啦——"

余司令一愣神，踢了王文义一脚，说："你娘个蛋！没有头还会说话！"

余司令撇下我父亲，到队伍前头去了。王文义还在哀嚎。父亲凑上前去，看清了王文义奇形怪状的脸。他的腮上，有一股深蓝色的东西在流动。父亲伸手摸去，触了一手粘腻发烫的液体。父亲闻到了跟墨水河淤泥差不多，但比墨水河淤泥要新鲜得多的腥气。它压倒了薄荷的幽香、压倒了高粱的甘苦，它唤醒了父亲那越来越迫近的记忆，一线穿珠般地把墨水河淤泥、把高粱下黑土、把永远死不了的过去和永远留不住的现在联系在一起，有时候，万物都会吐出人血的味道。

"大叔，"父亲说，"大叔，你挂彩了。"

"豆官，你是豆官吧，你看看大叔的头还在脖子上长着吗？"

"在，大叔，长得好好的，就是耳朵流血啦。"

王文义伸手摸耳朵，摸到一手血，一阵尖叫后，他就瘫了："司令，我挂彩啦！我挂彩啦，我挂彩啦。"

余司令从前边回来，蹲下，捏着王文义的脖子，压低嗓门说："别叫，再叫我就毙了你！"

王文义不敢叫了。

"伤着哪儿啦？"余司令问。

"耳朵……"王文义哭着说。

余司令从腰里抽出一块包袱皮样的白布，嚓一声撕成两半，递给王文义，说："先捂着，别出声，跟着走，到了路上再包扎。"

余司令又叫："豆官。"父亲应了，余司令就牵着他的手走。王文义哼哼唧唧地跟在后边。

适才那一枪，是扛着一盘耙在头前开路的大个子哑巴不慎摔倒，背上的长枪走了火。哑巴是余司令的老朋友，一同在高粱地里吃过"扦饼"的草莽英雄，他的一只脚因在母腹中受过伤，走起来一颠一颠，但非常快。父亲有些怕他。

黎明前后这场大雾，终于在余司令的队伍跨上胶平公路时溃散下去。故乡八月，是多雾的季节，也许是地势低洼土壤潮湿所致吧。走上公路后，父亲顿时感到身体灵巧轻便，脚板利索有劲，他松开了抓住余司令衣角的手。王文义用白布捂着血耳朵，满脸哭相。余司令给他粗手粗脚包扎耳朵，连半个头也包住了。王文义痛得咧牙咧嘴。

余司令说："你好大的命！"

王文义说："我的血流光了，我不能去啦！"

余司令说："屁，蚊子咬了一口也不过这样，忘了你那三个儿子啦吧！"

王文义垂下头，嘟嘟哝哝说："没忘，没忘。"

那些残存的雾都退到高粱地里去了。大路上铺着一层粗砂，没有牛马脚踪，更无人的脚印。相对着路两侧茂密的高粱，公路荒凉、荒唐，令人感到不祥。父亲早就知道余司令的队伍连聋带哑连瘸带拐不过四十人，但这些人住在村里时，搅得鸡飞狗跳，仿佛满村是兵。队伍摆在大路上，三十多人缩成一团，像一条冻僵了的蛇。枪支七长八短，土炮、鸟枪、老汉阳，方六方七兄弟俩抬着一门能把小秤砣打出去的大抬杆子。哑巴扛着一盘长方形的平整土地用的、周遭二十六根铁尖齿的耙，另有三个队员各扛着一盘。父亲当时还不知道打伏击是怎么一回事，更不知道打伏击为什么还要扛上四盘铁齿耙。

（莫言：《红高粱家族》，浙江文艺出版社 2017 年版）

注释：

[1] 节选自《红高粱》第一节。

文学小课堂

1. 抗日叙事的陌生化表达

中篇小说《红高粱》原载《人民文学》杂志 1986 年第 2 期，1987 年获第四届全国优秀中篇小说奖。

《红高粱》以第一人称旁白的方式讲述了"我爷爷"和"我奶奶"的故事。那是发生在 1930 年代中国北方农村的故事。"我奶奶"本名戴凤莲，16 岁已出落得丰满秀丽、如花似玉。贪财的父亲做主把她嫁给了高密东北乡有名的财主单廷秀的独生子单扁郎。传闻他是个染上了麻风病的病人。结婚那天，"我奶奶"坐在憋闷的花轿中被轿夫们颠得头晕目眩。当轿把式们听到"我奶奶"那弱弱的哀求、悲切的哭声时安静了，那悲戚的唢呐声像是跟着"我奶奶"哭一样。其中的一个汉子劝道："小娘子，你可不能让单扁郎沾身啊，沾了身你也烂啦。"作为轿夫之一的"我爷爷"，将奶奶不小心露出轿外的小脚轻轻地握住，又慢慢地放回轿中。

"我奶奶"和单扁郎拜了堂。三天的新婚生活惊恐异常，"我奶奶"在怀里揣着一把锋利的剪刀护卫着自己，不让身上已溃烂的单扁郎靠近自己。三天后在回门的路上，轿夫余占鳌劫持了她。在娘家过了三天，奶奶回到单家，单家父子都已被杀，奶奶成了单家烧酒作坊的掌柜。此后奶奶生下了儿子豆官，余占鳌也不时光顾她的烧酒作坊。

日本鬼子为修胶平公路在村里抓去了许多村民和牲口，罗汉大爷和东家的两头大黑骡子也被抓走。由于不堪忍受监工的打骂欺辱，罗汉大爷在夜晚逃走了。由于惦记两头骡子，罗汉大爷死里逃生之后又自投虎口。骡子不识旧主人导致罗汉大爷受伤被抓。在红高粱地里，日军将罗汉大爷剥皮示众。罗汉大爷面无惧色，骂不绝口，至死方休。

为给罗汉大爷和百姓报仇，余占鳌拉起了一支自发聚合的民众抗日武装。他请了任副官来训练军队；大义灭亲将强奸民女的亲叔叔余大牙就地处决。为了联合抗日，奶奶将余占鳌和冷支队长拉到一起喝酒，正气凛然地说："这酒里有罗汉大叔的血，是男人就喝了，后天一起把鬼子的汽车打了。"

1939 年八月初九的夜晚，"我父亲"豆官跟着干爹余占鳌司令的队伍去胶平公路伏击日本人的汽车队，"我奶奶"戴凤莲把他们送到村头。"我爷爷"带领一支 40 余人的队伍连夜埋伏在墨水河旁的公路边上。太阳已有一竿子高了，队员们感到饥饿，余司令便命令父亲回村，让奶奶给队员们送拤饼。

直拖到第二天白天才等来鬼子的车队，余司令的队伍与日本人打了一场恶战，余占鳌亲手击毙了日军少将中岗尼高。正午时分，奶奶挑着拤饼来到桥头，日军的汽车也正向桥头驶来，从车上射出的子弹正打在奶奶身上。冷支队长姗姗来迟却带人清扫战场，带走了大部分战利品。新中国成立后，余占鳌成了人们敬重的老英雄。

2. "红高粱"提振了一个民族的精气神

（1）表现了流淌于民间的顽强不屈、不折不挠的民族精神。

作品描写了一场民间自发组织的伏击战，仗打得不漂亮，甚至差一点儿全军覆没，却体现出了一种万古不灭的中华民族的伟大精神。正是有这样一种深藏于民间广大民众之中的伟大精神，才从根本上保证了我们民族在那场艰苦卓绝的战争中对日本法西斯的最终胜利，保证了我们永远不可能被任何凶残强暴的异族侵略者所征服。

（2）表达了对生命伟力的崇敬和赞美。

小说描写了"我爷爷""我奶奶"敢爱敢恨、惊天动地、活力沛然的故事。他们缠绵地相爱，英勇地搏杀，踏碎一切既定的清规戒律和在他们看来不可理喻的伦理。他们如红高粱一般自由自在地生长，保有着未被传统伦理道德所侵蚀的淳朴本真的感性生命，洋溢着的蓬勃狂放的生命强力。与此同时，也映衬出了"我"这一代人生机萎缩、活得局促。作者借助对这一群在国破家亡的危难关头敢于冒死前驱的所谓"土匪"的强悍豪勇人格的深刻展示和积极肯定，表达出对未来理想人格的向往。

（3）塑造了典型的人物形象。

小说通过"我"的叙述，展现了抗日战争年代"我"的祖先在高密东北乡上演的一幕幕轰轰烈烈、英勇悲壮的故事。"我爷爷""我奶奶""父亲""刘罗汉大爷"……他们奋起抗击残暴的日本侵略者。

"我爷爷"余占鳌，勇敢剽悍、风流倜傥，他既是高密东北乡"杀人不眨眼的土匪"，又是精忠报国的英雄，他所有类似于土匪的行径几乎都合乎最善良而单纯的人性之美。而"我奶奶"戴凤莲目光长远，敢作敢当。她不甘嫁给麻风病人单扁郎，勇于追求自己的幸福。积极鼓励爷爷抗日并且自己也是位抗日的女英雄。"我"的父亲余豆官则确确实实地印证了一句话："虎父无犬子。"

3. 艺术表现上的世界性

《红高粱》叙述的是一个并不少见的抗战故事，但在写法上与以往的小说迥异，主要体现在以下几点：

（1）民间立场的新历史主义。

《红高粱》与经典化了的革命战争历史题材小说也就是经色经典不同，它开创了一种前所未有的审美意识。作品的书写不再是官方的、意识形态化的、历史教科书的立场，而是从民间生活方式的直接铺陈中重构历史场景。

这种民间立场首先体现在作品的情节框架和人物形象这两个方面。这部小说的情节是由抗日情节线和情爱线两条故事线索交织而成的，但在两条线索中，始终突显出一种生机勃勃的民间激情，这在很大程度上弱化了历史战争所具有的政治色彩，将其还原成了一种自然主义式的生存斗争。在人物形象塑造上，也除去了传统意识形态下二元对立式的正反人物概念，比如把余占鳌写成身兼土匪头子和抗日英雄的两重身份，并在他的性格中极力渲染出了一种粗野、狂暴而富有原始正义感和生命激情的色彩。

（2）繁复交叉的叙事视角。

《红高粱》中建立了多重的叙事视角。其中，有第一人称叙事人"我"，以开头"我爷爷""我奶奶""我父亲这个土匪种"的写法，建立起了人物和叙事人之间的关系，使用了一种前所未见的叙事视角，又与下文"我"这一辈"种的退化"埋下伏笔。另一个常用的视角是"我父亲"的视角，十四岁的豆官，从童年视角看待战争中的人与事。有的时候又采用"我奶奶"戴凤莲的主观视角，有的时候则是第三人称的全知叙事。这使故事头绪繁杂，乱花迷眼。

（3）幻想与现实相结合的手法。

莫言曾受到美国作家福克纳和拉美作家马尔克斯的影响，从他们那里借鉴了意识流的时空表现手法和魔幻现实主义小说的情节结构方式。他在《红高粱》中几乎完全打破了传统的时空顺序与情节逻辑，把整个故事讲述得非常自由散漫。这种看来任意的讲述却统领在作家的主体情绪之下，与作品中那种生机勃勃的自由精神暗暗相合。

（4）反传统的审美主张——审丑。

作品有些描写是残暴的、血腥的，比如活剥罗汉大爷的片段、爷爷用马刀砍死日本鬼子的片段等。我们应当了解，这是后现代艺术的一种表现手法。正是通过对丑、恶、暴力的夸张、变形，达到某种特定的艺术效果。莫言曾说过："如果没有剥皮的场面，那么后面就没法写，爷爷他们对日本侵略者的刻骨仇恨就很难解释。一般来说，中国农民是很麻木的，不触及他们的根本利益，不真把他们惹火的时候，他们绝对都是羔羊。""战争的本质就是残酷的、非人性的、血腥的。"因此，对于作品中的暴力的渲染、迷恋，我们应该有理性的认识。

（5）语言丰富新奇，色彩鲜明。

莫言在这部小说中显示出卓越的驾驭语言的才能。他运用了充满想象力并且违背常规的比喻与通感等修辞手法，大量使用了口语、方言俚语、文言词汇、城市流行语等，形成了瑰丽神奇的特点。此外，语言富有鲜明的色彩感，生动活泼，堪称经典。

课后小论坛

1. "红高粱"有何象征意义？

2. 《红高粱》运用了哪些艺术手段来表现主题？

3. 结合电影《红高粱》中的主题曲及精彩镜头，谈谈你对这部作品的理解。

向死而生，无畏前行

——史铁生《我与地坛》

 阅读小贴士

　　史铁生（1951—2010），著名小说家，当代中国电影编剧。原籍河北涿县（现涿州），生于北京。1967 年清华大学附属中学毕业后，响应毛主席"上山下乡"的号召，于 1969 年来到了延安地区插队落户。由于患有先天疾病，史铁生下乡后生活环境差，做农活稍累些就腰腿痛，刚下乡才 3 个月便回城治病。队里为了照顾他，安排他养牛喂牛。养牛时需要半夜给牛添草料，困了就睡在牛槽边的青石板上。在一次山野放牛时，突如其来的一场大雨引起史铁生持续高烧，结果就卧床不起，稍稍缓解后也难以正常行走。1971 年 9 月，史铁生腰疼加重，再次回北京治病。在 21 岁生日的第二天住院，之后史铁生因为病情日益严重而瘫痪。1974 年，史铁生进入北新桥地区街道工厂做工，1981 年因为急性肾损伤离职回家疗养，后来又发展为尿毒症。

　　史铁生自称"职业是生病，业余在写作"。生病之余，他在 1979 年发表了处女作《法学教授及其夫人》，从此走上文学的道路，一生共为我们留下了 300 余万字的作品。其作品《我的遥远的清平湾》《奶奶的星星》分获 1983 年和 1984 年全国优秀短篇小说奖。其他重要作品还有小说《命若琴弦》《务虚笔记》，散文《我与地坛》等。

 **原典轻松读**

我与地坛（节选）[1]

一

我在好几篇小说中都提到过一座废弃的古园，实际就是地坛。许多年前旅游业还没有开展，园子荒芜冷落得如同一片野地，很少被人记起。

地坛离我家很近。或者说我家离地坛很近。总之，只好认为这是缘分。地坛在我出生前四百多年就坐落在那儿了，而自从我的祖母年轻时带着我父亲来到北京，就一直住在离它不远的地方——五十多年间搬过几次家，可搬来搬去总是在它周围，而且是越搬离它越近了。我常觉得这中间有着宿命的味道：仿佛这古园就是为了等我，而历尽沧桑在那儿等待了四百多年。

它等待我出生，然后又等待我活到最狂妄的年龄上忽地残废了双腿。四百多年里，它一面剥蚀了古殿檐头浮夸的琉璃，淡褪了门壁上炫耀的朱红，坍圮了一段段高墙又散落了玉砌雕栏，祭坛四周的老柏树愈见苍幽，到处的野草荒藤也都茂盛得自在坦荡。这时候想必我是该来了。十五年前的一个下午，我摇着轮椅进入园中，它为一个失魂落魄的人把一切都准备好了。那时，太阳循着亘古不变的路途正越来越大，也越红。在满园弥漫的沉静光芒中，一个人更容易看到时间，并看见自己的身影。

自从那个下午我无意中进了这园子，就再没长久地离开过它。我一下子就理解了它的意图。正如我在一篇小说中所说的："在人口密聚的城市里，有这样一个宁静的去处，像是上帝的苦心安排。"

两条腿残废后的最初几年，我找不到工作，找不到去路，忽然间几乎什么都找不到了，我就摇了轮椅总是到它那儿去，仅为着那儿是可以逃避一个世界的另一个世界。我在那篇小说中写道："没处可去我便一天到晚耗在这园子里。跟上班下班一样，别人去上班我就摇了轮椅到这儿来。""园子无人看管，上下班时间有些抄近路的人们从园中穿过，园子里活跃一阵，过后便沉寂下来。""园墙在金晃晃的空气中斜切下一溜荫凉，我把轮椅开进去，把椅背放倒，坐着或是躺着，看书或者想事，撅一杈树枝左右拍打，驱赶那些和我一样不明白为什么要来这世上的小昆虫。""蜂儿如一朵小雾稳稳地停在半空；蚂蚁摇头晃脑捋着触须，猛然间想透了什么，转身疾行而去；瓢虫爬得不耐烦了，累了祈祷一回便支开翅膀，忽悠一下升空了；树干上留着一只蝉蜕，寂寞如一间空屋；露水在草叶上滚动，聚集，压弯了草叶轰然坠地摔开万道金光。""满园子都是草木竞相生长弄出的响动，悉悉碎碎片刻不息。"这都是真实的记录，园子荒芜但并不衰败。

除去几座殿堂我无法进去，除去那座祭坛我不能上去而只能从各个角度张望它，地坛的每一棵树下我都去过，差不多它的每一米草地上都有过我的车轮印。无论是什么季节，什么天气，什么时间，我都在这园子里呆过。有时候呆一会儿就回家，有时候就呆到满地上都亮起月光。记不清都是在它的哪些角落里了，我一连几小时专心致志地想关于死的事，也以同样的耐心和方式想过我为什么要出生。这样想了好几年，最后事情终于弄明白了：一个人，出生了，这就不再是一个可以辩论的问题，而只是上帝交给他的一个事实；上帝在交给我们这件事实的时候，已经顺便保证了它的结果，所以死是一件不必急于求成的事，死是一个必然会降临的节日。这样想过之后我安心多了，眼前的一切不再那么可怕。比如你起早熬夜准备考试的时候，忽然想起有一个长长的假期在前面等待你，你会不会觉得轻松一点？并且庆幸并且感激这样的安排？

剩下的就是怎样活的问题了。这却不是在某一个瞬间就能完全想透的，不是一次性能够解决的事，怕是活多久就要想它多久了，就像是伴你终生的魔鬼或恋人。所以，十五年了，我还是总得到那古园里去，去它的老树下或荒草边或颓墙旁，去默坐，去呆想，去推开耳边的嘈杂理一理纷乱的思绪，去窥看自己的心魂。十五年中，这古园的形体被不能理解它的人肆意雕琢，幸好有些东西是任谁也不能改变它的。譬如祭坛石门中的落日，寂静的光辉平铺的一刻，地上的每一个坎坷都被映照得灿烂；譬如在园中最为落寞的时间，一群雨燕便出来高歌，把天地都叫喊得苍凉；譬如冬天雪地上孩子的脚印，总让人猜想他们是谁，曾在哪儿做过些什么，然后又都到哪儿去了；譬如那些苍黑的古柏，你忧郁的时候它们镇静地站在那儿，你欣喜的时候它们依然镇静地站在那儿，它们没日没夜地站在那儿从你没有出生一直站到这个世界上又没了你的时候；譬如暴雨骤临园中，激起一阵阵灼烈而清纯的草木和泥土的气味，让人想起无数个夏天的事件；譬如秋风忽至，再有一场早霜，落叶或飘摇歌舞或坦然安卧，满园中播散着熨帖而微苦的味道。味道是最说不清楚的，味道不能写只能闻，要你身临其境去闻才能明了。味道甚至是难于记忆的，只有你又闻到它你才能记起它的全部情感和意蕴。所以我常常要到那园子里去。

二

现在我才想到，当年我总是独自跑到地坛去，曾经给母亲出了一个怎样的难题。

她不是那种光会疼爱儿子而不懂得理解儿子的母亲。她知道我心里的苦闷，知道不该阻止我出去走走，知道我要是老呆在家里结果会更糟，但她又担心我一个人在那荒僻的园子里整天都想些什么。我那时脾气坏到极点，经常是发了疯一样地离开家，从那园子里回来又中了魔似的什么话都不说。母亲知道有些事不宜问，便犹犹豫豫地想问而终于不敢问，因为她自己心里也没有答案。她料想我不会愿意她跟我一同去，所以她从未这样要求过，她知道得给我一点独处的时间，得有这样一段过程。她只是不知道这过程得要多久，和这过程的尽头究竟是什么。每次我要动身时，她便无言地帮我准备，帮助我上了轮椅车，看着我摇车拐出小院；这以后她会怎样，当年我不曾想过。

有一回我摇车出了小院，想起一件什么事又返身回来，看见母亲仍站在原地，还是送我走时的姿势，望着我拐出小院去的那处墙角，对我的回来竟一时没有反应。待她再次送我出门的时候，她说："出去活动活动，去地坛看看书，我说这挺好。"许多年以后我才渐渐听出，母亲这话实际上是自我安慰，是暗自的祷告，是给我的提示，是恳求与嘱咐。只是在她猝然去世之后，我才有余暇设想。当我不在家里的那些漫长的时间，她是怎样心神不定坐卧难宁，兼着痛苦与惊恐与一个母亲最低限度的祈求。现在我可以断定，以她的聪慧和坚忍，在那些空落的白天后的黑夜，在那不眠的黑夜后的白天，她思来想去最后准是对自己说："反正我不能不让他出去，未来的日子是他自己的，如果他真的要在那园子里出了什么事，这苦难也只好我来承担。"在那段日子里——那是好几年长的一段日子，我想我一定使母亲作过了最坏的准备了，但她从来没有对我说过："你为我想想"。事实上我也真的没为她想过。那时她的儿子，还太年轻，还来不及为母亲想，他被命运击昏了头，一心以为自己是世上最不幸的一个，不知道儿子的不幸在母亲那儿总是要加倍的。她有一个长到二十岁上忽然截瘫了的儿子，这是她唯一的儿子；她情愿截瘫的是自己而不是儿子，可这事无法代替；她想，只要儿子能活下去哪怕自己去死呢也行，可她又确信一个人不能仅仅是活着，儿子得有一条路走向自己的幸福；而这条路呢，没有谁能保证她的儿子终于能找到。——这样一个母亲，注定是活得最苦的母亲。

有一次与一个作家朋友聊天，我问他学写作的最初动机是什么？他想了一会说："为我母亲。为了让她骄傲。"我心里一惊，良久无言。回想自己最初写小说的动机，虽不似这位朋友的那般单纯，但如他一样的愿望我也有，且一经细想，发现这愿望也在全部动机中占了很大比重。这位朋友说："我的动机太低俗了吧？"我光是摇头，心想低俗并不见得低俗，只怕是这愿望过于天真了。他又说："我那时真就是想出名，出了名让别人羡慕我母亲。"我想，他比我坦率。我想，他又比我幸福，因为他的母亲还活着。而且我想，他的母亲也比我的母亲运气好，他的母亲没有一个双腿残废的儿子，否则事情就不这么简单。

在我的头一篇小说发表的时候，在我的小说第一次获奖的那些日子里，我真是多么希望我的母亲还活着。我便又不能在家里呆了，又整天整天独自跑到地坛去，心里是没头没尾的沉郁和哀怨，走遍整个园子却怎么也想不通：母亲为什么就不能再多活两年？为什么在她儿子就快要碰撞开一条路的时候，她却忽然熬不住了？莫非她来此世上只是为了替儿子担忧，却不该分享我的一点点快乐？她匆匆离我去时才只有四十九呀！有那么一会，我甚至对世界对上帝充满了仇恨和厌恶。后来我在一篇题为"合欢树"的文章中写道："我坐在小公园安静的树林里，闭上眼睛，想，上帝为什么早早地召母亲回去呢？很久很久，迷迷糊糊的我听见了回答：'她心里太苦了，上帝看她受不住了，就召她回去。'我似乎得了一点安慰，睁开眼睛，看见风正从树林里穿过。"小公园，指的也是地坛。

只是到了这时候，纷纭的往事才在我眼前幻现得清晰，母亲的苦难与伟大才在我心中渗透得深彻。上帝的考虑，也许是对的。

摇着轮椅在园中慢慢走，又是雾罩的清晨，又是骄阳高悬的白昼，我只想着一件事：母亲已经不在了。在老柏树旁停下，在草地上在颓墙边停下，又是处处虫鸣的午后，又是鸟儿归巢的傍晚，我心里只默念着一句话：可是母亲已经不在了。把椅背放倒，躺下，似睡非睡挨到日没，坐起来，心神恍惚，呆呆地直坐到古祭坛上落满黑暗然后再渐渐浮起月光，心里才有点明白，母亲不能再来这园中找我了。

曾有过好多回。我在这园子里呆得太久了。母亲就来找我。她来找我又不想让我发觉，只要见我还好好地在这园子里，她就悄悄转身回去，我看见过几次她的背影。我也看见过几回她四处张望的情景，她视力不好，端着眼镜像在寻找海上的一条船，她没看见我时我已经看见她了，待我看见她也看见我了我就不去看她，过一会我再抬头看她就又看见她缓缓离去的背影。我单是无法知道有多少回她没有找到我。有一回我坐在矮树丛中，树丛很密，我看见她没有找到我；她一个人在园子里走，走过我的身旁，走过我经常呆的一些地方，步履茫然又急迫。我不知道她已经找了多久还要找多久，我不知道为什么我决意不喊她——但这绝不是小时候的捉迷藏，这也许是出于长大了的男孩子的倔强或羞涩？但这倔强只留给我痛悔，丝毫也没有骄傲。我真想告诫所有长大了的男孩子，千万不要跟母亲来这套倔强，羞涩就更不必，我已经懂了可我已经来不及了。

儿子想使母亲骄傲，这心情毕竟是太真实了，以致使"想出名"这一声名狼藉的念头也多少改变了一点形象。这是个复杂的问题，且不去管它了罢。随着小说获奖的激动逐日暗淡，我开始相信，至少有一点我是想错了：我用纸笔在报刊上碰撞开的一条路，并不就是母亲盼望我找到的那条路。年年月月我都到这园子里来，年年月月我都要想，母亲盼望我找到的那条路到底是什么路。母亲生前没给我留下过什么隽永的哲言，或要我恪守的教诲，只是在她去世之后，她艰难的命运、坚忍的意志和毫不张扬的爱，随光阴流转，在我的印象中愈加鲜明深刻。

有一年，十月的风又翻动起安详的落叶，我在园中读书，听见两个散步的老人说："没想到这园子有这么大。"我放下书，想，这么大一座园子，要在其中找到她的儿子，母亲走过了多少焦灼的路。多年来我头一次意识到，这园中不单是处处都有过我的车辙，有过我的车辙的地方也都有过母亲的脚印。

三

如果以一天中的时间来对应四季，当然春天是早晨，夏天是中午，秋天是黄昏，冬天是夜晚。如果以乐器来对应四季，我想春天应该是小号，夏天是定音鼓，秋天是大提琴，冬天是圆号和长笛。要是以这园子里的声响来对应四季呢？那么，春天是祭坛上空漂浮着的鸽子的哨音，夏天是冗长的蝉歌和杨树叶子哗啦啦地对蝉歌的取笑，秋天是古殿檐头的风铃响，冬天是啄木鸟随意而空旷的啄木声。以园中的景物对应四季，春天是一径时而苍白时而黑润的小路，时而明朗时而阴晦的天上摇荡着串串扬花；夏天是一条条耀眼而灼人的石凳，或阴凉而爬满了青苔的石阶，阶下有果皮，阶上有半张被坐皱的报纸；秋天是一座青铜的大钟，在园子的西北角上曾丢弃着一座很大的铜钟，铜钟与这园子一般年纪，浑身挂满绿锈，文字已不清晰；冬天，是林中空地上几只羽毛蓬松的老麻雀。以心绪对应四季呢？春天是卧病的季节，否则人们不易发觉春天的残忍与渴望；夏天，情人们应该在这个季节里失恋，不然就似乎对不起爱情；秋天是从外面买一棵盆花回家的时候，把花搁在阔别了的家中，并且打开窗户把阳光也放进屋里，慢慢回忆慢慢整理一些发过霉的东西；冬天伴着火炉和书，一遍遍坚定不死的决心，写一些并不发出的信。还可以用艺术形式对应四季，这样春天就是一幅画，夏天是一部长篇小说，秋天是一首短歌或诗，冬天是一群雕塑。以梦呢？以梦对应四季呢？春天是树尖上的呼喊，夏天是呼喊中的细雨，秋天是细雨中的土地，冬天是干净的土地上的一只孤零的烟斗。

因为这园子，我常感恩于自己的命运。

我甚至现在就能清楚地看见，一旦有一天我不得不长久地离开它，我会怎样想念它，我会怎样想念它并且梦见它，我会怎样因为不敢想念它而梦也梦不到它。

（史铁生：《史铁生自选集》，天地出版社 2017 年版）

注释:

[1] 本文发表于《上海文学》1992年第1期。原文共七个部分，这里节选前三节。

文学小课堂

1. 地坛：文化空间展开的对生命与存在的思考

《我与地坛》在1989年5月写成初稿，1990年1月修改完成。结合史铁生的病史来看，发表《我与地坛》的时候恰恰是作者生病20年，在轮椅上坐了19年之后。他是思考着"生存还是毁灭"这个哈姆雷特式的难题走进地坛的。这篇散文通篇都在思考这个问题，也试图回答这个问题。对这个问题的思考与回答花去了作者15年的时间，所以我们可以把《我与地坛》看作者对生命价值和意义感悟的过程、沉思的过程。

2. 作者在地坛的沉思与领悟

这篇一万三千多字的散文，共分为七个小节。

第一小节写的是作者如何与地坛相遇。这里有对地坛景物的描写，有作者对生与死的思考。

第二小节写母亲。作者写母亲对自己的担忧，写自己晚归时母亲在那个大园子里对自己的寻找。然而，母亲没有等到儿子用笔"碰撞开一条路"，活到49岁就因忧思成疾匆匆离世了。

第三小节写地坛的四季。作者反复用不同的东西作比，将四季具体化、形象化、生动化，写出了作者对地坛的熟悉和感念。

第四小节写15年间作者在园子里遇到过的、给自己留下深刻印象的人。其中有：一对定时来地坛散步的夫妇，他们在15年中由中年迈入了老年；一个热爱唱歌的小伙子；一个在午后时光来公园饮酒的老头；一个捕鸟的汉子；一个上下班时间匆匆穿过园子的中年女工程师；一个梦想以自己长跑的好成绩改变自己被歧视的政治地位，却最终没有等到的长跑家。他们的故事构成了地坛中一道特殊的风景。

第五小节写一个漂亮而不幸的残疾小姑娘。15年中，小姑娘长成了少女，作者亲眼看见了少女被几个家伙戏耍，被她的哥哥无言地领回家的情景。人们的种种不幸，引发了作者的思考："一切不幸命运的救赎之路在哪里呢？"

第六小节是作者与园神的对话。其实更像是作者人格中本我与自我的对话。写的全部是自己的人生困境与思考：要不要去死？为什么活？我干嘛写作？为什么自己成功后却被写作所绑架，变成了一个人质？如何去挣脱？

第七小节作者从宇宙、人类的视角解读生命。人的生命并不局限于自身，而是像接力一般薪火相传。宇宙以"人"为载体，在世间呈现出一场生命的歌舞，人类的生命不会因个体的消亡而消逝，故而这场歌舞也将化为永恒。作者以这种象征的方式，解决了前面六小节所叙所描、所思所感而形成的问题，从而获得了精神上的升华。全文至此结束。

作者对生命的思考从自身的残疾开始，在面对猝然来临的命运的打击的时候，震惊、痛苦之余，内心充满着对命运不公的怨恨。当把目光从自己投向别人时，他开始有了新的发现和领悟：他看到母亲因为儿子的残疾其实比自己承受着更大的痛苦，而自己的无谓发泄往往给母亲增添了更深的痛苦和折磨；再看看周围的人群，他发现每个人都有自己需要面对的命运，而每个人的命运都布满了坎坷，只是呈现出不同的方式而已。进而他发现了生命本来就是不圆满的，从而领悟到生命的意义就是在于自己的选择和抗争之中。只有勇敢地面对命运的残缺，挑战命运，才能体现出生命的价值来。

3. 主题：对生命的感悟、沉思和重新发现

作者以一个残疾人独特的视角，通过对地坛、母爱、四季的叙写，表达了对自然、母爱、人生的深切体会，表现出作者在苦痛与焦灼中挣扎、奋发的坚韧性格和意志。

文章告诉读者如何看待苦难。作者清楚地看到：人生就是一种不可捉摸的命运的造化，即使是生命中最不堪的伤痛与残酷也是不可选择的，只能接受天意。正如作者在《病隙碎笔》中所写："所谓命运，就是说，这一出'人间戏剧'需要各种各样的角色，你只能是其中之一，不可以随意调换"。

文章告诉读者如何实现自我生命的价值。"一切不幸命运的救赎之路在哪里呢？"最后，作者将镜头拉远，从个体生命的特写到整个宇宙洪荒的大远景，他由个体人生的有限领悟延展到了群体生命链和宇宙的无限境界，最后感悟出"宇宙以其不息的欲望将一个歌舞炼为永恒。这欲望有怎样一个人间的姓名，大可忽略不计"的超越性结论。

4. 文学表现技巧融入对生命的思考

（1）对人的内在精神世界的思考和叩问。

中国文学形成了一个文化传统，即对社会、对人生的外部世界的关心，而史铁生的思想型写作是偏重于生命和存在的内在世界的深掘，从这个意义上说，史铁生大大开拓了当代文学的思想和表现空间。

（2）融情于景，融思于景，情景交融。

作者在文本中将抽象的、形而上的命运思考用较为形象化的方式加以表达，他把自己的情感投射到地坛这座古园的景物和在那里出现的许多不知名的人物身上，通过对他们的观察、分析、推测来呈现自己思考的过程，从而使文章具有一种深沉的审美感染力和深刻的思想启迪作用。

（3）排比、类比、象征、比喻、拟人等修辞手法的运用。

从修辞手法上看，作者运用了多重排比句式。作者分别用时间、乐器、声响、景物、心绪、艺术形式、梦等七种事物来对应四季，每一种事物与四季的对应关系，都是用排比句式来表达的。而这七个方面的对应关系，又构成了更大一层的句式排比。排比句式的运用，使文章句式整齐而有韵律。用七种事物与四季相对应，这种手法就是类比。类比的运用，扩大了读者的想象空间，使阅读感受更加丰富而深刻。

课后小论坛

1. 作者是通过什么手法表现母爱的？

2. 文中描写地坛"荒芜但不衰败"有何象征意义？"地坛"在文中有何象征意义？

3. 史铁生用生命和抗争书写了自己的传奇。如何看待生命的不公和不幸？请谈谈你的看法。

重是残酷，轻是美丽？

——米兰·昆德拉《不能承受的生命之轻》

 阅读小贴士

米兰·昆德拉，捷克作家，1929年出生在捷克布尔诺市。父亲为钢琴家、音乐艺术学院的教授。童年时代，米兰·昆德拉学过作曲，受过良好的音乐熏陶和教育。少年时代，开始广泛阅读世界文艺名著。青年时代，他写过诗和剧本，画过画，搞过音乐。后在布拉格大学接受教育，毕业后从事艺术教学工作，成为捷克电影艺术学院教授。20世纪50年代初，他作为诗人登上文坛。20世纪60年代开始写短篇小说，有短篇小说集《可笑的爱情》，收录了《搭车游戏》等7篇作品。1967年，他的第一部长篇小说《玩笑》在捷克出版，获得巨大成功。1968年捷克斯洛伐克共产党在杜布切克的领导下提出"新型社会主义模式"，此举引起了以苏联为首的社会主义阵营的忧虑，被以苏军为主的华沙条约盟军镇压。同年10月，随着滚滚而来的坦克，苏军一夜之间占领了布拉格，扣押了杜布切克等捷克领导人，"布拉格之春"宣告失败。昆德拉以一名捷克斯洛伐克共产党员的身份参与了党内改革运动，从而受到牵连，他的教授职位被撤销，作品禁止发行。

1973年，昆德拉的小说《生活在远方》出版。1975年，他移居巴黎很快便成为法国读者最喜爱的外国作家之一。他的绝大多数作品，如《笑忘录》、《不能承受的生命之轻》（又译《生命中不能承受之轻》）、《不朽》等都是首先在法国走红，然后才引起世界文坛的瞩目。他曾多次获得国际文学奖，并多次被提名

为诺贝尔文学奖候选人。除小说外，昆德拉还出版过三本论述小说艺术的文集，其中《小说的艺术》以及《被背叛的遗嘱》在世界各地流传甚广。后来，一直用捷克语写作的昆德拉开始用法语创作，已用法语出版了《慢》和《身份》两部小说。1995 年，他被西欧报刊评定为世界上在世的最杰出的十大作家中第二位，仅次于哥伦比亚的加西亚·马尔克斯。

出版于 1984 年的《不能承受的生命之轻》是米兰·昆德拉最负盛名的作品。这部作品曾被《纽约时报》称赞为："20 世纪最伟大的小说之一，昆德拉借此坚定地奠定了他作为世界上最伟大的在世作家的地位。"

原典轻松读

不能承受的生命之轻（节选）

第一部　轻与重

1

永恒轮回是一种神秘的想法，尼采[1]曾用它让不少哲学家陷入窘境：想想吧，有朝一日，一切都将以我们经历过的方式再现，而且这种反复还将无限重复下去！这一诡妄之说到底意味着什么？

永恒轮回之说从反面肯定了生命一旦永远消逝，便不再回复，似影子一般，了无分量，未灭先亡，即使它是残酷，美丽，或是绚烂的，这份残酷、美丽和绚烂也都没有任何意义。我们对它不必太在意，它就像是十四世纪非洲部落之间的一次战争，尽管这期间有三十万黑人在难以描绘的凄惨中死去，也丝毫改变不了世界的面目。

若十四世纪这两个非洲部落之间的战争永恒轮回，无数次地重复，那么战争本身是否会有所改变？

会的，因为它将成为一个突出的硬疣，永远存在，此举之愚蠢将不可饶恕。

若法国大革命永远地重演，法国的史书就不会那么以罗伯斯庇尔[2]为荣了。正因为史书上谈及的是一桩不会重现的往事，血腥的岁月于是化成了文字、理论和研讨，变得比一片鸿毛还轻，不再让人惧怕。一个在历史上只出现一次的罗伯斯庇尔和一位反复轮回、不断来砍法国人头颅的罗伯斯庇尔之间，有着无限的差别。

且说永恒轮回的想法表达了这样一种视角，事物并不像是我们所认知的一样，因为事情在我们看来并不因为转瞬即逝就具有减罪之情状。的确，减罪之情状往往阻止我们对事情妄下断论。那些转瞬即逝的事物，我们能去谴责吗？橘黄色的落日余晖给一切都带上一丝怀旧的温情，哪怕是断头台。

不久前，我被自己体会到的一种难以置信的感觉所震惊：在翻阅一本关于希特勒的书时，我被其中几幅他的照片所触动。它们让我回想起我的童年，我的童年是在战争中度过的，好几位亲人都死在纳粹集中营里。但与这张令我追忆起生命的往昔，追忆起不复返的往昔的希特勒的照片相比，他们的死又算得了什么？

与希特勒的这种和解，暴露了一个建立在轮回不存在之上的世界所固有的深刻的道德沉沦，因为在这个世界上，一切都预先被谅解了，一切也就被卑鄙地许可了。

2

如果我们生命的每一秒钟得无限重复，我们就会像耶稣被钉死在十字架上一样被钉死在永恒上。这一想法是残酷的。在永恒轮回的世界里，一举一动都承受着不能承受的责任重负。这就是尼采说永恒轮回的想法是最沉重的负担（*das schwerste Gewicht*）的缘故吧。

如果永恒轮回是最沉重的负担，那么我们的生活，在这一背景下，却可在其整个的灿烂轻盈之中得以展现。

但是，重便真的残酷，而轻便真的美丽？

最沉重的负担压迫着我们，让我们屈服于它，把我们压到地上。但在历代的爱情诗中，女人总渴望承受一个男性身体的重量。于是，最沉重的负担同时也成了最强盛的生命力的影像。负担越重，我们的生命越贴近大地，它就越真切实在。

相反，当负担完全缺失，人就会变得比空气还轻，就会飘起来，就会远离大地和地上的生命，人也就只是一个半真的存在，其运动也会变得自由而没有意义。

那么，到底选择什么？是重还是轻？

巴门尼德[3]早在公元前六世纪就给自己提出过这个问题。在他看来，宇宙是被分割成一个个对立的二元：明与暗，厚与薄，热与冷，在与非在。他把对立的一极视为正极（明、热、薄、在），另一极视为负极。这种正负之极的区分在我们看来可能显得幼稚简单。除了在这个问题上；何为正，是重还是轻？

巴门尼德答道：轻者为正，重者为负。他到底是对是错？这是个问题。只有一样是确定的：重与轻的对立是所有对立中最神秘、最模糊的。

3

多年来，我一直想着托马斯。但只是在这些思想的启发下，我才第一次真正看清他。我看见他，站在公寓的一扇窗户前，目光越过庭院，盯着对面房子的墙，他不知道他该做什么。

大约是三个星期前，他在波希米亚的一个小镇上认识了特蕾莎，两人在一起差不多只待了个把钟头。她陪他去了火车站，陪他一起等车，直到他上了火车。十来天后，她来布拉格看他。他们当天就做了爱。夜里，她发起烧，因为得了流感，在他家整整待了一星期。

对这个几乎不相识的姑娘，他感到了一种无法解释的爱。对他而言，她就像是个被人放在涂了树脂的篮子里的孩子，顺着河水漂来，好让他在床榻之岸收留她。

她在他家待了一个星期，流感一好，便回到她居住的城镇，那儿离布拉格两百公里。正是在这个时候出现了我方才提及的那个片刻，即我看到了托马斯生活关键的那个时刻：他站在窗前，目光越过庭院，盯着对面房子的墙，在思忖：

是否该建议她来布拉格住下？这份责任令他害怕。如果现在请她来家里住，她一定会来到他身边，为他献出整个生命。

要么该放弃？这样一来，特蕾莎还得待在乡下的小酒店做女招待，那他就再也见不到她了。

他是想她来到他身边，还是不想？

他目光盯着院子对面的墙，在寻找一个答案。

他一次又一次，总是想起那个躺在他长沙发上的女人的模样；她和他过去生活中的任何女人都不一样。既不是情人，也不是妻子。她只是个他从涂了树脂的篮子里抱出来，安放在自己的床榻之岸的孩子。她睡着了。他跪在她的身边。她烧得直喘气，越喘越急促，他听到了她微微的呻吟。他把脸贴在她的脸上，在她睡梦中轻声安慰她。过了一会儿，他感觉她的呼吸平静了一些，她的脸不由自主地往他的脸上凑。他感到她的双唇有一股微微有点呛人的高烧的热气味。他吸着这股气息，仿佛想啜饮她身体的隐秘。于是他想象她已经在他家住了许多许多年，此刻正在死去。突然，他清楚地意识到她要是死了，他也活不下去。他要躺在她身边，和她一起死。受了这一幻象的鼓动，他挨着她的脸，把头埋在枕头里，许久。

此时，他站在窗前，回想着当时的一刻。如果那不是爱，怎么会出现这样的情景？

可这是爱吗？他确信那一刻他想死在她的身边，这种情感明显是太过分了：他不过是生平第二次见她而已！或许这更是一个男人疯狂的反应，他自己的心底明白不能去爱，于是跟自己玩起了一场爱情戏？与此同时，他在潜意识里是如此懦弱，竟为自己的这场戏选了这个原本无缘走进他生活的可怜的乡间女招待！

他望着院子脏乎乎的墙，明白自己不知道这到底是出于疯狂，还是爱情。

而在一个真正的男人本可立刻采取行动的时刻，他却在责怪自己犹犹豫豫，剥夺了自己一生中最美好的瞬间（他跪在年轻女子的枕边，确信她一死他自己也不能再活下去）的一切意义。

他越来越责备自己，但最终还是对自己说，说到底，他不知道自己想要什么是非常正常的：

人永远都无法知道自己该要什么，因为人只能活一次，既不能拿它跟前世相比，也不能在来生加以修正。

和特蕾莎在一起好呢，还是一个人好呢？

没有任何方法可以检验哪种抉择是好的，因为不存在任何比较。一切都是马上经历，仅此一次，不能准备。好像一个演员没有排练就上了舞台。如果生命的初次排练就已经是生命本身，那么生命到底会有什么价值？正因为这样，生命才总是像一张草图。但"草图"这个词还不确切，因为一张草图是某件事物的雏形，比如一幅画的草稿，而我们生命的草图却不是任何东西的草稿，它是一张成不了画的草图。

托马斯自言自语：*einmal ist keinmal*，这是一个德国谚语，是说一次不算数，一次就是从来没有。只能活一次，就和根本没有活过一样。

4

一天，在一次手术间歇，一个女护士告诉他有电话找他。他在话筒里听到的是特蕾莎的声音。她是从火车站打来的电话。他很高兴。但不巧的是，那天晚上他有事，只能请她第二天上他家。可一挂上电话，他又自责没有让她马上过来。他还有时间取消已定的约会！他寻思，特蕾莎在他们见面前这漫长的三十六小时里在布拉格会干什么，恨不得立即开车到城里的大街小巷去找她。

第二天晚上，她来了。她斜挎着一个包，长长的背带，他觉得她比上次见到时要优雅。她手里拿着一本厚书，是托尔斯泰的《安娜·卡列尼娜》。她显得挺开心的，甚至有点儿聒噪雀跃，努力对他装出她只是偶然路过的样子，是为了一件特别的事：她来布拉格是出于工作上的原因，或许（她的话非常含混）想找一份新工作。

之后，他们并排躺在长沙发上，光着身子，已精疲力竭。夜深了。他问她住在哪儿，他想开车送她回去。她有点尴尬地回答说她正要找一家旅社，来之前把行李寄存在车站了。

前一天晚上，他还担心如果他请她来布拉格，她会来为他奉献一生呢。现在，听说她的行李寄存在火车站，他心想，在她把自己的一生奉献给他之前，已把它存放在那个行李箱里，并寄存在了车站。

他和她一起上了停在房前的汽车，直奔火车站，取出箱子（箱子很大，重极了），带它和特蕾莎一起回家。

他怎么能这么快就作出决定？近半个月来，他一直犹豫不定，甚至都没给她寄过一张明信片。

他自己也对此感到惊讶。他这样做不符合他的原则。他和第一个妻子离婚有十年了，他是带着愉快的心情离婚的，就像别人庆祝结婚一样开心。于是他明白自己天生不是能在一个女人身边过日子的人，不管这个女人是谁，他也明白了只有单身，自己才感到真正自在。所以他费尽心机为自己设计一种生活方式，任何女人都永远不能拎着箱子住到他家来。这也是他只有一张长沙发的原因。尽管这张沙发相当宽敞，可他总和情人们说他和别人同床就睡不着觉，午夜后，他总是开车送她们回去。而且，就在特蕾莎第一次患流感住在他家的时候，他也没有和她一起睡。头一夜，他是在大扶手椅上过的，后几夜他都去医院的诊室，里面有一张他上夜班时用的长椅。

可这一次，他在她身边睡着了。早上醒来，他发现特蕾莎还睡着，攥着他的手。他们是不是整夜都这么牵着手？这让他感到难以置信。

睡梦中她呼吸沉重，她攥着他的手（很紧，他无法摆脱），笨重的行李箱就摆在床边。

他不敢把手抽出来，怕把她弄醒，他小心翼翼地侧过身，好仔细地看看她。

他又一次对自己说，特蕾莎是一个被人放在涂了树脂的篮子里顺水漂来的孩子。河水汹涌，怎么就能把这个放着孩子的篮子往水里放，任它漂呢！如果法老的女儿没有抓住水中那只放了小摩西的摇篮，世上就不会有《旧约》，也不会有我们全部的文明了！多少古老的神话，都以弃儿被人搭救的情节开始！如果波里布斯没有收养小俄狄浦斯，索福克勒斯[4]就写不出他最壮美的悲剧了。

托马斯当时还没有意识到，比喻是一种危险的东西。人是不能和比喻闹着玩的。一个简单比喻，便可从中产生爱情。

（[捷克]米兰·昆德拉：《不能承受的生命之轻》，许钧译，上海译文出版社2014年版）

注释：

［1］尼采（1844—1900）：德国哲学家，著有《悲剧的诞生》和《查拉图斯特拉如是说》等。

［2］罗伯斯庇尔（1758—1794）：法国大革命领导人之一。

［3］巴门尼德（约前515—？）：希腊哲学家，是公认的埃利亚学派（Eleatic）的最杰出者。

［4］索福克勒斯（约前469—前406）：古希腊三大悲剧诗人之一。

文学小课堂

1. 天平上轻重之间的摇摆

昆德拉在谈小说时说："无论有意还是无意，每一部小说都要回答这个问题：人的存在究竟是什么？其真意何在？"在他眼里，小说的主旨在于描述人类存在的境况，并揭示其中深藏的奥秘。《不能承受的生命之轻》正是此意义上的现代作品。小说以1968年8月前后发生的苏军坦克入侵捷克斯洛伐克首都布拉格事件为契机，通过外科医生托马斯、女摄影记者特蕾莎、女画家萨比娜和大学讲师弗兰茨四个人物之间的感情纠葛和生活轨迹，揭示了人类生存的窘迫境遇和重重困惑，具有深刻的哲理内涵。

我们先看题目。昆德拉的这部代表作有一个让人费解的题目——"不能承受的生命之轻"。生命的轻与重是作品的关键词之一。昆德拉研究专家李凤亮谈到，本文中，对于作品中的人物托马斯来说，它们是"轻""重"；对于特蕾莎来说，则是"肉体""灵魂""晕眩""牧歌""天国"等，至于贯穿全书的关键词，则毫无疑问是"媚俗"。（李凤亮《小说：关于存在的诗性思考》）。今天我们主要从分析托马斯入手，谈谈什么是生命的轻与重。

作品的故事情节是这样的：布拉格的外科大夫托马斯结婚不到两年就离了婚。离婚，就是出于对"重"的逃避。离婚后他开始还想去看孩子，履行做父亲的责任，但后来要给前妻行贿才能见到孩子，他把这个最后的责任也放弃了。他变得"轻"了。

十多年来，在男女两性问题上，他认为男女双方的交往应仅仅局限在单纯的性的交往上。他认为这种生活方式是"轻"的，双方都无须为感情负责。

然而，他在外省小镇偶然认识的一个酒吧女招待特蕾莎改变了他的生活。他感到特蕾莎"就像是个被人放在涂了树脂的篮子里的孩子，顺着河水漂来，好让他在床榻之岸收留她"。托马斯爱上了特蕾莎，出于同情心，他们结婚了。托马斯选择了生命之"重"。

但是，婚后的托马斯又陷入了矛盾的境地，一方面他对特蕾莎充满着诗意的爱，另一方面却难以克制对其他女人的欲望。特蕾莎对托马斯的"性友谊"非常嫉妒，这种嫉妒变成带有死亡意象的噩梦，折磨着她和托马斯。

捷克斯洛伐克被占领后，托马斯带着特蕾莎迁往瑞士的苏黎世，他在一家医院当上了医生。然而，托马斯依旧不改风流习性，与旧情人萨比娜约会，不断结识新的女人。六七个月后，特蕾莎离家出走，独自返回布拉格。

托马斯终于摆脱了她，开始了"轻"的生活。周六的夜晚开始了，他第一次独自在苏黎世漫步，深深地呼吸着自由的芬芳。书中写道："他和特蕾莎捆在一起生活了七年，他每走一步，她都在盯着，现在终于解脱了。仿佛她在他的脚踝上套了铁球。现在，他的脚步突然间变得轻了许多。他几乎都要飞起来了，此时此刻，他置身于巴门尼德的神奇空间：他在品尝着温馨的生命之轻。"

这种轻松快乐没有持续很久。到了星期一，同情心又使他变得沉重，他必须回到布拉格，回到特蕾莎身边，托马斯再次走向了"生命之重"。

托马斯的风流韵事仍旧不断。最后在特蕾莎的劝说下，夫妇两人定居乡下，托马斯成了卡车司机，特蕾莎为合作社养牛。眼看新的生活就要开始，他们却丧生于一场车祸。如果没有死亡的突然光临，托马斯可能还是会继续摇摆于生命之重与生命之轻之间。

生存之重，指的是生活的负担和人生追求、理想、责任、使命、忠诚等，生命之重使人感到踏实、充盈。同样，这样一种生活方式无疑会给人带来压力，会让人压抑痛苦，身心疲惫，有时甚至会不堪重负。生存之轻，指的是清闲、享乐、游戏人生、散漫自在。人会避开生存的压力，会活得轻松自在，无拘无束。但轻也会使人空虚无聊，飘浮无根，找不到生存的价值和意义。

2. 复调小说的多声部合奏

复调理论最早是俄国著名文艺理论家巴赫金在评论陀思妥耶夫斯基的小说时提出的。它是指作品由两条或两条以上的声部同时展开，既相互独立又相互影响，相互连接成一个和谐统一的整体。从人物线索上看，文中四个主要人物，就好像四种乐器——托马斯是第一小提琴，特蕾莎是第二小提琴，萨比娜是中提琴，弗兰茨是大提琴。这四种乐器交相呼应，在全"曲"的结构中作哲理和情感上的交融。从叙事角度看，人物意识和隐含的作者意识交替出现，互相交融，更加鲜明、准确、细致地表现了主题和人物。

3. 幽默的表达方式

米兰·昆德拉1985年在获耶路撒冷文学奖时，发表的演讲词中曾引用古犹太谚语——"人类一思索，上帝就发笑"，他认为自己的小说就是上帝笑声的回响。昆德拉的创作，正是在诠释着这种人生的悖谬。比如，托马斯写的关于俄狄浦斯的文章被曲解，被用来作为清理"右派"的理论工具；特蕾莎拍摄的记录捷克斯洛伐克人被镇压的真实场面，冒生命危险拍摄的祖国被入侵的照片，却反倒帮了警察的忙，成为清除异己的材料；萨比娜创作油画完全是为了宣泄自己的个人情感和表现自我，却被评论者誉为"对国家民族解放的关切"。人物的初衷被历史、时代和政治所扭曲，形成了荒谬的错位，幽默的写法令人哑然失笑却又苦涩无比。

《不能承受的生命之轻》哲理意味深厚，昆德拉在其中探讨了轻与重、灵与肉、忠诚与背叛、媚俗等主题，我们仅围绕着生命的轻与重进行了粗浅的讲解。如果要更深入的认识，还需要认真、反复地阅读原著。开卷有益，或许你也会喜欢这部作品的。

其实，在生命过程中，挫折和辉煌、厚重与轻松是一对形影不离的兄弟，或者说，如同跷跷板，这头压下去，那头就高高悬空而峙。人总是欲避开沉重，又确实避之不开，这正如人在地球上时时要受地心引力的吸引，又要承受大气压的重压。人不能逃离社会而索居，就必须承受沉重。石头之重可撑起高山；钢铁之重可铸成军舰五洋巡游；司马迁忍辱发愤方写就《史记》；辛弃疾杜鹃啼血酿成千古绝唱；曹雪芹如若没有抄家毁家，如何能有《红楼梦》？说到底，人最不能承受的是生命之轻，而不是生命之重。

课后小论坛

1. 以米兰·昆德拉的这部小说为例，可以看出小说家的哲学思考和哲学家的哲学思考有哪些区别？

2. 请通读小说《不能承受的生命之轻》，联系人们的人生经历，谈谈你对"轻"与"重"这两个概念的理解。

3. 作品体现了米兰·昆德拉怎样的生存观？

4. 除了《不能承受的生命之轻》，你还阅读过哪些昆德拉的作品？谈谈你对其作品的理解。

第三篇

MONAN PIAN

磨难篇

　　"人生啊，是这样不可预测，没有永恒的痛苦，也没有永恒的幸福，生活像流水一般，有时是那么平展，有时又是那么曲折。"这是当代著名作家路遥在作品《平凡的世界》中所说的话。是的，在人生道路上，既有陡峭的高山，也有泥泞的沼泽；既有春光明媚的日子，也有风风雨雨的岁月；既有欢歌笑语，也有痛苦哀声；既有顺境中的进击，也有逆境中的拼搏。正是这种幸福与痛苦、喜悦与烦恼、顺境和逆境的交错，形成了一条崎岖不平、曲曲折折的人生之路。那么，在人生之路上，如果出现了弯路，遇到了险阻，遭遇了风浪，我们该如何自处呢？埋怨是无用的，畏缩不前是绝无出息的，向后倒退则是可悲的，只有积极进取方得成功。古人历经磨难而后成功成才的事例比比皆是。关于这些，司马迁说的最为透彻："盖文王拘而演《周易》；仲尼厄而作《春秋》；屈原放逐，乃赋《离骚》；左丘失明，厥有《国语》；孙子膑脚，兵法修列；不韦迁蜀，世传《吕览》；韩非囚秦，《说难》《孤愤》；《诗》三百篇，大抵圣贤发愤之所为作也。"人生的道路，不会是平坦笔直的，更不会是风平浪静、一帆风顺的，一定充满着矛盾和斗争。所以，如果出现了弯路，遇到了险阻，碰到了坎坷，不要埋怨，不要退缩，要勇于直面困难，不畏艰险、积极进取。相信只有经历了风雨，才能见到彩虹！超过高山，克服困难，一定能够展现人生的美好画卷！

长风破浪会有时，直挂云帆济沧海

——李白《行路难》（其一）

 阅读小贴士

　　李白生于公元701年，卒于公元762年。字太白，号青莲居士。李白的祖辈于隋朝末年流徙到西域，所以李白出生于碎叶。他年幼时随父亲迁居到了绵州彰明昌隆（今四川江油）青莲乡。25岁离蜀远游。天宝元年（742）被征召入长安供奉翰林，后来因为与当政者不合，被迫离京，东游齐鲁，南下吴越。安史之乱爆发后，李白在庐山应永王李璘聘约，入佐幕府。永王与肃宗抗衡，事败后，李白受牵连，被判流放夜郎（今贵州桐梓东部）。途中遇到恩赦，沿江东下，寓居当涂县令李阳冰家。代宗宝应二年（763）前后病逝。

　　李白是继屈原之后，我国伟大的浪漫主义诗人，有"诗仙"之称。他才华横溢，抱负宏大。艺术上想象丰富，夸张奇特，绘景抒情，挥洒自如，形成了飘逸奔放、雄奇壮丽的独特风格，对后世产生了深远影响。现存诗歌900余首，有《李太白集》。

 **原典轻松读**

行路难[1]（其一）

金樽清酒斗十千，玉盘珍羞直万钱。[2]停杯投箸[3]不能食，拔剑四顾心茫然。

欲渡黄河冰塞川，将登太行[4]雪满山。闲来垂钓碧溪上，忽复乘舟梦日边。

行路难，行路难，多岐路，今安[5]在？长风破浪会有时，直挂云帆济沧海[6]。

(瞿蜕园、朱金城校注：《李白集校注》，上海古籍出版社 1980 年版)

注释：

[1] 行路难：古乐府杂曲歌名。《乐府解题》中说："《行路难》，备言世路艰难及离别悲伤之意。多以君不见为首。"

[2] 樽：古代盛酒的器具，以金为饰。清酒：清醇的美酒。斗十千：指一斗值十千钱（即万钱），形容酒美价高。珍羞：珍贵的菜肴。羞：通假字，通"馐"，美味的食物。直：通值钱的"值"字，当价值讲。

[3] 箸：筷子。

[4] 太行：指太行山。

[5] 安：哪里。

[6] 直：径直，表示毫不犹豫。云帆：高高的船帆。船在海里航行，因为水天相连，船帆好像出没在云雾之中。济：渡过。

 **文学小课堂**

1. 激荡回旋中积极昂扬的曲调

《行路难》是古代乐府诗歌中杂曲的歌名，内容多写人世艰难和离别悲伤之事。很多诗人用过这个题目，其中最著名的是唐代伟大诗人李白创作的《行路难》三首。这三首诗抒发了诗人在政治道路上遭遇艰难后的感慨。诗中跌宕起伏的感情，跳跃的思维以及高昂的气势，使作品具有独特的艺术魅力，成为后人广为称颂的千古名篇。本文选择了其中的第一首。

此诗写于唐玄宗天宝三载（744），李白被迫离开长安之后。

"金樽清酒斗十千，玉盘珍羞直万钱"：金杯里的美酒一斗十千，玉盘里的佳肴也值万钱。

"停杯投箸不能食，拔剑四顾心茫然"：放下筷子，我吃不下去；拔出宝剑，环顾四方，我心中迷茫。

诗的前四句写朋友出于对李白的深厚友情，出于对这样一位天才被弃置的惋惜，不惜金钱，设下盛宴为他饯行。"嗜酒见天真"的李白，若在平时，因着这美酒佳肴，再加上朋友的一片盛情，肯定是"会须一饮三百杯"的。然而，这一次他端起酒杯，却又将酒杯推开了；拿起筷子，却又把筷子撂下了。他离开座席，拔出宝剑，举目四顾，心绪茫然。停、投、拔、顾四个连续的动作，形象地显示出诗人内心的苦闷抑郁，感情的激荡变化。

"欲渡黄河冰塞川，将登太行雪满山"：我想渡河，坚冰塞川；我想登太行，大雪满山。诗人用"冰塞川""雪满山"象征人生道路上的艰难险阻。

"闲来垂钓碧溪上，忽复乘舟梦日边"：这两句暗用典故。"垂钓碧溪"，讲的是姜太公吕尚曾在渭水支流的磻溪上钓鱼，得遇周文王，被重用，辅助周灭掉商；"乘舟梦日边"，讲的是奴隶出身的伊尹曾梦见自己乘船从日月旁边经过，后来被商汤所赏识倚重，被任为"尹"，后来帮助商灭掉夏，为商朝的建立立下了汗马功劳。

诗人在心境茫然之际，忽然想到两位开始在政治上并不顺利，而后终于大有作为的人物：吕尚和伊尹。吕尚八十岁在磻溪钓鱼，得遇文王；伊尹在受汤聘用以前曾梦见自己乘舟绕日月而过。想到这两位历史人物的经历，又给诗人增强了信心。

"行路难，行路难"：感叹世事艰辛。"多岐路，今安在"：岔道这么多，如今身在何处？

"长风破浪"：运用典故。南朝宋时，宗悫的叔父问他的志向，他回答说："愿乘长风破万里浪。"这里以长风破浪比喻实现政治理想。船在海里航行，因为水天相连，船帆好像出没在云雾之中。

诗人的感情在尖锐复杂的矛盾中再一次回旋。行路艰难，前路崎岖，歧途甚多，要走的路，究竟在哪里呢？然而倔强而又自信的李白，再次摆脱了歧路彷徨的苦闷，唱出了充满信心与展望的强音："总有一天，我会乘长风破万里浪，高挂云帆，横渡大海，去实现人生的抱负。"

2. 既充满了怀才不遇、抑郁不平的思想感情，也表现了他积极追求、乐观自信和坚持理想的品格

诗歌表现了诗人在政治上不断受到排挤，遭受打击，被迫离开长安之际的思想痛苦和心理矛盾，一方面他对朝廷的昏暗和仕途的艰险满怀悲愤却又无可奈何，从而产生了进退失据、茫然无措的痛苦；另一方面，积极用世的愿望，对理想的执着追求，对自己才能的充分自信，又使他对前途充满希望。这反映了作者处于逆境时的苦闷和不屈不挠的追求精神。

3. 以情绪贯穿和统摄全篇

诗歌表现了诗人情绪的激荡变化。诗句的象征意义共5个层次。

开头4句为第一层，写诗人面对豪华的筵席，"停杯投箸不能食，拔剑四顾心茫然"，表现其胸中的抑郁悲愤。

5—6句为第二层，以道路的坎坷艰难象征人生仕途的艰难险阻。

7—8句为第三层，写吕尚和伊尹的故事，表明自己对前途的希望和信念。

9—12句为第四层，反复咏叹人生道路的艰难。

13—14句为第五层，借用南朝宗悫"乘长风破万里浪"的典故，表达自己的顽强斗志和坚信理想终会实现的豪迈气概。

这五层忽而跌入情绪的低谷，忽而冲向激情的高峰，感情的抒发大起大落，大开大合，极有波澜。整首诗呈现出开合跌宕、纵横翻卷的气势。

4. 比兴诗句的象征意义

5—6句运用比兴手法。比，是比喻；兴，是"先言他物以引起所咏之辞也"。文中以自然现象"欲渡黄河""将登太行"象征人世现实，路途多艰险，比喻仕途艰难。

5. 运用典故表情达意

这首诗运用了三个典故，恰当地表达了诗人的情感。7—8句运用姜太公吕尚和伊尹的典故表示对自己的前途充满信心。诗末两句又化用南朝名将宗悫的典故形容自己的宏伟抱负。

课后小论坛

1. 《行路难》中，诗人的思想感情是如何起伏变化的？

2. 诗中运用了哪些典故表达诗人的思想感情？典故的作用是什么？

3. 从这首诗中可以看出李白诗歌怎样的风格特点？

卓然独立，笑面风雨

——苏轼《定风波·莫听穿林打叶声》

 阅读小贴士

　　苏轼（1037—1101），字子瞻，又字和仲，号东坡居士，世称"苏东坡"，眉州眉山（四川眉山）人。北宋著名散文家、书画家、词人、诗人。和父亲苏洵、弟弟苏辙同为"唐宋八大家"，世称"三苏"。

　　嘉祐元年（1056），19 岁的苏轼首次出川赴京，参加朝廷的科举考试。第二年，他参加了礼部的考试，以一篇《刑赏忠厚之至论》获得主考官欧阳修的赏识和推崇。仁宗皇帝亲临崇政殿主持了策问，气宇轩昂、才华出众的苏氏兄弟给皇帝留下了深刻的印象。为官之后，苏轼认为王安石的新法不能便民，便上书反对，因此而不容于朝廷。于是苏轼自求外放。虽然未能腾达，但也领大州，历任杭州、密州、徐州、湖州太守。在湖州时，元丰二年（1079）八月十八日，苏轼因所作诗文语涉诽谤获罪，被捕入御史台监狱。在狱中一百多天，受审十余次，惨遭折磨，"几至重辟"，差一点就丢了脑袋。这年的十二月二十八日方才出狱。这就是历史上著名的"乌台诗案"。苏轼因"乌台诗案"坐牢 103 天，幸亏北宋时期在太祖赵匡胤年间即定下不杀士大夫的国策，他才算躲过一劫。出狱以后，苏轼被降职为黄州（今湖北黄冈市）的团练副使，相当于现代的民间自卫队副队长。元祐四年（1090），苏轼调任杭州知州。他在杭州疏浚西湖，用挖出的泥在西湖旁边筑了一道堤坝，这就是著名的"苏堤"。1091 年，他又被召回朝。但不久又因为政见不合，外放颍州。1097 年，苏轼再被贬到更远的儋州（位于今海南）。据说在宋朝，放逐儋州是仅比满门抄斩罪轻一等的处罚。1101 年大赦，复任朝奉郎，北归途中，于 1101 年 8 月 24 日病逝于常州。后葬于汝州郏城县（今河南郏县），御赐谥号"文忠"。

原典轻松读

定风波

三月七日，沙湖[1]道中遇雨。雨具先去，同行皆狼狈，余独不觉。已而遂晴，故作此。

莫听穿林打叶声，何妨吟啸[2]且徐行。竹杖芒鞋[3]轻胜马，谁怕？一蓑烟雨[4]任平生。

料峭[5]春风吹酒醒，微冷，山头斜照却相迎。回首向来[6]萧瑟处[7]，归去，也无风雨也无晴。

（乐云、黄鸣主编：《唐诗宋词鉴赏辞典》，崇文书局 2016 年版）

注释：

[1] 沙湖：据苏轼《书清泉寺词》记载，"黄州东南三十里为沙湖，亦曰螺师店"。黄州指治所黄冈。沙湖位于今湖北黄冈东南三十里处。

[2] 吟啸：吟咏，长啸。形容词人意态闲适。

[3] 芒鞋：草鞋。

[4] 烟雨：烟波、风雨。词人对披蓑衣、冒风雨的生活，一向是泰然处之。

[5] 料峭：形容初春风力寒冷、尖利。

[6] 向来：刚才。

[7] 萧瑟处：遇雨之处。萧瑟：风雨穿林打叶之声。

译文：

不要管那穿林打叶的风雨交加，何妨低吟长啸从容徐行。挂一根竹杖，穿一双草鞋，轻便自在胜过骑马，有何可怕？披一件蓑衣任凭我湖海烟雨度平生。一阵寒风将我的酒意吹醒，微微感到寒冷。风雨过后山头斜阳又来相迎。回首来程风雨潇潇的情景，一切都过去了，好像也没有风雨也没有天晴。

文学小课堂

1. 谪居生活的文学收获

这首词写于宋神宗元丰五年（1082），苏轼因"乌台诗案"谪居黄州的第三个春天。黄州是苏东坡政治生涯的一个转折点，他第一次遭遇了人生的苦难与磨炼。精神上的苦闷、悲伤是不可避免的，但他并没有被生活的挫折压倒、一蹶不振，而是随缘自适、泰然处之，在与自然的对话中达到精神上的平静。他在东边一块坡上开垦了一片荒地，种上庄稼树木，命名曰"东坡"，自号"东坡居士"，务农垦田。有时，又月夜泛舟，陶醉在大自然的怀抱中，品味着人生的哲理，得到精神上的解脱。在这里，他给世人留下了他一生中最好的作品，写下了"前后赤壁赋"和《念奴娇·赤壁怀古》等千古名作。

这首《定风波》就是他的名作之一。《定风波》是词牌名，唐玄宗时教坊曲名，后用作词牌名。双调六十二字。词分上下两片。词前小序，说明了作者写这首词的缘由。

三月七日这一天，苏轼同许多人一起去距黄州三十里的沙湖。去沙湖的目的，据苏轼《书清泉寺词》中说："黄州东南三十里为沙湖，亦曰螺师店。余将买田其间，因往相田。"又据，他与陈季常云："近因往螺师店看田，……所看田乃不甚佳，且罢之。"由以上判断，苏轼前往沙湖的目的，是去看田，但由于没有相中，并未买之。他在饭后归途中遇雨，不巧的是拿雨具的仆人已先离去。同行的人皆因风雨的突然侵袭而狼狈不堪。独有词人毫不介意，昂首阔步。不久，雨住天晴。词人借这件小事生发，表达他对人生的独特感受。

2. 人生的风雨交加与"我自岿然不动"的淡定从容

词首一句"莫听穿林打叶声，何妨吟啸且徐行"。风雨潇潇，穿林打叶，词人为读者勾画出一幅风雨交加的画面。本来是朗朗晴天，却突然变成了风雨交加，通常来说人们会手足无措、惊慌失据。然而面对风雨，词人的态度却是：不妨放声高歌，信步慢行。"莫听""何妨"表明了词人对待自然界的风雨、人生的厄运的态度：傲然独立，不为所动，坦然面对，听其自然。

"竹杖芒鞋轻胜马"。词人说："别看我拄着竹杖，穿着草鞋，在这风雨交加的沙湖道中，这可要比你骑着马轻快舒适得多了。"语气俏皮轻快。这既是他对于生活的辩证态度，更是他多年政治生涯的总结。做官有做官的责任，百姓也有百姓的乐趣。苏轼一生也曾高官厚禄，位列三公，也曾身为囚徒，在窄仄的牢房中忐忑不安地等待命运之神的宣判。宦海沉浮，政治风云变幻莫测，倒不如老百姓活得踏实、自在了。

"谁怕？一蓑烟雨任平生。"词人指出对待困难、危机、挫折，千万不要被他们所吓倒。怕什么？人生的风风雨雨多得很，只要给我一件蓑衣我就可以逍遥自在一生。"烟雨"语带双关，既指自然界的风雨，又指政治上的磨难。"任尔东西南北风"，该来的尽管来吧。得意时，词人不会沾沾自喜；失意时，也不会患得患失，悲观失望。不以物喜，不以己悲，随缘自适，处之泰然。正是这种处世风格，使他一次次面对生活的磨难、人生的坎坷，又一次次渡过难关，决然奋起。

上片集中写词人沙湖道中遇雨冒雨徐行的心境，下片写雨过天晴后的景色和感受。

"料峭春风吹酒醒，微冷"。一阵阵料峭的寒风吹来，使在风雨中缓行的词人感到微微的寒意。这一句没有"雨"字，却字字呼应上片的"雨"。正因为下了雨，才会使风中带有寒意，使词人感到寒冷。

"山头斜照却相迎。"抬头望去，不知何时，风停了，雨住了，斜阳重新映照山头。火红的斜阳，使人备感温暖，似乎驱走了浑身的寒意。是啊，厄运终会过去，光明总会到来，风雨只是一时的。这是自然界的规律，人生又何尝不是如此呢！

"回首向来萧瑟处，归去，也无风雨也无晴。"这时，如果再看一看刚才遇雨之地，风雨也罢，天晴也罢，荣誉也罢，耻辱也罢，得意也罢，失意也罢，做官也罢，做民也罢，凡此种种，一切过去之后，便都成为虚无，就好像根本没有发生过一样。

3. 政治沉浮中领悟出的人生智慧

词作通过词人醉归遇雨，潇洒徐行的描写，表现作者虽处逆境屡遭挫折而不畏惧不颓丧的倔强性格和旷达乐观的生活态度。

《定风波》表现出处于政治逆境中的东坡对于人生的探讨和感悟，充满了哲理的意味，这种认识的基础，毫无疑问是老庄哲学齐万物、一生死、泯是非得失的思想。自然界既无风雨冷暖可言，在人世间就不必耿耿计较于个人的沉浮与得失。倒不如把心放宽，在清风皓月中品味人生的真意。纵观苏轼的贬谪生涯，他之所以能够在风雨中吟啸徐行，苦中作乐，正是基于这种人生哲学和处世态度作为他的精神支柱。

4. 文如行云流水，当行则行，当止则止

在写作手法上，作者以小见大。以一场自然界的风雨，转而写人生风雨、人生态度，从生活小事件中见出人生大哲理。再者，诗人使用了双关的手法。以自然界的风雨关联人生的风雨。"风雨"和"晴"既是指自然现象，也是指人生中的"风雨"和"晴天"，人生中艰难困苦的逆境和春风得意的顺境。整体结构自然贴切，毫不刻意和牵强。正如诗人所说，"文如行云流水，当行则行，当止则止"。

课后小论坛

1. 应当如何理解词人"也无风雨也无晴"的人生境界?

2. 结合苏轼当时的人生境况,谈谈苏轼创作本词时的心情。

3. 了解苏轼的人生历程,谈谈为文与为人的关系。

4. 苏轼的人生态度对我们有何启示?

5. 苏轼晚年曾写道:"心似已灰之木,身如不系之舟。问汝平生功业,黄州惠州儋州。"谈谈你对这句话的理解。

只要站起来，失败不可怕

——林语堂《失败了以后》

 阅读小贴士

林语堂（1895—1976），福建龙溪人，原名和乐，后改玉堂，又改语堂。中国现代著名作家、学者和翻译家。林语堂早年留学美国、德国，获哈佛大学文学硕士学位、莱比锡大学语言学博士学位。回国后在清华大学、北京大学、厦门大学任教，曾创办《论语》《人间世》《宇宙风》等刊物，提倡以"自我为中心，以闲适为格调"的小品文，成为"论语派"的主要代表。1936年再度赴美，其间进行英文写作。于1940年和1950年，先后两度获得诺贝尔文学奖提名。林语堂著述甚多，文学创作、语言与文学研究等方面成就尤为突出，是海内外具有广泛影响的一位中国现代作家，其代表作品主要有《吾国与吾民》《京华烟云》《风声鹤唳》《啼笑皆非》和《语堂文存》等。此外，他还译有萧伯纳的《茶花女》等，并将《老子》《庄子》《论语》《孟子》等翻译成英语，为促进中外文化的交流做出了贡献，其作品被翻译成英文、日文等21种文字，影响广泛，在国际上有文化使者的美誉。

 **原典轻松读**

失败了以后

有很多的人要是没有大难临头往往不会发挥出其真实力量。除非遭着失望之悲哀、丧家之痛苦，及其他种种创痛的不幸事实，足以打动他的生命核仁，他们内在的隐力，是不会唤起动作的。

测验一个人的品格，最好是在他失败的时候，失败了以后，他是怎样呢？失败会唤起他的更多的勇气吗？失败能使他发挥出更大的努力吗？失败能使他发现新力量，唤出潜在力吗？失败了以后，是决心加倍地坚强呢？还是就此心灰意冷？

爱马孙[1]（Emerson）说："伟大、高贵人物的最明显的标志，就是他的坚韧的意志；不管环境变换到何种地步，他的初衷与希望，仍不会有丝毫的改变，而终至克胜阻碍，以达到企望的目的。"

倾跌了以后，立刻站立起来，而去向失败中战取胜利，这是从古以来伟大人物的成功秘诀。

有人问一小孩子，怎样他竟学会溜冰。小孩回答："其方法就在每次跌跤后，立刻就爬起来！"使得个人的成功，或军队胜利的，实际上也是由于这种精神。倾跌算不得失败，倾跌后而站立不起来，才是失败。

过去生命之对于你，恐怕是一部创巨痛深的伤心史吧！在检阅着过去的一切时，你会觉得你自己处处失败、碌碌无成吧！你热烈地期待着成就的事业，竟不会成就；你所亲爱的亲戚朋友，甚至会离弃你吧！你曾失掉职位，甚至会因不能维持家庭之故，而失掉你的家庭吧！你的前途，似乎是十分惨暗吧！然而虽有上面的种种不幸，只要你是不甘永远屈服的，则胜利还是等在远处，向你招手呢？

这里是可测验你人格之大小的地方；在除了你自己生命以外，一切都已丧失了以后，在你的生命中，还剩余些什么？换一句话，在你迭遭失败了以后，你还有多少勇气的剩余？假使你在失败之后，从此僵卧不起，放手不干，而自甘于永久的屈服，则别人可以断定，你只是个凡夫俗子，但假使你能雄心不灭，迈步向前，不失望，不放弃，则人家可以知道，你的人格之大、勇气之大，是可以超过你的损失灾祸与失败的。

你或者要说，你已经失败得次数过多，所以再试也属徒然吧；你已经倾跌得次数过多，再站立起来也是无用吧？胡说！对于意志永不屈服的人，没有所谓失败！不管失败的次数怎样多，时间怎样晚，胜利仍然是可期的。狄更司[2]（Dickens）小说中所描写的守财奴司克拉（Serooge）在他的暮年，忽然能从一个残忍、冷酷、爱财如命，而整个的灵魂，幽囚在黄金堆中的人，一变而为一个宽宏大量、诚恳爱人的人，这并不是狄更司脑海中凭空所虚构，世界上真的有这种事实。人的根性，可以由恶劣转变而为良善；人的事业，又何曾不可由失败转变而为成功？常常，据报章所记载，或为我们所亲身见闻，有许多男女，努力把自己从过去的失败中救赎出来，不顾以前的失败，奋身作再度之奋斗，而终以达到胜利。

有千万的人，已丧失了他们所有的一切东西，然而他们还不算是失败，因为他们是有着一个不可屈服的意志、不知颓丧的精神。

人格伟大的人，对于世间所谓成败，不甚介意，灾祸、失望，虽频频降临，然而总能超过、克胜它们，他从来不会失却镇静。在暴风雨猛烈的袭击中，在心灵脆弱的人唯有束手待毙的时候，他的自信的精神，镇定的气概，仍然存在；而可以克胜外界一切的境遇，使之不为害于己。

"什么是失败？"菲力浦（W. Philips）说，"不是别的，失败只是走上较高地位的第一阶段。"许多人之所以成功，就是受赐于先前的层层失败。假使他没有遭遇过失败，他恐怕反而不能得到大胜利。对于有骨气、有作为的人，失败是反足以增加他的决心与勇气的。

是的！对于那自信其能力，而不自介意于暂时的成败的人，没有所谓失败！对于怀着百折不挠的意志、坚定的目标的人，没有所谓失败！对于别人放手，而他仍然坚持，别人后退而他仍然前冲的人，没有所谓失败！对于每次倾跌，立刻站起来；每次坠地，反会像皮球一样的跳得更高的人，没有所谓失败。

（林语堂：《林语堂散文》，北京出版社 2008 年版。略有改动）

注释：

[1] 爱马孙：指拉尔夫·瓦尔多·爱默生（1803—1882），美国散文家、诗人。

[2] 狄更司：指狄更斯（1812—1870），英国作家。

 **文学小课堂**

1. 中心论点：失败了以后，应当"加倍地坚强"，要"立刻站立起来"，"永不屈服"

课文主要围绕着失败了以后应该怎样去做的问题展开论述，全文可分为四部分：

第一部分（1—2 自然段）：提出中心论题，"测验一个人的品格，最好是在他失败的时候，失败了以后，他是怎样呢？"

第二部分（3—5 自然段）：写伟大人物的成功与小孩子学会溜冰的秘诀，即"倾跌了以后，立刻站立起来"。

第三部分（6—8自然段）：驳斥一般人在面对失败时容易丧失勇气和信心的错误态度，指出只要"不顾以前的失败，奋身作再度之奋斗"，就终会达到胜利。

第四部分（9—11自然段）：写人格伟大的人并不介意世间的成败，"对于有骨气、有作为的人，失败是反足以增加他的决心与勇气的"。

本文主要阐明了作者对失败的看法和失败以后对待失败的正确态度。作者认为：失败的时候最能测验一个人的品格。他指出，伟大人物的成功秘诀就是"倾跌了以后，立刻站立起来，而去向失败战取胜利"；"倾跌算不得失败，倾跌后而站立不起来，才是失败"；"许多人之所以成功，就是受赐于先前的层层失败"；"对于那自信其能力，而不介意于暂时的成败的人，没有所谓失败"。从这些看法中，可以归纳出文章的中心论点：一个人在失败了以后，应当"加倍地坚强"，要"立刻站立起来"，"永不屈服"。

2. 论据：名人名言、文学作品、比喻性论据、事实论据等

本文在说理时主要使用了哪些方面的论据？主要包括：名人名言（比如爱马孙、菲力浦的言论）、文学作品（狄更斯小说）、比喻性论据（小孩子学会溜冰）、事实论据（据报章所记载，我们所亲身见闻）等。

林语堂先生用大量事实鼓励人们，失败以后要勇敢站起来。他更是从理论的高度论述失败和成功之间的关系来坚定我们胜利的信念。我们由此可以得知：第一，失败和成功是分不开的，哪里有失败哪里就有成功。第二，有时，失败就是成功，或是成功的一部分，"是走向较高地位的第一阶段"。有时，成功"受赐于先前的层层失败"，即常言所说的"失败是成功之母"。如果你自信、坚定、坚持，同事又具备勇气，那么你就没有所谓的失败。

在人生态度上，林语堂所欣赏的是一种"闲适的生活"，提倡"悠闲的情绪""快乐的哲学"。这在他最有影响的代表作《生活的艺术》中体现得尤为明显。但是，林语堂的思想包括他的人生观是复杂的，他在心目中欣赏着"闲适"、艺术的生活方式，而现实生活中却不倦地钻研学术、勤奋地著书笔耕。他在生活中的这种积极进取的人生态度，在《失败了以后》一文中得到充分体现。

林语堂先生这里所说的失败，含义丰富，它不仅仅指在竞争中被对方击败，或者是工作中没达到预期的目的，这里的失败还包括一切艰难困苦、天灾人祸以及我们极力想回避的所有不顺利、不如意等。

3. 构思、语言的林氏特色

（1）构思精巧，立意新颖。关于失败的话题，许多作家都写过这方面的文章。如梁启超的《论毅力》主要是强调毅力对于克服逆境、获取成功的重要性，培根的《论厄运》

又是通过厄运与幸运的比较说明厄运往往最能显出人的坚忍品质。本文则是从失败以后人们应该如何面对失败这样的角度展开论述，通过分析伟大人物成功的秘诀、小孩子学会溜冰的经验、普通人失败后容易出现的丧气与失望心理等，帮助失败者树立信心、鼓起勇气。这样来写，既角度新颖，又抓住了一般读者的接受心理，从打消失败者可能出现的种种顾虑入手说明失败后并不可怕，也使文章的论述具有更强的针对性和说服力。此外，文章的题目直接将论题揭示出来，引起读者的注意，也显示了作者巧妙的构思。

（2）语言精辟，富有哲理。文章的语言简练，而又极富有概括力和表现力，其中不少地方寓意丰富，堪称警句，如"倾跌算不得失败，倾跌后而站立不起来，才是失败""许多人之所以成功，就是受赐于先前的层层失败"等。

（3）比喻、排比等修辞手法。如用"倾跌"来比喻失败，用小孩子学会溜冰来比喻成功的经验，用弹跳的皮球比喻那些不怕失败的人等，这些比喻使文章说理浅显易懂而又形象生动；再如文章最后一段构成一组排比长句，大大增强了文章的气势和说服力，对读者具有强烈的感染力和鼓舞性。此外，文中还运用了对比、反问等手法。

本文构思巧妙，立意新颖。其语言精辟，富有哲理，具有强烈的感染力和鼓舞性。行文有气势，旨在激励读者经历失败后要重新振作，只要坚韧不拔，一定可以取得成功。这是一篇适合年轻人阅读的好文章。

课后小论坛

1. "测验一个人的品格，最好是在他失败的时候"，你同意这个观点吗？为什么？

2. 作者提出"对于意志永不屈服的人，没有所谓失败"，这句话如何理解，请结合你的学习、生活来阐释。

3. 本文的中心论点是什么？在说理时使用了哪些方面的论据？

4. 文中谈道："倾跌了以后，立刻站起来，而去向失败中战取胜利，这是从古以来伟大人物的成功秘诀。"请以历史上有关名人的典型作为材料，以这句话的内容作为中心论点，写一篇议论文。

可以被毁灭，但绝不可以被打败

——海明威《老人与海》

阅读小贴士

海明威（Ernest Hemingway，1899—1961），美国作家，"迷惘的一代"的代表作家，诺贝尔文学奖获得者。出生于美国伊利诺伊州芝加哥市郊区的奥克帕克，因不堪病痛折磨，1961 年 7 月 2 日的早晨，海明威用猎枪自杀。

海明威的父亲是当地一位医术高明的医生，喜欢打猎、钓鱼、射击、采集标本等活动，母亲是一个具有良好的艺术修养和宗教观念的妇女，喜爱音乐和绘画。海明威从童年时代起就培养了对文学、艺术和体育运动的热爱。他在当地中学读书时是一个出类拔萃的学生，成绩优异。他踢球、游泳、射击与拳击训练都很出色，同时还参加学校乐队的演奏，是学校报纸和杂志的编辑、撰稿人。海明威的一生经历丰富多彩，带有传奇性。他在北非的丛林里围过猎，在古巴的海上捕过鱼。他既是斗牛迷，还是拳击迷。他曾做过报社的记者，也曾经历了两次世界大战的严酷考验，他十几次受伤，充分体验过出生入死的滋味。

海明威先后出版了短篇小说集《在我们的时代里》（1925）、《没有女人的男人》（1927）和长篇小说《太阳照样升起》（1926）、《永别了，武器》（1929）、《丧钟为谁而鸣》（1940）等。海明威被誉为美利坚民族的精神丰碑，并且是"新闻体"小说的创始人，他的笔锋一向以"文坛硬汉"著称。海明威的写作风格简洁凝练，对美国文学及 20 世纪文学的发展有极深远的影响。

《老人与海》是海明威 1952 年创作的一部中篇小说，也是作者生前发表的最后一部小说。它一经问世，便在国际上引起了强烈的反响，在当时的文学界掀起了一阵"海明威热"。这篇小说相继获得 1953 年美国普利策奖和 1954 年诺贝尔文学奖。

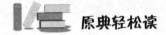

老人与海（节选）

"来吧，星鲨，"老头儿说，"再来吧。"

鲨鱼一冲又冲上来，一闭住嘴就给老头儿揍了一棍。他把那根棍子举到不能再高的地方，结结实实地揍了它一下。这一回他觉得他已经打中了脑盖骨，于是又朝同一个部位打去，鲨鱼慢慢吞吞地把一块鱼肉撕掉，然后从死鱼身上滑下去了。

老头儿留意望着那条鲨鱼会不会再回来，可是看不见一条鲨鱼。一会儿他看见一条在水面上打着转儿游来游去。他却没有看到另一条的鳍。

他想：我没指望再把它们弄死了。当年年轻力壮的时候，我会把它们弄死的。可是我已经叫它们受到重伤，两条鲨鱼没有一条会觉得好过。要是我能用一根垒球棒，两只手抱住去打它们，保险会把第一条鲨鱼打死。甚至现在也还是可以的。

他不愿再朝那条死鱼看一眼。他知道它的半个身子都给咬烂了。在他跟鲨鱼格斗的时候，太阳已经落下去。

"马上就要天黑，"他说，"一会儿我要看见哈瓦那的灯火了。如果我往东走得更远，我会看见从新海滩上射出来的灯光。"

他想：现在离港口不会太远了。我希望没有人替我担心。只有那孩子，当然，他一定会替我担心的。可是我相信他有信心。好多打鱼的老头儿也会替我担心的。还有好多别的人。我真是住在一个好地方呀。

他不能再跟那条大鱼讲话，因为它给毁坏得太惨啦。这时他的脑子里突然想起了一件事。

"你这半条鱼啊，"他说，"你原来是条整鱼。我过意不去的是我走得太远，这把你和我都给毁啦。可是我们已经弄死了许多鲨鱼，你和我，还打伤好多条。老鱼，你究竟弄死过多少鱼啊？你嘴上不是白白地生了那个长吻的。"

他总喜欢想到这条死去的鱼，想到要是它能够随意地游来游去，它会怎么样去对付一条鲨鱼。他想，我应该把它的长吻儿砍掉，用它去跟鲨鱼斗。可是船上没有斧头，后来又丢掉了刀子。

话又说回来，当时要是我能够把它的长吻儿砍掉，绑在桨把上的话，那该是多好的武器呀。那样一来，我俩就会一同跟它们斗啦。要是它们在夜里窜来，你该怎么办呢？

你有什么办法呢？

"跟它们斗，"他说，"我要跟它们斗到死。"

现在已经天黑，可是天边还没有红光，也看不见灯火，有的只是风，只是扯得紧紧的帆，他觉得大概自己已经死了。他合上两只手，摸一摸手掌心。两只手没有死，只要把两只手一张一合，他还觉得活活地痛哩。他把脊背靠在船艄上，才知道自己没有死。这是他的肩膀告诉他的。

他想：我许过愿，要是我捉到了这条鱼，我一定把所有的那些祷告都说一遍。但是我现在累得说不出了。倒不如把麻袋拿过来盖在我的肩膀上。

他躺在船艄，一面掌舵，一面留意着天边红光的出现。他想：我还有半条鱼。也许我有运气把前面半条鱼带回去。我应该有点儿运气的。可是没有呀，他说。你走得太远，把运气给败坏啦。

"别胡说八道啦，"他又嚷起来，"醒着，掌好舵。也许你的运气还不小呢。"

"我倒想买点儿运气，要是有地方买的话。"他说。

我拿什么去买运气呢？他自己问自己。我买运气，能够用一把丢掉的鱼叉，一把折断的刀子，一双受了伤的手？

"可以的，"他说，"你曾经想用海上的八十四天去买它。它们也几乎把它卖给了你。"

他想：别再胡思乱想吧。运气是各式各样的，谁认得出呢？可是不管什么样的运气我都要点儿，要什么报酬我给什么。他想：我希望我能见到灯光。我想要的事儿太多，但灯光正是我现在想要的。他想靠得舒服些，好好地去掌舵，因为觉得疼痛，他知道他并没有死。

大约在夜里十点钟的时候，他看见了城里的灯火映在天上的红光。最初只是辨认得出，如同月亮初升以前天上的光亮。然后，当渐渐猛烈的海风掀得波涛汹涌的时候，才能从海上把灯光看得清楚。他已经驶进红光里面，他想，现在他马上就要撞到海流的边上了。

他想：现在一切都过去了。不过，也许它们还要向我扑来吧。可是，在黑夜里，没有一件武器，一个人怎么去对付它们呢？

他现在身体又痛又发僵，他的伤口和身上一切用力过度的部分都由于夜里的寒冷而痛得厉害。他想：我希望我不必再去跟它们斗啦。我多么希望我不必再跟它们斗呀。

可是到了半夜的时候，他又跟它们斗起来，这一回他知道斗也不会赢了。它们是成群结队来的，他只看到鱼们的鳍在水里划出的纹路，看到它们扑到死鱼身上去时所放出的磷光。他用棍棒朝它们的头上打去，听到上下颚裂开和它们钻到船下面去咬鱼时把船晃动的声音。凡是他能够感觉到的，听见的，他就不顾一切地用棍棒劈去。他觉得有什么东西抓住了他的那根棍，随着棍就丢掉了。

他把舵把从舵上曳掉，用它去打，去砍，两只手抱住它，一次又一次地劈下去，但是它们已经窜到船头跟前去咬那条死鱼，一忽儿一个接着一个地扑上来，一忽儿一拥而上，当它们再一次折转身扑来的时候，它们把水面下发亮的鱼肉一块一块地撕去了。

最后，一条鲨鱼朝死鱼的头上扑来，他知道一切都完了。于是他用舵把对准鲨鱼的头打去，鲨鱼的两颚正卡在又粗又重的死鱼头上，不能把它咬碎。他又迎面劈去，一次，两次，又一次，他听到舵把折断的声音，再用那裂开了的桨把往鲨鱼身上戳去。他觉得桨把已经戳进去，他也知道把子很尖，因此他再把它往里面戳。鲨鱼放开鱼头就翻滚着沉下去。那是来到的一大群里最后的一条鲨鱼。它们再也没有什么东西可吃了。

老头儿现在简直喘不过气来，同时他觉得嘴里有一股奇怪的味道。这种味道带铜味，又甜。他担心了一会儿。不过那种味道并不多。

他往海里啐了一口唾沫，说："吃吧，星鲨。做你们的梦去，梦见你们弄死了一个人吧。"

他知道他终于给打败了，而且一点补救的办法也没有，于是他走回船艄，发现舵把的断成有缺口的一头还可以安在舵的榫头上，让他凑合着掌舵。他又把麻袋围在肩膀上，然后按照原来的路线把船驶回去。现在他在轻松地驶着船了，他的脑子里不再去想什么，也没有感觉到什么。什么事都已过去，现在只要把船尽可能好好地、灵巧地开往他自己的港口去。夜里，鲨鱼又来咬死鱼的残骸，像一个人从饭桌子上捡面包眉似的。老头儿睬也不睬它们，除了掌舵，什么事儿都不睬。他只注意到他的船走得多么轻快，多么顺当，没有其重无比的东西在旁边拖累它了。

船还是好好的，他想。完完整整，没有半点儿损伤，只除了那个舵把。那是容易配上的。

他感觉到他已经驶进海流里面，看得出海滨居住区的灯光。他知道他现在走到什么地方，到家不算一回事儿了。

风总算是我们的朋友，他想。然后他又加上一句：不过也只是有时候。还有大海，那儿有我们的朋友，也有我们的敌人。床呢，他又想。床是我的朋友。正是床啊，他想。床真要变成一件了不起的东西。一旦给打败，事情也就容易办了，他想。我决不知道原来有这么容易。可是，是什么把你打败的呢？他又想。

"什么也不是，"他提高嗓子说，"是我走得太远啦。"

当他驶进小港的时候，海滨酒店的灯火已经熄灭，他知道人们都已上床睡去。海风越刮越大，现在更是猖狂了。然而港口是静悄悄的。于是他把船向岩石下面的一小块沙滩跟前划去。没有人来帮助他，他只好一个人尽力把船划到岸边。然后他从船里走出，把船系在岩石旁边。

他放下桅杆，卷起了帆，把它捆上，然后把桅杆扛在肩上，顺着堤坡往岸上走去。这时他才知道他已经疲乏到什么程度。他在半坡上歇了一会儿，回头望了一望，借着水面映出的街灯的反光，看见那条死鱼的大尾巴挺立在船艄后面。他看见鱼脊骨的赤条条的白线，黑压压一团的头，伸得很长的吻和身上一切光溜溜的部分。

他再往上爬去，一到堤顶上他就跌倒，把桅杆横在肩上躺了一会儿。他试一试想站起来，可是非常困难，于是他就扛着桅杆坐在那儿，一面望着路上。一只猫从远处跑过去，不知在那儿干什么。老头儿直望着它，过一会他才转过来专望着大路。

最后，他放下了桅杆站起来，再把桅杆提起，放在肩膀上，然后走他的路。在他走到他的茅棚以前，他不得不坐在地上歇了五次。

走进茅棚以后，他把桅杆靠在墙上。他摸黑找到了一个水瓶，喝了一口水就躺到床上去。他把毯子盖到肩上，又裹住脊背和两腿，就脸朝下躺在报纸上，手心朝上，两只胳膊伸得挺直的。

第二天早上，他睡得正沉的时候，孩子来到了门口，朝里面张望着。这一天风刮得紧，漂网的渔船不能开出去，孩子睡了一个懒觉，跟每天早上一样，醒来后就到老头儿的茅棚这边来。孩子看见老头儿正在呼呼地打着鼾，又看见老头儿的那双手，他放声大哭起来，于是赶忙一声不响地走开，打算给老头儿拿来一点儿咖啡，一路上一边走，一边还在哭。

好多打鱼的都站在那只船的周围，望着绑在船旁边的那个东西。一个人卷起裤脚管站在水里，用一根长绳子在量死鱼的骨骼。

孩子没有走下坡去，他早已到那儿去过，这时一个打鱼的正在替他看守着那只船哩。

"他怎样啦？"一个打鱼的大声地问。

"睡着呢，"孩子也大声地回答。人们看见他在哭，他也毫不在乎。"谁都别去惊醒他。"

"这条鱼，从鼻子到尾巴足有十八英尺长呢，"用绳量鱼的那个打鱼的嚷着说。

"我相信。"孩子说。

他走到海滨酒店去，要了一罐咖啡。

"要滚烫的，多放些牛奶跟糖在里面。"

"还要别的吗？"

"不要啦。等一会儿我再看看他能吃什么。"

"多大的鱼啊，"酒店老板说，"从来没有过这么大的鱼。你昨天捉到的那两条鱼也是很好的。"

"让我的鱼都死掉吧。"孩子说着又哭起来。

"你想喝点儿什么吗？"老板问他。

"不，"孩子说，"对他们说，别来打扰桑提亚哥老大爷。我就回来啦。"

"告诉他，我很挂念他。"

"多谢你。"孩子说。

孩子拿了一罐热咖啡到老头儿的茅棚去，坐在一旁等他醒来。有一回他好像快要醒了。可是他又死沉沉地睡去，孩子不得不到大路那边去借一点木柴来，把咖啡再热一热。

最后，老头儿醒来了。

"别坐起来，"孩子说，"把咖啡喝掉吧。"他把咖啡倒了些在玻璃杯里。

老头儿把咖啡接过去一口喝掉。

"它们把我给打败啦，曼诺林，"他说，"它们真的打败了我。"

"它没有打败你。那条鱼并没有打败你。"

"是的。真的没有。可是后来鲨鱼打败了我。"

"彼得利科在守着船和船上的东西。那个鱼头怎么办？"

"让彼得利科把它切碎了做鱼食吧。"

"那个长吻呢？"

"你要你就拿去。"

"我要，"孩子说。"现在我们得安排安排别的事儿啦。"

"他们找过我没有？"

"当然找过。找你的有水上警察，还有飞机。"

"海洋很大，船小，不容易看出来，"老头儿说。他觉得多么高兴，现在他有人可以叙一叙，不再自言自语，也不再对海说话了。"我很想念你，"他说。"你捉到了几条鱼？"

"头一天一条。第二天又是一条，第三天两条。"

"很好。"

"现在我俩又要一道打鱼啦。"

"不。我没有运气。我再也不会走远了。"

"去他妈的什么运气,"孩子说。"我会把运气带来的。"

"你家里人该怎么说呢?"

"谁管它。昨天我已经捉到了两条。现在我们一定得一道去打鱼,因为我还有好多东西要跟你学呢。"

"我们一定要弄来一杆能够把鱼扎死的好矛,经常放在船上。你可以从旧福特汽车上弄来一块钢板叶子,做矛头。我们可以拿到关纳巴科阿去磨它一磨。应该把它磨得快快的,同时,要不炼一炼它就会断。我的刀子已经断了。"

"我再去弄一把刀子,同时把钢板叶子磨快。风要刮多少天?"

"大概三天。也许还要久些。"

"那么我要把什么事情都安排好,"孩子说,"你也要把你的手养好,老大爷。"

"我知道怎样调理这双手。夜里我曾经吐出过不知道什么的一种怪东西,我觉得好像我的胸口上什么地方破了。"

"那么也把那地方好好儿调理一下吧,"孩子说。"躺下去,老大爷,我去替你拿一件干净衬衫来,还弄点什么吃的。"

"我不在家时候的报纸,不管哪一天的,拿一份来。"老头儿说。

"你得赶快好起来,因为我能跟你学会好多本领,样样你都可以教我。你吃了多少苦啊?"

"一言难尽。"老头儿说。

"我去把报纸跟吃的东西拿来,"孩子说,"你好好儿休息吧,老大爷。我到药房里替你弄点搽手的药来。"

"别忘记了告诉彼得利科,那个鱼头是他的。"

"我晓得。不会忘记的。"

孩子走出了门,当他走在破烂的珊瑚石路上的时候,他又放声大哭起来。

那天下午,海滨酒店里来了一群旅行家,其中一个女人在望着海水的时候,从一堆空啤酒罐和死了的小梭鱼中间看见了一根又粗又长的雪白的脊骨,最后面有一条庞大无比的尾巴,当东风把港口码头外面的海水不住地掀得波涛汹涌的时候,那条尾巴随着潮水一上一下地晃来晃去。

"那是什么?"她指着那条大鱼的长脊骨问一个侍役,现在那东西已成了垃圾,只等着给潮水冲走了。

"Tibttron[1]，"侍役说，"Eshark[2]。"他想对她讲一讲事情的经过。

"我还不知道鲨鱼有这么漂亮的，样子这么好看的尾巴呢。"

"我也不知道。"她的男朋友说。

在路那边的茅棚里，老头儿又睡着了。他依旧脸朝下睡着，孩子坐在一旁守护他。老头儿正在梦见狮子。

（[美]海明威：《老人与海》，海观译，上海译文出版社 1979 年版。略有改动）

注释：

[1] 西班牙文，鲨鱼的意思。
[2] 古巴人用英语说鲨鱼时不准确的读音。

文学小课堂

1. 缘起：从真实到虚构

《老人与海》这部小说是根据真人真事创作的。第一次世界大战结束后，海明威移居古巴，认识了老渔民格雷戈里奥·富恩特斯。1930 年，海明威乘的船在暴风雨中沉没，富恩特斯搭救了海明威。从此，海明威与富恩特斯结下了深厚的友谊，并经常一起出海捕鱼。

1936 年，富恩特斯出海很远捕到了一条大鱼，但由于这条鱼太大，在海上拖了很长时间，结果在归程中被鲨鱼袭击，回来时只剩下了一副骨架。海明威在《老爷》杂志上发表了一篇通讯《在湛蓝的大海上》报道这件事。此事给海明威很深的触动，他觉察到它是很好的小说素材，但一直没有机会动笔。

1950 年圣诞节后不久，海明威产生了极强的创作欲望。在古巴哈瓦那郊区的别墅"观景庄"，他开始动笔写《老人与海》。1951 年 2 月 23 日完成了初稿，前后仅用了八周。4 月份海明威把手稿送给拜访他的友人们传阅，博得了一致的赞美。海明威本人也认为这是他"这一辈子所能写得最好的一部作品"。从获得素材到小说的出版，历时 17 年时间，这是一部酝酿已久，精心打造的杰作。

2. 故事：老人捕鱼的寓言

《老人与海》讲述了古巴老渔民桑提亚哥 84 天出海都没有钓到一条鱼，人们认为他倒了"血霉"。可他并不灰心，在第85天独自一人到更远的海域。这天他碰上了一条从未见过的比他的船还长2英尺的鱼。这鱼实在太大了，把他的小船拖了两天两夜。在这两天两夜中，老人经历了从未有过的艰难考验，最后终于杀死了这条大鱼并把它绑在小船的一边。可是当他凯旋时，碰上了鲨鱼群。为了保住他的胜利果实，他与鲨鱼群又拼斗了一天一夜。最后鲨鱼群被赶跑了，可他的马林鱼肉也被鲨鱼吞噬光了，只剩下了一副巨大的鱼骨架。他筋疲力尽地回到家倒头睡着了，梦中他梦见了狮子。

通过老渔夫桑提亚哥捕鱼以及与鲨鱼搏斗的故事，作者热情歌颂了桑提亚哥在失败面前毫不畏惧、勇敢顽强、坚忍不拔的硬汉精神，表达了对待生命中的挫折和困难，即使是注定失败，也应当保持内心的尊严和不屈的抗争勇气，做精神上的强者的主题。

3. 象征：硬汉从未被打败

这个故事蕴藏多个层面的象征含义。在这里，打鱼已经不仅是单纯的维持生活的一种活动，而是向命运的抗争；大鱼和群鲨，则寓意着命运中的种种艰难险阻；故事的主人公桑提亚哥，从一位普通的渔民升华为在命运面前从不低头的"硬汉"；小孩马诺林愿意充当帮手，象征了希望和善良，寄寓了作者"人类的智慧和力量代代相传"的美好理想；大海、沙滩和绚丽多姿的云彩象征了自然与美；梦中一再出现的狮子象征了强者不可战胜的力量。

4. 白描：质朴的简洁的笔法

在这部小说里，我们不难看出海明威扎实的写作功力。他描写老人的外表，着墨并不多，却字字着力，使人感觉到那位英勇的渔夫就站在自己眼前：年纪颇老而锐气犹存，衣衫褴褛却精神抖擞。尤其令人拍案叫绝的是海明威对老人与大鱼及鲨鱼搏斗的场面的描写，叙述简练，却清晰完整。没有相当丰富的生活经验和深厚的白描功底，是写不出这样洗练、明快的故事的。

5. "硬汉"形象：英雄主义的精神

桑提亚哥是海明威所塑造的一系列"硬汉"形象的发展与升华。面对凶猛的大马林鱼、凶恶的鲨鱼、恶劣的气候，桑提亚哥表现出顽强的毅力和必胜的信心。桑提亚哥坚信："一个人并不是生来要给打败的，你尽可把他消灭掉，可就是打不败他。"在与环境的斗争中，桑提亚哥是一个失败的英雄。然而在对待失败的态度上，他赢得了胜利。在他身上，具有非凡的人格力量，他是一个精神上的强者。

6. "电报体"：最少的是最好的

海明威的小说语言非常简练，有电报体的特点。海明威相信："最少的就是最好的。"所以在这篇3万多字的小说中,我们很少能看到有长达数十字的冗长的句子。而正是这种短平快的句子,恰到好处地传达了作品所要展现给我们的情景和思想感情。同时,《老人与海》充分体现出海明威在《午后之死》中所提出的"冰山原则"。我们知道,冰山浮出水面的只有1/8,还有7/8在水下,也即在写作中你知道的东西可以不写或略写,这样反而会加固你的冰山,使得作品深沉饱满、富有张力。

课后小论坛

1. 结合海明威的作品,谈谈他"电报体"的艺术特色。

2. 怎样理解《老人与海》的寓言化和象征性特征?

3. 结合实际,谈谈老人的意志、精神对现代青年人有何启迪。

4. 文中如何表现老人与海共存、共处,请说出作者所要表达的思想意义是什么?

5. 什么是"硬汉精神"?硬汉应该具备怎样的特质?

第四篇 亲情篇
QINQING PIAN

　　这个世界上，有一种爱，无论你身在何方，无论你身处何境，无论时光荏苒，无论生老病死，都不会减少一分一毫，这种爱，是亲情之爱；这个世界上，有一种人，无论你是否可爱，无论你是否优秀，无论你是否在意，无论你是否回报，都无怨无悔地为你付出，这种人，是亲人。

　　自从我们来到这个世界，我们便无时无刻不在沐浴着亲情。回味一下家庭的温馨，你便会在亲人一个不经意的眼神里，一个下意识的动作中，一句再平常不过的叮咛声里，深深感受到它的存在——悠悠亲情。世间无数情，最深是亲情。当你为小说中的感人情节热泪盈眶时，当你为陌生人的一句关爱心怀感恩时，别忘了，你的身边，有最无私最伟大，最值得你感动，最值得你珍惜的——亲情。

　　亲情是人类最基本也是最重要的情感，是人生的价值取向之一，有时可以产生惊人的奇迹和战无不胜的力量。亲情是暴风雨中的一把伞，为我们遮风挡雨；亲情是黑暗里的一盏灯；为我们找到前进的道路；亲情是航行中的港湾，可以让我们稍作停留，休整好后再次扬帆启航。亲情，就在眉目顾盼间，就在一通电话里，就在朝夕相处中，不经意间就可以点燃你内心的温暖。接下来，我们跟随名家的笔触，和他们一起感受他们笔下的亲情。

树欲静而风不止，子欲养而亲不待

——《诗经·小雅·蓼莪》

 阅读小贴士

　　《诗经》是我国第一部诗歌总集，最早的记录为西周初年，最迟记录的作品为春秋时期，上下跨度约五六百年。其产生地域以黄河流域为中心，包括今陕西、山西、河南、河北、山东等地。《诗经》的作者佚名，绝大部分已经无法考证，相传为尹吉甫采集、孔子编订。从数量上来看，《诗经》共收录诗歌305篇。这些作品反映了周初至周晚期约五百年间的社会面貌。

　　《诗经》在先秦时期称为《诗》，或只取其整数称为《诗三百》。它在西汉时被尊为儒家经典，列经书之首，始称《诗经》，并沿用至今。《诗经》在内容上分为《风》《雅》《颂》三个部分。《风》是周代各地的歌谣；《雅》是周人的正声雅乐，又分《小雅》和《大雅》；《颂》是周王朝和贵族宗庙祭祀的乐歌，又分为《周颂》《鲁颂》《商颂》三部分。

　　《诗经》的编集，汉代有三种说法：

　　一为采诗说。《汉书·艺文志》载："古有采诗之官，王者所以观风俗，知得失，自考正也。"周代设有专门收集诗歌的官员，每到春天，他们摇着木铎深入民间，采集民间歌谣，把能够反映百姓的欢乐与疾苦的作品，整理好后交给专门负责音乐的官员谱上曲谱，再演唱给周天子听。周天子听后，借此了解各地的政治利弊和风俗习惯，并以此作为施政的参考。这些没有记录姓名的民间作者的作品，在诗经中占据了大多数，比如十五国风。《诗经》305篇的韵部系统、用韵规律以及诗歌形式基本上呈现出大体一致的特点，而且它包括

的时间长、地域广，在古代交通不便、语言互异的情况下，如果不是经过有目的的采集和整理，要产生这样一部诗歌总集是不可想象的。因而采诗说是可信的。

二为删诗说。《史记·孔子世家》载："古者诗三千余篇，及至孔子去其重，取可施于礼义……三百五篇，孔子皆弦歌之。"后来历代为诗经作注释的大家均对此说法均持怀疑态度，如宋代朱熹、明代朱彝尊等人。据考证，《诗经》大约成书于公元前6世纪，而孔子出生于公元前551年。另据《左传》记载有"季札观周乐"一事：公元前544年吴公子季札至鲁国观乐，鲁乐工为他所奏的风诗次序与今本《诗经》基本相同，说明那时已有了一部《诗》，而彼时孔子才八岁。故近代学者一般认为孔子删诗一说不可信。

三为献诗说。在周代的时候公卿列士陈诗、献诗，或用来歌颂，或用来赞美，或用来讽刺，这些都是有史籍考证的。

《诗经》常用的表现手法有赋、比、兴三类。赋就是铺陈直叙，也就是说诗人把思想感情及与其有关的事物用平铺直叙的手法表达出来；比就是打比方，用形象的事物打比方，使得被比喻的事物形象生动、鲜明感人；兴则是用诗歌开头引起下文的一种方法，先言他物，再用他物引起所咏之词。赋、比、兴三种表现手法的运用，既是《诗经》艺术特征的重要标志，也开启了中国古代诗歌创作的基本手法。

孔子曾概括《诗经》的宗旨为"无邪"。他教育弟子读《诗经》，并将其作为立言、立行的标准。在先秦诸子中，引用《诗经》者颇多，如荀子、庄子、韩非子等人在论证说理时，多引述《诗经》中的句子以增强说服力。

《诗经》是中国文学的源头，是无与伦比的瑰宝，更是两千多年来滋养国人的精神家园，文化的传承。《诗经》用经久不衰、穿越时间的力量，影响着一代代的国人。

原典轻松读

蓼 莪[1]

蓼蓼[2]者莪[3]，匪[4]莪伊[5]蒿。哀哀父母，生我劬[6]劳。

蓼蓼者莪，匪莪伊蔚[7]。哀哀父母，生我劳瘁。

瓶[8]之罄[9]矣，维罍[10]之耻。鲜民[11]之生，不如死之久矣。无父何怙[12]？无母何恃？出则衔恤[13]，入则靡至。

父兮生我，母兮鞠[14]我。拊[15]我畜[16]我，长我育我。顾[17]我复[18]我，出入腹[19]我。欲报之德，昊天罔极[20]！

南山烈烈[21]，飘风[22]发发[23]。民莫不穀[24]，我独何害！

南山律律[25]，飘风弗弗[26]。民莫不穀，我独不卒[27]！

（王秀梅译注：《诗经》，中华书局2015年版）

注释：

[1] 题解：诗人苦于服役，抒发不能终养父母的沉痛心情。

[2] 蓼（lù）蓼：长又大的样子。

[3] 莪（é）：一种草，即莪蒿。李时珍《本草纲目》："莪抱根丛生，俗谓之抱娘蒿。"

[4] 匪：同"非"。

[5] 伊：是。

[6] 劬（qú）劳：与下文"劳瘁"皆劳累之意。

[7] 蔚（wèi）：一种草，即牡蒿。

[8] 瓶：汲水器具。

[9] 罄（qìng）：尽。

[10] 罍（léi）：盛水器具。

[11] 鲜（xiǎn）：指寡、孤。民：人。

[12] 怙（hù）：依靠。

[13] 衔恤：含忧。

[14] 鞠：养。

[15] 拊：通"抚"。

[16] 畜：喜爱。

[17] 顾：顾念。

[18] 复：返回，指不忍离去。

[19] 腹：指怀抱。

[20] 昊（hào）天：广大的天。罔：无。极：准则。

[21] 烈烈：山高峻貌。

[22] 飘风：同"飙风"。

[23] 发发：读如"拨拨"，风声。

[24] 榖：善。

[25] 律律：同"烈烈"。

[26] 弗弗：同"发发"。

[27] 卒：终，指养老送终。

译文：

看那莪蒿长得高，却非莪蒿是散蒿。可怜我的爹与妈，抚养我大太辛劳！

看那莪蒿相依偎，却非莪蒿只是蔚。可怜我的爹与妈，抚养我大太劳累！

汲水瓶儿空了底，装水坛子真羞耻。孤独活着没意思，不如早点就去死。没有亲爹何所靠？没有亲妈何所恃？出门行走心含悲，入门茫然不知止。

爹爹呀你生下我，妈妈呀你喂养我。你们护我疼爱我，养我长大培育我，想我不愿离开我，出入家门怀抱我。想报爹妈大恩德，老天降祸难预测！

南山高峻难逾越，飙风凄厉令人怯。大家没有不幸事，独我为何遭此劫？南山高峻难迈过，飙风凄厉人哆嗦。大家没有不幸事，不能终养独是我！

文学小课堂 ✽ ◦◦◦◦◦ ✽ ◦◦◦◦◦ ✽ ◦◦◦◦◦ ✽ ◦◦◦◦◦ ✽ ◦◦◦◦◦ ✽ ◦◦◦◦◦ ✽

1. 千古孝思绝作

关于此诗的背景，《毛诗序》说："《蓼莪》，刺幽王也，民人劳苦，孝子不得终养尔。"欧阳修认为所谓"刺幽王，民人劳苦"云云，"非诗人本意"（《诗本义》），诗人在诗中所抒发的只是不能奉养父母的痛极之情。此诗是有文献记载的以充沛情感表现

"孝"这一美德最早的文学作品,对后世影响极大。这部作品不仅在诗文赋中常被引用,甚至在朝廷下的诏书中也屡屡言及。本篇以"父母与子女"两代人的亲情为写作主题,感念父母亲情,抒写了对父母的怀念,抒发了失去父母的孤苦无依之感和未能侍奉赡养父母而深感遗憾的沉痛之情。

题解:人民苦于兵役不得终养父母(诗人苦于服役,抒发不能终养父母的沉痛心情)。

2. "怨诽而不乱"的现实主义诗歌

《诗经·小雅》是《诗经》二雅之一,为先秦时代的诗歌。它的内容十分广泛丰富,其中最突出的,是关于战争和劳役的作品。作品中不仅描述了周代丰富多彩的社会生活、特殊的文化形态,而且揭示了周人的精神风貌和情感世界。它立足于社会现实生活,没有虚妄与怪诞,极少有超自然的神话,祭祀、宴饮、农事是周代社会经济和礼乐文化的产物,其他诗则多是对时政世风、战争徭役、婚姻爱情的叙写。可以说,《诗经·小雅》是中国最早的富于现实精神的诗歌,奠定了中国诗歌面向现实的传统。

古人认为天聋地哑,天地不会说话,但天地在运行,天地有自己的脾气和规律。这些称为"哑"的现象,用图画、文字、诗词把这些现象描述记录下来形成资料,称为《雅》,又分为《大雅》《小雅》。《大雅》以较大的现象为描述对象,大雅观天,描写风雨雷电、日月星辰。《小雅》以较小的花鸟鱼虫为描述对象。

《诗经·小雅》共有七十四篇诗文。分为《小雅·鹿鸣之什》《小雅·南有嘉鱼之什》《小雅·鸿雁之什》《小雅·节南山之什》《小雅·谷风之什》《小雅·甫田之什》《小雅·鱼藻之什》七部分。《诗经·小雅·蓼莪》出自《小雅·谷风之什》。

《小雅·谷风之什》包括《谷风》《蓼莪》《大东》《四月》《北山》《无将大车》《小明》《鼓钟》《楚茨》《信南山》十篇。

3. 声声泪,字字血,赚人热泪寄哀思

全诗共有六章,可分为四个部分。

第一章、第二章写诗人未能报答父母养育之恩。诗人以看似高大的莪蒿实则是小小的青蒿来比兴自己是父母之子却未尽奉养之责,表达了对父母的悼念之情。

开头两句以比引出,诗人见蒿与蔚,却错当莪,于是心有所动,遂以为比。莪香美可食用,并且环根丛生,故又名抱娘蒿,喻人成材且孝顺;而蒿与蔚,皆散生,蒿粗恶不可食用,蔚既不能食用又结子,故称牡蒿,蒿、蔚喻不成材且不能尽孝。诗人有感于此,借以自责不成材又不能终养尽孝。后两句承此思言及父母养大自己不易,费心劳力,吃尽苦头。朱熹于此指出:"言昔谓之莪,而今非莪也,特蒿而已。以比父母生我以为美材，可赖以终其身，而今乃不得其养以死。于是乃言父母生我之劬劳而重自哀伤也。"

第三章写诗人以"瓶之罄矣，维罍之耻"暗喻人民的困苦是统治者的耻辱。

头两句以瓶喻父母，以罍喻子。因瓶从罍中汲水，瓶空是罍无储水可汲，所以为耻，用以比喻子无以赡养父母，没有尽到应有的孝心而感到羞耻。句中设喻是取瓶罍相资之意，非取大小之义。"鲜民"以下六句述失去父母后的孤身生活与感情折磨。汉乐府诗《孤儿行》说"居生不乐，不如早去从地下黄泉"，那是受到兄嫂虐待产生的想法，而此诗悲叹孤苦伶仃，无所依傍，痛不欲生，完全是出于对父母的亲情。诗人与父母相依为命，失去父母，没有了家庭的温暖，以至于有家好像无家。曹粹中说："以无怙恃，故谓之鲜民。孝子出必告，反必面，今出而无所告，故衔恤。上堂入室而不见，故靡至也。"（转引自戴震《毛诗补传》）

第四章写诗人欲报父母之恩而父母过早离世。诗人在此详细描述了父母辛勤的养育，而思报答，然而天降父母亡故之祸，使诗人不得尽孝，悲痛之情了然之上。

此章前六句——叙述父母对"我"的养育抚爱，这是把首两章说的"劬劳""劳瘁"具体化。诗人一连用了生、鞠、拊、畜、长、育、顾、复、腹九个动词和九个"我"字，语拙情真，言直意切，絮絮叨叨，不厌其烦，声促调急，确如哭诉一般。如果借现代京剧唱词"声声泪，字字血"来形容，那是最恰切不过了。姚际恒说："勾人眼泪全在此许多'我'字。"（《诗经通论》）这章最后两句，诗人因不得奉养父母，报大恩于万一，痛极而归咎于天，责其变化无常，夺去父母生命，致使"我"欲报不能！

第五章、第六章抒写诗人不得终养父母的恨怨，抒写自己遭遇的不幸。诗人以南山高险、狂风迅疾比兴统治者的严苛暴政使他遇父母死丧之祸，让诗人不能尽奉养之孝。头两句诗人以眼见的南山艰危难越，耳闻的飙风呼啸扑来起兴，创造了困厄危艰、肃杀悲凉的气氛，象征自己遭遇父母双亡的巨痛与凄凉，也是诗人悲怆伤痛心情的外化。四个入声字重叠：烈烈、发发、律律、弗弗，加重了哀思，读来如呜咽一般。

4. 悼念父母的沉痛哀歌

《蓼莪》一诗，抒发的是子女未能终养父母而内心抱憾愧疚之情。

父母给予子女生命，抚养子女长大成人，教诲子女正直做人，辛苦操劳一生，从古至今，华夏大地上的父母，代代沿袭，辈辈如此，正如诗中所言："哀哀父母，生我劬劳""父兮生我，母兮鞠我。拊我畜我，长我育我。顾我复我，出入腹我"。

我们的文化里，将孝道列为男子汉大丈夫为人处世的首要道德信条，无论是"乌鸦反哺，羊羔跪乳"的传说寓意，还是"老吾老以及人之老"的名家之言，都是在教诲为人子女，一定要知恩图报，孝敬父母。

此诗六章是悼念父母的祭歌，抒发自己失去父母的孤苦和未能终养父母的遗憾。整首诗写情哀婉感人，读之沉痛悲怆，凄恻动人。写子依父母、父母育子、子思供养父母都极尽人之常情。清人方玉润称为："千古孝思绝作。"（《诗经原始》卷十一）全诗共分三层：首两章是第一层，写父母生养"我"辛苦劳累。诗以丛丛莪蒿摇曳兴起心中苦涩的悲悼之情。中间两章是第二层，写儿子失去双亲的痛苦和父母对儿子的深爱。其中连用九个动词直颂父母恩德，充分表达了"无父何怙？无母何恃？"的孝子之思，而一旦失去，"出则衔恤，入则靡至"，失落感油然而生，终于发出了"鲜民之生，不如死之久矣"的悲天怆地呼号，感慨世事变化无常，夺去父母生命，致使"我"欲报不能！后两章第三层是景象描绘，南山高大，正似父母的恩德，飘风的吹拂，又写了孝子的悲苦。情与景交融，虚与实相衬，充分表达了诗人一片至真至性的情感。

赋、比、兴交替使用是此诗写作一大特色。丰坊《诗说》云："是诗前三章皆先比而后赋也；四章赋也；五、六章皆兴也。"后两章也应该说是"先兴后赋"。三种表现方法灵活运用，前后呼应，抒情起伏跌宕，回旋往复，传达孤子哀伤情思，可谓珠落玉盘，运转自如，艺术感染力强烈。《晋书·孝友传》载王裒因痛父无罪处死，隐居教授，"及读《诗》至'哀哀父母，生我劬劳'，未尝不三复流涕，门人受业者并废《蓼莪》之篇"；又《齐书·高逸传》载顾欢在天台山授徒，因"早孤，每读《诗》至'哀哀父母'，辄执书恸泣，学者由是废《蓼莪》"，类似记载尚有，不必枚举。子女赡养父母，孝敬父母，本是中华民族的美德之一，实际也应该是人类社会的道德义务，而此诗则是以充沛情感表现这一美德最早的文学作品。《诗经》这部典籍对民族心理、民族精神形成的影响由此可见一斑。

父母对子女慷慨付出的恩情如山似海，后辈们所能做的点滴回报实在有限，因此，《凯风》中说"有子七人，莫慰母心"，《蓼莪》中说"瓶之罄矣，维罍之耻""欲报之德，昊天罔极"，孟郊《游子吟》中说"谁言寸草心，报得三春晖"，蒋士铨《岁末到家》中说"低徊愧人子，不敢怨风尘"。

在家的父母牵念远游的子女，离家的孩子们想念家乡日益年迈的父母，父母与子女之间血浓于水的骨肉亲情，是最自然也最强烈的感情纽带，是护佑我们顶天立地的人伦基石。父母是子女心里天然的港湾，是留存于孩子们潜意识里的依赖，因而人常说"父母在哪里，家就在哪里"，又说"父母在，人生尚有来处，父母去，人生只剩归途"。

　　但是，能在父母身前尽孝，让年迈的父母享受天伦之乐，既是很多身为子女的期望，也是很多在外打拼又身不由己的子女们难以释怀的遗憾。他们的心情，就像《蓼莪》中说的"民莫不穀，我独不卒"，亦如《孔子家语》中说的"树欲静而风不止，子欲养而亲不待"。

　　其实，父母要的不过是孩子们的平安和时不时的关怀与陪伴，守着父母固然很好，若不能在家，能跟父母保持好联系，无论成功失败，无论风光委顿，能多回家看看，在力所能及的范围内关心关爱好自己的父母，这些虽不是尽心的孝敬，却也是子女对父母的一番用心的回报了。

课后小论坛

　　1. 宋苏辙《诗集传·卷十一》云："蓼蓼，长大貌；莪，萝蒿也。萝蒿可食而蒿不可食，采莪者将以食之，譬如生子者将赖其养也。幽王之世，孝子行役而遭丧，哀其父母生己之劳而养不终，如采莪者之得蒿也。"另有说法认为，莪是蒿的一种，茎抱根而生。自从失去父母，已如同非抱根之莪而为普通之蒿。你同意哪一种说法？阅读完本诗，谈谈你的看法。

　　2.《诗经》是中国最早的一部诗歌总集，它既是先秦时代一座诗歌艺术高峰，又是中国优秀传统文化重要载体。试着谈谈今天我们应该怎样重新认识《诗经》的文化价值。

　　3. 在新的时代背景下，对"孝道"的理解以及行孝方式也应该有所更新，但对传统的孝道文化不能一概否定，怎样在这新旧文化观念中求得一个合理与平衡，尝试说说你的看法。

非淡泊无以明志，非宁静无以致远

——诸葛亮《诫子书》

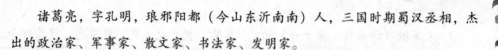

阅读小贴士

诸葛亮，字孔明，琅邪阳都（今山东沂南南）人，三国时期蜀汉丞相，杰出的政治家、军事家、散文家、书法家、发明家。

诸葛亮幼年丧父失母，与弟诸葛均养于叔父诸葛玄膝下。玄去世后，诸葛亮隐居于襄阳隆中。他满怀经纶，胸怀远志，每自比春秋战国时著名政治家管仲和军事家乐毅，时人称之为"卧龙"。由于刘备的三顾茅庐诚心邀请，诸葛亮遂答应辅佐他。207年，他为汉室宗亲刘备提出一套"霸业可成，汉室可兴"的战略方针。他指出，曹操拥兵百万，挟天子以令诸侯，是不能与之争锋的；孙权占据江东，已历三世，地势险要，百姓拥护，贤能之士都愿意为他效力，所以只能互相援助而不可图谋。只有荆州、益州二地，因其主刘表、刘璋或软弱，或昏庸，可以占据。如能据有荆、益二州，"西和诸戎，南抚夷越，外结好孙权，内修政理"，形势一旦有所变化，就可以完成统一大业。这就是有名的"隆中对策"。

从此，刘备与诸葛亮"情好日密"，关羽、张飞等看着不高兴，刘备说："孤之有孔明，犹鱼之有水也。愿诸君勿复言。"

诸葛亮为匡扶蜀汉政权，呕心沥血，鞠躬尽瘁，死而后已。他在世时被封为武乡侯，死后追谥忠武侯，东晋政权特追封他为武兴王。其散文代表作有《出师表》《诫子书》等。曾发明木牛流马、孔明灯等，并改造连弩，叫作诸葛连弩，可一弩十矢俱发。诸葛亮在后世受到极大尊崇，成为后世忠臣楷模，智慧化身。成都、宝鸡、汉中、南阳等地有武侯祠，杜甫作《蜀相》赞诸葛亮。

诸葛亮用自己的一生，实践了"鞠躬尽瘁，死而后已"的诺言。他病逝的消息从军中传出，"百姓巷祭，戎夷野祀"，他生前所在过的地方，人们"求为立庙"。此后，历代歌颂诸葛亮的诗文戏曲层见叠出，仅唐朝伟大诗人杜甫就有二十余首诗吟咏或提到他。在《咏怀古迹》五首之五中，杜甫写道："诸葛大名垂宇宙，宗臣遗像肃清高。三分割据纡筹策，万古云霄一羽毛。伯仲之间见伊吕，指挥若定失萧曹。运移汉祚终难复，志决身歼军务劳。"对诸葛亮作了崇高的评价。

至于《三国演义》中对诸葛亮艺术形象的塑造以及其他种种戏曲故事，更是家喻户晓，广为流传。它充分说明，诸葛亮是一位非常有影响的政治家、军事家。他的政绩、品格、智慧、生活态度，以及他对历史的贡献，至今仍光照后人。

《诫子书》是诸葛亮写给他的儿子诸葛瞻的一封家书。从文中可以看出诸葛亮是一位品格高洁、才学渊博的父亲，对儿子的殷殷教诲与无限期望尽在此书中。全文通过智慧理性、简练谨严的文字，将普天下为人父者的爱子之情表达得非常深切，成为后世历代学子修身立志的名篇。

**原典轻松读**

诫子书[1]

夫[2]君子之行[3]，静[4]以修身，俭[5]以养[6]德。非淡泊[7]无以明志[8]，非宁静无以致[9]远[10]。夫学须静也，才须学也，非学无以广[11]才[12]，非志无以成学。淫[13]慢[14]则不能励[15]精，险[16]躁[17]则不能治性[18]。年与[19]时驰[20]，意与日去，遂[21]成枯落[22]，多不接世，悲守穷庐[23]，将复何及！

（《诸葛亮集》，中华书局 2009 年版）

注释：

[1] 诫：说，书信中具有劝诫性质的文体，源于敕命，具有告诫、勉励的意思。《艺文类聚》二十三，题作《戒子》。诫表示用言语劝告，作动词时是告诫、规劝的意思，作名词时是警诫、教训的意思。"戒"表示禁止某种言行，不可违反，比较严厉。过去私塾老师打学生的板子叫戒尺。书：书信。

[2] 夫：句首发语词，不用翻译。

[3] 行：品行，操守。

[4] 静：屏除杂念和干扰，宁静专一。

[5] 俭：节俭。

[6] 养：培养。

[7] 淡泊：内心恬淡，不慕名利。

[8] 明志：明确志向。

[9] 致：达到。

[10] 远：形容词活用为名词，远大志向。

[11] 广：形容词活用为动词，增长。

[12] 才：才干。

[13] 淫：放纵。

[14] 慢：懈怠。

[15] 励：振奋。

[16] 险：轻薄。

[17] 躁：浮躁。

[18] 治性：修养性情。治：修养。

[19] 与：跟随。

[20] 驰：疾行，指迅速逝去。

[21] 遂：最终。

[22] 枯落：凋落，衰残。比喻年老志衰，没用用处。

[23] 穷庐：穷困潦倒之人住的陋室。

译文：

劝诚信

有道德修养的人，依靠内心安静来修养身心，以俭朴节约财物来培养自己高尚的品德。不恬静寡欲无法明确志向，不排除外来干扰无法达到远大目标。学习必须静心专一，而才干来自勤奋学习。如果不学习就无法增长自己的才干，不明确志向就不能在学习上获得成就。纵欲放荡、消极怠慢就不能勉励心志使精神振作，冒险草率、急躁不安就不能修养性情。年华随时光而飞驰，意志随岁月逐渐消逝。最终枯败零落，大多不接触世事、不为社会所用，只能悲哀地困守在自己穷困的破舍里，到时悔恨又怎么来得及？

文学小课堂

1. 《诫子书》题名释义

"诫子书"的含义是指诸葛亮给他的儿子写的一封带有警告性质的信。

2. 诸葛亮所言之"君子"应该具备的品行

《诫子书》开头的"夫君子之行"，是以"夫"这个句首发语词开头的，用于引起下文的议论：具备了什么样的品行，才能被称为君子呢？《礼记·曲礼上》是这样定义"君子"的："博闻强识而让，敦善行而不怠，谓之君子。"《论语·宪问》则说："君子道者三，我无能焉：仁者不忧，知者不惑，勇者不惧。"这里所说的"君子"不仅要有很高的德性修养，还应是一位有知识的智者。《诫子书》首句"夫君子之行，静以修身，俭以养德"是说君子的为人处世，必须做到"静"和"俭"，以此来修身养德。"静"可以理解为安静、宁静、静思等，指的是内心的清静无为，"无为"才能最终"无不为"。"俭"，如果简单理解为"节约""俭朴"，就很狭隘了。"节约""俭朴"只是"养德"需要加以注意的其中一个方面。"俭"在《说文解字》中释为："俭，约也。从人，佥声。""俭"的本义是自我的约束。这个含义明显不仅仅局限于"俭朴节约"，是指人应该约束自己，不做不合规矩的事情。"静"和"俭"可以看作一个事物的两个方面："静"指内在修为，"俭"为其外显表现。"静以修身，俭以养德"两句构成了一种互文关系：修身和养德要做到既"静"又"俭"。"修身"的核心就是个人完善自我人格，也即"德才兼备"中的"德"的方面。本文中诸葛亮正是通过"静以修身，俭以养德"这八个字，强调君子的德性的重要性，这是君子应有的品质。

事实上，诸葛亮在《诫子书》中，不仅强调了君子应该具备的内在德性，也没有忽视君子应该具备的才能及应该由此而实现的外在事功，这在下文的"接世"这个关键词里多有体现。由于诸葛亮受儒家思想的影响，深刻体认到"君子为政之道，以修身为本"的精髓，认为做不到"静"和"俭"，也就失去了这个根本，所以在信的开头首先就开宗明义提到了这个根本问题。

3. "学"什么？靠什么来"学"？

在"夫学须静也，才须学也，非学无以广才，非志无以成学"句中，诸葛亮四次提到"学"，体现了对学习的重视。

一个学子，首先是先要学做人，然后再学专业知识和培养能力，这个意思在《诫子书》的前几句中已经强调得足够充分了，在此语境中，诸葛亮通过"才须学也，非学无以广才"强调的是"才"（知识和能力）的学习：知识和能力的增长和提升需要学习；不学习，就不会增长知识、提升能力。当然，一个学子不单是修身需要"静"，学习知识和能力也要"静"，还需要远大志向作为动力去推动（即"非志无以成学"），否则学习就持久不了。此处之"志"和上文"明志"之"志"的意思同为"志向"，都指的是"志向"。

4. 诸葛亮在《诫子书》中对诸葛瞻进行了哪些训诫？这些训诫之间有什么内在联系？

在短短的《诫子书》一文中，诸葛亮对诸葛瞻进行了很多正面的训诫，即他希望儿子追求做一个君子，继而又提出了对君子的一系列要求：要能静处，修身、节俭、养德、淡泊、明志、宁静、致远、广才、成学等。同时，诸葛亮又从相反方面对诸葛瞻进行训诫，即不希望儿子出现以下情形：淫慢、险躁、悲守穷庐等。那么，这些正面的训诫和反面的训诫之间又有什么内在联系呢？

不难发现，在诸葛亮这些正面和反面的训诫当中，最为核心和关键的，就是文章首句提到的"君子"二字，即诸葛亮希望儿子诸葛瞻能够好好修身养德，成为一名君子。以下的训诫，都围绕"君子"二字展开论述，论说如何才能成为君子。在诸葛亮看来，要成为君子，必须做到内外兼修。内在要修个人品德，即修身养德；外在要修炼事功，即接世。同时他指出内修为本，外修为末。那么如何才能修身养德？他又继续讲到要做到"宁静"和"淡泊"。那又如何才能接世？一要树立在"淡泊"和"宁静"的基础上的远大志向，这就需要"明志"和"致远"；二要不断增长自己的才能，即"广才"，要"广才"需要"学"，而"成学"需要"非学无以广才，非志无以成学"，这又进一步点明，内在的"静"作为保障的同时，还需要外在的"志"作为动力。接着，在反面的训诫中，诸葛亮又进一步说，如果自己做不到"静"和"俭"，就会犯"险躁"和"淫慢"的毛病，这样就会导致不能"励精"和"治性"，最终会导致外修上的失败，也就是"多不接世，悲守穷庐"。

5. "诫子书"主旨：君子贵"学"，能以静修身，以俭朴养德

《诫子书》分为三层，第一层提出要儿子做人像君子那样，希望儿子成为君子。《周易·乾》说："九三，君子终日乾乾，夕惕若厉，无咎。""君子"一词，由来已久。君，原指古代国家最高统治者，俗称君主。君子，原本是国君之子的意思。根据古代宗法制度要求，国君之子（嫡长子）从小就要进行理想和人格的规范教育，所以自然成为个人修养上的楷模。后来，君子一词便被引申到所有道德、学问、修养极高之人的统称。（见易中天《百家讲坛》作品——《先秦诸子》）由此可见，从字面意思来看，君子最初指的是君王之子，即太子，后来成为理想道德的象征，指的是有君子品格的人。现实的君子代表就是西周时的周文王和周武王。文章首句看似寻常，但是，这样的开头显然能看出诸葛亮对儿子诸葛瞻寄予厚望，希望他成为一位有理想的人，有君子品格的人。

在提出总体目标之后，诸葛亮进而提出了以"静"修身、以"俭"养德、明志、致远的具体要求，和儒家思想中的修身、齐家、治国、平天下的基本法则一致。诸葛亮提出淡泊宁静的处事态度以及修身束己的生活方式，为孩子制定明德致远的人生规划，是非常有必要的。

当前，年轻一代享有的机会和面对的诱惑不断增多，因此诸葛亮的劝诫也具有当代价值。

第二层，诸葛亮重点给孩子讲说学习的重要性，他认为学习是成为君子的根本途径。学习，贵在坚持。从古至今，有大学问的人无一不是具有坚韧不拔的意志，能持之以恒坚持学习的人。一般人学习往往缺乏恒心，动辄浅尝辄止。对此，《论语》第一篇"学而"指出，学习的方法是"学而时习之"；孟子则提出，学习是"人人皆可为尧舜"的关键因素；《荀子》的《劝学》篇中说"学不可以已"。诸葛亮的儿子诸葛瞻当时只有八岁，正是贪玩的年龄，那么以静修身、以俭养德、树立理想就成为成长的关键，而怠慢、冒险、放纵是危险因素，因此需要保持一个理想的心态和状态。所以，诸葛亮的教育具有适时恰当的特点，可谓十分及时。诸葛亮的《诫子书》充分体现了我国古代教育思想的精华。青少年正在长身体，性子还缺少磨炼，遇到困难难免会急躁，古人早

就注意到这个问题，提出了很多解决的办法，也有很多故事演绎，如《列子》中的"薛谭学艺"故事，就十分生动。

第三层，针对儿子年幼的特点，诸葛亮谆谆告诫儿子一定要珍惜时光，争取有所作为，否则就会导致"悲守穷庐"的后果。少壮不努力，老大徒伤悲。这里体现了诸葛亮的人生价值观，他想要告诫儿子通过积极用世体现君子的价值，而不是悲守穷庐。

6. 充满智慧哲语，古代家训的典范

家训，是指对子孙立志修身、持家治业的教诲，是先辈留与后人的智慧宝典。中国传统家训精妙宏富，是中国家庭文化的重要组成部分，也是中华民族的巨大财富。古代家训，大都浓缩了写作者毕生的生活体验、人生智慧和学术思想等方面内容，不仅惠及他的后代子孙，就是今人读来也大有可借鉴之处。三国时蜀国丞相诸葛亮足智多谋、料事如神，可谓"智慧的化身"，他的《诫子书》也是一篇充满智慧哲语的家训，是古代家训中的佳作。

《诫子书》的主旨是诸葛亮劝勉儿子诸葛瞻要从小修身立志，性情的养成要从淡泊宁静中下功夫，最忌险躁怠惰。文章概括了诸葛亮本人做人及治学的体悟，重点围绕"静"字加以论述，同时从反面训诫中，把失败归结为一个"躁"字，两相对照，高下立见。

在《诫子书》中，诸葛亮教育儿子，要"淡泊"自守，"宁静"自处，鼓励儿子勤学励志，从淡泊和宁静的自身修养上狠下功夫。他说，"夫学须静也，才须学也，非学无以广才，非志无以成学"。这是从正面教导孩子，要为实现远大理想而坚持刻苦学习，要想增长才干，必须使身心淡泊，在宁静中探讨研究。不断地在学习中积累自己的才干。同时，诸葛亮还从反面入手，教育儿子切忌"险躁"和"淫慢"。在书信的后半部分，他又对年幼的儿子进行了谆谆教导：少壮不努力，老大徒伤悲。这话看起来是老生常谈，但它凝聚了一个慈父对年幼儿子的厚望，字字真情，句句掏心，是他个人人生的体验和感悟，因而格外令人珍惜。

这篇《诫子书》还指明了立志与学习的关系，不但讲明了宁静淡泊的重要性，也指明了放纵怠慢、偏激急躁的危害。在这篇家训中，诸葛亮不但对儿子的成才指明了大的原则与方针，甚至在一些小而具体的事情上也体现出对儿子的悉心关怀。在这篇《诫子书》中，有宁静的力量——"静以修身""非宁静无以致远"，有节俭的力量——"俭以养德"，有超脱的力量——"非淡泊无以明志"，有好学的力量——"夫学须静也，才须学也"，有励志的力量——"非学无以广才，非志无以成学"，有速度的力

量——"淫慢则不能励精"，有性格的力量——"险躁则不能治性"，有惜时的力量——"年与时驰，意与日去"，有想象的力量——"遂成枯落，多不接世，悲守穷庐，将复何及"，等等。

《诫子书》文章虽短，但包含的信息量是巨大的。文章言简意赅，文笔凝练，文字雅致清新，说理自然，语重心长如娓娓道来。文中的"静以修身""俭以养德""淡泊明志""宁静致远"等都成了脍炙人口的名句。这些都是这篇文章的精妙之处。

课后小论坛

1. 诸葛亮写这封家信的用意是什么？

2. 诸葛亮抓住一个"静"字，围绕学习告诫儿子要成材必须具备哪几个条件？（淡泊、立志、惜时）其原句分别用逻辑学中的"否定之否定规律"（双重否定句式）来强调其重要性，找出这几个句子，再次加以品读，联系自身实际，谈谈感受体会。

3. 联系现在的社会生活，品析"静以修身，俭以养德。非淡泊无以明志，非宁静无以致远"的重要意义。

4. 你最喜欢文章中的哪句话？谈谈你对这句话的理解和受到的启发，由此你联想到了哪些名人名言？结合自己的体验与大家分享一句你最喜欢的话。

家有儿女初长成，难以割舍父女情

——余光中《我的四个假想敌》

阅读小贴士 ····················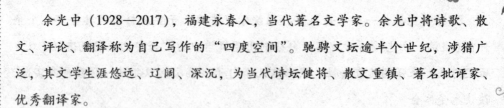

　　余光中（1928—2017），福建永春人，当代著名文学家。余光中将诗歌、散文、评论、翻译称为自己写作的"四度空间"。驰骋文坛逾半个世纪，涉猎广泛，其文学生涯悠远、辽阔、深沉，为当代诗坛健将、散文重镇、著名批评家、优秀翻译家。

　　余光中作品多产，风格多变，他的《乡愁》一诗传遍华人世界，其他如《乡愁四韵》与《民歌》等，亦颇流行。散文如《听听那冷雨》与《我的四个假想敌》等亦屡入选集，并收进两岸的教科书中。

　　余光中的翻译以诗歌为主，也包括小说与传记；所译王尔德喜剧《不可儿戏》《温夫人的扇子》《理想丈夫》均曾在中国台湾、香港上演。

　　余光中先生于2002年在山东大学接受记者采访时，说过这样一段话：一个中国人，如果他一直墨守传统的话，那他就是一个孝子；如果他一直向西方取经而不回来，那他就变成了一个浪子。孝子当然不会发扬光大，而浪子则一去不回头。往往是回头的浪子才能成气候，因为他既能够融贯中外，吸收外来的营养，又能保留传统文化中的精华。那么，他为什么会有这样的说法呢？这主要和他的人生经历有关。

　　余光中在创作上是个复杂而多变的诗人，他写作风格变化的轨迹基本上可以说是中国整个诗坛三十多年来的一个走向，即由最初钟爱古典而倾向西化后回归传统。最初，他沉迷于古典诗词，源远流长的中国诗歌传统，滋润了他年轻的诗

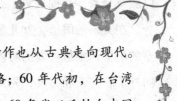

心；20 世纪 50 年代，西方现代诗风靡台湾，余光中的诗作也从古典走向现代。在 20 世纪 60 年代以前又主要推崇西方现代主义创作风格；60 年代初，在台湾诗坛继续西行的同时，余光中却折身而返，重归"故里"；60 年代以后转向中国古典传统诗歌创作。因而被台湾诗坛称为"回头浪子"。这样的一个经历造就了他的诗作情通古今，意贯中西。在传统与现代、西化与回归中进进出出，也使余光中后来的诗歌有着更博杂的兼容性。

余光中先生热爱中华传统文化，热爱中国。礼赞"中国，最美最母亲的国度"。他说："蓝墨水的上游是汨罗江"，"要做屈原和李白的传人"，"我的血系中有一条黄河的支流"。他是中国文坛杰出的诗人与散文家，他的名字已经显目地镂刻在中国新文学的史册上。2017 年 12 月 14 日，余光中先生逝世，享年89 岁。

《我的四个假想敌》是余光中散文的代表作，是余光中在女儿长大了，踏入谈恋爱阶段时所写的一篇文章。文中内容大致围绕女儿男朋友带来的问题展开。从文中可看出余先生对女儿难舍难离之情，及对女儿男友的要求，充满了对女儿们深深的爱。

原典轻松读

我的四个假想敌

二女幼珊在港参加侨生联考，以第一志愿分发台大外文系。听到这消息，我松了一口气，从此不必担心四个女儿通通嫁给广东男孩了。

我对广东男孩当然并无偏见，在港六年，我班上也有好些可爱的广东少年，颇讨老师的欢心，但是要我把四个女儿全部让那些"靓仔""叻仔"掳掠了去，却舍不得。不过，女儿要嫁谁，说得洒脱些，是她们的自由意志，说得玄妙些呢，是姻缘，做父亲的又何必患得患失呢？何况在这件事上，做母亲的往往位居要冲，自然而然成了女儿的亲密顾问，甚至亲密战友，作战的对象不是男友，却是父亲。等到做父亲的惊醒过来，早已腹背受敌，难挽大势了。

在父亲的眼里，女儿最可爱的时候是在十岁以前，因为那时她完全属于自己。在男友的眼里，她最可爱的时候却在十七岁以后，因为这时她正像毕业班的学生，已经一心向外了。父亲和男友，先天上就有矛盾。对父亲来说，世界上没有东西比稚龄的女儿更完美的了，唯一的缺点就是会长大，除非你用急冻术把她久藏，不过这恐怕是违法的，而且她的男友迟早会骑了骏马或摩托车来，把她吻醒。

我未用太空舱的冻眠术，一任时光催迫，日月轮转，再揉眼时，怎么四个女儿都已依次长大，昔日的童话之门砰地一关，再也回不去了：四个女儿，依次是珊珊、幼珊、佩珊、季珊。简直可以排成一条珊瑚礁。珊珊十二岁的那年，有一次，未满九岁的佩珊忽然对来访的客人说："喂，告诉你，我姐姐是一个少女了！"在座的大人全笑了起来。

曾几何时，惹笑的佩珊自己，甚至最幼稚的季珊，也都在时光的魔杖下，点化成"少女"了。冥冥之中，有四个"少男"正偷偷袭来，虽然蹑手蹑足，屏声止息，我却感到背后有四双眼睛，像所有的坏男孩那样，目光灼灼，心存不轨，只等时机一到，便会站到亮处，装出伪善的笑容，叫我"岳父"。我当然不会应他。哪有这么容易的事！我像一棵果树，天长地久在这里立了多年，风霜雨露，样样有份，换来果实累累，不胜负荷。而你，偶尔过路的小子，竟然一伸手就来摘果子，活该蟠地的树根绊你一跤！

而最可恼的，却是树上的果子，竟有自动落入行人手中的样子。树怪行人不该擅自来摘果子，行人却说是果子刚好掉下来，给他接着罢了。这种事，总是里应外合才成功的。当初我自己结婚，不也是有一位少女开门揖盗吗？"堡垒最容易从内部攻破"，说得真是不错。不过彼一时也，此一时也。同一个人，过街时讨厌汽车，开车时却讨厌行人。现在是轮到我来开车。

好多年来，我已习惯于和五个女人为伍，浴室里弥漫着香皂和香水气味，沙发上散置皮包和发卷，餐桌上没有人和我争酒，都是天经地义的事。戏称吾庐为"女生宿舍"，也已经很久了。做了"女生宿舍"的舍监，自然不欢迎陌生的男客，尤其是别有用心的一类。但是自己辖下的女生，尤其是前面的三位，已有"不稳"的现象，却令我想起叶芝的一句诗：

一切已崩溃，失去重心。

我的四个假想敌，不论是高是矮，是胖是瘦，是学医还是学文，迟早会从我疑惧的迷雾里显出原形，——走上前来，或迂回曲折，嗫嚅其词，或开门见山，大言不惭，总之要把他的情人，也就是我的女儿，对不起，从此领去。无形的敌人最可怕，何况我在亮处，他在暗里，又有我家的"内奸"接应，真是防不胜防。只怪当初没有把四个女儿及时冷藏，使时间不能拐骗，社会也无由污染。现在她们都已大了，回不了头；我那四个假想敌，那四个鬼鬼祟祟的地下工作者，也都已羽毛丰满，什么力量都阻止不了他们了。先下手为强，这件事，该趁那四个假想敌还在襁褓的时候，就予以解决的。至少美国诗人纳许（Ogden Nash，1902—1971）劝我们如此。他在一首妙诗《由女婴之父来唱的歌》（*Song to Be Sung by the Father of Infant Female Children*）之中，说他生了女儿吉儿之后，惴惴不安，感到不知什么地方正有个男婴也在长大，现在虽然还浑浑噩噩，口吐白沫，却注定将来会抢走他的吉儿。于是做父亲的每次在公园里看见婴儿车中的男婴，都不由神色一变，暗暗想道："会不会是这家伙？"想着想着，他"杀机陡萌"（My dreams, I fear, are infanticiddle），便要解开那男婴身上的别针，朝他的爽身粉里撒胡椒粉，把盐撒进他的奶瓶，把沙撒进他的菠菜汁，再扔头优游的鳄鱼到他的婴儿车里陪他游戏，逼他在水深火热之中挣扎而去，去娶别人的女儿。足见诗人以未来的女婿为假想敌，早已有了前例。

不过一切都太迟了。当初没有当机立断，采取非常措施，像纳许诗中所说的那样，真是一大失策。如今的局面，套一句史书上常见的话，已经是"寇入深矣！"女儿的墙上和书桌的玻璃垫下，以前的海报和剪报之类，还是披头士、拜丝、大卫·凯西弟的形象，现在纷纷都换上男友了。至少，滩头阵地已经被入侵的军队占领了去，这一仗是必败的了。记得我们小时，这一类的照片仍被列为机密要件，不是藏在枕头套里，贴着梦境，便是夹在书堆深处，偶尔翻出来神往一番，哪有这么二十四小时眼前供奉的？

这一批形迹可疑的假想敌，究竟是哪年哪月开始入侵厦门街余宅的，已经不可考了。只记得六年前迁港之后，攻城的将士便换了一批口操粤语的少年来接手。至于交战的细节，就得问名义上是守城的那几个女将，我这位"昏君"是再也搞不清的了。只知道敌方的炮火，起先是瞄准我家的信箱，那些歪歪斜斜的笔迹，久了也能猜个七分；继而是集中在我家的电话，"落弹点"就在我书桌的背后，我的文苑就是他们的沙场，一夜之间，总有十几次脑震荡。那些粤音平上去入，有九声之多，也令我难以研判敌情。现在我带幼珊回了厦门街，那头的广东部队轮到我太太去抵挡，我在这头，只要留意台湾健儿，任务就轻松多了。

信箱被袭，只如战争的默片，还不打紧。其实我宁可多情的少年勤写情书，那样至少可以练习作文，不致在视听教育的时代荒废了中文。可怕的还是电话中弹，那一串串警告的铃声，把战场从门外的信箱扩至书房的腹地，默片变成了身历声，假想敌在实弹射击了。更可怕的，却是假想敌真的闯进了城来，成了有血有肉的真敌人，不再是假想了好玩的了，就像军事演习到中途，忽然真的打起来了一样。真敌人是看得出来的。在某一女儿的接应之下，他占领了沙发的一角，从此两人呢喃细语，喋喋密谈，即使脉脉相对的时候，那气氛也浓得化不开，窒得全家人都透不过气来。这时几个姐妹早已回避得远远的了。任谁都看得出情况有异。万一敌人留下来吃饭，那空气就更为紧张，好像摆好姿势，面对照相机一般。平时鸭塘一般的餐桌，四姐妹这时像在演哑剧，连筷子和调羹都似乎得到了消息，忽然小心翼翼起来。明知这僭越的小子未必就是真命女婿。（谁晓得宝贝女儿现在是十八变中的第几变呢？）心里却不由自主升起一股淡淡的敌意。也明知女儿正如将熟之瓜，终有一天会蒂落而去，却希望不是随眼前这自负的小子。

当然，四个女儿也自有不乖的时候，在恼怒的心情下，我就恨不得四个假想敌赶快出现，把她们统统带走。但是那一天真要来到时，我一定又会懊悔不已。我能够想象，人生的两大寂寞，一是退休之日，一是最小的孩子终于也结婚之后。宋淇有一天对我说："真羡慕你的女儿全在身边！"真的吗？至少目前我并不觉得自己有什么可羡之处。也许真要等到最小的季珊也跟着假想敌度蜜月去了，才会和我存并坐在空空的长沙发上，翻阅她们小时的相簿，追忆从前，六人一车长途壮游的盛况，或是晚餐桌上，热气蒸腾，大家共享的灿烂灯光。人生有许多事情，正如船后的波纹，总要过后才觉得美的。这样一想，又希望那四个假想敌，那四个生手笨脚的小伙子，还是多吃几口闭门羹，慢一点出现吧。

袁枚写诗，把生女儿说成"情疑中副车"，这书袋掉得很有意思，却也流露了重男轻女的封建意识。照袁枚的说法，我是连中了四次副车，命中率够高的了。余宅的四个小女孩现在变成了四个小妇人，在假想敌环伺之下，若问我择婿有何条件，一时倒恐怕答不上来。沉吟半晌，我也许会说："这件事情，上有月下老人的婚姻谱，谁也不能窜改，包括韦固，下有两个海誓山盟的情人，'二人同心，其利断金'，我凭什么要逆天拂人，梗在中间？何况终身大事，神秘莫测，事先无法推理，事后不能悔棋，就算交给二十一世纪的电脑，恐怕也算不出什么或然率来。倒不如故示慷慨，伪作轻松，博一个开明父亲的美名，到时候带颗私章，去做主婚人就是了。"

问的人笑了起来，指着我说："什么叫做'伪作轻松'？可见你心里并不轻松。"

我当然不很轻松，否则就不是她们的父亲了。例如人种的问题，就很令人烦恼。万一女儿发痴，爱上一个耸肩摊手口香糖嚼个不停的小怪人，该怎么办呢？在理性上，我愿意"有婿无类"，做一个大大方方的世界公民。但是在感情上，还没有大方到让一个臂毛如猿的小伙子把我的女儿抱过门槛。现在当然不再是"严夷夏之防"的时代，但是一任单纯的家庭扩充成一个小型的联合国，也大可不必。问的人又笑了，问我可曾听说混血儿的聪明超乎常人。我说："听过，但是我不稀罕抱一个天才的'混血孙'。我不要一个天才儿童叫我 Grandpa，我要他叫我外公。"问的人不肯罢休："那么省籍呢？"

"省籍无所谓，"我说，"我就是苏闽联姻的结果，还不坏吧？当初我母亲从福建写信回武进，说当地有人向她求婚。娘家大惊小怪，说：'那么远！怎么就嫁给南蛮！'后来娘家发现，除了言语不通之外，这位闽南姑爷并无可疑之处。这几年，广东男孩锲而不舍，对我家的压力很大，有一天闽粤结成了秦晋，我也不会感到意外。如果有个台湾少年特别巴结我，其志又不在跟我谈文论诗，我也不会怎么为难他的。至于其他各省，从黑龙江直到云南，口操各种方言的少年，只要我女儿不嫌他，我自然也欢迎。"

"那么学识呢？"

"学什么都可以。也不一定要是学者，学者往往不是好女婿，更不是好丈夫。只有一点：中文必须精通。中文不通，将祸延吾孙！"

客又笑了。"相貌重不重要？"他再问。

"你真是迂阔之至！"这次轮到我发笑了，"这种事，我女儿自己会注意，怎么会要我来操心？"

笨客还想问下去，忽然门铃响起。我起身去开大门，发现长发乱处，又一个假想敌来掠余宅。

一九八〇年九月于台北

（余光中：《余光中作品》，长江文艺出版社 2014 年版。略有改动）

文学小课堂

1. 解题

（1）"我的四个假想敌"中的"敌"是"敌人"，作者真的是描写他的敌人吗？"敌人"是指"女婿"。

（2）标题幽默，衬托对女儿的爱。

2. 机智的叙述与散文意境的完美结合

（1）第一部分（开头三个自然段）：

概括叙述了作为父亲的"我"不愿四个女儿全都远嫁广东，但又明白为父者的无能为力。用诙谐的语言描绘出作为女孩的父亲与男友，天然地就存在了矛盾。

（2）第二部分（从"我未用太空舱的冻眠术"至"早已有了前例"）：

写女儿们一个个长大，到了谈恋爱的年龄，父亲心有不甘，不愿意女儿们被她们的男朋友"抢走"，于是引美国诗人为同调，竟迁怒于襁褓中的男婴——未来的女婿。这一部分主要从父亲的角度，描写了在父亲的想象中，父亲与男友产生矛盾的过程。

（3）第三部分（从"不过一切都太迟了"至"慢一点出现吧"）：

本部分具体地描写了女儿们的"假想敌男友"步步争夺，以致父亲难免落败的结果。写出了"城池"被攻陷，女儿们被父亲的"假想敌""攻城略地"占领滩头的全过程。

（4）第四部分（从"袁枚写诗"至全文结束）：

本部分构思巧妙，用父亲答客问方式明示落败的父亲被迫向"假想敌"提出妥协的四个条件，论及不得已而择婿时在人种、省籍、学识、相貌等方面的考虑。

四部分内容，选取了四个不同的角度，详细描述了父亲与假想敌的斗争过程，既复杂又微妙，把难以言说的男性情感加以艺术化、散文化了。一位普通父亲对女儿的疼爱和不舍就这样走进了文学的殿堂，一位对女儿有着深沉而又开明的爱的父亲形象跃然纸上。这篇散文幽默的语言、无奈的心态、机智的叙述的构成与整篇论文所创立的散文境界完美融合到一起了。

3. 文章主旨

写亲情；写为父者疼爱女儿的常情；剖析一种引人共鸣的人生现象。

4. 一个有深厚的文化背景的心灵的关照

（1）巧用比喻，风趣幽默。作为散文巨擘，余光中使用了非常幽默而又风趣的语言。有人曾经把余光中散文的幽默比喻为"荡漾在字里行间的机智微笑"。这篇文章的幽默之处，让我们从头来看。文章的题目叫"我的四个假想敌"，可见一开始，作者就把女儿未来的男友看作了自己的"假想敌"，既然是"敌"，便免不了战斗或战争。作者把家庭内部的小儿女之事上升到战争高度，既符合情理，又略带夸张，幽默的笔调已然定下。紧接着，后面紧锣密鼓的是实行战争的写法，一系列"军事用语"跃然纸上。女儿成了愿意离家"出走"的"内奸"、"鬼鬼祟祟的地下工作者"，同时又是"入侵余宅"的"攻城的将士"……这些用语糅合到一起，让人顿感战火弥漫，烽烟四起。"敌人"既有单兵作战的，还有"里应外合"的，有时候强攻，有时候智取，让"我军"疲于应付，防不胜防。这场"战争"打得热闹异常，但总归不过是因为舍不得女儿们的出嫁。把小事儿往大处说，本来就幽默诙谐，再加上作者的生花妙笔和"故作严肃"，幽默感就变得源源不断了。

　　用语的幽默诙谐是余光中先生的语言特色的体现，但是在幽默风趣的语言表象下，我们在字里行间仍然可以感受到作者那种复杂矛盾的心情：虽然心里明知"男大当婚，女大当嫁"是必然的趋势，但内心深处割舍不下对女儿的不舍；心里明明无法轻松放手，却又只好故作开明；已经把女儿的男友们定为"假想敌"，却又郑而重之地提出了择婿的种种要求。所以，在作者的笔端，我们可以感受到一个疼爱女儿的父亲的小气、心疼、无奈、豁达、自嘲等等多种复杂的情感交融渗透。

　　（2）引用贴切，妙用典故。余光中先生曾经说："我尝试把中国的文字压扁、拉长、磨利，把它拆开又拼拢，折来且叠去，为了试验它的速度、密度和弹性，我的理想是让中国的文字，在变化各殊的句法中，交响成一个大乐队，而作家的笔应该一呼百应，如交响乐的指挥杖。"（郭虹：《拥有四度空间的学者——余光中先生访谈录》，《文艺研究》2010 年第 2 期）余光中的文字非常讲究搭配得宜。文中意象的选用、声音的描述、节奏的处理、长短句可谓纷至沓来，语句中的机智之思可谓信手拈来，浑然天成。这是余光中文字的长处，也是他毕生创作努力的方向。应该说，在这方面他不光做得漂亮，而且还起到了一种示范作用。

　　（3）"学者型散文"。

　　余光中先生在《剪掉散文的辫子》一文中，曾经提到过"学者型散文"这个说法。他说"这一型的散文限于较少数的作者"，它"尤以融合情趣、智慧和学问的文章为主。它反映一个有深厚的文化背景的心灵，往往令读者心旷神怡，既羡且敬"。

　　余光中是较早论及"学者散文"的文学评论家，他自己也是实践这一类型散文创作的散文大家。他认为这一类散文"尤以融合情趣、智慧和学问的文章为主"。像《我的四个假想敌》这样描写亲情的题材，也被他写得颇有书卷气，同时也饱含了智慧和情趣。

　　散文《我的四个假想敌》，写出了一种微妙、独特、深沉的父爱，充分渲染了一位养大了女儿，不愿意让"假想敌"们掳掠走自己心爱的女儿的老父亲的矛盾、无奈的心态；写出了许多为人父者心中都有此体验但又没有明确表达出来的人生况味。余光中把四个女儿的男友称为"四个假想敌"，形象地描述了父亲与四个女儿的男友之间必然存在的、永恒的矛盾；父亲对"假想敌们"的种种想象、描述和议论全都自然生发；这些生发和由此引发的多种意象有机地构成了这篇学者散文的艺术情趣和表达的谐趣效果。散文作者的个性化的语句表达、智慧化的散文哲理、情趣化的生活境界，充分体现了作者的修养、才情和学识，是一个有深厚文化背景的心灵的自然流露。

5. "为人父者"心态的精妙剖析

从内容方面看，本文重点表达的是："家有女儿已长成"的"为人父者"心态的精妙剖析，以及对他的人生况味的细致入微的体察。

本文集中记述、描绘了一种极普遍的人生现象：父亲疼爱女儿，舍不得女儿离己嫁作他人妇。这本就是一种人之常情。难得作者在这里可以现身说法，以自己的个人经历和体验为题材，淋漓尽致地描述了"家有女儿已长成"的"为人父者"的微妙心态。目睹爱女从稚龄幼儿，慢慢成长到二八年华，不忍割舍，却又阻拦不得，于是转移打击目标，将企图"掳掠"她们的男友一律看作"假想敌"。

文中始终贯穿着"父亲"复杂、矛盾的心情：明知女大当嫁乃必然之势，却又割舍不了爱女心切；明明内心无法轻松面对，只好故作开明；既把这些"入侵者"看作"假想敌"，却又郑而重之地列出种种要求。这些对人生况味的细致入微的体察和丝丝入扣的剖白，在字里行间体现出一种风趣、机智和幽默，一种夹杂着些许自嘲意味的无奈和豁达的意味。

文中虽然着力描绘的是为人父者的心态，但所依据的，不会只是一己的感悟和体验，更包含了作者的视角所观察到的许许多多父亲的共同心理。与此同时，作者也关注和描写了其他人的言行举止。如小女儿的天真未泯，女儿们对自己男友们照片的"供奉"以及"假想敌"入侵来家时与女儿们的亲密无间的互动等，都是对人情心态的形象再现。尽管笔调轻松幽默，却是真实坦诚的写照。如果只有对"假想敌"的浓浓敌意而没有发自内心的对女儿的关爱，没有对人生况味的入微体察，是难以写得如此真切有趣的。所以行文中我们可以通过作者的笔触感受到一个富有幽默、平和豁达，善于自嘲，又颇富同情心的"开明父亲"的形象。

6. 幽默风趣而又反躬自嘲——一个为人父者的"不舍"和"不得不舍"

（1）巧用比喻，机智幽默。

本文通篇使用比喻，从题目开始，可以说是"妙喻连珠"。题目当中的"假想敌"指的是未来的女婿。父亲一向视女儿为掌上明珠，自然会爱屋及乌，连带着对女儿的佳婿也会"越看越顺眼"。因此何"敌"之有呢？通篇读来，方知此"敌"一字用得大有妙处。父亲护佑爱女，为她遮风挡雨，可谓千辛万苦，而今果实累累，一旦瓜熟蒂落，行将落入他手。为人父者想到女儿出嫁后的寂寞，无法不忧虑重重，患得患失起来。所以，探寻罪魁祸首，父亲无法不将要入侵上门的毛脚女婿视为"敌人"。因此，作者抓住题目中的"敌"字，时时紧扣题旨，屡屡观察敌情，暗喻父亲与待选女婿二人对女儿的争夺之战，极力描写"敌人"之情状与"父亲"之心态。生动形象地刻画了"家有女儿初长成"的"为人父者"对那些入侵者颇有"敌意"却又甘为"手下败将"的微妙心理。例如："位居要冲""腹背受敌""堡垒最容易从内部攻破""滩头阵地已经被入侵的军队占领了去，这一仗是必败的了""信箱被袭""电话中弹""假想敌来掠余宅""我像一棵树，天长地久在这里长这么多年"等。

（2）文笔圆熟，雅致明快。

本文以叙述为主，夹杂着议论，文势迂回曲折，节奏鲜明，同时又转接自然，似浑然天成，显示出作者老到圆熟的文笔。同时作者又以深厚的学识素养，将普通的父女血亲感情写得雅致而丰富，书卷气十足，将世俗百姓的人之常情进行了雅化处理；为我们塑造出一个机智幽默、通达开明，同时又文雅明理的学者兼作家的父亲形象。

而这种"书卷之气"，不是靠引经据典、掉书袋来体现的，而是源于作者对"有女长成、难舍出嫁"这一人生难题的理性思考，表达了对个人心态和世态人情的明快的剖析。例如行文中有"最为可恼的，却是树上的果子，竟有自动落入行人手中的样子"。这一段话中，作者一连使用了"摘果子""攻堡垒""开汽车"三个比喻，而每个比喻又都从正反两个方面评说辩证，寓意丰盈而又简明易懂。比如，"同一个人，过街时讨厌汽车，开车时却讨厌行人"。

（3）用语丰赡，巧妙修辞。

本文行文中巧妙运用比喻、排比、双关、夸张等修辞手法，不仅能生动形象地写人叙事、抒发情感、发表见解，而且能使文句意蕴丰赡，表现力强。

①双关："来掠余宅"中的"余"既指"余光中"自己之姓氏，又指"我的"之意。

②夸张："开门揖盗""信箱被袭""电话中弹"。

③用典：白马王子吻醒睡美人、结成秦晋等。

④巧用成语："有婿无类""祸延吾孙""混血孙"。

⑤引用贴切："二人同心，其利断金。"（古小说中的人物韦固）"一切已崩溃，失去重心。"（英国浪漫主义诗人叶芝）

⑥警语连篇："父亲和男友，先天上就有矛盾。对父亲来说，世界上没有东西比稚龄的女儿更完美的了，唯一的缺点就是会长大。""人生的两大寂寞，一是退休之日，一是最小的孩子终于也结婚之后。""人生有许多事情，正如船后的波纹，总要过后才觉得美的。"

课后小论坛

1. 本文以"我的四个假想敌"为题，有什么高妙之处？

2. 本文用多种艺术手法写出了一种独特、微妙的父爱心理。请从文中举出两处艺术手法不同的例子，并简要分析。

3. 综观余光中的散文创作实践，他的散文创作在传统与现代、历史与现实之间走出了一条属于自己的现代主义散文的创作道路，试着根据《我的四个假想敌》的创作情况分析他的散文创作风格。

深情一片与妹书

——贾平凹《读书示小妹十八生日书》

阅读小贴士

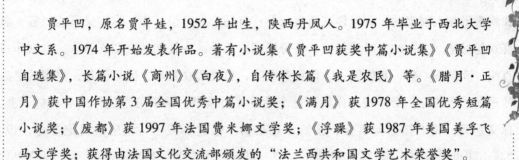

　　贾平凹，原名贾平娃，1952 年出生，陕西丹凤人。1975 年毕业于西北大学中文系。1974 年开始发表作品。著有小说集《贾平凹获奖中篇小说集》《贾平凹自选集》，长篇小说《商州》《白夜》，自传体长篇《我是农民》等。《腊月·正月》获中国作协第 3 届全国优秀中篇小说奖；《满月》获 1978 年全国优秀短篇小说奖；《废都》获 1997 年法国费米娜文学奖；《浮躁》获 1987 年美国美孚飞马文学奖；获得由法国文化交流部颁发的"法兰西共和国文学艺术荣誉奖"。

　　他的散文集有《月迹》《心迹》《爱的踪迹》《人迹》等。他的散文很空灵，是没法用一个外在的模式来套的，看似纯朴又很丰富，看似轻松却很深沉。从抒写的内容和笔调去看，其作品可以归成五类：第一类是情绪小品，以抒写某种特定的情绪为主，如《大洼地一夜》就是代表；第二类是场景小品，以写各类场景为主，如《静虚村记》《黄土高原》等；第三类是人物小品，以粗线条勾画人物为主，如《摸鱼捉鳖的人》《在米脂》等；第四类是随笔，综论人生，针砭世情，如《人病》《牌玩》等；最后一类是风物小品，描摹风俗，记述玩物，如《陕西小吃小识录》《玩物铭》等。

　　贾平凹于传统的散文写作中，取得了一个大突破。凡对社会、人生的独特体察、个人内心情绪（爱与恨），或偶尔感悟到的某些哲理等，都呈现于文中。那份坦诚、不摆架子、不高调等性格，亦是他赢得读者的方法之一。在他的文中，不难发现贾平凹的赤子之心，于现今复杂的社会里的确难寻。而且，贾平凹对美感的追求，于字里行间清晰易见。他不单只在乎自我领略，亦愿把这审美路径向读者介绍及实践。

原典轻松读

读书示小妹十八生日书

七月十七日，是你十八生日，辞旧迎新，咱们家又有一个大人了。贾家在乡里是大户，父辈那代兄弟四人，传到咱们这代，兄弟十个，姊妹七个；我是男儿老八，你是女儿最小。分家后，众兄众姐都英英武武有用于社会，只是可怜了咱俩。我那时体单力屡，面又丑陋，十三岁看去老气犹如二十，村人笑为痴傻，你又三岁不能言语，哇哇只会啼哭，父母年纪已老，恨无人接力，常怨咱们这一门人丁不达。从那时起，我就羞于在人前走动，背着你在角落玩耍；有话无人可说，言于你你又不能回答，就喜欢起书来。书中的人对我最好，每每读到欢心处，我就在地上翻着筋斗，你就乐得直叫，读到伤心处，我便哭了，你见我哭了，也便爬在我身上哭。但是，更多的是在沙地上，我筑好一个沙城让你玩，自个躺在一边读书，结果总是让你尿湿在裤子上，你又是哭，我不知如何哄你，就给你念书听，你竟不哭了，我感激得抱住你，说："我小妹也是爱书人啊！"东村的二旦家，其父是老先生，家有好多藏书，我背着你去借，人家不肯，说要帮着推磨子。我便将你放在磨盘顶上，教你拨着磨眼，我就抱着磨棍推起磨盘转，一个上午，给人家磨了三升包谷，借了三本书，我乐得去亲你，把你的脸蛋都咬出了一个红牙印儿。你还记得那本《红楼梦》吗？那是你到了四岁，刚刚学会说话，咱们到县城姨家去，我发现柜里有一本书，就蹲在那里看起来，虽然并不全懂，但觉得很有味道。天快黑了，书只看了五分之一，要回去，我就偷偷将书藏在怀里。三天后，姨家人来找，说我是贼，我不服，两厢骂起来，被娘打过一个耳光，我哭了，你也哭了，娘也抱住咱们哭，你那时说："哥哥，我长大了，一定给你买书！"小妹，你那一句话，给了兄多大安慰，如今我一坐在书房，看着满架书籍，我就记想那时的可怜了。

咱们不是书香门第，家里一直不曾富绰，即使现在，父母和你还在乡下，地分了，粮是不短缺了，钱却有出没入。兄虽每月寄点，也只能顾住油盐酱醋，比不得会做生意的人家。但是，穷不是咱们的错，书却会使咱们位低而人品不微，贫困而志向不贱。这个社会，天下在振兴，民族在发奋，咱们不企图做官，以仕途之望作功于国家，但作为凡人百姓，咱们却只有读书习文才能有益于社会啊。你也立志写作，兄很高兴，你就要把书看重，什么都不要眼红，眼红读书，什么朋友都可抛弃，但书之友不能一日不交。贫困倒是当作家的准备条件，书是忌富，人富则思惰。你目下处境正好逼你静心地读书，深知书中的精义。这道理人往往以为不信，走过来了方才醒悟，小妹可将我的话记住，免得以后"悔之不及。"

兄在外已经十年，自不敢忘了读书，所作一二篇文章，尽属肤浅习作，愈使读书不已。过了二月二十一日，已到了而立之年，方更知立身难，立德难，立文难。夜读《西游记》，悟出"取经惟诚，伏怪以力"，不觉怀多感激，临风而叹息。兄在你这般年纪，读书目过能记，每每是借来之书，读得也十分注重。而今桌上、几上、案上、床上满是书籍，却常常读过十不能记下四五，这全是年龄所致也。我至今只有以抄写辅助强记，但你一定要珍惜现在年纪，多多读书啊！

既有条件，读书万万不能狭窄。文学书要读，政治书要读，哲学、历史、美学、天文、地理、医药、建筑、美术、乐理……凡能找到的书，都要读读。若读书面窄，借鉴就不多，思路就不广，触一而不能通三。但是，切切又不要忘了精读，真正的本事掌握，全在于精读。世上好书，浩如烟海，一生不可能读完，且又有的书虽好，但不能全为之喜爱，如我一生不喜食肉，但肉却确实是世上好东西。你若喜欢上一本书了，不妨多读：第一遍可囫囵吞枣读，这叫享受；第二遍就静心坐下来读，这叫吟味；第三遍便要一句一句想着读，这叫深究。三遍读过，放上几天，再去读读，常又会有再新再悟的地方。你真真正正爱上这本书了，就在一个时期多找些这位作家的书来读，读他的长篇，读他的中篇，读他的短篇，或者散文，或者诗歌，或者理论，再读外人对他的评论，所写的传记，也可再读读和他同期作家的一些作品。这样，你知道他的文了，更知道他的人了，明白当时是什么社会，如何的文坛，他的经历、性格、人品、爱好等等是怎样促使他的风格的形成。大凡世上，一个作家都有自己一套写法，都是有迹而可觅寻，当然有的天分太高了，便不是一时一阵便可理得清的。兄读中国的庄子、太白、东坡诗文，读外国的泰戈尔、川端康成、海明威之文，便至今于起灭转接之间不可测识。说来，还是兄读书太少，悟觉浅薄啊！如此这番读过，你就不要理他了，将他丢开，重新进攻另一个大家。文学是在突破中前进，你要时时注意，前人走到了什么地方，同辈人走到了什么地方？任何一个大家，你只能继承，不能重复，你要在读他的作品时，就将他拉到你的脚下来读。这不是狂妄，这正是知其长，晓其短，师精神而弃皮毛啊。虚无主义可笑，但全然跪倒来读，他可以使你得益，也可能使你受损，永远在他的屁股后了。这你要好好记住。

在家时,逢小妹生日,兄总为你梳那一双细辫,亲手要为你剥娘煮熟的鸡蛋。一走十年,竟总是忘了你生日的具体时间,这你是该骂我的了。今年一入夏,我便时时提醒自己,要到时一定祝贺你成人。邻居妇人要送你一笔大钱,说我写书,稿费易如就地俯拾,我反驳,又说我"肥猪也哼哼",咳,邻人只知是钱!人活着不能没钱,但只要有一碗吃,钱又算个什么呢?如今稿费低贱,家岂是以稿费发得?!读书要读精品,写书要立之于身,功于天下,哪里是邻居妇人之见啊!这么多年,兄并不敢侈奢,只是简朴,惟恐忘了往昔困顿,也是不忘了往昔,方将所得数钱尽买了书籍。所以,小妹生日,兄什么也不送,仅买一套名著十册给你寄来,乞妹快活。

1983 年 7 月初写于静虚村

(贾平凹:《贾平凹文集》,陕西人民出版社 1998 年版。略有改动)

 文学小课堂 ❀○❀○❀○❀○❀○❀○❀○❀○❀○

1. 解题

(1)"书""示"两个字的意思。

题目中第一个"书"指的是普遍意义的书籍的书的意思,第二个"书"点明了本文的文体形式,是书信的意思。"示"是一个带有文言色彩的词汇,意为指示、训示,还可以解释为"给……看"。通过全文的内容可知,文章除了劝小妹读书外,还在行文中用大部分笔墨来告诉小妹读书的好处和方法,同时也对读书方法进行了指导。作者以自己读书的经历和体会劝勉妹妹读书。

(2)此信是在小妹生日这一天写的,十八岁生日又具有特定的含义,即具有"成人"的含义。这是作者在小妹十八岁生日时写给她看的一封关于读书的家信。

(3)本文文体:书信体散文。

2. 读书——明理——做人

从结构上来看,本文主要分为四部分。

第一部分是第1段,主要回忆了幼时的读书之因以及读书之艰。在这一部分内容中,作者首先简述了自己是怎样喜欢上读书的(读书之因)。

正如文中所写:"我"人丁不达,体单力孱,面貌丑陋,羞于在人前走动;而妹妹幼小不能言,无法交流。

文章开头，以回忆往事开篇，叙事简练却又生动感人，通过捕捉和再现细节来表现兄妹之间浓厚的手足之情；为下文说理做铺垫。（读书之艰）

举例如下：

但是，更多的是在沙地上，我筑好一个沙城让你玩，自个儿躺在一边读书（写出了"我"对书的痴迷），结果总是让你尿湿在裤子上，你又是哭，我不知如何哄你，就给你念书听，你竟不哭了（书中的内容可以让妹妹不哭，"我"对此出乎意料），我感激（既可以照顾妹妹又可以看书，两不误）得抱住你，说："我小妹也是爱书人啊！"（"感激"和"也是"写出了"我"找到了同道人的喜悦之情）

我哭了（委屈），你也哭了（同情），娘也抱住咱们哭（对孩子不争气"偷书"的失望；孩子想读书却因家贫无门的无奈），你那时说："哥哥，我长大了，一定给你买书！"（妹妹的话是对哥哥莫大的安慰，同情哥哥的遭遇，"一定"两字写出了妹妹的决心）

第二部分是第2—3段，写自己劝勉小妹应该读书的原因。

第2—3段点明了作者倡导的读书境界实际上也是人生境界。

文中关于读书的内容：

①但是，穷不是咱们的错，书却会使咱们位低而人品不微，贫困而志向不贱。

②这个社会，天下在振兴，民族在发奋，咱们不企图做官，以仕途之望作功于国家，但作为凡人百姓，咱们却只有读书习文才能有益于社会啊。

③贫困倒是当作家的准备条件，书是忌富，人富则思惰。你目下处境正好逼你静心地读书，深知书中的精义。

④兄在你这般年纪，读书目过能记，每每是借来之书，读得也十分注重。而今桌上、几上、案上、床上满是书籍，却常常读过十不能记下四五，这全是年龄所致也。我至今只有以抄写辅助强记，但你一定要珍惜现在年纪，多多读书啊！

作者通过以上内容明确了自己对于读书的几个观点：

①位卑未敢忘忧国。做人要有益于社会。

②安贫乐道，要保持高洁志向。要以书为友。

③处于困境要多读书，读书可以改变命运，成就理想。

④时不我待，要爱惜光阴，多多读书。

第三部分是第4—5段，具体阐明了作者的读书之道：

①既有条件，读书万万不能狭窄。……若读书面窄，借鉴就不多，思路就不广，触

一而不能通三。

②但是，切切又不要忘了精读，真正的本事掌握，全在于精读。……第一遍可囫囵吞枣读……常又会有再新再悟的地方。

③任何一个大家，你只能继承，不能重复，你要读他的作品时，就将他拉到你的脚下来读。这不是狂妄，这正是知其长，知其短，师精神而弃皮毛啊。

④读书要读精品。

以下四点即作者的读书体会：

①读书万万不能狭窄，首先在于多读。

②读书还在于精读，注意寻觅大家的踪迹。

③要知其长，晓其短，师精神而弃皮毛。（辩证的读书方法，对大家的作品要有批判继承的精神，有超越意识）

④读书要选择精品书。

最后，第四部分说明了以送小妹十册名著来祝贺小妹步入成年的原因。

总起来看，作者向小妹述说了自己喜欢读书的原因，对读书意义的理解，对人生和读书的体会，介绍了自己读书的心得，字里行间寄托了对小妹的殷切期望，同时给了读者深刻的启发。作者在信中回顾了自己早年读书时的艰难，剖析了走上社会之后的心路历程，以及在人生奋斗过程之中最终的价值选择，这就是读书、明理、做人。他告诉我们读有益的书，懂得做人的道理，做一个对社会有用的人，才是一个人的安身立命之本。

3. 龙欲腾飞须妙笔点睛，文欲感人要匠心独具

（1）含蓄蕴藉。

人们写家书一般容易直抒胸臆，想到哪写到哪，往往留于直白。贾平凹的这封家书作为一篇优美的散文，不仅回避了一般书信写作中的上述局限，而且有意识地动用了诸多艺术手段。

作者对小妹的感情浓郁而炽热，但并未直白浅显地宣泄出来，而是将一腔热情含蓄蕴藉地表达出来。贾平凹的这封书信开头写自己小时候没有书读，引出小妹说的一句话——"哥哥，我长大了，一定给你买书"，表扬小妹，然后写家境贫苦，提到"你也立志写作，哥很高兴"，让小妹树立信心；接着谈立身难，立德难，立文难，使小妹看到自己年轻的优势；再介绍自己的读书方法；最后才借批邻人送钱之见表明送书不忘本之理。这样，将一腔热情含蓄委婉地表达出来，寓教诲于其中，无论是小妹还是其他年

轻读者都易于接受。

（2）首尾呼应，中心突出。

全文紧扣"读书"，先写少年时读书的不易，再写中年时读书的甘苦，继而写读书的方法，最后才写"小妹生日，兄什么也不送，仅买一套名著十册给你寄来"，这样，既首尾呼应，又中心突出。

（3）记叙、议论与抒情融为一体。

作品中既有形象生动的生活细节描写，又有理性层面的深入浅出，较好地将记叙、议论与抒情融为一体，从而使读者不仅有感性的把握，而且有理性的领悟。这篇作品既是作者怀着真挚的亲情劝勉并指导其小妹读书的一封家书，又是一篇凝聚着人生感悟与思考，启示我们如何读书的优秀散文。

4. 劝勉读书的家书，情真意切的美文

在新时期的作家群体当中，贾平凹是一个在小说、散文、诗歌诸方面均有所涉猎并具有自己的风格追求的作家。综观贾平凹的散文创作，从题材上看可分为三大系列：商州系列、城市系列、自叙系列。其商州系列奠定了他在当代散文领域中的地位，其城市系列较多倾泻的是一个"农裔城籍"的作家在种种城乡冲突中的价值选择，其自叙系列则不仅可以帮助我们了解一个小说家的写作背景、精神状态，具有史料与资料的价值，而且在艺术上亦显露了自己的特色，本文就是其中较为优秀的一篇。

本文是一封家书。在源远流长的中国散文传统中，书信体一直是比较重要的一种文体，也出现过许多影响甚广、成就较高的作品，如曾国藩家书、鲁迅的《两地书》等。一般说来，书信往往是写信者与收信者之间思想感情的交流或交锋，而家书在其中又别具一格，它往往是家庭成员内部之间的询问、求教或叮咛、嘱托，因而极具私人色彩。但如果写作者在信中所谈内容越出了家庭内部的日常生活层面，而关涉人生、社会、历史、哲学等方面，并内蕴着通信者之间那种天然而真挚的情感的话，则其大多可以进入公众领域作为一件艺术品流通。贾平凹的《读书示小妹十八生日书》就是如此。

本文是贾平凹怀着真挚的亲情劝勉并指导其小妹读书的散文，是贾平凹在小妹十八岁生日时写给她的一封凝聚着自己人生感悟与思考的长信，是祝贺小妹生日的一件重要的精神礼品。全文情恳辞切，作者劝勉小妹读书习文，谆谆教诲小妹读书之道。读来，定会对我们如何读书大有裨益。

课后小论坛

1. 文章题目《读书示小妹十八生日书》中的"书"应怎么理解？

2. 你认为在第 1 段中作者之所以详细叙述早年事情的原因是什么？

3. 第 4 段中作者所阐发的读书之道是什么？请加以归纳。

4. 你怎样理解第 4 段中"任何一个大家，你只能继承，不能重复，你要在读他的作品时，就将他拉到你的脚下来读"这句话？请以你的读书体会为例来说明。

5. 在第 2 段、第 3 段中，作者将读书的境界和人生的境界联系起来谈了自己的一些观点，请概括出其中的一点并联系自我，谈谈你的感受。

第五篇
YOUQING PIAN
友情 篇

　　友情是一缕和煦的春风，会拂去我们眼角的泪痕；友情是一轮炽热的太阳，会温暖我们孤冷的心房；友情是一场及时的春雨，会滋润我们干涸的心田。友情既是一种纯洁、高尚、朴素、平凡的感情，也是浪漫、动人、坚实、永恒的情感。人人都离不开友情，它是人与人之间的一抹色彩，只有独具慧眼的匠师才能把它表现得尽善尽美；它是乐谱上的一个音符，感情细腻的歌唱者才能把它表达得至真至纯。下面让我们跟随古今中外的名家，去领悟和体验一下他们眼中的友情。

道不同，不相为谋

——《世说新语·德行·管宁割席》

 **阅读小贴士**

　　《世说新语》，又名《世说》，是南朝宋时的一部文言志人小说集，记载了自东汉后期到魏晋年间一些名士的奇闻轶事与言谈风尚。坊间认为其由南朝宋刘义庆所撰写，也有称是由刘义庆出面组织门客编写的。

　　刘义庆是南北朝时期宋武帝刘裕的侄子，是刘裕之弟长沙王刘道怜的次子。他自幼爱好文学，才华出众，十分被看重，在诸王中表现出色。13岁时，刘义庆袭封南郡公，后来过继给叔父临川王刘道规，承袭为临川王，深得宋武帝、宋文帝的信任，备受礼遇。他一路走来仕途顺利，其中任秘书监一职，得以掌管国家的图书著作，更使他如鱼得水，他能够借此接触皇家典籍，博览群书，这些都对后来《世说新语》的编撰工作打下了坚实的基础。虽然他一生历任要职，但他个性不热衷官场，喜欢与文人雅士交游。刘义庆一生著述颇丰，所著作品有二百多卷，但完整留存于世的仅有《世说新语》一部，《幽明录》《宣验记》两本书有较为丰富的佚文存录于佛教典籍及唐宋类书中。

　　《世说新语》主要记载了东汉至两晋时期名人士族阶层的言行风貌和逸闻趣事，是魏晋南北朝时期志人小说的巅峰之作，集中地反映了当时士族的思想、风尚和生活，具有"语言简练、词意隽永"的特点。

　　《世说新语》现存版本共有上中下三卷，分为德行、言语、文学、雅量、政事等三十六篇，共一千多则故事。

　　《世说新语》中运用了多种文学创作技巧，如对照、夸张、比喻等，为我们

保留下许多脍炙人口的佳言名句。如《世说新语·容止》中有"飘如游云，矫若惊龙"，这两句不仅常用来描绘人的神采风韵，还可以用来评论书法名作。再如"以小人之虑，度君子之心"出自《世说新语·雅量》，此句采用对比的手法，对较为抽象的心理活动做了比较，形象而生动。除了文学欣赏价值外，《世说新语》中还有不少人物事迹、文学典故等也多为后世所引用。书中很多故事也是大家所熟知的，比如七步成诗（曹植）、望梅止渴（曹操）；还有些故事也非常有趣，如德行篇里的"管宁割席"，言谈篇里的"小时了了，大未必佳"（孔融），任诞篇里的"王子猷夜雪访戴"（乘兴而来，兴尽而返），汰侈篇里的"石崇劝酒"，等等。

本篇节选自《世说新语·德行》的第一章，记述了汉末至东晋士族阶层中认为值得学习并可以作为效法的准则和规范的言语行动和美好品行。

 原典轻松读

管宁割席[1]

管宁、华歆[2]共园中锄菜，见地有片金，管挥锄与瓦石不异，华捉[3]而掷[4]去[5]之。又尝[6]同席[7]读书，有乘轩冕过门者[8]，宁读如故[9]，歆废[10]书出看。宁割席分坐，曰："子非吾友也[11]！"

（朱碧莲、沈海波译注：《世说新语》，中华书局2011年版）

注释：

[1] 本篇通过管宁、华歆二人在锄菜时见金、见轩冕过门时的不同表现，显示出二人德行之高下。

[2] 管宁：字幼安，汉末魏人，不仕而终。华歆：字子鱼，东汉人，汉末任尚书令，入魏后官至司徒，封为博平侯，依附曹操父子。宁、歆：下文中的管及宁，同指管

宁；下文中的华及歆，同指华歆。古文惯例，人名已见于上文时，就可以单称姓或名。

[3] 捉：握，拿。

[4] 掷：扔，抛。

[5] 去：抛去。

[6] 尝：曾经，从前。

[7] 席：座席，是古人的坐具。古代人常常铺席于地，坐在席子上面。现在摆酒称筵席，就是沿用这个意思。

[8] 轩冕：大夫以上的贵族坐的车和戴的礼帽。轩：古代的一种带有围棚的车。冕：古代地位在大夫以上的官戴的帽。这里是指有达官贵人过门。此处是复词偏义，指古代士大夫所乘的华贵车辆，代指贵官。

[9] 如：像。故：原来。

[10] 废：放弃，放下。

[11] 子非吾友也：你不是我的朋友了。

译文：

管宁和华歆一同在菜园里刨地种菜，看见地上有一小片金子，管宁不理会，举锄锄去，跟锄掉瓦块石头一样，华歆却把金子捡起来再扔出去。还有一次，两人同坐在一张坐席上读书，有达官贵人坐车从门口经过，管宁照旧读书，华歆却放下书本跑出去看。管宁就割开席子，分开座位，说道："你不是我的朋友。"

文学小课堂 ❖━━━━❖━━━━❖━━━━❖━━━━❖━━━━❖━━━━❖

1. 管宁割席，朋友断交

这个故事很有名。后来人们常用"管宁割席"或"割席分会"来形容朋友之间的断交。这个故事，也再次验证了这样一句话：于细节中见性格。有两件事，让管宁看出了华歆和自己的追求不一样，非同道中人，从而与之绝交。一件是共锄草时，对金的态度，管宁视若不见，与瓦石无异，而华歆捡起视看后再扔；另一件事是，两人共同读书，有达官贵人经过，管宁置若罔闻，不去理会，而华歆呢，出门观看。于此两件事，管宁看出了华歆对荣华富贵有羡慕向往之意，而管宁自己呢，性格恬静，不慕名利，两人之间有明显的区别，追求迥异，从而断然割席。后来的事实也证明了管宁的态度和看法，一是他自己始终征召不仕，而华歆官至司徒，两人走的是截然不同的人生道路，性格、趣味、追求判然分明。这就是"道不同，不相为谋"。

2. 穷则独善其身，达则兼济天下

《世说新语》所载故事，多是从东汉到东晋士大夫文人的逸闻轶事，对魏晋士族阶层的思想、作风和生活情趣，做了比较全面的反映。作者刘义庆编写此书，受了当时魏晋清谈风气的影响，因而有品评褒贬人物的寓意。

《世说新语·德行》中记载了管宁和华歆之间的一件非常富有哲理的小故事：管宁与华歆共同学习时，管宁发现华韵热衷权势，就毅然与之绝交的故事。全文只记叙了管宁、华歆生活中的两个小片段，展示了他们性格的不同和思想上的分野。故事虽短小，但人们品味过后，留下十分深刻的启示跟意蕴。

中国的传统文化是非常讲究交友之道的。古今中外文化文学史上留下了很多佳话，不少名人都在文辞中表达了遇到知音后愉悦的心情。屈原在《九歌·少司命》中说："乐莫乐兮新相知。"他说没有比新遇上知己更快乐的了。古希腊哲学家西塞罗也曾经咏叹过："世界上没有比友谊更美好、更令人愉快的东西了；没有友谊，世界仿佛失去了太阳。"

至圣先师孔子曾数次对弟子谈论到他是如何看待朋友的，他也曾多次论及结交朋友的主张。他曾说："益者三友，损者三友。友直，友谅，友多闻，益矣；友便辟，友善柔，友便佞，损矣。"其中的"益"和"损"所叙述的道理正是"慎重交友之道"。管宁与华歆割席而坐，其中所隐含的不仅仅是摒弃庸俗的价值观，而是侧重说明了谨慎交友的重要性，这个经典的典故为后世择友的标准树立了范式。唐代诗人白居易和元稹之间"元白"情深的故事就可以看作结交朋友的很好诠释与说明。

汉末天下大乱，魏蜀吴形成鼎立之势，战争频起。在这个动荡不安的年月里，两个个性不同的人因为共同学习走在了一起。他们一起读书、耕作、生活，一起追寻着先贤的足迹，苦心拜读圣贤书。二人"共园中锄菜"时看到地上有块金子，两人的做法反映了两种截然不同的认识和态度：管宁挥锄依旧，视金子"与瓦石不异"，毫不动心；华歆却"捉而掷去之"，这就体现出两人品格的不同来。华歆拾金想据为己有，但见管宁不为所动，于是感到羞愧，最后把金"掷去"，从这件事情看来他尚有悔过之意，因此管宁还是愿意跟他继续交往，与之"同席读书"的。这里的"席"指的是用苇子或者草编成的成片的东西，古人多用来坐、卧。能够同席的两人的关系一般都是非常亲密的，可见"共园中锄菜"后两人的友谊如前，但是第二件事发生了。"有乘轩冕过门者"中的"轩"指的是贵族大官坐的，带围棚的车。这里的"冕"指礼服。有坐着豪华大车穿着礼服的贵族大官从门前经过时，管宁依旧读自己的书，像对锄菜时发现的金子一样，视若常人毫不动心。华歆却放下书本出去看热闹，而且他并没有因为管宁的照旧读书而感到惭愧，也不认为这种行为可鄙。所以，管宁在经历这两件事后与华歆"割席分坐"，不再与之交往，最终认清了华歆非"益友"，而是"损友"。因此孔子说："与善人居，如入芝兰之室，久而不闻其香，即与之化矣。与不善人居，如入鲍鱼之肆，久而不闻其臭，亦与之化矣。"常和品行高尚的人在一起，就像沐浴在种植芝兰、散满香气的屋子里一样，时间长了便闻不到香味，但本身已经充满香气了；和品行低劣的人在一起，就像到了卖鲍鱼的地方，时间长了也闻不到臭了，也是融入其中，物以类聚。所以在选择朋友方面还是需要谨慎的。

管宁与华歆割席分坐，显示出的不仅仅是管宁高尚的气节和不愿追随庸俗的志气，还体现了他具有正确的择友观。在这两则小故事中，管宁完美诠释了什么叫"道不同，不相为谋"。当管宁通过一些事情发觉自己和华歆不适合再做朋友时，他坚持自己的原则和立场，果断与之绝交。他能认清一个最朴素的道理：朋友必须要有相同的爱好和志向，这样才能相互促进、共同进步。这也提醒我们，要在纷繁复杂的社会中中坚守自己的原则和立场。交友须谨慎，要选择志同道合的朋友，选择可以和你同心同德的朋友，选择相互督促，取长补短的朋友。

对比管宁与华歆两位主人公的一生，说不出谁强于谁，但两个人都选择并坚持了自己心向往的路走完一生。不管是华歆选择官场，施民于惠政，走上了仕途经济的道路，还是管宁退隐山林，远离喧嚣，专注讲学论道却清贫的一生，他们都实践了克己复礼，从不同方面造福了百姓。

从处事原则来看，历史上的管宁屡辞辟命，为保持德行而避世隐居。他才高气清，始终注重提升自身修为。虽然看上去于国家、社会没有什么建树，但他始终恪守原则、独善其身的品质，以及不与世俗同流合污的人生态度，在当时的社会十分宝贵。他始终坚持做自己，潜钻研儒家经典，专注学问，甘于清贫是值得人们称道的。

历史上的华歆为官清廉，一心为民，是一个有责任担当、公正无私的人。在被管宁割席断交之后，他不计前嫌数次向皇帝举荐管宁。魏文帝时期，他已官拜相国，但依旧清贫。《三国志·华歆传》记载："歆素清贫，禄赐以振施亲戚故人，家无担石之储。"他的清廉，得到了时人及后世的赞誉。作为曹魏柱石，华歆主张"重农非战"，认为"为国者以民为基，民以衣食为本"，始终站在百姓的角度思考问题。而且历史上还有他离开孙权前往曹操处时，将好友亲朋赠送的财物做了记号，一一归还的故事。这些都昭示了他清廉无私的品德。和独善其身的管宁相比而言，华歆身处乱世，全心全意为民着想，仍坚持原则，视名利为身外之物，比之管宁其实更胜一筹。而且，华歆身上具有的积极进取、心怀天下的志向正是现代人所缺失的。

3. 道路千万条，适合自己最重要

"管宁割席"的故事传颂至今，人们一直把管宁作为不慕荣华、不贪金钱的正面典型加以宣传。但管宁因朋友的一二细节不符合自己做人的标准，便断然绝交，未免苛求于人，也过于绝情寡义。仅以这两件小事就断定华歆对财富、官禄的向往之心，未免以偏概全，片面武断。

乱世之中，管宁、华歆选择了不同的处世方式，管宁遁世，华歆入世，道虽不同，却殊途而同归，达于济世安民之旨。华歆达则兼济天下，管宁虽穷亦不止独善其身，他们共同践行了儒家理想。

人生的道路千条万条，人人都可以选择一条最喜欢最合适的道路，贡献出自己的聪明才智，走向人生的辉煌，走到生命的终点，从而实现自我价值。

管宁，不为名，不为利，廉俭贞正，清贫自守，"行为世表，学为人师"，成全自己"修身齐家"的志向，成为著名高士。

而华歆，年轻时，爱惜金钱，羡慕荣华，可是他有很强的自制力，能有效地约束自己，"事上以忠，济下以仁"，清正廉洁，乐善好施，成就自己"治国平天下"的志向，成为一代名臣。

这对朋友，尽管年轻时分道扬镳，但是都在自己选择的人生道路上，用自己的人品与学识，成就一番事业，垂名史册。

4. 以小见大，管中窥豹，不着一字，尽得风流

文中所写的两个片段极小，但以小见大，反映了管宁、华歆对待金钱和权势的不同态度。在金钱和权势面前，管宁淡泊心志，金钱不能动其心，权势不能夺其志；相比之下，华歆崇尚浮华，喜欢热闹，两人的表现大相径庭。这样，两个在思想、意趣上都不相同的人，自然也就不可能维持友谊。管宁断然宣告："子非吾友也。"他与华歆分席而坐，以示决心。

《世说新语》所记故事篇幅都比较短小，文字简洁流畅，善于描摹人物情态，许多人物形象栩栩如生，呼之欲出。《管宁割席》在这方面尤为人所称道。文章全文仅六十一字，撷取了管宁、华歆两个人生活中的两个片段，就把人物写活了。管、华二人可记之事甚多，作者单取这两事，绝非信手拈来，而是精心剪裁的结果。这两个片段形象传神地反映出管、华二人的思想状况和对生活的认识，用管中窥豹的手法展现出来，而这也为二人以后不同的生活道路所证实，的确显示出作者高超的写作技巧。

全篇用比照的写法，使人物在同样环境中的不同表现，展示管宁、华歆思想性格上

的对立。锄地见金，"管挥锄与瓦石不异，华捉而掷去之"。同席读书，有显贵过路，"宁读如故，歆废书出看"。这种互相对比、相互映衬的写法不仅写出了两人行为的外在表现，而且写出了两人思想境界上的差距，具有很强的艺术感染力。

《管宁割席》中人物语言只有一句，却给人留下了深刻的印象。两个小片段已显示出两人性格的差异、思想上的不同，所以管宁说："子非吾友也。"管宁当面向华歆提出绝交，绝不顾惜情面，读者可以想象华歆当时是如何尴尬。管宁的语言十分符合他的人物性格，短短五字，以一当十，言简意赅。由于缺少共同的思想基础，管宁的绝交宣言既合乎事物发展的逻辑，又符合人物性格，并且深化了作品的思想主题，是一石三鸟的传神之笔。

在《管宁割席》中，作者并没有直接去臧否人物，而是让读者在阅读作品的过程中，通过人物自己的行动语言去体会其中三昧，给读者留下了自由想象的空间。虽然作者对两个人物并未置评一字，而人物形象跃然纸上，优劣可分。可谓不着一字，尽得风流。管宁注重操守，无意追求功名利禄的品德和严于择交的慎重态度，读者尽可从中得到教益。

《世说新语》多用白描手法，《管宁割席》是其中白描手法运用得极为成功的一篇。它用简洁的笔墨，不加任何修饰、渲染，选取最典型的情节作客观的描写，平中见奇，含义深刻。如华歆见到黄金，只用了一句"捉而掷去之"一笔，活画出华歆始而垂涎、继而愧悟又极力掩盖的心理活动，将他的内心世界刻画得淋漓尽致。这种白描的写作方法，对后来的小说产生了积极的影响，是我国古代小说创作中刻画人物的最常用的表现手法。

管宁与华歆割席绝交事，后世广为流传，后称绝交为"割席"，典出于此。

课后小论坛

1. 从"管宁割席"这个故事中可以看出管宁是怎样一个人？谈谈你的看法。

2. 结合上下文说说"华捉而掷去之"如何表现华歆的心理活动。

3. 乱世之中，管宁、华歆选择了不同的处世方式，"割席断交"是一则趣事逸闻，"子非吾友也"却是管、华二人志趣不同的真实写照。生活在当代背景下的青年，应该学习管宁还是华歆的做法呢？尝试说说你的看法。

佳人重约还轻别，铸就而今相思错

——辛弃疾《贺新郎·把酒长亭说》

阅读小贴士

　　辛弃疾（1140—1207），南宋词人，字幼安，号稼轩，山东历城人。他出生时，家乡已经沦陷为金人统治区。他的祖父辛赞虽任职于金，却一直期盼有机会能够收复失地，重建河山，因此给自己的孙子取名为"弃疾"。父辈的教育以及辛弃疾自己的所见所闻使他在青少年时代就立下了收复中原、报国雪耻的志向。青年时参与耿京起义，擒杀叛徒张安国，回归南宋，献《美芹十论》《九议》等，条陈战守之策。但已经不愿意再打仗的朝廷只是对辛弃疾的吏治能力感兴趣，于是先后把他派到江西、湖北等地担任安抚使、转运使一类重要的地方官职，去维持治安、整顿荒政。这显然与辛弃疾期望大展拳脚、收复失地的理想大相径庭，虽然他在每一任上都做得很好，但由于深感岁月飞逝而功业未建、人生短暂而壮志难酬，内心也越来越感到苦闷和压抑。

　　即使这样，辛弃疾的仕途生涯也是不平顺的。虽然他有超强的才干，但他刚强英豪的性格和一心北伐的热情，使得他在主和派占主流的官场上难以立足。另外，作为从北方归返南宋朝廷的"归正人"的身份也让他备受歧视，故辛弃疾屡遭弹劾，几番起落，最终退隐山林。公元1206年，南宋开始了轰轰烈烈的开禧北伐。宰相韩侂胄想借用辛弃疾的名气起用辛弃疾，遭到他的辞免。开禧三年（1207），辛弃疾带着遗憾抱病离世，享年六十八岁。

　　辛弃疾的一生以兼济天下为己任，但屡遭打压，郁郁不得志。诗穷而后工，被压抑的豪情流于笔端，形成了独具个人特色的稼轩词。文学作品是精神内蕴的

载体，稼轩词豪放而沉郁的风格背后，蕴藏的是辛弃疾百折不挠的爱国热情。他一生都在进行抗金御敌，为统一中原而奋斗，但囿于他"归正人"的身份，受到歧视而不被重用。所以，辛弃疾的词大多数抒写的是他力图收复失地，期盼国家统一的爱国热情，倾诉自己壮志难酬的悲愤。词作对当时执政者采取的屈辱求和政策多有谴责。辛词中也有不少吟咏祖国大好河山的作品。题材广阔而又善于化用前人典故，这使得他的词作风格沉雄豪迈又不乏细腻柔媚。辛弃疾与苏轼同为豪放词派的代表，后人合称为"苏辛"。辛弃疾的代表作品有《永遇乐·京口北固亭怀古》《清平乐·村居》等，现存词有 600 余首。

 原典轻松读

贺新郎[1]

陈同父自东阳来过余[2]，留十日，与之同游鹅湖[3]，且会朱晦庵于紫溪[4]，不至，飘然东归[5]。既别之明日，余意中殊恋恋，复欲追路。至鹭鸶林，则雪深泥滑，不得前矣。独饮方村，怅然久之，颇恨挽留之不遂也[6]。夜半，投宿泉湖吴氏四望楼，闻邻笛悲甚，为赋《贺新郎》以见意[7]。又五日，同父书来索词，心所同然者如此[8]，可发千里一笑。

把酒长亭说。看渊明、风流酷似，卧龙诸葛。[9]何处飞来林间鹊，蹙[10]踏松梢微雪。要破帽、多添华发。剩水残山无态度，被疏梅、料理成风月。[11]两三雁，也萧瑟。[12]

佳人重约还轻别。[13]怅清江、天寒不渡，水深冰合[14]。路断车轮生四角，此地行人销骨。[15]问谁使、君来愁绝。[16]铸就而今相思错，料当初、费尽人间铁。[17]长夜笛，莫吹裂。[18]

（唐圭璋编：《全宋词》，中华书局 1965 年版）

注释:

[1] 该词作于淳熙十五年（1188）冬，时辛弃疾罢居上饶。辛弃疾《祭陈同父》中说："憩鹅湖之清阴，酌瓢泉而共饮，长歌相答，极论世事。"足见鹅湖佳会，刻骨铭心。上片寓情于景：飞鹊雪帽，谑中含悲；剩山残水，山河破碎；疏梅孤雁，忧国者稀。下片眷恋不舍，即词序"既别"以下一段文字的形象抒发。清江水冷，鹭林雪深，水际俱不可追，一虚一实，情之至矣。

[2] 陈同父：陈亮（1143—1194），字同父（同甫），婺州永康（今属浙江）人，学者称龙川先生，南宋杰出的思想家。为人才气豪迈，喜谈兵，主抗战，因此屡遭迫害，曾三次被诬入狱。与稼轩志同道合，交往甚密，且有诗词唱和。除《龙川集》外，著有《龙川词》，词风与辛相似。东阳：婺州。过：访问，探望。

[3] 鹅湖：位于今江西铅山境内。

[4] 会：约会。朱晦庵：朱熹，字元晦，晚年自称晦庵，南宋著名哲学家、理学家，学术著作极富，影响深远。朱熹早期主战，晚年主和，与辛、陈政见相左。紫溪：在江西铅山县南，位于江西和福建交界处。

[5] 这两句说朱熹爽约未至，陈亮飘然东归。

[6] "颇恨"句：深恨没能挽留住陈亮。

[7] 见意：表达意见。

[8] 心所同然者如此：心意如此相同。

[9] 渊明：晋代著名田园诗人陶潜。卧龙诸葛：三国时代杰出政治家诸葛亮，字孔明，人称卧龙先生。这里用"渊明""诸葛"代指陈亮。

[10] 蹙（cù）：踢。

[11] 剩水残山：杜甫《陪郑广文游何将军山林》诗中说"剩水沧江破，残山碣石开"。剩水残山谓穿池垒石，指园林之人工山水。无态度：不成样子。陈同义《陪粹翁举酒于君子亭下海棠方开》诗中说"去国衣冠无态度，隔帘花叶有辉光"。料理：此作装饰、点缀讲。

[12] "两三雁"两句：天际掠过几只鸿雁，毕竟冷落凄凉。

[13] 佳人：美好的人，指君子贤人、好友。这里指陈亮。重约：重视约定。轻别：轻易地分别。五年前，陈亮约访辛弃疾，因被诬下狱未能践约，此次方践旧约。此句谓陈亮重诺践约，却又轻看离别，匆匆而去。

[14] 冰合：冰封住了江面。

[15] 车轮生四角：此句用来比喻无法前行。销骨：形容极度悲伤。

[16] "问谁"句：虚拟一问，实是自问。来：语中衬字，无义。愁绝：愁到极点。

[17] "铸就"两句：极写情谊之深，鹅湖之会犹如费尽人间之铁，铸就一把相思错刀。据《资治通鉴》卷二六五记载，唐末魏州节度使罗绍威为应付军内不协，请来朱全忠大军。朱军在魏州半年，耗资无数。罗绍威虽然得以解危，但积蓄一空，军力自此衰弱。他后悔地对人说："合六州四十三县铁，不能为此错也。""错"字谐音双关，既指错刀，也指错误。辛词仅取"错刀"之意，喻友谊之深厚坚实。

[18] "长夜笛"两句：据《太平广记》载，唐著名笛师李谟曾在宴会得遇一个名叫独孤生的人。李递过长笛请他吹奏。他说此笛至"入破"（曲名）必裂。后果如此。辛词明合题序"闻邻笛悲甚"，暗用故事，谓己不堪笛声之悲，激起思友之情。

译文：

陈亮自浙江东阳来会见我，留居十日。我俩同游鹅湖，后又同赴紫溪等候与朱熹会晤，而朱没来。陈亮明天就要飘然东归，我十分恋恋不舍，追送他一程。走到鹭鸶林，遇雪深泥滑，我难以前进，与他分别。便独自在方村饮酒，惆怅了许久，恨自己挽留不住好友。我于夜半投宿泉湖吴氏四望楼，闻邻笛甚悲，便写下了《贺新郎》寄托情思。过了五天，陈亮来信索取此词，我俩千里相隔而心思相同，料想彼此会发出会心的微笑。

手里拿着酒杯与你在长亭话别，你安贫乐道的品格好似陶渊明，俊逸杰出的才干又像那卧龙诸葛亮。不知何处飞来的林间鹊鸟，踢踏下松枝上的残雪。好像要给我们俩的破帽上，增添上许多花白的头发。草木枯萎，山水凋残，冬日的景物都失去了光彩。全靠那稀疏的梅花点缀，才算有几分生机令人欣悦。横空飞过的两三只大雁，也显得那样孤寂萧瑟。

你是那样看重信用来鹅湖相会，我们刚刚相逢又轻易地匆匆离别。遗憾的是天寒水深江面封冻不能渡，无法追上你，令人怅恨郁结。车轮也如同生出了四角不能转动，这地方真让惜别的行人神伤惨切。试问，谁使我如此烦恼愁绝？放你东归已经后悔莫及，好比用尽了人间铁而铸成的大错。长夜难眠又传来邻人悲凄的笛声，但愿那笛音止歇，不要让长笛迸裂。

文学小课堂

1. 辛陈鹅湖之晤，友谊之会

陈亮是辛弃疾惺惺相惜、志同道合的一生挚友。他们二人相互欣赏，共志北伐，并一起为此进行了不懈的努力。他们二人和朱熹虽哲学观点不同，但彼此间的友谊非常深厚。淳熙十五年（1188）冬，陈亮约朱熹在江西和福建交界处的紫溪与辛弃疾会面。他先自浙江东阳来江西上饶拜访隐居在家的辛弃疾，二人同游鹅湖寺，纵谈天下大事，讨论抗金复国大计，极为投契。十余日后，二人到紫溪等候朱熹不至，陈亮遂东归。辛弃疾于分别之后第二日想追回陈亮，再多挽留他几天。到江西上饶东的鹭鸶林时，因雪深泥滑，道路难走，不能再前，只好怅然而归。那天夜里，辛弃疾在投宿处写了这首《贺新郎》。陈亮正好也写信来索词，收到此词即以相同韵脚与稼轩唱和，作《贺新郎·老去凭谁说》以示唱和。辛弃疾收到后，回复一首《贺新郎·老大那堪说》，陈亮回复《贺新郎·离乱从头说》以及《贺新郎·话杀浑闲说》。这些唱和词出语豪壮，颇有英雄之气。将《贺新郎》曲调中的悲愤之情推向极致，成为南宋词坛的一段佳话。

2. 爱国之晤，辛、陈以五首《贺新郎》奏响知己告白

贺新郎，词牌名，又名"金缕曲""乳燕飞""貂裘换酒""金缕词""金缕歌""风敲竹""贺新凉"等。该词牌一百一十六字，上片五十七字，下片五十九字，各十句六仄韵。该词调声情沉郁，雄浑苍凉，常用来抒发激越情感，历来为词家所习用。

此词牌是南宋词人辛弃疾最喜欢的词牌之一，他创作的《贺新郎》词有二十三首之多，有的以苍凉笔触表达心中愤懑不平之意，有的以雄浑之语表达悲壮激烈之情，还有一些寄情山水、志在丘壑的借景抒情之作。

辛弃疾的众多《贺新郎》词作整体上以赋体铺排繁复的表现手法，将身世之感、家国之情、历史之悟、自然之观等多种内容融会其中，同时运用正反对比、虚实对衬、古今对照等多种手法，寓情于景，寓志于典。特别值得一提的是，辛弃疾还经常尝试以《贺新郎》词数阕使用同一韵部，使之体现出既同中有异，又一脉相承的特色，表现出更丰富的内容和独特的风格，这是最为后世所推崇的地方，后世之中唱和之作颇多。

辛、陈二人有共同的人生志向，都以恢复中原为己任，一个被朝廷打压消磨棱角现今英雄暮年，一个历经困苦依然追逐理想决定至死方休。同样都是抑郁不得志，面临相似的人生困境，所以自然生出惺惺相惜之感。在辛弃疾词作中，既有渴望建立功业、恢复中原的豪情壮志，更有荡气回肠、令人动容的知己之情。

3. 憩鹅湖之清阴，酌瓢泉而共饮，以诗词相会相答，畅谈报国之志

这首《贺新郎》是辛弃疾追忆与挚友陈亮的短暂交会与抒发离别之情的词作，全词笔力奇重，色调沉郁，气象雄浑，是稼轩词中的名篇。作者与陈亮的友情在历史上传为佳话。全词感情浓郁，忧愤深广。

这首词的一个突出特色是词序。继苏东坡之后，词序在词作中的地位得到明显提升，很多词人在词中以只字片语的小序交代词的写作背景或主题，稼轩词亦不例外。但百字以上的序是不多见的。这首词的词序叙述了辛弃疾与友人陈亮两人相会、分别，以及别后复追，无奈因路途阻隔，欲追而不得后，辛弃疾怅然独饮，继而收到友人书信的情形。此等篇幅与文中的曲折几乎可以当作一篇独立的小散文来读。词序与词作相配合，正所谓"合则兼美"，相得益彰。它不仅没有与词作内容重复，还能与原词作互相生发，相映成趣。这样的效果，是连宋代以最善于写作词前小序而著称的姜夔也难以相比的。

词作主要抒写了他与挚友陈亮之间志同道合的深挚友谊。上片以"把酒长亭说"起头，拉开了辛弃疾与友人在长亭惜别的序幕。李白曾说："天下伤心处，劳劳送客亭。"一说到长亭，总给人一种别离不舍之情。这里首句说长亭饯别，就烘托了一种惆怅的气氛。没有正面叙述彼此的留恋之情，而以"说"句，领起下文。下文中对于长亭送别的谈说，也只是辛、陈二人酌古准今的内容之一，在辛弃疾的笔下，田园归隐的陶渊明和起而用世的诸葛亮可以说是一体的两面。这里作者把陈亮比作陶渊明和诸葛亮，意在说明他那不愿做官、向往自由的品格很像陶渊明，而那风流潇洒的风度和杰出的政治、军事才能，又实在和当年高卧隆中、人称卧龙的诸葛亮十分相像。的确，陈亮在政治、军事上颇有卓越见解，他曾三次向孝宗皇帝上书，主张改革内政，抗击金兵，收复中原。在《中兴十论》中，他还具体规划了收复中原的政治以及军事策略。从这些方面来看，陈亮确实可堪与当年隆中作对的诸葛亮相比。因此，词中所写长亭饯别本来已够使人惆怅，何况又是与这等不平凡的人离别，留恋之情自然更深了。陶渊明与诸葛亮二人，原是词人自己所喜爱与敬重的，把此二人与陈亮并提，足可见其诚意。

"飞鹊踏雪"两句，即景生情，描画出词人送别陈亮时的长亭周围的景色，词人在此没有作静态描绘，而是写出了环境的生动灵幻。"要破帽"句，则以戏谑的语言，传达词人深感年华老大的悲伤。这三句是词人回想两人分手前畅聚欢聊的愉快心情，但没有直笔叙说心情之好，却用旁笔勾勒了当时的环境：两人正交谈甚欢，不知从哪里飞来

几只喜鹊，踢落了松树梢上的积雪，点点落在他们的破帽上，好像故意要使我们增添一些白发。这里用栩栩如生的几笔，不但点明了别离的季节，而且把两位知心好友在松林雪地中畅聊交谈的神态和心情生动形象地烘托了出来，笔调风趣活泼，让人回味无穷。虽然词中词人并没有正面描写聚会情况，但整个欢聚的气氛已足。接下来笔锋一转，写出一片萧瑟景象：举目望去，寒冬的山水凋枯残败，失去了往日的姿态和神情，幸亏还有几株梅花可以装点它一下，勉强点缀成一番景致。天空中有两三只飞雁南鸣，但毕竟呈现的是萧条凄凉之景。这四句，极写冬日萧瑟景象，表面上看是写景，实际上使用比兴手法，隐含着作者对祖国山河破碎、仅存一隅的南宋政局的失望，和对朝廷上下越来越少的爱国志士这种无望的坚韧的感慨之意。这是他隐居时期的政治情怀的一种明显的传达。

上片写送别，但写景、抒情都远超送别的范围，具有浓郁、深邃的余情逸韵。下片则重在抒发让自己眷念不舍的友情，把惜别之情抒发得深挚动人。下片接下来用"佳人重约还轻别"点出陈亮的别去，这为下文写他追赶朋友为风雪所阻而不得的情景做准备。清江冰合，陆路泥泞。水陆都不可以再向前行，对朋友的挽留追赶也成了泡影。从实际情况来看，他是从陆路追赶陈亮的，但是特意用水路作为虚衬，显示出无路可通，无法留住挚友的极度失望。"车轮生角"一语，化用典故，形象地描绘出行路的困难，在这样无法前行的路途上，词人依然想追挽朋友。其后的"行人销骨"之句，就更可以看出词人的深挚抒情了。"问谁"一句自问自答，这一凭空虚拟一问，使词意再生波澜，写出了离别之情的不可解脱。

紧接着以下几句，他以极夸张的笔墨，将自己没能够挽留住好朋友的懊悔，倾身一发，词刚气烈。费尽人间铁来铸就相思错，这是很大的遗憾，表明了作者心中异常激烈的后悔之情。同时，这几句也有隐含的一语双关之妙。它同时还含有对南宋统治者采取投降路线，结果弄得山河相望而不得相合造成的谴责。这样的重笔抒情，使人在词人夸张的浓墨重彩中读懂他的真实感情。结尾处"长夜笛，莫吹裂"两句暗合词序中"闻邻笛甚悲"之语，同时在其中糅合了向秀《思旧赋》的悲凄意境和独孤生吹笛人破而使笛裂的故事。长夜漫漫，凄清的笛声，撕心裂肺，仿佛更让人看不到破晓的希望。全词在悲凉的意境中收束，情深意永。整首词设喻新颖，写景幽峭，但在艺术上的新奇和不惮外露的相思之情背后，伤心人别有怀抱。

由此词倡始，词人和陈亮一连唱和了五首。这在中国文学史上，称得上是一桩盛事。

1. 辛弃疾和苏轼在词的语言技巧上都是有力的开拓者。前人说苏轼是以诗为词，辛弃疾是以文为词，你能体会到本首词中体现的辛弃疾"以文为词"的特色吗？

2. 英雄豪杰惺惺相惜，气概豪迈。试着分析《贺新郎·把酒长亭说》这首词是如何体现这种豪迈词风的。

3. 你还读过哪些写送别的诗词作品？试着比较一下辛词抒发感情的特色何在。

4. 辛弃疾素以豪放词风而著名，不过，他的婉约词风作品也不乏脍炙人口的佳作。你能举出一些例子吗？

5. 谈谈你所了解的南宋朝廷内部主战和主和两派的政治斗争情况。

友谊如何才能保持长久？

——梁实秋《谈友谊》

 阅读小贴士

梁实秋（1903—1987），原名梁治华，字实秋，笔名子佳、秋郎、程淑等，浙江杭县（今杭州）人，出生于北京，中国现当代散文家、学者、文学批评家、翻译家。他1923年8月赴美留学，取得哈佛大学文学硕士学位；1926年回国后，先后任教于国立东南大学（今东南大学前身）、国立青岛大学（今山东大学、中国海洋大学共同前身）并任外文系主任；1949年后任台湾师范学院英语系主任、文学院院长等职。他的散文集创造了中国现代散文著作出版的最高纪录。他是国内第一个研究莎士比亚的权威，一生给中国文坛留下了两千多万字的著作。代表作有《莎士比亚全集》（译作）、《雅舍小品》、《槐园梦忆》、《英国文学史》等。1987年11月3日病逝于台北，享年84岁。

梁实秋先生一生笔耕不辍，长达半个世纪之久。他学贯中西，涉猎广泛，擅长用平淡真挚抒写人生百态。他的散文风格经历了从浪漫到古典再到浪漫的演变过程，他的求学经历使得他的身上既具有中国传统儒家士大夫的气质，又糅合了英国的绅士风度，这使他的文章具有了一种独特的文化贵族气质。他曾有机会长期留在美国，但心中强烈的爱国思想情怀，使他决然放弃，毅然选择回国。晚年在台北居住，写了许多怀念故乡的散文，表达对故乡无比的眷恋。

原典轻松读

谈友谊

朋友居五伦之末，其实朋友是极重要的一伦。所谓友谊实即人与人之间的一种良好的关系，其中包括了解、欣赏、信任、容忍、牺牲……诸多美德。如果以友谊作基础，则其他的各种关系如父子夫妇兄弟之类均可圆满地建立起来。当然父子兄弟是无可选择的永久关系，夫妇虽有选择余地但一经结合便以不再仳离为原则，而朋友则是有聚有散可合可分的。不过，说穿了，父子、夫妇、兄弟都是朋友关系，不过形式性质稍有不同罢了。严格地讲，凡是充分具备一个好朋友的条件的人，他一定也是一个好父亲、好儿子、好丈夫、好妻子、好哥哥、好弟弟。反过来亦然。

我们的古圣先贤对于交友一端是甚为注重的。《论语》里面关于交友的话很多，在西方亦是如此。罗马的西塞罗有一篇著名的《论友谊》，法国的蒙田、英国的培根、美国的爱默生，都有论友谊的文章。我觉得近代的作家在这个题目上似乎不大肯费笔墨了。这是不是叔季之世友谊没落的征象呢？我不敢说。

古之所谓"刎颈交"，陈义过高，非常人所能企及。如 Damon 与 Pythias，David 与 Jonathan，怕也只是传说中的美谈罢。就是把友谊的标准降低一些，真正能称得起朋友的还是很难得。试想一想，如有银钱经手的事，你信得过的朋友能有几人？在你蹭蹬失意或疾病患难之中还肯登门拜访乃至雪中送炭的朋友又有几人？你出门在外之际对于你的妻室弱媳肯加照顾而又不照顾得太多者又有几人？再退一步，平素投桃报李，莫逆于心，能维持长久于不坠者，又有几人？总角之交，如无特别利害关系以为维系，恐怕很难在若干年后不变成为路人。富兰克林说："有三个朋友是忠实可靠的——老妻，老狗与现款。"妙的是这三个朋友都不是朋友。倒是亚里士多德的一句话最干脆："我的朋友们啊！世界上根本没有朋友。"这些话近于愤世嫉俗，事实上世界里还是有朋友的，不过虽然无需打着灯笼去找，却是像沙里淘金而且还需要长时间的洗炼。一旦真铸成了友谊，便会金石同坚，永不退转。

大抵物以类聚，人以群分。臭味相投，方能永以为好。交朋友也讲究门当户对，纵不必象九品中正那么严格，也自然有个界限。"同学少年多不贱，五陵裘马自轻肥"，于"自轻肥"之余还能对着往日的旧游而不把眼睛移到眉毛上边去么？汉光武容许严子陵把他的大腿压在自己的肚子上，固然是雅量可风，但是严子陵之毅然决然的归隐于富春山，则尤为知趣。朱洪武写信给他的一位朋友说："朱元璋做了皇帝，朱元璋还是朱元璋……"话自管说得漂亮，看看他后来之诛戮功臣，也就不免令人心悸。人的身心构造原是一样的，但是一入宦途，可能发生突变。孔子说："无友不如己者。"我想一来只是指品学而言，二来只是说不要结交比自己坏的，并没有说一定要我们去高攀。友谊需要两造，假如双方都想结交比自己好的，那便永远交不起来。

好像是王尔德说过，"一个男人与一个女人之间是不可能有友谊存在的"。就一般而论，这话是对的，因为男女之间如有深厚的友谊，那友谊容易变质，如果不是心心相印，那又算不得是友谊。过犹不及，那分际是难以把握的。忘年交倒是可能的。祢衡年未二十，孔融年已五十，便相交友，这样的例子史不绝书。但似乎是也以同性为限。并且以我所知，忘年交之形成固有赖于兴趣之相近与互相之器赏，但年长的一方面多少需要保持一点童心，年幼的一方面多少需要点着几分老成。老气横秋则令人望而生畏，轻薄儇佻则人且避之若浼。单身的人容易交朋友，因为他的情感无所寄托，漂泊流离之中最需要一个一倾积愫的对象，可是等到他有红袖添香稚子候门的时候，心境便不同了。

"君子之交淡如水"，因为淡所以才能不腻，才能持久。"与朋友交，久而敬之。"敬也就是保持距离，也就是防止过分的亲昵。不过"狎而敬之"是很难的。最要注意的是，友谊不可透支，总要保留几分。Mark Twain 说："神圣的友谊之情，其性质是如此的甜蜜、稳定、忠实、持久，可以终身不渝，如果不开口向你借钱。"这真是慨乎言之。朋友本有通财之谊，但这是何等微妙的一件事！世上最难忘的事是借出去的钱，一般认为最倒霉的事又莫过于还钱。一牵涉到钱，恩怨便很难清算得清楚，多少成长中的友谊都被这阿堵物所戕害！

规劝乃是朋友中间应有之义，但是谈何容易。名利场中，沆瀣一气，自己都难以明辨是非，哪有余力规劝别人？而在对方则又良药苦口忠言逆耳，谁又愿意让人批他的逆鳞？规劝不可当着第三者的面前行之，以免伤他的颜面，不可在他情绪不宁时行之，以免逢彼之怒。孔子说："忠告而善道之，不可则止。"我总以为劝善规过是友谊之消极的作用。友谊之乐是积极的。只有神仙与野兽才喜欢孤独，人是要朋友的。"假如一个人独自升天，看见宇宙的大观，群星的美丽，他并不能感到快乐，他必要找到一个人向他述说他所见的奇景，他才能快乐。"共享快乐，比共受患难，应该是更正常的友谊中的趣味。

（《梁实秋作品集》，百花洲文艺出版社 2000 年版。略有改动）

文学小课堂

1. 解题

友谊指的是朋友间的真挚情感。《礼记》曰："同门曰朋，同志曰友"。同一个老师门下的称为朋，志趣相投的人称为友。所以"友"才是我们现在所说的"朋友"的概念。古人说的"朋友"，相当于现在"同学"和"朋友"这两个意思的综合。朋友们相聚在一起，研讨学习道德义理。

2. 物以类聚，人以群分，臭味相投，方能永以为好

本文谈论了作者对友谊的认识，可谓深思独到。作者认为友谊是人与人之间的一种良好关系，并认为真正能称得起朋友的很难得，需要长时间的洗练。友谊讲究门当户对，进而说明友谊的产生条件，论述了交友原则，可谓层层深入，富有哲理。

3. 运用纵贯古今、横亘中外的典故与论说阐明自己对于友谊及交友原则的种种看法

第一段论述友谊的重要性并且给朋友下了定义。作者首先指出："朋友居五伦之末，其实朋友是极重要的一伦。"（五伦是指君臣、父子、夫妇、兄弟、朋友）接着给友谊下了定义。第二段讲国家衰落将亡的时代友谊的没落。古时长幼顺序按照伯仲叔季排列，叔季在兄弟中排行最后，所以常用叔季时代比喻末世将乱的时代。《左传》中说："政衰为叔世"，"将亡为季世"。第三段借他人之口指出友谊的标准。第四段写物以类聚，人以群分，主要阐述交朋友也讲究门当户对。第五段作者又大体上陈述了友谊的类型与产生条件。最后一段主要讲朋友之间的规劝。作者在文中引用了孔子的话，进一步说明规劝不可当着第三者的面行之，以免伤及颜面，不可在他情绪不宁时行之，以免逢彼之怒。最后用"友谊之乐是积极的"总结全文。有人说这一段的内容可有可无，但实际上，这一段可以看作对前面一段的补充与充实，从另一个侧面说明保持友谊的长久需要掌握分寸，从而更好地论证了作者的观点。这一部分主要讲的是规劝朋友不容易，必须在规劝之前考虑好，看看自身有没有余力规劝别人。同时他还认为要考虑选择恰当的说话方式、合适的场合和时机去规劝，否则可能达不到预期效果，甚至会影响友谊。

4. 文本释疑探究

（1）刎颈之交。此典故出自《史记·廉颇蔺相如列传》，讲的是战国时赵国宰相蔺相如以国事为重避免了和大将廉颇之间的矛盾。廉颇负荆请罪，两人后来成为刎颈

之交。"卒相与欢，为刎颈之交"。后遂以"刎颈之交"比喻可以同生死、共患难的朋友。

廉颇蔺相如的刎颈之交属于八拜之交之一。除"刎颈之交"外，其余七个分别是俞伯牙和钟子期的"知音之交"、管仲和鲍叔牙的"管鲍之交"、羊角哀和左伯桃的"舍命之交"、陈重和雷义的"胶漆之交"、张劭和范式的"鸡黍之交"、孔融和祢衡的"忘年之交"以及刘备、关羽和张飞的"生死之交"。

知音之交，出自《列子·汤问》。俞伯牙偶遇钟子期，引为知音，后来钟子期去世，俞伯牙在钟子期坟前弹奏一曲《高山流水》，然后破琴绝弦，再也不弹琴了。

管鲍之交，出自《列子·力命》。管仲和鲍叔牙是好朋友，但管仲处处占鲍叔牙的小便宜，人们指责管仲时，鲍叔牙还为管仲说话，管仲慨叹："生我者父母，知我者鲍子也。"

舍命之交，又名"角哀伯桃"，来自"羊左"的典故。春秋时，左伯桃与羊角哀两人结伴去求见楚王，途中遇到了大雪天气，而当时他们穿的衣服都很单薄，带的粮食也不够吃。左伯桃为了成全朋友，把衣服和粮食全部交给了羊角哀，自己则躲进空树中自杀。

胶漆之交，语出《后汉书·独行列传》。陈重和雷义两个饱学之士是好朋友，人品都很好。当地方上举荐其中一人时，这人一定再三拒绝，要把机会让给另一个人，除非两人一起被举荐才肯就职，好像胶和漆一样永不分离。

鸡黍之交，语出《后汉书·独行列传》。张劭和范式是好朋友，张劭生病去世，临死前因为不能再见好朋友一面而感到遗憾。与此同时，范式梦听闻张劭的死讯，快马赶往张劭的家乡，终于在张劭落葬之前赶到，送了好友最后一程。

忘年之交，出自《后汉书·祢衡传》。祢衡二十岁的时候，孔融已经四十岁出头了，但两人互相佩服彼此的学问，不拘岁数和辈分，成为好朋友。

生死之交，最早出自元曲《绉梅香》。刘关张"桃园三结义"，不求同年同月同日生，只愿同年同月同日死，被称为生死之交。

（2）九品中正制，又称九品官人法，是魏晋南北朝时期重要的选官制度，是曹丕采纳尚书令陈群的意见，后来各参与方基本遵从这种不成文规定。曹丕于黄初元年（220）命陈制定的具有法律意义的制度。此制至西晋渐趋完备，南北朝时又有所变化。从曹魏始至隋唐科举的确立，这期间约存在了四百年之久。九品中正制上承两汉察举制，下启隋唐之科举，在中国古代政治制度史上占有十分重要的地位，乃中国封建社会三大选官制度之一，实际是两汉察举制度的一种延续和发展，或者说是察举制的另一种表现形式。

（3）光武帝与严子陵的故事。东汉光武帝刘秀有位同窗好友，姓严，名光，字子陵，浙江人。他曾经积极帮助刘秀起兵。事成后归隐著述，设馆授徒。刘秀即位后，多次延聘严光，但他隐姓埋名，退居富春山。刘秀发迹后，最想念的故旧就是他。后来，刘秀又请严光到宫里去，谈说过去的交往旧事，两人在一起相处好多天，严光睡熟了把脚压在刘秀的肚子上。第二天，太史奏告，有客星冲犯了帝座，很厉害。刘秀笑着说："我的老朋友严子陵与我睡在一起罢了。"后授谏议大夫，严光不肯屈意接受，于是归隐富春山耕读垂钓，后人把他垂钓的地方命名为严陵濑。

（4）朱元璋诛戮功臣。明朝皇帝朱元璋又被人称为乞丐皇帝。他从一个穷到衣不蔽体、食不果腹的平民一路打拼，直到黄袍加身，拼搏了近二十年。前后身份的巨大悬殊使他对失去权力有着异乎寻常的恐惧，所以在打下江山后，为延续明王朝的国祚，朱元璋选择了对身边那些当初同生死、共患难的功臣们痛下杀手。

5. 贯通古今的引经据典，善意调侃中揭露人性，平和雍容中展现智慧

友谊，是古往今来许多文人墨客笔下常见的论题。梁实秋这篇杂文是有感而发。他凭借自己丰富的历史知识和人生体验，在文章里质朴地传达出他对友谊的真实感受和独特见解，同时也隐约透露出他的现实隐忧和孤寂之情。

古人所谓"五伦"，是指君臣、父子、夫妇、兄弟、朋友。作者认为朋友虽然居于五伦之末，但其实是极重要的一伦。文章从"友谊"这个题眼拉开去谈，谈到古今中外的圣人贤哲对交友的注重，谈到古代传说中曾有过"刎颈之交"那样的美谈，而对照现实社会，不禁令人感叹不已，"如有银钱经手的事，你信得过的朋友能有几人？在你蹭蹬失意或疾病患难之中还肯登门拜访乃至雪中送炭的朋友又有几人？你出门在外之际，对于你的妻室弱媳肯加照顾而又不照顾得太多者又有几人？"甚至于"平素投桃报李，莫逆于心，能维持长久于不坠者，又有几人？"几个连续反问句，披露出现实社会中的世态炎凉、人情冷暖。文章欲扬先抑，友谊固然难得，但人生在世，谁都需要朋友的，只不过交友要有界限，大抵物以类聚，人以群分。作者认为真正的友谊应该做到"君子之交淡如水""与朋友交，久而敬之"，只有这样，才能维持友谊地久天长，金石同坚，永不退转。文末作者点明了意旨，"共享快乐，比共受患难，应该是更正常的友谊中的趣味"。作者强调了友谊之乐是积极的，言近旨远，精警不俗。全文抑扬映衬有致，相得益彰。

梁实秋的杂文小品，往往着眼于极平常的人情世态，经由他那富有洞察力的眼光、睿智的头脑与诙谐幽默的机锋所综合熔铸出来的杰作，充满真知灼见。本文中所表现出

来的智慧和胸怀，使我们如见其人，如闻其声。布封说："风格即人。"从这篇杂文中，我们多少也可以窥见作者性格中孤傲独立的一面。

课后小论坛

　　1. 熟读课文，明确文章是从哪几个方面来论述友谊的。

　　2. 在文章中，作者认为什么是友谊？他认为交友的原则又有哪些？

　　3. 请大家精读该文，在文中找出表达作者对"友谊"及如何交友观点的句子进行赏析，并结合自身经历谈谈自己的看法。

　　4. 将培根《论友谊》与梁实秋《谈友谊》进行比较阅读，体味两篇文章的内容及表达方式的异同点。

友谊地久天长

——彭斯《旧日的时光》

阅读小贴士

　　罗伯特·彭斯，苏格兰著名诗人，1759 年出生于苏格兰西南部的一个佃农家庭。他从小家境贫寒，没有受过正规教育，靠独立自学获得多方面的知识。他的父亲曾经承租了大片农地，全家省吃俭用，一家大小都在田里劳动，彭斯成了耕田能手，会驾犁，也会打谷。这种日子一直过到十六岁，因此有人称他为"农夫诗人"。

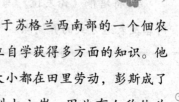

　　彭斯的天才是多方面的，他不仅进行诗歌创作，而且涉及多方面题材，情诗、叙事诗、风景诗等等，都有精品问世。他最优秀的诗歌作品产生于 1785—1790 年之间，收录在他的诗集《主要以苏格兰方言而写的诗》中。这部诗集体现了诗人一反当时英国诗坛普遍认可的新古典主义诗风，更多地从地方生活以及民间文学当中汲取营养，这为诗歌创作带来了新鲜的活力，也形成了他诗歌创作的基本特色。在作品中，彭斯以虔诚的感情歌颂大自然及乡村生活，以入木三分的犀利言辞讽刺教会及日常生活中人们的虚伪。

　　正是这部诗集使彭斯一举成名，被称为"天才的农夫"。后来，他应邀到爱丁堡，出入于上流社会的显贵中间。但彭斯发现自己高傲的天性和激进的思想与上流社会格格不入，于是他又返回故乡务农。

　　在彭斯的家乡欧文镇上有一家由酿酒厂改成的旅店，里面设置有彭斯博物馆。在博物馆内陈列着一幅由中国画家黄永玉画的彭斯像，以及中国书法家黄苗子根据彭斯的《我的心呀在高原》一诗里面的意境所画的水墨画。

　　1791 年，彭斯拥有了一份稳定的工作，在丹佛利担任税务员。这份工作的

收入足以解决全家的温饱问题。每个礼拜，他必须一个人骑马来回奔波 320 公里，在奔波的途中，彭斯情绪高昂，经常激发出他的诗思与灵感，他得以创作出更多更好的作品。但因为经常骑马在雨中寻找灵感，彭斯因劳累过度患了严重的风湿性心脏病。1796 年，彭斯因病离开了人世。

他的一生虽然短暂，留下的诗却数量巨大。当代标准版彭斯全集共收录诗歌 632 首。在这当中，有至少一半是抒情短歌。除此之外，他至少还创作了其他四类作品：

第一类是讽刺诗，数量不少。除《威利长老的祷词》一类外，还有许多即兴小诗，题在墙上、窗上、书页上、假想的墓碑上，往往短短四行即成一首。

第二类是歌咏动物的诗歌，如《挽梅莉》《老农向母马麦琪拜年》《写给小鼠》等。

第三类是诗札。这是彭斯写得最放松的作品，如《致拉布雷克斗》。

第四类是叙事诗，代表作品如《汤姆·奥桑特》。

今天要学习的这首《旧日的时光》是苏格兰民歌。根据彭斯自己的创作自述，这首诗歌是根据一位苏格兰老人的演唱记录整理的。彭斯在诗前加上了这样的评语："创作这样光辉诗篇的天才是受到上帝启示的，这样的天才诗人胸中一定燃烧着烈火，在这首诗里有着民间天才的火焰，即便集六七位近代英国的文人墨客之功力，也无法与之相比。"

罗伯特·彭斯在英国文学史上占有非常重要的地位，他以他的创作灵感和新鲜的活力，复活并丰富了苏格兰民歌；他的诗歌富有音乐性，可以歌唱。彭斯出生的时代，苏格兰民族正面临被异族征服，因此，他的诗歌充满了自由的思想、激进的民主。诗人一直生活在苏格兰农村，熟悉底层人民的困苦，他和贫苦的农民血肉相连，他的诗歌也是为普通农民大众而作。他的许多抒情小诗，像歌颂友谊和怀旧的《往昔的时光》、赞美爱情的《一朵红红的玫瑰》等，都是根据苏格兰民歌改编而成的。这些诗作就像是中国古代的乐府民歌，直率、朴素、真实，且朗朗上口，可歌可咏，它们是罗伯特·彭斯抒情诗中传诵最广的经典之作。今天就让我们一起走进罗伯特·彭斯，走进他的《旧日的时光》。

原典轻松读

旧日的时光

难道就该把老朋友遗忘，
不把他再挂在心上？
难道就该把老朋友遗忘，
还有那旧日的时光？

为了那旧日的时光，老朋友，
为了那旧日的时光，
让我们干一杯友谊之酒，
为了那旧日的时光。

你准会把一大杯喝尽！
我也会把我的喝光！
让我们干一杯友谊之酒，
为了那旧日的时光。

为了采摘美丽的延命菊，
我们俩在山坡游荡；
但我们经历了万里跋涉，
自从那旧日的时光。

从朝阳初升一直到中午，
我们俩漫步溪上；
呼啸的重洋把我们相隔，
自从那旧日的时光。

忠实的朋友，这是我的手，
请给我你那只手掌；
我们干一杯友谊之酒，
为了那旧日的时光。

（《彭斯诗钞》，袁可嘉译，上海译文出版社 1981 年版）

文学小课堂

1. 难忘旧日时光，歌颂友谊地久天长

《旧日的时光》是苏格兰诗人罗伯特·彭斯根据当地父老口传录下的一首民歌。这首诗后来被谱曲后广为流传。除了原文版本外，也被许多国家谱上了当地语言，可以说是一首脍炙人口的世界名曲，几百年来久唱不衰，后来成为电影《魂断蓝桥》的插曲，传遍世界各地，人们喜爱在告别宴会上颂唱此歌。在中国各地普遍译为《友谊地久天长》。"旧日的时光"在每个人心目中各不相同，但都是沉甸甸的人生记忆。难忘旧日时光，其实就是难忘老朋友，难忘友情。

2. 友情恰如一杯陈年的老酒，时间愈久愈散发出浓郁的芳香

第一节，诗人开头用"难道就该"两个问句的形式激起对往日友情的回忆，朋友相逢，互相倾诉家常，刹那间记忆的闸门打开了，思念的潮水倾泻而出，语意略带有些责备的口吻，恰恰说明了和朋友之间感情的深厚和不同寻常。"难道就该把老朋友遗忘，不把他再挂在心上？难道就该把老朋友遗忘，还有那旧日的时光？"

第一节后有四行副歌，这是歌曲的重唱部分。有了副歌部分，恰好与第一节正歌部分形成委婉的问答关系，有力地表达了作者不忘老朋友，不忘过去美好时光的情感。

在诗歌的副歌部分，诗人建议为永存的友谊，为逝去的时光干杯，这使得感情抒发有了特定的现场气氛，感情变得炽烈。"为了那旧日的时光，老朋友，为了那旧日的时光，让我们干一杯友谊之酒，为了那旧日的时光。"

第二节，诗人用"准会"表达出对友情的自信，用老朋友重逢的典型动作"喝尽""喝光"渲染出真诚浓烈的友情。"你准会把一大杯喝尽！我也会把我的喝光！让我们干一杯友谊之酒，为了那旧日的时光。"诗人在这一章节中描绘老朋友重逢的典型动作，"喝尽""喝光"并且紧紧握手，为逝去的时光共同干杯，这使感情抒发有了特定的现场气氛，感情变得浓烈。发展友谊，不忘过去的美好时光，突出了真诚的友谊，让人为之陶醉，既照应了开头，又深化了主题。

第三节和第四节，诗人满怀着深情回忆了与童年时代的朋友共同度过的欢乐时光。"为了采摘美丽的延命菊，我们俩在山坡游荡；但我们经历了万里跋涉，自从那旧日的时光。从朝阳初升一直到中午，我们俩漫步溪上；呼啸的重洋把我们相隔，自从那旧日的时光。"作者在这首诗歌中选取了两个活动的场景和意象，一是"山坡游荡"，一是"漫步溪上"。作者难忘的是和朋友度过的欢乐时光，那时，他们曾经漫山遍野地奔跑，

采摘美丽芬芳的野花；那时，他们曾经漫步溪上，在晨曦和落日中欢歌笑语。这些回忆都是让人感到欢快愉悦、温馨甜蜜的。

可欢乐的时光总是短暂的，为了生计，他们被迫四处闯荡，历经沧桑。由此我们油然而生人生的苍凉感，顿感生活的坎坷。

"万里跋涉"，不仅点出了他们分别之后，相隔之远，也点出了各自经历的坎坷和波折，愈发显得相聚之难；呼啸因为具有了声音的质感，显出要跨越重洋的难度，目的就是突显相聚之难。

第五节，诗人又回到开头歌唱友谊的气氛中。"忠实的朋友，这是我的手，请给我你那只手掌；我们干一杯友谊之酒，为了那旧日的时光。"

诗歌运用了民歌中常用的"重章复唱"的手法，感情不断深化，从而达到了很强烈的抒情效果。

3. 情感与岁月的完美融合

（1）情感真挚，特色鲜明。这首淳朴的诗歌歌颂了美好真挚的友情，歌颂了朋友之间地久天长的友谊，揭示出友情的弥足珍贵和美好永恒。诗歌具有浓郁的民歌风味，节奏明快，一气呵成。从诗题来看，每个人的"旧日的时光"虽然各不相同，但都是沉甸甸的人生记忆。在这首诗里难忘的"旧日时光"就是难忘老朋友，难忘友情。诗人建议朋友们为永存的友谊，为逝去的时光，高高地举起酒杯。通过老朋友重逢的典型动作，"喝尽""喝光"使得感情的抒发有了特定的现场气氛，把真诚浓烈的友情渲染出来。

（2）意象简洁，内涵丰富。这首诗歌没有丰富的意象，但作者正是通过这简洁的意象传达出较为丰富的内涵。如诗歌第三节中出现的"美丽的延命菊""呼啸的重洋"。诗人满怀深情地回忆了和童年时代的朋友们共同度过的欢乐时光。他们曾经满山遍野地奔跑，采摘美丽芬芳的野花；他们曾经漫步溪上，在晨曦和落日中笑语欢歌。然而，童年时光稍纵即逝，接着便是天各一方。而汹涌的大海则横亘在朋友之间，使他们不能经常相见。读到这里，我们自然会生发出一种人生的苍凉感，生活的无奈感和曲折感。虽然"万里跋涉"，"呼啸的重洋把我们相隔"，但是时空的阻隔并没有使友情黯淡褪色。

（3）重章复唱的手法，回环往复的结构。诗人运用民歌中常用的"重章复唱"的手法，把诗人所要表达的感情不断深化，加强了抒情效果，读来余音袅袅，令人回味无穷。全诗共五节。第一节后的"副歌"，是歌曲的重唱部分。此诗被谱成曲后，每唱一段后都要重唱这四行"副歌"。

课后小论坛

1. "旧日的时光"在诗中的含义是什么?

2. 这首诗歌选取了哪些意象来表现旧日的时光? 这些意象有什么特点?

3. 这首诗歌在语言的运用上有哪些值得你学习的地方? 试试谈谈你的看法。

4. 整首诗揭示了友情怎样的内涵?

第六篇

AIQING PIAN

爱情篇

　　爱情是一个永恒的话题。体验爱情就是体验生命，经历爱情就是经历人生，我们粗糙的生命因为有了爱情这首歌而变得温婉缠绵，我们平凡的人生因为有了爱情而变得尊贵、醒目。

　　曾经看到过这样几句话，颇有几分道理：

　　1. 人总要在磕磕绊绊中才能学会成长，遇到错的人是想让你在遇到对的人的时候，心怀感激并懂得如何去爱。

　　2. 感情不应该是一个人的独白，如果他一直不入戏，你又何必再为他苦唱情歌。

　　3. 只有当自己变得更好时，才有了选择的权利，成为对的人才能让等待变得更有价值。

　　4. 陪伴是最长情的告白。

　　5. 最美好的告白是：你的过去，我不介意，但你的未来，我愿意参与。

　　6. 两个人在一起久了，性格便会逐渐互补，爱得多的那个人脾气会变得越来越好，越来越迁就你，因为他什么都不介意，什么都能原谅，这不是天生的好脾气，只是不想失去你。

　　最灿烂的时候是爱情花开的季节，最温柔的季节是爱情降临的时刻，最幸福的时刻是爱情真实地来过。

　　于是，我们愿意低头吟唱；于是，我们愿意徘徊不定，都只为，爱情这首歌，永远唱不完。

　　生命可以有尽时，爱情绵绵无绝期。

落花人独立，微雨燕双飞

——晏几道《临江仙·梦后楼台高锁》

阅读小贴士

晏几道（1030—1106），字叔原，号小山，抚州临川（今江西）人，是晏殊第七子。曾任太常寺太祝，是北宋后期典型的婉约派词人。他的主要词作为《小山词》，《全宋词》收录其词 260 首。他的词作受五代艳词影响而又兼"花间"之长，多抒写人生失意之苦，吟咏男女悲欢离合、离愁别恨之情。从词风上看，他的词大多写得细腻含蓄、幽婉动人。早年，他过的是珠围翠绕、锦衣玉食的生活，后来历经政治失意、生活坎坷，境遇一落千丈；晚年时穷困潦倒，衣食难以自给。由于生活上的巨变，再加上他本人性格上的天真耿介，所以他的词作大多描写由富变衰后的抑郁或失恋诀别后的悲哀。

因此，他的词的主要特点是缅怀往事，抒写哀愁，笔调饱含感伤，伤情深沉真挚，情景融合，"能动摇人心"。虽反映生活面窄，而艺术境界较高。一言以蔽之，冯煦谓《小山词》"淡语皆有味，浅语皆有致"。宋人黄鲁直认为"叔原乐府寓诗人句法，精壮顿挫，能动摇人心"①，在艺术上有很多地方值得我们借鉴。

晏几道和其父晏殊人生遭际迥异，词作风格不同：晏殊官至宰相，志得意满，多抒"风流蕴藉的闲愁"（南宋科学家、文学家、音乐家王灼语），词风雍容典雅；晏几道官小位卑，贫苦落魄，抒写"古之伤心人"（清末词人冯煦语），词风哀愁凄楚。

---

① 宋人黄鲁直，即黄庭坚，鲁直是他的字。黄庭坚是晏几道的密友，曾为晏几道《小山词》写序。

　　但不管是经略天下还是醉卧花丛，最终能让他俩青史留名并获得人生价值的都是诗词。

　　在这首《临江仙》中，词人写出了与恋人别后故地重游，引起对恋人的无限怀念，抒发对歌女小苹的挚爱之情。晏几道结识歌女小苹之后，两人成为知己。后来传闻小苹卖身葬父，沦落为妓，不知身在何处。听了这个消息，晏几道悲愤难忍，泪湿衣衫，写下了流传至今的《临江仙》，追忆小苹。这是被公认为晏几道最著名的一首词，也被认为是他用情最深、隐之最秘的一首情歌，是为他最魂牵梦绕的一位歌女而写。也许，正是这位晏几道珍爱得都舍不得说出名字的歌女，让他战胜了人生的苦难，并使那些苦难具有了特别的意义。

　　而经由这些在"鲜花明月间"吟诵的人间情爱，也将他家道中落积累的丧气、失败人生放大的绝望彻底消解了。

 **原典轻松读**

临江仙[1]

　　梦后楼台高锁，酒醒帘幕低垂。[2]去年春恨[3]却来[4]时。落花人独立，微雨燕双飞。[5]

　　记得小苹[6]初见，两重心字罗衣[7]。琵琶弦上说相思。当时明月在，曾照彩云[8]归。

（唐圭璋编：《全宋词》，中华书局1965年版）

注释：

　　[1] 临江仙：双调小令，唐教坊曲名，后用为词牌。《乐章集》入"仙吕调"，《张子野词》入"高平调"。五十八字，上下片各三平韵。约有三格，第三格增二字。柳永演为慢曲，九十三字，前片五平韵，后片六平韵。

[2]"梦后"两句：眼前实景，"梦后""酒醒"互文，犹晏殊《踏莎行·小径红稀》所云"一场秋梦酒醒时"；"楼台高锁"，从外面看，"帘幕低垂"，就里面说，也只是一个地方的互文，表示春来意兴非常阑珊。

[3]恨：恼人的情思。

[4]却来：又来，再来。

[5]"落花"二句：以双燕反衬人的孤独。出自五代翁宏《宫词》，又名《春残》。"又是春残也，如何出翠帷。落花人独立，微雨燕双飞。寓目魂将断，经年梦亦非。那堪向秋夕，萧飒暮蝉辉。"

[6]小苹：作者友人家歌女名。

[7]心字罗衣：未详。杨慎《词品》卷二："心字罗衣则谓心字香薰之尔，或谓女人衣曲领如心字。"这种说法未必准确，疑指衣上的花纹。心"当是篆体，故可作为图案"。两重心字暗含"心心相印"之义。

[8]彩云：比喻美人，这里指小苹。李白《宫中行乐词》："只愁歌舞散，化作彩云飞。"

译文：

梦醒时觉得人去楼空为孤寂困锁，酒醉醒来但见门帘低低下垂。去年春天离别的愁恨滋生恰巧又在此时。她想起凋残的百花中独自凝立，霏霏细雨里燕子双双翱飞。

记得与歌女小苹初次相见，她穿着两重心字香薰过的罗衣。通过琵琶的弹奏诉说出自己的相思。当初相见时的明月如今犹在，它曾照着像彩云一样的小苹回归。

 **文学小课堂** ❋◦◦◦❋◦◦◦❋◦◦◦❋◦◦◦❋◦◦◦❋

1. 一曲相思了无痕

据晏几道在《小山词·自跋》里说："沈廉叔，陈君宠家有莲、鸿、苹、云几个歌女。"晏每填一词就交给她们演唱，晏与陈、沈"持酒听之，为一笑乐"。晏几道写的词就是通过两家"歌儿酒使，俱流传人间"，可见晏跟这些歌女结下了不解之缘。他的《破阵子·柳下笙歌庭院》有"记得青楼当日事，写向红窗夜月前，凭伊寄小莲"之句，写的就是歌女小莲。他在《小山词》自序中说："追惟往昔过从饮酒之人，或垄木已长，或病不偶。考其篇中所记悲欢合离之事，如幻如电，如昨梦前尘，但能掩卷抚然，感光阴之易迁，叹境缘之无实也。"

　　这首《临江仙·梦后楼台高锁》表达的是作者对歌女小苹的怀念。"梦"是晏几道词中出现频率极高的词,所以有研究者说晏几道是沉醉在睡梦中的词人。他以"梦"写尽相思中的种种婉曲深刻的情感体验,以执着的深情打动人心。上片写今日的相思,以梦后酒醒的冷落,突现人物心境的空寂。下片追忆昔日的相见。以一见倾心的欢愉,映衬出欢情易逝的悲凉。

　　2. "父子词人"晏殊、晏几道——雍容华贵与清婉深情的别样风采

　　"二晏"是北宋时期著名的词人晏殊和其子晏几道二人的合称。晏殊、晏几道是北宋临川人,在我国当时的词坛上享有盛名,所以称之为"临川二晏"。晏殊是北宋初期大量创作令词的第一人,被称为"倚声家初祖";晏几道是北宋小令创作的最后一人,是小令创作的集大成者。他们的词以闺情和抒怀为主,上承五代余绪,下开宋词新声,是花间代言体词向文人士大夫抒情词过渡的桥梁和纽带。

　　近人及今人渐渐从比较的角度来谈论二晏词作,如况周颐《蕙风词话》云:"《小山词》从《珠玉》出,而成就不同,体貌各具。以《珠玉》比花中之牡丹,《小山》其文杏乎。"叶嘉莹认为"就风格而言,晏殊词是温润而疏朗,晏几道词则是秀丽而绵密;再就意境言之,则晏殊词往往表现有一种理性的反省和思致,而晏几道词所有的,则常只是一种情绪的伤感和怀思"。薛砺若也认为"叔原的词,比较更觉风流妩媚些,更轻柔自然些"。

　　二晏虽然在创作风格上同属"婉约",有相似之处,但是他们仍各有特色。两人词风不同之一突出体现在题材的选择上。晏殊侧重写富贵悠游的生活中因伤春悲秋而感受到的惆怅和伤感,而晏几道侧重写个人坎坷的经历。这当然是由两人不同的生活经历所决定的。晏殊一生仕途顺利通达,位高爵显,生活优裕,因此他的词也主要是反映在这种富贵闲适的生活所产生的某种情绪和感触,概括起来就是流年之叹、迟暮之悲、离别之伤。和他父亲相比,晏几道的人生经历可谓坎坷曲折。他虽然出身富贵之家,但因晏殊去世而家道中落。后又受到郑侠案的影响,牵连入狱,虽然最后不至获罪,但是经此事之后,家里已经一贫如洗了。一生只做过颍昌府许田镇监、乾宁军通判、开封府判官等小官,有时候还要靠朋友接济才能生活。然而晏几道偏偏生性狷傲,高洁自守,不依权贵,甚至连大才子苏轼想见他一面,他都回避。现实社会的无情残酷使他只能转向寻求精神与情感需求的满足。晏几道性格执拗,特立独行,对爱情却异常执着,可以说是一个"情痴"。他曾在友人沈廉叔和陈君龙家结识了四位歌女,分别是莲、鸿、苹、云。只可惜伴随着好友的相继离世,这些歌女也都柳絮飘萍,浮沉随波了。由于和喜欢的歌女再无相见之缘,晏几道常常在词作中温习与这几位歌女之间的故事,表达对四位

红颜知己的别离的凄清和身世的叹惋。

二晏词风不同的表现之二在情感的表达上。晏殊在词作中流露出的感情如春风化雨般温润，而晏几道词作情感如同疾风劲草似的浓烈，也即对比来看，晏殊感情内敛含蓄，而晏几道用情热烈张扬。如晏殊的《清平乐》中写道："斜阳独倚西楼，遥山恰对帘钩，人面不知何处，绿波依旧东流。"这首词所描写的是一种淡淡的离愁。词人没有向我们描述情景与细节，但我们大致可以推断出这应该是一对情侣正处在恼人的离别中，因此借"红笺"来诉说相思之苦。主人公遥望斜阳，看绿水东流，不由想起自己的心上人，不知他此时身在何处，于是感到淡淡的哀愁与惆怅。这是一种"吹面不寒杨柳风"般的温情脉脉，表达了一份无可奈何的情绪和些许敏感而旷达的惆怅，表现出一种从容不迫、雅致含蓄的倾向。晏殊的词中很少出现激烈的字眼，而总是在努力营造一种抒情中带有雅思的意境。而晏几道的词，如今天所学的这首《临江仙》用语热切，情感执着，字字关情。词的上阕"去年春恨却来时"可说是词的一种时间线索，它表达了词人处于迷惘和痛苦中，究其原因是他和小苹有过一段幸福甜蜜的爱情。其余梦后、酒醒、人独立、燕双飞等四句看上去就像是四个独立的镜头，每个镜头下都昭示着词人内心的苦痛，可谓句句景中含情。词的下阕写词人的回忆。词人想到是小苹两重心字的罗衣和曾照彩云归的地方，以及尽诉相思之情的琵琶声。可以说是字字情中寓景，整首词作结构严谨，情景交融，用情真挚，称得上是我国古典诗词中的珍品。

二晏词风差异的表现之三，反映在词的结构布局上。晏殊词的结构给人的感觉是平直单一，情感舒缓，晏几道的词在结构上是层层堆叠，百转千回，词的层次感和动态感呼之欲出。先看晏殊，以前面所提到的那首《清平乐·红笺小字》为例，词中的景象有红笺、斜阳、远山、帘钩、绿水，这一系列看似相对静止的景物中，构成了一幅表面上平静、舒缓，深层里蕴含着感情浪涛的图卷。作者的思想感情始终在一个水平线上微微波动，造成一个静谧的世界。这一切都是那么镇定从容，带给我们一种浑厚的、宁静的美感。而晏几道的词以本首《临江仙·梦后楼台高锁》为例，短短的五十余字中竟然构成了四层转折：第一层，梦中寻人寻不得；第二层，醉酒醒后更惆怅；第三层，追忆初见佳人时；第四层，倚弦而歌说相思。这一连串的动作，如同山路十八弯一般充满了跌宕曲折，体现了词人思念情人的急切、烦闷心情。所以说晏几道词作的结构回旋往复，难怪黄庭坚说"清壮顿挫，能动摇人心"。

近人夏敬观说："晏氏父子，嗣响南唐二主，才力相敌，盖不特词胜，尤有过人之情。叔原以贵人暮子，落拓一生，华屋山邱，身亲经历，哀丝豪竹，寓其微痛纤悲，宜其造诣又过于父。"此评极为允当。

3. 句句景中有情，字字情中有景

《临江仙·梦后楼台高锁》这首词根据意思大致可分为四层。

上片开头两句为第一层。首先用两个六言对仗——"梦后楼台高锁，酒醒帘幕低垂"——给人一种如梦如幻的感觉，词人在这里用了两个不同的场景表达了对小蘋的思念之情。"梦后""酒醒"二句互文，写"眼前实景"。作者经过甜蜜的梦境之后，含恨望着高楼，门是锁着的，自己的意中人并没有在楼上。他一觉醒来看见小蘋以前居住的楼阁，帘幕低垂，人已远去。仅十二个字，词人的心境和环境已跃然纸上。高楼户牖紧闭，帘幕垂吊低沉，烘托出词人寂寞伤感之情和内心的孤独，引发对昔日离别的回忆，同时点出了居处的冷落凄清，情景交融，写出了作者的"春恨"所在。词人独处一室，在寂静的阑夜，更感到格外的空虚与孤独。这里的"梦"字，一语双关，既可能是真有所梦，重梦到当年听歌笑乐的情境，也可泛指悲欢离合的感慨。

第二层是"去年春恨却来时，落花人独立，微雨燕双飞"三句。"去年"二字承前启后，说明两人相恋已久，有着刻骨铭心的爱恋。同时这又与下文的"记得""当时""曾照"互相呼应。"却来"，又来，再来。把这些关键词串起来，整首词的叙述就浑然天成了。从中可以看出词人独具匠心的遣词之妙。"去年春恨却来时"，点明通过追忆说明上句中"高锁"和"低垂"的原因。"落花"暗含伤春之感，"微雨燕双飞"寄寓与爱人的缱绻之情。这里的"双飞"和"独立"对应，引起了人绵长的春恨，以至梦后酒醒时追忆之下，仍觉惆怅不已。

这里的"落花人独立，微雨燕双飞"，引自五代翁宏《春残》："又是春残也，如何出翠微？落花人独立，微雨燕双飞。"晏几道直接引用原句，浑然天成，比原诗更有韵味。"落花"和"微雨"原是非常清透空灵的景色，但用在此处，却有芳春尽过，美好的事物即将消逝之意。落花、微雨渲染着离情的缠绵。本来去年的离愁别恨早已涌上心头，而落花和微雨，又渲染出一种强烈的愁思情境。再加上"人独立"和"燕双飞"的鲜明对比，确实使人痛苦万分，也反衬着独立之人的惆怅难堪。落花送春，微雨织愁，人独立，燕双飞，相比之下，孤寂难耐的凄凉，又给人一种迷离朦胧之美，是历来传诵的名句。

落花是诗词中经常用到的意象，比如"泪眼问花花不语，乱红飞过秋千去"（欧阳修《蝶恋花》）、"林花谢了春红，太匆匆"（李煜《相见欢》）、"流水落花春去也，天上人间"（李煜《浪淘沙令》）、"昨夜闲潭梦落花，可怜春半不还家"（张若虚《春江花月夜》）。

以上三句，让人从梦境的追忆又回到残酷的现实，既是对眼前景象的摹状，也是人物凄凉心境的写照。

以上是上片的内容，可以用词中的两个字来概括，就是"春恨"。"春恨"就是因春天的逝去而生出的惋惜和怨怼。

本词的第三层又以两个六言句式开头："记得小苹初见，两重心字罗衣。""记得"二字显示出来那是比"去年"更加遥远的记忆，是词人"梦"中的痛苦回忆，也是词人产生"春恨"的缘由。小苹是一歌女的名字。晏几道《小山词跋》："适时沈十二廉叔，陈十君宠家有莲、鸿、苹、云，品清讴娱客，每得一解，即以草授诸儿，吾三人持酒听之，为一笑乐。"其中的苹即本词中词人所挂念的小苹。"初见"两个字，用意深厚。"两重心字罗衣"，指的是绣有"心"字图案的罗衣。"两重心字"两个"心"字重叠，暗含两人心心相印之意。第一次见面时，小苹穿的服饰依然记得，说明小苹人美情深，令词人永久难忘。这里词人有意借用小苹穿的"心字罗衣"渲染他和小苹之间彼此倾心相爱的情谊，让人为之陶醉。

最后三句为本词的第四层。"琵琶弦上说相思，当时明月在，曾照彩云归。"在皓月当空，彩云映霞的地方，似乎还留有小苹归去时，依依惜别的身影。"琵琶弦上说相思"，借助琵琶来传达情思，衬托无尽的思念，写得缠绵悱恻。这几句也是化用典故，出自白居易的《琵琶行》："低眉信手续续弹，说尽心中无限事。"以及李白的《宫中行乐词》八首之一："只愁歌舞散，化作彩云飞。""当时明月在，曾照彩云归"，这两句既描摹了词人而今望月产生的相思之痛，又有词人对往昔悲欢离合的痛苦回忆。这明月在今夜既映照着自己怀念故人的哀伤，也曾经照见了自己与小苹的相聚之欢、离别之苦，这就使得像彩云一样的小苹在读者脑海里更加妩媚多姿。结尾的这两句词因明月起兴感怀，和首句"梦后"相呼应。今夜之明月，如同当时之明月，可是，如今物是人非，人去楼空了。"梦后"又"酒醒"，"明月"依然，"彩云"安在？在无边的空寂之中，词人仍旧是苦苦追寻，让我们感受到"人间自是有情痴，此情不关风与月"。

整首词含蓄真挚，字字关情。每句都渲染着作者内心的痛苦，句句景中有情。

4. 人间自是有情痴，语淡意深诉衷情

黄庭坚曾在《〈小山词〉序》中列举出晏几道的"生平四大痴绝处"——"仕宦连塞（jiǎn），而不能一傍贵人之门，是一痴也；论文自有体，不肯作一新进士语，此又一痴也；费资千百万，家人寒饥，而面有孺子之色，此又一痴也；人百负之而不恨，己信人，终不疑其欺己，此又一痴也"。看似是贬，实则是褒，更主要的是突出了晏几道性格的特点——痴，即痴情。一部《小山词》，把词人晏几道的痴意纯情演绎得淋漓尽致。《小山词》最突出的特点可简约概括为真挚、深婉、执着。具体表现可展开论述如下：

（1）至纯至真的品性和痴情不移的特征。

痴真是晏几道的性格特点，这种特点几乎贯穿了他的全部词作。晏几道的词充满了忧伤和痴情，冯煦说他是"古之伤心人"，黄庭坚说晏几道词"清壮顿挫，能动摇人心"，这和其父晏殊词中体现的淡淡哀愁和强于人理完全不同。

鲁迅先生曾指出："有至情之人，才能有至情之文。"《小山词》中的许多至情形象其实就是至情晏几道的真实写照，《小山词》的纯情中，自然是有"痴"的因素在起作用。在晏几道笔下，无论追忆往事，还是感伤离别，都充溢着强烈的情感，这种充沛的情感被渲染得十分浓烈，近痴带狂，超越理性，因此被人称为"鬼语"。

（2）抒情的"向内转化"与个人化表达。

抒情小词到了晏几道这里，已明显地由晚唐五代不具个性的艳歌转为抒写一己之情的词篇。总体上来看，晏几道这类词作已脱离了歌舞欢场上逢场作戏的性质，就更带有个性化的表达，而不是《花间集》的没有个性的绮艳词了。晏几道的这些带有专指的个性化抒情词已从其他绮艳词中跳脱出来，向注重内心转，向用情深处转，不纠结于艳事本身，而是更着重于男女情爱中心灵的共鸣与感应，他着力挖掘和表现的是自我的情绪，是更细、更深、更微妙的情感的底蕴。

（3）语言细腻温婉、情感跌宕曲折。

晏几道的词温婉清新，优美含蓄。冯煦《宋六十一家词选·例言》说他的词"淡语皆有味，浅语皆有致"。此外，他用情之深，感情表达浓烈。例如对"拼"这个字的运用就很有特点。在《丑奴儿》中有"佳人别后音尘悄，瘦尽难拼"，在《风入松》中有"就中懊恼难拼处"，在《浣溪沙》中有"才听便拼衣袖湿"。这些词句用"拼"，或是为了情感表达的无法抑制，或是表达词人为情不惜一切的决心，或是表达词人情感的绝难割舍。所以一个"拼"字，成了《小山词》极致情感表达的一个非常形象的字眼，也是晏几道苦恋情结的生动写照。词人的用情之深、为卿痴狂的心态和情态在一"拼"字中栩栩如生，形象可感。除了"拼"字，诸如"限""乱""破""恼""醉"等很多带有强烈感情色彩的字眼，在词人笔下出现的频率也不在少数。

以梦写情，也是词人言情跌宕曲折的重要表现形式。晏几道擅长以梦写情。一部《小山词》，"梦"字随处可见。据统计显示，词集中有57首都写了梦境，占据全部词作的四分之一。梦境是词人抒写情感的强有力的表达方式。不管是以梦来追忆前尘往事，还是借以表达人生如梦，也无论以梦来抒写怀人相思之情，抑或是将现实中难以实现之愿望以梦托之，不外乎都是一种郁结之下的情感宣泄方式。

综上所述，擅长写"情"的"痴情"词人晏几道，以其至纯至真的品性和温婉、真挚、沉郁的抒情风格赋予了《小山词》纯情特色和语淡情深的艺术魅力。

课后小论坛

1. 诗词的开头两句"梦后楼台高锁，酒醒帘幕低垂"运用了什么修辞手法？表达了作者什么样的思想感情？

2. "落花人独立，微雨燕双飞"是历来为人们所传诵的名句。这两句词为我们描绘了一幅怎样的画面？

3. 通读全词，试着找出词中表示时间的词汇和表现全词感情基调的词语，并说明表达了作者怎样的深情。

情不知所起，一往而深

——汤显祖《牡丹亭·游园》

阅读小贴士

汤显祖（1550—1616），江西临川人，字义仍，号海若、若士、清远道人，明代戏曲作家、文学家，被称为"东方的莎士比亚"。

汤显祖出身书香门第，早有才名，12岁时，他已经展露才华。明代社会科举考试成了上层统治集团营私舞弊的幕后交易，而不是以才学论人。万历五年（1577）、八年（1580）两次会试，首辅张居正安排自己的儿子取中进士，为掩人耳目，他笼络了一批有真才实学的人作陪衬，其中就有汤显祖。但是汤显祖憎恶这种腐败的风气，两次都严词拒绝了。结果在张居正当权时期，他一直落第。但汤显祖以高尚的人格和洁白的操守，得到人们的称赞。

汤显祖十分钦佩被封建卫道士们视为洪水猛兽的进步思想家李贽，他读李贽的《焚书》，盛赞李贽的思想，并成为李贽思想的崇拜者。他追求个性解放，提出"情有者理必无，理有者情必无"的以情反理的进步主张。在戏剧创作上，他讲究"意趣神色"，不拘泥于按字模声的创作主张；强调作品中应把思想、情趣、个性、文采四者合而言之，即在作品中体现出的思想性，艺术性。

作为一位文学大师，汤显祖有着多方面的成就，其中以戏曲创作为最。他的戏剧代表作品《还魂记》《紫钗记》《南柯记》《邯郸记》合称"临川四梦"，其中《还魂记》（即《牡丹亭》）是他的代表作。汤显祖曾说"一生四梦，得意处惟在牡丹"。这些剧作不但为中国人民所喜爱，而且已传播到英、日、德、俄等很多国家，被视为世界戏剧艺术的珍品。同时，在戏剧创作理论方面，汤显祖的专著《宜黄县戏神清源师庙记》也是中国戏曲史上论述戏剧表演的一篇重要文献，

对我国导演学的发展起了拓荒开路的作用。他还是一位杰出的诗人，著有《玉茗堂全集》四卷、《问棘邮草》两卷以及《红泉逸草》一卷。

《牡丹亭》是汤显祖的代表作，共五十五出。这个故事离奇曲折，同时又充满了浪漫色彩。故事讲的是南安郡太守杜宝之女杜丽娘，从小被禁锢在闺楼，未曾外出。因读《诗经·关雎》受到启发而伤春、思春，惹动了情思。一天，杜丽娘与丫鬟春香偷偷游览杜府的后花园，为花园的妩媚春色所陶醉。回来后在梦境中，和青年书生柳梦梅幽会，从此相思成伤，竟因苦闷郁郁而终。三年后，书生柳梦梅临安赴考，途经南安，借宿于当时的后花园，得见丽娘画像，思慕画中人，使得丽娘灵魂重现。第二日，柳梦梅掘墓，丽娘得以还魂。后虽历经杜宝多次阻挠，但有情人终成眷属。

《牡丹亭》艺术上的最大特色是具有强大的浪漫主义色彩。贯穿整部作品的是杜丽娘对理想的强烈追求。在故事情节中，作品首先通过"梦而死""死而生"的幻想情节表现了青年男女对自由的爱情生活的理想追求和残酷的现实之间的矛盾。这既是浪漫主义理想化的虚构，同时也是对现实生活的升华。杜丽娘所追求的理想在当时的现实环境里几乎是不可能实现的，可是在作者巧妙的构思下，亦真亦幻地突破了现实生活的限制，借助超现实的想象，实现了她梦寐以求的爱情愿望。其次采取抒情诗的手法，倾泻出人物的内心感情。

 原典轻松读

游 园

第一曲【绕池游】

〔旦〕梦回[1]莺啭，乱煞[2]年光[3]遍。人立小庭深院。

〔贴〕炷尽沉烟，抛残绣线，恁今春关情似去年？[4]

〔旦〕"晓来望断梅关，宿妆残。

〔贴〕你侧着宜春髻子恰凭阑。

〔旦〕翦不断，理还乱，闷无端。

〔贴〕已分付催花莺燕借春看。"

〔旦〕春香，可曾叫人扫除花径？

〔贴〕分付了。

〔旦〕取镜台衣服来。

〔贴取镜台衣服上〕"云髻罢梳还对镜，罗衣欲换更添香。"镜台衣服在此。

注释：

[1] 梦回：梦中醒来。

[2] 乱煞：缭乱。

[3] 年光：春光。两句意谓：春天的莺声惊醒迷梦，到处是缭乱人心的春光。

[4] 恁（nèn）：怎么。似：胜似，过。三句意谓：时光在沉香燃尽中流逝，把没做完的刺绣活丢在一边，怎么今年春光触动自己的情感胜似去年呢？

第一曲唱词唱出了少女内心的苦闷和彷徨。整体看这是首思春曲。妙龄少女从小被禁锢在小庭深院，每天不是百无聊赖的昏昏沉沉，就是抛残绣线作无聊的女红。黄莺的歌声唤醒了少女内心深处的春梦。少女开始憧憬美好的理想中的爱情生活。

第二曲【步步娇】

〔旦〕袅晴丝[1]吹来闲庭院，摇漾春如线。停半晌、整花钿[2]。没揣[3]菱花[4]，偷人半面，迤逗[5]的彩云[6]偏。

〔行介〕步香闺怎便把全身现！

〔贴〕今日穿插的好。

注释：

[1] 晴丝："晴"与"情"、"丝"与"思"谐音，所以"晴丝"语意双关。它既指晴空里的游丝，又指女主人公心中缠绵飘忽的情丝。

[2] 花钿：花钿是古代的一种装饰品，古代女性将金、银等制作成花的样子并贴在脸上，让自己看起来更加漂亮。

[3] 没揣（méi chuǎi）：没料到，意料之外。

[4] 菱花：指镜子。没揣菱花指不经意间照了一下镜子。

[5] 迤逗（yǐ dòu）：原指挑逗、勾引，借指害羞。

[6] 彩云：美丽的发型、发式。

第二曲写少女开始注意到摇漾的春光，同时也涌起她心中的春光。这是一支迎春曲，展示了少女对春光的向往，同时少女也开始了自我醒悟和自我欣赏。少女爱情的心扉一瞬间就被那些随着春风摇漾而来的细长柔韧的游丝叩开了。她开始整理仪容，羞羞答答地打扮和欣赏自己，暗自感慨自己整天待在闺房中没法把自己娇美的身姿展现给人看。

第三曲【醉扶归】

〔旦〕你道翠生生出落的裙衫儿茜[1]，艳晶晶花簪八宝填[2]，可知我常一生儿爱好是天然[3]。恰三春好处无人见[4]。不堤防[5]沉鱼落雁[6]鸟惊喧，则怕的羞花闭月花愁颤[7]。

〔贴〕早茶时了，请行。

〔行介〕你看："画廊金粉半零星[8]，池馆苍苔一片青。踏草怕泥[9]新绣袜，惜花疼煞小金铃[10]。"

〔旦〕不到园林，怎知春色如许！

注释：

[1] 翠生生：形容色彩非常鲜艳。出落的：显得。茜（qiàn）：红色。

[2] 艳晶晶：光彩夺目的样子。花簪：镶嵌着各种珍宝的头簪。八宝：各种珍宝。填：镶嵌。

[3] 爱好（hào）：爱美。天然：天性如此，天性使然。

[4] 恰：正是。三春：旧称阴历正月为孟春，二月为仲春，三月为季春，合称三春，即春季。

[5] 不堤防：没防备，没想到。堤防：提防。

[6] 沉鱼落雁：鱼见了沉入水底，雁见了不敢再飞，形容女子非常美丽。下句中的羞花闭月也是形容女子美丽。

[7] 则怕：只怕。花愁颤：使花都愁得发抖，表示花自认不如人美的意思。

[8] 金粉：油漆用的铜粉。零星：脱落。

[9] 泥：沾泥，玷污。

[10] 惜花疼煞小金铃：这句说因为喜爱花，就连系在花枝上用来驱散害鸟的小金铃也非常爱惜，生怕它被人拉痛了。唐玄宗时，宁王每到春季，便在红丝绳上挂满金

铃，系在花梢上，有鸟雀飞来时，就令小吏拉动丝绳，把鸟雀吓跑。

第三曲写杜丽娘梳妆完毕，在春香的夸赞下，她顾影自怜、顾盼生姿的神态。杜丽娘打量自己，感受自己穿着艳丽的绛红色的裙衫，戴着光彩夺目的宝石和花簪的娇美身姿，升腾起对美和青春的憧憬。

第四曲【皂罗袍】

〔旦〕原来姹紫嫣红[1]开遍，似这般都付与断井颓垣[2]。良辰美景奈何天，赏心乐事谁家院[3]！恁般[4]景致，我老爷和奶奶[5]再不提起。

〔合〕朝飞暮卷，云霞翠轩[6]；雨丝风片[7]，烟波画船[8]——锦屏人忒看的这韶光贱[9]！

〔贴〕是[10]花都放了，那牡丹还早。

注释：

[1] 姹紫嫣红：指各种颜色娇艳的花。

[2] 断井颓垣：指衰败、破旧、冷清的院落。断：残破。井：天井，院落。颓：倾倒。垣：墙。

[3] 奈何天：无可奈何的、没有办法留住的时光。谁家院：哪家院落。

[4] 恁般：如此，这样。

[5] 老爷和奶奶：指杜丽娘的父亲和母亲。

[6] 朝飞暮卷：唐代王勃《滕王阁诗》中有"画栋朝飞南浦云，珠帘暮卷西山雨"之句。云霞翠轩：说明上句的"朝飞暮卷"，意即朝飞的是云霞，暮卷的是翠轩中的珠帘。

[7] 雨丝风片：细雨微风。

[8] 烟波：水汽蒙蒙。画船：雕饰、彩画的游船。

[9] 锦屏人：指深闺中的女子，富贵人家的人。忒：太，过于。韶光：春光。

[10] 是：凡是，所有。

第四曲是《牡丹亭》中最有名的一支曲子。全曲典雅华丽同时又不失蕴藉，意切情真，充分地展示了杜丽娘在游园时千回百转的情绪变化。

"原来姹紫嫣红开遍，似这般都付与断井颓垣。"姹紫嫣红的花，鲜妍如许，却只能开在破败的后花园里，与断井颓垣为伴。杜丽娘由姹紫嫣红的无限春光，联想到了自己青春的鲜活生命，都交付给了这如同断井残垣般的清冷拘束的生活环境。这两句形成了强烈对比，惨败破落的画面从另一个角度给予少女强烈的震撼，使之充满了惊惧和无奈。这种美景和惊情的矛盾，产生了极大的艺术效果。"良辰美景奈何天！赏心乐事谁家院？""良辰、美景、赏心、乐事，四者难并"，又用"奈何天""谁家院"突出了良辰美景与赏心乐事之间的矛盾，倾诉了杜丽娘对命运的感叹和惋惜。面对良辰美景，而无赏心乐事，有的只有苦闷寂寞、哀怨无限。

春天的勃勃生机强化了她黯然伤感的情怀，杜丽娘黯然的心情更加衬托出艳丽春光的不和谐。现实的苦闷，青春的觉醒使得杜丽娘对外面的世界充满了无限向往，"朝飞暮卷，云霞翠轩，雨丝风片，烟波画船，锦屏人忒看的这韶光贱"。雕梁画栋，轩阁高旷，和煦的春风带着蒙蒙细雨，烟波浩渺的春水中浮动着画船。朝云暮雨，烟波浩渺，更反衬了杜丽娘深闺的寂寞和怅惘。"锦屏人"是杜丽娘的自称，只有养在深闺中的人才会辜负了美好春光。

这段【皂罗袍】既是景语，也是情语。人物的感情和景色交织在一起，映衬了杜丽娘的对景自怜的伤感，其内心深处顾影自怜的哀愁在美好春光的感召下喷薄而出。

第五曲【好姐姐】

〔旦〕遍青山啼红[1]了杜鹃，荼蘼外烟丝醉软[2]。春香呵，牡丹虽好，他春归怎占的先！

〔贴〕成对儿莺燕呵。

〔合〕闲凝眄[3]，生生燕语明如剪[4]，呖呖莺歌溜的圆[5]。

〔旦〕去罢。

〔贴〕这园子委是[6]观之不足也。

〔旦〕提他怎的！（行介）

注释：

[1] 啼红：指杜鹃花开放。相传杜鹃鸟啼叫，直到吻边出血才止，因此红色的杜鹃花好像是由于杜鹃鸟悲啼才开放似的。

[2] 荼蘼（tú mí）：花名，茎叶弱而繁芜，晚春开花。醉软：像喝醉了的人那样软弱无力，表示柔软的样子。

[3] 闲：悠闲，随意。凝眄（miǎn）：这里指目不转睛地看。眄：斜视。

[4] 生生：形容灵巧清脆的鸟叫声。明如剪：形容燕子叫声像剪子剪东西的声音那样明快。

[5] 呖呖：形容清脆流利的鸟叫声。溜的圆：形容黄莺叫声滴溜溜的，十分婉转圆润。

[6] 委是：同"委实"，实在是。

第五曲，通过描写杜丽娘对具体的景物的感受，进一步抒发了她的哀怨之情。伤春曲到了此时，更加低回凄迷。"遍青山啼红了杜鹃"这里开头借用了"杜鹃啼血"的典故，渲染了一种浓郁的感伤气氛。紧接着写晚春的"荼蘼"是为了衬托尚未开花的牡丹。这里先是极力渲染百花盛开之热烈，"牡丹虽好，他春归怎占的先"更进一步反衬晚开的牡丹的寂寞。牡丹虽是百花之王，可不能在春光灿烂的大好时机开放。杜丽娘以牡丹自比，是在感叹自己"如花美眷，似水流年"，寓含自己的美丽青春被耽误了的哀怨。后面又提到她悠闲地注视着"燕语"与"莺歌"，将听觉形象"燕语明"比喻成为视觉形象"剪"，调动了观者的诸多感受，赏花惜春，闻鸟叹世，句句看似在写景，句句着意在抒情。

第六曲【隔尾】

〔旦〕观之不足由他缱，便赏遍了十二亭台是枉然。到不如兴尽回家闲过遣。〔旦〕"开我西阁门，展我东阁床。瓶插映山紫，炉添沉水香。"

〔贴〕小姐，你歇息片时，俺瞧老夫人去也。

本支曲子可以用遣愁枉然来概括。杜丽娘游园，原本是为消愁解闷的，但是游园所见之景和对照自身处境后压抑的心情形成非常大的对比，这些无不在徒增烦闷，哀怨心情无以言表。因此她感觉纵是"赏遍了十二亭台是枉然"，倒不如就此尽兴回房打发日子暗自怜。良辰美景虚设，赏心乐事全无，因此发出"不如兴尽回家闲过缱"的喟叹，为下边的惊梦做了感情上的铺垫。这是杜丽娘内心深处的呻吟，也代表了封建社会中被压抑女子的心声。

（原文参见 [明] 汤显祖：《牡丹亭》，齐鲁书社 2004 年版。略有改动）

文学小课堂

1. 轻柔与深刻的呼唤之音

汤显祖所生活的时代，明王朝正走向衰落。两千年来作为社会思想基础的儒学，已经日益迂腐固执，禁锢着人们的思想发展，扼杀人性。女性受到礼教的束缚就更为残酷。《丛杂记》记载：明时，"以家有烈女贞妇为荣，愚民遂有搭台死节之事。女有不愿，家人或垢骂辱之，甚至有鞭打使从者"。可见当时妇女遭受的摧残是多么严重。然而，时代毕竟在变化。16 世纪，新的商业城市在兴起，市民阶层逐渐形成。这样，社会上出现了一些新的思想，比如反对超经济的榨取方式，主张个人主义的国民之富；反对君主专制的政体，主张没有皇帝的民主政治；反对迷信和正统思想的束缚，要求个性解放等等。在文学上，出现了以市井人物为主角的文艺作品。在这样的历史条件下，汤显祖创作《牡丹亭》，塑造了一个背叛礼教的形象，反对束缚人的个性，呼吁给妇女做"人"的权利，不能不说是进步社会思想的反映。这也是《牡丹亭》的意义和价值的重要方面。

2. 戏曲常识

曲词：是元曲的文字部分或者说是戏剧人物的语言，戏剧中的人物语言往往具有鲜明的个性色彩。

宾白：剧中人物的说白，分对白、独白、旁白、带白（插在曲词中的说白）。

科介：剧本中关于动作、表情和音响效果的舞台提示。

人物：旦，与下文中的"贴"均是剧中女角。本剧旦扮演女主人公杜丽娘，贴是贴旦的省称，扮演次要的女角，本剧饰丫鬟春香。

3. 人类对爱情的向往是天生的

《牡丹亭》全剧共五十五出（场），从【绕池游】至【隔尾】称为《游园》。《游园》是第十出（惊梦）中的前半部分，既是贯穿剧情的需要，又是为《惊梦》《寻梦》以及后来杜丽娘为情而死、因情而复生做铺垫。《游园》这出戏由六只曲子组成，着重刻画了杜丽娘的内心世界，即由初见春景时的惊诧感慨，到由此感发的对青春流失的无奈和悲叹，构成了女主人公丰富的心理内涵。曲子描写杜丽娘在《诗经·关雎》洲渚之兴的启迪下，和春香瞒着父母到后花园游玩，看到"姹紫嫣红开遍"一片大好情景，引起青春的觉醒。

前面三支曲子，主要写杜丽娘游园前的心理活动，着重描写她看到春光撩人流露出的因初出绣房而娇羞的神态；再写她对镜梳妆、顾影自怜，情思摇漾，惟妙惟肖地刻画了杜丽娘的心理活动，即由思春到迎春再到伤春的一段感情回旋，把杜丽娘的内心活动曲径通幽、生动地描绘出来了。

后面三支曲子是游园的主要部分，主要写杜丽娘游园中的所见所感，将杜丽娘面对春景的惊喜和由此感发的对青春流失的无奈和不甘，展现得细腻动人。杜丽娘心中的情和眼前春景巧妙、完全地结合，形成了情景交融的艺术境界，充分揭示了杜丽娘复杂微妙的心理波动。它或者寓情于景，或者直抒胸臆，细腻地展现了杜丽娘的心理层次。春情与春景结合得天衣无缝，含蓄委婉，产生了极强的艺术效果。

杜丽娘的这种"不知所起，一往而深"的"情"不是封建伦理纲常教育催发出来的，而是萌发于她的自然生命本身，是一个具有勃勃生命力的年青生命发出的渴求。她喊出了封建社会中被压抑女子的心声，歌颂了青年男女在追求自由幸福的爱情生活上所作的不屈不挠的斗争，这样游园的主题就具有了强烈的社会意义了。也正因如此，这在那些同样呻吟于封建礼教重压之下的广大青年女性的心中，引起了强烈的反响、共鸣。

六支曲子，六幅画面，《惊梦》再现了杜丽娘青春的觉醒，构成了《牡丹亭》中最华彩的篇章，低回婉转地描摹出了"纵有万种风情更与何人说"的悲凉和无奈情绪。

《游园》中情景交融手法的运用犹有特色。《游园》中的景物描写、抒情和人物的心理刻画，浑然一体，通过人物的眼睛和思绪，写出了人对景物的感受，景中情和情中景浑然天成，巧妙地融为一体。短短六支曲子使我们仿佛跟随杜丽娘游了一次花园，不但领略到鸟语花香，满园春光，而且感受到女主人公细微、复杂的心理脉搏，听到了如怨如诉的内心独白。这也是这出戏至今生命不衰的重要原因。

4. 情不知所起，一往而深；生者可以死，死可以生；生而不可与死，死而不可复生者，皆非情之至也

汤显祖用浪漫主义手法，积极地表现了当时处在封建樊笼下的人们渴望自由，追求幸福的美好愿望。戏剧情节跌宕有致，唱词文丽典雅，寄托着作者深深的情感。封建时代的青年女子大多都有与杜丽娘同样的感受，因此这支感叹韶华虚度、青春愁闷的曲子得到了许多少女的喜爱和认同。

在本出戏剧的开头，黄莺的婉转歌声惊醒了杜丽娘，催醒了女主人公压抑已久的春情，然而被缚深闺已久的杜丽娘，只能孤单站立在狭窄、阴冷的"小庭深院"。这时，"袅晴丝吹来闲庭院"，这些摇漾的春丝一步步打开了杜丽娘闭锁的心扉，一步步推开了杜丽娘萌生的情思。"晴丝"一语三关，从字面含义上看，指的是阳光下发光的蜘蛛网，但从深层角度分析，晴丝下面反映出的是少女杜丽娘与外界隔绝的苦闷，她只能观察蛛丝聊以度日；同时，这里的"晴丝"又寓意少女的"情思"。接下来写杜丽娘开始醒悟和欣赏自我。这里作者在修辞上（拟人手法）别出心裁地设定"没揣菱花"，以拟人化的手法，表现出女主人公天真娇羞的神态。他写道不是杜丽娘照镜子，而是菱花镜偷看她，使得她害羞得把发卷弄得歪了，即使躲在自己的闺阁里，也怕被人看见。杜丽娘梳洗完毕，春香夸她打扮得体，又引出杜丽顾影自怜、珍惜青春却无人赏识、倍感孤单的情绪变化。此时，青春落寞无法排解，内心沸腾的杜丽娘喊出了"一生儿爱好是天然"的青春告白。这种爱美的个性却被压抑，"恰三春好处无人见"，于是一腔积怨，化作深沉的叹息。"三春"既是春景，又双关她自己青春寂寞。

【皂罗袍】【好姐姐】这两支曲子是《游园》中的核心曲词，描写的是杜丽娘走进

花园观赏美景后的所见所感。

【皂罗袍】唱出了主人公在春色感召下所产生的心灵上的震撼。"姹紫嫣红"的园中景色，引起了杜丽娘内心的波动，情调为之千回百转。先是一"惊"，惊叹"姹紫嫣红"的春天美景，这美景正是她美丽青春的象征。曲中"姹紫嫣红"与"断井颓垣"形成鲜明的对比，所以杜丽娘更惊"断井颓垣"的衰败景象，这衰败景象也正是她那沉闷、无聊、压抑的真实家庭写照。接着便生出"怨"，埋怨爹娘瞒着她"恁般景致"。最后又是"叹"，感叹这"锦屏人忒看的这韶光贱"。这是少女春心的萌动，更是在封建桎梏压迫下勇敢追求美好生活和自由人生的觉醒。"锦屏人"，在这里，杜丽娘既指像自己那样的深闺之人，以前都不知道春光如此可贵，让它白白地流逝了，这是自怨自悔，但自怨自悔中也包含着她对不容许她珍视春光的人们的愤懑与不满。这样，杜丽娘直接就把矛头指向了她的父母——封建礼教的代表。通过杜丽娘对春光的欣赏和叹息，透露了她对与世隔绝的苦闷、对春光韶华稍纵即逝的苦闷、对爱而不得的苦闷等等。作者就是这样把抒情、写景和刻画人物心理活动非常巧妙成功地结合起来了。

这段文字历来广被吟咏，那么美在何处呢？

（1）音韵美：全曲押韵，押的是"ian/uan"韵，可以说是一韵到底，宛如一泓清泉潺潺流动，鸣响着清冷的韵调，给人以简洁明快的美的享受。而且从句式特点来看，句式对比整齐、用典寓意深刻，用了一系列近似对偶的句型，如"姹紫嫣红"对"断井颓垣"、"良辰美景"对"赏心乐事"。这一组组对比，既有力地渲染了主人公情和景的矛盾，突出主人公的复杂微妙心理，又使得全曲句式整齐华美，语言典雅文丽，富于音乐美。

（2）景色美：这支曲子为我们描绘了一幅姹紫嫣红、景色宜人的春景图，富于诗情画意。景物描写都是通过人物眼睛与人物当时的思绪来写出人物对景物的感受。"姹紫嫣红"的良辰美景是杜丽娘用自己的眼睛观察到的，而"赏心乐事"是杜丽娘自我的思绪变化。

（3）情感美：这支曲子通过主人公的动作、神态以及景语的点染刻画了杜丽娘游园前后的心理活动与情感变化。"原来""似这般""都付与"这几个副词饱含着主人公的无限惊讶、感叹、惋惜，带有极强烈的感情色彩。主人公爱春、惜春、叹春、伤春的情感，表达了她冲破封建樊笼、反抗封建礼教的精神和愿望不能实现的郁闷心情，具有反叛精神或个性解放愿望。

【好姐姐】是杜丽娘进入花园后唱的第一支曲子，是她心绪突变的转折点。在这支描写赏花的曲子里，通过杜丽娘对具体景物的感知，杜丽娘的感伤、反抗情绪比之前有所发展，哀怨之情得到了进一步抒发。在这支曲子中，杜丽娘自比牡丹，用牡丹开花晚隐喻自己的妙龄青春被蹉跎、耽误的幽怨和伤感。作者借用"杜鹃啼血"的典故，渲染了浓郁的感伤气氛。成双的燕子、黄莺与春情萌动、孤寂冷漠的杜丽娘又形成了一种对比，这更反衬了杜丽娘的孤独、寂寞，更触发了杜丽娘的心扉，哀怨无法排解。良辰美景虚度、赏心乐事乌有，怎能不令人感伤呢？所以"奈何天""谁家院"确是杜丽娘心中的无奈与哀怨，这些唱词蕴含着对封建家庭的强烈不满，道出了千万个少女的心声。杜丽娘游园本打算消除忧愁，然而所见所闻使她适得其反。杜丽娘觉得即便是欣赏完天下的美景，也不能排解内心深处的郁闷，就带着春香回房去了。杜丽娘的愁是时代、社会所决定的，不是游园可以排解的。但是，游园进一步唤醒了杜丽娘青春的觉醒。此后，她在爱情道路上迈出了更加勇敢、更加坚定的步伐。

总之，《游园》成功、细致地将杜丽娘反抗性的成长过程一层层剖析分明，其中有主人公对自然和青春的热爱，有对春色的惊叹和对命运的感伤，也有对礼教的不满和无可奈何。

杜丽娘清晨醒来的慵懒、想到游园时的愉悦、梳洗打扮迎接春天的急切、观赏自己的娇柔、踏出闺门的激动、处在春景中的骄傲、迈进花园的感叹、看到残垣断壁的感慨、想象昔日的欢乐、感叹时空的流逝、辜负大好时光的感伤、消磨时光的无奈，一步步把杜丽娘的情绪推向高潮。春光、青春、春情三情合一，相互映衬，游春、恋春、惜春、伤春四种感慨，在游园中得到含蓄而又酣畅的表现之后，《惊梦》之梦就成为必然的结局——为追求个人幸福的一切通路却被阻塞之后，梦只能是唯一的出路。

5. 离奇跌宕的幻想色彩、幽微细密的内心情感以及奇巧纤细而又尖新陡峭的语言风格

《牡丹亭》突出的艺术成就之一是情景交融，心理描写惟妙惟肖。作者紧紧扣住大自然美好春光对杜丽娘心灵的启示和情感的震撼来细致入微地刻画她的形象，特别是【步步娇】【醉扶归】【皂罗袍】三支曲子，通过人物眼睛与人物当时的思绪，来写出人物对景物的感受。景中情、情中景浑然一体，无境不新，达到炉火纯青的地步。

《牡丹亭》的语言也具有特点。汤显祖既注意保持元杂剧语言富有"本色"的优良传统，又注意发挥自己在满怀激情创作时的"灵气"，将自然真切的语言与个别字句的精工琢磨融合起来。语言自然真切，又婉丽精工，曲词往往形成诗的意境，具有极强的感染力，很适合作者奔放的热情，去描绘人物细腻复杂的感情。每句唱词都是押韵的，为了曲意表述完整，有些唱词中还加入了衬字，流畅自然。另外，化用前人名句、成语也较多，并且做到了字出己铸、华美秀丽、声情并茂。

构思严谨和描写传神。无论是杜丽娘生前追求爱情，还是死后跟柳梦梅同居，都不曾出现杜父母出面阻挠，似乎一帆风顺，没有遇到任何阻碍。因为汤显祖抓住了封建制度织成的罗网，即杜丽娘所处的社会环境（戏剧中的规定环境，对人的性格起巨大的作用），来抒发反封建道统的思想感情。而杜丽娘也没有直接和封建父母交锋，只跟笼罩住青年男女的封建环境搏斗，更能突出主题思想。杜丽娘为阶级性局限，为环境束缚，在她嘴上说出来的话势必不多，因而被压抑到只能在潜意识的梦里做出来，又该是多么深邃的表现。作者通过人物欲藏又露的神态动作、主客交融的景物观照、回肠九曲的心灵告白等表现手法，引入人物的内心世界。

另外，《游园》的舞台表演艺术也堪称典范。经过历代昆曲艺术家的不断加工和提炼，以《游园》为代表的说唱、表演、音乐、舞蹈相结合的综合艺术，充分体现了昆曲艺术典雅、端丽的艺术特征，是昆曲乃至中国戏曲表演艺术的最高成就。

课后小论坛

1. 你觉得在《牡丹亭·游园》中，杜丽娘游园前的生活是怎样的？从哪些语句和字词中可以看出来？

2. 杜丽娘用镜子照着面容时自己都不好意思起来，你认为是什么原因？

3.【皂罗袍】这段文字历来广被吟咏，你认为美在何处？

4.《牡丹亭·游园》中杜丽娘游园时心情是如何变化的？你是怎么认识这种变化的？你是否也有过类似的心理体验？你又是怎么看待你和杜丽娘的相同和差异的？试着和他人讨论一下，说说你的看法。

我在"伊底眼"中看到了爱情的美好

——汪静之《伊底眼》

 阅读小贴士

汪静之（1902—1996），男，安徽绩溪人。早年求学于屯溪茶务学校，1919 年开始创作新诗，1921 年考入浙江省第一师范学校，开始在《新潮》《小说月报》《诗》《新青年》等杂志上发表新诗。由于深受五四运动新思潮的影响，与潘漠华发起成立了有柔石、魏金枝、冯雪峰等参加的，由叶圣陶、朱自清为顾问的"晨光文学社"。1922 年 3 月，与冯雪峰、潘漠华、应修人等组织了我国现代文学史上最早的新诗团——湖畔诗社。他是五四时期全国 142 位著名作家之一，同时他还被当代学者定位为"现代文学史上第一个爱情诗人"（贺圣谟《论湖畔诗社》）。同年，汪静之的代表作诗集《蕙的风》出版，被称为中国现代文学史上第一部爱情诗集。集中所收大都是情诗。诗作从内容上看，大多数都是放情讴歌不受外力强迫的纯洁爱情，谴责阻碍、破坏爱情的黑暗势力；诗风意境清新，用语浅显而真切感人，诗集中的内容对于当时封建礼教具有很大的冲击力。它的出版，无疑是向旧社会，向封建道德投下了一颗颗猛烈无比的炸弹，在我国文艺界引起了一场"文艺与道德"的论战。在全国掀起巨大反响。鲁迅很赏识他的诗作，并对其作品给予较高的评价，曾亲自为他修改作品，多次给他教诲和鼓励。汪静之后来在武汉、保定、芜湖等地教书。1926 年北伐时，任北伐军总政治部宣传科编纂，后又任《革命军日报》《劳工月刊》编辑。1928 年后，在上海、南京等地中学教书，还任过建设大学、安徽大学、暨南大学等校中文系教授。1938 年后任中央军校广州分校国文教官。1945 年起先后任江苏文理学院、复旦大学中文系教授。1952 年后曾任

职于北京人民文学出版社古典文学部，业余也有诗作发表。历任湖畔诗社社长、中国作协浙江分会顾问。

　　汪静之的代表作品有诗集《蕙的风》《寂寞的国》《诗廿一首》等，《父与女》《翠黄及其夫的故事》《耶稣的吩咐》等三本小说以及文学理论集《作家的条件》《李杜研究》《诗歌的原理》等。

 **原典轻松读**

伊底眼

伊底眼是温暖的太阳；

不然，何以伊一望着我，

我受了冻的心就热了呢？

伊底眼是解结的剪刀；

不然，何以伊一瞧着我，

我被镣铐的灵魂就自由了呢？

伊底眼是快乐的钥匙；

不然，何以伊一瞅着我

我就住在乐园里了呢？

伊底眼变成忧愁的引火线了；

不然，何以伊一盯着我，

我就沉溺在愁海里了呢？

1922 年 6 月 4 日

（张永健、张芳彦主编：《中国现代新诗三百首》，长江文艺出版社 1992 年版）

文学小课堂

1. "伊底眼"拨动了我的心弦

《伊底眼》这首诗是湖畔诗人汪静之创作的一首爱情诗。1922 年《蕙的风》出版时，其中有首小诗《过伊家门外》，当时曾引起一场小小的风波，被批评家指摘为"淫"辞。鲁迅、叶圣陶等都曾撰文支持汪静之，指出指摘者们的伪道学面孔。这首诗是《过伊家门外》的引申和发展，是为赞美爱情的动人心弦的魅力而作。这首《伊底眼》三行一节，分四节，用四种比喻以"伊底眼"为中心展开描写。前三节分别用太阳、剪刀、钥匙来形容钟爱的眼睛使人快乐的魅力，末节则用忧愁的引火线为喻说明其使人烦恼的魅力。这首诗如风激湖水，波浪起伏，层层推进，显示出爱的魅力，也显示出诗的魅力。

2. 怀着天真烂漫的童心放歌

湖畔派原指 19 世纪英国的华兹华斯、柯勒律治和骚塞三位浪漫主义诗人所形成的诗歌流派。中国的湖畔诗人的诗歌与英国的浪漫主义湖畔诗派诗人的作品在风格上相似，其最有特色的都是歌颂爱情的诗歌。

20 世纪初，中国现代新诗在短短的三十年时间里，受西方诗潮、诗派的影响，诗潮迭起，错综复杂；流派众多，纷繁奇异。中国现代诗歌初期形成浪漫派、小小诗派、湖畔诗派、新月诗派等四个诗派。其中的湖畔诗社是中国现代文学史上最早的新诗团体。

1922 年 4 月成立于杭州西子湖畔的湖畔诗社，成员一开始只有汪静之、冯雪峰、潘漠华、应修人四人。他们利用春假来到杭州，共同游览了西湖的名山秀水，一起写诗，记录这次难忘的春游，结成后来具有较大影响的湖畔诗派。湖畔诗派诗人以讴歌纯真的爱情和友谊，表现人性的爱与美作为创作主题。他们出版了诗歌集《湖畔》《春的歌集》，以及汪静之个人出版了诗集《蕙的风》。

湖畔诗派诗人是五四时期较早步入新诗坛的一群年轻人，是新诗创作的先行者。他们的作品以抒情短诗为主，表现了新文学运动初期刚刚挣脱封建礼教束缚的天真烂漫的青少年对美好自然的向往和对幸福爱情的憧憬，独具一种单纯、清新、质朴的美。正如朱自清所说："有了'成人之心'的朋友们或许不能完全了解他们的生活，但在人生底旅路上走乏了的，却可以从他们的作品里得着很有力的安慰；仿佛幽忧的人们看到活泼泼的小孩而得着无上的喜悦一般。"他们怀着一颗天真烂漫的童心放情地歌唱爱情、颂美青春，为中国新诗的开拓和发展做出了重要贡献。五卅运动之后，因各人思想变迁，湖畔诗社便不复存在。虽然存在了前后不过三年多时间，湖畔诗派却以自己的创作风格赢得了人们的赞誉，在中国新诗发展史上占据着一席之地。

3. 爱情永远勃发着郁郁葱葱的活力

《伊的眼》是一首能代表汪静之的抒情风格的爱情诗，它清新、自然，笔调婉转优美而富有情致。诗人突破窠臼，别开生面，写自己倾爱的人，不写她丰盈的体态，不写她的笑靥和娇嗔，而是集中一点：写她的眼睛。眼，是人们心灵的窗户，是情感回荡的清潭，从眼睛里可以窥见人的内心奥秘，从眼光的交流中彼此可以产生感情的共鸣。但是，写眼睛的手法也有高下之分。在这首诗中，诗人没有用落套的语言去泛泛赞美眼睛的清澈明亮，妩媚多情，而是用一连串的新颖奇妙的比喻，从不同的方面反复渲染，形象化地描写出了爱情给青年人带来的欢乐和愁苦。情人的眼光犹如"温暖的太阳""解结的剪刀""快乐的钥匙""忧愁的引火线"，它可以激起人的热情，解脱苦闷，带来欢乐；它也可以引起烦恼不安，让人沉溺在愁苦的海洋里。诗人善于捕捉形象来抒发深隐的感情，用四种不同的具体事物巧妙比喻，并用四个反诘语句反复自问，在整齐而自然的诗行中，细致地表现了热恋中青年的复杂而微妙的内心活动。全诗篇幅短小，内容丰富；语言清新，诗味浓郁。

诗人汪静之在创作生涯中，爱情诗的创作似乎占到了他作品中不小的比重，而且他对于情感的描述，似乎也抛弃了之前相对委婉的表达方式，直抒胸臆，这在那个年代是比较罕见的。

爱情像多面镜，爱情像五味瓶，它时而清晰如水，时而模糊似云。如何把握爱情的本质，是古今中外诗人们热心又头疼的难题。这首《伊底眼》揭示了复杂到无法列方程式求解的爱情特质，爆发出郁郁葱葱的活力。

诗人深知，眼睛是心灵的窗口，是情感变幻的晴雨表，它最善于传达灵魂的秘密，所以诗人不倾心恋人婀娜的体态与甜美的微笑，只写她的眼神。用温暖的太阳、解结的剪刀、快乐的钥匙、忧愁的引火线等一连串新鲜贴切的比喻，全方位透析出爱情的敏锐性、多面性与复杂性，凸现爱情魔鬼般的神力：爱情可以升华过去，变昨天的孤独与期待为美好；爱情可以照亮未来，驱走无边的寂寞与黑暗；即便爱情中的一个眼神，也足以激起热情，解脱灵魂镣铐，带来欢乐，或将人置入忧愁的海洋之中。

4. 深情的一瞥是爱情的味道

"眼睛是心灵的窗户"。

"心正，则眸子瞭焉；心不正，则眸子眊焉。"（《孟子·离娄上》）

　　人们常常不用语言而采用"递眼神""送秋波""眉来眼去"表示自己内心活动和交流思想感情。就在眼睛一睁一眨之间，一愣一转之际，时而含情脉脉，柔情似水；时而炯炯有神，锋利如剑；时而黯然失色，疑虑呆滞。那么恋人的眼睛呢？车尔尼雪夫斯基说："富有表情的眼睛是美的。"人们称赞那善于传情的眼睛是"会说话的眼睛"。两个人之间目光的交流、眼色的示意、眸子的顾盼、眼角的传情，也就是双方心灵的感应、感情的交流、内心的剖白、无声的对话。从这里，彼此许多感情就能够心领神会。那深情的一瞥多美！那嫣然一笑多柔！美就美在那表情上，富有表情的眼睛是美的。

　　正因为眼睛有如此神奇的功能，所以在文学作品中，很多作家都很注意对人物眼睛的描写。王熙凤的丹凤三角眼，林黛玉的似喜非喜含情目，项羽的双目重瞳，张飞的豹头环眼，孙悟空的金睛火眼，揭示了人物的内心世界和性格特征。中国诗歌中，对美人之目的描写，最早的是《诗经》中《秦风·硕人》篇里赞美卫庄公夫人庄姜的诗了，"巧笑倩兮，美目盼兮"，微笑在她的嘴角轻轻流动，黑白分明的大眼睛神采飞扬。顾盼之间，那位古代美人的万种风情就跃然纸上。即使是忧国忧民的屈原，在他的《九歌·少司命》中，也有"秋兰兮青青，绿叶兮紫茎。满堂兮美人，忽独与余兮目成"之句，两心相悦，用目光来传达情意。后世遂有"目成"，是恋爱成功的象征。白居易在《长恨歌》中，写杨贵妃眼睛的传神："回眸一笑百媚生，六宫粉黛无颜色。"仅仅两句话，就把她娇冶动人、眼神生辉、色压群芳的姿色刻画得淋漓尽致。成功的艺术家，在刻画人物时，总是把注意力集中在"眼神"所放出的奇特光辉上，捕捉眼睛具有的独特"神韵""神趣""神味"。李清照《浣溪沙》："绣幕芙蓉一笑开，斜偎宝鸭亲香腮，眼波才动被人猜。""眼波才动被人猜"是一种双管齐下的"合写"，也即人我之间的复合描写，"眼波才动"是写自己，"被人猜"则是写与自己有联系的他人，如此就更深刻、细致地表现了她自己在恋爱中的心理活动内心世界。

　　《伊底眼》是一首青春的爱之歌吟，是对爱情之美的最自然的诗性呈现。从一个热烈的渴望爱情的青年的角度看，当爱情到来时，他的眼里心里都是爱人的一颦一笑，因此他会特别留意爱人的眼睛。这是爱情的晴雨表，在古今中外几乎是无一例外的。在诗中，爱人的眼睛既是温暖的太阳，也是解结的剪刀，既是带来快乐的钥匙，也是引致忧愁的引火线。这是非常符合一个渴慕爱情的青年的微妙心理的。"伊"一望、一瞧、一瞅、一盯，"我"的情绪就会随之起落变化不定。在诗作中，没有装模作样的扭捏，有的是炽热的情感、丰富的想象和热烈的抒情和至情至真的率性和人性最真实的流露。

　　5. 女神的顾盼生辉，使爱的人心旌摇曳

　　这首诗从艺术上表现了诗人的哪些艺术情趣呢？

其一，刻画眼神动态：由散漫到集中。

诗歌开篇就把女郎的眼睛比喻成天上遥远的太阳，只能远远地"望着我"；女郎的眼光如光速般地射进诗歌的灵魂，可是这是为什么呢？在诗人感受中这眼神是迷茫的，故只能是"瞧着我"；接下来由于女郎的眼神使诗人的灵魂获得了自由，因而"伊底眼是快乐的钥匙"，所以眼神也开始专注地"瞅着我"了；最后诗人乐极生悲，"伊底眼变成了忧愁的引火线"，因为女郎长久地将眼光聚焦在诗人的眼睛里，"盯着我"，诗人终于明白了这眼神的含义，并且真正走进了女郎的情感世界，"沉溺在愁海里了"。就这样女郎的眼神由散漫到集中，完成了一次从异性相吸的自然状态到男女相爱的情感经过，诗人以己度人似地借助女郎的眼神传达自己的爱情感受，因此，这与其说是在刻画女郎眼神的顾盼生辉，不如说是在表达诗人情感的心旌摇曳。

其二，传达诗人感受：由温暖到忧愁。

诗歌本质意义上都是"借他人之酒杯浇自己胸中之块垒"，女郎的眼神在这里只是一个抒情物象，借她多情的眼神抒发诗人的多情的心灵，女郎的眼睛在这里只是一个情感符号，用她盛情的眼眶装载诗人整个的生命。这种"借代"的修辞艺术或许不玄妙，而神奇的是诗人的诗意感受是不同寻常的，这就是"通感"的运用，将属于视觉的"眼睛"的"望""瞧""瞅""盯"意象转换成触觉感受。诗歌一起笔就是"伊底眼是温暖的太阳"，不仅完成了比喻的生动形象，而且实现了感觉的挪动，由明亮的太阳视觉到温暖的肌肤感觉，这一转换传达出了恋爱过程中所必要的亲密行为和身体接触。二、三两节的"剪刀""钥匙"物象都具有直接接触的含义，而到了第四节"伊底眼变成了忧愁的引火线了"似乎没有了触觉意味了，可是最后一句说"我就沉溺在愁海了呢"，就说明几乎全身心地溶入了。

其三，回归诗歌艺术：由诗句到歌吟。

"诗"和"歌"在中国古代和现在乡间是一体的，和我们现在的歌曲一样，诗是歌词，歌是曲谱，在诗经、宋词、元曲的时代，乃至当今少数民族和一些偏远地区的古老史诗及民间歌谣，用文字写出来的"诗"，用嗓音唱出来就是"歌"。五四时期尽管是一个反叛传统的时代，自由诗、白话诗成了诗歌的正宗，然而诗歌最早的艺术特征并没有丧失殆尽，汪静之这首诗就多少实现了诗歌艺术的回归，即从书面表现来看，它是分行排列的诗句，看也罢、读也罢，都具有浏览的阅读效果，这也是现代白话诗歌的审美特质。但是，这首诗还具有音乐审美特征，四节诗歌，每一节都是一样的结构：第一句是一个比喻，第二节又都有"不然何以，伊一'怎么'我"一样的句式，只是换成不同的视看动词，第三句也都是"我……了呢"。整个诗歌结构一样，句式一样，只是若干词语在相同的地方作了调换，从而使得全诗富于浓郁的吟咏的音韵美和旋律美。

也许是一次寻常的眼睛"对光"，也许是一双平常的眼神"说话"，可是，在诗人的眼中"伊底眼"就是他生命的太阳，给了他灵魂的自由，使他住进了幸福的乐园，沉溺在忧愁的海洋。正是罗丹所言："生活中表不是缺少美，而是缺少发现美的眼睛。"诗社的诗人可以"自由"地作诗，与其所处的年龄阶段、生活在诗的世界里有关。五四时代的新诗由于还处于探索阶段，新诗人们在具体写作过程中往往并不着意于抒情主人公形象的塑造，其抒情主人公和抒情主体（即作者本人）一般是互不分离的。通过汪静之在其爱情诗标题下多出现"赠珮声""赠蒹漪""回忆 D""忆 H"的字样，与其现实生活中先后同四个女性的情感实录两相对照，人们可以读到存在于诗歌与情感之间的"双重真实性"。《恋爱的甜蜜（赠蒹漪）》《换心（赠蒹漪）》《伊底眼（赠蒹漪）》等，是汪静之写给和他白头偕老的伴侣符竹因（即蒹漪、绿漪）的真情告白。在这些作品中，诗歌因自然天成和艺术上的不饰雕琢而实现了真正意义上的"绝端的自由"——"我要推翻一切，打破旧世界，/谁要阻挡我，万不行！/我要怎样想就怎样想，/谁要范围我，断不成！"（汪静之《自由》）

与自由风格相一致的，是湖畔诗人爱情诗明快、质朴的格调。湖畔诗人不做无病呻吟，不忸怩作态，而是在书写爱恋时天真、质朴、清新、明快，从不晦涩难懂。这一具体的表达使其有别于中国传统诗歌书写情感时常常注重缠绵悱恻、欲言又止的特点，并为初创期的新诗融入更多的艺术表现空间。他们"所咏歌的又只是质直、单纯的恋爱，而非缠绵、委曲的恋爱"（朱自清：《〈蕙的风〉序》）。对比在当时诗坛产生重要影响、崇尚力与美的郭沫若的诗歌，湖畔诗社的诗人唤起的是清新、自然的审美感受。当然，由于年龄、经验等原因，诗人的作品也有部分显得浅露、幼稚、未臻成熟的缺憾。

课后小论坛

1. 试以这首《伊底眼》为例进行分析，总结其诗作的团体特色及其代表诗人的个性风格，进而探讨其在五四新诗史上的地位和贡献。

2. 诗歌中使用了四个反诘语句，在本首诗中起到了什么作用？

3. 通读全词，试着找出词中描绘"伊底眼"的词句，并说明表达了作者怎样的深情。

深情一眼，挚爱万年

——惠特曼《从滚滚的人海中》

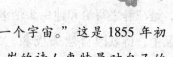
阅读小贴士

"沃尔特·惠特曼，一个美国人，一个粗人，一个宇宙。"这是1855年初版《草叶集》第一首诗中的一行诗句，是时年36岁的诗人惠特曼对自己的认识。

沃尔特·惠特曼（1819—1892）是美国历史上最伟大的诗人之一，被公认为美国"诗歌之父"。他出身于农民家庭，因为生活穷困，只读了5年小学，后来的知识都靠自学得来。11岁开始，惠特曼就进入社会这所大学，走上谋生的道路。当过木工、排字工、教师、报纸编辑等。他勤奋好学，利用业余时间阅读了大量世界文学名著。他创作的《草叶集》包含了丰富而深刻的思想内容，是世界文学宝库中的精品。《草叶集》共收有诗歌三百余首，是惠特曼一生创作的总汇，代表着美国浪漫主义文学的高峰，是美国诗歌史上一座灿烂的里程碑，他的诗歌从语言和题材上深刻地影响了20世纪的美国诗歌。

这部以自然界最平凡、最普遍而密密成群、生生不息之物命名、面向人类社会芸芸众生的诗集，内涵深广，气象恢宏。他开创了新的诗风，对美国乃至世界诗坛产生了相当大的影响。《草叶集》第一版于1855年7月4日问世，两周后，美国思想家、文学家、诗人爱默生致函这位素不相识的诗人，盛赞他刚刚出版的诗集是美国迄今所拥有的具有才气与智慧的最非凡的作品。这一历史性评论展示了爱默生敏锐的艺术感受力和卓越的审美才能，不仅对惠特曼的诗歌创作给予了权威性的肯定和支持，而且为日后认识与研究惠特曼奠定了第一块基石。

　　在欧洲和亚洲的许多国家,一些有代表性的诗人纷纷自觉地接受惠特曼的影响,在不同创作语境中弃旧图新,拉开了世界现代诗歌发展的帷幕。至20世纪中叶,即《草叶集》面世一个世纪之后,学术界和一般读者才普遍认同爱默生的见解,开始全面接受惠特曼及其诗歌,逐渐公认他为美国最伟大的诗人,并将其创作遗产纳入美国文化资源的核心部分。他的诗歌被认为是体现了19世纪美国诗人对欧洲诗歌格律传统所进行的颠覆性变革,带动了美国乃至世界范围内现代诗歌的兴起。

　　《草叶集》先后出版了12版,全集收录了惠特曼共401首诗,记录着诗人一生的思想和探索历程,也反映出他的时代和国家的面貌,所以说这不仅是他的个人史诗,也是十九世纪美国的史诗。在美国文学史上,《草叶集》成了一个源头,成为20世纪美国现代主义诗歌运动的先驱。

　原典轻松读

从滚滚的人海中

从滚滚的人海中,一滴水温柔地来向我低语:

"我爱你,我不久就要死去;

我曾经旅行了迢遥的长途,只是为的来看你,和你亲近,

因为除非见到了你,我不能死去,

因为我怕以后会失去了你。"

现在我们已经相会了,我们看见了,我们很平安,

我爱,和平地归回到海洋去吧,

我爱,我也是海洋的一部分,我们并非隔得很远,

看哪,伟大的宇宙,万物的联系,何等的完美!

只是为着我，为着你，这不可抗拒的海，分隔了我们，

只是在一小时，使我们分离，但不能使我们永久地分离，

别焦急，——等一会——你知道我向空气、海洋和大地敬礼，

每天在日落的时候，为着你，我亲爱的缘故。

（莫家祥、高子居编：《西方爱情诗选》，漓江出版社 2019 年版）

文学小课堂

1. 金风玉露一相逢，便胜却人间无数

这是惠特曼一首很有特色的抒情诗，关于这首诗的写作背景，始终是评论家和文学家们最感兴趣的。就其内容和立意来看，美国著名的惠特曼研究专家盖·威·艾伦教授曾经指出，它很适合惠特曼与英国女传记家吉尔克利斯特夫人的关系。吉尔克利斯特夫人长期爱恋着惠特曼，但惠特曼始终采取回避的态度，只将她作为一个"亲密朋友"对待。但更可信的是诗人的朋友奥康纳夫人提供的一个线索，她说这首诗是为女作家朱丽叶·碧奇写的。不管到底是为谁而写，这首诗的确有生活的依据，是作者对自身一段恋情的真实态度和真实体验，但千千万万的读者未必都要先去了解惠特曼的生平再去读他的这首诗，因此，我们可以把它当作一个独立的"文本"去欣赏。作为一个独立的文本，它所传达的意蕴具有更加深沉、普适的人生意味。（何玉蔚《徐志摩的〈偶然〉与惠特曼的〈从滚滚的人海中〉》）

惠特曼终生未娶，却知道有不少女人曾经倾心于他。早期如女作家朱丽叶·碧奇，她曾以"一个女人"的名义撰文评价惠特曼："上帝祝福他吧。我知道，由于《草叶集》，沃尔特·惠特曼在人世间以及在人世之外都将是不朽的。"据说由于她对惠特曼的热爱，还给自己的家庭生活造成了"相当大的一场纷扰"。后期如英国女传记家吉尔克利斯特夫人，她曾经携儿带女来到美国，追求了惠特曼整整 3 年，最后不得不郁郁离去。

惠特曼对这些追求者始终是婉拒但亲切友好的，他终生未娶的原因据说是为了保持精神与肉体的"纯洁"。惠特曼是那种使命感很强的人，他命中注定要作为民族和时代的代言人。这使得他把几乎全部的精力都放在了诗歌创作上。

2. 《草叶集》及《草叶集》所带来的争议

《草叶集》是 19 世纪美国作家惠特曼的浪漫主义诗集，是世界闻名的佳作。这本书中的诗作包含了丰富而又深刻的思想内容，充分反映了十九世纪中期美国的时代精神，

开创了美国民族诗歌的新时代。作者在诗歌形式上有大胆的创新，创造了"自由体"的诗歌形式，打破了传统的诗歌格律，以断句作为韵律的基础，节奏自由奔放，汪洋恣肆，舒卷自如。

19世纪中后期的美国正处于一个自由、平等和民主精神像草叶一样传遍天下的时期，惠特曼的诗作对大自然的神奇、伟大进行了赞美，对处于社会下层的体力劳动者进行了歌颂，他站在激进资产阶级民主主义的立场上，对美国这块"民主的大地"进行了讴歌。这不仅对当时的美国意义非凡，而且对整个人类冲破封建观念和专制压迫的双重枷锁，走向民主、自由的光明未来，都有深远的意义。

在惠特曼从事诗歌创作的年代，控制美国诗坛的是所谓"高雅派"诗人，他们以模仿英国诗为能事，而他们模仿的，也只是维多利亚式浪漫主义的末流。一直到新诗运动开始时，美国诗还是未能脱离英国附庸的地位。惠特曼一反当时美国文坛脱离人民、脱离生活的陈腐贵族倾向，第一次把诗歌的"目光"聚焦在普通人和日常生活上，如赶车人、船夫、铁匠、木匠、排版工人、拉纤者等。诗人把这些人物概括为美国人的形象，赋予这些人优秀、高贵的品质，塑造出了众多为自由而战的"崭新的人的姿态"。

这部诗集的诗歌可以说从内容到形式都颠覆了在它之前美国诗人们遵循的欧洲诗歌的创作模式，而且是有意识的颠覆。所以它从问世至今饱受争议褒贬，但这些都掩盖不住它的光芒。这部诗集被尊崇为地道的美国诗歌的诞生标志，是19世纪世界文学史中最重要的诗集之一。

3. 如饮甘饴，余香在口

本文这首诗篇幅很短（才13行），却截然分成两部分：前面5行，主要引述爱人的低语；后面8行，抒发自己的感情。后8行中的头6行，是当面劝慰，说得让人折服；后2行是衷心的表达，显示对爱人至死不渝的忠贞的回报。结构顺畅而自然，读来如饮甘饴，过后余香在口，回味不已。

诗的前一部分写一位远道而来的情人对其情侣低诉着爱慕的衷曲，后一部分写那位情侣对她的婉拒，劝她回到人海中去，说只有那样才能永远不分离。诗人用大海中的两滴水作为比喻来谈两人的离合，很有深意，用来劝说一位自己不能接受的爱慕者则显得更加合情合理。在语言上，双方都那么温柔委婉，但前者重在热情、执着，后者显得比较冷静、理智，用带哲学色彩的道理从容解说，耐心开导。这种写法，与惠特曼一贯的慷慨激昂、粗犷豪放的诗风相比，显得低回温婉、意味深长，使读者获得人生的启悟：首先，视相爱为奇迹，倾心珍爱，在波涛滚滚的自然界的大海中，两滴水相遇了；在滚滚的社会生活的人海中，两个人相爱了，滚滚红尘，红尘滚滚，这简直是不可思议的事情。"背景的阔大与两滴水、两个人作为个体的渺小，形成了触目惊心的尖锐对立，两个个体在无限阔大的背景中相遇的概率几乎等于零。"应该说，这的确非常偶然，是不可预测的。然而，他们毕竟相遇了，交集了，这不能不说是奇遇、奇缘和奇迹，因而显得极为珍贵，值得庆幸、珍视和赞美，但相爱既是两个人之间的事又不仅仅是两个人之间的事，生活是一张网，他们生活在社会关系之网中，不得不受纵横交错、重重叠叠的社会规范、社会关系之网的约束和制约。对于每个个体而言，这是一种超人的力量，个体只能服从而难以完全超越，这就是诗中"不可抗拒的海"所象征的力量。因而难得相遇的恋人又不得不分离。这是无可奈何的人生悲剧，是爱的无奈、爱的沉重和不幸。然而诗人并没有就此止步，诗人向我们表露一种理性的达观与泰然。面对不可抗拒的超人力量，理性的选择只能是坦然平静地接受命运的安排，并对已获得的感到满足："现在我们已经相会了，我们看见了，我们很安静，我爱，和平地归回到海洋去吧。"这里表达了诗人理性的满足和达观。毕竟，虽然两人不能朝朝暮暮地相守在一起，但相爱的心永远在相互呼唤，相互吸引，遥致问候。

爱情是人类精神的一种最深沉的冲动，惠特曼的《从滚滚的人海中》向我们展现了这一人类精神的最深沉的冲动。黑格尔认为："在爱情里最高的原则是主体把自己抛舍给另一个性别不同的个体，把自己的独立的意识和个别孤立的自为存在放弃掉，感到自己只有在对方的意识里才能获得对自己的认识……在这种情况下，对方就只在我身上生活着，我也就只在对方身上生活着；双方在这个充实的统一里才实现各自的自为存在，双方都把各自的整个灵魂和世界纳入这种同一里。正是主体的这种内在的无限性使爱情在浪漫型艺术里占着重要的地位，这种重要的地位又因爱情所含的更高的丰富意蕴而得到提高。"如果这样的对方在自己短暂的一生中能够偶然的相遇、相知，那是一件多么值得庆幸的事呀！费尔巴哈曾说："爱就是成为一个人。"黑格尔说："爱情的旨趣在具体现实世界里就不能不遭到冲突，因为爱情之外还有许多其他生活旨趣，也要求得到实现，这就会破坏爱情的垄断。"爱是世上的幸福，但幸福并不是爱的全部礼遇，爱是团聚，但没有分离也就无所谓团聚。惠特曼的诗既写了爱的难得的、偶然的相遇，又写了爱的无奈和必然的分离，面对这种人生的困境，两位诗人又同样表达出一种理智的达观，睿智地表达出这样一种爱的意味：倘若没有先前的离别，就不会有眼前的团聚。人们自古以来就在探索爱情的秘密，试图认识它的本质，因为爱情既给人们带来明朗的欢乐，又给他们造成深深的痛苦，爱情的复杂性，给对它的研究带来了困难。爱情既合乎理性又不合乎理性，既出于本能又受到思想的鼓舞，既有生物性又有社会性。它把人的本性的许多方面结合起来。如果爱情仅仅出于本能，即仅仅具有生物性，那么它就不会蕴含着精神文明的魅力，它就会仅仅表现为一时的激情。如果爱情仅仅是理性的，仅仅来自人的思想，那它就无法永远振奋心灵，它的生命力也就枯竭了。"爱情把理性和非理性、本能和精神美结合在一起。这种欲求的生命力随着文明的发展而不断地升华。"惠特曼在诗作中展示了这样一种升华，他的诗作是爱的箴言，揭示了爱的真谛。

惠特曼的《从滚滚的人海中》对爱的遗憾、失落展示了一种理性的达观。惠特曼自称："我辽阔博大，我包罗万象"；"我接纳一切，不拒绝任何东西"。这一点在他的哲学思想方面特别明显，虽然惠特曼很早就声明过，他不想做哲学家，不想建立自己的学派。当然实际上他也的确没有系统的哲学理论，甚至缺乏前后一贯的哲学观点，只是作为一个诗人，他对哲学很感兴趣，很爱谈哲学，很想当一个预言家而已。他曾博览群书，包括西方的和东方的，古代的和近代的，从柏拉图到爱默生，从埃及神学到印度的神秘主义，以及当时已在美国流行的唯物主义理论，而当他以后开始酝酿写作《草叶集》，那种种不同的知识和观点，不但纷纷进入诗人的头脑中，形成一大堆错综复杂和彼此矛盾的观念，而且或多或少地表现在他的诗中，这就给《草叶集》蒙上了相当多的哲理色彩。另外，我们需要特别强调的是，惠特曼在哲学上受黑格尔影响最深，晚年更确认自己是"黑格尔派"。有学者甚至指出：黑格尔哲学在惠特曼的诗中犹如红细胞在血液中那样至关重要。

在《从滚滚的人海中》，大海使两滴水相聚又使它们分离，正因为分离又使它们念念不忘从而保存了爱。

4. 理性和感情、哲学和爱情、沉思和激动达到了完美统一

《从滚滚的人海中》写至死不渝的爱情。中国古代文学作品中描绘这种爱情的很多：梁祝化蝶、丽娘还魂、湘妃泪竹等，但像惠特曼如此辩证地波澜壮阔的写法，不多见。

惠特曼在《我俩，被愚弄了这多久》这首诗中说"我们便是大自然，我们违离已久，但现在我们又回来了"，"我们是两条鱼，双双地在大海中游泳"，"我们是交混的海洋，我们是互相滚转着，互相交濡着的两个快乐的海浪"，便道出了自由爱情的自然性。它只从形象比喻上佐证我们鉴赏的《从滚滚的人海中》，而在这首诗中才揭示出自然爱情的忠贞不渝。

诗人用海比喻人生，而把自己和爱人比成人海中的两滴水。海洋和它的浪、和它的一滴水是一体。一滴水渺小，它来自海洋又将回到海洋。爱人经过迢遥的长途，从滚滚人海中来，为的是在死前见上一面，或说是不远千里来相会，见了面，死了也心甘。相会了，看见了，爱情的追求满足了，但又得分离，又得回到茫茫人海中去。这使人联想到，茫茫星海中，牛郎与织女一年也只有七夕相会；奔波在人海中或相隔两地为人生献出力量的夫妻，也得旅行了迢遥的长途，来会爱人。之后，寒星还得孤独地停在天河两

岸，回到茫茫星海；分居的夫妇，还得投身洪流在人海中各自的岗位上去奋力工作。有如此经历的人，读了自会共鸣。

惠特曼不仅辩证地指出海洋和一滴水的关系，而且也辩证地理解了相会与分离的关系。水、浪，都"是海洋的一部分，我们并非隔得很远"，"不可抗拒的海，分隔了我们"，但在交混的海洋里，海浪会互相滚转、互相交濡；水会暂时分离，而不会永远分离。这暗喻出，相爱的人在身体上分离了，而精神上永不分离，爱情至死不渝。诗人从这辩证关系中欢呼："看哪，伟大的宇宙，万物的联系，何等的完美！"这是乐观的、哲学的思虑，这是博大、开阔的情怀，这就是惠特曼爱情诗的诗风。

抽象不能代替具体，一般不能代替个别，统笼的爱情辩证法中的宇宙精神不能代替分离了的爱人的心情。于是，诗人劝慰远方的爱人说："别焦急，——等一会——你知道我向空气、海洋和大地敬礼，/每天在日落的时候，为着你，我亲爱的缘故。"抒情主人公在为爱人祈祷，为未来的相会祈祷；在向大自然祈祷，向宇宙这个无所不在的"神"在日落时祈祷，这就显现了他的忠贞、虔诚、无时无刻爱情不萦绕在心头的心情。

这首诗中，虽有"长途""海洋""宇宙""万物""大地""日落"这些壮阔的意象，但它的基本艺术色彩不是宏观的。它采用了抒情主人公接受爱人温柔的低语后，自己娓娓动听地向爱人诉说、劝慰的口气与表达形式。虽然他也有内心的喜悦、眷恋和激动，但抒情主人公是豁达的、平和的、安静的、沉思的，这是一个有哲学头脑、心地开阔、充满理性的抒情主人公。塑造这样的抒情主人公形象，诗人结合了理性和感情、哲学和爱情、沉思和激动，达到了艺术的完美。

课后小论坛

1. 《从滚滚的人海中》开头一节作者表达了怎样的情感？

2. 《从滚滚的人海中》中作者叙述爱情的视角独特，试着结合本首诗做出分析。

3. 我们每个人在一生之中，都会遇见很多人，都是处在滚滚的人潮之中，但滚滚红尘中，谁才是我们的真爱？这可能是我们需要耗费一生去思考与对待的问题，而惠特曼，赋予这人生追求以无穷诗意。试着结合这首诗分析一下作者表达了怎样的感情。

第七篇 事业篇
SHIYE PIAN

　　人生一世，存在的意义是什么？这是每一位哲人都在思索的哲学问题，也是生而为人所绕不过的人生命题。我们是否存在过？留下了什么？我们有无踪迹？活着的目的和意义是什么？这些问题的答案很多，莫衷一是。高尔基曾说道："人是要死的，谁也活不了几百岁，他的事业定会永垂不朽。"弥尔顿有言："传你不朽之名，非你之子孙，乃你事业也。"高尔基、弥尔顿道出了事业之于每个生命个体的重要性。历史上众多往圣先哲殚精竭虑、勤勉笃行成就了功业，千载传承。孔子创立儒家学派，整理典籍，开坛授徒，诲人不倦，传承文化，成万世师表；司马迁忍辱含垢，发愤著书，历时十余载，终于完成了名垂千古的史家绝唱；宋应星体恤民艰、谨于调查，增广见闻、勤于调查，勇于实践，终成古代科技名著《天工开物》。他们以自己毕生的精力致力于有意义的事业，虽历尽万难，付出常人难以想象的努力，终有所成就。他们坚定、执着、冷静、创新、果敢的人格品质给后人留下了可资借鉴的宝贵财富。事业，是我们立身之本，是个体生命的意义所在，是成就个体生命价值、造福人类的福祉！

周公吐哺，天下归心

——曹操《短歌行》

 阅读小贴士

　　曹操（155—220），字孟德，小名阿瞒，沛国谯郡（今安徽亳县）人，东汉末年的政治家、军事家、文学家。曹操"外定武功，内兴文学"，统一中国北方；他知人善察，唯才是举；是建安文学的开创者和组织者。但历来人们对他毁誉参半。当年，汝南名士许劭称其为"治世之能臣，乱世之奸雄"，陈寿在《三国志》中评价他："抑可谓非常之人，超世之杰矣！"戏曲舞台上常把曹操塑造成白脸的奸臣，一个阴险、残忍、狡诈、狠毒的人物。站在历史的高度看待曹操，我们首先必须承认他对历史的推动作用，肯定他的贡献。

　　建安十三年（208），曹操"挟天子以令诸侯"，先后击败吕布、袁术等豪强集团，又在著名的官渡之战一举消灭了强大的袁绍势力，并征服了乌桓，统一了北方。这年冬天，他亲率83万大军，列阵长江，与"孙刘联盟"战于赤壁之下，想一统天下，结果大败。当时曹操已经54岁，面对战乱连年，统一中国的事业仍未完成的社会现实，因而忧愁幽思，苦闷煎熬。但他并不灰心，仍以统一天下为己任，决心广泛延揽人才，招纳贤士，建功立业，遂写下了这首《短歌行》。

 **原典轻松读**

短歌行[1]

对酒当歌，人生几何！譬如朝露，去日苦多。

慨当以慷[2]，忧思难忘。何以解忧？惟有杜康。

青青子衿，悠悠我心[3]。但为君故，沉吟至今。

呦呦鹿鸣[4]，食野之苹。我有嘉宾，鼓瑟吹笙。

明明如月，何时可掇？忧从中来，不可断绝。

越陌度阡，枉用相存[5]。契阔谈宴，心念旧恩。

月明星稀，乌鹊南飞。绕树三匝，何枝可依？

山不厌高，海不厌深[6]。周公吐哺[7]，天下归心。

（朱东润：《中国历代文学作品选》，上海古籍出版社 2008 年版）

注释：

[1] 行：古代诗歌的一种体裁。《短歌行》是汉乐府旧题，属于《相和歌辞·平调曲》，本来是一个乐曲的名称，但最初的古辞已经失传。乐府里收集的同名诗歌 24 首，最早的是曹操的这首。曹操传世的《短歌行》共有两首，这是其中一首。

[2] 慨当以慷：指宴会上的歌声激昂慷慨。慨当以慷是"慷慨"的间隔用法。

[3] 青青子衿，悠悠我心：语出《诗经·郑风·子衿》，是一首女子思念恋人的短歌。子：男子的美称。衿：周代读书人的服装。诗人借此表达对贤才的渴慕之情。

[4] 呦呦鹿鸣：鹿呦呦地叫。以下四句出自《诗经·小雅·鹿鸣》，该诗表现了盛宴招待宾客的情景。诗人借此表达自己对贤才的热切欢迎。

[5] 枉用相存：屈驾来访。枉：枉驾的意思。用：以。存：问候，怀念。

[6] 山不厌高，海不厌深：化用《管子·形解》中"海不辞水，故能成其大；山不辞土，故能成其高；明主不厌人，故能成其众"，表示希望尽可能多地接纳人才。

[7] 周公吐哺，天下归心：据《史记·鲁周公世家》记载，周公多次在家吃饭时，为接待贤士而中途停止吃饭。诗人表示自己会像周公一样热切殷勤地招待贤才，使天下的人才心悦诚服地归顺自己。

 **文学小课堂**

《短歌行》抒写的是政治家、军事家兼诗人的曹操在特定的历史环境下对人生苦短和时光易逝的苦闷和感叹，同时也以真诚和迫切的心情抒发了自己招揽贤才的良苦用

心、建功立业的宏图大志。全诗前面部分写得沉郁悲凉，后面部分写得慷慨激昂，作者的情感有低沉有起伏更有高亢，较为典型地体现了"慷慨悲凉"的建安风骨，是建安文学的代表作品，也是曹操传世的千古名篇。

本诗每八句为一节。第一小节，从"对酒当歌"到"唯有杜康"。作者用"朝露"来比喻人生短暂，"朝露"这个意象，在古诗文中有特定的含义，即生命短促易逝，如"人生处一世，去若朝露晞"（曹植《赠白马王彪》）、"浩浩阴阳移，年命如朝露"（《古诗十九首·驱车上东门》）。这几句诗体现的是中国古代文人对生命真相的哲学思考，对生命短暂、宇宙永恒的深切体悟。

中国诗人自古以来就与酒有着不解之缘，他们借着酒意尽情挥洒着诗兴，写下了无数美丽的诗篇。诗仙李白有着"莫使金樽空对月""与尔同销万古愁"的豪放浪漫；苏轼既有着"把酒问青天"的纯真，也有着"一樽还酹江月"的无奈；李清照有着"沉醉不知归路"的欢乐与温馨，也有着"三杯两盏淡酒，怎敌他晚来风急"的沉哀凄苦；饱经沧桑、忧郁的诗圣杜甫也曾唱出过"白日放歌须纵酒，青春作伴好还乡"的心曲。由此可见，中国的诗酒文化源远流长。忧虑人生短暂而借酒浇愁，这样一来，全诗的基调是不是消极的、低沉的？显然不是，作者的这种忧思，源于内心的焦急，正因人生短暂，才更渴望招纳贤才、为己所用、建功立业。这里讲"人生几何"，不是叫人"及时行乐"，而是要及时地建功立业。从表面上看，曹操是在抒个人之情，实际上却是在巧妙提醒广大贤士：人生就像"朝露"那样易于消逝，贤士应该珍惜时间，及时施展自己的才华。

第二节从"青青子衿"到"鼓瑟吹笙"。这一节揭示了曹操"忧"之内容和原因，曹操急于实现人生理想，深感人生有限，他要实现理想，迫切需要什么条件？君子生非异也，善假于物也，他迫切需要人才的辅助！诗人是如何表达对人才渴盼的呢？诗中化用典故，借用了《诗经》中的句子"青青子衿，悠悠我心"。原句是表达一个姑娘对情人的思念，曹操把它借用过来，表达对贤才的渴求，姑娘对情人的深深思念，正切合曹操的心态，借用得天衣无缝，准确生动。曹操如何对待人才？从何处可以看出其对人才的态度？这句"呦呦鹿鸣，食野之苹。我有嘉宾，鼓瑟吹笙"引用《诗经·小雅·鹿鸣》中的四句，描写宾主欢宴的情景，意思是说只要你们到我这里来，我是一定会待以"嘉宾"之礼，我们是能够欢快融洽地相处并合作的。曹操为理想尚未实现而忧愁，发出了人生短暂之叹，这不是不思进取者的消极之"叹"，是渴望贤才帮助建功立业的英雄之叹，是进取中的忧叹，追求中的苦闷。表达了诗人抓紧时间干一番大事业的强烈愿望，隐含着的仍是积极昂扬的精神。

第三节从"明明如月"到"心念旧恩"。此处的"忧"和上文的"忧"内涵相同吗？诗人为何而忧？"明明如月，何时可掇？"诗人用月比喻人才，深情呼唤：天下贤才，我何时才能得到你们呢？显然这里"忧"的内涵是"贤才难得"。这一节中后四句意思是：客人（指人才）穿过纵横交错的小路，枉驾来访，主客久别重逢，欢快畅谈，念念不忘往日的情谊。曹操面对满座嘉宾，感谢他们的到来。看着众多的贤才，曹操内心应是什么样的情绪？当然是满心喜悦，那他为什么还要"忧"呢？因为曹操虽然已经拥有许多人才，但他并不满足，还希望有更多的人才到他这里来。因为他所做的是一项伟大的事业，自然需要大量的人才，这一"忧"一"喜"，正好深刻揭示了曹操求贤若渴的心情。

第四节从"月明星稀"到"天下归心"。曹操渴求人才，而天下人才也不是仅仅在等待，他们也在寻找自己的用武之地。"绕树三匝，何枝可依？"比喻贤才尚在徘徊，并急于寻找可依托的明主，流露出诗人唯恐贤士不来的焦急心情。诗中充满对人才的渴盼，一片谦恭之气。而其中又自有一种霸气，大家看最后这两句——"周公吐哺，天下归心"，借周公的典故，以虚心待贤的周公自比，既表达了对人才的谦敬，又委婉地流露出其吞吐天下的雄心壮志，气势是宏大的，意义是深远的。"山不厌高，水不厌深"，诗人正是为了成为高山，成为深海，才如此虚怀若谷。心里没有霸气的人，笔下便没有霸气。

课后小论坛

1. 诗人反映诗人渴求建功立业的诗句有哪些？

2. 这首《短歌行》运用了哪些比喻和典故？说说它们在诗中的作用。

3. 本诗最能反映诗人求贤若渴的诗句有哪些？诗人使用了什么表达手法？

生存还是死亡，泰山还是鸿毛

——司马迁《报任安书》

 阅读小贴士

司马迁（约前145—?），西汉著名史学家、文学家和思想家，字子长，夏阳（今陕西韩城南）人。其父司马谈是汉朝太史令。司马迁早年游踪遍及南北，到处考察风俗，采集传说。他初仕郎中，曾奉使西南。元鼎六年（前111）回家，正值父亲病重。父亲临终前嘱咐他说："余先周室之太史也。自上世尝显功名于虞夏，典天官事。后世中衰……余死，汝必为太史；为太史，无忘吾所欲论著矣。"父亲告诫他不要"废天下之史文"。元封三年（前108），司马迁继父职，任太史令，得以博览皇家珍藏的大量图书、档案和文献，为《史记》的写作积累了丰富的资料。天汉二年（前99），在《史记》草创未就之际，司马迁因替投降匈奴的李陵辩解而被捕下狱，受腐刑。出狱后任中书令（掌管皇家机要文件），继续发愤著书，于征和二年（前91）写成《史记》。

《报任安书》是司马迁给朋友任安的一封回信，是一篇激切感人的至情散文，是对封建专制的血泪控诉。司马迁用千回百转之笔，表达了自己的光明磊落之志、愤激不平之气和曲肠九回之情。辞气沉雄，情怀慷慨。司马迁因李陵之祸，被捕下狱，惨遭宫刑。出狱后，任中书令；表面上看，这是宫中的机要职务，实际上却是以一个宦者的身份在内廷侍候，为一般士大夫所鄙视。在这期间，任安写信给他，希望他利用中书令的地位"推贤进士"。出于以往的沉痛教训和对黑暗现实的深刻认识，司马迁觉得实在难以按任安的话去做，所以一直没有复信。后来，任安以重罪入狱，司马迁担心任安一旦被处死，就会永远失去向他解释的机会，使他抱憾终生，同时自己也无法向老朋友一抒胸中的积愤，于是写下了这篇《报任安书》。

原典轻松读

报任安书（节选）

夫人情莫不贪生恶死，念亲戚[1]，顾妻子。至激于义理者不然，乃有不得已也。今仆不幸，早失父母，无兄弟之亲，独身孤立，少卿视仆于妻子何如哉？且勇者不必死节，怯夫慕义[2]，何处不勉焉。仆虽怯懦欲苟活，亦颇识去就之分[3]矣，何至自湛溺累绁[4]之辱哉！且夫臧获婢妾[5]，犹能引决，况若仆之不得已乎？所以隐忍苟活，函粪土之中而不辞者[6]，恨私心有所不尽，鄙陋没世而文采不表于后也[7]。

古者富贵而名摩灭[8]，不可胜记，唯俶傥[9]非常之人称焉。盖西伯拘，而演《周易》[10]；仲尼厄，而作《春秋》[11]；屈原放逐，乃赋《离骚》；左丘失明，厥有《国语》[12]；孙子膑脚，《兵法》修列；不韦迁蜀，世传《吕览》；韩非囚秦，《说难》《孤愤》[13]；《诗》三百篇，大氐[14]圣贤发愤之所为作也。此人皆意有所郁结，不得通其道[15]，故述往事，思来者[16]。乃如左丘无目，孙子断足，终不可用，退论书策[17]，以舒其愤，思垂空文以自见[18]。

仆窃不逊[19]，近自托于无能之辞，网罗天下放失[20]旧闻，考之行事，稽其成败兴坏之理[21]，上计轩辕[22]，下至于兹，为十表，本纪十二，书八章，世家三十，列传七十，凡百三十篇。亦欲以究天人之际[23]，通古今之变，成一家之言。草创未就，适会此祸，惜其不成，是以就极刑而无愠色。仆诚已著此书，藏之名山，传之其人[24]，通邑大都。则仆偿前辱之责[25]，虽万被戮[26]，岂有悔哉？然此可为智者道，难为俗人言也。

且负下未易居，上流多谤议[27]。仆以口语遇遭此祸，重为乡党戮笑，以污辱先人，亦何面目复上父母之丘墓乎？虽累百世，垢[28]弥甚耳！是以肠一日而九回，居则忽忽若有所亡，出则不知所如往。每念斯耻，汗未尝不发背沾衣也。身直为闺阁之臣[29]，宁得自引[30]深藏于岩穴邪？故且从俗浮沉，与时俯仰[31]，通其狂惑[32]。今少卿乃教以推贤进士，无乃与仆之私指[33]谬乎？今虽欲自雕瑑[34]，曼辞以自饰[35]，无益于俗，不信[36]，适足取辱耳。要之[37]死日，然后是非乃定。书不能悉意，略陈固陋。谨再拜。

（刘义钦等主编：《中国历代文学作品选读》，河南科学技术出版社 2013 年版。略有改动）

注释：

[1] 亲戚：指父母、亲人。

[2] 怯夫慕义：怯懦的人也会仰慕节义。

[3] 去就之分：指舍生就义的道理。

[4] 湛溺：是说陷身其中，不能自拔。湛：同"沉"。累（léi）绁（xiè）：捆绑犯人的绳索，引申为牢狱。累：同"缧"。

[5] 臧获婢妾：男女奴仆。臧获：古代对奴婢的贱称。

[6] 函：包围。粪土：指监狱。

[7] 没（mò）世：终结一世，即死。文采：指文章。

[8] 摩：通"磨"，拭去。

[9] 俶（tì）傥（tǎng）：卓越豪迈，才华不凡，不受拘束。

[10] 传说文王被拘禁时，把《易》的八卦推演为六十四卦。

[11] 厄：受困。孔子困厄不得志而著《春秋》。

[12] "左丘"句：左丘即左丘明。左丘明因双目失明才撰写《国语》。关于他失明的事，他书未见记载。《国语》是否为他所作，学者多有疑问。

[13] 韩非囚秦：韩非子，韩国人，入秦被李斯陷害入狱死。《说难》《孤愤》是韩非著作中的两篇。

[14] 氐：同"抵"。

[15] 通其道：行其道，即实现其理想。

[16] 思来者：希望后人能够理解自己的志向节操。

[17] 书策：写作，著书。策：竹简。

[18] 垂：流传。空文：指文章著作。文章不是社会实际功业，故称"空"。

[19] 窃不逊：私下里不自量力。谦语。

[20] 放失（yì）：因战乱而散失的事物。失：同"佚"。

[21] 稽：考察。理：道理，规律。

[22] 轩辕：黄帝名。

[23] 天人之际：天道与人事的关系。

[24] 其人：指志同道合之人，能传布自己著作的人。

[25] 责（zhài）：同"债"，指所遭受的冤屈和耻辱。

[26] 戮：辱。

[27]"负下"句：负下指负罪而在卑贱地位。上流：向上游行。

[28]垢：耻辱。

[29]闺阁之臣：指宦官。《说文解字·门部》段玉裁注："汉人所谓阁者，皆门旁户也，皆于正门之外为之。""闺""阁"组词，可释为内室，亦借指女子居住之所。

[30]引：引退。

[31]俯仰：应付，周旋。

[32]通其狂惑：抒发我的悲愤。通：抒发。狂惑：狂妄、疑惑。此为愤激之词。

[33]私指：私意，自己的态度和意向。指：同"旨"。

[34]自雕瑑（zhuàn）：修饰、美化自己。雕：雕刻。瑑：雕刻成连绵状的花纹。

[35]曼辞以自饰：用美妙的言辞来自我粉饰安慰。曼辞：美饰之辞。

[36]不信：不被信任。

[37]要之：总而言之。

译文：

按人之常情，没有不贪生恶死、顾念父母妻子的，至于为义理所激发的人不是这样，他们是有不得已之处。如今我不幸父母早逝，没有兄弟亲人，独自一人孤立世上，你看我对妻子怎么样呢？而且勇敢的人不一定为节义而死，怯懦的人如果仰慕节义，在什么情况下不能勉励自己呢？我虽然怯懦，想苟且活下来，也很懂得舍生就义的道理，何至于甘心陷入囚禁而受污辱呢！而且奴仆婢妾尚且能够自杀，何况我处在不得已的情况下，不是更该一死吗？我所以暗自忍耐着苟活下来，幽禁在污秽的监狱中而甘愿忍受，是因为我怨恨心中想做的事尚未完成，如果在耻辱中离开人世，我的文章著述便不能表明于后世。

古时候富足尊贵而声名磨灭不传的人，多得无法记述，唯有卓越的人能受到后人的称道。周文王被拘禁而推演出《周易》；孔子受困厄而作《春秋》；屈原被放逐，才写出《离骚》；左丘明双目失明，写出《国语》；孙子被截去双足，而兵法得以编写出来；吕不韦迁居蜀地，《吕览》流传于后世；韩非在秦国被捕下狱，写出了《说难》《孤愤》；《诗》三百篇，大都是贤人、圣人抒发他们内心的愤懑而作出来的。这些人都是心意有抑郁闷结之处，理想不得实现，所以才追述过去的事，而寄希望于未来的人。就像左丘明双目失明，孙子截去双足，再也不能被重用了，于是退隐著书，以此抒发内心的愤懑，期望文章能流传后世，使自己的心意得以表白。

近年来，我不自量力，运用拙劣的文辞，搜集天下散失的历史传闻，大略地考订其事实，综合起来。说明事实的本末，考察其成功、失败、兴起、衰亡的规律，上从黄帝算起，下至于今，写成表十篇，本纪十二篇，书八篇，世家三十篇，列传七十篇，共一百三十篇。也是想用来弄清天象和人事的关系，通晓从古到今的变化，而成为一家之言。草创未成，遭逢这起灾祸。我痛惜全书没有完成，因此，受极残酷的刑罚而没有怨恨的表示。如果我真能著成这部书，把它藏在名山之中，传播于大都邑里能了解我的人，那么，我就还了受屈辱的债，即使受刑被杀一万次，有什么可后悔的呢！然而这些只可以向有智慧的人去说，难于对世俗的人去讲。

而且，背负着因罪受刑的坏名声，在社会上不容易居处；处于低下卑贱地位的人常常受到诽谤、非难。我因说话而遭逢这场灾祸，深为乡里所耻笑。因为玷污、辱没了祖上，我又有什么脸面再到父母的坟墓上去呢？即使延续到百世，耻辱仍会越来越深。因此，痛苦之情在肠中整天转来转去，平日在家往往恍惚迷离，若有所失，出门常常不知要到何处去。每当念及这桩耻辱，未尝不汗流浃背、沾湿衣服。我仅是一个宦官，与居于内室的女子类似，哪里能自由自在地引退隐居山中呢？所以，暂且随世俗而浮沉、与时势相俯仰地活下去，以抒发自己内心的郁结。如今少卿竟教我推贤进士，恐怕和我个人的想法相违背吧？现在即使我想用推贤进士的行动、用美好的言辞来自我粉饰，也没有用，不会取得世俗的信任，恰恰足以得到耻辱而已。总之，人死了之后是非才能有定论。这封信不能详尽地表达我的心意，只是大略地陈说我的鄙陋之见。谨再拜。

（王俊刚主编：《力量的源泉：新世纪共青团干部必读》文史卷，山西教育出版社2006年版）

 文学小课堂

在《报任安书》中，司马迁通过富有特色的语言，真切地表达了激扬喷薄的愤激感情，表现出峻洁的人品和伟大的精神，可谓字字血泪，声声衷肠，气贯长虹，催人泪下。《报任安书》可以说是由司马迁的满腔血泪凝成的不朽奇文，是他伟大人格集中而直接、深沉而辉煌的集中展示。在文中，司马迁以极为激愤的心情，申述了自己的不幸遭遇，抒发了内心的无限痛苦，表现了他为实现理想而甘受凌辱、坚韧不屈的战斗精神。文章感情真挚，语言流畅，具有强烈的艺术感染力。它留给后世的是无尽的悲壮和无穷的沉思。它在思想内容上表现了一个奇人的奇伟情操，在行文、语言上纵横开阖，

笔法雄健，让人千年后仍能想见司马迁的为人，理解他、敬佩他。

1. 《史记》：史学创作的一座高峰

《史记》是我国第一部纪传体通史，记载了从传说中的黄帝到汉武帝长达三千年间的历史。全书共130篇，包括本纪12篇、世家30篇、列传70篇、年表10篇、书8篇，共52万字。本纪、世家、列传用于记述人物事迹，书用于说明各种制度的发展变化，表用于显示史事的脉络，奠定了后世写史的体例。

《史记》有很高的史学价值。班固称赞这部书说："善序事理，辩而不华，质而不俚，其文质，其事核，不虚美，不隐恶，故谓之实录。"（《汉书·司马迁传》）意思是它高度地反映了历史的真实。

2. 艺术手法多样化倾泻出入情、入理、动心的悲愤之作

（1）全文融议论、抒情、叙事于一体。文情并茂，叙事简括，都在为议论铺垫，议论之中感情自现。文中大量的铺陈和排比，增强了感情抒发的磅礴气势。如叙述腐刑的极辱，从"太上不辱先"以下，十个排比句，竟连用了八个"其次"，层层深入，一气贯下，最后逼出"最下腐刑极矣"。这类语句，有如一道道闸门，将司马迁心中深沉的悲愤越蓄越高，越蓄越急，最后喷涌而出，一泻千里，如排山倒海，撼天动地。

（2）典故的运用，使感情更加慷慨激昂，深沉壮烈。用西伯、李斯、韩信等王侯将相受辱而逆境奋起的典故，直接引出"古今一体"的结论，愤激地控诉了包括汉王朝在内的封建专制下的酷吏政治。用周文王、孔子、屈原等古圣先贤愤而著书的典故，表现了自己隐忍的苦衷、坚强的意志和奋斗的决心。这些典故，援古证今，明理达情，让我们更深刻地感受到了作者伟岸的人格和沉郁的感情。

（3）修辞手法的多样，丰富了感情表达的内涵。如"盖西伯拘，而演《周易》"以下八个叠句，实际隐含着八组对比，同时又两两对偶，与排比相结合，既表明了对历史上杰出人物历经磨难而奋发有为的现象的认识，又表明了以他们为榜样，矢志进取、成就伟业的坚强意志，气势雄浑，令人欲悲欲叹。其他像引用、夸张、讳饰等修辞手法的运用，都真切地表达出作者跌宕起伏的情感，有时奔放激荡，不可遏止；有时隐晦曲折，欲言又止，让我们似乎触摸到了作者内心极其复杂的矛盾与痛苦。

（4）本文的行文线索也很有特点，文章迂回曲折，但又脉络清晰。司马迁把难以推贤进士的原因作为叙述的线索，把无资格荐才作为议论的线索，把立志发愤著书作为抒情的线索，条理清楚，环环相扣，层层深入。全文呈现出总分总的结构模式，围绕一个"辱"字，诉说了自己的不幸遭遇和精神上难以形容的苦痛，表现了自己发愤著书、

雪耻传名的顽强意志。情感跌宕起伏，奔放而曲折，可谓理至而情切。因而，《古文观止》总结说："此书反复曲折，首尾相续，叙事明白，豪气逼人。其感慨啸歌，大有燕、赵烈士之风；忧愁幽思，则又直与《离骚》对垒。文情至此极矣。"

课后小论坛

1. 在这封《报任安书》里，司马迁再度提出了前贤因"发愤"而著述的说法，以暗示自己的撰述《史记》，与前者实有同样的内在缘由。自己忍辱含垢，以"就极刑""万被戮"的非凡勇气，是为了创作出"藏诸名山，传之其人"的伟大作品，表现了为事业献身的坚韧毅力和百折不挠的顽强精神。结合史实，谈谈你的理解。

2. 司马迁在面对人生灾难时，既隐忍苟活、忍辱负重，又意志坚定、顽强奋斗，最终完成了被鲁迅先生称为"史家之绝唱，无韵之离骚"的《史记》。请问本文是从哪几个方面来表现他的这种精神的？

3. 司马迁在《报任安书》中提出了"人固有一死，或重于泰山，或轻于鸿毛，用之所趋异也"的观点，请结合当代青年的人生观来谈谈你的体会。

呕心沥血，吟情平凡世界

——路遥《早晨从中午开始》

阅读小贴士

　　路遥（1949—1992），陕西清涧人。原名王卫国，"路遥"是他 1970 年在《延川文化》上发表短诗《车过南京桥》时取的笔名。从小家境贫寒，7 岁时过继给了延川的伯父。1966 年初中毕业后回到农村，做过民办小学教师、县文艺宣传队创作员等临时性工作。与志同道合的朋友共同编辑诗集《延安山花》，也曾创办县级小型文艺报纸《山花》。1973 年进入延安大学中文系读书，同年 7 月发表短篇小说《优胜红旗》，这是他公开发表的第一篇小说。1976 年 8 月分配至陕西作协主办的《延河》编辑部任编辑。1980 年在《当代》杂志第 3 期发表《惊心动魄的一幕》。该作品获得首届全国优秀中篇小说奖，引起文坛关注。1982 年在大型文学期刊《收获》上发表中篇小说《人生》。随后小说被西安电影制片厂著名导演吴天明改编成同名电影，引起全国的轰动，这一年也被戏称为"路遥年"。1982 年路遥辞去《延河》杂志编辑工作，开始从事专业创作。经过 6 年紧张而艰苦的工作，三卷本一百余万字的《平凡的世界》终于在 1988 年 5 月全部完成，并于 1991 年获得第三届茅盾文学奖。1992 年，路遥因积劳成疾，肝硬化腹水去世，年仅 42 岁。

　　《早晨从中午开始》是路遥获得"茅奖"之后于 1991 年冬 1992 年初春所作，是关于长篇小说《平凡的世界》的一部 5 万多字的创作随笔，主要记录了创作《平凡的世界》的背景、思考、经历及情感。作品完成后不久，作家病逝，该文成为路遥生命最后的绝唱。

 原典轻松读

早晨从中午开始

1①

小说《人生》发表之后，我的生活完全乱了套。一年后，电影上映，全国舆论愈加沸腾，我感到自己完全被淹没了。

那么，我应该怎么办？

有一点是肯定的：眼前这种红火热闹的广场式生活必须很快结束。作家的劳动绝不仅是为了取悦于当代，而更重要的是给历史一个深厚的交代。如果为微小的收获而沾沾自喜，本身就是一种无价值的表现。最渺小的作家常关注着成绩和荣耀，最伟大的作家常沉浸于创造和劳动。

我决定要写一部规模很大的书。

作品的框架已经确定：3 部，6 卷，100 万字。作品的时间跨度从 1975 年初到 1985 年初，为求全景式反映中国近 10 年间城乡社会生活的巨大历史性变迁。人物可能要近百人左右。

我已经认识到，这样一部以青春和生命作抵押的作品，是不能用"实验"的态度投入的，它必须在自己认为是较可靠的、能够把握的条件下进行。老实说，我不敢奢望这部作品的成功，但我也"失败不起"。

2

进入具体的准备工作后，首先是一个大量的读书过程。有些书是重读，有些书是新读。有的细读，有的粗读。

读书如果不是一种消遣，那是相当熬人的，就像长时间不间断地游泳，使人精疲力竭，有一种随时溺没的感觉。

书读得越多，你就越感到眼前是数不清的崇山峻岭。在这些人类已建立起的宏伟精神大厦面前，你只能"侧身西望长咨嗟"！

这次专门的读书活动进行到差不多甚至使人受不了的情况下，就立刻按计划转入另一项"基础工程"——准备作品的背景材料。

---

① 序号为《党建》编者所加。

　　较为可靠的方式是查阅这 10 年间的报纸——逐日逐月逐年地查。工作量太巨大，中间几乎成了一种奴隶般的机械性劳动。眼角糊着眼屎，手指头被纸张磨得露出了毛细血管，搁在纸上，如同搁在刀刃上，只好改用手的后掌（那里肉厚一些）继续翻阅。

<h3 style="text-align:center">3</h3>

　　我感到室内的工作暂时可以告一段落，应该进入另一个更大规模的"基础工程"——到实际生活中去，即所谓"深入生活"。我提着一个装满书籍资料的大箱子开始在生活中奔波。一切方面的生活都感兴趣。乡村城镇、工矿企业、学校机关、集贸市场；国营、集体、个体；上至省委书记，下至普通老百姓；只要能触及的，就竭力去触及。有些生活是过去熟悉的，但为了更确切体察，再一次深入进去——我将此总结为"重新到位"。有些生活是过去不熟悉的，就加倍努力，争取短时间内熟悉。

　　春夏秋冬，时序变换，积累在增加，手中的一个箱子变成了两个箱子。

　　奔波到精疲力竭时，回到某个招待所或宾馆休整几天，恢复了体力，再出去奔波。走出这辆车，又上另一辆车；这一天在农村的饲养室，另一天在渡口的茅草棚；这一夜无铺无盖和衣躺着睡，另一夜绥被毛毯还有热水澡。无论条件艰苦还是舒适，反正都一样，因为愉快和烦恼全在于实际工作收获大小。

　　在这无穷的奔波中，我也欣喜地看见，未来作品中某些人物的轮廓已经渐渐出现在生活广阔的地平线上。

<h3 style="text-align:center">4</h3>

　　不知不觉已经快 3 年了。真正的小说还没写一个字，已经把人折腾得半死不活。

　　我决定到一个偏僻的煤矿去开始第一部初稿的写作。这个考虑基于以下两点：一、尽管我已间接地占有了许多煤矿的素材，但对这个环境的直接感受远远没有其他生活领域丰富。二、写这部书我已抱定吃苦牺牲的精神，要排斥舒适，要斩断温柔，只有在暴风雨中才可能有豪迈的飞翔；只有用滴血的手指才有可能弹拨出绝响。

　　正是秋风萧瑟的时候，我带着两大箱资料和书籍，带着最主要的"干粮"——十几条香烟和两罐"雀巢"咖啡，告别了西安，直接走到我的工作地——陈家山煤矿。

　　写作整个地进入狂热状态。身体几乎不存在；生命似乎就是一种纯粹的精神形式。日常生活变为机器人性质。

　　凌晨，万般寂静中，从桌前站立起来，常常感到两眼金星飞溅，腿半天痉挛得挪不开脚步。

　　躺在床上，有一种生命即将终止的感觉，似乎从此倒下就再也爬不起来。

长卷作品的写作是对人的精神意志和综合素养的最严酷的考验。它迫使人必须把能力发挥到极点。你要么超越这个极点，要么你将猝然倒下。

只要没有倒下，就该继续出发。

5

写作中最受折磨的也许是孤独。

现在，屈指算算，已经一个人在这深山老林里度过了很长一段日子。多少天里，没和一个人说过一句话。白天黑夜，一个人孤零零地待在这间房子里，做伴的只有一只老鼠。

这就是生活。你既然选择了一条艰难的道路，就得舍弃人世间的许多美好。

有一天半夜，当又一声火车的鸣叫传来的时候，我已经从椅子上起来，什么也没有想，就默默地、急切地跨出了房门。我在料峭的寒风中走向火车站。

火车站徒有其名。这里没有客车，只有运煤车。除过山一样的煤堆和一辆没有气息的火车，四周围静悄悄地没有一个人。

我悲伤而惆怅地立在煤堆旁。我明白，我来这里是要接某个臆想中的人。我也知道，这虽然有些荒唐，但肯定不能算是神经错乱。我对自己说："我原谅你。"

悄悄地，用指头抹去眼角的冰凉，然后掉过头走回自己的工作间——那里等待我的，仍然是一只老鼠。

6

第一部初稿终于完成了。

第二部第一稿的写作随即开始。

这次换了地方，到黄土高原腹地中一个十分偏僻的小县城去工作。

第二部完全结束，我也完全倒下了。身体状况不是一般地失去弹性，而是弹簧整个地被扯断。

其实在最后的阶段，我已经力不从心，抄改稿子时，像个垂危病人半躺在桌面上，斜着身子勉强用笔在写。几乎不是用体力工作，而纯粹靠一种精神力量在苟延残喘。

稿子完成的当天，我感到身上再也没有一点劲了，只有腿、膝盖还稍微有点力量，于是，就跪在地板上把散乱的稿页和材料收拾起来。

终于完全倒下了。

在那些苟延残喘的日子里，我坐在门房老头的那把破椅子里，为吸进去每一口气而拼命挣扎，动不动就睡得不省人事，嘴角上像老年人一样吊着肮脏的涎水。有的熟人用好笑的目光打量着我，并且正确地指出，写作是绝不能拼命的。而生人听说这就是路遥，不免为这副不雅相大惑不解：作家就是这个样子？

作家往往就是这个样子。这是一种并不潇洒的职业。它煞费人的心血，使人累得东倒西歪，甚至像个白痴。痛苦，不仅是肉体上的，更是精神上的。我第一次严肃地想到了死亡。我看见，死亡的阴影正从天边铺过来。我怀着无限惊讶凝视着这一片阴云。我从未意识到生命在这种时候就可能结束。

7

不能迷信大城市的医院。据说故乡榆林地区的中医很有名，为什么不去那里？

故乡，又回到了你的怀抱！每次走近你，就是走近母亲。你的一切都让人感到亲切和踏实。内心不由得泛起一缕希望的光芒。在这个创造了你生命的地方，会包容你的一切不幸与苦难。就是生命消失，能和故乡的土地融为一体，也是人最后一个夙愿。

黄沙包围的榆林城令人温暖地接纳了奄奄一息的我。无数关怀的乡音围拢过来，无数热心肠的人在为我的病而四处奔跑。

我立刻被带到著名老中医张鹏举先生面前。我像牲口吃草料一般吞咽了他的 100 多服汤药和 100 多服丸药。

身体稍有复元的时候，我的心潮又开始澎湃起来。

问题极自然地出现在面前：是继续休息还是接着再写？

我也知道，我目前的身体状况仍然很差，它不能胜任接下来的工作。第三部无疑是全书的高潮，并且所有的一切都是结局性的；它要求作者必须以最饱满最激昂的精神状态完全投入，而我现在稍一激动，气就又吸不进去了。

是否应该听从劝阻，休息一年再说？

不行。本来，你想你已经完蛋了。但是，你现在终于又缓过来了一口气。如果不抓住命运所赐予的这个机遇，你可能真的要重蹈柳青的覆辙。这就是真正的悲剧，永远的悲剧。

蓬勃的雄心再一次鼓动起来。这将是一次戴着脚镣的奔跑。但是，只要上苍赐福于我，让我能最后冲过终点，那么永远倒下不再起来，也可以安然闭目了。

8

在榆林地方行政长官的关怀下，我开始在新落成不久的榆林宾馆写第三部的初稿。

在很大的意义上，这已经不纯粹是在完成一部书，而是在完成自己的人生。

这是新的一年的第一天。这是一个重要的节日。

整个宾馆楼空寂如古刹，再没有任何一个客人了。

在一片寂静中，呆呆地望着桌面材料堆里立着的两张女儿的照片，泪水不由得在眼眶里旋转，嘴里在喃喃地对她说着话，乞求她的谅解。

是的，孩子，我深深地爱你，这肯定胜过爱我自己。

远处传来模糊的爆竹声。我用手掌揩去满脸泪水，开始像往常一样拿起了笔。

春天已经渐渐地来临了，树上又一次缀满了绿色的叶片；墙角那边，开了几朵不知名的小花。

我心中的春天也将来临。在接近 6 年的时光中，我一直处在漫长而无期的苦役中。就像一个判了徒刑的囚犯，我在激动地走向刑满释放的那一天。

9

在我的一生中，需要记住的许多日子都没能记住，其中也包括我的生日。但是，1988 年 5 月 25 日这个日子我却一直没能忘记——我正是在这一天最后完成了《平凡的世界》的全部创作。

一开始写字手就抖得像筛糠一般。竭力想控制自己的感情。

但实际上是徒劳的。为了不让泪水打湿稿纸，将脸迈向桌面的空处。

百感交集。

想起几年前那个艰难的开头。

想不到今天竟然就要结束。

毫无疑问，这是一生中的一个重大时刻。

心脏在剧烈搏动，有一种随时昏过去的感觉。圆珠笔捏在手中像一根铁棍一般沉重，而身体却像要飘浮起来。

过分的激动终于使写字的右手整个痉挛了，5 个手指头像鸡爪子一样张开而握不拢。笔掉在了稿纸上。

智力还没有全部丧失。我把暖水瓶的水倒进脸盆。随即从床上拉了两条枕巾放进去，然后用"鸡爪子"手抓住热毛巾在烫水里整整泡了一刻钟，这该死的手才渐渐恢复了常态。

在接近通常吃晚饭的那个时分，终于为全书画上了最后一个句号。

几乎不是思想的支配，而是不知出于一种什么原因，我从桌前站起来所做的第一件事，就是把手中的那支圆珠笔从窗户里扔了出去。

我来到卫生间用热水洗了洗脸。几年来，我第一次认真地在镜子里看了看自己。我看见了一张陌生的脸。两鬓竟然有了那么多的白发，整个脸苍老得像个老人，皱纹横七竖八，而且憔悴不堪。

我看见自己泪流满面。

索性用脚把卫生间的门踢住，出声地哭起来……

10

从最早萌发写《平凡的世界》到现在已经快接近 10 年。而写完这部书到现在已快接近 4 年了。现在重新回到那些岁月，仍然使人感到一种心灵的震颤。正是怀着一种对往事祭奠的心情，我才写了上面的一些文字。

（路遥：《早晨从中午开始》，《党建》2015 年第 4 期）

文学小课堂

作为一部创作随笔，《早晨从中午开始》真实地记录了作家路遥创作长篇小说《平凡的世界》的始末。这其中的艰辛、作者面临的诸多困难、与病魔的抗争、对待文学事业的虔诚之心都跃然纸上。

1. 不断挑战险峰的超越意识

路遥在 33 岁就凭借小说《人生》取得了个人事业的第一个高峰，小说获奖，影片《人生》走红，路遥已淘得了人生的第一桶金。此时的他，心里非常清楚，可以继续挑战新的高峰，这将艰苦异常，也可以放下责任和使命，吃着老本混日子。如果路遥选择了后者，他或许不会那么早病逝，或许可以做一个合格的丈夫、优秀的父亲，又或许他会渐渐平庸世俗，读者更不会见到卷帙浩繁、厚重深沉、带给无数青年奋进前行力量的长篇小说《平凡的世界》。如同高加林、孙少平等个人奋斗者不甘命运的摆布，在艰难的环境中不断奋斗、拼搏、进取一样，路遥毫不犹豫地舍弃了平庸、舒适、安逸，以永不懈怠、永不僵化、永不满足的坚韧与执着，忘掉了荣誉，忘掉了鲜花，超越了自我，超越了胜利。"只要没有倒下，就应该继续出发"，这是路遥的信念，也是他事业不断攀登新的高峰，取得成功的法宝。

2. 苦难岁月中磨炼出的吃苦精神

路遥对苦难的感受是深刻的。出生于贫苦的农民家庭，小时候便经常在外面被家境好的孩子们打得鼻青眼肿，到家后还要被父母一通打骂，理由是为什么要去招惹人家？七岁时因家里孩子多父母养活不了，路遥被送给伯父时，他只能接受这个冷酷的现实。中学时期一月只能吃十几斤粗粮，整个童年吃过的好饭几乎能一顿不落地记起来……这些经历，使路遥明白，要活下去，就别想指望别人，一切都得靠自己。路遥曾对朋友讲过，苦难是一种财富。只有经历了苦难的人，才知道幸福来之不易，就能够时时刻刻提醒自己，要幸福必须脚踏实地去奋斗，容不得半点虚情假意。因此，就要对自己狠一点，不要养尊处优，要忘记自己取得的成绩，坚持不懈地拼命奋斗。正是在这种苦难意识的激发下，路遥没有贪图安逸、享乐，而是以刚强、坚韧、吃苦耐劳的精神艰苦劳作，如同"逐日的夸父"，倒在干渴的路上……

从《早晨从中午开始》可以看到，路遥为了创作《平凡的世界》，从陈家山煤矿，到机关院子那间冬无暖气、夏不透风的"牢房"；从黄土高原腹地偏僻的小县城，再到机关院子那间黑暗的"牢房"；从榆林宾馆的天昏地暗，又到机关院子那间"牢房"，最后回到创作《人生》的"风水宝地"陕北甘泉县。三年时间，三卷六稿，七次迁徙。漫长的人生孤旅，"激奋与凄苦交织在一起"，生活的艰苦如影随形，"牛马般的劳动"，如果没有早年贫困生活的磨炼，没有坚强的意志品质，又如何能够拿下这部长卷，翻越人生的又一高峰？

3. 特立独行的孤独强者

路遥创作《平凡的世界》是在 1980 年代中期。此时的文学界都在关注由西方介绍、引进的各种思潮、新方法，并花样翻新地开展着各种文学的实验，因此 1985 年被称为"方法年"。在文学新潮流面前，路遥并没有故步自封，也没有一味迎合和追赶潮流。在如何看待文学创作中现实主义和现代主义手法这一问题上，路遥经过了深入的思考。"考察一种文学观点是否'过时'，目光应该投向读者大众。一般情况下，读者们接受和欢迎的东西，就说明它有理由继续存在。""'现代派'作品的读者群少，这在当前的中国是事实；这种文学样式应该存在和发展，这也毋庸置疑；只是我们不能因此而不负责任地弃大多数读者不顾，只满足少数人。""至于一定要在现实主义创作方法和现代派创作方法之间分出优劣高下，实际上是一种批评的荒唐。"

在路遥的创作思想中，现实主义是核心。他不仅始终坚持着现实主义，而且相信现实主义永远不会过时，也没有成熟到不再需要的地步。在路遥看来，现实主义不仅是一种方法，更是一种精神，贯彻现实主义精神就是要求作家深入生活、体验生活，在此基础上对社会和人生作如实的记录，真实地反映劳动人民的生存现状和情感状态，努力做历史的"书记官"。路遥关于创作的表述倔强而鲜明，显示出他坚定的立场和发自内心的真诚。他认为，自己所要表现的这段生活、这些人物最适宜使用现实主义的表现手法。无疑，这使得路遥创作《平凡的世界》犹如逆风而动，是"个人向群体的挑战"。而他的这种真诚的创作态度，为人民写作的创作目的，最终被历史证明是正确的选择。

4. 百折不挠的坚强意志

成功从来不是一蹴而就的事，路遥成功的路并不坦荡。尽管路遥三十岁就取得了不俗的成绩，但年青的作家当初为了发表自己的小说可说是费了九牛二虎之力。中篇小说《惊心动魄的一幕》完成后，他游走于全国不少文学杂志，可没有一家杂志愿意刊登这部与时代潮流不合拍的作品。最后稿子辗转到了《当代》主编秦兆阳的手里，才被秦兆阳慧眼识珠，被看到了文学价值和社会价值，使得小说得以面世。

《平凡的世界》创作和出版的命运更是一波三折。第一卷完稿于1986年，这部作品没有采用当时文坛上很火也很时髦的现代主义手法，而是沿用了老现实主义的表现手法，这使得很多已经被现代主义吊足胃口的专家、学者、编辑、教授很不过瘾，调动不起阅读的兴致。《平凡的世界》第一部因而惨遭冷落，先后被《当代》杂志和作家出版社毫不留情地拒之门外。这给了路遥很大的打击，也带给他极大的压力。虽然第一卷终于由《花城》杂志刊载了，然而在次年1月7日，在人民文学出版社召开的由《花城》和《小说评论》编辑部共同举办的《平凡的世界》座谈会上，专家、学者们对作品的评价并不甚高，认为他手法老套陈旧，没有创新，甚至认为跟他过去的小说相比，没有根本性突破等。满心期待的路遥再一次被重创。在这种困难的状况下，路遥顶着巨大的舆论压力，克服身体的困难，坚持完成了第二部、第三部的写作。第二部完成后没能在任何一家杂志上发表，但让路遥欣慰的是由著名播音艺术家李野墨演播的《平凡的世界》从1988年3月27日开始如火如荼地播出了，而当时第三部尚未完成。路遥迅即投入了《平凡的世界》第三部的创作，他不能停留，他要抓紧完成这一伟大工程，不能让柳青的悲剧在自己身上重演。正是有了这种不被困难压垮、一往无前的无畏精神，正是因为路遥的坚持，方有了这部头尾完整、激励青年人奋斗拼搏的普通人的故事。

《平凡的世界》伴随李野墨老师带有磁性的声音走进千家万户，并迅速得到广大听众的追捧。《平凡的世界》也拿到了中国当代小说创作的最高奖"茅盾文学奖"。从根本上讲，作品成功的根本原因就在于他以现实主义手法为人民而抒写、为人民而抒情，视"读者永远是真正的上帝"。如同路遥在第三届茅盾文学奖的颁奖仪式上所说："人民生活的大树万古长青，我们栖息于它的枝头，就会情不自禁地为此而歌唱。"

5. 燃烧生命的奉献精神

路遥是一个刚强、坚韧、吃苦耐劳的陕北汉子。翻看路遥的照片，他的衣着和普通人没有两样，朴素、节俭。在饮食上，他从不讲究，工作起来甚至废寝忘食，随便啃两个馍就是一顿饭。他的所谓"奢侈品"是香烟和咖啡，这是他思考、写作所必备。生活上只有最低要求，他所从事的却是极为艰苦的脑力劳动，是超越了"最复杂模仿"

的个体性的创造性劳动，真正如同鲁迅所说"吃下去的是草，挤出来的是牛奶"。路遥在《作家的劳动》中写道："这种独立性的劳动非常艰苦，不能指靠别人来代替。任何外在的帮助，都不可能缓减这种劳动的内在紧张程度。有时候，一旦进入创作过程（尤其是篇幅较大的作品），如同进入茫茫的沼泽地，前不着村，后不靠店，等于一个人孤零零地在纸上进行一场不为人所知的长征。"在这种更复杂、更有难度的脑力劳动中，作者需要付出超常的体力、脑力、心力。它需要集中全身的力量，完成一次精神的跋涉和长征。于是作家自我封闭在某个密闭的房间数月，每天日复一日地写，饿了就啃两个馍，实在写不动了就到山上转一圈。更有甚者，路遥的这种劳动是以个人的健康和生命为代价的：大量的吸烟、不规律的饮食、晨昏颠倒、缺乏休息、摒弃娱乐。超负荷的高强度劳动极大地损害了路遥的身体，以至于他"心脏在剧烈搏动，有一种随时昏过去的感觉""写字的右手整个痉挛了"，创作完成后体力极大地透支。然而，作家正是以罕见的毅力、超强的意志力和耐力，以生命的代价完成了这项伟大工程。他的生活方式、生活理念或许并不可取，可他对待文学事业的认真、严肃、虔诚、奉献的态度值得每个人尊敬和钦佩！

 课后小论坛

1. 你从《早晨从中午开始》中看出了路遥的哪些性格特征？试说说你的理解。

2. 你还读过路遥的哪些作品？谈谈你对这些作品的认识。

3. 学者李建军认为，《早晨从中午开始》是一部具有双重调性的书，从中既可以看到路遥的"明面意识（道德热情、利他主义、对文学的虔诚等）"，也可以看到他不经意流露出的"暗面意识（消极的否定性的意识和情感，如其极端化的劳动意识和劳动方式等）"。请认真阅读本文，画出本文思路的逻辑思维导图，并说说你的看法。

伟大的人，闪光的梦

——马丁·路德·金《我有一个梦想》

 阅读小贴士

　　马丁·路德·金是美国黑人民权运动领袖，非暴力主义者。1929 年 1 月 15 日出生于佐治亚州亚特兰大市一黑人家庭。1951 年和 1954 年先后毕业于宾夕法尼亚州切斯特市的克罗泽神学院和波士顿大学。1954 年在蒙哥马利城的德克斯特大道浸礼会教堂任职。1955 年获得博士学位。此后他积极参加和领导美国黑人争取平等权利的斗争。一生三次被捕，三次被判刑。金一生致力于黑人民权运动，其政治主张的核心是非暴力主义。著有《阔步走向自由》《我们为何不能再等待》等著作。其思想对 20 世纪 60 年代美国黑人民权运动产生了重大影响。1964 年马丁·路德·金获诺贝尔和平奖。1968 年 4 月 4 日，马丁·路德·金被枪杀身亡，终年 39 岁。金的遇刺触发了黑人抗暴斗争的巨大风暴，4 月 4 日到 6 日，全美 100 多个城市爆发骚乱。1986 年起美国政府确定每年 1 月的第 2 个星期一为全国纪念日。1987 年起金的诞辰亦为联合国的纪念日之一。

　　1955 年 12 月 1 日，一位名叫罗莎·帕克斯的黑人妇女在乘坐公共汽车时坐到了"白人专坐"的区域内。由于她拒绝挪动座位，而被警察带走。1956 年他领导蒙哥马利改进协会，组织黑人进行抵制公共汽车歧视黑人的斗争。全城 5 万黑人拒乘公共汽车 385 天，迫使美国最高法院宣布在交通工具上实施种族隔离为非法。1963 年，马丁·路德·金晋见了肯尼迪总统，要求通过新的民权法，给黑人以平等的权利。8 月，他参加组织美国 20 多万黑人向华盛顿汇集的争取就业、争取自由的示威游行。最后，黑人的斗争取得了胜利，公共

场所都对黑人开放，所有被关押的参加游行的黑人都被释放。

《我有一个梦想》是 1963 年 8 月 28 日马丁·路德·金在华盛顿林肯纪念堂发表的著名演讲，在这次 25 万人的集会上，马丁·路德·金把自己对前途的看法用充满激情的语言告诉了云集的听众，改变了美国的法律和生活陋俗，对当时的美国及至今日的世界影响甚大。

 原典轻松读

我有一个梦想

100 年前，一位伟大的美国人签署了解放黑奴宣言，今天我们就是在他的雕像前集会。这一庄严宣言犹如灯塔的光芒，给千百万在那摧残生命的不义之火中受煎熬的黑奴带来了希望。它之到来犹如欢乐的黎明，结束了束缚黑人的漫漫长夜。

然而 100 年后的今天，我们必须正视黑人还没有得到自由这一悲惨的事实。100 年后的今天，在种族隔离的镣铐和种族歧视的枷锁下，黑人的生活备受奴役。100 年后的今天，黑人仍生活在物质充裕的海洋中一个穷困的孤岛上。100 年后的今天，黑人仍然畏缩在美国社会的角落里，并且意识到自己是故土家园中的流亡者。今天我们在这里集会，就是要把这种骇人听闻的情况公之于世。

就某种意义而言，今天我们是为了要求兑现诺言而汇集到我们国家的首都来的。我们共和国的缔造者草拟宪法和独立宣言的气壮山河的词句时，曾向每一个美国人许下了诺言，他们承诺给予所有的人以生存、自由和追求幸福的不可剥夺的权利。

就有色公民而论，美国显然没有实践她的诺言。美国没有履行这项神圣的义务，只是给黑人开了一张空头支票，支票上盖着"资金不足"的戳子后便退了回来。但是我们不相信正义的银行已经破产，我们不相信，在这个国家巨大的机会之库里已没有足够的储备。因此，今天我们要求将支票兑现——这张支票将给予我们宝贵的自由和正义。

我们来到这个圣地也是为了提醒美国，现在是非常急迫的时刻。现在绝非侈谈冷静下来或服用渐进主义的镇静剂的时候。现在是实现民主的诺言时候。现在是从种族隔离

的荒凉阴暗的深谷攀登种族平等的光明大道的时候，现在是向上帝所有的儿女开放机会之门的时候，现在是把我们的国家从种族不平等的流沙中拯救出来，置于兄弟情谊的磐石上的时候。

如果美国忽视时间的迫切性和低估黑人的决心，那么，这对美国来说，将是致命伤。自由和平等的爽朗秋天如不到来，黑人义愤填膺的酷暑就不会过去。1963年并不意味着斗争的结束，而是开始。有人希望，黑人只要撒撒气就会满足；如果国家安之若素，毫无反应，这些人必会大失所望的。黑人得不到公民的权利，美国就不可能有安宁或平静，正义的光明的一天不到来，叛乱的旋风就将继续动摇这个国家的地基。

但是对于等候在正义之殿门口的心急如焚的人们，有些话我是必须说的。在争取合法地位的过程中，我们不要采取错误的做法。我们不要为了满足对自由的渴望而抱着敌对和仇恨之杯痛饮。我们斗争时必须永远举止得体，纪律严明。我们不能容许我们的具有崭新内容的抗议蜕变为暴力行动。我们要不断地升华到以精神力量对付物质力量的崇高境界中去。

现在黑人社会充满着了不起的新的战斗精神，但是不能因此而不信任所有的白人。因为我们的许多白人兄弟已经认识到，他们的命运与我们的命运是紧密相连的，他们今天参加游行集会就是明证。他们的自由与我们的自由是息息相关的。我们不能单独站立。当我们行动时，我们必须保证向前进。我们不能倒退。现在，有人问热心民权运动的人，"你们什么时候才能满意？"

只要黑人仍然遭受警察难以形容的野蛮迫害，我们就绝不会满意。只要我们在外奔波而疲乏的身躯不能在公路旁的汽车旅馆和城里的旅馆找到住宿之所，我们就绝不会满意。只要黑人的基本活动范围只是从少数民族聚居的小贫民区转移到大贫民区，我们就绝不会满意。只要密西西比仍然有一个黑人不能参加选举，只要纽约有一个黑人认为他投票无济于事，我们就绝不会满意。

不！我们现在并不满意，我们将来也不满意，除非正义和公正犹如江海之波涛，汹涌澎湃，奔流不息。

我并非没有注意到，参加今天集会的人中，有些受尽苦难和折磨，有些刚刚走出窄小的牢房，有些由于寻求自由，曾在居住地惨遭疯狂迫害的打击，并在警察暴行的旋风中摇摇欲坠。你们是人为痛苦的长期受难者。坚持下去吧，要坚决相信，忍受不应得的痛苦是一种赎罪。

让我们回到密西西比去，回到亚拉巴马去，回到南卡罗来纳去，回到佐治亚去，回到路易斯安那去，回到我们北方城市中的贫民区和少数民族居住区去，要心中有数，这种状况是能够也必将改变的。我们不要陷入绝望而不可自拔。朋友们，今天我对你们说，在此时此刻，我们虽然遭受种种困难和挫折，我仍然有一个梦想，这个梦想深深扎根于美国的梦想里。

我梦想有一天，这个国家会站立起来，真正实现其信条的真谛："我们认为人人生而平等的真理不言而喻。"我梦想有一天，在佐治亚的红山上，从前奴隶的后嗣将能够和奴隶主的后嗣坐在一起，共叙兄弟情谊。我梦想有一天，甚至连密西西比州这个正义匿迹，压迫成风，如同沙漠般的地方，也将变成绿洲，充满自由和正义。我梦想有一天，我的四个孩子将生活在一个不是以他们的肤色，而是以他们的品格优劣来评价他们的国度里。

今天，我有一个梦想。我梦想有一天，亚拉巴马州能够有所转变，尽管该州州长现在仍然满口异议，反对联邦法令，但有朝一日，那里的黑人男孩和女孩将能与白人男孩和女孩情同骨肉，携手并立。

今天，我有一个梦想。我梦想有一天，幽谷上升，高山下降；坎坷曲折的道路变成坦途，那圣光披露，普照天地。这就是我们的希冀。我怀着这种信念回到南方。有了这个信念，我们将能从绝望之岭劈出一块希望之石。有了这个信念，我们将能把这个国家刺耳的争吵声，改变成为一支洋溢手足之情的优美交响曲。

有了这个信念，我们将能一起工作，一起祈祷，一起斗争，一起坐牢，一起维护自由；因为我们知道，终有一天，我们是会自由的。在自由到来的那一天，上帝的所有儿女们将以新的含义高唱这支歌："我的祖国，美丽的自由之乡，我为您歌唱。您是父辈逝去的地方，您是最初移民的骄傲，让自由之声响彻每个山岗。"

如果美国要成为一个伟大的国家，这个梦想必须实现。让自由之声从新罕布什尔州的巍峨的崇山峻岭响起！让自由之声从纽约州的崇山峻岭响起！让自由之声从科罗拉多州冰雪覆盖的落基山响起！让自由之声从加利福尼亚州蜿蜒的群峰响起！不仅如此，还要让自由之声从佐治亚州的石岭响起！让自由之声从田纳西州的瞭望山响起！让自由之声从密西西比的每一座丘陵响起！让自由之声从每一片山坡响起。

当我们让自由之声响起，让自由之声从每一个大小村庄、每一个州和每一个城市响起时，我们将能够加速这一天的到来，那时，上帝的所有儿女，黑人和白人，犹太教徒和非犹太教徒，耶稣教徒和天主教徒，都将手携手，合唱一首古老的黑人歌曲："终于自由哩！终于自由哩！感谢全能天父，我们终于自由哩！"

（吴琅、杨欢编译：《名演讲录》，万卷出版公司 2016 年版）

文学小课堂

全文通过激情飞扬、极富感召力的语言，表现出马丁·路德·金生命不息、为人民请命不止的崇高献身精神。

1. 结构特点：围绕梦想的实现而展开

文章的整体思路围绕着"产生梦想的原因——实现梦想的方式——明确梦想的内涵"而展开。开篇他讲到黑人仍然生活在受歧视和贫困的环境中，这使得黑人感到伤感和愤怒；随之演讲者告诉他们怎样才能摆脱现状，使他们看到希望并抑制过于激愤的情绪；最后在希望中推出梦想，让所有人为之振奋，把现场气氛带到高潮。

作者为什么有这样一个梦想？文章第1—6段，马丁·路德·金以形象生动的语言阐述了此次游行的起因和目的。美国没有实现百年前的诺言，黑人仍然生活在受歧视和贫困的环境中，黑人的自由和解放没有真正实现。紧接着，作者提醒美国政府，现在正是"兑现诺言"的最佳时机，改善黑人的生存现状已到了刻不容缓的时候。如果忽视了时间的紧迫性，低估黑人争取正当权利的决心，将会给美国带来致命伤，"叛乱的旋风就将继续动摇这个国家的基础"。

第7—13段中作者说到了怎样实现梦想，斗争的方式是采用非暴力手段；斗争的手段是团结白人、长期坚持以彻底达到目的；斗争的态度是坚决、毫不退缩、彻底。作者也反过来提醒黑人同胞，一定要注意斗争的方式和策略。他主张"不要为了满足对自由的渴望而抱着敌对和仇恨之杯痛饮"，而应当用包容、忍耐和博爱的精神来对抗仇恨。暴力只能加剧敌对和仇恨，而无法消除敌对和仇恨。可以说正是马丁·路德·金的这种思想，为后来黑人民权运动奠定了成功的基础。

从第14段至结束是在说金的梦想，那就是美国真正实现人人平等。这一部分是全篇的高潮。这几段文字情感充沛，文采斐然，犹如长江大河一泻千里，不可阻挡，具有极强的艺术感染力。正因为作者饱含深情，使演讲如交响乐一般回环往复，层层推进，产生了极强的号召力。

2. 修辞手法的运用

本文是修辞艺术的典范之作。现在我们从修辞格这个角度来做一下分析，请看以下例句：

我们来到这个圣地也是为了提醒美国，现在是非常急迫的时刻。现在绝非侈谈冷静下来或服用渐进主义镇静剂的时候。现在是实现民主的诺言的时候。现在是从种族隔离的荒凉阴暗的深谷攀登种族平等的光明大道的时候。现在是向上帝所有的儿女开放机会之门的时候。现在是把我们的国家从种族不平等的流沙中拯救出来，置于兄弟情谊的磐石上的时候。

（1）排比。

以上这段话运用了气势如虹的排比，运用这样的排比句演讲有什么效果？排比在议论类文本中的主要功能是能使作者表达的内容更加丰富，思想更加深刻，语气更加强烈，感情更加充沛。这样能产生排山倒海的气势和一泻千里的激情，进而增强演讲的表达效果。例句中反复出现"现在是……现在是……现在是……现在是……现在是……"这一反复既反映了斗争的迫切性，也是对当局的警告，必须立即着手解决这一问题。

（2）比喻。

这篇文章用得最多的修辞方法是比喻。马丁·路德·金是一位饱读《圣经》的牧师，其演讲风格受《圣经》的影响很大。在辞格上，几乎每一段都有大量形象的比喻。据统计，全文共使用了30处左右的比喻。如："这一庄严宣言犹如灯塔的光芒，给千百万在那摧残生命的不义之火中受煎熬的黑奴带来了希望。它之到来犹如欢乐的黎明，结束了桎梏黑人的漫漫长夜。""种族歧视是一种'不义'，这种不义就像'火'一样，可以摧残生命，可以使黑奴在其中受煎熬，因此它们之间的相似点就是：对人的生命，也包括人的尊严的摧残。"

课后小论坛

1. 金的梦想究竟是什么？在哪些段落写到了他的梦想？
2. 金认为怎样才能实现梦想？
3.《我有一个梦想》全文的思路是什么？现在的结构安排有什么优点？
4. 你的梦想是什么？为了实现梦想，你需要做好哪些方面的准备。

第八篇
WEIXUE PIAN
为学篇

　　年轻的学子，当你的能力还驾驭不了你的目标，那你就要沉下心来历练；当你的才华还撑不起你的雄心，那就要静下心来学习。大学时光就是让我们静下心来，通过不断地读书和学习来开阔眼界、丰富内心，从而撑起迎向未来的风帆。那么，我们该如何面对学业，怎样沉心静气地专心学习呢？古往今来很多思想家、文学家都在这方面给我们提出了许多宝贵的经验和建议，我们在学习他们文章的同时，也能领悟为学的真谛。韩愈在《进学解》中，提出了著名的"业精于勤荒于嬉，行成于思毁于随"的观点，他告诉我们学习不仅要勤奋还要严谨；胡适则在《为什么读书》中让我们明白，即使在网络发达的今天，相比于碎片化的网络知识，书籍才是我们精神成长的终极养料；作为科学家和教育家的苏步青先生，中肯地提出理工科的大学生也要有文史知识，而这正是我们这本书出版的重要目的。那么读书、为学能带给我们什么样的收获呢？相信除了学历的提升、收入的增长外，读书更为重要的作用是使我们获得"深沉的意志""恢宏的想象""炙热的情感"，这不仅能让塞缪尔重获青春的喜悦，也能让我们当代的青年在精神上青春永驻。

业精于勤荒于嬉，行成于思毁于随

——韩愈《进学解》

 阅读小贴士

　　韩愈（768—824），河南河阳（今河南孟州南）人，字退之，因自称"郡望昌黎"，故被世人称为"韩昌黎""昌黎先生"，又他在家族中排行十八，故有人常称呼他为韩十八。韩愈是我国唐代伟大的文学家、教育家和思想家，被誉为"唐宋八大家"之首。他和柳宗元一起倡导古文运动，主张集成先秦两汉散文传统，反对专讲声律对仗而忽视内容的骈体文，力求改革六朝沿袭下来的旧文风，使中国的古文得以发展。韩愈的家庭虽然是书香门第，充满了浓厚的儒学和文学气氛，但父辈的官职都不高，只能算是官员的中下阶层，这又使韩愈缺少了家族权威的支持，因此要步入仕途，韩愈只能依靠个人奋斗，通过科举考试的激烈竞争去实现自己的人生理想。这都在很大程度上影响了他一生的思想和文学创作。

　　《进学解》是韩愈的代表作之一，这篇文章当作于唐宪宗元和八年（813），当时韩愈四十六岁，在长安（今陕西西安）任国子学博士，教授生徒。全文假托先生劝学、生徒质问、先生再予解答，故名"进学解"，实际上是感叹不遇、自抒愤懑之作。

 **原典轻松读**

进学解

　　国子先生[1]晨入太学，招诸生立馆下，诲之曰："业精于勤荒于嬉，行成于思毁于随[2]。方今圣贤相逢，治具毕张[3]，拔去凶邪，登崇畯良[4]。占小善者率以录，名一艺者无不庸[5]；爬罗剔抉，刮垢磨光[6]。盖有幸而获选，孰云多而不扬[7]。诸生业患不能精，无患有司之不明[8]；行患不能成，无患有司之不公。"

言未既，有笑于列者曰[9]："先生欺余哉！弟子事先生于兹有年矣[10]。先生口不绝吟于六艺之文，手不停披于百家之编[11]；记事者必提其要，纂言者必钩其玄[12]；贪多务得，细大不捐[13]，焚膏油以继晷，恒兀兀以穷年[14]：先生之业可谓勤矣。抵排异端，攘斥佛老[15]，补苴罅漏，张皇幽眇[16]；寻坠绪之茫茫，独旁搜而远绍[17]，障百川而东之，回狂澜于既倒[18]：先生之于儒，可谓有劳矣[19]。沉浸酿郁，含英咀华[20]，作为文章，其书满家[21]。上规姚姒，浑浑无涯[22]；周《诰》殷《盘》，佶屈聱牙[23]；《春秋》谨严，《左氏》浮夸[24]，《易》奇而法，《诗》正而葩[25]；下逮《庄》《骚》，太史所录[26]，子云相如，同工异曲[27]：先生之于文，可谓闳其中而肆其外矣[28]。少始知学，勇于敢为[29]；长通于方，左右具宜[30]：先生之于为人，可谓成矣[31]。然而公不见信于人，私不见助于友[32]，跋前踬后[33]，动辄得咎。暂为御史，遂窜南夷[34]；三年博士，冗不见治[35]；命与仇谋，取败几时[36]；冬暖而儿号寒，年丰而妻啼饥；头童齿豁，竟死何裨[37]。不知虑此，而反教人为[38]？"

先生曰："吁，子来前[39]！夫大木为杗，细木为桷，欂栌侏儒，椳闑扂楔，各得其宜，施以成室者，匠氏之工也[40]；玉札丹砂，赤箭青芝，牛溲马勃，败鼓之皮，俱收并蓄，待用无遗者，医师之良也[41]；登明选公，杂进巧拙，纡馀为妍，卓荦为杰，校短量长，惟器是适者，宰相之方也[42]。昔者孟轲好辩，孔道以明，辙环天下，卒老于行[43]；荀卿守正，大论是弘，逃谗于楚，废死兰陵[44]：是二儒者，吐辞为经，举足为法，绝类离伦，优入圣域，其遇于世何如也[45]？今先生学虽勤而不繇其统，言虽多而不要其中，文虽奇而不济于用，行虽修而不显于众[46]，犹且月费俸钱，岁靡廪粟；子不知耕，妇不知织，乘马从徒，安坐而食[47]，踵常途之促促，窥陈编以盗窃[48]；然而圣主不加诛，宰臣不见斥：兹非其幸欤？动而得谤，名亦随之，投闲置散，乃分之宜。若夫商财贿之有亡，计班资之崇庳[49]，忘己量之所称，指前人之瑕疵[50]：是所谓诘匠氏之不以杙为楹，而訾医师以昌阳引年，欲进其豨苓也[51]。"

（马其昶校注，马茂元整理：《韩昌黎文集校注》，上海古籍出版社 1986 年版）

注释：

[1] 国子先生：韩愈自称，唐宪宗元和七年（812）他始任国子博士。唐朝时，国

子监是设在京都的最高学府，下面有国子学、太学等七学，各学置博士为教授官。国子学是为高级官员子弟而设的。太学：这里指国子监。唐朝国子监相当于汉朝的太学，古时对官署的称呼常有沿用前代旧称的习惯。

[2] 嬉：戏乐，游玩。随：因循随俗。

[3] 治具：治理的工具，主要指法令。

[4] 晙（jùn）：通"俊"，才智出众。

[5] 率：都。庸：通"用"，采用、录用。

[6] 爬罗剔抉：意指仔细搜罗人才。

[7] 孰云多而不扬：谁说有才能的人多了，就出头不易呢！

[8] 有司：负有专责的部门及其官吏。

[9] 言未既：话没有说完。既：完，尽。列：队列。这里指诸生的行列。

[10] 有年：多年。

[11] 口不绝吟：口里不断诵读。

[12] 纂（zuǎn）：编集。纂言者：指言论集、理论著作。

[13] 贪多务得：贪图多学，务求有收获。捐：放弃。

[14] 膏油：油脂，指灯烛。晷（guǐ）：日影。恒：经常。兀（wù）兀：辛勤不懈的样子。穷：终、尽。

[15] 异端：儒家称儒家以外的学说、学派为异端。

[16] 苴（jū）：鞋底中垫的草，这里作动词用，是填补的意思。罅（xià）：裂缝。皇：大。幽：深。眇：微小。

[17] 坠：衰落。

[18] 障：防堵。东之：使之东流。这里指阻挡百川水势乱流，使它们向东流去。

[19] 劳：功劳。

[20] 沉浸醲（nóng）郁：沉浸在内容醇厚的古籍中。含英咀华：细嚼体味文章的精华。英、华：都是花的意思，这里指文章中的精华。

[21] 满家：形容著作很多。

[22] 姚姒（sì）：《尚书》中的《虞书》《夏书》。姚：虞舜的姓；姒：夏禹的姓。浑浑无涯：指内容深远而没有边际。浑浑：广大深厚的样子。

[23] 周《诰》（gào）：《周书》。殷《盘》：《商书》。佶（jí）屈聱（áo）牙：文句艰涩生硬，念起来不顺口。佶屈：屈曲的样子，引申为不通顺。聱牙：文辞艰涩，念起来不顺口。

[24] 奇：奇妙，指卦的变化而言。法：法则，指它的内在规律而言。

[25] 正而葩（pā）：内容纯正，言词华美。

[26] 太史所录：指司马迁所写的《史记》。

[27] 子云相如：扬雄和司马相如。同工异曲：比喻文章不同却同样精妙。

[28] 闳（hóng）其中而肆其外：内容广博而言辞恣肆奔放。

[29] 少始知学，勇于敢为：年轻时刚懂得学习，就敢作敢为。

[30] 方：方术，道理。左右：各方面。具：全部。

[31] 成：完备。

[32] 见信、见助：被信任、被帮助。"见"在动词前表示被动。

[33] 跋（bá）：踩。踬（zhì）：绊。

[34] 窜：窜逐，贬谪。南夷：韩愈于贞元十九年（803）授四门博士，次年转监察御史，冬，上书论宫市之弊，触怒德宗，被贬为连州阳山令。阳山在今广东，故称南夷。

[35] 三年博士：韩愈曾在唐宪宗元和元年（806）六月至四年（809）任国子博士。一说"三年"当作"三为"。冗（rǒng）：闲散之意。

[36] 几时：不时，不一定什么时候，也即随时。

[37] 头童齿豁：头颓齿落。山无草木称为童山，头童即头上秃顶。齿豁，牙齿脱落，齿列露出豁口。裨（bì）：补益。

[38] 为：语助词，表示疑问、反诘。

[39] 吁（xū）：叹词。

[40] 亲（máng）：屋梁。桷（jué）：屋椽。欂（bó）栌（lú）：斗栱，柱顶上承托栋梁的方木。侏（zhū）儒：梁上短柱。椳（wēi）：门臼。闑（niè）：门中央所竖的短木，在两扇门相交处。扂（diàn）：门闩之类。楔（xiē）：门两旁长木柱。

[41] 玉札：地榆。丹砂：朱砂。赤箭：天麻。青兰：龙兰。以上四种都是名贵药材。牛溲（sōu）：牛尿，一说为车前草。马勃：马屁菌。以上两种及"败鼓之皮"都是贱价药材。

[42] 纡（yū）馀：委婉从容的样子。妍：美。卓荦（luò）：突出，超群出众。校（jiào）：比较。

[43] 孟轲好辩：据《孟子·滕文公下》载，孟子有好辩的名声，他说"予岂好辩哉！予不得已也"，意思是自己因为捍卫圣道，不得不展开辩论。辙（zhé）：车轮痕迹。

[44] 荀卿：荀况，战国后期儒家大师，时人尊称为卿。曾在齐国做祭酒，被人谗毁，逃到楚国。楚国春申君任他做兰陵（今属山东临沂）令。春申君死后，他也被废，死在兰陵，著有《荀子》。

[45] 离、绝：都是超越的意思。伦、类：都是"类"的意思，指一般人。

[46] 繇（yóu）：通"由"。

[47] 靡（mǐ）：浪费，消耗。廪（lǐn）：粮仓。

[48] 踵（zhǒng）：脚后跟，这里是跟随的意思。

[49] 财贿：财物，这里指俸禄。亡：通"无"。班资：等级、资格。庳（bēi）：通"卑"，低。前人：指职位在自己前列的人。

[50] 瑕（xiá）：玉石上的斑点。疵（cī）：病。瑕疵，比喻人的缺点。如上文所说"不公""不明"。

[51] 杙（yì）：小木桩。楹（yíng）：柱子。訾（zǐ）：毁谤非议。昌阳：菖蒲，药材名，相传久服可以长寿。豨（xī）苓：又名猪苓，利尿药。这句的意思是说：自己小材不宜大用，不应计较待遇的多少、高低，更不该埋怨主管官员的任使有什么问题。

译文：

国子先生早上走进太学，召集学生们站立在学舍下面，教导他们说："学业由于勤奋而专精，由于玩乐而荒废；德行由于独立思考而有所成就，由于因循随俗而败坏。当今圣君与贤臣相遇合，各种法律全部实施。除去凶恶奸邪之人，提拔优秀人才。具备一点优点的人全部被录取，拥有一种才艺的人没有不被任用的。选拔优秀人才，培养造就人才。只有才行不高的侥幸被选拔，绝无才行优秀者不蒙提举。诸位学生只要担心学业不能精进，不要担心主管部门官吏不够英明；只要担心德行不能有所成就，不要担心主管部门官吏不公正。"

话没有说完，有人在行列里笑道："先生在欺骗我们吧？我侍奉先生，到现在已经很多年了。先生嘴里不断地诵读六经的文章，两手不停地翻阅着诸子百家的书籍。对史书类典籍必定总结掌握其纲要，对论说类典籍必定探寻其深奥隐微之意。广泛学习，务求有所收获，不论是无关紧要的，还是意义重大的都不舍弃；点燃灯烛夜以继日地学习，常常勤劳不懈年复一年的读书学习。先生的学习可以说勤奋了。抵制、批驳异端邪说，排斥佛教与道家的学说，弥补儒学的缺漏，阐发精深微妙的义理。探寻那些久已失传的古代儒家学说，独自广泛地钻研和继承它们。指导异端学说就像防堵纵横奔流的各条川河，引导它们东注大海；挽救儒家学说就像挽回已经倒下的宏大波澜。先生您对于儒家，可以说是有功劳了。心神沉浸在古代典籍的书香里，仔细地品尝咀嚼其中精华，写起文章来，书卷堆满了家屋。向上效法法虞、夏时代的典章，深远博大得无边无际；周代的诰书和殷代的《盘庚》，多么艰涩拗口难读；《春秋》的语言精练准确，《左传》的文辞铺张夸饰；《易经》变化奇妙而有法则，《诗经》思想端正而辞采华美；往下一直到《庄子》《离骚》《史记》，扬雄、司马相如的创作，同样巧妙但曲调各异。先生的文章可以说是内容宏大而外表气势奔放，波澜壮阔。先生少年时代就开始懂得学习，敢于实践，长大之后精通礼法，举止行为都合适得体。先生的为人，可以说是完美的了。可是在朝廷上不能被人们信任，在私下里得不到朋友的帮助。进退两难，一举一动都受到指责。刚当上御史就被贬到南方边远地区。做了三年博士，职务闲散表现不出治理的成绩。您的命运与仇敌相合，不时遭受失败。冬天气候还算暖和的日子里，您的儿女们哭着喊冷；年成丰收而您的夫人却仍为食粮不足而啼说饥饿。您自己的头顶秃了，牙齿缺了，这样一直到死，有什么好处呢？不知道想想这些，倒反而来教导别人干什么呢？"

国子先生说："唉，你到前面来！要知道那些大的木材做屋梁，小的木材做瓦椽，做斗栱，短椽的，做门臼、门橛、门闩、门柱的，都量材使用，各适其宜而建成房屋，这是工匠的技巧啊。贵重的地榆、朱砂，天麻、龙芝，车前草、马屁菌，坏鼓的皮，全都收集，储藏齐备，等到需用的时候就没有遗缺的，这是医师的高明之处啊。提拔人才，公正贤明，选用人才，态度公正。灵巧的人和拙笨的人都得引进，有的人谦和而成为美好，有的人豪放而成为杰出，比较各人的短处，衡量各人长处，按照他们的才能品格分配适当的职务，这是宰相的方法啊！从前孟轲爱好辩论，孔子之道得以阐明，他游历的车迹遍布天下，最后在奔走中老去。荀况恪守正道，发扬光大宏伟的理论，因为逃避谗言到了楚国，被废黜而死在兰陵。这两位大儒，说出话来成为经典，一举一动成为法则，出类拔萃，德行功业足以载入圣人之行列，可是他们在世上的遭遇是怎样呢？现在你们的先生学习虽然勤劳却不能遵守道统，言论虽然不少却不切合要旨，文章虽然写得出奇却无益于实用，行为虽然有修养却并没有突出于一般人的表现，尚且每月浪费国家的俸钱，每年消耗仓库里的粮食；儿子不懂得耕地，妻子不懂得织布；出门乘着车马，后面跟着仆人，安安稳稳地坐着吃饭。局局促促地按常规行事，眼光狭窄地在旧书里盗窃陈言，东抄西袭。然而圣明的君主不加处罚，也没有为宰相大臣所斥逐，难道不幸运么？有所举动就遭到毁谤，名誉也跟着受到损害。被放置在闲散的位置上，实在是恰如其分的。至于度量财物的有无，计较品级的高低，忘记了自己有多大才能、多少分量和什么相称，指摘官长上司的缺点，这就等于所说的责问工匠的为什么不用小木桩做柱子，批评医师的用菖蒲延年益寿，却想引进他的猪苓啊！"

文学小课堂

1. 论怎样学习

第一段是时任国子博士的韩愈教诲学生的话，这是对学生进行正面勉励。在这段中，韩愈告诫学生学习的经验："业精于勤荒于嬉，行成于思毁于随。"他的目的是要学生明白在"业"和"行"两方面都要不断充实自己，才能德才兼修。韩愈在这里教育学生，学习时就要心无旁骛，把知识和修为培养好了，自然能够得到别人的赏识，从而实现自己的人生抱负。

2. 学生的质疑

第二段给人一种突如其来的感觉，学生的回答竟然是对老师教导的反驳。这一部分是对第一段的"逆接"，学生一方面认可了老师发扬儒学传统、继承儒家学说的精神，"贪多务得、细大不捐"就是用来形容韩愈热心学问、对知识不论巨细都努力学习的精神。按照韩愈刚才激励学生的话语，那么他自己肯定会受到朝廷的重用，然而事实是这样吗？"冬暖而儿号寒，年丰而妻啼饥；头童齿豁，竟死何裨。"老婆、孩子吃不饱穿不暖，自己也是头顶秃了，牙齿缺了，韩愈的勤勉却换来了穷酸落魄的窘状，所以学生对这样德才兼备依然不得重用的老师提出了自己的疑问："不知虑此，而反教人为？"

3. 鼓励学生积极进取

第三段则是韩愈对学生所做的解释。对于自己的官场境遇，韩愈并没有直接发牢骚，认为自己受到了不公平的对待，相反却认为这正是朝廷善于用人的表现。他语重心长地先以工匠选材、医师用药比喻宰相用人之道。"大木为杗，细木为桷，欂栌侏儒，椳阘扂楔"，这里出现了很多生僻字，其中杗是指房屋的正梁，桷是指方形的椽子，欂栌指斗拱，侏儒是梁上的短柱，椳阘扂楔则分别指门臼、门橛、门闩和门柱，这些不同类型的木头在匠人手中各司其职，共同构成房子的一部分。同样，像玉札、丹砂、赤箭、青芝、牛溲、马勃、败鼓之皮这些中草药，只有全部收集，没有遗缺，才是医师的高明之处。那么宰相用人也要向匠人和医生一样，综合比较每个人的优劣，才能按照他们的才能品格分配适当的职务。韩愈又以孟子、荀子的遭遇为例，说就连这样优秀的人物都不免落得凄惨的下场，那么现在自己的境遇也没什么可抱怨的。针对学生提出的疑问，韩愈认为主要问题还是出在自己的身上，他说"今先生学虽勤而不繇其统，言虽多而不要其中，文虽奇而不济于用，行虽修而不显于众"。没有得到重用还是因为韩愈我自己没有才能，行为修养也并没高出一般人的水平，因此不能怪朝廷而应该怪自己。当然这一段话语明显流露出讥讽和不满，我们也可以看出这是韩愈说的反话，而他对孟子、荀子境遇的引用也可看作对古往今来不合理官场现象的愤慨。但是其中仍然流露出他对于业精行成的重视，在教书育人方面他依然秉持着勤勉和严谨的学习精神。

4.《进学解》体现出的学习观

首先，这篇文章中体现出的学习态度是——业精于勤、行成于思。

韩愈开篇就点明"业精于勤荒于嬉"，这就明确提出了学习最重要的是勤奋，具体来说就是"口不绝吟于六艺之文，手不停披于百家之编"，一方面要嘴勤，不停诵读六艺之文；另一方面还要手勤，不断翻阅各种书籍，只有这样才能广泛阅读理论经典，并将其转化为自己的知识。

其次，这篇文章体现出的学习方法是——由博而约、提要钩玄、由统要中。

《进学解》中韩愈认为知识不论大小都要认真学会，这就是"食多务得，细大不捐"的意思。在学习过程中还要注意要抓住要点，取其精华。这样的学习方法才能做到提纲挈领，把握知识的内在规律，从而达到事半功倍的效果。此外，他反讽地表达了自己对"学虽勤而不繇其统，言虽多而不要其中"的意见，其实是在强调学习知识要切中根本，对知识的梳理要成系统，突出重点。

再次，这篇文章也给我们指明了学习的目的，这就是勇于敢为、左右具宜。

韩愈对学习目的的认识不仅仅停留在死读书、读死书的阶段，而是认为要将理论与实践相结合，正如他的学生评价老师的"少始知学，勇于敢为"，即表明韩愈年少时就边学边实践，只有这样才能深入理解所学知识，将其与自身行为完美融合，而在日后，才会"左右具宜"，行为举止符合礼仪规范的要求。这实质上就是将知识转化成了人文素养。

5.《进学解》的艺术特色

首先，这篇文章结构设计十分巧妙。明朝林云铭曾这样评价《进学解》："首段以进学发端，中段句句是驳，末段句句是解，前呼后应，最为绵密。"在这一篇字数并不长的文章中，韩愈突发奇想，以正—反—正三个视角、两个转弯，来论述自己对学习的认识，自己出招、自己拆招，仿佛打了一套漂亮的中国拳法。而其中的韵味也自然从这些看似相左，实则统一的文字中突显了出来，引导读者不断玩味其中的真谛。

其次，这篇文章的表达新颖奇特。全篇构思精妙，加入了师生的对话，表面上师生二人相互反诘，学生驳得好，老师答得妙，针锋相对，互不相让。看似二人的观点不同，实际上却在表达了一个相同的主题，那就是对当政者的讽刺。开篇第一段是正面教育，但实际上是"竖靶子"，以此将师生对话的焦点聚焦在公平、透明这些问题上。第二段学生则明确提出执政者是"不明""不公"的，正是这个原因导致自己的老师不被重用。第三段老师的解释十分巧妙，表面上他是自谦、自责，实际上却是讽刺和嘲笑。他嘲笑宰相还不如工匠和医师，不会合理用材，更从孟子、荀子的身上看到了长久以来贤者的坎坷遭遇，表达了自己怀才不遇、报国无门的悲伤心情。

最后，整篇文章语言凝练深刻。全文中，议论性的语言简洁准确，凝练深刻，富于哲理。描述性的语言则活灵活现，写韵传神，神采飞扬，富有表现力。宋代苏轼曾评价韩愈散文"如长江大河，浑浩流转"，正是指韩愈的散文创作呈现出一种气势磅礴、纵横开阖的宏伟风格，也让我们从这篇文章中看到一位才华横溢、妙语连珠的唐代大文人。

课后小论坛

1. 翻译句子：业精于勤荒于嬉，行成于思毁于随。公不见信于人，私不见助于友。

2. 结合《进学解》全文，谈谈"贪多务得""细大不捐"的具体意义。

3. 结合《进学解》，谈谈你对学习态度的认识。

周知博览，做国人的精神导师

——胡适《为什么读书》

阅读小贴士

　　胡适（1891—1962），字适之，安徽绩溪人，现代诗人，文学史家，以倡导"白话文"、领导新文化运动闻名于世。他出生于上海，幼年便熟读四书五经，还喜欢《三国演义》《水浒传》《红楼梦》等文学经典。19 岁考取庚子赔款官费生，留学美国的康奈尔大学。1915 年他在自己的留学日记中记下了自己的志向："盖吾反观国势，每以为今日祖国事事需人，吾不可不周知博览，以为他日为国人导师之预备。"可以说，年仅 24 岁的胡适就为自己立下了一个远大的梦想——做国人的精神导师。带着这样的梦想，胡适在 1917 年学成回国，受聘为北京大学教授。1918 年加入《新青年》编辑部。他大力提倡白话文，宣扬个性解放、思想自由，与陈独秀同为新文化运动的领袖。

　　《为什么读书》这篇文章是胡适 1930 年 11 月下旬在上海青年会做的演讲。这一时期的胡适已经在国内声名鹊起，不仅领导了新文化运动，还开创了新月诗派，并且取得了哥伦比亚大学哲学博士学位。学问的深入和实践的开展都使年届不惑的胡适思路更加清晰、眼界更加开阔，这些人生智慧就珍藏在他这篇演讲稿中。1935 年 5 月，上海一心书店印行《怎样读书》，收录了这篇文章。1945 年 12 月，这篇文章再次被收录于长春国民图书公司印行的《我们怎样读书》一书。由此可见，十多年的时间里，胡适的这篇文章在全国各地广泛传播，对当时青年人读书的影响十分深远。

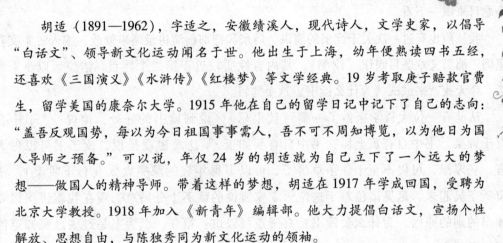

原典轻松读

为什么读书

青年会叫我在未离南方赴北方之前在这里谈谈，我很高兴，题目是《为什么读书》。现在读书运动大会开始，青年会拣定了三个演讲题目。我看第二题目《怎样读书》很有兴味，第三题目《读什么书》更有兴味，第一题目无法讲，《为什么读书》，连小孩子都知道，讲起来很难为情，而且也讲不好。所以我今天讲这个题目，不免要侵犯其余两个题目的范围，不过我仍旧要为其余两位演讲的人留一些余地。现在我就把这个题目来试一下看。

我从前也有过一次关于读书的演讲，后来我把那篇演讲录略事修改，编入三集文存里面，那篇文章题目叫作《读书》，其内容性质较近于第二个题目，诸位可以拿来参考。今天我就来试试《为什么读书》这个题目。

从前有一位大哲学家做了一篇《读书乐》，说到读书的好处，他说："书中自有千钟粟，书中自有黄金屋，书中自有颜如玉。"这意思就是说，读了书可以做大官，获厚禄，可以不至于住茅草房子，可以娶得年轻的漂亮太太（台下哄笑）。诸位听了笑起来，足见诸位对于这位哲学家所说的话不十分满意，现在我就讲所以要读书的别的原因。为什么要读书？有三点可以讲：第一，因为书是过去已经知道的智识学问和经验的一种记录，我们读书便是要接受这人类的遗产；第二，为要读书而读书，读了书便可以多读书；第三，读书可以帮助我们解决困难，应付环境，并可获得思想材料的来源。我一踏进青年会的大门，就看见许多关于读书的标语。为什么读书？大概诸位看了这些标语就都已知道了，现在我就把以上三点更详细地说一说。

第一，因为书是代表人类老祖宗传给我们的智识的遗产，我们接受了这遗产，以此为基础，可以继续发扬光大，更在这基础之上，建立更高深更伟大的智识。人类之所以与别的动物不同，就是因为人有语言文字，可以把智识传给别人，又传至后人，再加以印刷术的发明，许多书报便印了出来。人的脑很大，与猴不同，人能造出语言，后来更进一步而有文字，又能刻木刻字；所以人最大的贡献就是能累积过去的智识和经验，使后人可以节省许多脑力。

非洲野蛮人在山野中遇见鹿，他们就画了一个人和一只鹿以代信，给后面的人叫他们勿追。但是把智识和经验遗给儿孙有什么用处呢？这是有用处的，因为这是前人很好的教训。现在学校里各种教科，如物理、化学、历史，等等，都是根据几千年来进步的智识编纂成书的，一年，两年，或者三年，教完一科。自小学，中学，而至大学毕业，这十六年中所受的教育，都是代表我们老祖宗几千年来得来的智识学问和经验，所谓进化，就是叫人节省劳力。蜜蜂虽能筑巢，能发明，但传下来就只有这一点智识，没有继续去改革改良，以应付环境，没有做格外进一步的工作。人呢，达不到目的，就再去求进步，而以前人的智识学问和经验作参考。如果每样东西，要个个人从头学起，而不去利用过去的智识，那不是太麻烦了吗？所以人有了这智识的遗产，就可以自己去成家立业，就可以缩短工作，使有余力做别的事。

第二点稍复杂，就是为读书而读书，为求过去的智识而读书。不错，智识可以从书本中得来，但读书不是那么容易的一件事情，不读书不能读书，要能读书才能多读书。好比戴了眼镜，小的可以放大，模糊的可以看得清楚，远的可以变近，所以读书要戴眼镜。眼镜越好，读书的了解力也越大。不读书，学问不能进去，读书没有门径，学问也不能进去。王安石曾对曾子固说："读经而已，则不足以知经。"所以他对于本草、内经、小说，无所不读，这样对于经才可以明白一些，所谓"致其知而后读"，读书无非扩充智识而已。

请你们注意，他不说读书以致知，却说，先致知而后读书。读书固然可以扩充智识；但智识越扩充了，读书的能力也越大。这便是"为读书而读书"的意义。

我十二岁时，各种小说都看得懂，到了三十年以后，再回头看，很多不懂。讲到《诗经》，从前以为讲的是男女爱情、文王后妃一类的事，从前是戴了一副黑眼镜去看，现在换了一副眼镜，觉得完全不同。现在才知道《诗经》和民间歌谣很有关系。对于民间歌谣的研究，近来很有进步，北平有歌谣周刊，歌谣丛书，关于各地歌谣收罗很广。我们如果能把歌谣的文章、社会学、人类学研究一下，就可以知道幼稚时代的环境和生活很有趣味，例如《诗经》里有一段说："野有死麕，白茅包之。有女怀春，吉士诱之。"在从前眼光看来，觉得完全讲不通，现在才知道当时野蛮人社会有一种风俗，就是男子向女子求婚，要打野兽送到女家，若不收，便是不答应。

还有《诗经》里"窈窕淑女"一节，从比较民族学眼光看来，我们可以知道当时社会的人，吃饭时可以打鼓弹琴，丝毫没有受礼教的束缚。再从文法方面来观察，像《诗经》里"之子于归""黄鸟于飞""凤凰于飞"的"于"字，此外，《诗经》里又有几百个"维"字，还有许多"助词""语词"，这些都是有作用无意义的虚字，但以前的人却从未注意及此。所以书是越看越有意义，书越多读越能读书。

再说在《墨子》一书里，差不多各种学问都有，像光学、力学、逻辑、算学、几何学上的圆和平行线，以及经济学上的购买力和货币，几乎什么都讲到了。但你要懂得光学，才能懂得墨子所说的光；你要懂得各种智识，才能懂得墨子里一些最难懂的文句。总之，读书是为了要读书，多读书更可以读书。最大的毛病就在怕读书，怕书难读。越难读的书我们越要征服它们，把它们作为我们的奴隶或向导。我们要打倒难读，这才是我们的"读书乐"。若是我们有了基础的科学智识，那么，我们在读书时便能左右逢源。我再说一遍，读书的目的在于读书，要读书越多才可以读书越多。

第三点，读书可以帮助解决困难，应付环境，供给思想材料。智识是思想材料的来源。思想可分作五步，思想的起源是大的疑问。吃饭拉屎不用想，但逢着三岔路口、十字街头那样的环境，就发生困难了。走东或是走西，这样做或是那样做，困难很多。病有各样的病，发烧，头痛，多得很。第二步要把问题弄清，困难弄清。第三步才想到如何解决。读书就是出主意，暗示，但主意很多，于是又逢着困难。主意多少要看学问多少。都采用也不行。第四步就是要选择一个假定的解决方法。要想到这一个方法能不能解决，若不能，那么，就换一个，若能，就行了。这好比开锁，这一个钥匙开不开，就换一个；假定是可以开的，那么，问题就解决了。第五步就是试验。凡是有条理的思想都要经过这五步，或是逃不了这五个阶段。科学家要解决问题，侦探要侦探案件，多经过这五步。

第三步主意或暗示很多，若无主意，便无办法，没有主意，便不知道怎样办，这是因为智识不够，学力不足，经验不丰富，从来没有想到，所以到要解决问题时便没有材料。读书是过去智识学问经验的记录，而智识学问经验就是要用在这时候，所谓养军千日，用兵一朝。否则，学问一些都没有，遇到困难就要糊涂起来。例如，达尔文把生物变迁现象研究了几十年，却想不出什么原则去解决，后来无意中看到马尔萨斯的《人口论》，说人口是按照几何学级数一倍一倍地增加，粮食是按照数学级数增加，达尔文研究了这原则，忽然触机，就把这原则应用到生物学上去，创了物竞天择的学说。

譬如一条鱼可以产生二百万鱼子，这样，太平洋应该占满了，然而大鱼要吃小鱼，更大的鱼要吃大鱼，所以生物要适应环境才能生存。但按照经济学原则，达尔文主义是很没有条理的，而我们读书就是要解决这个困难。又譬如从前的人以为地球是世界的中心，后来天文学家哥白尼却主张太阳是世界的中心，绕着地球而行。据罗素说，哥白尼所以这样的解说，是因为希腊人已经讲过这句话，哥白尼想到了这句话可以解决这问题，便采用了。假使希腊没有这句话，在六十几年之后恐怕没有人敢说这句话吧。

这就是读书的好处。像这样当初逢着困难后来得到解决的事很多，单说我个人就有许多。在我的书房里有一部小说叫作《醒世姻缘》，是西周生所着，自然用的是假名字，这是十七、十八世纪间的出品，印好在家藏了六年。这部小说讲到婚姻问题，其内容是这样：有个好老婆，不知何故，后来忽然变坏，作者没有提及解决方法，也没有想到可以离婚，只说是前世作孽，因为在前世男虐待女，女就投生换样子，压迫者变为被压迫者。这种前世作孽，起先相爱，后来忽变的故事，我仿佛什么地方看见过，后来在《聊斋》一书中见到一篇和这相类似的笔记，也是说到一个女子，起先怎样爱着她的丈夫，后来怎样变为凶太太，便想到这部小说大约是蒲留仙或是蒲留仙的朋友做的。

去年我看到一本杂志，也说是蒲留仙做的，不过没有证据。今年我在北平，才找到了证据。这一件事可以解释刚才我所说的第二点，就是读书是为了要读书而读书，同时也可以解释第三点，就是读书可以供给出主意的来源。当初若是没有主意，到了逢着困难时便要手足无措，所以读书可以解决问题，就是军事、政治、财政、思想等问题，也都可以解决，这就是读书的用处。

我有一位朋友，有一次傍着洋灯看小说，洋灯装有油，但是不亮，因为灯芯短了。于是他想到《伊索寓言》里有一篇故事，说是一只老鸦要喝瓶中的水，因为瓶太小，得不到水，它就衔石投瓶中，水乃上来。这位朋友是懂得化学的，加水于灯中恐怕不亮，于是投以铜元，油乃碰到灯芯。这是看《伊索寓言》、看小说给他的帮助。读书好像用兵，养兵求其能用，否则即使有十万、二十万的大兵也没有用处，有的时候还要兵变呢。

至于"读什么书"，下次陈中凡先生要讲演，今天我也附带地讲一讲。

我从五岁起到了四十岁，读了三十五年的书。究竟有几部书应该读，我也曾经想过。其中有条理有系统的书可以说是还没有两三部，至于精心结构之作，二千五百年以来恐怕只有半打。譬如《老子》这部书，今天说一句"道可道"，明天又说一句"非常道"，没有一些系统。集是杂货店，史和子还是杂货店。至于《诗经》《礼记》《易经》也只有一点形式，讲到内容，可以说没有一些东西可以给我们改进道德增进智识的帮助的。中国书不够读乐趣，我们要另开生路，辟殖民地。读书要读到有乐而无苦。能做到这地步，书中便有无穷。希望大家不要怕读书，起初的确要查阅字典，但假使能下一年苦功，能把所读的书的内容句句分析清楚，这样的继续不断做去，那么，在一二年中定可开辟一个乐园，还只怕求知的欲望太大，来不及读呢。我总算是老大哥，今天我就根据过去三十五年读书的经验，给你们这一个临别的忠告。

（本文为 1930 年 11 月下旬胡适在上海青年会的演讲，原载 1930 年 12 月至 1931 年 2 月《现代学生》第 1 卷第 3、5 期，内容略有删节）

 文学小课堂

1. 文章内容解读

这篇文章以《为什么读书》为标题，全文也紧密围绕这个中心，条理清晰，结构完整。胡适提出："为什么要读书？有三点可以讲：第一，因为书是过去已经知道的知识学问和经验的一种记录，我们读书便是要接受这人类的遗产；第二，为要读书而读书，读了书便可以多读书；第三，读书可以帮助我们解决困难，应付环境，并可获得思想材料的来源。"下边的行文则主要是分三个部分来讲这三方面的原因。

第一个原因比较简单，胡适提出读书就是接受人类的精神遗产。他说："因为书是代表人类老祖宗传给我们的知识的遗产，我们接受了这遗产，以此为基础，可以继续发扬光大，更在这基础之上，建立更高深更伟大的知识。"这个原因其实也是我们大家最熟悉的一点，正如胡适在文中举例的那样，从小到大，我们在学校学习的每一门学科都是基于几千年来的知识编纂而成，而我们可以在短短的几年内迅速吸收和消化人类的这些智慧成果。无疑，读书可以大大缩短我们掌握新知识的时间，让我们能够站在前辈的肩膀上，去做更多的事情。

第二个原因似乎有点莫名其妙，胡适提出读书的原因是"为读书而读书"。大家都知道，我们现在普遍认为读书是以"学以致用"为最高目的的，"为读书而读书"不成了"死读书"了吗？对此，胡适是这样解释的，他说："读书不是那么容易的一件事情，不读书不能读书，要能读书才能多读书。好比戴了眼镜，小的可以放大，模糊的可以看得清楚，远的可以变近。"这看似绕口令一样的话它的意思就是说只有不断读书才能更好地理解书中的内容，也正如胡适自己所写的"知识越扩充了，读书的能力也越大"，这才是读书最直接的原因。

为了进一步说明为了读书而读书的道理，胡适又以《诗经》为例，说明读者的知识水平不同，对同一部作品的理解程度也不一样。他以《诗经·召南·野有死麕》中的"白茅包之，有女怀春，吉士诱之"这一句为例，读书少的人就无法理解其中的真

正用意，而读过人类学、考古学、历史学等相关书籍的人读这句话，就能明白这里其实是表现了先民们的民俗特征，那个时候打了野兽送到女子家去求婚是非常平常的事。这样就能很好理解《野有死麕》这首诗的基本意义了。此外，胡适还鼓励年轻人不仅要多读书，还要勇于读难懂的书，不能把我们的视野仅仅局限在粗浅简单的文字上，还要选择一些费脑子的书，比如我们大学生不仅要读自己喜欢的小说、散文，还要读一些哲学、科学方面的理论书籍，只有合理搭配阅读书目，才能让我们的大脑获得丰富的精神养料。

第三个原因则是要读者从书中的世界走到现实世界，用理论知识来指导现实生活、解决现实难题。他说："读书可以帮助解决困难，应付环境，供给思想材料，知识是思想材料的来源。思想可分作五步，思想的起源是大的疑问。吃饭拉屎不用想，但逢着三岔路口、十字街头那样的环境，就发生困难了。走东或是走西，这样做或是那样做，有了困难，才有思想。第二步要把问题弄清，究竟困难在哪一点上。第三步才想到如何解决。这一步，俗话叫作出主意。但主意太多，都采用也不行，必须要挑选。但主意太少，或者竟全无主意，那就更没有办法了。第四步就是要选择一个假定的解决方法。要想到这个方法能不能解决。若不能，那么，就换一个，若能就行了。这好比开锁，这一个钥匙开不开就换了一个，假定是可以开的，那么，问题就解决了。第五步就是证实。凡是有条理的思想都要经过这五步，或是逃不了这五个阶段。"胡适的这五个步骤的经验，给读书人提供了具体的学习思路，帮助大家从"死读书"转变为"活读书"。

最后，胡适把读书的视野放到了整个世界，他鼓励年轻人不要只读中国书，还要读外文书，而且要至少精通一种外国文字，这样才能提高自己的读书能力，从而获得更多的知识。

2. 文章的意义和启发

首先，文章告诉我们，书籍里蕴藏着人类几千年的智慧，读书是我们获得知识最为快速和有效的途径，即便在网络发达的今天，我们也会发现网络上更多的是碎片化、快餐化的知识断点，而只有书籍中才是我们精神成长所必需的"大米和馒头"。

其次，读书还要讲究步骤和方法，要从易到难逐级增长自己的阅读量和阅读难度，这样才能丰富我们各方面的知识储备。

再次，读书还要落到实践上，多读书的同时还要勤思考，书中的内容可以为我们的疑惑提供解决办法，因此胡适才写道："读书可以解决问题，就是军事、政治、财政、思想等问题，也都可以解决，这就是读书的用处。"

最后，我们来分析一下这篇文章的写作风格。

胡适的写作风格常被人评价为"胡适之体"，用来指称他浅白通俗、风行一时的白话文体，他的文章区别于周作人、朱自清等优美精致的"美文"，而具有明显的"报刊文体"特征，这就使得他的文章更适合普罗大众的阅读能力，而且像本文一样，胡适很多文章也都是用来演讲的，所以鼓动性很强，很有说服力，连毛泽东也曾说他特别喜欢胡适和陈独秀的文章。胡适自己在谈"胡适之体"时就认为文章最重要的是要明白清楚，只有这样才能在最广大民众间传播科学、传播新思想。

课后小论坛

1. 结合文章谈谈你对"为读书而读书"的理解。
2. 结合自己的阅读经历阐述胡适"五步走"的读书经验。

兼顾文理，继承优秀传统文化

——苏步青《理工科学生也要有文史知识》

 阅读小贴士

　　苏步青，浙江平阳人，中国科学院院士，中国著名的数学家、教育家，中国微分几何学派创始人。1902 年，苏步青出生于浙江一个农民家庭，18 岁赴日求学，1927 年以优异的成绩毕业于日本东北帝国大学（今东北大学）数学系，并进入该校研究院，1931 年在该校获得理学博士学位。同年 3 月，心系祖国的苏步青携带家眷返回祖国，受聘于浙江大学数学系。新中国成立后，他担任浙江大学教务长，并主持过中国科学院数学研究所的筹建工作。1952 年，他到复旦大学任教，并先后出任复旦大学校长、名誉校长。他是我国近代数学的主要奠基人之一，被国际上誉为"东方国度灿烂的数学明星"和"东方第一几何学家"。苏步青还是一位敬业的教育家，他培养了一大批优秀的科学人才，桃李满天下。

　　这篇《理工科学生也要有文史知识》是苏步青于 1982 年发表在《文史知识》上的一篇文章，此后又被《人民日报》《解放日报》等报刊转载，并且还在很多理工科大学被广泛印刷成补充教材。8 年后，苏步青又在《群言》杂志上发表了《大学语文教师责任重大》一文，开篇他就提到当年发表《理工科学生也要有文史知识》是出于很现实的原因，即"重理轻文"在当时的大学和中学都成为普遍的现象。其实这个背景在本文开篇部分也被作者交代得很清晰。由于长期重视理科、忽视文科学习，致使在 20 世纪 80 年代考入复旦大学的很多学生都出现了语文成绩不及格、不了解祖国历史、写论文缺乏逻辑、字句不通、错别字不少的问题。这让时任复旦大学校长的苏步青忧心忡忡，因此才写下了这篇语重心长的文章。

原典轻松读

理工科学生也要有文史知识（节选）

中华民族有着悠久的历史和灿烂的文化艺术，这是我们民族的骄傲。长期以来，中华儿女为保卫祖国不受外敌侵侮，争取民主、独立和解放，进行了不屈不挠的斗争，谱写出了壮丽的篇章。每个中国人都应该继承中华民族的优良传统，为祖国的进一步繁荣昌盛而奋斗。

高等学校的学生，是祖国的未来，建设社会主义四个现代化的重任将由他们来承担，要求大学生了解和学习我国古代文史知识，尤有必要。我这里为什么特别强调理工科学生呢？因为我发现理工科学生中，有一部分人对学习祖国古代文学和历史知识的重要性，仍缺乏正确的认识。有的说，我将来要当科学家，又不从事行政工作，读文史有何用？有的说，文史知识在中学已学过，现在学专业都来不及，哪有时间读古代文史？现实反映出来的理科学生中，语文科成绩不及格者竟有几十人之多。近两年，毕业班学生在撰写论文时，有的学术论文内容不错，却写不出一段好的"导言"；有的论文缺乏逻辑，语句不通，错别字也不少。更值得引起重视的是，一些理科学生，不了解祖国的历史，讲不出"三皇五帝"，说不清中国经历了多少朝代，我国历史上哪个朝代最强盛等等。试想，连养育自己的祖国都不甚了解，又怎能为祖国而奋发学习，攀登科学高峰呢？因此，针对以上问题，有必要加深理工科学生对学习祖国文史知识重要意义的认识。

首先，学习文史知识，特别是中国近代史知识，把前天、昨天和今天做个对比，有助于大学生了解社会发展的进程，树立辩证唯物主义和历史唯物主义的世界观。我们知道，今天的中国是由古代的中国发展而来的。马克思主义者不应割断历史，不但要懂得中国的今天，还要懂得中国的昨天和前天。中国的昨天和前天是怎样的呢？学习我国文史知识，特别是近代史知识，就能了解旧中国山河破碎、民不聊生的悲惨情景，明白中国旧民主主义革命为什么屡遭失败的原因。学习中国近百年来革命志士追求真理的业绩，就可以使我们坚信：只有在中国共产党的领导下，走社会主义道路，才是历史的必由之路。今天的大学生，正处在长知识、长身体的黄金时代，也是世界观逐步形成的重要时期。不管学文史，学理工农医，大学生都应该从历史的经验教训中得出正确的结论，坚持党的四项基本原则，不断提高自己的思想觉悟。

我经历过中国的昨天，有一些切身的体会。1919 年，我在赴日本留学时到过上海。那时的上海是半封建半殖民地社会的缩影：外滩公园挂有一块牌子，写着什么"华人与狗不准入内"，黄浦江上停泊的是英、美、日、德、法、意等列强的军舰，南京路上常见"冻死骨"。中国人被人称为"东亚病夫"。现在，情况发生了翻天覆地的变化，"东亚病夫"变为"东亚健夫"；黄浦公园成了人们娱乐的场所；黄浦江上停泊着我国自制的万吨巨轮；南京路热闹非凡，呈现出一片欣欣向荣的景象。对比是很能说明问题的。读一读中国遭受三座大山压迫的历史，就会感到生活在社会主义祖国的无比幸福；读一读中华民族的先驱为探求真理浴血奋战的历史，就会感受到今天幸福生活来之不易。有的大学生，不懂昨天，也不懂得今天，怀疑和否定四项基本原则，向往资本主义的腐朽生活，甚至走上犯罪道路。因次必须对大学生加强思想教育，其中包招对他们进行历史唯物主义的教育，使他们树立无产阶级世界观，健康成长。

（苏步青：《数与诗的交融》，百花文艺出版社 1999 年版）

文学小课堂

1. 文章内容分析

本文针对理工科大学生中一部分人对学习祖国古代文学和历史知识缺乏正确认识的现象，阐述了学习文史知识的重要性。整篇文章逻辑清晰，层次鲜明，下面我们就一起来分析这篇文章的内容结构。本文可以分为三大部分：

第一部分就是第 1、2 自然段，这部分说明了学习文史知识对理工科学生的重要性。作者认为，每个中国人都应继承中华民族的优良传统，大学生了解和学习我国古代的文史知识尤为重要。而在理工科学生中，有一部分人对此却缺乏正确的认识，甚至连基本的文史修养都不具备。因此，"有必要加深理工科学生对学习祖国文史知识重要意义的认识"。

第二部分是全文的主干部分，篇幅也是最长的，从第 3 自然段到第 8 自然段（第 5 段以后部分本书未节选）具体说明了学习文史知识的重要意义。其中作者又从四个方面进行了具体论证。首先，他认为学习文史知识"有助于大学生了解社会发展的进程，树立辩证唯物主义和历史唯物主义的世界观"。也许我们今天的大学生感觉这是一句老话，已经过时了，但我们如果结合文章来进一步阅读苏步青早年的留学生涯和归国经历后，才会真实体会到拥有一个强大的祖国作为后盾，对我们每个人来说是多么重要，我们才能有机会去奋斗、去实现自我价值，那么这些意义的领悟，还真需要文史知识的学习才能有所收获。其次，作者认为学习文史知识"还可以帮助他们学习和继承中华民族的优良传统，激发为祖国而奋斗的热情"，苏步青的这个观点也正好与当前我国大力推广传统文化的政策不谋而合。纵观我国近现代各行各业的科学家、思想家，他们都像苏步青一样，不仅在本专业有所建树，同时还具有丰厚的人文素养，这都是得益于文史知识的热爱和积累。再次，苏步青还认为理工科学生学习文史知识，不应局限于文学、历史等学科，还可以阅读本专业的古代科学著作，这既需要有一定的文史阅读能力作为基础，同时还要懂得基本的古汉语知识，这对日后的科学技术研究也是非常有益的。最后，作者还认为学习文史知识可以培养学生的语言文字功底，这是撰写研究成果的基础性工作。这一点我个人认为也是当前大学生急需提高的地方，我们常常发现很多学生想法很好、脑筋转得很快，写下来却文不对题、语法混乱，有些同学甚至连基本的行文格式都不明白，同学们想想你自己是不是也有这方面的问题呢？

第三部分，也就是全文最后一段，苏老再一次殷切希望大学生能够充分利用自己的大学时光，可以多选修学校开设的人文通选课，从而学好祖国的文史知识。

2. 文章的论述特点

整篇文章可算是论说文的经典范例，下面我们来分析它的论述特点。

首先，论证周密，说理透彻。文章先是运用演绎论证的方法，说明有必要加深理工科学生对学习祖国文史知识重要意义的认识；然后又用归纳论证的方法，从四个方面具体说明理工科学生学习文史知识的重要意义；最后在结尾交代说明，理工科学生学习文史知识的意义同样适用于其他专业的学生，希望大学生都能学好文史知识。论证上既思路清晰，又分析全面，事理阐述极为透彻。

其次，运用多种论据，增强文章的说服力。文中既有理论论据，又有事实论据；既有历史事例，又有现实事例；既有名人名言，又有作者个人的经验体会等。论据的多样，既避免了议论上的单调之感，又使文章内容充实，增强了说服力。

最后，运用设问、反问、对比等修辞手法。如"我这里为什么特别强调理工科学生呢？"和"中国的昨天和前天是怎样的呢？"等是设问；"试想，连养育自己的祖国都不甚了了，又怎能为祖国而奋发学习，攀登科学高峰呢？"则是反问；黄浦江上过去停泊的是英美等列强的军舰与现在停泊的我国自制的万吨巨轮、"东亚病夫"与"东亚健夫"这些又都是对比。这些修辞手法的运用，不仅起到突出强调作用，同时也极大地增强了文章的生动性和感染力。

相信读完这篇文章大家都会有所收获，正如苏步青老先生所言，多读文史知识并不仅仅适用于理工科的学生，不论什么专业都需要一定的传统文化知识。党的十八大以来，围绕传承和弘扬中华优秀传统文化，习近平总书记发表了一系列重要论述，他特别强调"要讲清楚每个国家和民族的历史传统、文化积淀、基本国情不同，其发展道路必然有着自己的特色；讲清楚中华文化积淀着中华民族最深沉的精神追求，是中华民族生生不息、发展壮大的丰厚滋养；讲清楚中华优秀传统文化是中华民族的突出优势，是我们最深厚的文化软实力；讲清楚中国特色社会主义植根于中华文化沃土、反映中国人民意愿、适应中国和时代发展进步要求，有着深厚历史渊源和广泛现实基础"。作为当代的青年学子，我们一方面要谨记老一代科学家的谆谆教导，另一方面更要明白传统文化在我国现阶段发展中的重要作用，只有这样才能不断从中华优秀传统文化中汲取养料，自信地建设我们的国家。

课后小论坛

1. 你认为学习文史知识有什么用？
2. 你怎么认识科学素养和人文素养的关系？

一位古稀老人的青春梦想

——塞缪尔《青春赋》

 阅读小贴士

　　塞缪尔·厄尔曼 1840 年出生于德国，童年时随家人移居美国，后来还参加过南北战争。战后他定居伯明翰，经营五金杂货，成为一名商人，但同时也是一位热衷于公益事业的社会活动家。年轻时候的塞缪尔并没有将注意力过多地放在文学艺术方面，直到年逾古稀他才以巨大的热情投入文学的创作中。

　　《青春赋》是他众多作品中最有影响的一篇，是一首短小的散文诗，但它的影响力十分巨大，曾被美国的麦克阿瑟将军和日本松下电器公司的创始人松下幸之助当作自己的座右铭。一位古稀老人，却以"青春"为主题，从他的文章中我们可以感受到一种积极向上、青春勃发的年轻心态。这篇散文诗以其雄健的主题和完美的形式被人们世代传颂，超越了年龄，超越了国家、民族和文化的界限，成为永恒的励志名篇。

 **原典轻松读**

青春赋

青春不是年华，而是心境；
青春不是桃面、丹唇、柔膝，
而是深沉的意志、
恢宏的想象、炙热的情感；

青春是生命的深泉在涌流。

青春气贯长虹，

勇锐盖过怯弱，

进取压倒苟安。

如此锐气，二十后生有之，

六旬男子则更多见。

年岁有加，并非垂老；

理想丢弃，方堕暮年。

岁月悠悠，衰微只及肌肤；

热忱抛却，颓唐必至灵魂。

忧烦、惶恐、丧失自信，

定使心灵扭曲，意气如灰。

无论年届花甲，抑或二八芳龄，

心中皆有生命之欢乐，

奇迹之诱惑，

孩童般天真久盛不衰。

人的心灵应如浩渺瀚海，

只要不断接纳美好、希望、欢乐、

勇气和力量的百川，

才能青春永驻、风华长存。

一旦心海枯竭，

锐气便被冰雪覆盖，

玩世不恭、自暴自弃油然而生，

即便年方二十，实已垂垂老矣；

然则只要虚怀若谷，

让喜悦达观、仁爱充盈其间，

你便有望，

在八十高龄告别尘寰时，

仍觉年轻。

（本译文引自中央电视台《朗读者》第一季，2017 年 3 月 25 日）

文学小课堂

1. 从心境来审视青春

"青春不是年华，而是心境；青春不是桃面、丹唇、柔膝，而是深沉的意志、恢宏的想象、炽热的恋情；青春是生命的深泉在不息地涌流。"

这是散文的第一层。它针对青春是否易逝的疑问，提出自己的新见解——"青春不是年华，而是心境"，青春不是外在的形象，而是内在的精神，这种对青春的全新表达令我们耳目一新。当然，青春是一种心态也是需要去证明的，于是文章紧接着从反面指出"青春不是桃面、丹唇、柔膝"，这些都不是青春的全部，同时又从正面去肯定青春应该是"深沉的意志、恢宏的想象、炽热的恋情；青春是生命的深泉在不息地涌流"。文中用"易逝"和"不息"作对比，用桃面、丹唇、柔膝进行形象的描绘，而用深沉的意志、恢宏的想象、炽热的恋情这样的描写，突出了青春应具有的内在品质。可以说，全文从开篇起就将作者对青春的理解直白无误地传递给我们，让世人看到一个古稀老人眼中与众不同的青春面貌。

2. 用理想来定义青春

"青春气贯长虹，勇锐盖过怯弱，进取压倒苟安。如此锐气，二十后生有之，六旬男子则更多见。年岁有加，并非垂老；理想丢弃，方堕暮年。岁月悠悠，衰微只及肌肤；热忱抛却，颓唐必至灵魂。忧烦、惶恐、丧失自信，定使心灵扭曲，意气如灰。"

这是散文的第二层，这一部分开始深入探讨一个重要问题，那就是青春的实质是什么？塞缪尔认为青春是一种人生状态，它表现为勇锐盖过怯懦，进取压倒苟安。文中提到与青春相矛盾的垂老的人生情态，用分析它的错误所在来证明自己论点的正确；而垂老的人生状态是因为放弃了理想追求才造成的，作者在此处又采用了直接证明的方法，用"岁月悠悠，衰微只及肌肤；热忱抛却，颓唐必至灵魂。忧烦、惶恐、丧失自信，定使心灵扭曲，意气如灰"这些事实向我们展示了心态垂老的可怕后果。在作者看来，青春不仅仅是一种外在的形态，更应该是一种内在的灵魂，如果抛弃了创造的热情、丢弃了人生的自信，整天只考虑鸡毛琐碎的事情而致使自己精神忧郁、惶恐，那么灵魂就会最终走向颓废。即便正值妙龄，也不能称得上是拥有青春。

3. 靠坚持来永驻青春

"无论年届古稀，抑或二八芳龄，心中皆有生命之欢乐，奇迹之诱惑，孩童般天真久盛不衰。人的心灵应如浩渺瀚海，只要不断接纳美好、希望、欢乐、勇气和力量的百川，才能青春永驻、风华长存。一旦心海枯竭，锐气便被冰雪覆盖，玩世不恭、自暴自弃油然而生，即便年方二十，实已垂垂老矣；然则只要虚怀若谷，让喜悦达观，仁爱充盈其间，你就有望，在八十高龄告别尘寰时，仍觉年轻。"

这一部分实际上也是在回答一个问题，就是"怎样使人生永葆青春"的问题。"青春永驻"是每一个人的奢望，当然我们明知这一愿望不可能实现，可是大家仍在拼命地想要留住青春。如为了让自己变得更漂亮一些，很多女孩子都会化妆、买漂亮衣服，尤其是上了大学之后，不管是男孩还是女孩都会花很多心思和金钱在自己外形的包装上。但是，这篇文章的作者给我们敲响了警钟，在他看来，即使是二十岁的年轻人，如果他沉迷于享乐、陶醉于游戏，这无异于放弃人生追求的自暴自弃。此处作者使用比较论证的方法，一方面年轻人失去了上进心，那么他在精神上就已垂垂老矣；另一方面如果耄耋老人仍然坚持人生追求，那么直到与世长辞他仍算是青春永驻。其实，这种鲜明的对比完全能够作为年轻人的座右铭，尤其是对于刚考入大学的学子来说，经历过高中时期艰苦的学习之后，很多人在大学期间开始放松自己，认为进了大学就万事大吉，殊不知这其实才是人生新阶段的开始。这一部分哲理性的思索就带给我们年轻学子强有力的启示。不论我们年方二十，还是步入暮年，外表的衰老不代表青春的消失，灵魂的颓废才是老去的象征，我们不仅要在外表上让自己变得更加青春勃发，还应该在精神上保持好奇心和坚持不懈的进取心态，才能真正做到青春不老。

4. 多彩的论证和语言

相信同学们读过全文后最大的感触就是这篇散文诗的论证方法多种多样。它虽然在形式上是诗歌，但其中包含了丰富的论证方法和严密的逻辑结构。文中将因果证明、正反证明、直接证明、对照证明等方法进行充分融合，各个论证部分环环相扣，内容逐层深入。

此外，文中形象化的语言和修辞手法的巧妙运用使这篇散文诗的感染力倍增。整篇诗文运用了包括对举、排比在内的修辞手法，让深刻的思想得以华丽地呈现，再加上形象化的语言为我们析事明理，美的表达和美的语言使这篇散文诗更具艺术吸引力。我们可以通过朗诵这首诗歌，来近距离感受它的美！

课后小论坛

1. 作者认为"青春"不是"年华"而是"心境"，你如何理解？

2. 每个人的经历和处境存在着差异，你认为一个人的"青春"究竟是由什么带来的？

第九篇 修身篇

XIUSHEN PIAN

　　"修养"一词语出唐末著名道士吕洞宾的词《忆江南》："学道客，修养莫迟迟，光景斯须如梦里。"这句强调了抓紧时间修身养性的重要性，奉劝"学道客"莫让光阴虚度。后来"修养"一词被广泛应用，还衍生出了其他相近的含义，如培养端正的品行，树立正确的人生观、价值观，在思想、学识、艺术和为人处世等方面所达到的水平等。

　　一般来说，人们只有认真读书，提高修养，才能做到用自己的眼睛去看世界，用清醒的脑子去思考，才能懂得珍爱自己和他人的生命，才能学会寻找自身的兴趣点和优长，用独特的方式去创造，充分发挥自我价值，造福人类社会，从而活得更有成就感，更加幸福而有尊严。天生聪慧而不读书、不修养自身的人，即使天分再高，也会在世俗长期的熏染、挫伤与磨损之下慢慢失去清明的灵智和纯净的本心，变得"泯然众人"，甚至腐化堕落下去。

　　那么，我们修养的方向是什么呢？笔者认为，就是追求至真、至善、至美的境界。要达到这一宏大的目标，我们首先要做到心中有爱，并且树立自己的理想。只有心怀高尚的理想和真诚的爱，同时保持一颗纯净的心，才能勇猛精进、专心致志、百折不挠地去求真、求善、求美。

　　本篇为大家精心选取了四篇有助于道德修养的文章，皆是古今中外的名家名篇，其中先哲们对后世的谆谆教导和拳拳诚意令人动容。

　　这四篇文章之中，《大学》教给我们的是关爱他人和社会，关注现实的入世精神，是修身、齐家、治国、平天下的修养阶梯，是止于至善的理想；荀子《修身》教给我们的是古人治气养心、修身自强的心诀法要，即勤奋、坚持、尊师、崇礼；美学大师朱光潜教给我们的是以清明的理性和坚强的意志力克服惰性，脚踏实地、自省自察、奋发有为的方法，是人心的净化与人生的美化；纪伯伦教给我们的则是超越东西方文化樊篱与宗教隔阂，是不怕伤痛、超越自我、对全体人类的无私大爱，是尊重所有生命、敬畏自然、领略人生至美的奥义。

提高修养不是只读几页书、空喊几句口号或大谈一番道理就能成功的，修养渗透在人们的饮食起居、待人接物等方方面面，尤其是在大风大浪、大是大非面前，更能体现出一个人修养的功夫和思想境界的高低。希望大家不负先哲的良苦用心，能够在认真阅读和思考以上篇目的基础上，汲取其精华，真正为己所用，使之成为大家立志、发奋的榜样和助力。

自天子以至于庶人，壹是皆以修身为本

——《大学》

阅读小贴士

　　《大学》，为儒家经典"四书"之首。《大学》原为《小戴礼记》中的第四十二篇，在南宋前从未单独刊印。南宋朱熹于宋孝宗淳熙时，重新编订了《大学》章次，将《大学》《中庸》《论语》《孟子》这四本书编排在一起，并分别做了章句和集注，成为《四书章句集注》一书。元仁宗皇庆二年（1313），朱熹的《四书章句集注》被钦定为科举考试官方教材和出题用书，一直沿袭到清代。《大学》作为"四书"之首，成为儒家官方学校和私塾教育儒生修习"内圣外王"之道的主要根据和范本。

　　《大学》以"三纲八目"的形式对儒家的道德理想及修为之道进行了系统阐述，集中体现了儒家的人生观、价值观和政治观。《大学》中"格物、致知、诚意、正心、修身、齐家、治国、平天下"的思想对中国古代社会影响深远。

　　《大学》的作者和成书时间没有定论。宋代程颢、程颐两兄弟称"《大学》，孔氏之遗书而初学入德之门也"，意思是《大学》是孔子及其门徒留下来的遗书，是儒学的入门读物。朱熹认为，《大学》是由孔子、曾子、曾子门人合撰而成。此外，还有学者认为《大学》的作者是春秋末期孔子的孙子子思，或是战国末期的荀子，或是汉代董仲舒，也可能是秦汉时儒家的作品。其中，朱熹的说法影响最大。

　　曾子，即孔子弟子曾参（前505—前434），字子舆，汉族，鲁国人。春秋末年儒家学派的重要代表人物。

原典轻松读

大学（节选）

大学之道[1]，在明明德[2]，在亲民[3]，在止于至善[4]。知止而后有定，定而后能静，静而后能安，安而后能虑，虑而后能得。物有本末，事有终始[5]。知所先后，则近道矣。

古之欲明明德于天下[6]者先治其国[7]，欲治其国者先齐其家[8]，欲齐其家者先修其身，欲修其身者先正其心，欲正其心者先诚其意，欲诚其意者先致其知，致知在格物[9]。物格而后知至，知至而后意诚，意诚而后心正，心正而后身修，身修而后家齐，家齐而后国治，国治而后天下平。

自天子以至于庶人[10]，壹是皆以修身为本。其本乱而末治者，否矣。其所厚者薄，而其所薄者厚[11]，未之有也。此谓知本，此谓知之至也。

所谓诚其意者，毋自欺也。如恶恶臭，如好好色[12]，此之谓自谦[13]。故君子必慎其独也。小人闲居为不善，无所不至，见君子而后厌然掩其不善而著其善[14]。人之视己，如见其肺肝然，则何益矣！此谓诚于中，形于外，故君子必慎其独也。曾子曰："十目所视，十手所指，其严乎！"富润屋，德润身，心广体胖[15]，故君子必诚其意。

《诗》[16]云："瞻彼淇澳[17]，菉竹猗猗[18]。有斐[19]君子，如切如磋，如琢如磨[20]。瑟兮僴兮[21]！赫兮喧兮[22]！有斐君子，终不可諠[23]兮。"如切如磋者，道学也。如琢如磨者，自修也。瑟兮僴兮者，恂栗[24]也。赫兮喧兮者，威仪也。有斐君子，终不可諠兮者，道盛德至善，民之不能忘也。《诗》云："於戏！前王不忘。"[25]君子贤其贤而亲其亲，小人乐其乐而利其利，此以没世不忘也。

《康诰》[26]曰："克[27]明德。"《大甲》[28]曰："顾諟天之明命。"[29]《帝典》[30]曰："克明峻德。"[31]皆自明也。

汤之《盘铭》[32]曰："苟日新，日日新，又日新。"《康诰》曰："作新民。"《诗》曰："周虽旧邦，其命惟新。"是故君子无所不用其极。

《诗》云："邦畿千里，惟民所止。"[33]《诗》云："绵蛮黄鸟，止于丘隅。"[34]子曰："于止，知其所止，可以人而不如鸟乎？"《诗》云："穆穆文王，於缉熙敬止。"[35]为人君，止于仁。为人臣，止于敬。为人子，止于孝。为人父，止于慈。与国人交，止于信。

子曰："听讼，吾犹人也。必也使无讼乎。"[36]无情[37]者不得尽其辞，大畏民志，此谓知本。

所谓修身在正其心者，身有所忿懥[38]，则不得其正；有所恐惧，则不得其正；有所好乐[39]，则不得其正；有所忧患，则不得其正。心不在焉，视而不见，听而不闻，食而不知其味。此谓修身在正其心。

所谓齐其家在修其身者，人之其所亲爱而辟焉，之其所贱恶而辟焉，之其所畏敬而辟焉，之其所哀矜而辟焉，之其所敖惰而辟焉。故好而知其恶，恶而知其美者，天下鲜矣。故谚有之曰："人莫知其子之恶，莫知其苗之硕。"此谓身不修不可以齐其家。

所谓治国必先齐其家者，其家不可教而能教人者，无之。故君子不出家而成教于国。孝者所以事君也，弟[40]者所以事长也，慈者所以使众也。《康诰》曰："如保赤子。"心诚求之，虽不中，不远矣。未有学养子而后嫁者也。一家仁，一国兴仁；一家让，一国兴让；一人贪戾，一国作乱。其机如此。此谓一言偾事[41]，一人定国。尧、舜帅天下以仁，而民从之。桀、纣帅天下以暴，而民从之。其所令反其所好，而民不从。是故君子有诸己而后求诸人，无诸己而后非诸人。所藏乎身不恕，而能喻诸人者，未之有也。故治国在齐其家。《诗》云："桃之夭夭，其叶蓁蓁。之子于归，宜其家人。"[42]宜其家人，而后可以教国人。《诗》云："宜兄宜弟。"[43]宜兄宜弟，而后可以教国人。《诗》云："其仪不忒，正是四国。"[44]其为父子兄弟足法，而后民法之也。此谓治国在齐其家。

所谓平天下在治其国者，上老老而民兴孝，上长长而民兴弟，上恤孤而民不倍[45]。是以君子有絜矩[46]之道也。所恶于上，毋以使下；所恶于下，毋以事上；所恶于前，毋以先后；所恶于后，毋以从前；所恶于右，毋以交于左；所恶于左，毋以交于右。此之谓絜矩之道。

（王文锦译解：《礼记译解》，中华书局 2016 年版）

注释：

[1] 大学之道：大学的宗旨。大：旧音太，朱熹读本音。"道"的本义是道路，引申为道理、宗旨、规律、原则等，是中国古代思想史上最普遍使用的一个概念，在中国古代哲学、政治学里也指宇宙万物的本原、个体，一定的政治观或思想体系等，在不同的上下文环境里有不同的意思。

[2] 明明德：前一个"明"字是动词，是彰明、明白的意思；"明德"，谓至德，

最美最善的德性，光明正大的品德。

[3] 亲民：主要有两种解释。一是程颐、朱熹等认为"亲"为"新"之误，"新民"是说大人不但要自明其德，自我修养，还要推己及人，积极影响民众的修行。二是以古代孔颖达、王阳明，现代段正元和南怀瑾为代表的解释，认为"亲"有"亲属""爱""接近"等义，是"亲爱于民"的意思。

[4] 止于至善："止"，原为人停止、居住，鸟栖息之义，这里引申为达到；"善"，本义是吉祥，引申为完好、美好、圆满之义。大学之道就是要经过明明德和亲民两个阶段，使人们最终达到最崇高的善。

[5] 物有本末，事有终始："本"为树根，引申为根本；"末"为树梢，引申为末节。"终"为终结，"始"为开端。

[6] 天下：原意是指周天子作为所有诸侯邦国的共主所统治的人民和土地，现在泛指普天之下。

[7] 国：原意是指周朝的诸侯国，后来泛指任何一个邦国。

[8] 齐：管理、治理好。家：原意是指周朝大夫的家族。

[9] 格物：它向来是《大学》注释中最有争议的问题，简单讲就是推究事物的道理。"格物"很重要，人如果要修齐治平、明德于天下，那么"格物"是前提，是基础性的功夫。"格物"不当则"致知"不明；物有所未格，则知有所不明。历来解释中比较有影响的观点，如宋代理学家程颐认为："格犹穷也，物犹理也，犹曰穷其理而已也。"（《河南程氏遗书》卷二十五）格物即就物而穷其理，格物的途径主要是读书讨论、应事接物之类。朱熹认为："格，至也。物，犹事也。穷至事物之理，欲其极处无不到也。"（《大学章句》）他还增补了"格物致知"章："所谓致知在格物者，言欲致吾之知，在即物而穷其理也。盖人心之灵莫不有知，而天下之物莫不有理，惟于理有未穷，故其知有不尽也。是以大学始教，必使学者即凡天下之物，莫不因其已知之理而益穷之，以求至乎其极。至于用力之久，而一旦豁然贯通焉，则众物之表里精粗无不到，而吾心之全体大用无不明矣。此谓物格，此谓知之至也。"王阳明认为："格者，正也。正其不正，以归于正也。""格物如孟子'大人格君心'之'格'。是去其心之不正，以全其本体之正。但意念所在，即要去其不正，以全其正。"（《传习录上》）

[10] 庶人：原指没有爵位的人，这里指平民百姓。

[11] 其所厚者薄，而其所薄者厚：该重视的不重视，不该重视的却加以重视。另一种解释：对自己关系亲厚的人情意淡薄，对自己关系淡薄的人却情意浓厚。

[12] 恶（wù）恶（è）臭：厌恶臭秽的东西。好（hào）好（hǎo）色：喜欢

美色。

[13] 谦：通"慊"（qiè），满足、满意。自谦：自求快意满足。

[14] 厌然："厌读为黡。"（郑玄）黡音眼。"厌然，闭藏貌也。"（孔颖达）躲躲闪闪，朱熹同意。掩：遮掩、掩盖。著：使显露。

[15] 胖（pán）：大，安泰舒适。

[16]《诗》云：下面引文出自《诗经·卫风·淇奥》。《毛诗序》说："《淇奥》，美武公之德也。有文章，又能听其规谏，以礼自防，故能入相于周，美而作是诗也。"就是说《淇奥》是赞美武公德行才华的诗。武公是卫国的武和，担任过周平王（前770—前720年在位）的卿士。

[17] 瞻：远望。澳：又写作奥（yù）。淇澳：淇水弯曲的岸边，这里指山水弯曲之地。

[18] 菉（lù）：今传本《毛诗》作"绿"。猗（yī）猗：植物美而茂盛的样子。

[19] 有斐：斐斐，原指文采盎然，此处指文质彬彬的样子。

[20] 切：切制。磋：锉平。切磋：指加工制作骨质器物的方法。琢：雕刻。磨：磨光。琢磨：指制作玉器的方法。朱熹《大学章句》："治骨角者，既切而复磋之。治玉石者，既琢而复磨之。皆言其治之有绪，而益致其精也。"骨器、玉器必须切磋琢磨才能成器，比喻人为学严谨，精益求精，加强修养，久经磨炼才能成才。

[21] 瑟：庄重严谨的样子。僩（xiàn）：壮勇威武的样子。

[22] 喧（xuān）：通"咺"。毛传："赫，有明德赫赫然。咺，威仪容止宣著也。"

[23] 喧（xuān）：通"谖"（xuān），忘记的意思。

[24] 恂栗："恂字或作峻……言其容貌严栗也。"（郑玄注）"严栗"即严肃而使人敬畏。

[25] 这句引自《诗经·周颂·烈文》。於戏（wū hū）：叹词。前王：指周文王、周武王。

[26]《康诰》：《尚书·周书》中的一篇。

[27] 克：能够。

[28]《大甲》：《太甲》，《尚书·商书》中的一篇。

[29]《尚书·太甲上》："先王顾天之明命，以承上下神祇。"孔传："顾谓常目在之，诶，是也。言敬奉天命，以承顺天地。"孔颖达疏："《说文》云：顾，还视也。与是，古今之字异，故变文为是也。言先王每有所行，必还回视是天之明命。"后以"顾"指敬奉、禀顺天命。这里即指尊奉上天所赐予的光辉使命。

[30] 《帝典》：指《尚书》中的《尧典》篇。《后汉书·章帝纪》："五教在宽，《帝典》所美；恺悌君子，《大雅》所叹。"《孔丛子·论书》："吾于《帝典》见尧舜之圣焉。"

[31] 克明峻德：《尧典》原句为"克明俊德"。俊：与"峻"相通，意为大、崇高等，大德即高尚的品德，克明峻德即尧能彰明自身的大德。

[32] 汤：商朝的开国君主。盘：这里指商汤的洗澡用具。盘铭是刻在器皿上警醒自己的箴言。

[33] 这两句引自《诗经·商颂·玄鸟》。邦畿（jī）：古代指天子所在的京城及周围属其管辖的地域，后泛指国境疆域。惟：通"为"。止：这里指居住的地方。

[34] 这两句引自《诗经·小雅·绵蛮》。绵蛮：《毛诗》："传云：'绵蛮，小鸟貌。'"绵：毛茸茸的。蛮：小、可爱。朱熹《大学章句》说是鸟鸣声。丘隅：指山边草木丰盛之处。

[35] 穆穆：形容文王雍容端庄、德行深厚的姿态。於（wū）：表示感叹的语气词。缉：绵绵不息。熙：光明通达。敬止："言其无不敬而安所止也。引此而言圣人之止，无非至善。"（朱熹《大学章句》）

[36] 本句引自《论语·颜渊》。讼：诉讼。听讼：审理诉讼案件。使无讼：使人们之间没有诉讼之事。

[37] 情："实"的意思。无情：无实、没有情理之实。

[38] 身：程颐认为应为"心"，"身有"即心有。忿懥（zhì）：愤恨发怒。

[39] 好（hào）乐（lè）：偏好享乐。

[40] 弟（tì）：悌，指敬爱兄长。

[41] 偾（fèn）：败坏，破坏。偾事：搞坏事情。

[42] 本句引自《诗经·周南·桃夭》。夭（yāo）夭：形容草木鲜嫩茂盛的样子，此指女孩风华正茂，娇艳宜人。蓁（zhēn）蓁：形容茂密肥美的样子，此处比喻女孩将要嫁去的家室富裕。之：这。于归：古代指女子出嫁。

[43] 本句引自《诗经·小雅·蓼萧》，意为君子与兄弟和睦相处。

[44] 本句引自《诗经·曹风·鸤鸠》。仪：仪表，仪容。忒（tè）：差错。

[45] 孤：孤儿，古代指幼年丧失父亲的人。倍：通"背"，背弃。

[46] 絜（xié）：用绳子度量围长物体的粗细，引申为衡量。矩：原指画直角或方形用的尺子，引申为法度、规则。

译文:

大学的宗旨,在于彰明人们光明的德性,在于教育人们亲爱人民,在于使人们达到至善的目标。知道应该达到的目标然后才能有确定的志向,有了确定的志向然后才能心静,心静然后才能神安,神安然后才能周详地思虑,思虑周详然后才能处事得宜。凡物都有本有末,凡事都有始有终,知道事物的先后次序,就接近大道了。

古代有想要彰明光明德性于天下的人,先要治理好自己的国家;想要治理好自己的国家,先要整顿好自己的家庭;想要整顿好自己的家庭,先要修养自身;想要修养自身,先要端正自心;想要端正自心,先要诚实自己的意念;想要诚实自己的意念,先要获得知识;获得知识就在于推究事物的原理。推究了事物的原理才能得到真知,得到真知然后才能意念诚实,意念诚实然后才能心正,心正然后才能提高自身修养,提高了自身修养然后才能整顿好家庭,家庭整顿好了然后才能治理好国家,国家治理好了然后才能使天下太平。

从天子下至平民百姓,一律要以修身为根本。这个根本坏了乱了,而派生的枝干末梢却能治好,那是不可能的。该重视的不重视,不该重视的却加以重视,没有这样的道理。这就叫作知本,这就叫作认知的极致。

所谓诚实自己的意念,是说不要自己欺骗自己,就像厌恶恶臭气味、爱好美色那样自然真实。这样诚实不欺,才称得上是自我满足。为了做到诚实不欺,所以君子必须戒慎自己一人独处的时候。小人平日闲居时为非作歹,没有哪样坏事做不出来的,及至见到君子,然后遮遮盖盖地掩藏他那不光彩的行径,而故意显露他的"善良",却不知别人看自己,就如同看见了自己的肺肝一样,那装模作样又有什么益处呢!这是说,充满于心中的东西,总要表现在外面的,所以君子必须戒慎自己一人独处的时候。曾子说:"十只眼睛在注视着你,十只手在指点着你,这多么严厉可怕呀!"财富能够润饰房屋,道德能够润饰人身,心胸宽广从而身体舒适,所以君子一定要诚实自己的意念。

《诗经·卫风·淇奥》篇说:"瞧那淇水的水湾,菉竹草茂盛美观。有位文采焕发的君子,犹如骨角经过切磋,犹如玉石经过琢磨。矜庄啊,严谨啊!显赫啊,昭明啊!有位文采焕发的君子,令人始终不能忘怀啊!""如切如磋"的意思,喻指君子的努力治学;"如琢如磨"的意思,喻指君子认真地自修;"瑟兮僴兮"的意思,是说君子端庄恭慎的心态;"赫兮喧兮"的意思,是说君子的威严仪表;"有斐君子终不可誼兮"的意思,是说君子盛大的品德尽美尽善,人民不能忘记他。《诗经·周颂·烈文》篇说："啊！对于前王要念念不忘。"嗣位的君子之所以不忘前王，是尊重前王的贤德，热爱前代的亲人；百姓们之所以不忘前王，是乐于享受前王所创造的安乐局面，利于享有前王所带来的利益：因此人人终生念念不忘前王。

《尚书·康诰》篇中说："能够彰明美德。"《尚书·太甲》篇中说："要顾念熟思上天赋予的光明使命。"《尚书·帝典》篇中说："能够彰明伟大的品德。"都说的是自己去彰明光大自己的德性。

商汤浴盘上的铭辞说："假如今天洗净污垢更新自身，那么就要天天清洗更新，每日不间断地清洗更新。"《尚书·康诰》中说："使他们作为新的人民。"《诗经·大雅·文王》篇中说："周虽然是个古旧的邦国，而她承受天命，气象一新。"所以，英明的国君为了除旧更新，没有一处不用那最有效的手段。

《诗经·商颂·玄鸟》篇中说："京都直辖地区方圆千里，这是人民居止的所在。"《诗经·小雅·缗蛮》篇中说："缗缗蛮蛮地鸣叫的黄鸟，栖止于山丘多树的一角。"孔子说："关于栖止，黄鸟还知道自己该栖止的处所，怎么可以人还不如鸟呢！"《诗经·大雅·文王》篇中说："端庄肃穆的文王，啊！不断地走向光明，敬其所处的地位。"所以，作为人君要居心于仁爱，作为人臣要居心于恭敬，作为人子要居心于孝顺，作为人父要居心于慈爱，与国人交往要居心于诚信。

孔子说："听断诉讼，我犹如他人的心情一样，一定要使人们不再发生争讼。"圣人使没有真情实意的人不敢申说他那狡辩的言辞，大服民心。这便称得上知道根本。

所谓修身在于端正自心，意思是说，自身有所愤怒，心就不能端正；有所恐惧，心就不能端正；有所偏好，心就不能端正；有所忧虑，心就不能端正。被愤怒、恐惧、偏好、忧虑所困扰，导致神不守舍，心不在焉，看也看不明了，听也听不清了，吃着却不知食物的滋味。这说的是修身在于端正自心的道理。

所谓齐其家在于修养自身，意思是说，一般不能修身的人，对于自己所亲爱的人，往往有过分亲爱的偏向；对于自己所轻贱厌恶的人，往往有过分轻贱厌恶的偏向；对于自己所畏服敬重的人，往往有过分畏服敬重的偏向；对于自己所哀怜矜恤的人，往往有过分哀怜矜恤的偏向；对于自己所傲视慢待的人，往往有过分傲视慢待的偏向。所以，喜欢某人同时又知道他的缺点，厌恶某人同时又知道他的优点，这种人天下就很少了。所以谚语有这样的说法："由于溺爱，人们不知道自己孩子的过错；由于贪得，人们不知道自家禾苗的壮硕。"这说的是自身不提高修养就不能治好自家的道理。

所谓治理国家必定先要治好自己家庭，意思是说，连自己家里人都不能教育好而能教育好别人，这是没有的事。所以，在位的君子不出家门就能够完成对全国的教育。孝顺父母的感情，同样可以用来事奉国君的；敬重兄长的感情，同样可以用来事奉尊长的；慈爱子女的感情，同样可以用来对待民众的。《尚书·康诰》中说："爱人民如同保护婴儿。"心里如果真有这种博爱的追求，即使不能做得完全合格，那也差得不远了。爱心是天赋的，没有哪个女子先学养育婴儿、疼爱婴儿，而后才去嫁人的。国君一家人仁爱相亲，那么一国人就会受到感化，兴起仁爱的风气；国君一家人谦让相敬，那么一国人就会受到感化，兴起谦让的风气；国君一人贪婪暴戾，那么一国人就会受到影响，纷纷为非作乱：国君一人一家对国家治乱的关键作用就是这样。这就叫作一句话可以败坏大事，一个人可以安定国家。尧、舜用仁政统率天下，于是人民就跟从他们学仁爱；桀、纣用暴政统率天下，于是人民就跟从他们学残暴。国君所颁布的政令与他本人的爱好相反，人民就不肯依从了。所以，国君自己有了好的德行，然后才去要求别人；国君自己没有坏的习性，然后才去批评别人。藏在自身的思想根本没有这种推己及人的恕道，而能有效地晓喻别人的，那是未曾有过的事。所以说，君主要治好国家，在于先治好自己的家庭。《诗经·周南·桃夭》篇中说："桃花娇艳艳，桃叶绿蓁蓁，此女嫁来了，适宜一家人。"适宜了一家人，然后才可以教育一国人。《诗经·小雅·蓼萧》篇中说："宜兄宜弟。"与兄弟合心友爱，然后才可以教育一国人。《诗经·曹风·鸤鸠》篇中说："他的仪容没有差错，能够教正这四方各国。"他作为父亲、作为儿子、作为兄弟都值得效法，然后人民才能效法他。这说的是治国在于先治其家的道理。

所谓平定天下在于先治理好国家，意思是说，国君尊敬老人，从而国民就会兴起孝敬的风气；国君尊重年长的，从而国民就会兴起敬长的风气；国君怜恤孤儿，从而国民就会不背弃孤弱。是以君子有以身作则、推己及人之道。凡是上面的人待我的态度为我所厌恶的，我就不用这种态度任使下面的人；凡是下面的人对我的态度为我所厌恶的，我就不用这种态度事奉上面的人。凡是前面的人待我的态度为我所厌恶的，我就不用这种态度对待后面的人；凡是后面的人待我的态度为我所厌恶的，我就不用这种态度对待前面的人。右面的人待我的态度为我所厌恶的，我就不用这种态度对待左面的人；左面的人待我的态度为我所厌恶的，我就不用这种态度对待右面的人。这就叫作"絜矩"之道。

文学小课堂

1. 《大学》题名释义

"大学"一词在古代有两种含义：一是"博学"的意思；二是相对于小学而言的

"大人之学"。汉代郑玄说："大学者，以其记博学可以为政也。"宋代朱熹认为："《大学》之书，古之大学所以教人之法也。"古人八岁入小学，学习"洒扫应对进退、礼乐射御书数"等文化基础知识和礼节；十五岁入大学，学习伦理、政治、哲学等"穷理正心，修己治人"的学问。后一种含义其实也和前一种含义有相通的地方，同样有"博学"的意思。

此外，"大学"虽与古代教育制度有关，但这里的"大学"远远超出我们今天理解的学校教育。郑玄《三礼目录》说："名曰《大学》者，以其记博学，可以为政也。"意思是说，之所以称为《大学》，是因为它教人广博学习以从事治国平天下的事业。郑玄的这个解释与《大学》的中心内容"修、齐、治、平"相符合，应该是《大学》的原意。朱熹《大学章句》把"大学"解成"大人之学"。那么什么是"大人"呢？所谓"大人"，原本是指在高位者，如王公贵族，后来指圣人，以及德行高尚、志趣高远的人。因此，"大学"也是成圣之学、希贤希圣之学。

2.《大学》的版本

现行的《大学》共有三种不同的底本：郑玄所注《小戴礼记》第四十二篇全文、魏正始四年（243）刻的"三体石经"本、朱熹的《大学章句》本。其中，朱熹的《大学章句》本读起来较古本更顺畅，更有条理，意思更完整，也因得到官方强推而流传最广，影响最大。然而，《大学》经过朱熹的编辑、增删，已经失去了古本原貌。

朱熹《大学章句》的"霸权"地位曾在明清两代受到过质疑。如明代王守仁、湛若水、方献夫和清代宋翔凤、李光地、毛奇龄等人就推崇《礼记》中的古本《大学》。清代学者汪中、陈确则更进一步，除了批评朱熹篡改古书，更对《大学》本身至高无上的地位进行了质疑。他们认为《大学》并非至高无上的经典，批评朱熹将《大学》分为"经"一章、"传"十章，篡改了古书原秩序，无所根据。他们还驳斥了宋儒以所谓"三纲领""八条目"规范天下人的思想，认为《大学》是伪书，不是孔门的真传。

3.《大学》的主要内容

《大学》是儒家教育的纲领性论著，是我国古代论述修身治国的佳作。全篇1700余字，言简意赅，明白畅达，结构严谨。其内容可以大体分为两部分，后世分别称之为"经"和"传"，其精华部分浓缩后被称为"三纲领"和"八条目"（也简称"三纲""八目"），由内而外，由外而内，把儒家的内圣外王之道讲述得清晰、透彻，具有完整性、系统性和可操作性。

（1）第一部分（从开头到"此谓知之至也"），开宗明义，在思想和内容上统领全局，简明扼要地论述了"大学之道"的基本内涵、如何实现"大学之道"等，可以说是打开《大学》之门的钥匙，是《大学》最重要的部分。具体来说，"大学之道"的基本内涵及其实现路径指的就是"三纲领"和"八条目"。朱熹把这段文字进行了修订，将其称为"经一章"，并将"此谓知本，此谓知之至也"这一句调整到了下文。

从这一部分所包含的广博深邃的思想来看，"大学之道"并非仅限于教育教学的范畴，而是指的整个"为学之道"与"为人之道"。而其基本内涵，就在于"明明德""亲民""止于至善"这三条总纲要上，即所谓"三纲领"，这是儒学"垂世立教"的三大目标和指航明灯。而要贯彻落实"三纲领"，就要有具体的措施和路径，《大学》在下文中给出了八条依次排列的步骤，即"八条目"："格物、致知、诚意、正心、修身、齐家、治国、平天下"。

"八条目"既是为贯彻执行"三纲领"而设计的途径，也是儒家所奉行的一道人生修习进步的阶梯。"八条目"也可以分为"内修"和"外化"两大阶段：前五条"格物、致知、诚意、正心、修身"是"内修"阶段，后三条"齐家、治国、平天下"是"外化"阶段。前五条做到了，就可以说达到了"独善其身"（也叫"内圣"）的成就；后三条也做到了，就在实践中把"明德"外化到极致了，也就是"兼济天下"（也叫"外王"）了。这条修习之路的终极目标，是在才智上、人格上、德行上的无限丰盈，"止于至善"，相当于佛家所说的"圆满"境界。而在八条目中，修身是最基本的，它联结前后，贯穿始终，起着决定性的作用。正如《大学》中所强调的："自天子以至于庶人，壹是皆以修身为本。"

总而言之，通过"八条目"，我们可以明晰地看到一条修习路径，每个儒生都可以借此入手，逐渐由内而外、下学上达、由凡入圣地学习、修行和发展，直到人生的终极理想和目标得以实现。

需要强调的是，相较于"三纲领"与"八条目"而言，"大学之道"的"道"才是统摄全局的精魂，是支撑"三纲领"与"八条目"，也就是整个《大学》的本体。用古代哲学的话讲，"道"是体，"三纲领"与"八条目"合起来就是"大学之道"的全体大用。体是用的根据，用就是体的发挥，二者相辅相成，互为作用，但有主次的分别。而这个"道"是什么，《大学》并没有明确说出来，或者"言语道断"，这个"道"无法用语言直接准确完整地表达出来，于是作者用"三纲领"将其主要轮廓进行了勾勒，又用"八条目"将"三纲领"进行了细化，后学者要根据这些描述在实践中自己逐渐体悟出这个"道"的奥义。

从"三纲领"来看，这个"大学之道"的"道"明显具有道德至上和关爱民众的思想特征。"大学之道，在明明德，在亲民，在止于至善。"这就意味着，修习和秉承

"大学之道"的人，要在学业和才德均有了一定成就的基础上，充分发挥个人的高尚德性，秉持"仁爱"之心，造福他人和社会，最终力求达到"至善"的境界。它强调人的社会属性，具有不容置疑的儒家伦理观、价值观导向意味。

在"三纲领"后，作者接着讲了几句非常重要的话："知止而后有定，定而后能静，静而后能安，安而后能虑，虑而后能得。""知止、定、静、安、虑、得"，讲的是儒家在道德自律和心性体悟方面的用功次序，也是儒家的一种静修方法，即面对世事和外缘纷扰先把持住心性，不过度放纵自己，并明确人生终极目标，然后再平心静气地进行思考和深刻自省、自悟。

"物有本末，事有终始。知所先后，则近道矣。"这两句是对前文的一个小结，强调做事要有条理，分清次序，明白根本，抓住重点。那么什么是本？什么是末？什么为始？什么为终呢？这要根据事物的具体情况具体分析，理清本末终始的次序，按照轻重缓急安排得井井有条，才能把事情做好。

紧接着的下文一节是对"八条目"及其次序的一个清晰论述。作者先是从"明明德于天下"到"格物"进行了由终到始的逆推，又从"格物"由始到终正向顺推到"平天下"。从作者的表述来看，"明明德于天下"和"平天下"在这里基本是一个意思，但由于主语的身份不同，可以理解为"天子"的"平天下"是治理好天下，而臣子、士子的"平天下"则是利用自身的德行和才智来辅佐天子，成为"治世之能臣""帝王师"或"治学之名儒"，从而使"明德"泽被天下。然而无论天子还是庶人，都要以修身为本，慎独、自省、自律、自新，自强不息，争取实现"立德、立功、立言"的"三不朽"目标，完成人生道德圆满和心理上自洽。

（2）第二部分是剩下的所有文字，是对"经一章"的解说、充实和阐发。朱熹根据"经一章"的内容将这一部分调整了次序，并称之为"传十章"。"传十章"分别解释明明德、新民、止于至善、本末、格物致知、诚意、正心、修身、齐家、治国平天下这十个方面的内容。下面择要介绍其中几处比较有价值和影响力的思想观念。

一是"自明"思想，也就是"明明德"的思想。《大学》关于"明明德"的传文如下："《康诰》曰：'克明德。'《大甲》曰：'顾諟天之明命。'《帝典》曰：'克明峻德。'皆自明也。"

此处是直接引用了《尚书》中的几处名句来进一步说明"明明德"的意思，证明从三皇、五帝、夏、商、周以来，历代圣贤都强调人要顺应上天，自明其德，即弘扬人性中高尚光明的美德。言下之意，我们更要聆听圣贤的教诲，诚实地修身、学习、实践，以求走向先贤指引的光明大道，步入美好的至善境界。

二是"日新"思想。《大学》关于"日新"思想的传文如下："汤之《盘铭》曰：'苟日新，日日新，又日新。'《康诰》曰：'作新民。'《诗》曰：'周虽旧邦，其命维新。'是故君子无所不用其极。"

这里仍然引用《盘铭》《尚书》《诗经》等经典来说明"日新"的重要意义。朱熹《大学章句》解释汤之《盘铭》中的这句话说："汤以人之洗濯其心以去恶，如沐浴其身以去垢。故铭其盘，言诚能一日有以涤其旧染之污而自新，则当因其已新者，而日日新之，又日新之，不可略有间断也。"

"日新"思想是使得整个中华民族得以生生不息的重要思想。"物竞天择，适者生存"，不管是个人还是国家、民族，都要不断地根据现实条件和环境因素的变化而进行自我改革、完善和更新，否则就会走向绝路，被大自然和历史所淘汰。在前人倡导并力行的基础上，《大学》将"日新"观念再次提出来并着力进行强调，使"日新"思想成为中国文化重要的观念之一，成为激励中华民族不断创新、不断前进的思想动力与精神源泉。

三是诚意、"慎独"的修身法要。《大学》中的相关传文如下："所谓诚其意者，毋自欺也。如恶恶臭，如好好色，此之谓自谦。故君子必慎其独也。"

《大学》一针见血地指出，在修身方面，最重要的是要诚实，就像厌恶难闻的气味，喜爱美色一样，要坦诚，要表里如一，不要作伪，不要自欺欺人。尤其是在一人独处、无人监督的情况下，更要谨慎小心，不能人前一套，背后一套。只有管得住不合理的私欲，做自己的道德监察员和审判官，诚实坦荡，无愧于天地，才能体会到活着心安理得的快乐。

4.《大学》主旨

《大学》作为"四书"之首，既是古代小学生的入门之书，也是儒生后来整个人生阶段的指导书，是他们的精神支柱。《大学》的主旨就是儒家的内圣外王之道。

（1）《大学》是古代儒生初学"入德之门"。

宋代二程说："《大学》，孔氏之遗书，而初学入德之门也。"从传统儒家立场来讲，《大学》立论很正大，并且对于为学的路径和次序都讲得比较明确，理论的系统性和完整性比较好，相较于《论语》的琐碎和《孟子》的庞杂来说，《大学》都更适合作初学者的入门教材。

（2）《大学》是大人之学，是儒家的内圣外王之道。

前文说过，"大学"也是"大人之学"的意思，是成圣之学、希贤希圣之学，里面所讲的主要就是儒家的内圣外王之道。"内圣外王"，指在内具有圣人的才德，对外施行王道。

《大学》所包含的内圣外王之道是对中国政治哲学的精准概括和集中表述。"内圣外王"体现了中国知识分子对内不懈精进、自净自修，对外积极进取、关怀世事的伟大精神和人格理想，这个理想的发端则往往在于《大学》。从幼学启蒙到一生所系，他们在几乎整个生命历程中进行反复回顾、温习、对照、自励，并与志同道合之人相互印证、切磋，直到义理精纯。《大学》所讲的儒家精神要旨对中国知识分子可谓意义非凡。

5.《大学》的影响

相较于《论语》的灵活、生动、自然、散乱，《大学》显得略有些生硬、庄重、系统、规整。然而由于它概括性和可操作性强，又得到了大儒和官方的强推，因此两千多年来，《大学》所推崇的人生观和价值观已经深深融入了中国人的血液，成为文化基因，潜移默化中塑造和影响了一代代中国人的人格。

通过学习《大学》，我们可以更加深入地了解中国儒家知识分子的思想渊源和人格心理，并对儒家思想的价值、优缺点、影响力和现实意义产生新的思考。

课后小论坛

1. 你怎么看待《大学》所推崇的"三纲""八目"等儒家人生理想和轨迹？能否谈谈你的人生目标或理想？

2. 你觉得人需要"修身"吗？为什么？

3. 你对如何"修身"有没有自己的见解和体会？交流一下。

道虽迩，不行不至；事虽小，不为不成

——《荀子·修身》

阅读小贴士

　　荀子（约前313—前238），姓荀，名况，字卿，又称荀卿或孙卿，战国后期赵人，先秦时期杰出的唯物主义思想家、哲学家、文学家、政治家，儒家代表人物之一。他先后到过齐、秦、赵、楚诸国。

　　齐襄王时，荀子在稷下讲学，"最为老师"，"三为祭酒"（学宫之长）（《史记·孟子荀卿列传》）。范雎相秦期间，荀子入秦见秦昭王；他还曾与临武君议兵于赵孝成王前。及游楚国，两度任兰陵（今山东枣庄）令。春申君死，荀子罢官。晚年从事教学和著述，最终老死兰陵。

　　荀子整理、传承了大量儒家典籍，为传播、保存儒家思想文化做出了巨大贡献，被后世尊称为"后圣"。他的著述，后人名为《荀子》。其中少数文字是他的弟子所辑录。

　　《荀子·修身》是一篇专门论述修身之道，即如何进行修身以及最后所达到境界和效用的文章。文章指出，修身养性是一件关系到个人安危、国家存亡的大事。君子有所谓"扁善之度"，用此可治气养心，可修身自强。荀子在进一步阐述修身养性的具体方法和途径时强调，修养的办法"莫径由礼，莫要得师，莫神一好"，也就是说，重"礼"与尚"师"，以及专一精进、心无旁骛就是最主要的方法。荀子还认为，修养到一定境界的君子，就能做到骄富贵、重道义、轻王公，即使走遍天下也能得到人们普遍的尊敬，获得好运。

原典轻松读

修 身

见善，修然必以自存也[1]；见不善，愀然[2]必以自省也。善在身，介然必以自好也[3]；不善在身，菑然必以自恶也[4]。故非我而当者，吾师也；是我而当者，吾友也；谄谀我者，吾贼[5]也。故君子隆师而亲友，以致恶其贼[6]。好善无厌，受谏而能诫，虽欲无进，得乎哉！小人反是，致乱而恶人之非己也，致不肖而欲人之贤己也，心如虎狼、行如禽兽、而又恶人之贼己也[7]。谄谀者亲，谏争者疏，修正为笑[8]，至忠为贼，虽欲无灭亡，得乎哉！《诗》曰："噏噏呰呰[9]，亦孔之哀[10]。谋之其臧[11]，则具是违[12]；谋之不臧，则具是依。"此之谓也。

扁善之度[13]，以治气养生则后彭祖[14]，以修身自名则配尧、禹。宜于时通，利以处穷，礼信是也。凡用血气、志意、知虑，由礼则治通，不由礼则勃乱提僈[15]；食饮、衣服、居处、动静，由礼则和节，不由礼则触陷生疾；容貌、态度、进退、趋行，由礼则雅，不由礼则夷固僻违[16]，庸众而野。故人无礼则不生，事无礼则不成，国家无礼则不宁。《诗》曰："礼仪卒度，笑语卒获[17]。"此之谓也。

以善先人者谓之教，以善和人者谓之顺；以不善先人者谓之谄，以不善和人者谓之谀。是是、非非谓之知，非是、是非谓之愚。伤良曰谗，害良曰贼。是谓是、非谓非曰直。窃货曰盗，匿行曰诈，易言曰诞，趣舍无定谓之无常，保利弃义谓之至贼。多闻曰博，少闻曰浅；多见曰闲，少见曰陋。难进曰偍，易忘曰漏。少而理曰治，多而乱曰耗[18]。

治气养心之术：血气刚强，则柔之以调和；知虑渐深，则一之以易良[19]；勇胆猛戾，则辅之以道顺[20]；齐给便利，则节之以动止；狭隘褊[21]小，则廓之以广大；卑湿、重迟[22]、贪利，则抗之以高志；庸众驽散，则劫之以师友；怠慢僄弃，则照之以祸灾[23]；愚款端悫[24]，则合之以礼乐，通之以思索。凡治气养心之术，莫径由礼，莫要得师，莫神一好[25]。夫是之谓治气养心之术也。

志意修则骄富贵，道义重则轻王公，内省而外物轻矣。传曰："君子役物，小人役于物。"此之谓矣。身劳而心安，为之；利少而义多，为之。事乱君而通，不如事穷君而顺焉。故良农不为水旱不耕，良贾不为折阅不市[26]，士君子不为贫穷怠乎道。

体恭敬而心忠信，术礼义而情爱人，横行天下，虽困四夷，人莫不贵。劳苦之事则争先，饶乐之事则能让，端悫诚信，拘守而详，横行天下，虽困四夷，人莫不任。体倨固而心执诈，术顺墨而精杂污[27]，横行天下，虽达四方，人莫不贱。劳苦之事则偷儒[28]转脱，饶乐之事则佞兑而不曲[29]，辟违而不悫，程役而不录[30]，横行天下，虽达四方，人莫不弃。

行而供冀，非渍淖也[31]；行而俯项，非击戾也[32]；偶视而先俯[33]，非恐惧也。然夫士欲独修其身，不以得罪于比俗之人也。

夫骥一日而千里，驽马十驾则亦及之矣。将以穷无穷、逐无极与？其折骨绝筋，终身不可以相及也。将有所止之，则千里虽远，亦或迟或速、或先或后，胡为乎其不可以相及也？不识步道者，将以穷无穷逐无极与？意亦有所止之与？夫坚白、同异、有厚无厚之察，非不察也，然而君子不辩，止之也；倚魁之行，非不难也[34]，然而君子不行，止之也。故学曰："迟彼止而待我，我行而就之，则亦或迟或速，或先或后，胡为乎其不可以同至也？"故蹞步[35]而不休，跛鳖千里；累土而不辍，丘山崇[36]成；厌其源，开其渎，江河可竭；一进一退，一左一右，六骥不致。彼人之才性之相县[37]也，岂若跛鳖之与六骥足哉？然而跛鳖致之，六骥不致，是无他故焉，或为之，或不为尔。

道虽迩，不行不至；事虽小，不为不成。其为人也多暇日者，其出入不远矣。好法而行，士也；笃志而体，君子也；齐明而不竭，圣人也。人无法，则伥伥然[38]；有法而无志其义，则渠渠然[39]；依乎法而又深其类，然后温温然。

礼者，所以正身也；师者，所以正礼也。无礼何以正身？无师，吾安知礼之为是也？礼然而然，则是情安礼也；师云而云，则是知若师也。情安礼，知若师，则是圣人也。故非礼，是无法也；非师，是无师也。不是师法而好自用，譬之是犹以盲辩色、以聋辩声也，舍乱妄无为也。故学也者，礼法也。夫师，以身为正仪而贵自安者也。《诗》云："不识不知，顺帝之则。"此之谓也。

端悫顺弟[40]，则可谓善少者矣[41]；加好学逊敏焉，则有钧无上[42]，可以为君子者矣。偷儒惮事，无廉耻而嗜乎饮食，则可谓恶少者矣；加惕悍而不顺，险贼而不弟焉，则可谓不详少者矣，虽陷刑戮可也。老老而壮者归焉，不穷穷而通者积焉，行乎冥冥而施乎无报，而贤不肖一焉。人有此三行，虽有大过，天其不遂乎。

君子之求利也略，其远害也早，其避辱也惧，其行道理也勇。君子贫穷而志广，富贵而体恭，安燕[43]而血气不惰，劳倦[44]而容貌不枯，怒不过夺，喜不过予。君子贫穷而志广，隆仁也；富贵而体恭，杀埶[45]也；安燕而血气不惰，柬理[46]也；劳勤而容貌不枯，好交[47]也；怒不过夺，喜不过予，是法胜私也。《书》曰："无有作好，遵王之道；无有作恶，遵王之路。"此言君子之能以公义胜私欲也。

（王先谦著：《荀子集解》，中华书局 2012 年版。后文注释及翻译兼采多家）

注释：

[1] 修然：整饬的样子。一说，欣赏的样子。存：察，审查。

[2] 愀（qiǎo）然：忧惧的样子。

[3] 介然：坚固的样子。好（hào）：爱护、珍惜。自好：自乐其善也。

[4] 菑（zī）然：意思是如同有灾害在身。一说，菑，读为"灾"。一说，菑，同"缁"，黑色，引申为污染。恶（wù）：厌恶。

[5] 吾贼：我的祸害。

[6] 隆：尊崇，敬重。致：最，尽。

[7] 恶（wù）：憎恨。贼己：认为自己坏。一说，妨害自己。

[8] 修正为笑：把正经当作笑柄。一说，把纠正自己错误的话作为笑料。

[9] "嘻（xī）嘻"六句：此处引自《诗经·小雅·小旻》。嘻嘻，附和的样子。一说，作威作福的样子。訿訿（zǐ）：诋毁、诽谤的样子。訿：同"訾"。

[10] 孔：很，十分。

[11] 臧（zāng）：好，善。

[12] 具：同"俱"，都。

[13] 扁：读为"偏"，遵循。一说，读为"辨"。一说，读为"遍"。度：指法度、法则、标准。

[14] 后：继其后也。彭祖：古代传说中最长寿的人。

[15] 勃：同"悖"，荒谬，荒诞不经。提：作"偍"（tí），松弛。僈（màn）：通"慢"，怠慢，懈怠。

[16] 夷：倨，傲慢。僻违：邪僻不正。

[17] 卒：尽，极，引申为超出。

[18] 耗：通"眊"（mào），蒙昧不明，引申为乱。

[19] 渐：通"潜"。易：平易，引申为坦率、坦直。良：贤明，忠直。

[20] 猛戾（lì）：凶暴，乖张。道：通"导"。顺：通"训"。

[21] 褊（biǎn）：狭小，狭窄。

[22] 卑湿：自卑自贱。重（zhòng）迟：迟钝。

[23] 僄（piào）弃：轻佻而自暴自弃。照：昭示之意。一说，照，指晓。

[24] 愚款：笨拙诚实。端悫（què）：端正诚实。愚款端悫，这里指老实诚恳但笨拙固执。

［25］神：神明，神妙。一：专一，纯一。好（hào）：爱好。

［26］贾（gǔ）：商人。折阅：赔本。

［27］顺墨：柔顺而晦暗。精，同"情"。

［28］儒：通"懦"。

［29］佞（nìng）兑：喜之不顾。不曲：不知曲直一味径取。

［30］程役：功程劳役之事。一说，轻贱。录：检束。一说，录，通"禄"，善。

［31］供冀：恭敬谨慎。供：同"恭"。冀：当作"翼"，敬。渍：沾染。淖（nào）：通"绰"，宽、缓。一说，渍淖，指陷到烂泥潭里。

［32］击戾：身材弯曲，不能伸直。一说，击戾，指碰撞着东西。

［33］偶视：相互对视。

［34］倚魁：通"奇傀（guī）"，奇怪，奇特。

［35］蹞（kuǐ）：同"跬"。蹞步：一举足（一脚向前迈出后着地）的距离。

［36］崇：通"终"，最终。

［37］县：同"悬"，差别。

［38］伥（chāng）伥然：狂妄乱来的样子。一说，指无所适从的样子。

［39］渠渠：读为"劇劇"，指劳碌于具体事务。一说，渠渠，指局促不安。

［40］顺弟：同"顺悌"，顺从兄长。

［41］善少：好少年。

［42］钧：通"均"，指平等待人。上：凌驾于人。

［43］安燕：安逸。燕：通"晏"，安。

［44］倦：疲乏。

［45］埶：同"势"。杀埶：指减少气势，不以势压人。

［46］柬理：明察事理。一说，指按照礼义去实行。

［47］好交：爱好礼仪。一说，交，当作"文"。

译文：

看到善良的行为，一定一丝不苟地拿它来对照自己；看到不好的行为，一定心怀恐惧地拿它来反省自己；善良的品行在自己身上，一定因此而坚定不移地爱好自己，不良的品行在自己身上，一定因此而被害似地痛恨自己。所以指责我而指责得恰当的人，就是我的老师；赞同我而赞同得恰当的人，就是我的朋友；阿谀奉承我的人，就是害我的贼人。君子尊崇老师、亲近朋友，而极端憎恨那些贼人；爱好善良的品行永不满足，受到劝告就能警惕，那么即使不想进步，可能吗？小人则与此相反，自己极其昏乱，却还憎恨别人对自己的责备；自己极其无能，却要别人说自己贤能；自己的心地像虎、狼，行为像禽兽，却又恨别人指出其罪恶；对阿谀奉承自己的就亲近，对规劝自己改正错误的就疏远，把善良正直的话当作对自己的讥笑，把极端忠诚的行为看成是对自己的戕害，这样的人即使想不灭亡，可能吗？《诗经》说："乱加吸取乱诋毁，实在令人很可悲。谋划本来很完美，偏偏把它都违背；谋划本来并不好，反而拿来都依照。"就是说的这种小人。

遵循良善的标准，用以调气养生，就能使自己的寿命仅次于彭祖；用以修身自强，就能使自己的名声和尧、禹相媲美。既适用于处守顺境，又有利于处守困境的，就是讲礼守信。大凡在动用感情、意志、思虑的时候，遵循礼义就和顺通达，不遵循礼义就颠倒错乱、懈怠散漫；在吃喝、穿衣、居住、活动或休息的时候，遵循礼义就谐调适当，不遵循礼义就会触犯禁忌而生病；在容貌、态度、进退、行走方面，遵循礼义就显得文雅，不遵循礼义就显得鄙陋邪僻、庸俗粗野。所以人没有礼义就不能生存，事情没有礼义就不能办成，国家没有礼义就不得安宁。《诗经》说："礼仪完全符合法度，一言一笑完全得当。"说的就是这种情况。

用善良的言行来引导别人的叫作教导，用善良的言行来附和别人的叫作顺应，用不良的言行来引导别人的叫作谄媚，用不良的言行来附和别人的叫作阿谀。以是为是、以非为非的叫作明智，以是为非、以非为是的叫作愚蠢。中伤贤良叫作谗毁，陷害贤良叫作残害。对的就说对，错的就说错叫作正直。偷窃财物叫作盗窃，隐瞒自己的行为叫作欺诈，轻易乱说叫作荒诞，进取或退止没有个定规叫作反复无常，为了保住利益而背信弃义的叫作大贼。听到的东西多叫作渊博，听到的东西少叫作浅薄。见到的东西多叫作开阔，见到的东西少叫作鄙陋。难以进展叫作迟缓，容易忘记叫作遗漏。措施简少而有条理叫作政治清明，措施繁多而混乱叫作昏乱不明。

理气养心的方法是：对血气刚强的，就用心平气和来柔化他；对思虑过于深沉的，就用坦率善良来同化他；对勇敢大胆、凶猛暴戾的，就用不可越轨的道理来帮助他；对行动轻易急速的，就用举止安静来节制他，对胸怀狭隘、气量很小的，就用宽宏大量来扩展他；对卑下迟钝、贪图利益的，就用高尚的志向来提高他；对庸俗平凡、低能散漫的，就用良师益友来管教他；对急慢轻浮、自暴自弃的，就用将会招致的灾祸来提醒他，对愚钝朴实、端庄拘谨的，就用礼制音乐来协调他，用思考探索来开通他。大凡理气养心的方法，没有比遵循礼义更直接的了，没有比得到良师更重要的了，没有比一心一意地爱好善行更神妙的了。这就是理气养心的方法。

　　志向美好就能傲视富贵，把道义看得重就能藐视天子、诸侯；内心反省注重了，那么身外之物就微不足道了。古书上说："君子役使外物，小人被外物所役使。"就是说的这个道理啊。身体劳累而心安理得的事，就做它；利益少而道义多的事，就做它；侍奉昏乱的君主而显贵，不如侍奉陷于困境的君主而顺行道义。所以优秀的农夫不因为遭到水灾旱灾就不耕种，优秀的商人不因为亏损而不做买卖，有志操和学问的人不因为贫穷困厄而怠慢道义。

　　外貌恭敬而内心忠诚，遵循礼义而又有爱人的情感，这样的人走遍天下，即使困厄在四方的少数民族地区，人们也没有不尊重他们的；劳累辛苦的事就抢先去做，有利享乐的事却能让给别人，端庄谨慎忠诚老实，谨守礼法而明察事理，这样的人走遍天下，即使困厄在四方的少数民族地区，人们也没有不信任他们的。外貌骄傲固执而内心狭猾诡诈，遵循慎到、墨翟的一套而精神驳杂污秽，这样的人走遍天下，即使在什么地方都飞黄腾达，人们也没有不鄙视他们的；劳累辛苦的事就偷懒怕事，转身逃脱，有利享乐的事就施展快嘴利舌去争抢而不退缩，邪僻恶劣而不拘谨，放纵自己的欲望而不检束，这样的人走遍天下，即使不论到什么地方都飞黄腾达，人们也没有不厌弃他们的。

　　走路时恭恭敬敬，不是因为怕沾染烂泥；走路时低下头颈，不是因为怕触撞了什么；与别人对视而先低下头，不是因为害怕对方。而是因为士人想独自修养自己的身心，不必因小事而得罪于世俗的人们。

　　那骏马一天能跑千里，劣马走十天也就能达到了。但如果要去走尽没有穷尽的路途、赶那无限的行程，那么劣马就是跑断了骨头，走断了脚筋，一辈子也是不可能赶上骏马的。所以如果有个终点，那么千里的路程虽然很远，也不过是有的走得慢一点、有的跑得快一点、有的先到一些、有的后到一些，为什么不能达到这个终点呢？不知道那走在人生道路上的人是要穷尽那无穷的东西、追求那无限的目标呢？还是也有个止境呢？那些对"坚白""同异""有厚无厚"等命题的考察分析，不是不明察，然而君子不去辩论它，是因为有所节制啊；出奇怪异的行为，做起来不是不难，但是君子不去做，也是因为有所节制啊。所以学者们说："我迟缓落后了，在他们停下来等我时，我赶上去靠近他们，那也就不过是或迟缓一些、或迅速一些、或冒前一些、或落后一些，为什么不能同样到达目的地呢？"所以一步两步地走个不停，瘸了腿的甲鱼也能走到千里之外，堆积泥土不中断，土山终究能堆成；塞住那水源，开通那沟渠，那么长江黄河也可以被搞干；一会儿前进一会儿后退，一会儿向左一会儿向右，就是六匹骏马拉车也不能到达目的地。至于各人的资质，即使相距遥远，哪会像瘸了腿的甲鱼和六匹骏马之间那样悬殊呢？然而，瘸了腿的甲鱼能够到达目的地，六匹骏马却不能到达，这没有其他的缘故啊，只是一个去做，一个不去做罢了。

路程即使很近，但不走就不能到达；事情即使很小，但不做就不能成功。那些活在世上而闲荡的时间很多的人，他们即使能超出别人，也绝不会很远的。

爱好礼法而尽力遵行的，是学士；意志坚定而身体力行的，是君子；无所不明而其思虑又永不枯竭的，是圣人。人没有礼法，就会迷惘而无所适从；有了礼法而不知道它的旨意，就会手忙脚乱；遵循礼法而又能精深地把握它的具体准则，然后才能不慌不忙而泰然自若。

礼法，是用来端正身心的；老师，是用来正确阐明礼法的。没有礼法，用什么来端正身心呢？没有老师，我哪能知道礼法是这样的呢？礼法是这样规定的就这样做，这是他的性情安于礼法；老师是这样说的他就这样说，这是他的理智顺从老师。性情安于礼法，理智顺从老师，那就是圣人。所以违背礼法，那就是无视礼法；违背老师，那就是无视老师。不赞同老师和礼法而喜欢刚愎自用，拿他打个比方，那就好像让盲人来辨别颜色、让聋人来分辨声音，除了胡说妄为之外是不会干出什么好事来的。所以学习嘛，就是学习礼法；那老师，就是以身作则而又重视使自己安守礼法的人。《诗经》说："好像不懂又不知，依顺上帝的法则。"就是说的这种情况。

端正谨慎顺从兄长，就可以称为好少年了；再加上好学谦虚敏捷，那就只有和他相等的人而没有超过他的人了，这种人就可以称为君子了。苟且偷安懒惰怕事，没有廉耻而贪图吃喝，就可以称为坏少年了；再加上放荡凶狠而不顺从道义，阴险害人而不敬从兄长，那就可以称为不祥的少年了；这种人即使遭受刑罚杀戮也是可以的。

尊敬老年人，那么壮年人也就来归附了；不使固陋无知的人困窘，那么通达事理的人也就汇聚来了，在暗中做好事而施舍给无力报答的人，那么贤能的人和无能的人都会聚拢来了。人有了这三种德行，即使有大的过失，老天恐怕也不会毁灭他的吧！

君子对于求取利益是漫不经心的，他对于避开祸害是早作准备的，他对于避免耻辱是诚惶诚恐的，他对于奉行道义是勇往直前的。

君子即使贫穷困窘，但志向还是远大的；即使富裕高贵，但体貌还是恭敬的；即使安逸，但精神并不懈怠懒散；即使疲倦，但容貌并不无精打采；即使发怒，也不过分地处罚别人；即使高兴，也不过分地奖赏别人。君子贫穷困窘而志向远大，是因为他要弘扬仁德；富裕高贵而体貌恭敬，是因为他要减弱威势；安逸而精神不懈怠懒散，是因为他选择了合理的生活准则；疲劳而容貌不无精打采，是因为他爱好礼仪；发怒了不过分地处罚别人，高兴了不过分地奖赏别人，这是因为他奉行礼法的观念胜过了他的私情。

《尚书》说:"不任凭个人的爱好,遵循先王确定的正道;不任凭个人的厌恶,遵循先王确定的正路。"这是说君子能用符合公众利益的道义来战胜个人的欲望。

文学小课堂

1.《修身》题名释义

"修身",是指修养身心,努力提高自己的思想道德水平。道家、儒家、墨家都提倡"修身",但对于如何"修身"各有各的说法。儒家代表孔子提倡"修己";孟子既讲"修身",又讲"养心"。《礼记·大学》则认为要齐家、治国、平天下,必须先要"修身",因此不管天子还是庶人,人人皆应"以修身为本"。荀子也十分重视"修身",并提出"以修身自强,则名配尧舜"。《荀子》一书专门设立《修身》篇,集中阐述了荀子对于"修身"的观点和看法。

2. 荀子的思想和评价

荀子是一名儒学大家,其学术造诣与理论深度在战国时期都是首屈一指的,也是当时最负盛名的思想家之一,对后世影响深远。荀子对前期儒家思想有所继承,也有所发展。他博学多才,也可以说是一名"杂家"。他进一步发展了古代朴素的唯物主义思想传统,综合吸纳了百家之长,并加以利用和改造,从而创立了自己独特的思想理论体系。在自然观方面,他认为"天行有常,不为尧存,不为桀亡",自然规律是不以人的意志转移的,但人们可以"制天命而用之",这就是早期的"人定胜天"的思想。与孟子的"性善论"相对,他提出的最著名的论断是"性恶论",即人性本恶,但后天良好的教化可以使人向善。他认为君子应当明天人之分,"化性起伪",不舍于性而求有为。基于此,荀子还提出了"名分使群"的社会伦理思想。在政治思想上,他主张"隆礼"和"重法"。他认为:"礼义者,治之始也","法者,治之端也"。在礼法、王霸之争方面,荀子提出了"隆礼尊贤而王,重法爱民而霸"的命题,主张礼法兼施,王霸并用。

荀子具有兼容并蓄的精神,同时又有着一定的学术批判意识,体现了战国百家争鸣走向学术交融的历史趋势。他的思想、学问渊深而驳杂,他在宇宙论、人性论、道德观、知识论、教育观、文学、政治学、经济学、逻辑学等各个方面都有较高的成就,甚至可以称为杂家。他的思想相对别的儒家学者更为务实,加上其重礼遵法、强调规则的一面被法家所放大,且其弟子韩非、李斯皆为法家代表人物,并对中国帝制和政治、法治影响巨大,这就使一些学者怀疑荀子是否应划归于儒家学者的范围,荀子的思想和地位也因此受到许多学者的质疑、轻视和诋毁。如清末学者谭嗣同在他的《仁学》中说:

"（中国）二千年来之学，荀学也，皆乡愿也。"可见他对于荀学的鄙视态度。因此，历史上，为《荀子》一书作注的人不多，比较著名的有唐代杨倞的注。到清代，《荀子》的注释校订者有所增加；现代研究荀子的学者也较古代为多，影响较大的有清代的王先谦、民国时代的梁启雄等。

3.《荀子·修身》的主要内容和重要观点

《荀子·修身》围绕身心修养问题展开论述，重点阐述了修身的重要性及其实现的途径，而其根本的一点在于遵循礼义。

荀子认为，修身要有原则性，当是非分明，是是而非非。做到教、顺、智、直、博、闲、治，反对谄、谀、愚、谗、贼、盗、诈、无常、浅、陋。"人无礼则不生，事无礼则不成，国家无礼则不宁"，因此，修身的关键就在于守礼，要做到"隆仁""杀势""以公义胜私欲"。

具体来说，《修身》篇主要论述了以下几个方面的内容：

（1）指出人们见到善人、善事与不善之人、不善之事应采取的正确态度，君子隆师、亲友、恶贼、好善、受谏而能诫，小人正相反。

（2）讲述如何修身，指出无论是治气养生还是修身、做事、治国，都必须遵循礼信，即使具体的修养方法也离不开礼和老师。

（3）讲述修身应有的表现及取得的效果。与《礼记·大学》观点相似，荀子认为，修身使人重视自身的意志、道义和内在，从而能够轻富贵、权力、外物，也就是"不役于物"。严于修身，"横行天下，虽困四夷，人莫不贵"；不能修身，"横行天下，虽达四方，人莫不贱"。

（4）指出想要好好修身的人，不会在小事上和俗人争执，而且只要具备很好的行动力，能够做到精诚专一，坚持不懈，努力进取，即便天资一般，也能取得很好的成就。而由于人们对于礼法的理解程度和实际运用能力不同，导致人们修身的成效也有差别。只有深刻地领会到礼法的精髓，才能做到内心温和有度，行事从容不迫。

（5）文中再次强调"礼"与"师"在修身中的重要作用，强调君子能以公义胜私欲。"礼者，所以正身也；师者，所以正礼也。无礼，何以正身；无师，吾安知礼之为是也。"他认为礼能正身，而要明礼，当求明师，不能师心自用。"君子贫穷而志广，富贵而体恭，安燕而血气不惰，劳倦而容貌不枯，怒不过夺，喜不过予。"君子在贫穷的时候要有大志，富贵时心怀谦卑；闲时要吃紧，忙里还要学会偷闲。君子还要做情绪的主人，喜怒能够自控，不做出格的事情。总之，君子不让私欲与环境蒙蔽和限制自己，要有能超出一般的理性和意志力。

4.《荀子·修身》的艺术特点

荀子素有"诸子大成"的美称，一生"序列著数万言"，其文章大多论题鲜明，铺陈扬厉，结构严谨，说理透辟，气势浑厚，警句迭出，有很强的逻辑性。他的文章已由语录体发展成为标题论文，标志着我国古代说理文趋于成熟。语言上也有其独特的风格，词汇朴实而丰富，句法简练绵密，多作排比，又善用比喻、对比，对后世说理文章有一定影响。

《荀子·修身》也同样具有以上特点。文章以朴素的唯物主义为理论基础，反映了先秦儒家在"修身"方面的一些重要观点和心得。具体来说，主要包括以下几个方面的特点：

（1）旁征博引，逻辑性强，开阖有度，警句迭出。

有人将《荀子》一书概括为"学者之文"，这是十分贴切的。《荀子·修身》多次引用《诗经》《尚书》以及流传的古人格言警句等，从修身养性的重要性、如何进行道德修养以及最后所达到境界和效果等不同的角度和侧面来阐述"修身"的道理，堪称滔滔雄辩，很有气势。

同时，荀子《修身》开阖有度，善于在进行逻辑严密的论述之后，对事实和道理进行总结提炼。其中有些格言警句可谓言简意赅、鞭辟入里，令人拍案叫绝。如"怒不过夺，喜不过予""道虽迩，不行不至；事虽小，不为不成"等，皆是富含道理、流传千古的名言。

（2）善用排比，语言整饬中富于变化。

读荀子文章，往往有一种语言非常整齐的感觉，原因就是他比较喜欢用排比句。比如他在强调"礼"的重要性时就说："人无礼则不生，事无礼则不成，国家无礼则不宁。"这种表达方式让人能够强烈地感受到没有"礼"所产生的后果非常严重，论述显得全面而有气势，同时读起来音韵铿锵，表现有力，有一种美的享受。

另一方面，作者也在排比中杂以散句，或以不同句式相调节，这就使文章语句能够有灵活变化之美，显得不那么呆板。

（3）常用对比，观点鲜明。

荀子非常喜欢运用对比的手法体现出鲜明的立场和观点，正反两面的差别形成了强烈的反衬效果，可以增强说理的力度。比如，在开头论述君子和小人在个人道德修养方面截然不同的表现时，就反复使用了对比手法，极其形象地描述了正面和反面的例子，让人印象深刻，仿佛通过文字就能令人想象出两者栩栩如生的形象和表现的细节，自然就意识到了在修身方面怎样是对、怎样是错，要注意哪些方面等。

（4）比喻浅显贴切，连类比物，运用自如。

《修身》是一篇理论文章，容易写得枯燥无味，但作者除了语言艺术高超，令人读之爽口外，还擅长使用浅显贴切、通俗明了的比喻，使道理变得形象生动，深入浅出，可以启迪思考，避免了枯燥，也使文章显得锦心绣口，俯仰错落，富有生气。作品有些片段用好几个比喻句从不同角度反复设喻去说明一个道理，这种手法能够加强语气，增添气势，在修辞上叫作"博喻"。如"夫骥一日而千里"一段，作者就连用了驽马十驾可追良骥、跛鳖跬步不休可致千里、累土不辍终成丘山等几个例子从正面设喻，说明坚持不懈地进行学习和修养的好处；又用厌源开渎，江河可竭、进退不一，六骥不致等从反面设喻启迪思考，说明那些不努力坚持自修、懒散懈怠的人最终将会无所进步。

（5）名词动用，常用通假。

和孟子一样，荀子善于名词的使动和以动用法。如："是是、非非谓之知，非是、是非谓之愚。""老老而壮者归焉，不穷穷而通者积焉。"读起来感觉像是诗句一样，给读者以新鲜感，印象深刻。

此外，荀子的文章还有一个特点，就是通假字比较多，《修身》也不例外。比如："扁善之度"的"扁"，"菑然必以自恶也"的"菑"，"勃乱提僈"中的"勃""提""僈"等，都是通假字，读起来不好理解，容易引起歧义，影响了读者的接受度。

课后小论坛

1. 荀子认为："人无礼则不生，事无礼则不成，国家无礼则不宁。"对此，你有何看法？

2. 中国古人在修身方面特别强调"笃行"，行动力在学习和生活中占有至关重要的地位。荀子说："道虽迩，不行不至；事虽小，不为不成。"请谈一谈你对这句话的体会。

3. "怒不过夺，喜不过予，是法胜私也。"这句话体现了作者什么观点？这对于现代人修身有何启示？

勤靡余劳，心有常闲

——朱光潜《谈修养》

 阅读小贴士

　　朱光潜（1897—1986），笔名孟实，安徽桐城人，著名的美学家、文艺理论家、教育家、翻译家，中国现代美学的奠基人和开拓者之一。1925年赴英、法留学，先后肄业于英国爱丁堡大学、伦敦大学，法国巴黎大学、斯特拉斯堡大学，获文学硕士、博士学位。1933年回国，先后在北京大学、四川大学、武汉大学、安徽大学任教，讲授外国文学和美学。

　　朱光潜先生学贯中西，一生著述和译著丰赡，先后出版和完成了《给青年的十二封信》《变态心理学派别》《谈美》《悲剧心理学》《变态心理学》《文艺心理学》《诗论》《我与文学及其它》《谈修养》《谈文学》《克罗齐哲学述评》《美学批判论文集》《西方美学史》《谈美书简》《美学拾穗集》《艺文杂谈》等论著。译著有克罗齐的《美学》、黑格尔的《美学》、柏拉图的《文艺对话录》、爱克曼的《歌德谈话录》、莱辛的《拉奥孔：诗和画的界限》。

　　朱光潜在自身成长过程中经常思考、研究社会和人生问题，对中国青年在成长中面临的困难和出现的问题也颇为关心。1940—1942年间，他为中国青年写了22篇谈人生、谈修养方面的文章，发表于《中央周刊》，后由重庆中周出版社于1943年5月结集出版，书名为《谈修养》。朱光潜在大学任教多年，深知当时的青年学生存在许多修养方面的问题，因此，他在文章中对这些问题分门别类地进行了剖析，并且根据自身的深厚学养和丰富阅历对青年提出了十分诚恳、宝贵的建议，令无数青年为之动容、自新，读者反响强烈。几十年来，这些文章对中国青年提高自身修养，树立正确的人生观、价值观，规范自己的言行，脚踏实地、自省自察、奋发有为等方面均产生了良好的影响。

原典轻松读

谈修养（节选）

一番语重心长的话

——给现代中国青年

我在大学里教书，前后恰已十年，年年看见大批的学生进来，大批的学生出去。这大批学生中平庸的固居多数，英俊有为者亦复不少。我们辛辛苦苦地把一批又一批的训练出来，到毕业之后，他们变成什么样的人，做出什么样的事呢？他们大半被一个共同的命运注定。有官做官，无官教书。就了职业就困于职业，正当的工作消磨了二三分光阴，人事的应付消磨了七八分光阴。他们所学的原来就不很坚实，能力不够，自然做不出什么真正事业来。时间和环境又不容许他们继续研究，不久他们原有的那一点浅薄学问也就逐渐荒疏，终身只在忙"糊口"。这样一来，他们的个人生命就平平凡凡地溜过去，国家的文化学术和一切事业也就无从发展。还有一部分人因为生活的压迫和恶势力的引诱，由很可有为的青年腐化为土豪劣绅或贪官污吏，把原来读书人的一副面孔完全换过，为非作歹，恬不知耻，使社会上颓风恶习一天深似一天，教育的功用究竟在哪里呢？

社会所属望最殷的青年们，这事实和问题是值得郑重考虑的！时光向前疾驶，毫不留情去等待人，一转眼青年便变成中年老年，一不留意便陷到许多中年人和老年人的厄运。这厄运是一部悲惨的三部曲。第一部是悬一个很高的理想，要改造社会；第二部是发现理想与事实的冲突，意志与社会恶势力相持不下；第三部便是理想消灭，意志向事实投降，没有改革社会，反被社会腐化。给它们一个简题，这是"追求""彷徨""堕落"。

青年们，这是一条死路。在你们的天真烂漫的头脑里，它的危险性也许还没有得到深切的了解，你们或许以为自己决不会走上这条路。但是我相信：如果你们没有彻底的觉悟，不拿出强毅的意志力，不下坚苦卓绝的工夫，不做脚踏实地的准备，你们是不成问题地仍走上这条路。数十年之后，你们的生命和理想都毁灭了，社会腐败依然如故，又换了一批像你们一样的青年来，仍是改革不了社会。朋友们，我是过来人，这条路的可怕我并没有夸张，那是绝对不能再走的啊！

谈立志

我们固然要立志，同时也要度德量力。卢梭在他的教育名著《爱弥儿》里有一段很透辟的话，大意是说人生幸福起于愿望与能力的平衡。一个人应该从幼时就学会在自己能力范围以内起愿望，想做自己所能做的事，也能做自己所想做的事。这番话出诸浪漫色彩很深的卢梭尤其值得我们玩味。卢梭自己有时想入非非，因此吃过不少的苦头，这番话实在是经验之谈。许多烦闷，许多失败，都起于想做自己所不能做的事，或是不能做自己所想做的事。

我把我的信条叫作"三此主义"，就是此身、此时、此地：第一，此身应该做而且能够做的事，就得由此身担当起，不推诿给旁人；第二，此时应该做而且能够做的事，就得在此时做，不拖延到未来；第三，此地（我的地位、我的环境）应该做而且能够做的事，就得在此地做，不推诿到想象中的另一地位去做。

朝抵抗力最大的路径走

其实我们涉身处世，随时随地目前都横着两条路径，一是抵抗力最低的，一是抵抗力最大的。比如当学生，不死心塌地去做学问，只敷衍功课，混分数文凭；毕业后不拿出本领去替社会服务，只奔走巴结，夤缘幸进，以不才而在高位；做事时又不把事当事做，只一味因循苟且，敷衍公事，甚至于贪污淫逸，遇钱即抓，不管它来路正当不正当——这都是放弃抵抗力最大的路径而走抵抗力最低的路径。这种心理如充类至尽，就可以逐渐使一个人堕落。我当穷究目前中国社会腐败的根源，以为一切都由于懒。懒，所以苟且因循敷衍，做事不认真；懒，所以贪小便宜，以不正当的方法解决个人的生计；懒，所以随俗浮沉，一味圆滑，不敢为正义公道奋斗；懒，所以遇引诱即堕落，个人生活无纪律，社会生活无秩序。知识阶级懒，所以文化学术无进展；官吏懒，所以政治不上轨道；一般人都懒，所以整个社会都"吊儿郎当"暮气沉沉。懒是百恶之源，也就是朝抵抗力最低的路径走。如果要改造中国社会，第一件心理的破坏工作是除懒，第一件心理的建设工作是提倡奋斗精神。

谈青年的心理病态

我感觉到现在青年人大半缺乏青年人所应有的朝气，对一切缺乏真正的兴趣和浓厚的热情。他们的志向大半很小，在学校只求敷衍毕业，以后找一个比较优裕的差缺，姑求饱暖舒适，就混过这一生。自然也偶尔遇着少数的例外，但少数例外优秀的青年军势孤力薄，不能造成一种风气。现时代的青年，就他所表现的精神而论，决不能担当起现时代的艰巨任务。这是有心人不能不为之犹惧的。

谈休息

我生平最爱陶渊明在自祭文里所说的两句话："勤靡余劳，心有常闲。"上句是尼采所说的狄俄倪奥索斯的精神，下句即是阿波罗的精神。动中有静，常保存自我主宰，这是修养的极境，人事算尽了，而神仙福分也就在尽人事中享着。现代人的毛病是"勤有余劳，心无偶闲"。这毛病不仅使生活索然寡味，身心俱惫，于事劳而无功，而且使人心地驳杂，缺乏冲和弘毅的气象，日日困于名缰利锁，叫整个世界日趋于干枯黑暗。

谈消遣

休息的方式甚多，最理想而亦最普遍的是睡眠。（略）我国的理学家和各派宗教家于睡眠之外练习静坐。静坐可以使心境空灵，生理功能得到人为的调节，功用有时比睡眠更大。但是初习静坐需要注意力的控制，有几分不自然，不易成为恒久的习惯，而且在近代生活状况之下，静坐的条件不易具备，所以它不能很普遍。

消遣看来虽似末节，却与民族性格国家风纪都有密切关系。一个民族兴盛时有一种消遣方式，颓废时又有另一种消遣方式。（略）从消遣一点看，我们可以窥见民族生命力的低降。这是一个很危险的现象。它的原因在一般人不明了消遣的功用，把它太看轻了。（略）要复兴民族，固然有许多大事要做，可是改善民众消遣娱乐，也未见得就是小事。

谈价值意识

自然界事物纷纭错杂，人能不为之迷惑，赖有两种发见，一是条理，一是分寸。条理是联系线索，分寸是本末轻重。（略）别条理，审分寸，是人类心灵的两种最大的功能。（略）所谓审分寸，就是辨别紧要的与琐屑的，也就是有正确的价值意识。

什么才是真正的幸福？对于这问题也各有各的见解。积学修德可被看成幸福，饱食暖衣也可被看成幸福。究竟谁是谁非呢？我们从人的观点来说，须认清人的高贵处在哪一点。很显然地，在肉体方面，人比不上许多动物，人之所以高于禽兽者在他的心灵。人如果要充分地表现他的人性，必须充实他的心灵生活。幸福是一种享受。享受者或为肉体，或为心灵。人既有肉体，即不能没有肉体的享受。我们不必如持禁欲主义的清教徒之不近人情，但是我们也须明白：肉体的享受不是人类最上的享受，而是人类与鸡豚狗彘所共有的。人类最上的享受是心灵的享受。

（朱光潜：《给青年的十二封信 谈修养》，中华书局 2012 年版）

文学小课堂

1. 《谈修养》的写作背景

《谈修养》初稿写于 1940 年至 1942 年间，当时抗战尚未胜利，中国内忧外患，强敌环伺，许多中国青年心中充满了苦闷、寂寞和空虚、迷茫。当时朱光潜先生在大学任教已有十年左右，目睹了大批学生在校与毕业后的情况，对于青年中普遍存在的问题、需要特别注意的事项，都有着深刻而清醒的认识。基于此，朱光潜写了他自身对于个人修养方面的见解和经验，希望能为中国青年提供一些实际的帮助，为他们解决人生困惑和修养中的困难提供借鉴。

2. 朱光潜的学术造诣与思想简介

朱光潜对中西方文化都有很高的造诣，在文学、哲学、心理学、美学诸领域，取得了卓越的成就，是我国现当代最负盛名并赢得崇高国际声誉的美学大师。

朱光潜的思想丰富而渊深，受中西方多种哲学、宗教和社会观念的影响，既传统又现代，可谓博采众长。他本身具有出世的超然的艺术眼光，但又十分欣赏儒家的入世精神，主张积极投身于改造社会、建设祖国的事业当中，不赞成自私、懒怠、抱怨的人生态度。他还认为青年需有正当的性爱和婚恋、价值观，还提倡大力发展美育，主张人要有适当的消遣和休息，并呼吁重视消遣方式、体育锻炼等对人和社会的巨大影响。用作者自己的话说："我大体上欢喜冷静、沉着、稳重、刚毅，以出世精神做入世事业，尊崇理性和意志，却也不菲薄情感和想象。"

朱光潜并不仅限于在学术范畴内讨论、研究他的美学思想，还积极主张把美学融入生活，提倡"人生的艺术化"。他说："我坚信情感比理智重要，要洗刷人心，并非几句道德家言所可了事，一定要从'怡情养性'做起，一定要于饱食暖衣、高官厚禄等等之外，别有较高尚、较纯洁的追求。要求人心净化，先要求人生美化。"

3. 《谈修养》的主要内容和重要观点

《谈修养》包含22篇相对独立的文章和一篇自序，作者根据自己多年的经历、学习积累和人生感悟，从立志、伦理、意志、处群、交友、价值意识、读书、学问、性爱、休息、消遣、体育、美育等多个方面介绍了自己对于人生修养的观点和经验，向青年们提出了非常宝贵的意见和建议。

《谈修养》中谈到的许多问题直到如今在当代青年中依然存在。比如，朱光潜将大好青年在社会现实的敲打下逐渐沉沦下去，一代一代变成庸俗腐化的中老年人的厄运归纳为"悲惨的三部曲"："追求""彷徨""堕落"。他强调："如果要改造中国社会，第一件心理的破坏工作是除懒，第一件心理的建设工作是提倡奋斗精神。"这些文章对于当今青年和其他年龄段的人群来说都很有借鉴意义。具体来说，《谈修养》主要探讨了以下几个方面的问题：

（1）中国青年如何摆脱"追求—彷徨—堕落"这个厄运的循环。

朱光潜认为，中国青年首先需要"彻底的觉悟"，不要像"猪豚一般随人饲养，随人宰割"，要立定志向"做现代的中国人"。如果"不拿出强毅的意志力，不下坚苦卓绝的工夫，不做脚踏实地的准备，你们是不成问题地仍走上这条路"。针对这方面的问题，朱光潜总结了当时令人沉痛的社会现实，并语重心长地告诫青年们："大家都只为个人打计算，全不替国家民族着想。我们忙着贪图个人生活的安定和舒适，不下功夫培养造福社会的能力，不能把自己所应该做的事做好，一味苟且敷衍，甚至用种种不正当的手段去求个人安富尊荣，钻营、欺诈、贪污，无所不至，这样一来，把社会弄得日渐腐败，国家弄得日渐贫弱。这是一条不能再走的死路，我已一再警告过。"

（2）为何要立志以及如何立志。

朱光潜指出，青年必须先要学会立志。当然，如果青年们只是凭空起念头，却不切实思考如何实现，并且脚踏实地去做，那"只是狂妄，不能算是立志"。而且，立志也要量力而行，以免因超出个人能力范围而徒增烦恼。最后，为了防止"发空头愿"，强调脚踏实地的重要性，朱光潜提出了他的"三此主义"信条来为读者做参考，即"此身、此时、此地"。这个"三此主义"十分务实，能够很好地避免青年把理想落于空谈，非常值得青年们学习和借鉴。

（3）提倡奋斗精神。

朱光潜认为，人们涉身处世，随时随地都横着两条路径，一是抵抗力最低的，一是抵抗力最大的。由于人有惰性，往往会放弃抵抗力最大的路径而走抵抗力最低的路径。然而，"不但在文艺方面，就在立身处世的任何方面，贪懒取巧都不会有大成就"。他说："放弃抵抗力最大的路径而走抵抗力最低的路径。这种心理如充类至尽，就可以逐渐使一个人堕落。"因此，他告诫青年们，不要贪懒取巧，"要克服惰性，我们必须动员坚强的意志力，不怕朝抵抗力最大的路径走"。

朱光潜深刻地认识到了"懒"给个人和国家、社会带来的巨大危害。他说："懒是百恶之源，也就是朝抵抗力最低的路径走。"为了解决这个与生俱来的大问题，他十分强调青年的奋斗精神。

朱光潜进一步指出，判断个人的生活力强弱可以看他对于环境困难所表现的意志力，推而广之，一个国家或是一个民族也是如此。

（4）超越自我的冷静、观照功夫。

朱光潜先从西方哲学与文艺美学中的日神精神和酒神精神谈起，认为一个人在任何方面想有伟大的成就，都必须具有"古典的""阿波罗的"冷静，这是比"浪漫的""热烈的"更加成熟的性格特质。他推荐的方法是通过自省、自察，使用理性的观照法对情欲进行制约来调和情与理。

朱光潜还分析了有些人遇事不能持冷静客观态度的原因，就在于把"我"看得太大。如果能让"我"跳到圈子以外，"不当作世界里有'我'而去看世界"，"把'我'与类似'我'的一切东西同样看待"，就能学会使用"文艺的观世法"，获得冷静自省、自察的能力，从而学会自制，能自制才能自强。

（5）关于读书与学问。

朱光潜认为，学问不只是读书，但读书终究是学问的一个重要途径。

在读书方法上，他认为精读比泛读更重要。"读书并不在多，最重要的是选得精，读得彻底。与其读十部无关轻重的书，不如以读十部书的时间和精力去读一部真正值得读的书；与其十部书都只能泛览一遍，不如取一部书精读十遍。"他很反对单纯把读书的数量作为衡量一个人读书成绩的标准和向人炫耀的手段："世间许多人读书只为装点门面，如暴发户炫耀家私，以多为贵。这在治学方面是自欺欺人，在做人方面是趣味低劣。"

朱光潜指出，青年人读书常会犯一个毛病，即读书时全凭自己兴趣随机乱读，这叫"蜜蜂采蜜式"读书法，会使自己的知识结构不够合理。他以过来人的经验告诫青年，一个人如果要成就一种学问，就必须制订系统、合理的读书计划。"有些有趣的书他须得牺牲，也有些初看很干燥的书他必须咬定牙关去硬啃，啃久了他自然还可以啃出滋味来。"

（6）关于交友。

朱光潜指出，朋友对于性格形成的影响非常重大。"一个人的好坏，朋友熏染的力量要居大半。""每个人身旁有一个'圈子'，这圈子就是他常亲近的人围成的，他跳来跳去，常跳不出这圈子。在某一种圈子就成为某一种人。"因此，我们一定要谨慎择友。

（7）关于健康与运动。

朱光潜认为，身体健康十分重要，原因如下："第一，身体不健全，聪明智慧不能发展最高度的效能。""其次，身体羸弱可以影响到性情和人生观。""第三，德行的亏缺大半也可归原到身体的羸弱。"

朱光潜提倡运动，但非常不赞成靠运动竞技成绩来争门面的做法。他说，运动有助于健康，必须推广到全社会，然而"以往饲养选手替学校争门面的办法必须废除"。

（8）重视休息与消遣。

朱光潜认为，"动中有静，常保存自我主宰。这是修养的极境"。

关于如何休息，朱光潜提出了几种主要的方式。一是睡眠，这是最理想、最普遍的休息方式。二是静坐。他说："我国的理学家和各派宗教家于睡眠之外练习静坐。静坐可以使心境空灵，生理功能得到人为的调节，功用有时比睡眠更大。"三是更换不同性质的工作和学习内容，使不同的器官轮番得到休息和调剂。四是适当的消遣，包括游戏、运动和娱乐等。

（9）关于价值意识。

朱光潜认为，做事分出轻重缓急、先后主次十分重要，一个人如何判别事物的先后和轻重次序正是他价值意识的体现。在朱光潜眼中，人类最高的享受是心灵的享受，即真、善、美三种价值。如果我们在学问、艺术、道德等心灵的活动方面达到最高的境界，也就能达到最幸福的境界。朱光潜进一步指出，许多近代人的价值意识发生了错乱，被"物质的舒适"这一观念所迷惑，争着去拜财神。

（10）关于"处群"。

朱光潜痛感当时的中国人不善"处群"，因此用了很长的篇幅来谈"处群"问题。《谈处群》共分上、中、下三篇，分别从我们"不善处群的病征""不善处群的病因""处群的训练"三个方面进行了分析和讨论，希望通过改良学校教育、实行民主政治、尊重民意，重视舆论等来革除积弊，使人民提高知识和道德水准，逐渐养成良好的政治习惯，热心参与政治活动，不做腐败的政治活动。

（11）关于美感教育。

朱光潜认为，美感教育是一种情感教育，其功用在于怡情养性，是德育的基础功夫。德育不是单纯地用说教的方式让人恪守规矩、秉持道义，而是通过美感教育、情感教育使人从内心深处真正体会出道德所存在的意义，用真情实感来教育人，用美育来熏陶情操、培养气质、升华人格。

4.《谈修养》的艺术特点

《谈修养》以作者文艺心理学的专长和对社会、人生细致入微的观察，论述了个人心性修养与社会群体、国家民族之间的深切关联。这些文章情真意切，语言质朴，逻辑清晰，笔无虚发。

（1）情感真挚，沉着热烈。

朱光潜《谈修养》中真挚的情感贯穿于文章始终，可以想见，作者从写文的发心到执笔过程中一直满怀着对青年的珍爱以及对国家和民族的热爱。而且，作者的情感隐含于谈心说理之中，较多采用含蓄、深沉的方式，只有写到极其重要的告诫时才会明显流露出作者的拳拳赤子之心、切切期盼之情和殷殷嘱托之意。

（2）知识渊博，融会贯通。

朱光潜学贯中西，非常善于把古今智慧化为己用，在引证举例时好似信手拈来，非有大学力不可为。诚如夏丏尊在朱光潜《给青年的十二封信》的序言中所说："他那笃热的情感，温文的态度，丰富的学识，无一不使和他接近的青年感服。"

（3）说理恰当，切中时弊。

朱光潜是非常关心现实的人，他对于当时中国青年和中国社会所存在弊病看得十分清楚，因此，他在文章中以独到的眼光深刻剖析了时弊，而且以清晰的思路、分明的条理和恰当的分寸提出了相应的对策，论述周密而妥帖，意见切中肯綮，很容易被青年所接受，引起他们的共鸣，激发青年的奋斗精神。

（4）平等的态度，平易的语言。

《谈修养》中的文章都给人一种非常舒服、好读的感觉，原因就在于作者以给朋友写信交流的语气来进行写作，并且很少用到艰涩生僻的词汇，谈人生、谈道理深入浅出，用语简明、质朴、浅近，给人以亲切自然的感觉。

课后小论坛

1. 朱光潜说："每个人是他自己的造化主，环境不足畏，犹如命运不足信。"怎样理解这句话？

2. 朱光潜所说的"三此主义"是指什么？你如何看待"三此主义"？

3. 请查阅资料，进一步了解朱光潜提出的"文艺的观世法"与"人生的艺术化"，并说说你的看法。

爱不占有，也不被占有

——纪伯伦《先知》

阅读小贴士

　　纪伯伦（Khalil Gibran，1883—1931）是黎巴嫩作家、诗人、艺术家，20世纪阿拉伯新文学道路的开拓者之一，黎巴嫩"侨民文学"的旗手。

　　纪伯伦一生勤奋好学，擅长文学与绘画，喜好研究各种哲学与宗教文化，同时十分关注社会民生，始终带着"先知"般的使命感和责任感，思考"终极价值"和"人"这两大核心问题。他的作品想象奇伟，意蕴深邃，凝练隽永，充满超妙的哲理，使他当之无愧地置身于20世纪东方乃至世界最杰出的诗人之列。

　　纪伯伦是一位双语作家，其文学成就主要体现在散文诗上。代表作为《先知》《泪与笑》《沙与沫》《被折断的翅膀》《暴风集》《疯人》《大地之神》等。

　　纪伯伦于1923年发表的英文哲理散文诗《先知》，是他的巅峰之作，曾经引起文坛轰动，让西方文学界为之震撼和欣喜，奠定了他在文学史上不朽的地位。作品讨论了爱、婚姻、施予、悲欢、自由、时光、善恶、美、死亡等多个普世性的问题，承载了纪伯伦最厚重也是最成熟的思想，是荟萃了作者十年心血的"警世恒言"。

　　《先知》文字优美，格调高雅，思想深邃，在西方世界掀起一阵东方文学的浪潮，被誉为"小圣经""东方送给西方最珍贵的礼物"。美国原总统富兰克林·罗斯福赞美说："纪伯伦是最早从东方吹来的风暴，横扫了西方，但它带给我们海岸的全是鲜花。"

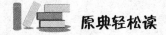

原典轻松读

论　爱

于是爱尔美差说：请给我们谈爱。

他举头望着民众，他们一时静默了。他用洪亮的声音说：

当爱向你们召唤的时候，跟随着他，

虽然他的路程是艰险而陡峻。

当他的翅翼围卷你们的时候，屈服于他，

虽然那藏在羽翮中间的剑刃也许会伤毁你们。

当他对你们说话的时候，信从他，

虽然他的声音也许会把你们的梦魂击碎，如同北风吹荒了林园。

爱虽给你加冠，他也要把你钉在十字架上。他虽栽培你，他也刈剪你。

他虽升到你的最高处，抚惜你在日中颤动的枝叶，

他也要降到你的根下，摇动你的根柢的一切关节，使之归土。

如同一捆稻粟，他把你束聚起来。

他舂打你使你赤裸。

他筛分你使你脱壳。

他磨碾你直至洁白。

他揉搓你直至柔韧；

然后他送你到他的圣火上去，使你成为上帝圣筵上的圣饼。

这些都是爱要给你们做的事情，使你知道自己心中的秘密，在这知识中你便成了"生命"心中的一屑。

假如你在你的疑惧中，只寻求爱的和平与逸乐，

那不如掩盖你的裸露，而躲过爱的筛打，而走入那没有季候的世界，在那里你将欢笑，却不是尽量的笑悦；你将哭泣，却没有流干眼泪。

爱除自身外无施与，除自身外无接受。

爱不占有，也不被占有。

因为爱在爱中满足了。

当你爱的时候，你不要说"上帝在我的心中"，却要说"我在上帝的心里"。

不要想你能导引爱的路程，因为若是他觉得你配，他就导引你。

爱没有别的愿望，只要成全自己。

但若是你爱，而且需求愿望，就让以下的做你的愿望吧：

溶化了你自己，像溪流般对清夜吟唱着歌曲。

要知道过度温存的痛苦。

让你对于爱的了解毁伤了你自己；

而且甘愿地喜乐地流血。

清晨醒起，以喜飏的心来致谢这爱的又一日；

日中静息，默念爱的浓欢；

晚潮退时，感谢地回家；

然后在睡时祈祷，因为有被爱者在你的心中，有赞美之歌在你的唇上。

论婚姻

爱尔美差又说：夫子，婚姻怎样讲呢？

他回答说：

你们一块儿出世，也要永远合一。

在死的白翼隔绝你们的岁月的时候，你们也要合一。

噫，连在静默地忆想上帝之时，你们也要合一。

不过在你们合一之中，要有间隙，

让天风在你们中间舞荡。

彼此相爱，却不要做成爱的系链：

只让他在你们灵魂的沙岸中间，做一个流动的海。

彼此斟满了杯，却不要在同一杯中啜饮。

彼此递赠着面包，却不要在同一块上取食。

快乐地在一处舞唱，却仍让彼此静独，

连琴上的那些弦也是单独的，虽然他们在同一的音调中颤动。

彼此赠献你们的心，却不要互相保留。

因为只有"生命"的手，才能把持你们的心。

要站在一处，却不要太密迩：

因为殿里的柱子，也是分立在两旁，

橡树和松柏，也不在彼此的荫中生长。

论孩子

于是一个怀中抱着孩子的妇人说：请给我们谈孩子。

他说：

你们的孩子，都不是你们的孩子。

乃是"生命"为自己所渴望的儿女。

他们是凭借你们而来，却不是从你们而来，

他们虽和你们同在，却不属于你们。

你们可以给他们以爱，却不可给他们以思想。

因为他们有自己的思想。

你们可以荫庇他们的身体，却不能荫庇他们的灵魂，

因为他们的灵魂，是住在"明日"的宅中，那是你们在梦中也不能想见的。

你们可以努力去模仿他们，却不能使他们来像你们。

因为生命是不倒行的，也不与"昨日"一同停留。

你们是弓，你们的孩子是从弦上发出的生命的箭矢。

那射者在无穷之中看定了目标，也用神力将你们引满，使他的箭矢迅疾而遥远地射了出去。

让你们在射者手中的"弯曲"，成为喜乐吧；

因为他爱那飞出的箭，也爱了那静止的弓。

论工作

于是一个农夫说：请给我们谈工作。

他回答说：

你工作为的是要与大地和大地的精神一同前进。

因为惰逸使你成为一个时代的生客，一个生命大队中的落伍者，这大队是庄严的、高傲而服从的，向着无穷前进。

在你工作的时候，你是一管笛，从你心中吹出时光的微语，变成音乐。

你们谁肯做一根芦管，在万物合唱的时候，你独痴呆无声呢？

你们常听人说，工作是祸殃，劳力是不幸。

我却对你们说，你们工作的时候，你们完成了大地的深远的梦之一部，他指示你那梦是何时开头，

而在你劳力不息的时候，你确在爱了生命，

从工作里爱了生命，就是通彻了生命最深的秘密。

倘然在你的辛苦里，将有身之苦恼和养身之诅咒，写上你的眉间，则我将回答你，只有你眉间的汗，能洗去这些字句。

你们也听见人说，生命是黑暗的，在你疲瘁之中，你附和了那疲瘁的人所说的话。

我说生命的确是黑暗的，除非是有了激励；

一切的激励都是盲目的，除非是有了知识；

一切的知识都是徒然的，除非是有了工作；

一切的工作都是虚空的，除非是有了爱；

当你仁爱地工作的时候，你便与自己、与人类、与上帝联系为一。

怎样才是仁爱地工作呢？

从你的心中抽丝，织成布帛，仿佛你的爱者要来穿此衣裳。

热情地盖造房屋，仿佛你的爱者要住在其中。

温存地播种，喜乐地刈获，仿佛你的爱者要来吃这产物。

这就是用你自己灵魂的气息，来充满你所制造的一切，

要知道一切受福的古人，都在你上头看视着。

我常听见你们仿佛在梦中说："那在蜡石上表现出他自己灵魂的形象的人，是比耕地的人高贵多了。

那捉住虹霓，传神地画在布帛上的人，是比织履的人强多了。"

我却要说：不在梦中，而在正午极清醒的时候，风对大橡树说话的声音，并不比对纤小的草叶所说的更甜柔；

只有那用他的爱心，把风声变成甜柔的歌曲的人，是伟大的。

工作是眼能看见的爱。

倘若你不是欢乐地却厌恶地工作，那还不如撇下工作，坐在大殿的门边，去乞那些欢乐地工作的人的周济。

倘若你无精打采地烤着面包，你烤成的面包是苦的，只能救半个人的饥饿。

你若是怨望地压榨着葡萄酒，你的怨望，在酒里滴下了毒液。

倘若你像天使一般地唱，却不爱唱，你就把人们能听到白日和黑夜的声音的耳朵都塞住了。

论苦痛（节选）

倘若你能使你的心时常赞叹日常生活的神妙，你苦痛的神妙必不减于你的欢乐；

你要承受你心天的季候，如同你常常承受从田野上度过的四时。

你要静守，度过你心里凄凉的冬日。

许多的苦痛是你自择的。

那是你身中的医士，医治你病身的苦药。

所以你要信托这医生，静默安宁地吃他的药，

因为他的手腕虽重而辣，却是有冥冥的温柔之手指导着。

他带来的药杯，虽会焚灼你的嘴唇，那陶土却是陶工用他自己神圣的眼泪来润湿调抟而成的。

论善恶（节选）

当你努力地要牺牲自己的时候便是善。

当你想法自利的时候，却也不是恶。

因为当你设法自利的时候，你不过是土里的树根，在大地的胸怀中啜吸。

果实自然不能对树根说："你要像我，丰满成熟，永远贡献出你最丰满的一部分。"

因为，在果实，贡献是必需的，正如吸收是树根所必需的一样。

当你坚勇地走向目标的时候，你是善的。

你颠顿而行，却也不是恶。

连那些跛者，也不倒行。

但你们这些勇健而迅速的人，要警醒，不要在跛者面前颠顿，自以为是仁慈。

真善的人，不问赤裸的人说："你的衣服在哪里？"也不问那无家的人："你的房子怎样了？"

论 死

于是爱尔美差开口了，说：现在我们愿意问"死"。

他说：

你愿知道死的奥秘。

但是除了在生命的心中寻求以外，你们怎能寻见呢？

那夜中张目的枭鸟，它的眼睛在白昼是盲瞎的，不能揭露光明的神秘。

假如你真要瞻望死的灵魂，你当对生的肉体大大地开展你的心。

因为生和死是一件事，如同江河与海洋也是一件事。

在你的希望和愿欲的深处，隐藏着你对于来生的默识；

如同种子在雪下梦想，你们的心也在梦想着春天。

信赖一切的梦境吧，因为在那里面隐藏着永生之门。

你们的怕死，只是像一个牧人，当他站在国王的座前，被御手恩抚时的战栗。

在战栗之下，牧人岂不因为他身上已有了国王的手迹而喜悦么？

可是，他岂不更注意到他自己的战栗么？

除了在风中裸立，在日下消融之外，"死"还是什么呢？

除了把呼吸从不息的潮汐中解放，使他上升，扩大，无碍地寻求上帝之外，"气绝"又是什么呢？

只在你们从沉默的河中啜饮时，才真能歌唱。

只在你们达到山巅时，你们才开始攀援。

只在大地索取你们的四肢时，你们才真正地跳舞。

（［美］卡里·纪伯伦：《先知·沙与沫》，冰心译，湖南文艺出版社 2020 年版）

文学小课堂 ❀○❀○❀○❀○❀○❀○❀○❀○❀○❀○

1. 《先知》中文译本比较

仿佛天生具有"先知"气质的纪伯伦，留下了许多发人深省、字字珠玑的诗文，被世人广为传诵。1931 年 9 月，新月书店出版了冰心翻译的《先知》中译本，这也是我国出版的第一部纪伯伦作品。此后，经过几代翻译者的大力译介，纪伯伦的作品征服了无数中国读者。

迄今为止，已有李唯中、李家真、伊宏、钱满素、刘佩芳、林志豪、吴岩等多位翻译家翻译过《先知》。众多译本之中，冰心的译本出现得最早，流传最广，语句优美、晓畅，兼具高雅与通俗之美，也有着民国时期特有的新诗韵味，但少数地方有误译，还有个别句子翻译得有点儿拗口，可能跟当时特定的白话文发展背景有关。李家真翻译得最为古雅，富于古典、神圣的意味和韵律美，却不如冰心的译本流畅、易懂。李唯中、伊宏的译本，在"信、达"两方面都做得非常好，唯独于诗意美方面稍逊一筹。其他译本，由于翻译风格和水平不同，可以说是各有千秋，也各自拥有不少自己的拥趸。

2. 纪伯伦的思想、性格简介

（1）纪伯伦具有"东方先知"这一理想人格，并将之贯彻到自己的文学艺术创作当中。

由于生长环境、朋友推崇等复杂的原因，纪伯伦在成长过程中逐渐接纳了"东方先知"这一理想人格，并随着自身的成长，进一步将理想与现实、世俗与宗教结合起来，使这一人格发展得更加丰富、深刻而完善。

（2）纪伯伦具有多元宗教观和哲学观，这使他的作品呈现出泛宗教化的、跨文化的思想特点。

纪伯伦出生在黎巴嫩，长在美国，长期生活在基督教和伊斯兰教双重文化背景中，因此在生活上、文艺创作上和思想上都表现出了双重身份和宗教文化给他带来的巨大影响。他的作品东西方思想兼容并蓄，既带有东方的神秘韵味和独特美感，又内蕴着西方的积极进取与炽热感情，追求真正的自由、平等与博爱。

（3）纪伯伦具有东方人道主义思想。

纪伯伦并不是空谈教义的宗教理论家，也不是沉浸在自我幻想世界的文艺青年，而是一位密切关注现实，热爱祖国，了解并关心贫苦大众的诗人和艺术家。他在《沙与沫》中道出了他心目中的"耶稣"："很久以前一个'人'，因为过于爱别人，也因太可爱了，而被钉在十字架上。说来奇怪，昨天我碰到他三次。第一次是他恳求一个警察不要把一个妓女关到监牢里去；第二次是他和一个无赖一块喝酒；第三次是他在教堂里和一个法官拳斗。"这个"耶稣"形象很明显也是有血有肉的"人"，是关心现实、同情弱者的博爱之"人"，具备纪伯伦所秉持的东方人道主义底色。

（4）纪伯伦崇尚勇敢、热情、积极进取的人生。

在《先知·论理性与热情》中，纪伯伦认为理性与热情并重，但实际上，可能因受过尼采哲学的影响，他本人更偏爱热情激荡的人生，更崇尚勇敢进取的精神。他曾在致梅伊的信中表示："我爱暴风雪，犹如我爱一切风暴一样。"在《先知·论爱》篇中，他赞美的是勇敢、坦率、不怕伤害的爱，对于寻求平安与逸乐之爱表示了遗憾。在《先知·论工作》中，他赞美热情的劳动，提倡人们要心中怀着爱积极工作，参与到生命的大合唱中来。

在《沙与沫》中，有一段非常著名的诗句：

曾有七次我鄙视了自己的灵魂：

第一次是在她可以上升而却谦让的时候。

第二次是我看见她在瘸者面前跛行的时候。

第三次是让她选择难易，而她选了易的时候。

第四次是她做错了事，却安慰自己说别人也同样做错了事。

第五次是她容忍了软弱，而把她的忍受称为坚强。

第六次是当她轻蔑一个丑恶的容颜的时候，却不知道那是她自己的面具中之一。

第七次是当她唱一首颂歌的时候，自己相信这是一种美德。

这七次鄙视，分别鄙视了故作谦卑、伪善、在困难面前畏缩不前、不敢直面自身问题、软弱、喜欢责人而不自省、屈服于强者却美化自己的行为，而这些行为中的大部分都是因为缺乏勇敢进取精神而导致的，作者在此进行的自省表现出他本人强大的洞察力和自律精神，对于其他人也是一种很好的劝诫。

3. 《先知》的主要内容和主题思想

长篇哲理散文诗《先知》是纪伯伦所有文学作品中的扛鼎之作，堪称其"文学金字塔"，给他带来了世界性声誉。《先知》是一本关于爱与死亡、生活与宗教、善恶与苦乐等众多主题的诗化格言集，集中表达了作者对人生长时间深入思索的成果，值得反复品读。诗人以敏锐的观察、深沉的哲思、丰富的阅历和旷达的胸襟，针对人们生来就要面对的各种问题发出极富智慧的指点与议论。

《先知》一共由28篇短文组成。除了首尾两篇《船的来临》和《言别》外，其余26篇分别讲述了某一个方面的人生哲理。纪伯伦为《先知》安排了一个小说式的故事框架。主人公叫亚墨斯达法（Almustafa）。亚墨斯达法在阿拉伯语中有着特别的意思——被选中的和被爱的，是先知穆罕默德200多个尊称之一。在基督教文化中，"先知"是上帝向人类传递信息的使者，也是可以替人向神祷告的中介者。

　　《先知》体现出了东西方文化对于纪伯伦创作的交互影响。一方面，纪伯伦常利用东方人的智慧，破开重重迷雾，直指事物的本来面目，以点醒迷途中人。如《论买卖》中，他一语道破交易的本质："若非用爱和公平来交易，则必有人流为饕餮，有人流为饿殍。"这让人不得不思考，在繁华的现代社会，还是有很多人在贫困线上苦苦挣扎。是什么导致了这巨大的贫富差距？恐怕主要还是因为"爱与公平"的缺席吧。那么如果我们是占据优势的一方，是否在买卖中要注意节制贪婪之心，对弱者多一些人道主义关怀呢？纪伯伦还从东方智者的视角对西方人所标榜的"自由"进行了抨击，以期促使他们反躬自省。如《论自由》中所说："你们所谓的自由，就是最坚牢的锁链，虽然那链环闪烁在日光中，眩耀了你们的眼目。"这句话非常值得一味追求"自由"的西方人深思。

　　另一方面，由于近代西方进步思潮和人文精神的影响，纪伯伦的作品中表现出了一定的叛逆性和先锋性。《先知》中就有不少反传统的观点，读之令人豁然开朗，有耳目一新之感。比如"先知"谈论的第一个问题是关于爱的，他指出："爱不占有，也不被占有。"这就与人们通常认为的爱会产生占有欲的观点相左。"先知"认为，爱本身就是极为纯粹的，必须是无染、无邪的，否则爱就会变质。真正的爱应当是以相互尊重为前提的平等、和谐之爱，是不怕伤痛、超越自我的成长之爱。这种爱可以是高尚的爱情，也可以是人与人之间、人与祖国、人与自然之间的无私大爱。

　　再如《论孩子》中表现出的大人与孩子相互平等的思想，以及从生命本身发展延续的视角来看待孩子，孩子代表着未来与进步，因此需要给他们以充分的尊重和自由等思想，这些振聋发聩般的声音都源自近代人文精神。他认为，孩子不是大人的私有财产，而是因整个生命自身繁衍和发展的需求而诞生的，他们代表着生命的未来发展方向，有着大人无法想象的创造力，因此家长要充分地尊重孩子，给他们以平等的地位和自由发展的空间，而不是一味地规划、限制他们，甚至误解、打压他们。

　　与此类似，纪伯伦在《论婚姻》中也指出，在婚姻生活中要以相互尊重、平等、独立为前提处理好夫妻关系："彼此赠献你们的心，却不要互相保留。""不过在你们合一之中，要有间隙，让天风在你们中间舞荡。"纪伯伦所描述的可以说是最完美、最理想的夫妻关系，表现出了纪伯伦追求至真、至善、至美的婚姻或伴侣关系的愿望。

　　4.《先知》的艺术特点

　　纪伯伦的《先知》具有独特而鲜明的艺术风格，具体来说，主要包括以下几点：

　　（1）优美的诗意与《圣经》式的语言相结合，形成了一种"天启体"的表述风格。

《先知》在体裁形式上采用散文诗的形式，诗歌内容以作者所积累的人生智慧、博爱情怀和哲学感悟为主体，通过"先知"之口言说论点，对世人进行谆谆教导与充满仁爱的抚慰。《先知》类似《圣经》的诗意表述令读者能够获得神秘、优美、庄严、简练、深邃、柔婉、清灵等丰富的美感体验，显得既有启示性又有感染力，还显露出"先知"与生俱来的一种历史使命感和责任感。这种极有个性的语言表述形式，增强了"先知"预言的权威性和神秘色彩，笔者称之为"天启体"。总之，《先知》在艺术上最为独特的一点在于，其中的观点往往很有现代感，但语言表述方式又是神圣化的、古典的诗句，音韵悠长，意味隽永，引人深思。

（2）在大量精妙的比喻中阐释深刻的哲理。

由于作者想象力非常丰富，且思路新奇，《先知》擅长以哲理与议论入诗，而且往往就物设喻，将道理与形象自然贴切地结合在一起，赋予深刻的思想以生动的美感，避免了单纯说理的生硬与刻板。具体来说，《先知》中许多篇幅都通过大量运用比喻、通感、双关等修辞手法，包括直喻、隐喻等，加上预言、隐语、格言体的综合应用，使诗人的精妙比喻与深奥哲理双美并现，令人印象深刻，拍案叫绝。比如，《论爱》中纪伯伦用稻粟被舂打、筛分、磨碾为洁白的面粉，然后被揉搓为柔韧的面团，还要经受火焰的炙烤，最后才能成为"上帝圣筵上的圣饼"这个千锤百炼的过程来形容"爱"对人的磨炼，使人明白正是炽热的"爱"、看似会伤人的"爱"才能真正促使人成长的道理。

（3）"破题"手法的运用。

《先知》的主人公在回答问题时，经常采用"破题"的手法，宛如当头棒喝，一语道破"天机"。如："你们的孩子并不是你们的孩子""你的欢乐，乃是你的不戴面具的悲哀"等。这种出人意料的说话风格，类似《新约》里的耶稣，使作品显得语言精练简洁，说理透彻，令人印象深刻，同时又启人深思。

总之，《先知》以高超的艺术技巧、诚挚的创作态度和睿智深沉的思想打动了全世界，其文辞是如此优美，读之仿若在"云中行走"，在"花中微笑"，实是一种美的享受。《先知》出版至今发行总量已逾七百万册，被誉为"东方赠送给西方的最好礼物"。黎巴嫩评论家努埃曼把它比作常青树，说它"深深扎根于人类生活的土壤里，只要人类存在，这棵大树就活着"。的确，《先知》中蕴含的思想超越了时空和国家，关注到了每个人类个体，其所思所想、所问所答，皆是人生在世的相似之情与相同之惑，迄今依然值得我们反复品味、诵读与思考。

课后小论坛

　　1.《先知·论善恶》中说："不要在跛者面前颠顿，却自以为是仁慈。"联系上下文，说说你对这句话的理解。

　　2. 请查阅《先知》英文版，以便更准确地理解纪伯伦的原意。

　　3. 请查阅《先知》不同的中文译本，通过比较阅读对这些译本作出自己的评价。

第十篇 ZIRAN PIAN 自然篇

"如果我们走得太快，要停一停等候灵魂跟上来。"据说这是一句古老的印第安人谚语。这句话用于高科技日新月异而人们在快节奏的裹挟下愈发焦虑的今天再合适不过了。人类从来不曾如此喧嚣，当然也从未如此渴望来自大自然的抚慰，以求得灵魂的宁静、精神世界的充盈。为生活做减法，为思想做加法，成为人们的共同心声。

中国古代文化语境中"天人合一""物化""民胞物与""逍遥游"等文化观念，不仅是传统文化在天人关系中形而上的价值体现，为文人、士大夫阶层在社会生活实践中躬体笃行，更成为中国古代文学一个重要的文学母题，而最终内化为传统中国人重要的世界观、人生观和价值观，并对后世产生了积极而深远的影响。

同样作为对快节奏、空心化的对抗，19世纪中叶的美国哲学家和20世纪上半叶的中国作家几乎给出了同样的解药，回归自然，一个世纪后的我们又面临了更为严峻的困境，人们身心分离，愈发焦虑，精神生活日益贫瘠，唯愿古今中外这些哲学家和文学家所给出的他们个人的方案，可以给予忙碌的现代人以些许启发和思考。

一觞一咏，生命意兴的畅叙

——王羲之《兰亭集序》

 阅读小贴士

　　王羲之（303—361），字逸少，东晋琅邪（今山东临沂）人，后迁居会稽山阴（今浙江绍兴）。官至右军将军、会稽内史，故又称王右军。右军精通书法，能博采前代书法家之长，开创新一代书体，成为我国书法史上著名的书法家，被誉为"书圣"。

　　王羲之早年师从卫夫人，后改变初衷，草书学张芝，正书学钟繇，并博采众长而自成一家，其代表性作品有楷书《黄庭经》《乐毅论》，草书《十七帖》，行书《姨母帖》《快雪时晴帖》《丧乱帖》《兰亭集序》《初月帖》等。《兰亭集序》为历代书法家所景仰，被誉作"天下第一行书"。后人以曹植的《洛神赋》中"翩若惊鸿，婉若游龙，荣曜秋菊，华茂春松。仿佛兮若轻云之蔽月，飘飖兮若流风之回雪"来赞赏其书法艺术之美。其著作有辑本《王右军集》流传。

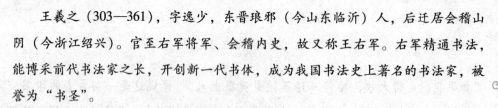

 原典轻松读

兰亭集序

　　永和九年[1]，岁在癸丑[2]，暮春之初，会于会稽山阴之兰亭[3]，修禊事也[4]。群贤毕至，少长咸集。此地有崇山峻岭，茂林修竹，又有清流激湍，映带左右，引以为流

觞曲水[5]，列坐其次[6]。虽无丝竹管弦之盛，一觞一咏，亦足以畅叙幽情[7]。

是日也，天朗气清，惠风和畅[8]。仰观宇宙之大，俯察品类之盛，所以游目骋怀[9]，足以极视听之娱，信可乐也。

夫人之相与，俯仰一世[10]。或取诸怀抱，晤言一室之内[11]；或因寄所托，放浪形骸之外。虽趣舍万殊[12]，静躁不同，当其欣于所遇，暂得于己，快然自足[13]，不知老之将至；及其所之既倦[14]，情随事迁，感慨系之矣。向之所欣，俯仰之间，已为陈迹，犹不能不以之兴怀[15]，况修短随化[16]，终期于尽！古人云："死生亦大矣[17]。"岂不痛哉！

每览昔人兴感之由，若合一契[18]，未尝不临文嗟悼，不能喻之于怀。固知一死生为虚诞[19]，齐彭殇为妄作[20]。后之视今，亦犹今之视昔，悲夫！故列叙时人，录其所述，虽世殊事异，所以兴怀，其致一也。后之览者，亦将有感于斯文。

注释：

[1] 永和：晋穆帝的年号，永和九年即公元353年。

[2] 癸丑：古代计时的一种方法，人们以"天干"即甲、乙、丙、丁、戊、己、庚、辛、壬、癸等十字，与地支即子、丑、寅、卯、辰、巳、午、未、申、酉、戌、亥等十二字循环相配来表示年月日的次序。本文之指是指永和九年。

[3] 会稽：郡名，在今江苏东部、浙江西部一带，东汉时郡治在山阴。

[4] 禊：祓禊，消除不洁之祭礼。古人风俗，在上巳日至水边用香薰草药洗濯，以祓除不祥。后演变为于水边宴饮、郊外游春的一种娱乐活动。

[5] 流觞：修禊时一项活动。祓禊时用漆制的羽觞盛酒置曲水上游，以使其随流水漂流，所停留之处的参与者如若不能作诗，便要饮此酒。曲水：回环的流水。

[6] 列坐其次：人们依次坐在水边。

[7] 幽情：内心深处的情怀。

[8] 惠风：春风、和风。

[9] 游目骋怀：放眼四望，舒展胸怀。

[10] 俯仰：俯仰之间，形容人生极为短暂。

[11] 晤言：面对面的交谈。

[12] 趣舍：同"取舍"。

[13] 快然：高兴痛快的样子。

[14] 所之：指所向往的事情，所达到的地方。

[15] 以之兴怀：因为它而产生感慨。

[16] 修短：长短，此指人的寿命有长短之别。随化：随着大自然的变化。

[17] 死生亦大矣：语见《庄子·德充符》"死生亦大矣，而不得与之变"，意思是生和死是天地间变化最大的了。

[18] 若合一契：好像符契那样相合。契是古人以木或竹刻的契券，分为左右两半，各执其一，两半相合即为双方的凭证。

[19] 一死生：庄子认为生死存亡同为一体，没有区别。"一"是词类活用，数词作动词用。

[20] 彭：指彭祖，传说中古代的长寿长者。

译文：

永和九年，时在癸丑之年，三月上旬，我们会集在会稽郡山阴城的兰亭，为了做禊事，众多贤才都汇聚到这里，年龄大的小的都聚集在这里。兰亭这个地方有高峻的山峰，茂盛的树林，高高的竹子。又有清澈湍急的溪流，辉映环绕在亭子的四周，我们引溪水作为流觞的曲水，排列坐在曲水旁边，虽然没有演奏音乐的盛况，但喝点酒，作点诗，也足够来畅快叙述幽深内藏的感情了。

这一天，天气晴朗，和风温暖，仰首观览到宇宙的浩大，俯瞰观察大地上众多的万物，用来舒展眼力，开阔胸怀，足够来极尽视听的欢娱，实在很快乐。

人与人相互交往，很快便度过一生。有的人从自己的情趣思想中取出一些东西，在室内（跟朋友）面对面地交谈；有的人通过寄情于自己精神情怀所寄托的事物，在形体之外不受任何约束地放纵地生活。虽然各有各的爱好，安静与躁动各不相同，但当他们对所接触的事物感到高兴时，一时感到自得，感到高兴和满足，竟然不知道衰老将要到来。等到对得到或喜爱的东西已经厌倦，感情随着事物的变化而变化，感慨随之产生。过去所喜欢的东西，转瞬间，已经成为旧迹，尚且不能不因为它引发心中的感触，况且寿命长短，听凭造化，最后归结于消灭。古人说："死生毕竟是件大事啊。"怎么能不让人悲痛呢？

每当看到前人所发感慨的原因，其缘由像一张符契那样相和，总难免要在读前人文章时叹息哀伤，不能明白于心。本来知道把生死等同的说法是不真实的，把长寿和短命等同起来的说法是妄造的。后人看待今人，也就像今人看待前人，可悲呀。所以一个一个记下当时与会的人，录下他们所作的诗篇。纵使时代变了，事情不同了，但触发人们情怀的原因，他们的思想情趣是一样的。后世的读者，也将对这次集会的诗文有所感慨。

文学小课堂

1. 一觞一咏，生命意兴的畅叙

文章首段记叙兰亭聚会盛况，并写出与会者的深切感受。先点明聚会的时间、地点、缘由，后介绍与会的人数之多、范围之广，"群贤毕至，少长咸集"。接着写兰亭周围优美的环境。先写高远处"崇山峻岭，茂林修竹"，再写近低处"清流激湍"，然后总写一笔"映带左右"，用语简洁，富有诗情画意。在写景的基础上，由此顺笔引出临流赋诗，点出盛会的内容为"一觞一咏"，"畅叙幽情"，"虽无丝竹管弦之盛"，这是反面衬托之笔，以加张表达赏心悦目之情。最后指出盛会之日正逢爽心怡人的天时，"天朗气清"为下文的"仰观""俯察"提供了有利条件；"惠风和畅"又与"暮春之初"相呼应。此时此地良辰美景，使"仰观""俯察""游目骋怀""视听之娱"完全可以摆脱世俗的苦恼，尽情地享受自然美景，抒发自己的胸臆。至此，作者把与会者的感受归结到"乐"字上面。笔势疏朗简净，毫无斧凿痕迹。

文章第二段，阐明作者对人生的看法，感慨人生短暂，盛事不常，紧承上文的"乐"字，引发出种种感慨。先用两个"或"字，正反对比，分别评说"人之相与，俯仰一世"的两种不同的具体表现，一是"取诸怀抱，晤言一室之内"，一是"因寄所托，放浪形骸之外"。然后指出这两种表现尽管不同，但心情是一样的，那就是"当其欣于所遇"时，都会"快自足"，却"不知老之将至"。这种感受，正是针对正文"游目骋怀，足以极视听之娱"的聚会之乐而发，侧重写出乐而忘悲。接着由"欣于其所遇"的乐引出"情随事迁"的忧，写出乐而生忧，发出"修短随化，终期于尽"的慨叹。文章至此，推进到生死的大问题。最后引用孔子所说的"死生亦大矣"来总结全段，道出了作者心中的"痛"之所在。

最后一段说明作序的缘由。文章紧承上文"死生亦大矣"感发议论，从亲身感受谈起，指出每每发现"昔人兴感之由"和自己的兴感之由完全一样，所以"未尝不临文嗟悼"，可是又说不清其中原因。接着把笔锋转向了对老庄关于"一死生""齐彭殇"论调的批判，认为那完全是"虚诞"和"妄作"。东晋时的文人士大夫崇尚老庄，喜好虚无主义的清谈，而庄子认为自然万物"方生方死，方死方生"（《庄子·齐物论》），且把长寿的彭祖和夭折的儿童等同看待，认为"莫寿于殇子，而彭祖为夭"。作者能与时风为悖，对老庄这种思想大胆否定，是难能可贵的。然后作者从由古到今的事实中做了进一步的推断："后之视今，亦由今之视昔"。基于这种认识，所以才"列叙时人，录其所述"，留于后人去阅读。尽管将来"事殊事异"，但"所以兴怀，其一致也"。这就从理论上说清了所以要编《兰亭诗集》的原因。最后一句交代了写序的目的，引起后人的感怀。文字收束得直截了当，开发的情思却绵绵不绝。

这篇序言疏朗简净而韵味深长，突出地代表了王羲之的散文风格。其用语玲珑剔透，朗朗上口，是古代骈文的精品。《兰亭集序》在骈文的几个方面都有所长。在句法上，对仗整齐，句意排比，如"群贤毕至，少长咸集""仰观宇宙之大，俯察品类之盛""或取诸怀抱，晤言一室之内；或因寄所托，放浪形骸之外"，两两相对，音韵和谐，无斧凿之痕，语言清新、朴素自然。属于议论部分的文字也非常简沽，富有表现力，在用典上也只用"齐彭殇"和"修禊事"这样浅显易懂的典故，这样朴素的行文与东晋对代雕章琢句、华而不实的文风形成鲜明对照。

2. 贵黄老，尚虚谈

永嘉五年（311），西晋王朝历经八王之乱的折腾早已风雨飘摇。在平阳称帝的匈奴首领刘聪派遣手下大将南下入侵，大将石勒率军与晋兵十余万人战于共县，晋兵大败。晋朝中枢的兵力经过此役悉数被毁，首都洛阳也成为一座空城，此时刘聪又率精兵攻入洛阳，最终俘怀帝，杀太子、诸王、百官，死者三万多人，又掘皇陵，烧宫庙、官府殆尽，这段历史史称"永嘉之祸"。

这次灾祸除了生灵涂炭外，文化学术也遭到巨大的摧残。《隋书经籍志》哀叹道："惠、怀之乱，京华荡覆，渠阁文籍，靡有孑遗"，诸经大多亡于此役，伪书即成于此时，而且学术人才也损失巨大。"永嘉之祸"对中国的学术文化造成极大影响，经学典籍大规模的焚毁，使治学者无典籍以为据，自此玄学兴起，皆陷入清谈。学者邓实在他所著《国学真论》中说："盖由永嘉之乱，旧经家法尽亡，人师难求，诸儒乃尽弃其经典，以遁于老、庄之学。"

自此东晋朝野崇尚玄学，以"三玄"为谈资，玄言诗始盛。魏晋玄学大兴及清谈之风盛极是老庄玄理、佛教义理与山水之美相互作用的结果。钟嵘《诗品序》言东晋玄言诗的特点："永嘉时，贵黄老，稍尚虚谈，于时篇什，理过其辞，淡乎寡味。爰及江表，微波尚传，孙绰、许询、桓、庾诸公诗，皆平典似道德论，建安风力尽矣。"东晋玄言诗自身的文学艺术价值乏善可陈，但其对后世影响极为深远，诸如谢灵运的山水诗、白居易的讽喻诗、宋明理学家的哲理诗等均与之有关，为中国古代诗歌史中的说理诗从正反两面均积累了丰富的文学经验。

3. 滥觞于"修禊"的文人雅集

东晋名士多居于"有佳山水"之会稽，而此兰亭集会便是东晋清谈的一次大集会。

此集会的起因源于古代"修禊"风俗。

古人在三月上旬巳日于流水边洗濯以祓除不祥。《诗经·郑风·溱洧》曰："溱与洧，方涣涣兮。士与女，方秉蕳兮。"《后汉书·礼仪志》载："是月（三月）上巳，官民皆洁于东流水上，曰洗濯祓除，去宿垢，为大洁。"萧梁刘昭作注说："韩诗曰郑国之俗，三月上巳溱洧两水之上，招魂续魄，秉兰草祓除不祥。"后发展为人们在暮春之初于水边的宴游嬉戏，而祓除不祥的意义开始退居其次，兰亭雅集便是如此。集会的目的主要是赏山玩水，饮酒赋诗。为增加集会的趣味性，采取了流觞赋诗的方法，流觞所至，即席赋诗。作诗规则为每人作四、五言诗各一首；作诗不成者，罚酒三巨觥。后所作诗结集为《兰亭集》。

4. "晋人向外发现了自然，向内发现了深情"

《兰亭集序》讲到"流觞曲水"，是指参与者沿曲水，或引水环曲成小渠，而依次列坐，把羽觞酒器置于曲水之上，任其顺流而下，酒杯所停之处，其人即要饮酒赋诗。其后历代雅士雅集多仿效兰亭修禊，往往于园林中，建有流杯亭。在亭中地面石板上凿出弯弯曲曲的沟槽，并引水入渠。参宴会者来至石渠两侧，把盛满酒的木制酒杯或青瓷羽觞从上游放下，任其漂流，所停之处即要饮酒赋诗。兰亭诗及其序无论是写山水还是写玄理，在一定意义上都标志东晋文人已开始留意山水审美，即宗白华于《论〈世说新语〉和晋人的美》中所言"晋人向外发现了自然，向内发现了深情"，并能从山水描摹中体悟玄理。这种文学尝试预示着山水文学的兴起。兰亭雅集对中国文人生活审美情趣影响重大，同时对山水诗歌流派的形成也具有巨大的推动作用。

课后小论坛

1. 如何理解门阀世族与魏晋文学的关系？

2. 谈谈你对玄学与山水题材关系的理解。

3. 思考琅邪王氏对魏晋文化的影响。

秋声凄切，虫声唧唧

——欧阳修《秋声赋》

阅读小贴士

　　欧阳修（1007—1072），北宋吉州（今属江西）人，字永叔，号醉翁，又号六一居士。天圣进士，初为谏官，后为地方官吏，官至枢密副使参知政事，谥号"文忠"。他为人刚直，参政之初同尹洙、余靖等一起支持范仲淹的政治革新运动，并因此被贬，时人称之为"四贤"，蔡襄有《四贤一不肖诗》加以赞颂。他晚年因与王安石政见不合而辞官归隐乡里。欧阳修文学才能卓越，在诗词、散文方面才能杰出，尤以散文成就最为突出。针对宋初的骈文绮靡文风，他主张文章要切合实用，语言要流畅自然，极为反对宋初流行的雕琢粉饰、浮靡空洞的形式主义文风，并在自己的散文创作中坚持贯彻自己的散文主张，笃行实践。其散文作品平易通晓、自然流畅、纡徐多姿、简而有法，著名的篇章有《与高司谏书》《朋党论》《五代史伶官传序》《醉翁亭记》《秋声赋》等。欧阳修是北宋中叶的文坛领袖，也是北宋诗文革新运动的倡导者和实践者，在古代文学史上的地位崇高，影响巨大。唐宋八大家中宋人占有六位，除欧阳修外，其他五位均受过期奖掖和指导。韩愈和柳宗元开创的古文运动在宋初时已式微，经过以欧阳修为首的散文家的积极努力，这一运动才得以重新开展，并出现宋代散文创作的繁盛局面。其有《欧阳文忠公文集》传世。

　　此赋创作于嘉祐四年（1059）作者任开封府尹时。"庆历新政"失败后，欧阳修受到牵累，被贬谪。而北宋王朝积弱的政况仍没有改观，朝廷上宵小邪佞诬

陷，打击贤良之事时有发生。作者内心郁积着颇多政治上怀才不遇的苦闷，此种心境便在此赋中借秋声加以抒发出来。作者由秋声萧瑟、万物凋零而联想到世事坎坷，人生易老而壮志蹉跎，由此而发出"百忧感其心，万事劳其形""思其力之所不及，忧其智知之所不能"的感叹。

原典轻松读

秋声赋

欧阳子方夜读书，闻有声自西南来者，悚然而听之，曰："异哉！"初淅沥以萧飒[1]，忽奔腾而砰湃，如波涛夜惊，风雨骤至。其触于物也，铮铮铮铮[2]，金铁皆鸣；又如赴敌之兵，衔枚疾走[3]，不闻号令，但闻人马之行声。余谓童子："此何声也？汝出视之。"童子曰："星月皎洁，明河在天，四无人声，声在树间。"

余曰："噫嘻悲哉！此秋声也，胡为而来哉？盖夫秋之为状也[4]：其色惨淡，烟霏云敛；其容清明，天高日晶；其气栗冽，砭人肌骨；其意萧条，山川寂寥。故其为声也，凄凄切切，呼号愤发。丰草绿缛而争茂，佳木葱茏而可悦[5]；草拂之而色变，木遭之而叶脱。其所以摧败零落者，乃其一气之余烈[6]。夫秋，刑官也[7]，于时为阴[8]；又兵象也[9]，于行用金[10]，是谓天地之义气[11]，常以肃杀而为心。天之于物，春生秋实，故其在乐也，商声主西方之音[12]，夷则为七月之律[13]。商，伤也，物既老而悲伤；夷，戮也，物过盛而当杀[14]。"

"嗟乎！草木无情，有时飘零。人为动物，惟物之灵；百忧感其心[15]，万事劳其形；有动于中，必摇其精[16]。而况思其力之所不及，忧其智之所不能；宜其渥然丹者为槁木[17]，黝然黑者为星星[18]。奈何以非金石之质[19]，欲与草木而争荣？念谁为之戕贼[20]，亦何恨乎秋声！"

童子莫对，垂头而睡。但闻四壁虫声唧唧，如助予之叹息。

注释：

[1] 淅沥：细雨声。本文"淅沥""萧飒"均形容风声。

[2] 铮铮铮铮：金属相撞击的声音。

[3] 衔枚：古代行军，令士兵口中衔者形似筷子似的枚，防止交谈，以保持行军安静。

[4] 盖夫：发语词。盖，承上说明缘由；夫，启下文发表议论。

[5] 葱茏：草木青翠茂盛的样子。

[6] 余烈：指秋气的余威。

[7] 刑官：言秋季是自然界的刑罚之官。《周礼》记周代以天、地、春、夏、秋、冬至名命官，称为"六卿"。因秋有肃杀之气，把职掌刑罚、讼狱司寇称为秋官，故称秋为秋刑官。

[8] 于时为阴：秋季在时令上属阴，古人以阴阳配合四时，把春夏分属于阳，秋冬分属于阴。《汉书·律历志》载"春为阳中，万物以生；秋为阴中，万物以成"。

[9] 兵象：战争之征兆。战争为肃杀之事，古代多在秋季用兵，故言秋为兵象。

[10] 于行用金：在金木水火土五行之中，秋属金。《汉书·五行志》载"金西方，万物既成，杀气之始也"。

[11] 天地之义气：《礼记·乡饮酒》记"天地严凝之气，始于西南，而盛于西北，此天地之尊严也，此天地之义气也"。孔颖达疏："西南，象秋始。"

[12] 商声：指西方的声音。古代将乐声分为宫、商、角、徵、羽五声，以五声分配于四时，角属春，徵属夏，商属秋，羽属东，宫属中央。又五声和五行相配，商声属金，主西方之音。西方为秋之方位。

[13] 夷则：古代十二律之一。《礼记·月令》曰："孟秋之月，其音商，律中夷则。"《史记·律书》载："七月也，律中夷则。夷则言阴气之贼万物也。"

[14] 杀：衰败、凋零的意思。

[15] 感：同"撼"，动摇。

[16] 必摇其精：一定会损耗精神。《庄子·在宥》曰："必静必清，无劳汝形，无摇汝精，乃可以长生。"

[17] 槁木：枯木。《庄子·齐物论》："形固可使如槁木，而心固可使如死灰乎?"

[18] 星星：此指白发。谢灵运《游南亭》："戚戚感物叹，星星白发垂。"

[19] 非金石之质：指人的身体没有金石那样坚实的质地。

[20] 戕贼：摧残，伤害。

译文：

欧阳先生（欧阳修自称）夜里正在读书，（忽然）听到有声音从西南方向传来，（忽然）听到有声音从西南方向传来，说："奇怪啊！"这声音初听时像淅淅沥沥的雨声，其中还夹杂着萧萧飒飒的风吹树木声，然后忽然变得汹涌澎湃起来，像是江河夜间波涛突起、风雨骤然而至。风雨骤然而至。碰到物体上，发出铿锵之声，金甲铁衣都发出声响；又像袭击敌人的军队，又衔枚奔走，听不到任何号令声，只听见有人马行进的声音。（于是）我对童子说："这是什么声音？你出去看看。"童子回答说："月色皎皎、星光灿烂，月色皎皎、星光灿烂、浩瀚银河、高悬中天，四下里没有人的声音，那声音是从树林间传来的。"

我叹道："唉，可悲啊！这就是秋声呀，它为何而来呢（它怎么突然就来了呢）？大概是那秋天的样子：它的色调暗淡，烟飞云收；它的形貌清新明净、天空高远、日色明亮；它的气候寒冷、刺人肌骨；它的意境寂寞冷落，川流寂静、山林空旷。所以它发出的声音时，凄凄切切，呼号发生迅猛，绿草浓密丰美，争相繁茂，树木青翠茂盛而使人快乐。拂过草地，草就要变色；掠过森林，树就要落叶。它能折断枝叶、凋落花草，使树木凋零的原因，便是一种构成天地万物的混然之气（秋气）的余威。秋天，是刑官执法的季节，它在季节上说属于阴；碰到物体上发出铿锵之声，在五行上属于金。这就是常说的天地之严凝之气，它常常以肃杀为意志。自然对于万物，是要它们在春天生长，在秋天结实。所以，秋天在音乐的五声中又属商声。商声是西方之声，夷则是七月的曲律之名。商，也就是'伤'的意思，万物衰老了，都会悲伤。夷，是杀戮的意思，草木过了繁盛期就应该衰亡。"

"唉！草木是无情之物，尚有衰败零落之时。人为动物，在万物中又最有灵性，无穷无尽的忧虑煎熬他的心绪，无数琐碎烦恼的事来劳累他的身体。只要内心被外物触动，就一定会动摇他的精神。更何况常常思考自己的力量所做不到的事情，忧虑自己的智慧所不能解决的问题？自然会使他红润的面色变得苍老枯槁，乌黑的头发（壮年）变得鬓发花白（年老）。（既然这样，）为什么却要以并非金石的肌体，去像草木那样争一时的荣盛呢？（人）应当仔细考虑究竟是谁给自己带来了这么多残害，又何必去怨恨这秋声呢？"

书童没有应答，低头沉沉睡去。只听得四壁虫鸣唧唧，像在附和我的叹息。

文学小课堂

1. 百忧感心，万事劳形

本赋作于宋仁宗嘉祐四年（1059），时年欧阳修五十三岁。此时作者身居高位，仕途已入顺境。但他在长期的官场斗争中经历太多复杂世事，已然心生疲惫，回首屡次遭贬的往事，心中隐痛难消，而当时朝廷内外黑暗、污浊，眼见国家日益败落，却改革无望，不免内心郁结。政治和社会时局的动荡，回想过往仕途的坎坷，深感人生无常，不免感伤于怀。内心的苦闷让他对秋天的季节感受尤为敏感，本篇就是在这种背景下创作而成。

2. 秋声凄切，虫声唧唧

本赋通篇以第一人称来书写。开头即描画了一幅生动图景：欧阳修晚上正在读书，被一阵奇特的声音搅动。灯下夜读，是一幅静态图，也可以说，作者正处于一种凝神的状态中。这样由伏到起，便于文章的蓄势，有了这个文势，下面内容便可自然流泻。这种从静而动、令人悚惊的秋夜奇声，又营造了浓浓的悲凉肃杀之气。接下来，便是对秋声一连串的比喻，让难以捉摸的东西变得具体可感，以风声、波涛、金铁、行军四个比喻，通过由"初"到"忽"，再到"触于物"，写出了由远及近、由小而大、凭虚而来的秋声夜至的动态过程，突出了变化的急剧与秋声来势的猛烈。

接着引出与童子的对话，从浮想联翩到返回现实，增强了艺术的真实可感。童子的回答，含蓄质朴，意境优美。作者的"悚然"与童子的若无其事、他的悲凉与童子的朴拙稚幼形成了鲜明的对比，相映成趣，富于意味。

接下来寻根溯源，作者通过自答探究了秋声形成的缘由。秋声即秋天的声音，作者从色、容、气、意四方面将秋天到来后万物的风貌和内在"气质"描绘得具体可感，呈现眼前，秋的栗冽之气似乎直刺肌肤，而萧条之意围裹全身。这是一种肃杀之气，只要施展一点余威，便会使繁茂葱郁的绿植变色，使葱茏的佳木瞬间凋零。

此后作者又从社会和自然两方面，对秋声进行了剖析："夫秋，……物过盛而当杀。"古代以天地四时之名命官，如天官冢宰、地官司徒、春官宗伯、夏官司马、秋官司寇、冬官司空，此为六官，而六官中司寇掌管刑罚，所以秋天是古代刑官行刑的时节。在四季中春夏为阳，秋冬为阴，秋又属阴冷季节。五行来看，秋属金，故古代多以秋天治兵，即"沙场秋点兵"，所以秋又象征战争，所以秋有着先天的悲凉、肃杀和死亡之气。从自然界来看，天地万物，春华秋实，秋意味着自然界中生命的由盛转衰，天人相通，所以人们自然会产生对于生命将息的悲叹与伤感。

后面作者仍以秋声为主题，通过草木的无情与人的重情和最具灵性对比，展开议论。他认为，百般忧虑和万事操劳必会伤着人的身心，使内心受到刺激，倍感痛苦，这定会损耗精力，而最终让朱颜易老，乌发变白，又想起自己曾经仕途屡不得志，报国无门，怀才不遇，个人的情绪最终与秋的气息达成统一。

尤为可悲的是自己挤压已久的苦闷和悲凉根本无人理解，无处诉说。"童子莫对，垂头而睡。"唯有四壁虫鸣，与"我"一同叹息。何等悲凉：秋声凄切，秋风呼号，虫声唧唧，长夜漫漫，只能徒然叹息。

3."悲哉！秋之为气也"

"悲秋"历来是中国传统文化中一个重要的文学母题。

最早在宋玉《九辨》中有云："悲哉！秋之为气也。萧瑟兮，草木摇落而变衰。憭栗兮，若在远行。登山临水兮，送将归。"此后，朱熹的《楚辞集注》又有"秋者，一岁之运，盛极而衰，肃杀寒凉，阴气用事，有似叔世危邦，王昏政乱，贤智屏绌，奸凶得志，民贫财匮，不复振起之象。是以忠臣志士，遭谗放逐者，感事兴怀，尤切悲叹也"的论断；此后王夫之也有"放逐之臣，危乱之国，其衰飒辽戾，皆与秋而相肖，故《九辨》屡以起兴焉。……主昏国危，如秋欲暮，感此百忧俱集"的记载。

欧阳修继承了前人"悲秋"的传统，并结合个人遭遇加以抒发，指出无情草木尚会因遭受肃杀秋气的无情摧残而飘零凋谢，遑论最富有情感的人，更何况人们还要杞人忧天，时常生出非分之想，如此伤神、费神且伤心实在不能完全归咎于秋声的无情。作者在此以秋夜读书恰巧听闻秋声为契机，将秋声肃杀的艺术氛围辅以个人的身世之感与对国家的思虑愁烦，将秋声的肃杀、悲凉、郁结进行了艺术的完美呈现。

4."铺采擒文，体物写志"的赋体文学

赋，不歌而诵谓之赋，刘勰言"赋者，铺也，铺采摘文，体物写志也"，朱熹言"赋者，敷陈其事而直言之"，赋也可以理解为西方文学中的描写。春秋时代，列国行人往来，有赋诗的习惯。最早的赋家可推为荀子，其作有《礼》《知》《云》等篇，咏物而近于隐语。

屈原、宋玉使赋大放异彩。屈原的《离骚》是一篇卓绝古今的政治抒情诗，确立了"香草美人"、积极浪漫主义的文学传统，是第一篇独立的个体创作。《诗经》是多识于鸟兽草木之名，《离骚》是除此之外兼以古贤圣神灵美人为资料。

汉赋是汉代流行的一种文学体裁，兼具诗和散文的某些特点，分为大赋和小赋两种，分别代表了汉赋的不同发展阶段的主流形式。大赋多写都城宫苑和帝王生活，文字铺陈，辞采富丽，气势宏大，在一定程度上反映了汉代繁荣的社会生活。但多数汉大赋作品脱离社会现实生活，专门铺写宫殿建筑、田猎巡游、声色犬马，只为权贵豪门的奢靡生活作点缀，至东汉末渐趋衰落。小赋在内容上更具个性特点，多涉及社会动乱的流离失所及作者的感同身受，在形式上抛弃了汉大赋长篇铺陈、叠床架屋等过度文学描绘的陋习，不事铺张，文字清丽，重在抒情，如张衡的《归田赋》、蔡邕的《述行赋》等。小赋为东汉日趋式微的赋体文学注入了新鲜的文学活力。由于两汉文人多致力于作赋，后世多视其为汉代文学的代表性成就。

魏晋以来，文字日趋整齐，修辞日趋绮靡，音调日趋完美，此时期的赋称为俳赋。俳赋即骈赋，因宋代称对句为"俳语"而得名。其特点是通篇基本对仗，两句成联，但句式灵活，多在句中嵌入虚词，音韵和谐，行文流畅，如陶潜的《闲情赋》、庾信的《哀江南赋》。到南朝齐、梁后，崇尚声律，对偶更为工巧，如曹植的《洛神赋》和江淹的《恨赋》《别赋》等。

唐代科举以诗赋取士，专重赋的平仄与对偶，失去了情文相生的妙趣，后人称这种赋为律赋，其文学价值不高。"律"是格律，指作赋必须遵守的对仗、声韵的限制。唐代进士科举考试以赋命题，考试除了要遵守俳赋的对仗声律要求外，还限定每个立意对应的韵脚字，一般为四言两句八字，即限八韵。

宋代试赋仍沿袭唐制。后世便将这类限制立意和韵脚的文体统称为"律赋"。宋代文学散文化，赋也随之表现出了散文化的倾向，有文赋之称。文赋是赋体的一类。文指古文，即相对骈文而言的用古文写的赋，也即相对俳赋而言的不拘骈偶的赋。古文是与骈文相对而言的用古文写的赋，是相对俳赋而言不拘于骈偶的一种赋。其特点是以赋的结构、古文的语言所写的韵文，又称为赋体散文。

文赋产生于唐宋古文运动，它继承并发展了先秦两汉古赋传统，如欧阳修的《秋声赋》、苏轼的《赤壁赋》。

课后小论坛

1. 谈谈你对重文抑武国策对宋代文学影响的理解。

2. 欧阳修对唐宋古文贡献如何？

3. 如何理解宋代文学中的议论化倾向？

陶情遣兴，诗意人生

——林语堂《生活的艺术》

 阅读小贴士 ·······························

　　林语堂（1895—1976），福建龙溪人，原名和乐，后改玉堂，又改语堂，一代国学大师，著名作家、学者、翻译家、语言学家，新道家代表人物，曾多次获得诺贝尔文学奖提名。著有《生活的艺术》《吾国与吾民》《京华烟云》等。他成功地将儒家、道家哲学和陶渊明、李白、苏东坡、曹雪芹等人的文学作品英译并推介到海外，是第一位以英文书写扬名海外的中国作家，也是集语言学家、哲学家、文学家于一身的知名学者。

　　《生活的艺术》是林语堂的散文代表作。他的散文半雅半俗，亦庄亦谐，深入浅出，入情入理，以一种超脱与悠闲的心境来旁观世情，形成了他独有的庄谐并用、私房娓语式闲适笔调。林语堂在《生活的艺术》中向西方人娓娓道出了一个可供仿效的"生活最高典型"的模式，谈论了庄子的淡泊，赞扬了陶渊明的闲适，诵读了《归去来兮辞》，谈及中国人如何品茗，如何行酒令，如何观山，如何玩水，如何看云，如何鉴石，如何养花、蓄鸟、赏雪、听雨、吟风、弄月，等等，将中国人的生活方式和东方情调皆诉诸笔下，娓娓道出了一个完美生活方式的范本、快意人生的典型，向西方人展现出完全有别于西方现代生活的诗情、才情与智慧的别样风情。

原典轻松读

生活的艺术（节选）

二、论宏大

　　大自然本身永远是一个疗养院，即使不能治愈别的病患，至少能治愈人类的"自大狂"症。人类应被安置于"适当的尺寸"中，并须永远被安置在用大自然做背景的地位上，这就是中国画家在所画的山水中总将人物画得极渺小的理由。在中国的《雪后观山》画幅中，那个观望山中雪景的人被画成粗看竟寻不到的尺寸，必须要仔细寻找方能觅到。这个人蹲身在一棵大松树下，在这十五英寸高的画面中，他身体的高度不过一英寸而已，而且全身不过寥寥数笔。又有一幅宋画，画着四个高士游于山野之间，举头观看头顶上如伞盖般的大树。一个人能偶尔觉得自己是十分渺小的，于他很有益处……所以许多中国人都以为游山玩水有一种化积效验，能使人清心净虑，扫除不少妄想。

　　人类往往易于忘却他实在是何等的渺小无能。一个人看见一座百层大厦时，往往会自负。治疗这种"自负症"的对症方法就是：将这所摩天大厦在想象中搬置到一座渺小的土丘上去，而习成一种分辨何者是伟大、何者不是伟大的更真见解。我们所以重海洋，是在它的广浩无边，重山岭是在它的高大绵延。黄山有许多高峰都是成千尺的整块花岗石从地面生成，连绵不绝长达半里多。这就是使中国画家的心灵受到感动的地方。它的幽静，它的不平伏的宏大和它那显然的永在，都可说是使中国人爱好画石的理由。一个人没有到过黄山绝不会相信世上有这么样的大石，十七世纪有一个"黄山画派"，即因爱好这种奇石而得名。

　　在另一方面，常和大自然的伟大为伍，当真可以使人的心境渐渐也成为伟大。我们自有一种把天然景色当做活动影片看的法子，而得到不亚于看活动影片的满足；自有一种把天边的乌云当做剧台后面的布景看，而得到不亚于看布景的满足；自有一种把山野丛林当做私人花园看，而得到不亚于游私人花园的满足；自有一种把奔腾澎湃的巨浪声音当做音乐听，而得到不亚于听音乐的满足；自有一种把山风当做冷气设备，而得到不亚于冷气设备的满足。我们随着天地之大而大，如中国一流的浪漫派才子刘伶所谓"大丈夫"的"以天地为庐"。

　　我生平所遇到的最好的景物是某晚在印度洋上所见。这景物的场面长有百里，高有三里。大自然表现了半小时的佳剧。有巨龙、雄狮等接连在天边行过——狮子昂首而摇，狮毛四面飘拂；巨龙婉转翻身，奋鳞舞爪－有穿着灰白色军服的兵士，戴有金色肩章的军官，排着队来往不绝，倏而合队，倏而退出。在这军队彼此追逐争战时，场面上的灯光忽而变换，白衣服的兵士忽而变为黄衣服，灰色衣服忽而变为紫衣服。至于背后的布景，则一忽儿已变为耀眼的金黄色。再过一刻，这大自然的"舞美师"渐渐将灯光低暗下去，紫衣服的兵士吞没了黄衣服的而渐渐变为深紫和灰色。在灯光完全熄灭之前的五分钟，又显现出一幅令人咋舌的惨怖黑暗景象。看这出生平所仅见的伟大的戏剧，我并没有花费分文。

这星球上面还有幽静的山，都是近乎治疗式的幽静。如幽静的峰、幽静的石、幽静的树，一切都是幽静而伟大的。凡是环抱形的山都是一所疗养院，人居其中即好似依偎在母亲的怀里。我虽不信基督教，但我确信伟大年久的树木和山居，实具有精神上的治疗功效，并不是治疗一块断骨或一方受着传染病的皮肤的场所，而是治疗一切俗念和灵魂病患的场所……

四、论石与树

我在上文已经提过中国人的爱石心性，这就可以解释中国人都喜欢山水画的理由。但这解释还不过是基本的，尚不足以充分说明一般的爱石心理。基本的观念是石是伟大的、坚固的，暗示一种永久性。它们是幽静的、不能移动的，如大英雄一般的具着不屈不挠的精神。它们也是自立的，如隐士一般脱离尘世。它们也是长寿的，中国人对于长寿的东西都是喜爱的。最重要的是：从艺术观点看起来，它们就是魁伟雄奇、峥嵘古雅的模范。此外还有所谓"危"的感想，三百尺高的壁立巉岩总是奇景，即因它暗示着一个"危"字。

但应该讨论的地方还不止于此。一个人绝不能天天跑到山里去看石，所以必须把石头搬到家中。凡是花园里边的垒石和假山，布置总以"危"为尚，以期模仿天然山峰的峥嵘。这是西方人到中国游历时所不能领会了解的。但这不能怪西方人，因为大多数假山都是粗制滥造、俗不可耐，不能使人从中领略到真正的魁伟雄奇意味。用几块石头所叠成的假山，大都用水泥胶粘，而水泥的痕迹往往显露在外。真正合于艺术的假山，应该是像画中之山石一般。假山和画中山石所留于人心的艺术意味无疑地是相类而联系的，例如，宋朝的名画家米芾曾写了一部关于观石的书，另一宋朝作家曾写了一部石谱，书中详细描写几百种各处所产合于筑假山之用的石头。这些都显示宋代名画家时代，假山已经有了很高度的发展。

和这种山峰巨石的领略平行的，人类又发展了一种对园石的不同的领略，专注于颜色纹理面皱和结构，有时注意于击时所发出的声音。石愈小，愈是注意于结构和纹色。

有许多人对集藏各种石砚和石章的癖好更增长了这一方面发展。这两种癖好被许多中国文士当做日常的功课。于是纹理细腻、颜色透明鲜艳成为最重要之点，再后，又有人癖好玉石所雕的鼻烟壶，情形也是如此。一颗上好的石章或一个好的鼻烟壶，往往可以值到六七百块钱。

要充分领略石头在室内和园内的用处，我们须先研究一下中国书法。因中国书法专在抽象的笔势和结构上用工夫，好的石块，一方面固然应该近乎雄奇不俗，但其结构更为重要。所谓结构并不是要它具着匀称的直线形、圆形或三角形，而应是天然的拙趣，老子在他著的《道德经》中常称赞不雕之璞。我们千万不可粉饰天然，因为最好的艺术结晶也和好的诗文一般须像流水行云的自然，如中国评论家所谓不露斧凿之痕。这一点可以适用于艺术的任何一方面。我们所领略的是不规则当中的美丽，结构玲珑活泼当中的美丽。富家书房中常爱设用老树根所雕成的凳子，即是出于这种领略的观念。因此，中国花园中的假山大多是用未经斧凿的石块所叠成，有时是用丈余高的英石峰，有时是用河里或山洞里的石块，都是玲珑剔透，极尽拙趣之态的。有一位作家主张：如若石中的窟窿恰是圆形的，则应另外拿些小石子粘堆上去以减少其整圆的轮廓。上海和苏州附近花园中的假山大都是用从太湖底里所掘起的石块叠成的，石上都有水波的纹理，有时取到的石块如若还不够嵌空玲珑，则用斧凿修琢之后，依旧沉入水中，待过一两年后，再取出来应用，以便水波将斧凿之痕洗刷净尽。

对于树木的领略是较为易解的，并且当然是很普遍的。房屋的四周如若没有树木，便觉得光秃秃的如男女不穿衣服一般。树木和房屋之间的分别，只在房屋是造成的，而树木是生长的，凡是天然生共出来的东西总比人力造成的更为好看。为了实用上的便利，我竹不能不将指造成直的，将每层房屋造成平的。但在楼板这件事上，一所房屋中间层各房间的地位，其实并没有必须在同一水平线上的理由。不过我们已不可避免地偏向直线和方形，而这种直线和方形非用树木来调剂便不美观。此外在颜色设计上，我们不敢将房屋漆成绿色，但大自然敢将树木漆成绿色。

（林语堂：《生活的艺术》，越裔汉译，湖南文艺出版社 2016 年版）

文学小课堂

1. 陶情遣兴，诗意人生

《生活的艺术》由自序和十四章构成，十四章的主题分别为：醒觉、关于人类的观念、我们的动物性遗产、论近人情、谁最会享受人生、生命的享受、悠闲的重要、家庭之乐、生活的享受、享受大自然、旅行的享受、文化的享受、与上帝的关系、思想的艺术。

本文节选自第十章《享受大自然》中的第二节《论宏大》和第四节《论石与树》。《论宏大》清晰阐述了林语堂的自然观，在大自然面前，人是渺小而无能的；面对高楼大厦时又往往自负而自大，所以"大自然本身永远是一个疗养院，即使不能治愈别的病患，至少能治愈人类的'自大狂'症。人类应被安置于'适当的尺寸'中，并须永远被安置在用大自然做背景的地位上"，又以古今中外和自己亲身经历为例，阐述了若要使人的心境渐渐成为伟大，必须常和大自然的伟大为伍。《论石与树》以石与树为例给出了他对于"怎样去要回大自然、将大自然依旧引进人类的生活里边"这一问题的个人思考，钢筋混凝土的现代世界，"越自负人类文明的能力，而忘却人类本是何等渺小的生物"，通过对中国传统山水画、园林艺术、中国书法和诗词中文人雅士对于石和各种树木不同美学认知和设定，认为人们忽略了美其实有种种不一，人们也不应仅仅爱石头、树木本身，还应该爱其他的天然事物，爱整个大自然，因为不仅石头、树木、花鸟鱼虫，还有人，都是大自然的一部分，只有人类不对那些自然事物过度改造，才能与大自然融合而得到真正的快乐。

2. "一半道家主义"

林语堂的文学创作以 1927 年为界呈现为前后两种风格，前期和鲁迅一样以战斗者的形象出现，文章锋芒毕露，后期则借助道家哲学来刻意远离政治，做纯粹的文化人，因此在创作中更多表现为士大夫的闲情雅趣。

儒道互补是我国传统文化的重要特征之一，老庄清静无为、顺从天命的主张与儒家的乐天知命等观念互为补充。"我们大家都是天生的一半道家主义和一半儒家主义者"（林语堂），林语堂既是"道家信徒"，又是儒家的朋友。

林语堂的独创之处在于，他把道家的"无为而无不为"与儒家的匡时救世融合起来，后又揉之以西方文化，因而在中国现代史上创造了"林语堂式"的道家哲学。老庄思想在他的作品中主要表现为"东方闲适士大夫的闲情雅趣"和"西方个人主义"杂糅而成的一种实用性道家思想，这是一种虽经西方文化过滤但更具东方色彩的文化现象，也是他为 20 世纪初期的中国知识分子寻求精神救赎所做出的有益尝试。

这样一种独特文风被林语堂娴熟地运用于他的散文创作。散文作为最贴近生活、最适宜于表现作者情思和感受的一种文体，完美地表现了他的精神境界和人格智慧。由此，林语堂成功实现了对道家思想、老庄哲学的"现代化""国际化"。

3. 自然即全美

林语堂在借道家文化建构他的中西文艺思想时，有意识地在他的文艺论述和创作中表现、追求道家文学的某些审美意蕴，这使他的文艺思想具有了道家美学的一些审美特质，比如他对于"自然"的极致崇尚和对于"真"的追求。

自然即全美，这是道家哲学和文学的基本思想和最高审美理想。老子提出"辅万物之自然而不敢为"；庄子提出"无以人灭天""人与天一"，要"以物观物"而非"以我（心）观物"，以此达到"无我"与"物我"的同一。后世的陶渊明也将道家老庄的审美追求在自己的人生与诗作中加以继承和发展。和陶渊明一样，林语堂也深爱大自然。此外，他也在文论和作品中展现自己对文学"自然"之美的追求，反感"诗必穷而后工"，认为真正的好文章应"豪放自然，天马行空"。

课后小论坛

1. 为什么说林语堂对老庄哲学进行了"现代化"？

2. 林语堂是如何看待大自然与人的关系的？

3. 林语堂独特的哲学思想和文学风格的成因是什么？

美的趣味最好在露天培养

——梭罗《瓦尔登湖》

阅读小贴士

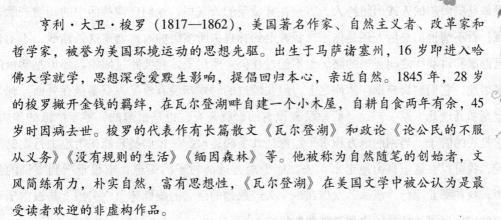

亨利·大卫·梭罗（1817—1862），美国著名作家、自然主义者、改革家和哲学家，被誉为美国环境运动的思想先驱。出生于马萨诸塞州，16岁即进入哈佛大学就学，思想深受爱默生影响，提倡回归本心，亲近自然。1845年，28岁的梭罗撇开金钱的羁绊，在瓦尔登湖畔自建一个小木屋，自耕自食两年有余，45岁时因病去世。梭罗的代表作有长篇散文《瓦尔登湖》和政论《论公民的不服从义务》《没有规则的生活》《缅因森林》等。他被称为自然随笔的创始者，文风简练有力，朴实自然，富有思想性，《瓦尔登湖》在美国文学中被公认为是最受读者欢迎的非虚构作品。

《瓦尔登湖》是梭罗对自己在瓦尔登湖畔两年多隐逸生活和思想的纪录，向世人揭示了他在回归自然的生活实验中所发现的人生真谛：如果能够满足于基本的生活所需，每个人都可以更为从容、充实地享受人生。他主张人们放弃循规蹈矩的生活方式，"简单，简单，再简单"，这样就可以提升生活的水平，使琐碎的生活变得崇高。瓦尔登湖不仅是他身体的栖息之所，更是他精神的家园和心灵的故乡。

克拉姆认为《瓦尔登湖》是一本关于英雄的书，"梭罗通过《瓦尔登湖》这本书，将哲学小册子难以达到目的的先验主义哲学思想，变成了处于迷惘状态的人们的生活指南"。

原典轻松读

瓦尔登湖（节选）

当湖泊被坚冰覆盖以后，不仅提供了到许多地点去的新的捷径，而且提供了从冰面上看湖周围熟悉景色的新景观。尽管我经常在弗林特湖上划船，也在它的冰面上溜过冰，但是当我穿过它积雪的湖面时，我感到它出人意料地宽广和陌生，心里想到的只是巴芬湾[1]。在我周围，林肯的山丘耸立在一片雪原的周边，我感到自己不曾在这里站立过；渔夫们在冰面上无法确定距离的远近，带着他们像狼一样的狗一起缓慢地移动着，颇像是猎海豹的人或因纽特人，若是在雾蒙蒙的天气里，他们就像神话中的动物若隐若现，看不清他们是巨人还是侏儒。我晚上到林肯去听演讲的时候就走这条路线，不走自己的家和讲演厅之间正规的路，也不经过任何一所房子。我要路过鹅湖，那里是麝鼠的聚居地，它们的窝高踞在冰面之上，但我经过的时候却没有看见一只麝鼠在外面。瓦尔登湖和其他几个湖一样，一般是没有积雪的，就是有，也是很薄的、零零散散的积雪，它是我的院子，当别的地方积雪平均深达几乎两英尺，村民们都只能在街道上行走的时候，我可以在这里自由地走来走去。那个地方远离村子的街道，也很难听到雪橇的铃声，我在那儿滑行，溜冰，就像在一个久经踩踏的巨大的麋鹿苑里，头顶上是被雪压弯了的或挂满了冰柱的栎树和黑黢黢的松树。

至于冬夜的声音，往往在冬季的白天也是一样，我听到遥远的某处一只鹦枭的凄凉而悦耳的叫声；是冰冻的土地被合适的琴拨子弹拨时会发出的声音，正是瓦尔登森林特有的方言，最后我对它非常熟悉了，尽管从来没有在那只鸦枭叫的时候看见过它。我在冬夜打开门的时候，很少会听不见它的声音；呼呼呼，呼儿呼，圆润洪亮，头三个音节发得有点像"你好啊"；有时候只有呼呼两声。初冬的一个夜里，瓦尔登湖还没有完全封冻，在大约9点钟的时候，一只大雁的高叫声使我一惊，我走到门口，听到它们低飞过我的房子时扑动翅膀的声音，仿佛林中起了一场大风暴。它们飞过瓦尔登湖，向美港飞去，看起来好像是我的灯光吓得它们不敢停留，它们的指挥官一直不断地有节奏地叫着。突然，离我很近的地方，明显地有一只猫头鹰，在以一定的间歇回应着大雁，声音是我从来不曾从任何别的林中居民那里听到过的最响最刺耳的，似乎决心要展现土生土长者具有的更宽的音域和更大的音量，以揭露和羞辱这来自哈得逊湾的闯入者，嘘嘘地喝着倒彩把他赶出康科德的地平线。在我的神圣不可侵犯的夜里的这个时刻，惊动整个的堡垒，你是什么意思？你以为会发现我在这个时刻打盹，以为我没有像你那样的音量和嗓门吗？嘘—嘘，嘘—嘘，嘘—嘘！这是我听到过的最为刺耳的噪音之一。然而，如果你的耳朵具有敏锐的识别力，在这个声音里有着和谐的因素，是这里的平原上见所未见、闻所未闻的。

我还听见湖里的冰发出的咆哮声，湖是我在康科德的那个地区的巨大的同床伙伴，它仿佛在床上难以成眠，很想翻过身来，受到肠胃气胀和噩梦的折磨；要不然就是土地冻裂发出的声音将我惊醒，仿佛有人赶着牛马拉的车撞在了我的门上，早上，我会发现地上裂开了一道四分之一英里长、三分之一英寸宽的缝。

有的时候，在月夜里，我听见狐狸在雪面上四处搜索，寻找山鹑或其他猎物，像猎狗一样刺耳地凶恶地嗥叫，好像怀着几分焦急，又好像是试图表达自己，努力想获得光明，想立即变成狗，在大街上自由跑来跑去；因为如果我们考虑到时代因素，难道在野兽中不是也和人类一样，存在着一种文明吗？我觉得它们像早期的、在地洞中生活的人类，仍处于自卫之中，等待着质变。有的时候，被我的灯光吸引，一只狐狸走近我的窗户，向我发出一声狐狸的恶咒，然后退走。

…… ……

终于，樫鸟飞来了，它们小心翼翼地从八分之一英里外飞近时，发出的那刺耳的不协调的声音早就能够听见了，它们偷偷摸摸地从一棵树飞到另一棵树，越飞越近，啄起松鼠掉下的玉米粒。然后，它们停落在一棵油松的枝头，想急忙吞下一颗玉米粒，玉米粒太大，哽在嗓子眼里，费了很大的劲才吐了出来，又花了一个小时，用它们的喙反复啄个不停，努力将它啄碎。它们显然是窃贼，我对它们没多少敬意；但是松鼠虽然最初有些胆小，不久就好像拿自己的东西一样地干起来了。

与此同时，还飞来了大群的山雀，它们捡拾松鼠掉落的碎渣，飞到最近的树枝上，把碎渣放在爪子下面，用自己的小喙不断叼啄，好像啄的是树皮里的一只小虫子，直到啄得碎到它们细小的喉咙能够咽得下去为止。一小群这种山雀每天都来，在我的木堆里大大啄食上一顿美餐，或则啄吃我门前的碎屑，发出微弱短促的咬舌般的鸣叫声，像在草丛里的冰柱发出的丁冬声，要不然就发出轻快的"得—得—得"的叫声，更为难得的是，在像春天一样的日子里，它们会从林子那边发出充满夏意的像琴弦拨出来的"菲—比"声。它们已经非常习惯和人相处，最后有一只山雀停落在我正往屋子里抱的木柴上，毫不害怕地啄着柴枝。有一次我在村子里的菜园锄地的时候，曾经有一只麻雀在我肩膀上落下来停了片刻，我感到自己非常光荣，佩带任何肩章都无法与之相比。松鼠最后也变得很习惯和人相处，偶尔，为了抄近路，会踩在我的鞋子上过去。

在地面还没有完全被雪盖住，或者在冬天将尽，我朝南的山坡上和我的木堆上雪已经融化的时候，山鹑一早一晚从林中出来觅食。无论你在林子里的哪一边行走，都会有山鹑呼地一声突然飞去，震落了枯叶和高处树枝上的积雪，在阳光下，雪像金色的粉末飘落；这勇敢的鸟儿不会被冬天吓住。它常常会被积雪盖住，据说"有时候扎进柔软的雪里，能在那里躲上一两天"。它们在日落时分从林子里出来，到开阔地区啄食野苹果树的嫩芽的时候，也常常会被我惊得飞起。它们每天晚上会照例来到特定的树上，狡猾的猎人早已守候在此，远处靠近树林的果园没少因此遭殃。我很高兴，不管怎样，山鹑总能找到食物。依靠树芽和水为生的鸟儿是大自然之鸟。

（［美］梭罗：《瓦尔登湖》，王家湘译，北京十月文艺出版社 2009 年版。略有修改）

文学小课堂

1. 梭罗和他的湖

《瓦尔登湖》由 18 篇散文组成，详细记录了他在四季循环更替的过程中，详细记录了梭罗内心的渴望、冲突、失望和自我调整，以及调整过后再次渴望的复杂心路历程。作者用它挑战了他个人的甚至整个人类的界限，而这种挑战并非对实现自我价值的希望，而是带给人更多的伤后复原的无限力量。

全书 18 篇包括《节俭》《我生活的地方，我生活的目的》《读书》《声音》《冬季动物》《冬天的湖泊》《春天》等。本文节选自第十五章《冬季动物》，主要描述了冬季在瓦尔登湖的动物，麝鼠、鹨枭、大雁、猫头鹰、狐狸、红松鼠、樫鸟、野兔、山鹑等，这些充满野性的自由的被猎动物，表现出了自己的活力和大自然的尊严，它们使冬日空旷的田野和结冰的湖面都充满了活力。而且梭罗认为森林的大片砍伐，占据了野生动物们的栖息之所，使得它们的数量大幅减少，而这些甚至不能养活一只野兔的地方，将必定陷入极度贫乏，而也正是这些最普通的土生土长的动物的大量存在，才使得乡间依然保有着旺盛的生机与活力。

2. 自然文学三部曲

自然文学是以自觉的生态意识反映人与自然关系的文学。它一方面强调自然对人类的影响（物质、精神），另一方面更重视人对待自然的态度。它尤为看重人对自然的尊重、责任与担当。美国作家梭罗的《瓦尔登湖》、美国女作家蕾切尔·卡逊的《寂静的春天》和美国作家利奥波德的《沙乡年鉴》被誉为自然文学三部曲。

从 1845 年 7 月到 1847 年 9 月，梭罗独自生活在瓦尔登湖畔，瓦尔登湖不仅为梭罗提供了一个栖身之所，更为他提供了精神家园。之后，他推出了自己的作品《瓦尔登湖》，记述了他在两年多时间沉浸于自然的所见、所思、所感。

《寂静的春天》是世界环境运动的奠基之作，首版于 1962 年。《寂静的春天》以寓言的形式作为全书的开头，描绘了一个美丽村庄的突变，并从陆地、海洋到天空，全方位地揭示了化学农药的巨大危害，描写因过度使用化学药品和肥料而导致的环境污染、生态破坏，最终给人类带来不堪重负的灾难，指出人类用自己制造的毒药来提高农业产量的方式，无异于饮鸩止渴，长此以往，人类可能将面临一个没有小鸟、蜜蜂和蝴蝶的世界。

奥尔多·利奥波德是美国著名生态学家和环境保护主义先驱，被誉为"美国新环境理论的创始者"和"生态伦理之父"。1949 年出版的《沙乡年鉴》是他的自然随笔和哲学论文集，也是土地伦理学的开山之作。书中描述了作者在远离喧嚣的简陋乡舍中的所见所闻，以及他在美国大陆各地的旅程。在这个过程中，他持续思索着人类与他们生存其上的大地之间的关系，始终在试图重新唤起人们对自然应有的爱与尊重。

自然文学主张，人们理当过一种从容不迫的生活，用心感受生命的教诲。现代生活一直在制造着垃圾，制造着污染，也制造着浮躁、焦虑和惶恐。人们理应学会在简约的生活中体味生活的意义，而非穷奢极欲地沉醉于物质追求。

自然文学还是关于美的文学，他们并不拒绝现代的生活方式，而是试图找回被现代生活遗失了的生活本质——美。美的前提是欢愉。是什么带来的欢愉？爱默生说，欢愉来自自然，来自人的内心，更来自人与自然关系的和谐中。所以自然文学在试图唤醒人们内心本就存在的美并呼唤人们为这个世界创造更多美。

自然文学作家通常是哲学家或某一领域的专家，很少是专业作家。他们大都就地取材，以文学随笔的形式，来抒写自然，抒写人与自然的关系，表达自己对生命、自然的所思所想。他们的作品并非虚构、编造，更不是来自煞有介事的采访，而是来自亲身经历，甚至就是对他们的日常工作状态和生活状态的临摹。所以，自然文学作品不仅有文学性，更具有科普性、知识性和趣味性，这是自然文学与别的文学流派的最大不同，也是它们独特价值的体现。

3. 超验主义

美国超验主义也叫"新英格兰超验主义"，或说"美国文艺复兴"，兴起于 19 世纪三四十年代，是美国的一种文学和哲学运动，以 1837 年爱默生《美国学者》这次著名演讲为重要标志。

美国的 19 世纪被一些历史学家认为是独特的美国文化诞生和成长的时期，是继政治独立之后美国精神、文化从欧洲大陆的母体断乳而真正独立的时期。这一时期，以爱默森和梭罗等为代表的"超验主义"思潮尤其令人注意，爱默生的《美国学者》的讲演被人称为"我们思想上的独立宣言"。

"超验主义"这一并不确切的戏称也许只在认识论的意义上表现了这一思潮的一个特征，即崇尚直觉和感受，这一思潮更重要的意义是体现在它热爱自然，尊崇个性，号召行动和创造，反对权威和教条等具有人生哲学蕴涵的方面，它对美国精神、文化摆脱欧洲大陆的母体而形成自己崭新独特的面貌产生过巨大的影响，具有强烈的批判精神，其社会目标是建立一个道德完满、真正民主自由的社会，有着浓重的乌托邦理想主义色彩。

超验主义的代表人物是爱默生和梭罗，《瓦尔登湖》是超验主义的经典作品，被公认为美国文学中最受读者欢迎的非虚构作品。比起爱默生的演说和写作，梭罗更多的是实践和行动。从一八四五年七月到一八四七年九月，梭罗独自生活在瓦尔登湖边，差不多两年零两个月。瓦尔登湖不仅为梭罗提供了一个栖身之所，也为他提供了一种独特的精神氛围。梭罗性格中对于生命和自然、自由和独立的崇尚，都在《瓦尔登湖》这部作品中得以完美体现，而这也和人们早期在美国尤其是西部的开发中表现出的勇敢、豪迈、粗犷、野性的拓荒者精神存在某种深刻的关联。

4. "大巧若拙，大辩若讷"

《瓦尔登湖》以其丰富多彩的修辞手法和极富感染力的语言艺术而成为美国自然文学的经典。梭罗以简洁、清新、优美的文笔，将自己对自然、社会与生命的思考，融入其文学作品中，语言简约质朴、生动形象，大都以诗歌、散文和日记的形式记录自己的人生经历和心灵感悟。作品不仅是梭罗对于自然美景的生动描写和展现，更寓意于景，通过自然事物揭示了深刻的哲理。

（1）必要的修辞手法的运用，使作品的语言表达更加生动形象。梭罗借助引用、比喻、拟人、夸张、对比和象征等修辞手法，或抒情，或阐释，或描写，或论证。在作品中，梭罗用比喻手法描绘湖畔的自然风光，用拟人手法传递自然思想，用深邃的隽语揭露社会流俗，用意味深长的双关语赋予作品以旺盛的生命活力和丰富的哲理蕴涵，对破坏自然、汲汲于利的粗野山民的鄙夷讽刺与对瓦尔登湖充满诗情画意的赞美采取了对比手法。凡此种种修辞的运用，无不彰显了他超凡脱俗的语言驾驭力和表现力。

（2）大量引用儒家哲学思想，提升了作品的思想境界。梭罗十分注重吸纳不同民族的优秀文化，对中国的先秦圣者经典亦有浓厚的兴趣。比如在第一章《节俭》篇中引用《论语》"知之为知之，不知为不知，是知也"，认为人应该诚实认识自身不足，努力探寻生活本质，意在规劝他的同胞去尝试他们未知的生活方式，并身体力行，大胆实践。

《瓦尔登湖》大量吸纳了儒家哲学重精神追求和道德修养的思想，提倡人们重视精神生活，关爱自然，修身养性。他对中国先秦圣哲经典的学习与借鉴，与其一贯秉持的超验主义思想相联系，最终将超验主义思想与儒家思想完美结合，形成了自己独特的哲学观。这不仅使其作品的语言表达具有了异域的神奇色彩和丰富的文化内涵，更提升了作品的视野和思想境界，彰显了他超越时代的哲学精神。

5. 美的趣味最好在露天培养

梭罗的作品和生活始终贯彻了他回归自然的主张。他认为现在越来越多人不再关注个人利益之外的事物，只关心物质生活和感官享受，以梭罗的标准，这样的生活不能称为"真正的生活"。他说："大多数人，在我看来，并不关爱自然。只要可以生存，他们会为了一杯朗姆酒出卖他们所享有的那一份自然之美。感谢上帝，人们还无法飞翔，因而也就无法像糟蹋大地一样糟蹋天空，在天空那一端我们暂时是安全的。"

瓦尔登湖的神话不仅代表了一种追求完美的原生态生活方式，更代表了世间一切纯净、美好的存在和作者对美好生活的信念，是自然之美的缩影，有着超凡脱俗的魅力。瓦尔登湖早已不再是一个单纯的地理概念，而成了超验主义学派的广泛象征：象征着大自然的真实、澄澈与完美的事物，更象征着梭罗追求一生的平静、深邃与淡泊的心灵境界，是他心目中纯净美好的理想国。瓦尔登湖成为人与自然和谐共存的典范，在生态平衡的破坏和环境恶化日益严重的今天，还具有更现实的生态环境学意义。

梭罗不仅仅是"大自然的挚爱者"，他其实已经将自己与大自然融为一体，成为大自然的一部分，他更是一个负重者，他从不把花从枝上摘下来，而是把汗洒进土里。他认为再没有比自由地欣赏广阔的地平线的人更快活的了，美的趣味最好在露天培养，这就是梭罗的自然观。

课后小论坛

1. 《瓦尔登湖》的写作主旨是什么？
2. 《瓦尔登湖》的艺术特色是什么？
3. 自然文学对后世产生了怎样的影响？

第十一篇 青春篇

　　中国古代优秀元典是传统文化中最易为现代人所理解接受的一种文化形态，也是沟通现代人与传统文化的最直接的桥梁，是世界其他文化背景中的人民了解中国传统文化的最佳窗口。钱穆在《中国民族之文字与文学》中认为，"西方文学之演进如放花炮，中国文学之演进如滚雪球"。先秦诸子的散文至今如醇厚玄酒，唐诗宋词的名篇至今脍炙人口，元杂剧、明清小说中的人物故事至今家喻户晓。中国古代优秀元典以生动形象的方式体现了中国传统文化的基本精神和心理特征，如唐诗对唐代书画及舞蹈艺术的描绘，及宋诗对禅宗思想的表达等。牟宗三《关于文化与中国文化》有言："我现在之看文化，是生命与生命的照面，此之谓生命之通透：古今生命之贯通而不隔"，"此生命中之一草一木，一枝一叶，具体地说，一首诗，一篇文，一部小说，圣贤豪杰的言行，日常生活所遵守的方式等，都可以引发我了解古人文化生命之表现的方式"。我们学做文章，读一家作品，该从他的笔墨去了解他的胸襟。我们不必要想自己成为一名文学家或者诗人，只要能在文学里或诗歌里结识到一个较高的人生，接触到一个合乎我自己最高的人生。

"爱而不见"的悸动

——《诗经·邶风·静女》

阅读小贴士

　　从原始歌谣开始，我国诗歌经过漫长的发展，至周代，终于以成熟的体裁、深广的内容、精湛的艺术、鲜明的风格创造出民族文学的一代大观——《诗经》。《诗经》是我国古代最早的诗歌总集，原称《诗》或《诗三百》，此诗集共收作品305篇，其时代上起西周初期，下至春秋中叶。其作者上及王公贵族，下及平民奴隶。其地包括东之齐鲁，西之渭陕，北之燕冀，南之江汉，范围涵盖了今天的河北、河南、山西、山东及陕西五省及湖北北部、安徽北部等地区。以当时的社会条件，能够编成这样一部诗集，的确称得上是一项了不起的文化工程。《诗经》从目录上看，有311篇，分为六类：《国风》《小雅》《大雅》《周颂》《鲁颂》《商颂》。其中，小雅中的六篇（笙诗），即《南陔》《白华》《华黍》《由庚》《崇丘》《由仪》，有目无辞，故《诗经》实是305篇。春秋中叶以前，《诗经》是"掌之王朝，班之侯服"，主要有三种用途：一是周王朝观风知俗、考证得失的政治参考书，这也是他们采集和编纂诗经的主要目的。二是周王朝推行礼乐制度的工具书。《诗经》是适应周代礼乐需要，经周太师审定的合乎礼乐制度的乐歌汇编，是周王朝的一部标准诗乐。三是周王朝规定的国学教科书。宋朝以下，《诗经》的文学性得到重视，"风雅"一直成为诗坛不可动摇的诗歌创作圭臬。

原典轻松读

<h1 style="text-align:center">静 女</h1>

静女其姝[1]，俟我于城隅[2]。爱而不见[3]，搔首踟蹰[4]。

静女其娈[5]，贻我彤管[6]。彤管有炜[7]，说怿女美[8]。

自牧归荑[9]，洵美且异[10]。匪女之为美[10]，美人之贻。

（高亨：《诗经今注》，上海古籍出版社 2009 年版）

注释：

[1] 静女：娴雅贞静的女子。

[2] 城隅：城角的隐蔽处。

[3] 爱：薆的假借字，隐藏的意思。

[4] 踟蹰：徘徊不定。

[5] 娈：少年男女体态姣好。

[6] 彤管：一说红色的笔管；一说红色的箫、笛类的乐器；一说与簧类同类。

[7] 炜：光明貌，此形容红润美丽之色彩。

[8] 怿：通"悦"，喜爱之意。

[9] 归：通"馈"，赠送的意思。荑：茅草的嫩芽，古代有赠白茅表恋爱婚姻的民俗。

[10] 洵：实在、诚然。

文学小课堂

1. 走进原典

《毛诗序》云："《静女》，刺时也。卫君无道，夫人无德。"郑笺云："以君及夫人无道德，故陈静女遗我以彤管之法。德如是，可以易之，为人君之配。"古代对《诗经》的解读多从经的角度切入，是教化的重要元典。古人阅读《诗经》的重要原则是孟子提出的"知人论世""以意逆志",亦是从教化角度着眼。现代阅读原则与之有别。闻一多先生曾经提出两个原则:一是以诗歌带读者进入《诗经》时代,二是把《诗经》带入读者的时代。前一个原则是提醒大家注意《诗经》作品的历史文化背景;后一个原则是要求大家介入作品,以产生共鸣。作为文学经典的《诗经》阅读,我们应结合两人的原则来加以鉴赏才不至于导致虚无化与个人化的阅读。诗歌第一章为即时场景:写士女相约于城隅,男子先至,焦灼等待而一筹莫展;女子却是迟迟未见,只能"爱而不见,搔首踟蹰"。此虽是男子的动作描写,却形象地刻画出了男子内心焦灼的心里,栩栩如生地刻画出了男子对女子一往情深、等而不得的彷徨心情。接下来的两章诗歌采用倒叙的艺术手法,描写了男子于城隅等待时对心上人的回忆,"贻我彤管""自牧归荑"是心上人馈赠自己的信物。用常识看,彤管比荑草贵重,却只言"彤管有炜",而于普通的荑草再三致意,由衷赞叹"洵美且异",为何产生如此差异?礼轻情重,"匪女之为美,美人之贻"。《诗经》的"比兴"艺术手法于此可见一斑。此外,诗歌运用是《诗经》典型的"重章叠句"的表现手法,由"静女其姝"至"静女其娈",层层推进,刻画了对心上人的爱慕。语词的替换,章句的重叠,充分体现了《诗经》的音乐性特点。

2. 创作方法的影响

"饥者歌其食,劳者歌其事"的现实主义创作方法,对两汉乐府民歌、汉魏风骨、北朝乐府民歌等文学样式产生了深远的影响,至唐陈子昂概括了"风雅兴寄"的诗歌现实主义创作原则,再至杜甫"别裁伪体亲风雅"的"诗史",白居易则倡导新乐府运动,主张诗歌是"惟歌生民病",从理论和实践两方面发扬了风雅兴寄。《诗经》主要为四言体,此种诗体形式虽然发端于战国,但在汉魏六朝蔚为大观。曹操的《短歌行》《龟虽寿》《观沧海》等,嵇康的《赠秀才入军十八首》,陶潜的《时运》,均为四言佳制。作为庙堂文学的典范,《诗经》的四言体还影响了赋、颂、赞、碑铭等,如张衡的《归田赋》、屈原的《橘颂》。《诗经》的杂言体对后世文学也有影响,两汉乐府民歌以杂言为主体就是对《诗经》的继承和发展。

3. 原典功用的解读

《毛诗序》的功用说。《毛诗序》是汉人为毛亨所传的《诗经》所写的序言。《毛诗序》认为《诗经》的《国风》《小雅》《大雅》《周颂》《鲁颂》《商颂》六类,其实是风雅颂三大类,这三大类是按照诗的功用来分的。宋代以下,影响超过功用说的是宋人郑樵的"曲调说"。郑樵《诗辩妄》着眼于音乐,指出风、雅、颂是三种不同的曲调:"乡土之音曰'风',朝廷之音乐'雅',宗庙之音乐'颂'。"也就是说,风是地方乐曲，雅是朝廷乐曲，颂是宗庙乐曲。《国风》收录的是地方乐歌，二雅收录的是朝廷乐歌，三颂收录的是宗庙乐歌。这种说法比《毛诗序》的功用说相对合理。我们认为《诗经》的分类主要是立足于音乐的，并考虑了音乐与地区的关系。《诗经》本是一部乐辞，"三百五篇"是可以合乐歌唱的。《墨子·公孟篇》："弦诗三百，歌诗三百。"《礼记·乐记》："宽而静、柔而正者，宜歌《颂》。广大而静、疏达而信者，宜歌《风》。"《史记·孔子世家》："三百五篇，孔子皆弦歌之。"《诗经》所使用的分类名称风、雅、颂原本就是音乐的名称，它们不仅代了三种不同曲调的音乐，同时也体现了这三类音乐的地区差异和等级制度。

郑地约略为今天的河南郑州，是商代前期之旧邦。商人尚鬼好巫、歌舞，多祭祀欢会。而西周推行礼乐多是先本土，在南国，故此地所受影响较小。礼教缺位或松弛，人们的自然要求就得以自由表达。故郑风多以爱情诗为主。郑声是春秋时代兴起的一种新乐，孔子"放郑声，远佞人；郑声淫，佞人殆"（《论语·卫灵公》），把郑声比作以利口覆邦家的佞人。淫是过度、放纵、沉迷的意思。这种乐曲较使人心情欢欣，故流行广，使上层也喜爱。《礼记·乐记》载战国初魏文侯言："吾端冕而听古乐，则唯恐卧；闻郑卫之音，则不知倦。"儒家斥之为淫声，嵇康《声无哀乐论》称之为"音声之至妙"，古人之称郑声就是指这样一种音乐。郑声代表的这种音乐是邪僻淫声还是声音之至妙，是由于政治观念和审美观点不同而产生的不同评论。关于郑声与郑风之关系，大致有三种观点：一是孔子所谓郑声淫是专指郑国音乐而言，是指郑国作乐之声过于淫，非是郑诗皆淫也。清陈启源《毛诗稽古篇》："声者，音乐也，非诗词也。乐之五音十二律长短高下皆有节焉，郑声靡曼幻妙，无中正和平之致，使闻之者导欲增悲，沉溺而忘返，故曰'淫'也。"此观点把诗乐分开言。再者，孔子选诗是为了修身，自不会有淫惑之作。而古代是诗乐一体的，乐心在诗，君子宜正其文。所谓诗为乐心，声为乐体。二是指诗乐俱淫。但孔子是以诗歌正人的，是为诗歌正声的，缘何有如此淫奔之词，或曰是为鉴戒的。三是指孔子所言的新乐。《礼记·乐记》载子夏言："今夫新乐，进俯退俯，奸声以滥，溺而不止。及优侏儒，犹杂女子，不知父子，乐终不可以语。不可以道古，此新乐之发也。"他认为郑声是一种流行的乐调歌曲，节奏浮靡，不符合乐而不淫的标准。因为乐谱不存，只能作大致的推论如此。

4. 原典的流传

秦代焚书坑儒，《诗经》竹帛付之丙丁，西汉统一时，有赖人们口头记诵才得以复活。刘歆言汉武帝建元时，"一人不能独尽其经，或为雅，或为颂，相合而成"（《移书让太常博士》）。由此可见诗经传播复原之难。西汉传诗者有四大家：齐、鲁、韩、毛。

齐指齐人辕固生，鲁指鲁人申培，韩指燕人韩婴，毛指鲁人毛亨。汉武帝时"废黜百家，独尊儒术"，设立五经博士官，重今文经学，由汉代通行的用隶书写定的被称为今文经的齐鲁韩三家诗，跻身官学。而由战国古文字写成的被称为古文经的毛诗，即毛亨所传的《诗经》，晚于三家诗，终两汉之世，一直被今文经排斥于官学之外，而只能在民间私下传授。东汉后期，兼通古今文的郑玄为毛诗作笺，才使《诗经》声名鹊起，三家诗虽位列官学，却日趋没落，齐诗亡于三国，鲁诗亡于西晋，韩诗亡于北宋，唯毛诗长存不衰。今传《诗经》就是根据毛诗刊行的。《诗经》的传授和研究，自汉以下，主要用于经学。经学是开始于汉代绵延至清代的一门专攻儒家经典的学问，这门学问的宗旨是为封建社会的思想教育和理论服务，一般以"六经注我"的方式阐发学者的主观思想。《诗经》作为经学之一科，其讲授和研究的主题，自然不是艺术形式和思想内容，大致说来，汉儒重美刺，宋儒重义理，清儒重考据。

课后小论坛

1. 如何理解作为音乐文学的《诗经》？

2. 《论语》中说："诗三百，一言以蔽之，曰：'思无邪。'""不学诗，无以言。""诵诗三百……使于四方。""诗，可以兴，可以观，可以群，可以怨。迩之事父，远之事君。多识于鸟兽草木之名。"先秦时期《诗经》的用途如何？

3. 谈谈《诗经》的民俗学价值。

"捐躯赴国难，视死忽如归"的侠客豪情

——曹植《白马篇》

 阅读小贴士

　　曹植（192—232），字子建，沛国谯（今安徽亳县）人，汉魏间诗人、辞赋家、散文家。曹植善属文，有"绣虎"之称，被誉为"建安之杰"，有《曹植集》流传，今有赵幼文《曹植集校注》。《白马篇》是建安风骨的杰出代表。诗歌塑造了一个武艺精湛的英雄形象，高度赞扬了他英勇杀敌、以身报国的大无畏精神和忠贞品质，表现了诗人渴望建功立业、报效国家的豪情壮志。

 原典轻松读

白马篇

白马饰金羁[1]，连翩西北驰[2]。借问谁家子，幽并游侠儿[3]。

少小去乡邑，扬声沙漠垂[4]。宿昔秉良弓，楛矢何参差[5]。

控弦破左的[6]，右发摧月支[7]。仰手接飞猱[8]，俯身散马蹄[9]。

狡捷过猴猿，勇剽若豹螭[10]。边城多警急，虏骑数迁移[11]。

羽檄从北来[12]，厉马登高堤。长驱蹈匈奴，左顾凌鲜卑[13]。

弃身锋刃端，性命安可怀？父母且不顾，何言子与妻！

名编壮士籍，不得中顾私[14]。捐躯赴国难，视死忽如归！

（赵幼文：《曹植集校注》，人民文学出版社 1984 年版）

注释：

[1] 金羁：以黄金装饰马笼头，极言其华贵。

[2] 连翩：轻捷矫健飞奔之貌。

[3] 幽并：幽州和并州的简称，泛指北方边远地区。

[4] 垂：通假字，通"陲"，指边陲。

[5] 楛矢：楛读如户，指用楛木做成的弓箭，《国语·鲁语》记"于是肃慎氏贡楛矢石砮"。参差：形容长短不齐的样子。

[6] 控弦：指开弓。的：指箭靶子。

[7] 月支：即月氏，古族名。

[8] 猱：猿猴的一种，善于攀缘。

[9] 散：摧裂的意思。马蹄：箭靶的名称。

[10] 螭：传说中貌似龙的一种猛兽。

[11] 虏骑：指北方匈奴和鲜卑的骑兵。

[12] 羽檄：檄是军事讨伐的文书，于其上插以羽毛表示情况万丰之紧急，后以表示战况危急。

[13] 鲜卑：东胡种族，东汉末年成为威胁中原的北方强族。

 文学小课堂 ✻◦◦◦✻◦◦◦✻◦◦◦✻◦◦◦✻◦◦◦✻◦◦◦✻◦◦◦✻◦◦◦✻◦

1. 驰骋疆场的少年英雄

曹植《白马篇》紧紧围绕少年的"忠勇"品质展开，采用传统诗歌"赋"的表现手法展开铺叙排比。它先描绘了英雄的"勇"，进而铺排少年的"忠"，从而为读者全方位地勾勒出了一位武功高强、壮志满怀的少年英雄形象。

2. 八面玲珑的刻画技巧

诗歌开篇"白马饰金羁，连翩西北驰"便先声夺人。一匹装饰华丽的白色骏马奔驰在广阔的原野上，消失在通向西北边疆的征途上。"白马"与"金羁"色彩鲜明，相互映衬，突出表现了战马的非比寻常，从而反衬出了主人公的高贵身份。"连翩"本指鸟儿飞翔之貌，诗歌用来比喻骏马纵跃自如的身姿，此形象不仅表现了御马者骑术之高超，还暗示了当时边疆状况的紧急和壮士卫国杀敌的决心。此处用了烘云托月的艺术表现手法，通过战马华美的装饰和奔驰的雄姿来衬托壮士的英勇善战。诗人调整焦距着重描写了来自幽州的勇敢重义的英雄，出生入死，屡建奇功而声震边陲。从"宿昔秉良弓"到"勇剽若豹螭"，诗人极尽铺陈排比之能事，通过"破左的""摧月支""接飞猱""散马蹄"等一系列动作描写和"过猴猿""若豹螭"形象比喻的刻画，把游侠英雄的非凡武艺惟妙惟肖地勾勒出来。此段对偶式的写法显示了曹植诗歌中运用了赋和骈文的创作手法，它使诗歌向更加精致的方向发展。从"边城多警急"至"左顾凌鲜卑"，描写了当时边塞的战争情势。"数迁移"言是屡次侵犯，"羽檄"极言调兵文书之紧急。诗人一方面交代了游侠英雄心急似火、御马如飞的原因，同时又勾勒了其驰骋疆场、大败顽敌的概况。自"弃身锋刃端"至"视死忽如归"写壮士之胸怀志气。诗中英雄之所以不顾自身安危，置生死于度外，是因为"名编壮士籍，不得中顾私"，作为一名"壮士"，对自己的名声看得重于一切个人和家庭利益，而末句"捐躯赴国难，视死忽如归"则更加提高了壮士的价值品格。

3．"即事名篇"的叙事技巧

《白马篇》以精致的结构和生动的语言，以雄浑壮阔的诗歌意境美，刻画了一位武艺高超的爱国英雄。诗歌为更好地表现游侠英雄的内在与外在相统一的性格之美，采用了虚实相结合的艺术表现手法，以战马的奔腾雄姿来烘托壮士的飒爽英姿，以补叙的手法来铺陈壮士在沙场上的英勇善战，又以内心独白的方式来凸显英雄崇高的爱国思想。诗歌通篇以如此手法贯穿始终，完成了对游侠英雄的塑造与礼赞。

狭义而言，乐府专指入乐之歌诗；广义而言，则凡未入乐而其体制意味，直接或间接模仿前作者，皆得名之曰乐府。《汉书·艺文志》："自孝武立乐府而采歌谣，于是有代、赵之讴，秦、楚之风，皆感于哀乐，缘事而发；亦可以观风俗，知薄厚云。"乐府诗的特点是与音乐的联系，汉乐府产生于汉乐，是汉代乐曲的歌辞。后世所谓的乐府体作品，主要是表现在创作精神上、语言风格上对汉乐府的某些继承而已。乐府在汉代为音乐机构，六朝乐府为诗体，唐代新题乐府重内容，宋代乐府以指词，元代乐府以指散曲，乐府在不同历史时期的发展流变大致如此；其表现方法是，汉乐府最初是"感于哀乐，缘事而发"，建安乐府尤其是曹操乐府诗是"借古题写时事"，至唐代新乐府是"即事名篇，无复依傍"。余冠英《汉魏六朝诗论丛》："汉乐府以后，从建安时代起，在文人诗中间构成的现实主义传统，很少《诗经》的影响。虽然我们叙述反映现实，描写社会的诗应该上溯到《诗经》，但是论到这种文学传统的构成，不能不肯定汉乐府的作用。"

课后小论坛

1. 谈谈你对曹植的评价。

2. 如何理解《洛神赋》的社会文化意义？

3. 魏氏三祖与建安文学的关系？

勇于自新的少年英雄

——《世说新语·自新·周处》

阅读小贴士

刘义庆（403—444），彭城（今江苏徐州）人，南朝宋武帝之侄，袭封临川王，官至左仆射、中书令。为人谦虚谨慎，尊崇儒学，晚年好佛。爱好文学，史称其"为性简素，寡嗜欲，爱好文义……招集文学之士，远近必至"，"才词虽不多，然足为宗室之表"，其门下名士诸如袁淑、何长瑜、鲍照等均为当时文士。编纂有《世说新语》《幽明录》等。

《世说新语》又名《世说》《世说新书》，是刘义庆主持编纂的一部言约而旨远的志人小说，梁刘孝标为之作注使之成为内容丰富的门阀世族的社会生活百态图谱，再现了"魏晋风流"的名士风流思想风貌，被鲁迅先生誉为"一部名士底教科书"。全书分为三卷，依内容分为"德行""言语""政事""文学"等三十六类，主要记录了东汉至南北朝时期名士的言行掌故，即后世所谓的"魏晋风流"。该书虽首以孔门四科来分类，但纵观全书所记与儒家传统思想大相径庭。我们现在还耳熟能详的成语或短语便可见一斑："礼岂为我辈设耶"，于此也"聊复尔尔"地简单罗列一番以期能窥一斑而知全豹。《世说新语》或许你还不曾读过，但至少耳闻过诸如"一往情深""竹林七贤""每一相思，千里命驾""绝妙好辞""情何以堪""广陵散绝"等众多脱口而出的词汇。在小说未成熟形态，《世说新语》虽为笔记体小说，但其中更具史学性质。我们重视的是书中所揭示的"魏晋风流"的

精神内核。该书虽然编纂于南朝，但其中多记录的是魏晋时期的名士。《世说新语》在艺术上有较高的艺术成就，鲁迅先生在《中国小说史略》中概括为"记言则玄远冷隽，记行则高简瑰奇"，塑造人物性格重在通过独特的言谈举止来表现独特的人物性格，使之气韵生动而跃然纸上。《世说新语》语言简约含蓄，隽永传神，明胡应麟《少室山房笔丛》评价"读其语言，晋人面目气韵，恍惚生动，简约玄澹，真致不穷"，颇中肯綮。

原典轻松读

周 处

周处年少时[1]，凶强侠气[2]，为乡里所患[3]。又义兴水中有蛟[4]，山中有白额虎，并皆暴犯百姓。义兴人谓为三横[5]，而处尤剧。或说处杀虎斩蛟，实冀三横唯余其一。处即刺杀虎，又入水击蛟。蛟或浮或没，行数十里。处与之俱，经三日三夜，乡里皆谓已死，更相庆，竟杀蛟而出。闻里人相庆，始知为人情所患，有自改意。乃自吴寻二陆[6]。平原不在[7]，正见清河[8]，具以情告，并云："欲自修改，而年已蹉跎[9]，终无所成。"清河曰："古人贵朝闻夕死[10]，况君前途尚可。且人患志之不立，亦何忧令名不彰邪？"处遂改励，终为忠臣孝子。

（朱碧莲、沈海波译注：《世说新语》，中华书局 2011 年版）

注释：

[1] 周处：字子隐，义兴阳羡（今江苏宜兴）人，孙吴鄱阳太守周鲂之子。年少时飞扬跋扈，后改过自新，任晋太守、御史中丞等职。

[2] 凶强侠气：凶暴强悍。侠气：原指侠客气概，此指好以武力与人争斗。

[3] 为乡里所患：被乡里人视为祸害。为：表被动。

[4] 蛟：传说中能发洪水的一种龙。

[5] 三横（hèng）：三害。横：横暴之人或物。

[6] 二陆：指陆机、陆云两兄弟。

[7] 平原：指陆机，因曾为晋平原内史故有此称。

[8] 清河：指陆云，因曾为晋清河内史故有此称。

[9] 蹉跎：虚度光阴，此指周处年纪大而无事功。

[10] 朝闻夕死：“朝闻道，夕死可矣。”（《论语·里仁》）陆云于此引圣贤之语以劝勉周处改过自新，为时不晚。

文学小课堂

1. 侠气少年的英勇壮举

文章先写周处少年时为人：“凶强侠气，为乡里所患。”作品虽没有具体描写其如何危害乡亲，只言简意赅地概括为与蛟、虎合称“三横”，但由此可见其于乡里为害之大。蛟、虎为害百姓，故百姓畏惧、憎恨它们，容易理解。但义兴百姓竟把周处与它们相提并论，且认为周处“尤剧”，可见周处于乡里为害之大，乡人对周处的憎恨之情得以突出强调，为下文的周处为民除害的改观做了坚实的铺垫，更好地突出了周处改过自新的难能可贵的品质。继而写周处杀虎斩蛟为民除害的经过，重点突出了乡人对于此事的反应。周处性好勇、争强好胜，受乡人鼓动而杀虎斩蛟。乡人的目的实际是利用周处以除虎、蛟二害，以使三害“惟余其一”。由此可见乡人对周处的憎恨之情。文章细致地描写了周处“入水斩蛟”——“蛟或浮或没，行数十里，处与之俱”，形象地写出了周处与蛟龙激烈搏斗的情景。然后写乡人对此事的反应——“经三日三夜，乡里皆谓已死，更相庆”。由乡人不见周处返回，竟然拍手称快，反衬出乡人对周处的憎恨。再写周处的改过自新，便水到渠成，更具艺术感染力。文章先写周处得知乡人的反应后决定改过自新，不仅心里能深刻反省，并能向仁人长者寻求帮助，在此双重的深刻反省和主动接受建议后，终于成为忠臣孝子。文章通过写周处与陆云的详细、具体的谈话，突出了周处改过自新的思想基础。古人云“人谁无过，过而能改，善莫大焉”，文章便形象生动地为我们刻画了一个知错能改的典型形象。

2. 怪力乱神与"名士底教科书"

志怪与志人小说的分类，最早由鲁迅先生提出。志人小说的代表作品是《世说新语》。志怪小说主要是记述神仙方术、殊方异物、佛法灵异等。志怪小说的产生与当时的宗教思想关系密切，除道教因素外，东汉传入中国的佛教亦产生了较大的影响，其代表作品为《搜神记》。志人小说与志怪小说对后来的古代小说影响深远。在人物刻画、细节描写方面及叙事语言的运用等方面，它们都为唐传奇积累了丰富的创作经验。在创作题材方面，一些唐传奇的故事便取材于本时期的小说，如《柳毅传》与《搜神记》中的《胡毋班》、《倩女离魂》与《幽明录》中的《阿庞》及《枕中记》与《幽明录》中的《焦湖庙祝》等均有明显的继承关系。唐以后的文言小说均有志怪之类，至清出现文言志怪小说的顶峰之作《聊斋志异》。

3. 中国小说的前世溯源

古代小说非现在意义上的小说，借鉴与西方的小说理论，可以说五四前中国是没有现在严格意义上的小说的。小说两字最早出现在《庄子》（"饰小说以干县令，其于大达也远矣"）、《汉书·艺文志》（"小说家流，盖出于稗官，街谈巷语，道听涂说者之所造也。子夏曰：'虽小道必有可观焉，致远恐泥，是以君子弗为。然亦弗灭也。'"）中。班固把小说家与儒家、道家等九流并列，成十家。稗官是小官的意思，是周朝的一种制度，由国家派这些官在民间采访风俗，来报告给政府，据此可知民间情景，后世也称小说为稗史。小是不重要的意思，说字与悦有关并有其意。小说就是讲些无关紧要的话，供听者娱乐，为其消遣。范式不重要不庄重，供人娱乐的话都可以称为小说，中国文人看重小说是在清末受西洋小说的影响之后。《山海经》和《穆天子传》是先秦时期的两部重要小说。《山海经》是古代神话一类的书，又与地理有关系。其在晋以前不为人所重，至郭璞为之作注，才盛行。陶潜有"流观山海图"之诗，其书是配有图画的。每篇所记都是各地方的山水及奇形怪状的鸟兽草木和神人等，记有长臂国、君子国、女子国等。清代李汝珍的《镜花缘》托言唐傲、林之洋、多九公三人游历海外，到过很多国家，如大人国、小人国、君子国等，受其影响。《穆天子传》是记载周穆王西游的故事，乘着八骏至西王母处，被招待在瑶池喝酒。干宝的《搜神记》多说鬼怪事情。刘义庆《世说新语》所记是三国至晋宋间的名人轶事，虽寥寥数笔却风趣隽永。隋之前的小说与一般的记事文没有区别，还不能说是一种独立的题材，至唐传奇，才能自成一体，在篇幅结构及描写人物方面有了自己的特点。

课后小论坛

1. 如何理解鲁迅先生评价《世说新语》是"名士底教科书"？

2. 通过阅读以下选文，体味魏晋选官制度与月旦评的关系：孔文举年十岁，随父到洛。时李元礼有盛名，为司隶校尉。诣门者，皆俊才清称及中表亲戚乃通。文举至门，谓吏曰："我是李府君亲。"既通，前坐。元礼问曰："君与仆有何亲？"对曰："昔先君仲尼与君先人伯阳有师资之尊，是仆与君奕世为通好也。"元礼及宾客莫不奇之。太中大夫陈韪后至，人以其语语之，韪曰："小时了了，大未必佳。"文举曰："想君小时必当了了。"（《世说新语·言语》）

3. 《中国小说史略》指出："汉末士流，已重品目，声名成毁，决于片言，魏晋以来，乃弥以标格语言相尚，惟吐属则流于玄虚，举止则故为疏放，……终乃汗漫而用为清谈。渡江以后，此风弥甚，……世之所尚，因有撰集，或者掇拾旧闻，或者记述近事，虽不过丛残小语，俱为人间言动，遂脱志怪之牢笼也。"通过阅读上文理解魏晋南北朝小说产生的文化背景。

"少年中国"与"中国少年"

——梁启超《少年中国说》

 阅读小贴士

　　梁启超（1873—1929），广东新会人，字卓如，号任公，又号饮冰室主人。1895 年与康有为一同联合各省举人，发动"公车上书"，要求变法图强。又组织强学会，并通过主办《时务报》、办学讲学等活动，积极鼓吹变法维新主张。1898 年与康有为、谭嗣同等人参与领导戊戌变法运动，变法失败后，逃亡日本。此时资产阶级民主革命运动已经兴起，他却与康有为站在保皇党的君主立宪立场，反对民主革命。但他介绍的资产阶级社会政党学说，在当时具有进步、积极的社会性作用。辛亥革命后，他组织进步党拥护袁世凯，但袁世凯复辟帝制时，又起而支持蔡锷等人进行反袁活动。之后，组织政学系周旋于反动军阀之间。晚年退出政界，专心从事著述。任公在学术研究和文学创作上均有极大的成就。他提倡"诗界革命""小说界革命"。其散文成就尤其突出。其政论散文文辞流利，气势奔放，雄辩有力，风靡当时，被称为"新民体"。他这种新文体对当时的桐城派是一次猛烈的冲击，为晚清的文体解放和五四新文化运动期间的白话文运动廓清了道路。有《饮冰室合集》传世。

 **原典轻松读**

少年中国说（节选）

　　任公曰：造成今日之老大中国者，则中国老朽之冤业也[1]。制出将来之少年中国者，则中国少年之责任也。彼老朽者何足道，彼与此世界作别之日不远矣，而我少年乃新来而与世界为缘[2]。如僦屋者然[3]，彼明日将迁居他方，而我今日始入此室处。将迁居者，不爱护其窗棂[4]，不洁治其庭庑[5]，俗人恒情，亦何足怪！若我少年者，前程浩浩，后顾茫茫。中国而为牛为马为奴为隶，则烹脔鞭棰之惨酷[6]，惟我少年当之。中国如称霸宇内，主盟地球，则指挥顾盼之尊荣[7]，惟我少年享之。于彼气息奄奄与鬼为邻者何与焉？彼而漠然置之，犹可言也。我而漠然置之，不可言也。使举国之少年而果为少年也，则吾中国为未来之国，其进步未可量也。使举国之少年而亦为老大也，则吾中国为过去之国，其渐亡可翘足而待也[8]。故今日之责任，不在他人，而全在我少年。少年智则国智，少年富则国富；少年强则国强，少年独立则国独立；少年自由则国自由；少年进步则国进步；少年胜于欧洲，则国胜于欧洲；少年雄于地球，则国雄于地球。红日初升，其道大光。河出伏流[9]，一泻汪洋。潜龙腾渊，鳞爪飞扬。乳虎啸谷，百兽震惶。鹰隼试翼，风尘翕张[10]。奇花初胎[11]，矞矞皇皇[12]。干将发硎[13]，有作其芒。天戴其苍，地履其黄。纵有千古，横有八荒。前途似海，来日方长。美哉我少年中国，与天不老！壮哉我中国少年，与国无疆！

"三十功名尘与土，八千里路云和月。莫等闲，白了少年头，空悲切。"此岳武穆《满江红》词句也[14]，作者自六岁时即口受记忆，至今喜诵之不衰。自今以往，弃"哀时客"之名，更自名曰"少年中国之少年"。

（梁启超：《饮冰室合集》，中华书局2015年版）

注释：

[1] 冤业：佛教术语，指冤仇罪孽。

[2] 为缘：结交。

[3] 僦屋：租赁房屋。

[4] 窗棂：窗户。

[5] 庭庑：庭院房舍。庑，古代堂下周围的房子，大屋也成庑。

[6] 烹脔鞭棰：泛指烹煎、宰割、鞭打、棍杖等酷刑。

[7] 顾盼：左右回视，形容志满得意的样子。

[8] 翘足而待：比喻极短的时间。

[9] 河出伏流：黄河从潜伏在地下而涌出地面。"河出昆山，伏流地中万三千里。"（《水经注·河水》）

[10] 翕张：收缩和张开。

[11] 初胎：形成蓓蕾。

[12] 矞矞皇皇：明盛的样子，此形容万物逢春生机勃勃的样子。

[13] 干将：古代宝剑名。

[14] 岳武穆：岳飞。武穆：岳飞的谥号。

文学小课堂

1. 社会之巨变下的突破

《少年中国说》是梁启超新体散文的代表作，此文创作于 1900 年，发表于在日本横滨出版的《清议报》。作者从改良主义的立场出发，把封建的中国与其想象中的未来的"少年"中国做了鲜明的对比，极力歌颂少年的精神。帝国主义者把中国称作"老大帝国"，以示嘲讽，作者在文中用"我中国其果老人矣乎?"加以反诘，然后以"吾心目中有一少年中国在"揭示题旨。作者以辛辣的讽刺笔调，无情地嘲讽了没落的封建制度，从而刻画出以反动势力为代表的顽固派的丑恶嘴脸。

2. 激情澎湃的表现技巧

文章指出中国的积弱无能完全是由那些老朽昏庸的故步自封的落后势力导致。通过鲜明对比，作者畅想出未来的"少年中国"之形象，未来的"少年中国"犹如红日初升，奇花初胎，前途似海，与国无疆。全篇表现了作者渴求祖国繁荣富强的愿望和积极的进取精神。文章感情充沛，气势激昂，论述往复百折，层次递进。作者运用排比、比喻等文学表现手法，使文章妙趣横生，通俗酣畅，具有极大的鼓动性和感染力。作为新体文章，此文一反当时流行的桐城义法，不求"雅洁"，不讲"言之有序"，而是"杂以俚语、韵语及外国语法"，虽被人讥为"野狐禅"，但别有一种耳目一新的文学艺术魅力。

3. "少年中国"与"中国少年"的勇往直前

梁启超在报章杂志上创立的新的散文体裁，因形成于早期的《新民丛报》而得名，又称新文体或报章体。戊戌政变后，梁启超逃亡至日本，于 1902 年主办《新民丛报》以宣传改良主义和爱国主义。他受当时日本报刊文章的影响，锐意于旧文体的革新，新民体应运而生。其文体特点是：文字平易流畅，行文条理清晰，"纵笔所至不检束""笔锋常带感情"，具有强烈的感染力和鼓动性。新文体的出现是中国传统文言文的一次重大解放，在中国文坛上取代了桐城派的统治地位，这实际是文言文变革白话文的过渡性文体，是最早的新体散文，代表性作品有梁启超的《少年中国说》《新民说》《说希望》《变法通议》等。

课后小论坛

1. 结合西学东渐理解文学界革命的发生背景。

2. 结合具体作品论述桐城派与新文体之关系。

3. 结合《少年中国说》理解新文体的散文特点。

第十二篇 语文篇
YUWEN PIAN

　　此篇的"语文"含义有别于今天的语文概念。孔门四科分为"德行""言语""政事""文学"，孔子亦强调"不学《诗》无以言"，传统社会讲究"道德文章"。"语文"于士大夫之重要性可见一斑。所谓"学而优则仕"在很大意义上是学习如何言谈与如何写作，而言谈在不同的历史时期具有不同的文化内容，如先秦时期人们通过学习《诗经》来提高自己的言谈技巧，即所谓的断章取义。孔子说："诵诗三百，授之以政，不达；使于诸侯，不能专对，虽多，亦奚以为？"也就是说，言语必须是言之有理、言之有据的，而其来源便是经典，依据的主要是《诗经》。秦汉时期的依据进一步扩大至五经，之后是七经、九经以至于十三经，它们其实就是"语"的根据，同时又是"文"的根基，中国传统社会的"语文"便是如此地基于经典。如何"语"、如何"文"便成了士大夫的必备条件，所以说话、作文章便有了言外之意、弦外之音的春秋笔法。本篇选文主要着力于古人的"语文"观的解读分析。

文质彬彬之津筏

——刘勰《文心雕龙·声律》

 阅读小贴士

　　刘勰（约465—约532），字彦和，南朝梁东莞莒县（今属山东）人，世居京口（今江苏镇江）。少时家贫，依沙门生活。刘勰博学多才，曾任梁东宫通事舍人、步兵校尉等职，受到昭明太子萧统的重视。晚年出家，改名慧地。撰有《文心雕龙》五十篇，该书文经理纬，"体大而虑周"，是我国古代一部重要的文学理论巨著。《文心雕龙》论述了文章的风格、体裁及其发展，并对文学创作、批评等问题进行了理论性的探讨。此书着重抨击了当时盛行的形式主义文风，主张"为情造文"、文质彬彬，并提出了"文变染乎世情，兴废系乎时序"的文学发展观，对文学与生活及时代的关系作出了合乎历史发展的正确阐述。

　　此篇属于《情采》中"采"的一种，专讲文章要求声律。刘勰不仅重视双声叠韵的运用，还提出要重视飞声、沉声。飞声和沉声相当于沈约《宋书·谢灵运传论》中的"浮声"和"切响"。大致说来，飞声、浮声是指平声；沉声、切响是指上去入三声，即后世所谓的"仄声"。区分飞声和沉声即要求平声与上去入三声间隔运用，以求得语言声调的变化和谐之美。刘勰把声律不协的弊病称为"文家之吃"，他要求作家在声律上要前后照应，使语言和谐优美，以期达到"声转于吻，玲玲如振玉；辞靡于耳，累累如贯珠"的效果。

原典轻松读

声　律

夫音律所始，本于人声者也。声合宫商，肇自血气[1]，先王因之，以制乐歌。故知器写人声，声非学器者也。故言语者，文章关键，神明枢机，吐纳律吕，唇吻而已。古之教歌，先揆以法，使疾呼中宫，徐呼中徵[2]。夫宫商响高，徵羽声下[3]；抗喉矫舌之差，攒唇激齿之异，廉肉相准[4]，皎然可分。今操琴不调，必知改张，攡文乖张[5]，而不识所调。响在彼弦，乃得克谐，声萌我心，更失和律，其故何哉？良由外听易为察，内听难为聪也。故外听之易，弦以手定，内听之难，声与心纷；可以数求，难以辞逐[6]。

凡声有飞沉，响有双叠。双声隔字而每舛，迭韵杂句而必睽[7]；沉则响发而断，飞则声飏不还[8]，并辘轳交往，逆鳞相比，迕其际会，则往蹇来连，其为疾病，亦文家之吃也[9]。夫吃文为患，生于好诡，逐新趣异，故喉唇纠纷；将欲解结，务在刚断[10]。左碍而寻右，末滞而讨前，则声转于吻，玲玲如振玉；辞靡于耳，累累如贯珠矣[11]。是以声画妍蚩，寄在吟咏，滋味流于下句，风力穷于和韵[12]。异音相从谓之和，同声相应谓之韵。韵气一定，则馀声易遣；和体抑扬，故遗响难契[13]。属笔易巧，选和至难，缀文难精，而作韵甚易。虽纤意曲变，非可缕言，然振其大纲，不出兹论[14]。

若夫宫商大和，譬诸吹籥；翻回取均，颇似调瑟[15]。瑟资移柱，故有时而乖贰；籥含定管，故无往而不壹[16]。陈思、潘岳，吹籥之调也；陆机、左思，瑟柱之和也[17]。概举而推，可以类见。

又诗人综韵[18]，率多清切，《楚辞》辞楚，故讹韵实繁。及张华论韵，谓士衡多楚，《文赋》亦称不易，可谓衔灵均之馀声，失黄钟之正响也[19]。凡切韵之动，势若转圜；讹音之作，甚于枘方[20]。免乎枘方，则无大过矣。练才洞鉴，剖字钻响，识疏阔略，随音所遇，若长风之过籁，南郭之吹竽耳[21]。古之佩玉，左宫右徵，以节其步，声不失序[22]。音以律文，其可忽哉！

赞曰：

标情务远，比音则近[23]。吹律胸臆，调钟唇吻[24]。声得盐梅，响滑榆槿[25]。割弃支离，宫商难隐[26]。

（刘勰著，周振甫注：《文心雕龙注释》，人民文学出版社1981年版）

注释:

[1] 宫商:五音之二。五音是指宫商角徵羽,相当于简谱中的1、2、3、4、5、6。肇自血气:指始于血气,是说血气与情志的关系。《礼记·乐记》曰:"凡音之起,由人心生也。"说明声音与情志有关系。

[2] 中徵:《韩非子·外储》云:"教歌者先揆以法(用音律来加以衡量),疾(急)呼中宫,徐(缓)呼中徵。疾不中宫,徐不中徵,不可谓教。"

[3] 商徵宫羽:《国语·周语》载,"大不逾宫,细不逾羽"。宫商即简谱中的1、2,声音大而下,声音的振幅大而振动数少,声音大而不尖。羽徵即简谱中的5、6,声音细而高,声音的振幅小而振动数多,声音细而尖。

[4] 抗喉:喉音上扬。矫舌:转舌发音。攒唇:蹙唇。激齿:发齿音。廉:廉棱,声音尖锐。肉:肥满,声音圆满。相准:合于音律。

[5] 操琴不调:《汉书·董仲舒传》载:"窃譬之琴瑟不调,甚者必解而更张之,乃可鼓也。"摛文乖张:指作文不合音调。

[6] 声与心纷:语言与心情杂乱不一。可以数求:可以凭借技巧使弦以手定。难以辞逐:难以在文字上解决声音与心情杂乱不一的问题。

[7] 声有飞沉:字的声调(指平上去入)分为飞扬和沉抑两种。飞:飞扬,是指平声。沉:沉抑,是指仄声(上去入)。响有双叠:字音有双笙叠韵。双声如仿佛,两字的发音相同,都是f。叠韵如徘徊,两字同韵,收声相同,都是ai。双声字如仿佛、踟蹰、萧瑟、流连等,都是两字连在一起的,如果中间夹杂其他的字,音节就不顺畅了。叠韵字如彷徨、徘徊、窈窕等,都是两字连在一起的,如果两字分开了,音节同样是不顺畅的。

[8] 沉则响发而断:一句中用的都是声沉的字,即仄声字,那么句子便抑而不扬了,虽发出响声,好像断而不续。飞则声扬不还:如果一个句子中都用飞的字,即平声字,纳闷句子便扬而不抑,声音好像飞扬出去而不能回环。

[9] 辘轳交往:指井上辘轳的上下圆转,比喻音节的回环往复。逆鳞相比:指鳞片的密切相接,比喻声调的飞和沉密切衔接。"逆鳞"出自《韩非子·说难》,指龙喉下有逆鳞,触之必杀人,本文指鳞片。际会:交往相比的关系。"往蹇来连"的意思是往来都难,蹇、连是指艰难,指抑扬不能交错,只有抑或只有扬都违反音律,造成困难。吃:指口吃。

[10] 吃文:指文章读起来不顺畅,就像口吃。喉唇纠纷:指发音不和谐。刚断:

指有决断来纠正。

[11] 寻右讨前：左面和后面都有阻碍，从右面和前面去寻求解决，即需要做全面的考虑。玲玲：形容玉声。辞靡于耳：文辞的音调和谐顺适于耳。《礼记·乐记》中的"累累乎端如贯珠"，形容声音的圆润。

[12] 声画：指文。《法言·问神》："言，心声也；书，心画也。"妍蚩：指美恶。"滋味流于下句"是说滋味是承上吟咏来的，即音韵之美归于造句。气力穷于和韵：讲究声律的力气在和上显得困难。和：指"声有飞沉，响有双叠"，对飞沉双叠哟其实飞沉的安排有困难。

[13] 韵气一定，则馀声易遣：押韵的确定了，别的韵脚就容易安排了。如第一个韵脚用东韵，那么别的韵脚都可以从东韵中选用。"和体抑扬，故遗响难契"是指要讲究抑扬调配，上句协调了，上下句的抑扬就不一定协调，所以难于契合。当时的凄凉实地爱格律诗的韵律还没确定，所以说感到难以把握。

[14] 属笔易巧，选和至难：齐梁时期的诗歌力求新巧，可是在诗歌声韵的抑扬协调上的问题还没有完全解决，所以觉得求巧容易，求和畅困难。"缀文难精，作韵甚易"是说押韵很容易，有一本韵书就容易解决，但作韵文求精很困难。

[15] 宫商大和，譬诸吹籥：籥读如月，如笛，有孔，可吹。每孔所发出的音如简谱的1、2、3、4、5等都有一定音，所以称为"宫商大和"。翻回取均，颇似调瑟：瑟似秦，其琴弦可以系在短柱上，弦有松紧，弹奏时先要调整弦柱，转动弦柱使其合于音律。

[16] 瑟资移柱：鼓瑟时需要转动弦柱来调节音律，如果没有调整好，发音就会不协调。籥含定管：指籥在管上的孔是一定的，各孔的发音也是一定的。

[17] 吹籥之调，瑟柱之和：指曹植和潘岳作品的音调自然合节，左思和陆机作品的音调不能自然合节，需要加以调整。

[18] 诗人综韵：《诗经》三百篇的用韵，大都清切合于音韵。

[19] 衔灵均之馀声：指继承屈原的用楚生音韵，屈原号灵均。失黄钟之正响：指失去标准音韵。黄钟是音律名称，黄钟正响是指标准音。

[20] 切韵之动：指押标准韵就像转圜那样流转自如。切韵是指按照反切来定音分韵。讹音之作：指不合标准的用韵。

[21] 练才洞鉴，剖字钻响：文才练达，识鉴通透；剖析钻研文字音韵。识疏阔略，随音所遇：指识见疏阔，不通声律，遣词造句不能有意识地协调音律，只能就字句的自然发音来硬碰。长风之过籁，南郭之吹竽：指不懂得协调音律。"南郭吹竽"出自

《韩非子·内储》，"齐宣王使人吹竽，必三百人。南郭处士请为王吹竽，宣王说之，廪食以数百人。宣王死，湣王立，好一一听之，处士逃"。

[22] 声不失序："古之君子必佩玉，右徵角，左宫羽。"（《礼记·玉藻》）以佩玉的发声来区别宫徵，用以调节步伐。本文用以比喻文章不能丧失音律。

[23] 标情务远，比音则近：标举情思力求深远，协调音律即在唇吻之间。

[24] 调钟唇吻：指声律同情思要协调。

[25] 盐梅：原指调味品，此指协调。

[26] 支离：不正，指追逐新异，喉舌纠纷。宫商难隐：指音节的抑扬可以把握。

文学小课堂

1. 音律的由来

文章的声律是从自然的音节中来的，而自然的音节来源于语气。语言的长短与声音的高低都来源于自然的语气，所以没有一定的规律；但又因为合于作者所要表达的情感，便具有一定的妙处。南朝齐梁时期的声律论是伴随着五言诗的发展和骈文的盛行而成为文章的当务之急的。就文章语言来说，当时五言诗发展，骈文主要是四、六字句；就声之高下来说，当时文人受到佛教徒转读佛经的影响，发明四声。四声发明后，沈约就以此来制定诗文字句中的声之高下。沈约《宋书·谢灵运传论》载："欲使宫羽相变，低昂互节，若前有浮声，则后须切响；一简之内，音韵尽殊，两句之中，轻重悉异。妙达此旨，始可言文。"浮声是指宫商声的大而不尖，切响是指徵羽声尖而细。也就是说，前面用了宫商，后面用徵羽，即用五声配四音。当时所提出的低昂、浮切、轻重、飞沉，把五音和四声一分为二，这种分配方法有利于在文章中调和音韵。但当时还没有平仄的提法，所谓低昂、浮切、轻重和飞沉，把五音和四声一分为二，实际上就是后来的平仄。平指宫商，即声音大而浮、昂、轻、飞；仄指角徵羽，即指声音的细而沉、低、重。所谓"宫羽相变""前有浮声，后须切响""声有飞沉"就是指声分平仄，前面用了平声字的音节，后面要用仄声字的音节，以期文章婉转流韵之美。人们在刘勰时代已经注意到平仄的调配问题了，至于如何调配还没有确定下来。诗歌中两句之间的平仄问题，两句为一联，两联之间的平仄调配问题要到初唐时期才确定下来。

2. 声律说的前因后果

沈约根据四声和汉字双声叠韵来制定的格律即所谓的"四声八病"，其中有合理的部分，如平头的五言诗的第二字不得与第七字同声，即第一句与第二句的第一个音节要有变化，后来的律诗便遵循了此条。但总体来说，八病格式烦琐，反而给创作带来了诸多束缚。至刘勰讨论声律既不完全采用八病说，也不另辟蹊径，主要是提出有关格律的诸多原则。格律是自然形成的，经过齐梁时代所倡导的声律，一直至初唐，格律诗才真正成熟。刘勰所提出的声律原则有二：一是根据"声有飞沉"，主张音律要交错相用；二是根据"响有双叠"，双声叠韵的复合应用可以避免文辞的拗口。刘勰把声律归结为"和韵"。和是指句中非沉双叠的措置安排，韵就是押韵。押韵一定所以容易安排，但飞沉的规律在当时还没有确定下来，所以难于契合。刘勰极有见地地指出格律的制定关键在于和韵抑扬上，后来唐朝的格律诗便是主要解决了平仄的调配问题。格律诗文包括平仄、押韵及对偶三项，押韵和对偶在齐梁时代基本解决，但没有解决平仄问题，刘勰提出了问题症结所在。

3. 声情并茂的方法

平仄的格律在齐梁时期还没有确定下来，故涉及平仄的调配，有时过于严苛，用八病说的要求来衡量作品，有时又很宽，没有统一固定的标准。但作品音节的问题，也不全由平仄来决定。齐梁陈隋之间的作品拘忌于声律的，反而损害了诗歌的自然真美。声律说发展为格律诗，对诗歌的音节流美有很大贡献，但古诗并不遵循声律的平仄调配，着重于声情并茂，在很大程度上是由作品内容的情调来决定的，所以声律只适合于律诗而不适合于古诗。只有把两者结合起来评价诗歌韵律才能全面把握诗歌的韵律美，即律诗应该按照平仄调配来构成音节的和谐婉转，古诗则按照作品内容的情调变化来确定音节的转换。关于用韵，刘勰指出了正音和方音两种方法。正音近于标准音，以其押韵就准确；方音多与标准音有差别，用其来合韵，就难以契合，由此出发，那么《楚辞》押韵便不标准，陆机的作品也是如此，这是用方音押韵的原因。

课后小论坛

1. 结合南朝文学发展与佛教翻译高潮来理解音律发展的社会文化背景。

2. 南朝文人创作尤其是五言诗创作及骈文的发展与四声八病说的互动关系？

3. 结合永明体的诗歌创作经验体味诗人对音律说的积极探索。

4. 结合具体文学实践谈谈南朝声律说对初唐五言律诗定型的影响。

前无古人的文论第一篇

——曹丕《典论·论文》

 阅读小贴士 ....

　　曹丕（187—226），字子桓，三国沛国谯县（今安徽亳州）人，曹操次子，后代汉称帝，称魏文帝。自称"少诵《诗》《论》，及长而备历五经四部，史汉诸子百家直言，靡不毕览"，爱好文学，擅长为乐府，所作《燕歌行》二首在七言诗发展的历史上占有重要地位，时常与当时著名文人陈琳、刘祯等人交友酬唱，是当时文坛之主。其专著《典论·论文》强调文章是"经国之大业，不朽之盛事"，首次从理论上提出了关于文气与文学风格等相关专门问题，对我国古代文论的发展产生了深远的影响。今传《魏文帝集》系后人所辑。

　　《典论·论文》是我国古代文学批评史上的第一篇综合文论，其中广泛地论述了文学批评的方法、态度、作家与作品的关系、文学体裁及文学功能等诸多问题。在曹丕之前，专篇文学论文如《诗大序》、班固的《离骚序》和《两都赋序》及王逸的《楚辞章句序》等，它们或就一部书、一篇文章而立论，或就一种文体而立论，而《典论·论文》则是论及多位作家和多种文体，还论述了作家与作品的关系、文章的作用和地位及文学批评的态度等问题。全文虽篇幅不长，对一些问题也是点到即止或只是引发端绪，但对于后世文学批评的发展影响极大。《典论·论文》是建安时期文学创作蓬勃发展的产物，显示出了文学批评的新风气。

原典轻松读

典论·论文

文人相轻，自古而然。傅毅之于班固，伯仲之间耳，而固小之，与弟超书曰[1]："武仲以能属文为兰台令史[2]，下笔不能自休。"夫人善于自见，而文非一体，鲜能备善，是以各以所长，相轻所短。里语曰："家有弊帚，享之千金。"斯不自见之患也。

今之文人：鲁国孔融文举、广陵陈琳孔璋、山阳王粲仲宣、北海徐干伟长、陈留阮瑀元瑜、汝南应玚德琏、东平刘桢公干，斯七子者[3]，于学无所遗，于辞无所假[4]，咸以自骋骥䮘[5]于千里，仰齐足而并驰。以此相服，亦良难矣！盖君子审己以度人，故能免于斯累，而作论文。

王粲长于辞赋，徐干时有齐气[6]，然粲之匹也。如粲之《初征》《登楼》《槐赋》《征思》，干之《玄猿》《漏卮》《圆扇》《橘赋》，虽张、蔡不过也[7]，然于他文，未能称是。琳、瑀之章表书记[8]，今之隽也。应玚和而不壮，刘桢壮而不密。孔融体气高妙，有过人者[9]，然不能持论，理不胜辞，至于杂以嘲戏。及其所善，扬、班俦也[10]。

常人贵远贱近，向声背实[11]，又患暗于自见，谓己为贤。夫文本同而末异，盖奏议宜雅，书论宜理，铭诔尚实，诗赋欲丽[12]。此四科不同，故能之者偏也；唯通才能备其体。

文以气为主，气之清浊有体，不可力强而致[13]。譬诸音乐，曲度虽均，节奏同检，至于引气不齐，巧拙有素[14]，虽在父兄，不能以移子弟。

盖文章，经国之大业，不朽之盛事[15]。年寿有时而尽，荣乐止乎其身，二者必至之常期，未若文章之无穷。是以古之作者，寄身于翰墨[16]，见意于篇籍，不假良史之辞，不托飞驰之势，而声名自传于后。故西伯幽而演《易》[17]，周旦显而制礼[18]，不以隐约而弗务，不以康乐而加思。夫然则，古人贱尺璧而重寸阴，惧乎时之过已。而人多不强力；贫贱则慑于饥寒，富贵则流于逸乐，遂营目前之务，而遗千载之功。日月逝于上，体貌衰于下，忽然与万物迁化[19]，斯志士之大痛也！

融等已逝，唯干著论，成一家言。

（夏传才、唐绍忠校注：《曹丕集校注》，河北教育出版社2013年版）

注释:

[1] 傅毅: 字武仲, 东汉文学家, 汉章帝时为兰台令史, 与班固等共同校理图书。班固字孟坚, 著有《汉书》。伯仲之间谓相差无几。超: 班超, 字令升, 班彪少子, 班固弟。

[2] 属: 因嘱, 连缀。属文: 写文章。兰台: 汉代宫中藏书之所, 设兰台令史, 主持编纂整理图书。

[3] 斯七子者: 指前述七人。"七子"之称始于此, 后世称为"建安七子""邺下七子", 是曹魏文学集团的重要成员, "建安风骨"的主要体现者。

[4] 于学无所遗: 犹言无所不学。于辞无所假: 写作不因袭前人。

[5] 骐骥: 泛指良马。

[6] 齐气: 指舒缓的个性或风格。古人认为齐地生活环境和风俗习惯以舒缓为特征, 影响到该地的作家作品的个性和风格便呈现出舒缓的气象, 故称"齐气"。

[7] 张、蔡: 指张衡和蔡邕, 两人善辞赋。

[8] 章: 臣僚上奏天子之书。表: 指汉魏以后, 大臣上奏天子说明事情、表白忠心的书。《文心雕龙·章表》: "汉定礼仪, 则有四品: 一曰章, 二曰奏, 三曰表, 四曰议。章以谢恩, 奏以按劾, 表以陈情, 议以执异。"

[9] 持论: 立论, 议论。理不胜辞: 指其辞过于理, 即文辞很好而说理不足。

[10] 扬、班: 指扬雄和班固。扬雄有《解嘲》, 班固有《答宾戏》, 是"嘲戏"之作的名篇。

[11] 向声背实: 崇尚虚名, 不注重实际。

[12] 雅: 指典雅, 奏议应该典雅。书: 指文书。文书应该说得明白。铭: 指刻于器物碑石, 用以规诫、褒赞的韵文。诔: 指叙述死者德行予以表彰其功绩并表示哀悼的文体。

[13] 气: 作家的创作才气。清浊: 指刚柔。不可力强而致: 不能勉强获得。

[14] 引气不齐: 演奏乐器时用气不同。素: 指人的天赋秉性。

[15] 经国: 治理国家。不朽: 指古代的三不朽之说。《左传·襄公二十四年》: "太上有立德, 其次有立功, 其次有立言。虽久不废, 此之谓不朽。"文章属于立言的范畴所以说是不朽之盛事。

[16] 翰墨: 笔墨, 代指文章。寄身于翰墨: 指从事文章之创作。

[17] 西伯: 指周文王。文王在商朝为西伯。幽: 指拘囚, 史载商纣曾将文王囚禁

于羑里，文王因而推演《易》象而作卦辞。

[18] 周旦：指周公旦。周公为文王子，武王弟，成王叔，评定三叔作乱，制礼作乐。

[19] 迁化：指死亡。

文学小课堂

1. "文的自觉时代" 的文人代表

文章首先就提出了文学批评由来已久的问题，即"文人相轻"的不良倾向，其成因在于评论者多由主观好恶出发，"各以所长，相轻所短"，"暗于自见，谓己为贤"。作者主张应该公正客观地评价作家作品，并相对客观地对建安七子加以品评，提出了"本同而末异"的持正观点，指出各种文章既有共性，又各有其不同的风格特点。有鉴于此，文章对作品加以分类，即分为"奏议""书论""铭诔""诗赋"四类，并对不同的文体特点加以概括。在揭示作品的气质才能、创作个性与作品关系时，又提出了"文以气为主"的重要文学理论观点。在阐述文学价值功用时，认为文章是"经国之大业，不朽之盛事"，有意识地提高了文学创作的价值。文章中的许多文学理论观点对后世文学批评产生了深刻的影响。文章开篇便提出了古往今来"文人相轻"的重大论题，并提出很多崭新的文学见解，因而在文学批评史上占据重要的地位。文章对当时著名的作家孔融等七人一一加以点评，后世"建安七子"之称便出于此。作者在《与吴质书》中虽也涉及于此但未及此具体全面。文章以简练的语言概括出作家的创作特点，往往既指出其长处，同时亦指出其短板，并将不同的作家放在一起加以品评，具有相互比较对照的意味。这种比较方法对后世文学批评颇有影响。这种比较方法与东汉以来的人物品评之风气有密切关系。

2. "成一家之言" 的社会土壤

东汉以来的察举征辟制度，需要品评人物操行，此风至东汉后期尤为盛行。所品评的内容包括德行、才能和风度等。在"文的自觉时代"，此风自然影响到作家评论，诸如"风骨""传神"等概念可见一斑。作者评论诸作家，有一引人注目处，即一"气"标出的，称徐干是"时有齐气"，"公干有逸气，但未遒耳"，孔融是"体气高妙"，王粲"惜其体弱，不足起其文"。文章还指出了文与气的关系问题："文以气为主，气之清浊有体，不可力强而致。譬诸音乐，曲度虽均，节奏同检，至于引气不齐，巧拙有素，虽在父兄，不能以移子弟。"文气说在中国古代文学批评史上具有悠久的历史传统，便是滥觞于曹丕的《典论·论文》和《与吴质书》。先秦以来，人们用"气"来解释宇宙的生成等各种自然现象和某些特定的社会现象，它是人们宇宙观的一个重要观念。先秦典籍如《周易》《管子》《庄子》等诸书中都认为"气"是万物构成的本源。两汉以来人们继承并发展了此观念，提出元气剖判以生成天地，化成万物的观点，人们精神层面的现象也以"气"的概念加以解释。至汉魏时随着察举制及九品中正制的实行，"气"的概念也被运用到解释不同人物气质的层面。由此看出《典论·论文》和《与吴质书》中所用的"气"来品评作家与当时的社会品评风气关系密切。在曹丕的时代，人们已经用"气"来品评人物，还用"气"来说明与文有关的乐与语言的问题。正是在此社会背景下，曹丕又进而以"气"来论述文章，提出"文以气为主"的文学评论命题，并结合不同的"气"来评论作家。在作者看来，文气是与作家的气质相一致的。注意到作家的个人风格，并且感受到此种风格与作家的气质具有一定的联系，这是曹丕论文超越前人之处。这与该时期的两种社会文化情况相关联：一是建安时期的文学创作注重抒写个人情感，故而能在诗歌辞赋中表现出鲜明的个性特征，即在"文的自觉时代"使人的个体意识得以抒发；二是汉末人物品评之风盛行，人物的个性特点受到更多关注。从曹丕点评徐干是"时有齐气"，王粲是"体弱"，应玚是"不壮"，刘桢是"有逸气"的评论看，作者崇尚的是壮大有力的风格。建安时期的作家，由于社会动荡不安，人民流离失所，士人渴望建功立业，故其作品基调多慷慨激情，劲健有力，与此时期的"建安风骨"相一致。曹丕的好尚与此时的社会现实和创作基调相关联。

3. 独树一帜的文学观

《典论·论文》在论述文体方面虽然寥寥数语，其文曰"奏议宜雅，书论宜理，铭诔尚实，诗赋欲丽"，却影响深远。所谓雅和丽主要是指文章语言风格。书论是指议论性的子书及单篇的文章，这类文章多是说理。铭主要是指碑铭，应实事求是不应溢美其实。在曹丕之前，人们对个别文体虽有了一定的认识，如《盐铁论·水旱》言"议者，贵其辞约而指明，可于众人之德，不致繁文稠辞多言"，是对议的特点的说明。关于辞赋语言的观点，如扬雄《法言·吾子》云"诗人之赋丽以则，词人之赋丽以淫"，但如曹丕《典论·论文》如此综合地说明各种文体风格特点或写作要求的文章以前是不曾有的。作者之所以能有如此言简意赅的论述与东汉以来各种文体的蓬勃发展及各种文体文章的大量出现是分不开的。东汉时有两种社会风气值得关注：一种是文士创作子书和论说文的风气，一种是清谈高议互相辩论的风气，而这两种社会风气又是相互影响、相互促进的。在创作子书方面如扬雄仿照《周易》而作《太玄》，仿照《论语》而作《法言》，其后子书蜂起，桓谭的《新论》、王充的《论衡》、崔寔的《政论》、应劭的

《风俗通》、荀悦的《申鉴》、徐干的《中论》、仲长统的《昌言》和王符的《潜夫论》等作品，它们只是当时的荦荦大者。这种创作风气与当时文士们力图建功立业著述不朽的思想有关系。论文写作之盛，从范晔的《后汉书》之列传可见一斑，不仅如此，此书还单列一传即《文苑传》，由此可见当时著述风气之盛。我国古代文论重视各种文体的用途和风格等，建安时期的言论已经开始了表现出这一特点，《典论·论文》于此虽然言简意赅，却叙述全面，对后世影响深远。

课后小论坛

1. 理解《典论·论文》产生的时代背景。

2. "文的自觉时代"与当时文学批评的关系？

3. "建安七子"文学创作与"建安风骨"的关系？

为文之圭臬

——陆机《文赋》

 阅读小贴士

　　陆机（261—303），字士衡，吴郡吴县华亭（今上海松江）人。祖陆逊为孙吴丞相，父陆抗为大司马。其父死，陆机即分领父兵为牙门将。后孙吴为晋所灭，陆机与弟陆云退居于华亭（今上海松江），闭门读书。晋太康末年，二陆一同入洛阳，为当时著名文人张华所称赏，并称"伐吴之役，利获二俊"。在西晋统治集团的内部纷争中，陆机为成都王司马颖所营救，认为成都王能平定世难，遂委身依靠，为其参军事，被任命为平原内史，所以陆机又被称为陆平原。后奉命与长沙王作战兵败被杀。陆机的诗文创作情感强烈，辞藻富丽，注重俳偶。作为太康之英"才高词赡，举体华美""天才绮练，当时独绝"，他代表了西晋文学发展的新趋向。其在文论方面的代表著述是《文赋》。

　　《文赋》的宗旨是阐述创作过程，其创作思想从作品中来看，主要是受道家思想的影响。在陆机之前还没有人具体系统地论述如何进行创作的问题。儒家文论历来重视文艺与政治教化、文学创作与社会功用的问题，而对创作构思及创作过程鲜有涉及，但道家尤其是庄子在论述技艺神化问题时，则涉及了许多与创作密切相关联的重要问题。作为"三玄"之一的《庄子》，在魏晋时期相当流行，陆机的《文赋》受其影响较为明显。首先在论述言意关系方面，陆机主张"言不尽意"，其创作《文赋》的目的是力图解决"意不称物，文不逮意"之问题，但是备感困难。"若夫随手之变，良难以辞逮……譬犹舞者赴节以投袂，歌者应弦而遗声。是盖轮扁所不得言，故亦非华说之所能精"，正表现出了明显的道教观点。其次在艺术构思方面，强调"虚静"。作者认为创作构思的成败，关键是能否做到内心之"虚静"，其文曰"伫中区以玄览"。"玄览"即有"虚静"之意。进入创作过程时，曰"其始也，皆收视反听，耽思傍讯"，这种不视不听的境界即庄子所言的"虚静"之境。《庄子·天地篇》曰："视乎冥冥，听乎无声。冥冥之中，独见晓焉；无声之中，独闻和焉。"再次，陆机十分重视创作过程中创作灵感的重要性，并把它归为"天机"，这种思想与庄子一脉相承。《庄子·大宗师》曰："其嗜欲深者，其天机浅。"司马彪曰："天机，自然也。"陆机把"应感之会"归于"天机"，就是强调创作成败取决于自然天质，而非人力所能强求。

原典轻松读

文赋（节选）

余每观才士之所作，窃有以得其用心[1]。夫放言遣辞，良多变矣，妍蚩好恶，可得而言[2]。每自属文，尤见其情。恒患意不称物，文不逮意[3]。盖非知之难，能之难也。故作《文赋》，以述先士之盛藻，因论作文之利害所由，他日殆可谓曲尽其妙。至于操斧伐柯，虽取则不远[4]，若夫随手之变，良难以辞逮。盖所能言者具于此云。

伫中区以玄览，颐情志于典坟[5]。遵四时以叹逝，瞻万物而思纷[6]。悲落叶于劲秋，喜柔条于芳春[7]。心懔懔以怀霜，志眇眇而临云[8]。咏世德之骏烈，诵先人之清芬[9]。游文章之林府，嘉丽藻之彬彬[10]。慨投篇而援笔，聊宣之乎斯文[11]。

其始也，皆收视反听，耽思傍讯[12]。精骛八极，心游万仞[13]。其致也，情曈昽而弥鲜，物昭晰而互进[14]。倾群言之沥液、漱六艺之芳润[15]。浮天渊以安流，濯下泉而潜浸[16]。于是沉辞怫悦，若游鱼衔钩而出重渊之深[17]；浮藻联翩，若翰鸟缨缴而坠曾云之峻[18]。收百世之阙文，采千载之遗韵[19]。谢朝华于已披，启夕秀于未振[20]。观古今于须臾，抚四海于一瞬[21]。

（张少康集释：《文赋集释》，人民文学出版社2002年版）

注释：

[1] 作：谓作文。用心：指士用心于作文。

[2] 妍：指美。蚩：指丑。

[3] 逮：及。

[4] 言作文有法：比喻见古人之法不远。《诗经·豳风·伐柯》："伐柯伐柯，其则不远。"柯：指斧柄，持斧以作斧柄，比喻作文而取法于古之文，即从古人为文之法中以探求为文之道。

[5] 伫：久立的意思。中区：区中，谓伫立天地之中，而起幽玄之观览。典坟：指书籍。《左传》昭公十二年，言楚之"左史倚相能读《三坟》《五典》"。孔安国《尚书序》云："伏羲、神农、黄帝之书谓之《三坟》，言大道也。少昊、颛顼、高辛、唐、虞之书谓之《五典》，言常道也。"

[6] 遵：循。逝：往。纷：多。叹逝：叹息过往。思纷：思虑纷多。《淮南子》："四时者，春生夏长，秋收冬藏。"

[7] 木叶落于秋，故人心凄惨。秋具有肃杀之威故曰"劲"，枝叶长于春故人心舒畅。春天群花开放故曰"芳"。夏天苦热，冬天哭寒，所以春秋为读书之时节。

[8] 懔懔：指危惧貌。眇眇：指高远貌，云势长远，故临之而志亦长。昔人因情以生文，后世因文以生情，汉赋与"诗骚"之异同亦在此。

[9] 烈：美。先民：先世之人。此句是说，歌咏当时俊美的述作，吟诵先贤辞赋的芬芳。

[10] 彬彬：指文质得宜之貌。《论语》："文质彬彬，然后君子。"林府：谓多如林木，富如府库。丽藻：指成功的作品。

[11] 投篇指抛卷，援笔指执笔，宣指彰明。此句是说体味久，因而有见古人作文之用心。《韩诗外传》："孙叔敖治楚，三年而国霸，楚史援笔而书之于策。"《尚书·中候》："玄龟负图出洛，周公援笔以写也。"

[12] 收视：指不视，是敛其目之所视。反听：指不听，是绝其耳目之所停。耽：久。讯：求。

[13] 精：指神思。骛：驰。八极、万仞极言高远，言思之无远不到，思之无高不至。作文必须先于用意，意非思考不能穷之。

[14] 鲜：明。曈曨：不明貌。昭晰：明貌。互进：并呈。此句谓宇宙物象要以虚静之心来驾驭之，然后才能视焉而明，心中所想事物才能渐此明晰，进而进入明澈

之境。

[15] 群言：谓诸子百家之言。沥液：谓去其渣滓，取其浆汁。六艺：六经，即《诗》《书》《礼》《易》《乐》《春秋》。芳润：芳香润泽，谓文章之精华。

[16] 浮：指浮而上出，词之来处犹似之。天渊：指水之高远者，望若与天相连。安流：指亹亹而来。濯：洗涤液。下泉：指水之低者，愈流愈下。潜浸指渺渺而去。

[17] 沉辞：谓沉于深邃。怫悦：谓心手相得。怫：同"沸"，泉出貌。游鱼：比喻文章。衔钩而出：比喻文章之奥蕴尽显露。

[18] 浮：发。藻：文。联翩：鸟飞貌。翰鸟：比喻文章。此句比喻文章文采兼备。

[19] 阙文：指古人未著述之文。遗韵：指古人阙而未述、遗而未用之文。

[20] 华、秀：比喻文章。

[21] 须臾：少时。一瞬：指目之开阖。

文学小课堂

1. 创作动机的产生

《文赋》将作者创作动机的发生原因概括为两个方面：一方面是作者情感因自然景物和四时变迁而受到触发；另一方面是在阅读前人和当世作者的著述时所产生的感慨。所谓"遵四时以叹逝"不能简单地理解为人心受到感触仅仅局限于自然景物。作家生活于一定的社会文化中，其胸中所有的种种感慨归根结底来源于社会生活，来源于自己个体的自身遭际，论文所述只是说自然景物及四时景物变化是一种诱发之因，适逢其时地触发了作者胸中之块垒而已。陆机在《思归赋》中言"节运代序，四时相推，寒风肃杀，白露沾衣"，所感内容在于离家远宦，"惧兵革未息，宿愿有违，怀归之思，愤而成篇"。此种因时物感怀的思想在其《怀土赋序》中表现得尤为明白："余去家渐久，怀土弥笃。方思之殷，何物不感？曲街委巷，罔不兴咏，水泉草木，咸足悲焉。"文人于自然景物之变化异常敏感，处于社会文化变革之际的魏晋文人尤其如此。潘岳《秋兴赋》云"四时忽其代序兮，万物纷以迥薄"，"远行有羁旅之愤""登山怀远而悼近""彼四戚之疚心兮，遭一涂而难忍。嗟秋日治可哀兮，谅无愁而不尽"，细致地表达出这种感慨来源于社会人生之遭际，并借节物的变迁而加以触发加深。

2. "悲落叶于劲秋，喜柔条于芳春"之溯源

"悲落叶于劲秋"的悲秋心理由来已久。先秦时期，宋玉《九辩》云"悲哉秋之为

气也""皇天平分四时兮，窃独悲此凛秋"，将秋与悲相连在一起。《庄子·大宗师》描写了得道真人的情感——"凄然似秋，暖然似春，喜怒通四时"，亦将秋与悲相联系。

3. 数典不忘祖，厚积而薄发

"咏世德之骏烈，诵先民之清芬"，是就诵读前人之载籍而言的。阅读古代的作品，既可以在思想感情方面受到感染，发生共鸣，同时也可以欣赏其艺术表现，获得审美愉悦。要解决"文不逮意"的创作问题，没有丰富的学问，对于已经构成的"意"就很难把它表现出来。这种学问的积累既包括学习前人的驾驭语言文字的经验，还包括他们诗文创作的表现技巧。只有具备了广博的知识学问、深厚的文学修养、驾驭语言文字的表达能力，才能把构思好的文学意象形象地描绘出来。《文赋》在我国文学批评理论史上影响深远，它具体而全面地分析了文学创作过程之始末。六朝是我国文学理论批评史上最为辉煌的历史时期，在这个时期，各家各派的文学理论可以说都受到了陆机《文赋》的启发。挚虞的《文章流别论》是进一步发挥了陆机论述文体的内容而产生的。刘勰的《文心雕龙》则是更为全面地继承和发展了《文赋》的内容，《文赋》中的每一个论点，在《文心雕龙》中都可以看到它的影响。

课后小论坛

1. 理解玄学与六朝文学的关系。

2. 试述太康文学与《文论》创作背景的关系。

"动天地，感鬼神，莫近于诗"

——钟嵘《诗品序》

阅读小贴士

　　钟嵘的《诗品》是我国现存最早的一部诗论专著，它主要评论了汉魏以迄齐梁以来的五言诗人，显其优劣，定其品第，与《文心雕龙》并称为南朝两大文论专著。

　　钟嵘（约468—518），字仲伟，祖籍颍川长社（今河南长葛）。钟氏为颍川望族，永嘉之乱时徙居江南。南齐永明年间，钟嵘进国学为国子生，因精通《周易》，为国子祭酒王俭所器重。始官王国侍郎，又历官抚军行参军、安国令、司徒行参军等职，萧梁时历官临川王行参军、衡阳王记室、晋安王记室等，官位均不高。其著作至今流传只有《诗品》。

　　《诗品》评论了自汉至梁的五言作者一百多人，分为上中下三品，全书共分三卷，每品一卷。三卷前均有序言，后人把各卷前的序言整合在一起，置于书首。序言阐述了诗歌的性质、作用和思想艺术特色等诸多问题，论述了五言诗的意识发展脉络，说明了陈述《诗品》的写作缘起和著述体例及创作特色等。《诗品》正文三卷评论了一百二十二位五言诗作者，其中上品十一人、中品三十九人、下品七十二人。论述内容重点关注五言诗的体制风格方面，评论其艺术特色及优劣得失，并对其中部分诗人从体制风格方面指出其创作渊源所自，即所谓的"溯流别"，少数诗人叙述带记逸闻轶事。叙述诗人详略得当，大抵详细评述重要诗人，略于次要诗人。重要作家单篇叙述，次要作家通常采用两人或多人合叙的形式。每卷中诗人的排列次序大抵按照时代先后进行评述。《诗品序》曰："一品中，略以世代为先后，不以优劣为诠次。"但对于处于同一时代的诗人，其先后次序多寓高下之别，如上品汇总建安诗人首列曹植，太康诗人则首列陆机。

原典轻松读

诗品序（节选）

若乃春风春鸟，秋月秋蝉，夏云暑雨，冬月祁寒[1]，斯四候之感诸诗者也[2]。嘉会寄诗以亲[3]，离群托诗以怨[4]。至于楚臣去境[5]，汉妾辞宫[6]；或骨横朔野[7]，魂逐飞蓬[8]；或负戈外戍[9]，杀气雄边[10]；塞客衣单[11]，孀闺泪尽[12]；或士有解佩出朝[13]，一去忘返；女有扬蛾入宠[14]，再盼倾国[15]。凡斯种种，感荡心灵，非陈诗何以展其义[16]，非长歌何以骋其情[17]？故曰："《诗》可以群，可以怨[18]。"使穷贱易安[19]，幽居靡闷[20]，莫尚于诗矣[21]。故词人作者，罔不爱好[22]。今之士俗[23]，斯风炽矣[24]。才能胜衣[25]，甫就小学[26]，必甘心而驰骛焉。于是庸音杂体[27]，人各为容[28]。至使膏腴子弟[29]，耻文不逮，终朝点缀[30]，分夜呻吟[31]，独观谓为警策[32]，众睹终沦平钝[33]。

（钟嵘著，曹旭笺注：《诗品笺注》，人民文学出版社 2009 年版）

注释：

[1] 祁寒：大寒，严寒。祁：大。《尚书·君牙》："夏暑雨，小民惟曰怨咨；冬祁寒，小民亦惟曰怨咨。"

[2] 四候：四季。四季感荡人心，实诗歌发生之一大原因。

[3] 嘉会：欢会。《周易·文言》："君子体仁足以长人，嘉会足以合礼。"

[4] 离群：与亲友相分离。《礼记·檀弓》："吾离群而索居，亦以久矣。"郑玄注："群，谓同门朋友也。"

[5] 楚臣：指屈原。

[6] 汉妾辞宫：指汉元帝刘奭宫人王嫱（昭君）出塞之事。

[7] 骨横：骨横于野，指战死。朔野：北方的郊野，指战场。

[8] 飞蓬：飘飞指蓬草。

[9] 负戈外戍：背负武器戍守边疆。

[10] 杀气：指阴气、秋气，引申为军旅杀伐之气。雄：劲，盛。杀气雄边：军旅杀伐之气，劲盛于边塞。

［11］塞客：戍卒。衣单：衣少而囊中单薄。

［12］孀闺：孀妇所居之室，此处是以闺室代孀妇。孀妇：寡妇。

［13］解佩：解下系在官印上的带子，指免官或去职。解佩出朝：被免去官职，离开朝廷。

［14］扬蛾：形容得意的样子。"扬蛾"是"扬起蛾眉"的省略说法，因女子弯曲细长的眉毛如蚕蛾的触须而称蛾眉。扬蛾眉是媚貌，动态之美曰媚。

［15］再盼倾国：《汉书·外戚传》载李夫人兄李延年作《李夫人歌》："北方有佳人，绝世而独立。一顾倾人城，再顾倾人国。宁不知倾城与倾国，佳人难再得。"

［16］陈诗：赋诗。《礼记·王制》："命太师陈诗以观民风。"郑玄注："陈诗，谓采其诗而视之。"展其义：展现诗旨。

［17］长歌：高声歌咏，亦引申为赋诗，与"陈诗"相对举，是同义反复。

［18］《诗》可以群，可以怨：二句本出自《论语·阳货》（"小子何莫学夫诗，诗可以兴，可以群，可远观，可以怨"），孔安国说"群居相切磋"，"怨刺上政"。

［19］易安：易于安贫乐道。

［20］幽居：隐居。靡闷：无闷。《易经·文言》："遁世无闷，不见是而无闷。"嵇康《琴赋》："处穷而不闷者，莫近于声音也。"

［21］尚：超过。《论语·里仁》："好仁者，无以尚之。"孔安国："难以复加也。"

［22］罔不：无不。

［23］士俗：指当时士大夫的风气。

［24］炽：炽盛。

［25］胜衣：指年幼。

［26］甫：刚刚，开始。小学：《大戴礼·保傅篇》中说，"及太子少长，知妃色，则入于小学。小者，所学之宫也"；《汉书·食货志》中说，"八岁入小学，学六甲五方书计之事"。

［27］庸音：平庸之作。

［28］人各为容：指各树准的，无法则可依。容指法则、准绳。

［29］膏腴子弟：指富家子弟，膏腴本指土地肥沃，借指富贵人家。

［30］终朝：整个早晨。《诗经·小雅·采绿》："终朝采绿，不盈一匊。"郑玄笺曰："自旦及食时为终朝。"点缀：涂改和连续写。缀：连缀。

［31］分夜：半夜。呻吟：反复苦吟。

［32］独观：犹言自览。警策本指马受鞭策而悚动，后引申为诗文之精策切要。陆

机《文赋》："立片言而居要,乃一篇之警策。"李善注:"以文喻马也,言马因警策而弥骏,以喻文资片言而益明也。"

[33] 平钝:平庸。

文学小课堂

1. "五言腾涌"的创作缘起

钟嵘的《诗品》把研究对象限于汉魏至齐梁的一百二十二位诗人的五言诗,所谓"嵘今所录,止乎五言",这体现了作者关于我国古代诗歌形式发展的一个重要观点。中国古代诗歌经历了一个漫长的发展历程。先秦时期的《诗经》和《楚辞》,是我国诗歌发展的两大源头。《诗经》是四言诗,但其中已有五言诗的萌芽,出现了半章或全章为五言形式的篇章。《楚辞》打破了《诗经》四言形式的限制,创造了从三四言到七八言参差不齐的诗歌形式。汉代文人将五言歌谣大量采入乐府,东汉出现了文人创作五言诗的文学现象。七言诗也起源于民间歌谣,现存最早的文人创作完整的文人七言诗是曹丕的《燕歌行》。

五言诗是我国古典诗歌的主要形式之一,汉末的《古诗十九首》标志着五言诗的成熟,刘勰评价说"观其结体散文,直而不野,婉转附物,怊怅切情,实五言之冠冕也",钟嵘言其"惊心动魄,可谓几乎一字千金"。而五言诗在中国诗歌发展史上真正奠定基础是在建安时期,其代表诗人是曹氏父子及"建安七子"。曹操是"登高必赋,及造新诗,被之管弦,皆成乐章",其诗歌多为五言之乐府歌辞。曹丕五言诗几乎为全部诗歌的一半,曹植五言诗成就最高,被称为"建安之杰"。"建安七子"中以王粲和刘桢的诗歌成就最为突出,后世号称"曹刘"中的"刘"便是指刘桢,其"五言诗之善者,妙绝时人",王粲则在"曹刘间,别构一体"。之后五言诗的代表诗人有正始时期的阮籍和嵇康,太康、元康时期的三张(张载、张协、张亢)、二陆(陆机、陆云)、两潘(潘岳、潘尼)、左思,稍后的刘琨和郭璞,东晋大诗人陶渊明,及后来的元嘉诗人谢灵运、颜延之、鲍照等。可以说,在此时期五言诗已经成为当时重要的诗歌形式而受到重视。

2. 风起云涌的诗歌评论之风

随着诗歌创作的繁荣昌盛,有关诗歌鉴赏评论之风也蔚为大观。曹丕《与吴质书》中评论刘桢的诗歌是"五言诗之善者,妙绝时人",李充《翰林论》品评应璩的五言诗是"风规治道,盖有诗人之旨焉",晋简文帝称赞许询的五言诗是"可谓妙绝时人",梁武帝赞美谢朓的诗歌是"不读谢诗三日,觉口臭"。六朝人喜欢摘录诗歌佳句,并对其加以称誉欣赏，如古诗中的"所欲无谷物，焉得不速老"，王粲《七哀诗》中的"南登霸凌岸，回首望长安"，谢灵运《登池上楼》中的"池塘生春草"等，均为时人所称赏赞叹。这些评论反映了当时人们喜欢评论诗歌的风气。

《诗品》分品论人的评论方法，受到当时社会文化风气的影响：一方面是古代文化学术传统，另一方面是时代月旦评风气之影响。在古代文化学术传统方面，《诗品序》中说："昔九品论人，七略裁士。"此是指汉代班固的《汉书·古今人表》，分为九品论人。刘歆的《七略》是从分别流派方面来叙述古代的文学发展脉络的。当时品评之风，自汉末清谈盛行，曹魏确立九品中正制度，以迄南朝，形成了一种重视从道德品质和政治才能等方面来品第人物的社会风气。这种社会风气影响到文学创作评论领域。曹丕的《典论·论文》《与吴质书》已经评论了"建安七子"文章的优劣，至梁陈时代风气更盛，出现了相关的专著。在绘画方面有谢赫的《古画品录》，分画家为六品，各家并加以品评，或一人单品，或多人合评，其形式有类于《诗品》。萧梁有庾肩吾的《书品》，分书家为三品，每品中又再分为三等。梁武帝有《书评》。由此可见，政治上的九品中正制度建立以后，对人物的德才等各种文艺领域的分品论人影响极为广泛深远，南朝此种风气尤为普遍。

3. "一字千金"的诗歌特征

钟嵘在《诗品序》中提出了自己对诗歌的性质、特征和艺术标准的原则性认识，并对违反诗歌特征和标准的不良诗风进行了批评。他认为诗歌的性质和基本特质是吟咏情性，即抒情性，文中称："至乎吟咏情性，亦何贵于用事？"具体描述了产生诗歌抒情性内容的生活环境和条件。作者认为，诗歌是为了表现人们激荡的情感，而这种情感的产生需要具备一定的客观条件：一是要自然界四时气候景物的变化，二是人们有异寻常的生活遭际。与时间变化的四时景物和非同寻常的生活遭际，使人们迸发出了激动的情感而不能自已，需要通过诗歌来抒发情感。这既是对抒情诗产生的缘由的阐述，也是对诗歌基本特质的认识。吟咏情性诗歌特征的一个传统表述，《诗大序》中说："国史明乎得失之迹，伤人伦之废，哀刑政之苛，吟咏情性，以风其上，达于事变而怀其旧俗者也。"但此处的"吟咏情性"与当时政治和伦理内容紧密相关，表现了秦汉之际儒家要求诗歌应该积极为政治教化服务的社会文化主张。魏晋南北朝时期，儒家政教观相对松弛，文学创作能摆脱儒家严密的束缚，而获得相对独立的发展，人们对诗歌的认识不再过分地强调诗歌的政治教化功能，而更多表现为生活中的各种情景，从而产生了大量的抒情写景之作。裴子野《雕虫论》批评南朝刘宋以后的文人风气是"摈落六艺，吟咏情性"，不重视学习儒家经典。虽同为"吟咏情性"但具体所指发生了巨大的变化。

南朝文人诗赋创作多是抒写日常生活场景，追求华辞美文，与《诗经》所倡导的美刺比兴诗教传统背道而驰。

相对于激荡之情，钟嵘比较重视怨情。《诗品序》说"离群托诗以怨""诗可以怨"。文中所列举的各种社会生活，除去"女有扬蛾入宠，再盼倾国"外，其他六种均属于怨情之类。文章正文评论《古诗》是"意悲而远""多哀怨"，评李陵诗歌是"文多凄怆，怨者至流"，评曹植诗歌是"情兼雅怨"，评阮籍诗歌是"颇多感慨之词"，评左思诗歌是"文典以怨"等。由此可见，当时文人认为人生落魄失意、死亡之恨及离别之怨等情感是最为激荡人心的，钟嵘尤为重视怨情，正是总结了汉魏以至南朝时代诗歌创作中的成功经验而得出了鲜明的美学原则。

课后小论坛

1. 试简述《诗品》创作的历史背景。

2. 理解《诗品》对中国五言诗发展的诗评贡献及其文论影响。

主要参考书目

后 记

　　此刻您手中捧着的这本散发着淡淡墨香的小书，是我和从事多年人文素质教学的同仁们，在多年教学与科研积淀的基础上共同编写的，也是上线山东省联盟课程《原典阅读与文学素养》的指定教材。为更加鲜明地体现出人文素质教育理念，更精准地服务于线上网络教学，我们组织、策划、编写了这本教材。经过编务会的多次研讨，经过精心的选篇、认真的编写，再到排版、印刷，录制网络课程，每一个环节我们都力求扎实、严谨、创新。当课程入选省联盟课程时，这本书也面世了。师生们手捧着凝聚着心血的"宁馨儿"，心中的喜悦可想而知！

　　本书是集体智慧的结晶。主编宋彦全面负责本书的编写与组织工作，包括确定编写体例，筛选篇目，确定编写人员，召开编务会及最后统改、定稿工作等。赵磊在此过程中给予了大力的协助。杨旭、于海峰、张小英、侯方元、刘桂华老师分别完成了各单元的编写与初审工作。具体分工如下：第一章至第三章，宋彦；第四章到第六章，赵磊；第七章，宋彦、刘桂华；第八章，杨旭；第九章，侯方元；第十章，张小英；第十一、十二章，于海峰。

　　本课题（《文学照亮人生——新时代大学生文学素养通识教育研究》）获得山东省社科联"山东省社会科学普及应用研究项目"的立项和资助。在此感谢山东省社科联给予的认可和资助，感谢我校社科处给予的大力支持。

　　作为山东省一所以工科为特色的高等院校，以综合性自然科学研究为引领的科研机构，我校在培养学生的科学思维、专业理论的同时，一直重视学生人文思维、全面综合素质的培养。本书获得齐鲁工业大学（山东省科学院）教材重点立项，在此对学校教务处领导、各位评委表示衷心的感谢！感谢教材科谭秀红、杨鹏飞老师给予的多方帮助，感谢外国语学院领导的大力支持！

感谢山东人民出版社副总编辑袁丽娟女士给予我们的大力支持与信任，感谢编辑胡桂生为本书付出的劳动。没有他们的大力帮助和促成，就没有本书的面世。

除特别标注外，编写本书还参考了大量的相关文献，获益良多。因篇幅所限，未能一一列出，在此一并表示深深的谢意。

宋 彦

2022 年 12 月